MELANIE LANE

Wild Heart

Wo der Himmel den Ozean berührt

MELANIE LANE

Wild HEART

Wo der Himmel den Ozean berührt

ROMAN

more
Immer mit Liebe

MIX
Papier | Fördert
gute Waldnutzung
FSC® C083411

ISBN 978-3-98751-010-6

More ist eine Marke der Aufbau Verlage GmbH & Co. KG

1. Auflage 2022

Satz Greiner & Reichel, Köln
Druck und Binden CPI books GmbH, Leck, Germany
Printed in Germany

www.aufbau-verlage.de

»Die Liebsten in unseren Herzen
werden uns stets begleiten.«

VAIANA

Ich hab euch lieb.

»Knowing what would happen – the heartbreak, the tears, the love, the hope, the betrayal, the heartbreak (yes, it was always about the heartbreak) – would she do it all over again? And she knew the answer was yes because of how it all ended.«

JANE GLORIANA VILLANUEVA, *Snow Falling*

1

Verdammt.
Diese Augen.

Viele Menschen haben ein Hobby: Basteln, Lesen, Bungeejumping. Was auch immer sie nach einem beschissenen Tag aufheitert. Ich hatte auch solch ein Hobby: Ich beobachtete Menschen am Flughafen. Nach einem langen, stressigen Tag oder auch, wenn ich nicht schlafen konnte, kam ich gern an den Flughafen, setzte mich in die Ankunftshalle und studierte die Leute um mich herum. Für mich gab es nichts Schöneres, als die lachenden und weinenden Gesichter jener Menschen, die sich nach langer oder kurzer Zeit wiedersahen und sich glücklich in die Arme fielen. Die Freude und die Liebe, die sie ausstrahlten, waren einfach wunderschön. Sie fühlten all das, was ich seit Jahren nicht mehr empfunden hatte. Ich dachte darüber nach, wo sie gewesen sein mochten und welche Geschichten sie zu Hause erzählen würden. So vergaß ich wenigstens für eine kurze Zeit, dass ich selbst nichts zu erzählen hatte. Nicht mehr. Tja, also das war mein kleines, trauriges Hobby. Aber hey, als ob Töpfern oder Stricken so viel besser wäre!

Seufzend stand ich auf und schulterte meine kleine schwarze Handtasche. Ich war direkt nach der Arbeit hierhergefahren, um auf andere Gedanken zu kommen und mich zu beruhigen. Chad – Schleimbeutel – Danes, mein Boss, hatte mich geschlagene dreißig

Minuten angeschrien, weil ich es nicht geschafft hatte, unserem neuen Investor eines unserer Prestige-Objekte zu verkaufen. Dabei hätte ich es sehr wohl geschafft, wenn ich es gewollt hätte. Aber wie hätte ich dem netten, alten Herrn mit den tadellosen Manieren diese Ruine andrehen können? Sir Mortimer Wentworth war der Inbegriff von altem Londoner Geld, aber er war auch ein Gentleman, und ich weigerte mich, ihm ein Objekt zu verkaufen, welches es nicht durch unsere interne Qualitätsprüfung geschafft hatte. Eine von Chads zahlreichen schlechten Angewohnheiten war, jedes Mal geldgeil zu werden, wenn es um die Londoner High Society ging. Nur wegen seiner Geldgier würde ich einem Mann wie Mortimer jedoch keine zweitklassige Immobilie andrehen. Also hatte ich Mortimer bei seinem Nachmittagstee im The Montcalm London Gesellschaft geleistet und Klartext mit ihm geredet. In dem Wissen, dass dies mich meinen Job kosten könnte. Als ich schließlich ins Büro zurückgefahren war, um zu beichten, war Chad fuchsteufelswild gewesen. Rausgeworfen hatte er mich jedoch nicht. Leider hörte ich die kleine, fiese Stimme in meinem Kopf, die sich manchmal einschaltete, wenn ich mich vor schweren Entscheidungen drücken wollte. In den letzten Jahren war ich gut darin geworden, die Stimme zu ignorieren. Sehr gut. Ich hatte bereits die ersten Schritte Richtung Subway getan, als ein paar Reisemagazine in einem der Schaufenster meine Aufmerksamkeit erregten. Spontan betrat ich den Buchladen. Dank dieses kleinen Abstechers würde ich morgen früh sowieso total erledigt sein, und ich konnte mich gar nicht mehr daran erinnern, wann ich einen Buchladen zuletzt von innen gesehen hatte.

Wenn Chad mich nicht bald feuerte, dann musste ich ernsthaft darüber nachdenken, selbst zu kündigen. Als freiberufliche Maklerin konnte ich tun und lassen, was ich wollte, bis jetzt hatte ich aber einfach noch nicht die Kraft gefunden, genau das zu tun. Ob mein Job mich nun erfüllte oder nicht – was er definitiv nicht tat –, er bezahlte meine Rechnungen. Was sollte ich auch sonst tun? Ich ließ meine Finger über die zahlreichen Buchrücken in dem Regal vor mir gleiten. Vor Jahren noch hatte ich davon geträumt, meinen eigenen Namen in solch einem Regal zu finden. Meine Geschichte. Mein Buch. Aber dann hatte mein Leben sich drastisch verändert, und ich fühlte es einfach nicht mehr. Da waren keine Geschichten mehr in mir. Keine Kreativität. Ich wanderte weiter und blieb vor den Reisemagazinen stehen. Thailand. Bali. Peru. Die Coverabbildungen waren wunderschön. Ich entdeckte einen Reiseführer über Südafrika, und ein Lächeln breitete sich auf meinem Gesicht aus. Was Helen jetzt wohl tat? Meine beste Freundin würde mir die Hölle heiß machen, wüsste sie, was ich hier gerade tat. Alleine. Am Flughafen.

Seufzend griff ich nach einem der Magazine. »Jacob Harrison« stand in großer, fetter Typo auf dem Cover. Ein unglaublich attraktiver blonder Mann strahlte in die Kamera, lediglich mit einer neonfarbenen Badehose bekleidet und mit Tauchausrüstung auf dem Rücken. Seine nassen Haare standen wild in alle Richtungen ab, und Wassertropfen glitzerten auf seiner perfekt gebräunten Haut. Das Faszinierendste an ihm waren jedoch seine Augen. Strahlend blau starrten sie mich von dem Magazin in meinen Händen beinahe herausfordernd an. »Ein Tag am Meer mit Extremsportler Jacob Harrison.« Ich sah mich um, und zu meiner Überraschung entdeckte ich sein Gesicht auf zwei weiteren Magazinen. Offensichtlich war dieser Jacob im Trend. Und definitiv hatte jemand bei der Bildbearbeitung in Photoshop ein wenig übertrieben. Niemand konnte solch azurblaue Augen haben.

»Jacob Harrison«, murmelte ich und versuchte, mich daran zu erinnern, woher ich den Namen kannte. Hatte ich nicht irgendeinen

Bericht über ihn und eine bekannte Rockband gelesen? Was war das doch gleich gewesen?

»Wollen Sie die Magazine kaufen oder sie einfach nur anstarren, Lady?«

»Wie bitte?« Erschrocken wirbelte ich herum und starrte den übel gelaunten Teenager mit den schlecht gefärbten Haaren vor mir irritiert an.

»Lady«, wiederholte er genervt, »wir schließen in fünf Minuten. Wollen Sie die Dinger kaufen oder nicht?«

Sein Blick fiel auf die Magazine in meiner Hand. Was zur Hölle sollte ich mit drei Reisemagazinen? Auf keinen Fall jedoch würde ich mir vor diesem Achtzehnjährigen die Blöße geben und sie zurücklegen. Also gab ich ein kleines Vermögen für drei völlig überflüssige Magazine aus und verließ schnellen Schrittes den Laden. Ein Blick auf die Uhr verriet mir, dass es bereits kurz vor zehn war. Ich sollte wirklich langsam nach Hause fahren, mir ein Glas Wein einschenken und den heutigen Tag vergessen. Immerhin hatte ich jetzt genug Lesestoff. Mit den Magazinen im Arm durchquerte ich die Ankunftshalle und dann, plötzlich, sah ich ihn. Jacob Harrison. Extremsportler-Cover-Model-Jacob-Harrison. Das konnte doch bloß ein schlechter Scherz sein. Ich blickte auf die Cover in meiner Hand. Nein, mit Sicherheit kein Scherz und definitiv Jacob Harrison.

Live und in Farbe. Himmel, die Magazine wurden ihm in keinster Weise gerecht. In Jeans, weißem Shirt und abgeranzter Lederjacke stand er da, eine Dufflebag im Military Look lässig über die Schulter geschwungen. Er war größer, als ich angenommen hatte. Die Magazine mit seinem Gesicht darauf fest an meine Brust gepresst, stand ich einfach nur da und starrte ihn an. Blonde zerzauste Haare, ein wenig zu lang, so dass sie sich an den Ohren bereits zu kringeln begannen. Ein kräftiges Kinn mit rötlich-blondem Drei- oder vielleicht auch Vier- oder Fünftagebart. Eine athletische, muskulöse Statur. Ich hatte es nicht darauf abgesehen, aber mein Blick glitt wie von selbst über das kantige Kinn, die breiten Schultern und blieb an dem dünnen Shirt unter der Lederjacke hängen. Ein Shirt, das so eng war, dass einem die wohlproportionierten Muskeln darunter gar nicht entgehen konnten.

Der Mann ist Sportler, Ellie, es ist sein Job, so auszusehen, es …

Mit einem Mal verflüchtigte sich jeglicher Gedanke aus meinem Kopf, denn Jacob Harrison hatte seinen Kopf gedreht und sah mich nun direkt an.

Seine Augen sind nicht gephotoshopt.

Sogar auf die vier, fünf Meter Entfernung konnte ich das erkennen. So blaue Augen hatte ich noch nie in meinem Leben gesehen. Sofort dachte ich an Saphire, den blauen Himmel über London – wenn man ihn denn mal sah –, das Meer … Ich hätte ewig so weitermachen können. Jacob Harrisons Anblick löste völlig unerwartet viele verschiedene Gefühle und Gedanken in mir aus, aber der wahrscheinlich lauteste Gedanke in meinem Kopf war: Wow. Für einen Moment starrten wir uns einfach nur an. Ob mir bewusst war, dass ich wie der größte Stalker aussah? Definitiv, ja. Aber ich hätte nicht einmal wegsehen können, wenn mir jemand eine Million Pfund dafür angeboten hätte. Sein Blick war hypnotisierend.

Als der Blickkontakt begann, mir unangenehm zu werden, löste er seinen Blick von meinem Gesicht und entdeckte die Magazine in meiner Hand. In diesem Moment wünschte ich mir nichts sehnlicher, als dass der Erdboden sich auftun und mich verschlingen möge. Jacobs Mundwinkel zuckten. Anstatt sich abzuwenden und diesen Moment das sein zu lassen, was er war – lediglich ein Moment –, setzte er sich in Bewegung und kam auf mich zu.

Ach du heilige Scheiße …

Je näher er kam, desto mehr Details fielen mir an ihm auf. Seine tief gebräunte Haut, der leichte Rotstich seiner blonden Haare, der nicht nur in seinem Bart präsent war, und ein Haufen extrem attraktiver Lachfältchen.

Mein Herz machte einen Satz.

Was sollte ich tun? Wegrennen? Ihn ebenfalls anlächeln? Wieso lächelte er mich überhaupt an?

Die Dufflebag landete mit einem dumpfen Aufprall vor mir auf dem Boden.

»Hi.«

Äh …

Jacob grinste, und für einen Moment vergaß ich das Atmen.

»Hi«, wiederholte er, als ich stumm blieb.

In den Tiefen dieser unglaublichen Augen blitzte etwas auf. Er musterte erst mich, dann die Magazine in meiner Hand. »Ich bin Jacob.«

Wie gelähmt starrte ich ihn an. *Sag etwas, Ellie. Irgendetwas.*

»Äh, hi.« Nicht unbedingt meine Sternstunde, aber immerhin hatte ich eine Art Begrüßung zustande gebracht. Jacobs Lächeln wurde breiter, und ich sah eine Reihe strahlend weißer Zähne.

»Bist du vom *Traveller?*«

Ob ich was war? »Wie bitte?«

»Das Interview«, half er mir auf die Sprünge und musterte mich erneut. Intensiver diesmal. Er lächelte noch immer, doch jetzt lag noch etwas anderes in seinem Blick, was ich nicht ganz definieren konnte. Verwirrung? Amüsement?

»Bist du die Reporterin, die mich für das Interview mit dem *Nat Geo Traveller* abholen soll?«

Nat Geo … wie in *National Geographic*? Das weltweit berühmte Reisemagazin? Ganz bestimmt nicht. O nein. Nein!

Im Nachhinein kann ich mir nicht erklären, was mir in diesem Moment durch den Kopf ging. Vielleicht war es der miese Tag, der hinter mir lag, das lange Telefonat mit Helen gestern Abend oder aber die letzte Stunde, die ich alleine am Flughafen verbracht hatte, aber aus irgendeinem mir unerklärlichen Grund, begann ich zu nicken, und ein leises Ja entfuhr mir. Jacob runzelte die Stirn, und für einen kurzen Moment sah er überrascht aus. Überrascht, weil er jemand anderes erwartet hatte? Überrascht, weil ich in meinem eher adretten Kostüm nicht ganz dem Bild einer Reisemagazin-Journalistin entsprach? Was zur Hölle tat ich denn hier? Ich musste ihm sagen, dass die richtige Antwort auf seine Frage Nein lautete. Ein dickes fettes Nein. Dann aber leuchteten seine Augen auf, und sichtlich erfreut streckte er mir seine Hand entgegen. Jeglicher Gedanke daran, diese skurrile Situation aufzuklären, verflüchtigte sich aus meinem Hirn.

Verdammt. Diese Augen …

»Versuchen wir es noch mal«, sagte er. »Ich bin Jacob.«

Diesmal reagierte ich ein wenig souveräner und ergriff seine ausgestreckte Hand, während ich mir die Magazine unter den Arm klemmte. Ein großer Fehler. In dem Moment, in dem unsere Hände sich berührten, ging ein Stromstoß durch meinen gesamten Körper. Ein Kribbeln begann in meinen Fingerspitzen und zog sich über meinen Ellenbogen den Arm hinauf. Hier passierte gerade etwas, erkannte ich. Mein Körper reagierte auf Jacob, wie er noch nie zuvor auf ein anderes menschliches Wesen reagiert hatte.

Was zur Hölle?

»Ich bin Ellie«, murmelte ich und zog die Hand zurück, als hätte ich mich an ihm verbrannt.

»Es freut mich wirklich sehr, Ellie.«

Bildete ich mir das nur ein, oder war seine Stimme gerade ein wenig tiefer geworden? Ein beinahe herausforderndes Funkeln lag in

Jacobs blauen Augen, und ich bemühte mich redlich, überall hinzusehen, nur nicht in seine Augen.

»Mich, hm, mich auch.«

»Wollen wir dann los?« Er nickte in Richtung der Magazine, die ich noch immer so fest umklammert hielt, dass es kein Wunder wäre, wenn ich blaue Flecken an den Armen bekommen würde. Auf keinen Fall würde ich den Flughafen mit Jacob Harrison verlassen.

»Okay«, hörte ich mich selbst sagen. Augenscheinlich hatte ich jegliche Kontrolle über meinen Körper, meine Stimme und generell meinen gesunden Menschenverstand verloren. Am liebsten hätte ich mir mit der flachen Hand gegen die Stirn geschlagen. Ganz offensichtlich verwechselte Jacob mich. Ein berechtigtes Missverständnis, bedachte man, dass ich ihn auffällig angestarrt hatte. In der Ankunftshalle eines Flughafens. Mit seinem Gesicht an meine Brust gepresst. Und das auch noch in dreifacher Ausführung. Anzunehmen, dass ich die Reporterin war, die ihn offensichtlich abholen sollte, war wesentlich schmeichelhafter als alles, was mir sonst durch den Kopf ging. *Irrer Stalker* stand dabei ganz oben auf meiner Liste. Jacob griff nach seiner Tasche, und ich beobachtete fasziniert, wie sich die Muskeln unter dem weißen Shirt und den hochgekrempelten Ärmeln seiner Jacke anspannten. Beinahe jungenhaft warf er seine etwas zu langen blonden Haare zurück und zwinkerte mir zu.

»Bist du mit dem Auto hier, oder nehmen wir ein Taxi?«

»Taxi«, krächzte ich und räusperte mich leise. »Wir nehmen ein Taxi.«

Es sei denn, er wollte sich mit mir in eine überfüllte Subway quetschen, denn so war ich hergekommen. Mit der Bahn. Alleine. Nach der *Arbeit* … verdammt, was genau tat ich hier?

Jacob zuckte mit den Schultern. »Soll mir recht sein«, erwiderte er und blickte mich erwartungsvoll an, bis ich mich in Bewegung setzte. Zum Glück kannte ich den Flughafen in- und auswendig, andernfalls hätte ich mich gnadenlos verlaufen. Ich nahm weder den Weg noch meine Mitmenschen um mich herum war. Mein komplettes Sein war auf den Mann neben mir konzentriert. Ich überlegte fieberhaft, was ich sagen könnte. Als Reporterin, die angeblich hier war, um ihn abzuholen, sollte ich doch etwas sagen, oder nicht? Aber mein Kopf war leer. Immerhin war ich nur hierhergekommen, um mich ein wenig zu entspannen, nicht, um den Flughafen mit einem fremden Mann zu verlassen.

»Wie lange machst du diesen Job schon?«, fragte Jacob mich, und ich suchte in seinem Blick nach etwas anderem als freundlicher Neugierde. Wusste er es? Ahnte er, dass ich ihn anlog? Anstatt jedoch mit dem Finger auf mich zu zeigen und »Betrügerin« zu rufen, erwiderte er meinen Blick lächelnd – und vor allem fragend.

»Eine Weile«, antwortete ich vage. *Fünf Minuten.* Aber das konnte ich ihm schlecht beichten, nicht ohne mich komplett zum Affen zu machen. An diesem Punkt hatte ich nur noch die Möglichkeit, mitzuspielen und dann so schnell wie möglich abzuhauen. Immerhin würde ich jemanden wie Jacob Harrison nie wiedersehen. Der Mann war berühmt. Und ich? Ich war eine gelangweilte Immobilienmaklerin, die in einer Zweizimmerwohnung in Greenwich lebte. Ich hatte nicht mal eine Katze. Das Aufregendste, was in meinem Leben passierte, war der Schlussverkauf bei Harrods. *Traurig, Ellie. Wirklich traurig.*

»Und du?«

Eine von Jacobs Augenbrauen wanderte fragend nach oben. Dann hob er eine Hand und winkte eines der zahlreichen schwarzen Taxis zu uns heran.

»Solltest du das nicht wissen?«

Verdammt. Natürlich sollte ich das. Immerhin war ich hier die Reporterin. Wenigstens für den Moment. »Ja, ich, äh, höre das immer gern selbst von den Leuten, mit denen ich mich treffe. Die ich interviewe«, verbesserte ich mich rasch.

Jacob warf mir einen langen Blick zu. Wahrscheinlich fragte er sich gerade, wie ich den Job bekommen hatte, obwohl ich es nicht einmal schaffte, einen halbwegs vernünftigen Satz zu formen. Wir stiegen ins Taxi, und erleichtert hörte ich ihn den Namen seines Hotels nennen.

»Ich hoffe, es stört dich nicht, wenn wir uns in die Hotelbar setzen? Ich bin müde und habe seit Ewigkeiten nichts gegessen.« Er grinste verschmitzt. »Ich hab das Essen im Flieger verschlafen.«

Wie jemand in solch einer Blechkiste überhaupt schlafen konnte, war mir ein Rätsel.

»Total okay für mich.«

Zufrieden ließ er sich in die weichen Polster des Taxis sinken. Die Augen geschlossen, fuhr er sich mit der Hand durch die bereits zerzausten blonden Haare. *Er sieht müde aus.* Mit zusammengezogenen Brauen betrachtete ich seine sonnengebräunte Haut und das markante Kinn ein wenig genauer. Auch live und in Farbe stand er den Titelblättern meiner neu erworbenen Reisemagazine in nichts nach. Und er hatte Sommersprossen, stellte ich verzückt fest. Etwas, was man auf den Fotos nicht hatte erkennen können.

»Über fünfzehn Jahre«, sagte er auf einmal, und ertappt wandte ich mich ab und sah aus dem Fenster.

»Wie bitte?«

»Du hast gefragt, wie lange ich bereits von Häusern springe oder mich aus Flugzeugen stürze.« Seine Mundwinkel zuckten. »Über fünfzehn Jahre«, wiederholte er.

»Eine lange Zeit.«

»Mhm«, machte er, die Augen noch immer geschlossen. Das

konnte alles und gleichzeitig nichts bedeuten. Während Jacob sich entspannte, versuchte ich mich derweil daran zu erinnern, was genau ich bis jetzt über ihn gehört oder gelesen hatte. Jacob Harrison, Extremsportler. Er musste Mitte oder Ende dreißig sein. Ich erinnerte mich daran, dass sein Name vor knapp zwei Jahren in aller Munde gewesen war, weil er für eine berühmte Rockband und deren Musikvideo ein paar mehr als halsbrecherische Stunts ausgeführt hatte. Ein Abstecher nach Hollywood hatte ihn Ende letzten Jahres endgültig weltberühmt gemacht. Der Mann war so etwas wie ein A-List-Promi. Na ja, zumindest ein B-List-Promi. Verdammt, was genau *machte* ich hier? Und warum hatte ihn niemand vom Flughafen abgeholt? Es lief mir eiskalt den Rücken runter, als ich daran dachte, dass just in diesem Moment eine richtige Reporterin, oder ein richtiger Reporter, auf Jacob in der Ankunftshalle wartete und sich wunderte, dass dieser nicht auftauchte.

Beruhige dich, Ellie, du hast den Mann schließlich nicht entführt.

Nein, entführt hatte ich ihn nicht, nur unter Vorspiegelung falscher Tatsachen aus dem Flughafen gelockt. Ich legte eine Hand auf meinen plötzlich nervös rumorenden Magen.

»Wir müssen das heut Abend auch nicht machen«, flüsterte ich in die Stille des Taxis. Jacob öffnete seine Augen und drehte den Kopf, um mich anzusehen. Schon wieder waren diese intensiven Laseraugen auf mich gerichtet.

»Was müssen wir nicht machen?«

Okay, ich musste mich vielleicht etwas weniger kryptisch ausdrücken. »Das Interview. Du siehst müde aus und ich … Wir können das Interview auch auf einen anderen Tag schieben.« Was mir die Gelegenheit geben würde, aus diesem Auto zu steigen und Jacob Harrison einem Profi zu überlassen. Seltsamerweise machte mich dieser Gedanke irgendwie traurig.

»Ist schon okay«, antwortete er und kramte sein Portemonnaie hervor, um den Fahrer zu bezahlen. Überrascht sah ich aus dem Fenster und entdeckte die prachtvolle Fassade des *Mandarin Oriental*. Waren wir so schnell gewesen, oder hatte ich ernsthaft über dreißig Minuten damit verbracht, den Mann neben mir anzustarren?

O Gott, wie unangenehm ...

»Hier Kumpel, für dich.«

Der Taxifahrer nahm das Geld entgegen und bedankte sich überschwänglich bei seinem äußerst großzügigen Fahrgast.

»Ich, äh«, begann ich, ohne genau zu wissen, was ich sagen wollte. »Ich kann das auch bezahlen.« War es nicht das, was Verlage oder Fernsehsender taten? Ihre Stars zu allem einladen? Immerhin hatten sie Jacob in einem Luxushotel untergebracht.

»Ist schon okay. Das Hotel hat sicher genug gekostet. Warum ihr Typen immer darauf besteht, mich in diesen Luxusschuppen unterzubringen, werde ich nie verstehen«, murmelte er und stieg aus dem Wagen. Darauf konnte ich ihm keine Antwort geben. Eilig folgte ich ihm und sah, die Magazine noch immer fest im Griff, dabei zu, wie er sich seine Dufflebag aus dem Kofferraum schnappte. Ein Concierge eilte direkt auf uns zu.

»Mister Harrison, welch eine Freude, Sie bei uns begrüßen zu dürfen«, säuselte er, während ich antwortete: »Ihr Typen?«

Jacob zuckte mit den Schultern, und wir folgten dem Hotelangestellten in die Lobby.

»Presse, Manager ... es ist immer das Gleiche. Als ob eine Person eine ganze Suite bräuchte.« Da ich ihm schlecht zustimmen oder gar widersprechen konnte, gab ich ein unbestimmtes Geräusch von mir. Ich hatte ein Hotel wie das *Mandarin Oriental* noch nie von innen gesehen. Und ganz bestimmt auch keine Suite dieser Preiskategorie. Daher konnte und wollte ich über Jacobs Aussage nicht urteilen. Zwar verdiente ich in meinem Job nicht schlecht, aber Chad würde uns während unserer Geschäftsreisen niemals in einem Hotel wie diesem unterbringen. Das *Mandarin Oriental* war eines der exklusivsten Hotels in London. Der Concierge beschleunigte das Einchecken so gut es ging, und so saß ich wenige Minuten später in einer privaten Ecke der Hotelbar und wartete darauf, dass Jacob mir nach seiner Dusche Gesellschaft leistete. Nervös sah ich mich um. Zu meiner unendlichen Erleichterung war die Bar so gut wie leer. Außer mir befanden sich aktuell nur ein paar Anzugträger und zwei Pärchen in dem prunkvollen Raum. Keiner der hier Anwesenden wusste, dass ich nur vorgab, eine Reporterin zu sein. Niemand nahm Notiz von mir. Ich erinnerte mich daran, dass ich letztes Jahr einen Artikel darüber gelesen hatte, dass die Bar vor Kurzem renoviert und wiedereröffnet worden war. Am Wochenende tummelte sich hier das *Who's Who* der Londoner High Society. Zum Glück war heute Dienstag. Ich ließ meinen Blick durch den Raum wandern und blieb an der Bar hängen. Große Kupferleuchten hingen von der Decke und tauchten die glänzenden und mit dezenten Art-déco-Schnörkeln verzierten Milchglasflächen in goldenes Licht. Mit ihrem rechteckigen, leuchtenden Tresen erinnerte die Bar mich ein wenig an einen Laufsteg … Alles in diesem Raum war glamourös und teuer. Alles außer mir. Ich atmete tief durch und versuchte, meine Nerven zu beruhigen. Ich sollte aufstehen und gehen. Es wäre unhöflich, ja, aber weit weniger unhöflich, als Jacob weiterhin eine Rolle vorzuspielen. Bis jetzt hatte ich den Gedanken erfolgreich verdrängt, dass irgendwo am Flughafen womöglich eine richtige Reporterin stand und auf Jacob wartete. Jetzt aber brach die Realität mit gewaltiger Wucht über mir zusammen. Und wie schon im Taxi lief es mir eiskalt den Rücken herab. Gänsehaut breitete sich auf meinen Armen aus.

Was, wenn sie weiß, wo er wohnt, und hierherkommt? Eine nicht zu leugnende Panik durchfuhr mich bei dem Gedanken. Das konnte ich auf keinen Fall riskieren. Ich musste hier weg!

2

So verloren wie Alice.
So verrückt wie der Hutmacher.

Auf leicht zittrigen Beinen erhob ich mich just in dem Moment, als Jacob die Bar betrat. Als ich ihn erblickte, machte mein Herz einen Satz, den es eigentlich nicht machen sollte. Einen Satz, den es unmöglich machen *konnte*, immerhin hatte ich den Mann vor genau einer Stunde das erste Mal gesehen. Jacob umrundete die Bar und kam näher. Mein Herz stolperte erneut. Mit einem fragenden Ausdruck auf dem Gesicht sah er mich an, während er zu mir herüberschlenderte. Die Jeans und die Lederjacke waren einer schwarzen Trainingshose und einem dunklen Pullover gewichen. An jedem anderen hätte dieser Look wahrscheinlich unpassend gewirkt. Jacob jedoch sah unangestrengt lässig und absolut nicht fehl am Platz aus, trotz unserer spektakulär opulenten Umgebung. Vorhin noch hatte ich es bereut, dass ich mich nach der Arbeit nicht umgezogen hatte, jetzt war ich dankbar. In meiner schwarzen Hose und der hellblauen weiten Seidenbluse passte ich nicht ganz an diesen Ort, fiel aber auch nicht negativ auf. Und mit etwas Glück hatte von dem leichten Make-up, das ich heute Morgen aufgetragen hatte, wenigstens etwas Rouge überlebt.

»Wolltest du wohin?«

Ich zwang meine Lippen zu so etwas Ähnlichem wie einem Lächeln, und meine Gedanken überschlugen sich, als ich versuchte, etwas anderes zu erwidern als Ja. *Ja!*

»Ich, äh …« *Verdammt, Ellie.* »Nein.«

»Gut.« Er ließ sich in den Sessel mir gegenüber fallen. Die Sitzecke und der Tisch vor uns waren für einen Mann wie Jacob Harrison viel zu klein. Ihn jedoch schien seine Umgebung nicht im Geringsten zu interessieren. Sobald Jacob saß, erschien ein Kellner neben uns. Jener Kellner, der mich seit über zehn Minuten geflissentlich ignoriert hatte.

»Wasser oder Drinks?«, fragte Jacob mich.

»Drinks.« Definitiv Drinks. Jacob sah ebenso erleichtert aus, wie ich mich fühlte. Mit Alkohol würde ich diesen Abend schon irgendwie überleben. Ein, zwei Fragen, einen Drink und ich würde das *Mandarin Oriental* und Jacob Harrison so schnell ich konnte hinter mir lassen. *Bevor* eine wütende Reporterin hier auftauchen und mich auffliegen lassen konnte.

»Mojito?«

Ich nickte. »Klar, warum nicht.«

Jacob bestellte zwei Mojitos und etwas, das verdächtig nach der gesamten Fingerfood-Karte klang.

»Ich war die letzten vier Wochen in Brasilien«, klärte er mich auf, als der Kellner abrauschte, um sich um unsere Bestellung zu kümmern. »Seitdem liebe ich das Zeug.«

Brasilien? Ich unterdrückte ein sehnsüchtiges Seufzen. Was für exotische Orte Jacob wohl schon besucht hatte? Ich selbst hatte es noch nicht einmal geschafft, in den letzten zehn Jahren, in denen ich bereits legal trinken durfte, einen simplen Mojito zu bestellen.

»Woran denkst du?«

Irritiert sah ich auf. »Hm?«

»Das Lächeln auf deinem Gesicht.« Jacob streckte seine langen

Beine aus und überkreuzte sie an den Knöcheln. Dabei kam er meinen brav untergeschlagenen Beinen gefährlich nahe. Unsere aktuelle Sitzsituation machte es mir jedoch unmöglich, noch weiter von ihm abzurücken. Um das zu tun, hätte ich aufstehen, meinen Sessel hochhieven und mich aktiv von ihm entfernen müssen. Eine Alternative wäre es gewesen, einfach zu gehen. Etwas, was ich definitiv hätte tun sollen. *Bevor* Jacob die Bar betreten hatte. »Woran hast du gedacht?«, wiederholte er seine Frage.

Mein erster Impuls war ihn anzulügen. Schon wieder. Da ich jedoch nicht plante, Jacob jemals wiederzusehen, versuchte ich mir ein Beispiel an ihm zu nehmen und mich zu entspannen. Die Magazine mit seinen Coverfotos lagen direkt zwischen uns auf dem kleinen Tisch und verhöhnten mich. Ich blendete sie aus. Der Kellner brachte unsere Drinks und die erste Ladung von Jacobs Monsterbestellung, wobei er die Magazine bemerkenswert nonchalant zur Seite schob. Fasziniert von seiner scheinbar mühelosen Eleganz, sah ich ihm dabei zu, wie er zwei hübsche Kristallgläser und eine Reihe bunt gefüllter Schüsseln auf dem eigentlich viel zu kleinen Tisch arrangierte.

»Ich habe noch nie einen Mojito getrunken«, verkündete ich, als wir wieder alleine waren.

»Wirklich?«

Er klang ernsthaft schockiert. Ich nickte, und wir griffen nach unseren Gläsern.

»Darauf trinken wir.« Jacob stieß mit seinem Glas geräuschvoll gegen meins. »Cheers.«

Neugierig und ja, auch ein wenig aufgeregt, obwohl es sich hierbei nur um ein Getränk handelte, schob ich das kleine Schirmchen aus dem Weg und sog an dem Glastrinkhalm. *Wow!* Jacob beobachtete mich grinsend. »Und?«

»Ziemlich lecker«, erwiderte ich, nun ebenfalls lächelnd. Der Mojito in meiner Hand, dieser ganze verrückte Abend, waren mit Abstand das Aufregendste, was mir seit Jahren passiert war – und worauf ich mich eingelassen hatte. Mein erstes kleines Abenteuer und ich wurde nicht enttäuscht. Zumindest nicht von meinem Drink. Die süß-bittere Kombi aus Alkohol und Zucker, gepaart mit der Säure der Limetten, schmeckte phantastisch. Definitiv etwas, woran ich mich gewöhnen konnte. Ebenso wie an den Mann mir gegenüber. *Whoa, Ellie. Immer mit der Ruhe.* Nach diesem Abend würde ich Jacob nie wiedersehen. So deprimierend dieser Gedanke auch war, es war richtig so. Dieser Abend basierte auf einer Lüge. Meiner Lüge. Aber Jacob berührte etwas in mir, etwas, was ich schon sehr, sehr lange nicht mehr gefühlt hatte. Und ich kannte ihn wie lange? Noch nicht mal eine Stunde. Wenn ich nicht aufpasste, dann würde ich mich in seinen blauen Augen verlieren, und so etwas war mir seit einer gefühlten Ewigkeit nicht mehr passiert. Ich wollte ja auch gar nicht, dass so etwas passierte. Also musste ich mich zusammenreißen und dieses Gespräch möglichst professionell hinter mich bringen. Das war ich mir selbst und dem, was von meiner Würde noch übrig war, schuldig. Wahrscheinlich schuldete ich es auch Jacob. Immerhin nahm er an, dass er hier einer waschechten Reporterin gegenübersaß. Einem Profi.

»Also«, begann ich, im gleichen Moment, in dem er sich vorlehnte.

»Was willst du wissen?«

»Hast du etwas dagegen, wenn wir, hm, das Interview ein wenig anders aufziehen?«, fragte ich ihn und versuchte dabei möglichst gelassen zu klingen.

»Absolut nicht«, antwortete er. Mittlerweile sah Jacob ein wenig entspannter aus, und etwas irritiert stellte ich fest, dass wir beide unseren Drink bereits zur Hälfte geleert hatten. Er nickte in Richtung unserer Gläser.

»Noch einen?«

Wollte er mich etwa abfüllen? Oder konnte es sein, dass er diese merkwürdige Chemie zwischen uns ebenfalls spürte?

»Ich meine, ich kenne all die beruflichen Fakten über dich« – noch eine Lüge – »aber ich will ein wenig mehr über den *Mann* Jacob Harrison erfahren. Nicht über den *Sportler* Jacob Harrison.«

Er sah mich verblüfft an. Damit hatte er wohl nicht gerechnet. Aber wenigstens das war keine Lüge. Ich wollte mehr über den Mann mir gegenüber erfahren. Was für ein Mensch war Jacob, und warum fühlte ich mich so sehr von ihm angezogen? Etwas blitzte in seinem Gesicht auf. Etwas Intensives und … Beunruhigendes. Ich spielte nervös mit dem Glastrinkhalm in meinem Drink.

»Ist das okay für dich?«

Nach einer kurzen Stille, in der er mich lediglich angesehen hatte, nickte er schließlich. Erleichtert atmete ich auf.

»Gut. Dann nehme ich noch einen Drink«, beantwortete ich seine Frage. Ich wusste nicht, ob es mir als Reporterin untersagt sein müsste, während eines Jobs zu trinken. Da ich aber keine richtige Reporterin war, konnte es mir glücklicherweise egal sein. Da ich ohnehin bereits knietief im Dreck steckte, war das Mindeste, was ich tun konnte, den Abend in vollen Zügen zu genießen. Wann bekam man schon einmal die Gelegenheit, mit einer echten Berühmtheit in einer dunklen Hotelbar Mojitos zu schlürfen?

Zwei Stunden später wusste ich eins mit Sicherheit, Jacob Harrison war ein faszinierender Mann. War unser Gespräch zu Beginn ein wenig holprig gewesen, so war davon jetzt nichts mehr zu merken. Jacob entpuppte sich als richtiger Entertainer und erzählte mir eine spannende Geschichte nach der anderen. Von seinen Stunts, aber auch von den verschiedensten Menschen, die er bisher getroffen oder mit denen er gearbeitet hatte. Regisseure, Schauspieler, Rockbands – so ziemlich alles, was das Fan-Herz höherschlagen ließ.

Ich lehnte mich vor und schnappte mir ein paar der Salzbrezeln, ehe ich mich wieder in meinem Sessel zurücklehnte. Ich konnte nicht glauben, wie angenehm dieser Abend verlief. Jacob war witzig und charmant. Ich hätte ihm den ganzen Abend dabei zuhören können, wie er mir von seinem Leben erzählte. Es war ein einziges Abenteuer, und ich verspürte einen gewissen Neid, wenn ich daran dachte, was er bereits alles gesehen und erlebt hatte. Die meisten Leute träumten lediglich davon, ferne, exotische Orte zu sehen. Jacob jedoch hatte sie alle bereist.

»Also, warum ist Hollywood dann nichts für dich?«, fragte ich interessiert.

»Es war witzig, eine Gastrolle in dem Film zu spielen, aber immerhin habe ich mich selbst gespielt. In eine völlig andere Rolle zu schlüpfen, liegt mir nicht. Ich bin gerne ich.«

Nachdenklich schob ich mir eine Salzbrezel in den Mund. *Ich bin gerne ich.* Wie viele Leute das wohl über sich selbst sagen konnten? Es musste sich gut anfühlen, so sehr mit sich im Reinen zu sein.

»Außerdem«, fügte er hinzu und riss mich so aus meinen Gedanken, »mag ich es nicht, berühmt zu sein.«

Ich schnaubte wenig damenhaft. »Oh, bitte.«

»Nein, wirklich.«

»Warum?«

»Ich habe kein Problem damit, wenn mich jemand auf der Straße erkennt, versteh mich nicht falsch«, er zog spielerisch eine Augenbraue hoch, »und um Himmels willen, schreib das bloß nicht in deinem Artikel, aber … ich weiß nicht …« Er fuhr sich mit einer Hand durch die blonden, im Schein der Kupferlampen golden leuchtenden Haare. »Ich bin dankbar für meinen Erfolg, der mir all dies hier ermöglicht, aber mein ganzes Leben in der Presse? Immer darüber nachdenken, was ich sage, tue oder wie ich vielleicht wirke. Nein, danke. Als Extremsportler werde ich von Fans des Genres erkannt«, fuhr er fort. »Seit letztem Jahr von ein paar mehr Menschen, an sich bewege ich mich aber in einer Nische und kann mich relativ unbehelligt in der Öffentlichkeit bewegen. Musiker oder Schauspieler hingegen haben diesen Luxus nicht.«

Es schien ihm wirklich ernst zu sein. Einen Augenblick lang musterte ich Jacob. Dann verspeiste ich den Rest meiner Salzbrezeln und nickte.

»Das wäre auch nichts für mich.«

»Du interviewst die Leute lieber …«

Jacob lächelte, aber zum ersten Mal an diesem Abend erreichte es seine Augen nicht. *Ob er auch ein Problem mit Reportern hat?*

Ich stellte es mir anstrengend vor, von Termin zu Termin zu jetten und immer Leute mit Kameras oder Schreibblöcken um mich zu haben. Während der letzten zwei Stunden hatte ich vollkommen vergessen, warum genau ich mit Jacob Harrison in einer Hotelbar gegenüber dem Hyde Park saß. Nun aber stürmte das Ausmaß meiner eigenen Dummheit mit voller Wucht auf mich ein. Bis jetzt hatte ich verfluchtes Glück gehabt, dass nicht wirklich jemand vom *Traveller* aufgetaucht war und mich bloßgestellt hatte. Was ich jetzt tun sollte, war bezahlen und gehen.

»Ich übernehme die Rechnung, dann sollte ich gehen.«

»Hast du einen Freund?«

Wir hatten gleichzeitig gesprochen, dennoch hatte ich ihn laut und deutlich gehört. Bei seiner Frage flatterten ein paar sehr aufgeregte Schmetterlinge durch meine Magengrube.

»Ellie, hast du einen Freund?«, fragte er mich noch einmal.

»Ich, äh …«

»Oder einen Mann?«

Absolut nicht vorbereitet auf diese Art von Fragen, wandte ich mich ab und sah zur Bar. Mittlerweile war es nach Mitternacht. Wir waren die letzten Gäste, und sowohl der Kellner als auch der Barkeeper hatten bereits mehr als einmal bedeutungsschwer auf ihre Armbanduhr geschaut. Ich wollte Jacobs Frage nicht beantworten, und das war feige. Bilder und Erinnerungen von Mark stürmten auf mich ein und drohten mich zu ersticken. Mark und ich nach der Schule, als wir unsere erste Wohnung mieteten. Mark und ich, Wein trinkend in der Toskana. Mark, wie er mir einen Antrag machte, und ich, wie ich in einem schwarzen Kleid auf dem Friedhof stand. Allein und verloren.

»Ellie?« Jacobs Stimme war sanft, aber gleichzeitig bestimmt. Er wollte eine Antwort von mir, und wer konnte es ihm verübeln? Immerhin hatten wir mehr als nur ein wenig miteinander geflirtet, und die letzten Stunden mit ihm waren schön gewesen. Wirklich schön. Aber obwohl die Chemie zwischen uns stimmte, war der Abend eine Farce. Das hier war nicht ich. Die Ellen Mansfield, die ich normalerweise war, war weder spontan noch verrückt oder besonders offen Fremden gegenüber, und sie saß mit Sicherheit nicht Mojito trinkend mit einem fremden Mann in einer Bar.

»Bitte sag mir, dass du nicht in einer festen Beziehung bist.« Jacobs Stimme jagte mir einen Schauer den Rücken hinab. Ich riss meinen Blick von der Bar los und sah ihn an. Sofort nahmen seine blauen Augen mich gefangen. Wie in Trance schüttelte ich den Kopf.

»Keine feste Beziehung also.« Jacob grinste. »Andere … Verpflichtungen?«

Wie eine Marionette, die von jemand anderem gelenkt wurde, schüttelte ich erneut den Kopf. Es schien so, als würde mein Körper ein Eigenleben entwickeln, sobald es um den Mann mir gegenüber ging. Ich hätte ewig hier sitzen und Jacobs Geschichten lauschen können. Die Stimme dieses Mannes, seine ganze Ausstrahlung und vielleicht auch die Mojitos in meinem ansonsten leeren Magen sorgten dafür, dass ich mich wohlfühlte. Richtig gut und zufrieden. Ich wollte dieses Gefühl nicht aufgeben, aber ich musste es. Die Realität und damit auch die Absurdität dieser Situation schlug ihre Krallen in mein Fleisch und erinnerte mich schmerzhaft daran, dass Jacob Harrison hier jemandem gegenübersaß, den es gar nicht gab. Ich war Immobilienmaklerin, verflucht. Für einen Abend jemand anders zu sein und sich von einem Mann wie Jacob verzaubern zu lassen, um der Realität für einen Moment zu entfliehen, hatte Spaß gemacht, und es tat unleugbar gut, aber es konnte nicht von Dauer sein.

»Gut«, raunte Jacob heiser. Lag es an mir, oder war es hier gerade ein paar Grad wärmer geworden? Er lehnte sich nach vorne und damit dichter zu mir. »Ich will dich wiedersehen, Ellie.«

O nein. *Nein. Nein. Nein.*

»Jacob, ich …«

»Verzeihung?« Irritiert sah ich auf und blickte in das erschöpfte Gesicht unseres Kellners. »Die Bar schließt jetzt, und ich muss Sie leider bitten zu gehen.«

Ohne auf eine weitere Aufforderung zu warten, sprang ich auf. Das war mein Stichwort, meine Chance abzuhauen, und ich würde sie ergreifen.

»Natürlich«, wandte ich mich an den Kellner. »Ich würde gern mit Kreditkarte …«

»Schreiben Sie es auf mein Zimmer«, unterbrach Jacob mich.

»Nein, ich …«

»Sehr wohl, Sir. Ich hole Ihnen die Rechnung zum Gegenzeichnen.«

»Du musst das nicht bezahlen«, grummelte ich leise, »der Verlag« – die Erde möge sich auftun und mich verschlingen – »kann dafür aufkommen.«

Jacob musterte mich einen Moment schweigend. Er saß noch immer in seinem Sessel. Den Kopf leicht in den Nacken gelegt, sah er zu mir auf, während ich versuchte, überall hinzusehen, nur nicht zu ihm. Mit mäßigem Erfolg. Schweigend warteten wir, bis der Keller zurückkam und Jacob eine schwarze Ledermappe reichte. Jacob unterzeichnete, ohne mich dabei aus den Augen zu lassen. Möglichst unauffällig schielte ich in Richtung Ausgang. Wenn ich mich jetzt umdrehte und loslief, dann könnte ich … Eine Berührung an meinem Arm riss mich aus meinen Gedanken. Ich musste mich nicht umdrehen, um zu wissen, von wem sie kam. Jacobs Hand brannte sich regelrecht durch den Stoff meiner dünnen Bluse, und ich bemühte mich, möglichst flach zu atmen.

»Ich bringe dich zur Tür«, flüsterte er an meinem Ohr. Sehr dicht an meinem Ohr.

Artig bedankte ich mich bei unserem Kellner und dem Barkeeper und ließ mich von Jacob durch die Bar und die Hotellobby in Richtung Ausgang führen. Für einen kurzen Moment hatte ich befürchtet, dass ich ihm die falschen Signale gesendet hatte und er versuchen würde, mich ins Bett zu kriegen. Ein One-Night-Stand nach ein paar Drinks und einem netten Abend. Nichts Wildes. Außer dass ich so was noch nie gemacht hatte. Dass Jacob mich jedoch direkt Richtung Ausgang führte, ohne auch nur *irgendetwas* zu versuchen, erleichterte mich. Und gleichzeitig enttäuschte es mich ein wenig. *Wärst du etwa mit ihm aufs Zimmer gegangen, Ellie? Wirklich?* Vor der Tür angekommen, sog ich die kühle Nachtluft gierig in meine

Lungen. Mein Mund fühlte sich trocken an, und das Herz schlug schnell in meiner Brust. Ich drehte mich zu Jacob um und spürte, wie mir die Hitze in die Wangen kroch. Die Art und Weise, wie er mich in diesem Moment ansah, so voller unverhohlenem Begehren, würde mich noch lange in meinen Träumen verfolgen. Etwas verlegen strich ich mir ein paar widerspenstige Strähnen meines dunklen Haares hinter das Ohr und fixierte einen Punkt hinter ihm.

»Das war ein schöner Abend«, sagte ich leise.

»War es.«

»Danke für die Drinks und das Essen.«

Als Jacob nichts weiter erwiderte, nahm ich all meinen Mut zusammen und sah zu ihm auf. Strahlend blaue Augen bohrten sich in meine, und ich widerstand dem Drang, meinen Blick zu senken.

»Ellie, ich …«

»Es ist spät«, unterbrach ich ihn und rang mir ein zittriges Lächeln ab. »Ich sollte besser gehen.« Stumm sah er mich an. Der Gehweg vor dem Hotel war menschenleer, und der Portier an der Tür schenkte uns keine Beachtung. Niemanden kümmerte es, dass wir hier draußen standen und uns einfach nur ansahen. »Es ist spät«, wiederholte ich, »ich sollte wirklich …« Weiter kam ich nicht. Jacob überbrückte die kurze Distanz zwischen uns und presste seine weichen Lippen auf meine. Mein Kopf brauchte einen Moment, bis er verstand, was hier gerade passierte. Mein Körper jedoch war voll und ganz bei der Sache. Wie von selbst schlangen sich meine Arme um Jacobs Hals, und mit einem zustimmenden Grollen zog er mich fest an sich. Er schmeckte nach Mojito und Mann und Abenteuer. Berauscht von ihm und unserem Kuss, stellte ich mich auf die Zehenspitzen. Jacob verstand mein Verhalten als genau das, was es war: eine Aufforderung, den Kuss zu vertiefen. Er wühlte eine seiner großen Hände in meine Haare und legte sie sanft, aber unmissverständlich besitzergreifend auf meinen Hinterkopf. So kitschig es auch klang, aber in diesem einen, wunderbaren Moment blieb die Welt für mich stehen. Nur um sich dann weiterzudrehen, rasend schnell und schwindelerregend. Jacob Harrison zu küssen war überwältigend. Ich fühlte mich gleichzeitig verletzlich und stark. Geborgen und herausgefordert. Lust pulsierte kompromisslos durch meinen Körper, und das Blut rauschte schneller durch meine Adern. Hitze, vollkommen unangebrachte, feurige Hitze durchströmte mich. Jacob legte seine freie Hand an meine Taille, und ich seufzte zufrieden an seinem Mund, als er die Finger spreizte und mich noch ein wenig dichter an sich zog.

Direkt neben uns ertönte die schrille Hupe eines Autos. Erschrocken fuhren wir auseinander. Das hieß, ich war es, die versuchte, etwas Abstand zwischen uns zu bringen. Jacob hingegen hielt mich noch immer an Ort und Stelle. Seine Hand an meiner Taille zuckte verdächtig. *O mein Gott.* Ich hatte Jacob Harrison geküsst!

Jacobs Lider hingen mittlerweile auf halb acht, und seine nun mitternachtsblauen Augen verrieten mit deutlich, was er wollte.

»Ellie …«

»Ich muss jetzt wirklich los«, unterbrach ich ihn und löste mich sanft, aber mit Nachdruck aus seinen Armen. Dann trat ich zurück und gönnte mir einen tiefen Atemzug. Der Taxifahrer klopfte an die Beifahrerscheibe und sah mich fragend an. Offensichtlich hatte eine der Empfangsdamen ein Taxi für mich gerufen, als sie gesehen hatten, wie Jacob mich zum Ausgang begleitete. Natürlich hatten sie nicht wissen können, dass wir erst noch miteinander rummachen würden. Ich selbst war mit dieser Entwicklung aktuell mehr als nur ein wenig überfordert. Also bedeutete ich dem Taxifahrer, dass ich gleich einsteigen würde, und bemühte mich um ein möglichst neutrales Lächeln.

»Danke für … alles, Jacob. Ich hatte einen wirklich schönen Abend.«

Jacobs Stirn legte sich in Falten, und wenig begeistert sah er auf mich herab.

»Geh nicht.«

»Ich muss«, antwortete ich leise und tastete blind nach dem Griff der Tür.

Jacob hier stehen zu lassen, nach allem, was wir die letzten Stunden miteinander geteilt hatten, schien mir ein Ding der Unmöglichkeit zu sein. Und genau deswegen musste ich gehen. Meine Lippen kribbelten und erinnerten mich daran, dass ich seit drei Jahren nicht mehr geküsst worden war.

»Ellie?«

»Ja?«

»Wie lautet dein Nachname?«

»Ich …« *Sag es ihm nicht. Sag es ihm nicht.* Ich konnte nicht riskieren aufzufliegen.

»Mansfield.« Verdammt. Wo war sie hin, meine berühmte Selbstbeherrschung? Was war los mit mir? Gut, ich hatte die letzten zwei Stunden vier Mojitos getrunken, und vielleicht war ich etwas angeheitert, aber ich war nicht betrunken. Und ich war klar genug, um zu wissen, dass es ein Fehler gewesen war, Jacob meinen vollen Namen zu nennen. Was, wenn er mich nach diesem Abend wirklich wiedersehen wollte? Immerhin hatte er mich geküsst! Wie würde er reagieren, wenn er erfuhr, dass es keine Reporterin beim *Traveller* mit dem Namen Ellen Mansfield gab?

»Es war mir eine wahre Freude, Ellie Mansfield.« Das Lächeln war zurück auf Jacobs Gesicht, und galant hielt er mir die Tür auf.

»Leb wohl, Jacob.«

Schweren Herzens ließ ich mich auf den Rücksitz des Taxis fallen und schloss die Augen. Verschloss sie vor Jacob. Vor diesem Abend und meinen eigenen, verwirrenden Gefühlen. Jacobs Stimme drang dumpf zu mir ins Innere des Taxis.

»Wir werden uns wiedersehen, Ellie Mansfield!«

»Bitte fahren Sie los«, bat ich den Taxifahrer leise.

»Wohin?«

Ich nannte ihm meine Adresse.

»Bitte fahren Sie einfach.« Der Wagen setzte sich in Bewegung, und es kostete mich all meine verbliebene Kraft, mich nicht umzudrehen und Jacob anzustarren. Denn eins wusste ich mit Sicherheit: Ich würde Jacob Harrison nie wiedersehen.

3

Lieber ein »Ups«
als ein »Was wäre, wenn ... «

Ellie? Ist alles okay bei dir?«

»Mhm?«

»Ist alles okay bei dir, Schätzchen?«, fragte mich Amanda, Chads Sekretärin und die gute Seele unseres Büros, offensichtlich nicht zum ersten Mal.

»Ja, ich ... ja.« Ich rang mir ein, wie ich hoffte, aufmunterndes Lächeln ab. »Alles bestens.«

Nichts war bestens, gar nichts. Seit ich vor drei Tagen die Bar des *Mandarin Oriental* und damit auch Jacob Harrison hinter mir gelassen hatte, konnte ich weder richtig schlafen noch essen. Oder auch nur einen klaren Gedanken fassen. Irgendwie hatte dieser Mann es geschafft, sich in meinem Kopf einzunisten. In den letzten Tagen hatte ich jeden Onlineartikel über Jacob gelesen, den ich hatte finden können. Jeden noch so kleinen Schnipsel. Jacob war sechsunddreißig Jahre alt, Single – offenbar hatte er zuletzt ein Supermodel gedatet, aber die Beziehung war in die Brüche gegangen – und in seinen Stunts noch verrückter und risikofreudiger, als ich vermutet hatte. Die letzten drei Abende hatte ich damit verbracht, mir diverse Youtube-Videos über ihn anzuschauen. Jacob, wie er sich ohne Fallschirm aus einem Flugzeug stürzt, nur um den Fallschirm kurz vor dem Boden in der Luft überreicht zu bekommen. Jacob, wie er Apnoetauchen mit weißen Haien macht, oder Jacob, wie er sich mit seinem Snowboard aus einem Helikopter wirft, um nicht erschlossene Pisten hinabzusausen. Jedes Mal, wenn ich meinen Browser hatte schließen wollen, hatte Youtube mich darauf hingewiesen, dass User, die *dieses Video* gesehen hatten, auch *jenes Video* unbedingt schauen mussten. Stunden um Stunden hatte ich also vor meinem Laptop verbracht, und mehr als einmal war mir dabei das Herz in die Hose gerutscht. Ich fragte mich, wie dieser Mann zu dem sanftmütigen, lustigen Jacob passte, den ich vor drei Tagen kennengelernt hatte. Mir war durchaus bewusst, dass ich mich mit meiner Recherche nur selbst quälte. An diesem Punkt, ganze drei Tage später, musste Jacob bereits wissen, dass ich ihn belogen hatte und es definitiv keine Reporterin namens Ellie Mansfield beim *Traveller* gab. Vielleicht wusste er sogar, dass es überhaupt keine Reporterin namens Ellie Mansfield gab. Nur eine traurige Immobilienmaklerin, die ihre Abende allein am Flughafen verbrachte. Bei dem Gedanken wurde mir flau im Magen. Bestimmt war er wütend gewesen, dachte ich, als ich Amanda dabei zusah, wie sie sich erneut ihren Papieren widmete. Natürlich war er wütend gewesen! Wer wäre das nicht, wenn man erfuhr, dass man einen ganzen Abend lang verarscht worden war? Von der Frau, die man zum Abschied auch noch geküsst hatte. Aber Jacob würde mich vergessen, und genau das sollte ich auch tun. Ihn vergessen. Stattdessen stalkte ich seinen Instagram-Account und erkannte mich dabei selbst nicht wieder. Aber dieser Kuss … übermüdet und mit brennenden Augen starrte ich auf meinen Laptop. Die Zahlen verschwammen vor meinen Augen, und nicht einmal die nette Mail von Mortimer Wentworth und seine Einladung zum Tee hatten mich aufheitern können. Mein Telefon begann lautstark zu klingeln und riss mich aus meiner Lethargie. Wenig begeistert nahm ich ab.

»Mansfield, *Danes Properties*, was kann ich für Sie tun?«

»Sind Sie Ellen Mansfield?«, hörte ich eine grimmige Stimme am anderen Ende der Leitung.

»Die bin ich.«

»Dann bewegen Sie sofort Ihren Arsch hierher und erklären mir, was *verflucht nochmal* Sie mit Jacob Harrison zu schaffen haben.«

»Äh …« *O mein Gott.* Schlagartig wurde mir abwechselnd heiß und kalt. Ich umklammerte den Hörer ein wenig fester. Bitte nicht. »Wie bitte?« Ich räusperte mich. Das hieß, ich versuchte es. Das Geräusch, das mir entfuhr, klang eher wie ein heiseres Krächzen.

»Wer ist da?«

»Hier spricht Roy Clover, ich bin der Chefredakteur des *Nat Geo Traveller*, und Sie, Miss Mansfield, haben mir einiges zu erklären.«

Alles, was Mister Clover nach diesen Worten von sich gab, versank im dichten Nebel meiner Panik. Also hatten sie mich gefunden. Hatte Jacob ihn beauftragt, mich anzurufen? Wusste er Bescheid? Roy Clover schnauzte mich noch weitere fünf Minuten an, dann legte er mit einem charmanten »Ich erwarte Sie. Bewegen Sie Ihren Arsch hierher« auf. Unfähig, etwas anderes zu tun, starrte ich für ein paar Wimpernschläge auf das Telefon in meiner Hand. Die Fragen in meinem Kopf überschlugen sich. Ich fühlte mich, als schwebte mein Kopf über den Wolken – oder aber, als wäre ich unter Wasser, kurz davor, jämmerlich zu ersaufen. Wie in Trance erzählte ich Amanda irgendetwas von einer dringenden Besorgung und eilte davon. Mit der Metro fuhr ich bis zur Kensington Street und stand wenige Minuten später wie erstarrt vor einem schicken Hochhaus mit Glasfront. Ich beobachtete das Spiel der Wolken, das sich in der gigantischen Fassade des Hauses spiegelte. Ich registrierte, wie sich das Licht in den zahlreichen Fenstern brach, und auch … dass ich das Unvermeidliche hinauszuzögern versuchte. Ich tat einen tiefen

Atemzug und sog die extrem feinstaubbelastete Londoner Luft in meine Lungen, als wäre es die feinste und frischeste Bergluft. Das Londoner Office des *National Geographic*.

Du wusstest, dass so was passieren könnte, Ellie. Also reiß dich gefälligst zusammen!

Leichter gesagt als getan. Auf zittrigen Beinen durchquerte ich die Eingangshalle und meldete mich am Empfang. Eine sympathisch aussehende Dame in den Fünfzigern lächelte mich freundlich an.

»Was kann ich für Sie tun, Liebes?«

»Ich, äh … ich bin Ellen Mansfield. Ich habe einen Termin mit Roy Clover.«

Die Frau vor mir nickte bestätigend und tippte ein paarmal geräuschvoll in die Tasten ihres PCs.

»Ah ja, da sind Sie ja. Miss Mansfield.« Sie sah lächelnd zu mir auf. »Roy erwartet Sie bereits.«

Das konnte ich mir vorstellen.

»Sie können einen der Fahrstühle dort drüben benutzen«, flötete sie gut gelaunt. »Roy erwartet Sie im zwanzigsten Stock.«

Ich gab mir die größte Mühe, das freundliche Lächeln zu erwidern, befürchtete aber, dass es mir nicht gelang. So musste sich das buchstäbliche Lamm fühlen, wenn es zur Schlachtbank geführt wurde, dachte ich. Ich hatte keine Ahnung, was genau mich gleich erwarten würde, aber eines hoffte ich von Herzen: dass Jacob nicht anwesend war. Ihn so wiederzusehen, nach dem Abend im Hotel und unserem Kuss, wäre mehr als demütigend. Wahrscheinlich nahm er an, dass ich ein Groupie war, das sich einen Spaß mit ihm erlaubt hatte. Und obwohl es für alle Beteiligten besser wäre, ihn in diesem Glauben zu lassen, schmerzte mich der Gedanke. Es war das erste Mal, dass ich nach Marks Tod für einen Mann im Ansatz so etwas wie Interesse zeigte, und dann passierte so etwas. Der

Fahrstuhl gab ein leises *Pling* von sich, und ich zuckte erschrocken zusammen.

Showtime. Roy Clover, Chefredakteur des *Travellers,* war ein Furcht einflößender Mann. Das war das Erste, was mir durch den Kopf ging, als sich die Fahrstuhltüren öffneten und ein wahrer Riese mit intelligenten braunen Augen wütend auf mich herabsah. Über eins neunzig groß, mit breiten Schultern und einem dunklen Vollbart, sah er jedoch anders aus, als ich erwartet hatte.

Roy musterte mich seinerseits stumm, dann nickte er in Richtung eines großzügigen Eckbüros.

»Kommen Sie.«

Wie betäubt folgte ich ihm. Das Büro, wenn auch stylisch, wollte so gar nicht zu dem bärigen Outdoor-Typen passen, den ich hier vor mir hatte. Aber stille Wasser waren tief. Dafür war ich aktuell wohl der beste Beweis.

»Setzen Sie sich«, wies er mich an, und prompt ließ ich mich kommentarlos auf einem der unbequem aussehenden Drahtstühle vor Roys Schreibtisch nieder. Was auch immer jetzt kam, ich würde es mit Würde und Tapferkeit hinnehmen. Immerhin war ich diejenige, die Mist gebaut hatte.

»Sie haben ganz schön Mist gebaut, Miss Mansfield«, begann Roy und verschränkte die massiven Arme vor der Brust. »Aber Sie haben uns diese Scheiße eingebrockt, also holen Sie uns da auch wieder heraus.«

»Ich … ich verstehe nicht ganz.« Meine Kehle fühlte sich auf einmal staubtrocken an. »Wenn es um das Interview geht …«

»Das Interview«, unterbrach Roy mich wütend, »ist mir völlig egal. Was mir jedoch nicht egal ist, Miss Mansfield, ist der sechswöchige Dokumentarfilm für die *BBC* in Vietnam, für den Jacob Harrison unterschrieben hat.«

Was zur Hölle? Ein *Film*? Nervös überschlug ich meine Beine und setzte mich aufrechter hin. Mich überkam das drängende Gefühl, dass dieses Gespräch nur in einer Katastrophe enden konnte.

»Das Interview, dessen Sie sich so freundlich angenommen haben, sollte der Auftakt und die Vorbereitung für eben diesen Film werden. Ein Film, der uns in Zusammenarbeit mit der *BBC* eine Menge Geld kosten und hoffentlich noch mehr Geld einbringen wird.«

Ich räusperte mich leise. Verflucht. »Was hat das mit mir zu tun?«

Roy warf mir einen abschätzenden Blick zu, ehe er sich mit der Hand durch die kurzen, braunen Haare fuhr. »Jacob will, dass Sie ihn begleiten.«

»*Was?*« Ich musste mich verhört haben. Das konnte nicht sein Ernst sein!

»Das kann nicht … ich meine, Sie können nicht …«

»Das kann nicht mein Ernst sein?« Roy schnaubte. »Glauben Sie mir, Miss Mansfield, mich schockiert das ebenso sehr wie Sie. Aber offensichtlich war Jacob von Ihnen und Ihrem ungewöhnlichen *Stil* so angetan, dass er Sie jetzt als Reporterin dabeihaben will. Natürlich«, fügte Roy hinzu, als ich hektisch nach Luft schnappte und etwas erwidern wollte, »müssen wir Sie gegen die eigentliche Reporterin austauschen. Etwas, was wir Jacob verschwiegen haben nach Ihrem kleinen … *Stunt* am Flughafen.« Das brachte mich zum Schweigen. Was sollte ich auch sagen? Dass ich ein furchtbarer Mensch war? Dass es mir unheimlich leidtat? Natürlich könnte ich all das sagen, aber es wäre gelogen. Denn so absurd die Situation auch war, ich bereute es nicht, Jacob getroffen zu haben. Nicht eine Sekunde lang. Dennoch war der Gedanke, ihn sechs Wochen in Vietnam zu begleiten, lächerlich. Das konnte er nicht ernst meinen. Oder doch?

»Wie …« Ich räusperte mich. Dabei fühlte meine Kehle sich an, als hätte ich heute Morgen mit Säure gegurgelt. »Ich meine, das Interview … Jacobs und mein Treffen«, verbesserte ich mich rasch, als Roys buschige Augenbrauen sich drohend zusammenzogen, »ist drei Tage her.«

Ich hatte angenommen, dass er mich bereits vergessen hatte.

»Niemand sollte Jacob am Flughafen abholen, Miss Mansfield. Schon gar nicht um diese Uhrzeit. Jacob nahm an, dass der Plan sich geändert oder aber dass er eins der zahlreichen Redaktionsmemos nicht bekommen hatte.« Roy schlug mit der flachen Hand auf den Tisch, was mich erneut zusammenzucken ließ. »Der Mann ist durch mehrere Zeitzonen geflogen, und dann steht da jemand am Flughafen mit gleich mehreren unserer Magazine im Arm.« Sein Blick machte deutlich, was er davon hielt. »Jacob dachte also, es hätte eine Planänderung gegeben. Stellen Sie sich seine Überraschung vor, Miss Mansfield, als Holly, die eigentliche Reporterin, am nächsten Tag am Frühstücksbüfett neben ihm steht, bereit, ihn zu interviewen.«

O Mann. Das wollte ich mir lieber nicht vorstellen.

»Jacob rief mich an«, fuhr Roy fort, »ich tarnte Ihre Aktion als Missverständnis, und nun sind wir hier.«

»Ich kann das nicht tun«, erwiderte ich atemlos. Wenn Roy mich offensichtlich so einfach gefunden hatte, warum hatte Jacob dann keinen Kontakt zu mir aufgenommen? Wenn er mich so unbedingt wiedersehen wollte, wieso …

»Und ob Sie das tun werden!«, unterbrach Roy meine wirren Gedanken.

»Ich bin keine Reporterin, Mister Clover, ich bin Immobilienmaklerin.«

»Sagen Sie bloß …«

»Warum sagen Sie mir das alles jetzt? Ich meine, es ist drei Tage her …«

»Wir sind ein international agierendes Unternehmen, Miss Mansfield. Diese Reise wird seit über sechs Monaten geplant. Dank Ihnen mussten wir einiges in der Planung umwerfen.« Roy seufzte, und es klang mehr wie ein grimmiges Schnauben.

»Fakt ist, Miss Mansfield, dass Jacob nicht Holly dabeihaben will, sondern Sie. Und er hat mir aufgetragen, ihn nicht anzurufen, bevor Sie zugestimmt haben.«

Er hatte *was?*

»Auf keinen Fall kann ich Jacob auf solch einer Reise begleiten!«

Drei Stunden mit diesem Mann hatten mich bereits in Schwierigkeiten gebracht. Ich wollte gar nicht erst darüber nachdenken, was in sechs Wochen alles passieren konnte.

»Es ist mir herzlich egal, was Sie darüber denken, Miss Mansfield. Entweder Sie spielen mit, oder Sie rufen am besten schon mal Ihren Anwalt an, da ich Ihren hübschen Hintern bis nach Timbuktu verklagen werde!«

Bei den letzten Worten war Roy immer lauter geworden. Meine Gedanken rasten. Auf und ab und eine scharfe Kurve entlang. Er konnte mich nicht verklagen, oder doch? Dann endlich fand ich die Courage, jene Frage zu stellen, die mir seit Betreten des Gebäudes auf der Zunge brannte.

»Weiß Jacob es?«

»Nein.«

Ein Kribbeln ging durch meinen ganzen Körper, und da waren sie wieder, diese fiesen Monsterschmetterlinge, die in meinem Bauch ihr Unwesen trieben.

»Und so wird es auch bleiben.«

»Nicht, wenn ich ihn begleite«, versuchte ich es nun mit Vernunft, »dann wird er sicherlich merken, dass ich keine Reporterin bin.«

»Auch das ist mir aktuell herzlich egal, Miss Mansfield. Ich sage Ihnen jetzt, was Sie machen werden.« Roy sah mich herausfordernd an. »Sie nehmen sich Urlaub, packen einen Koffer, und dann nehmen Sie die für diesen Film gebuchte Kameracrew und begleiten Jacob Harrison für sechs Wochen durch Vietnam.« Er holte tief Luft, sichtlich um Beherrschung bemüht. »Dieser Film und der *mehrseitige* Begleitartikel im *Traveller* sind extrem wichtig für uns. Haben Sie mich verstanden?«

»Aber ...«

»Während dieser sechs Wochen machen Sie ausreichend Notizen, und wenn Sie wieder da sind, übergeben Sie diese einer richtigen Reporterin. Einer Reporterin, die im Übrigen nicht glücklich darüber ist, dass Sie ihr diese Chance wegnehmen.«

Und da war es wieder, das schlechte Gewissen. Diesmal jedoch schlug es mit voller Wucht zu. Was er hier von mir erwartete, war Irrsinn. Ich konnte Jacob doch nicht sechs Wochen vorspielen, jemand anders zu sein? Ein Abend, okay. Das war schlimm genug, aber sechs verdammte Wochen?

»Ich gebe Ihnen einen Tag Bedenkzeit«, sagte Roy und erhob sich aus seinem Sessel.

»Bereits bezahlter Urlaub in Vietnam oder eine ganze Abteilung bestens ausgebildeter und sehr erfahrener Anwälte eines der größten Reisemagazine der Welt an Ihrem Rockzipfel. Ganz zu schweigen von der Rechtsabteilung der *BBC*.« Roy Clover zuckte mit seinen massigen Schultern, dabei stopfte er seine Hände passiv-aggressiv in die Hosentaschen seiner dunklen Jeans. »Ihre Entscheidung, Miss Mansfield.«

Damit war er verschwunden. Völlig erstarrt saß ich auf meinem Stuhl und starrte auf den leeren Schreibtisch vor mir. Jacob wollte, dass ich ihn nach Vietnam begleitete? Das leichte Flattern in meiner

Magengrube ignorierend erhob ich mich zittrig. Ich musste ganz dringend Helen anrufen. Und mir Gedanken darüber machen, wie ich aus dieser Situation wieder herauskam. Möglichst ohne sechs Wochen in Vietnam zu verbringen und einen Mann anzulügen, der nichts weiter als freundlich und charmant zu mir gewesen war.

»Helen?«, fragte ich aufgeregt, als meine beste Freundin nach viermal Klingeln endlich ans Telefon ging.

»Ellie!« Helen quietschte freudig ins Telefon. »Wie geht's dir?«

Eine wirklich gute Frage. »Mhm … gut?«

»Ellie?« Helen klang nicht überzeugt.

»Ja?« Meine Stimme zitterte fast gar nicht.

»Was ist los, Schätzchen?«

»Ich … ich war am Flughafen …«, begann ich meine Beichte zögernd.

»Oh, Ellie.« Helen seufzte. »Wieso tust du dir das immer wieder an?«

»Nein, ich …« Ich räusperte mich leicht verlegen. »Diesmal war es anders. Ich … okay, ich war da, um Menschen zu beobachten.« Wenn das mal nicht unheimlich klang! »Aber dann hat sich der Abend ein wenig anders entwickelt als erwartet.«

Meine Freundin schwieg. »Helen?«

Durch das Telefon hörte ich sie mit der flachen Hand auf den Tisch vor sich schlagen. Offenbar saß sie in der Küche oder aber in ihrem schicken, neu eingerichteten Arbeitszimmer.

»Du hast jemanden kennengelernt!«

Ich konnte regelrecht spüren, wie sie sich dabei aufrechter hinsetzte.

»Nicht ganz, also ja, aber … es ist kompliziert.«

Helen schnaubte. »Das sind die besten Dinge immer.«

»Vielleicht«, antwortete ich und holte tief Luft. »Aber vielleicht ist dieser jemand Jacob Harrison, und ganz vielleicht denkt er jetzt, ich wäre eine Reporterin, und eventuell hat er mich geküsst, und jetzt will er, dass ich mit ihm auf eine sechswöchige Reise durch Vietnam komme, um einen Dokumentarfilm zu begleiten. *Und ich bin hier ein wenig am Durchdrehen, Helen!*« Die Worte sprudelten nur so aus mir heraus. Es tat so gut, jemandem zu erzählen, was für Mist ich in den letzten Tagen tatsächlich gebaut hatte. Am anderen Ende der Leitung herrschte Stille.

»Helen?«

»Jacob Harrison«, wiederholte meine Freundin langsam und betonte jedes Wort einzeln. »Der Extremsportler Jacob Harrison, der, der vor Kurzem weltweit in den Nachrichten war und in diesem Blockbuster mitgespielt hat, der mir so gut gefallen hat? *Dieser* Jacob Harrison hat dich geküsst?« Natürlich war das alles, was sie sich von meinem Bericht gemerkt hatte. Ich umklammerte das Telefon ein wenig fester.

»Du kennst ihn?« Eine dumme Frage. Ich wusste ganz genau, dass sie *Moonlight Shadow*, den Film, in dem Jacob mitgewirkt hatte, liebte. Während meiner Google-Recherche waren mir gleich mehrere Bilder vom Filmset und von den Dreharbeiten untergekommen, und ich hatte mich daran erinnert, wie oft ich mir über Skype die Worte »Aber, hallo! Das ist mal ein Mann!« hatte anhören müssen, während Kanya, Helens Mann, augenrollend durchs Wohnzimmer gelaufen war.

»Ob ich den Mann kenne? Ellie, die halbe Welt kennt ihn!«

»Helen, bitte …«

»Okay, okay. Fang noch mal von vorne an, und diesmal langsamer.«

Also begann ich ganz am Anfang. Ich lehnte mich in die weichen

Polster meiner grauen Couch zurück und erzählte ihr im Detail, was alles geschehen war, seitdem ich diese dämlichen Reisemagazine gekauft hatte. Als ich damit fertig war, wartete ich auf eine Reaktion. Irgendeine. Doch Helen schwieg. Außer einem gelegentlichen *mhm* oder einem *aha* hatte sie während meiner Erzählung nichts preisgegeben.

»Lass mich das einmal zusammenfassen …«

Ich seufzte gequält auf. »Wenn's sein muss …«

»Der überaus attraktive und neuerdings ledige Jacob Harrison bittet dich, ihn auf ein unglaubliches und vom Verlag und der *BBC* bezahltes Abenteuer nach Asien zu begleiten«, sie holte tief Luft, »*nachdem* er dich geküsst hat!«

»Er denkt, ich wäre eine Reporterin, Helen!«

»Dann sei halt eine Reporterin!«

O mein Gott, das konnte doch nicht ihr Ernst sein! Waren denn plötzlich alle verrückt geworden? Erst Roy und jetzt auch noch Helen.

»Der Chefredakteur des *Traveller* hat mir mit einer Anzeige gedroht. *National Geographic*, Helen! Und *BBC*. Das ist kein Spaß. Ich begehe hier so was wie Rufmord …« Zumindest glaubte ich das. »Das war alles ein Riesenfehler, ich … ich weiß nicht, was ich mir dabei gedacht habe«, murmelte ich atemlos. »Es war wie in einem dieser Filme, wenn man sieht, dass die Schauspieler in die Falle rennen. Man will rufen: ›Nein! Tut es nicht!‹« Meine Stimme wurde lauter. »Und dennoch tun sie es, Helen! Sie laufen in die Falle! *Wieso laufen sie in die Falle?*« Wieso hatte ich Ja zu Jacob Harrison gesagt?

»Ellie, jetzt atme mal tief durch, okay?« Oo-kay. Sie hatte gut reden. Ich atmete zittrig ein und aus.

»Offensichtlich mag er dich«, erwiderte meine Freundin, und ich konnte das Lächeln in ihrer Stimme hören. In Momenten wie diesen verfluchte ich Helens wundervollen Ehemann, der sie verzaubert und nach Südafrika entführt hatte. Natürlich liebte ich Kanya, aber ich vermisste meine Freundin jeden Tag.

»Er kennt mich doch gar nicht.«

»Anscheinend kennt er dich gut genug, um dich zu küssen.«

»Er ist frisch getrennt.« Das hatten mir zumindest die Artikel in der *Men's Health* und der *Vogue* verraten.

»Laut etlicher Klatsch-Magazine und eines Interviews im *GQ* lief es schon länger nicht mehr zwischen ihnen.« Na toll. Noch eine seriöse Quelle, der *GQ*. Ich verkniff mir jeglichen weiteren Kommentar dazu. Jacob Harrisons Ex-Freundin war ein Model, Himmel eins. Ich hatte Marjolaine Winters hoch und runter gegoogelt und mir viele – viel zu viele – Bilder von ihr angeguckt. Groß, dünn, blond und perfekt. Was sollte er mit jemandem wie mir anfangen? Nicht, dass *ich* irgendwas mit ihm anfangen wollte …

»Was habe ich mir da bloß eingebrockt, Helen?«, fragte ich sie kleinlaut.

»Ein Abenteuer«, antwortete sie aufgeregt. »Ellie, du hast die letzten drei Jahre auf absoluter Sparflamme gelebt. Riskier endlich mal etwas und begleite dieses Prachtexemplar von einem Mann nach Vietnam.« Ihre Stimme nahm einen beinahe drohenden Unterton an. »Du wirst dich dein Leben lang ärgern, wenn du es nicht tust. So eine Chance bekommt man nur einmal im Leben. Und das weißt du!«

Als ich schwieg, wurde sie lauter. »Gib es zu!«

»Okay, ja verdammt. Vielleicht hast du recht.« Sosehr mich diese skurrile Situation auch ängstigte und mir unangenehm war, so sehr faszinierte sie mich auch. In den letzten Stunden hatte ich immer und immer wieder über diese scheinbar unmögliche Situation nachgedacht. Sogar eine Pro-und-Kontra-Liste hatte ich angefertigt.

Aber so viele Kontra-Argumente ich auch aufgeschrieben hatte, ein Gedanke hatte mich dabei nicht losgelassen. Was, wenn dies das Abenteuer meines Lebens werden würde? Ich meine, wie hoch war die Wahrscheinlichkeit, am Flughafen ausgerechnet auf Jacob zu treffen? Gering. Quasi nicht vorhanden … Außerdem sah es mir absolut nicht ähnlich, jemanden anzulügen oder ihm gar etwas vorzuspielen. Wieso hatte ich an diesem Abend Ja gesagt? Also was, wenn ich einfach mitspielte und abwartete, wo das Ganze hinführte? Auf jeden Fall würde es mir einen sechswöchigen, bezahlten Urlaub verschaffen, und ich hatte keinen Urlaub mehr gemacht seit … seitdem das Leben und ein schicksalhafter Augenblick mir Mark genommen hatten.

»Du tust es, nicht wahr?« Helen deutete mein Schweigen genau richtig. Mein Puls beschleunigte sich, und ganz automatisch legte ich eine Hand auf meine Brust. Unter meiner Handfläche konnte ich das schnelle Pochen meines Herzens spüren. Seit drei Jahren hatte es sich kaum geregt. Nun aber pumpte es wie wild Blut, Adrenalin und Aufregung durch meinen Körper. Es fühlte sich eigenartig an. Aber gut. Eigenartig gut. An manchen Tagen verspürte ich eine so alles umfassende Leere, dass ich daran zweifelte, überhaupt noch Gefühle zu haben. Und wenn ich sie hatte, dann lauerten sie hinter einer gut verschlossenen Tür in meinem Kopf, in einem einsamen Raum, indem ich das bisherige Desaster meines Lebens eingesperrt hatte. Vor drei Tagen hatte sich die Tür geöffnet, und ich war noch nicht bereit, diesen winzig kleinen Spalt schon wieder zu schließen.

»Ich … ich glaube schon.«

Du hast den Verstand verloren, Ellen Mansfield.

»Ja«, wiederholte ich mit fester Stimme. »Ich tue es.«

»O mein Gott, Ellie!«, rief Helen ins Telefon und zwang mich so, den Hörer von meinem Ohr wegzuhalten. »Das ist so aufregend! Du musst mich jeden Tag anrufen.«

Ich schloss die Augen, als ein hysterisches Lachen in mir aufstieg. »Ich weiß doch nicht einmal, ob ich dort Netz habe …«, versuchte ich meine beste Freundin zu beruhigen. »Hast du dir diese *BBC*-Dokus mal angesehen? Die Leute, die in diesen Dokumentationen mitwirken, schlafen nicht unbedingt in Fünf-Sterne-Hotels.« Was erklärte, warum Jacob so abweisend auf das *Mandarin Oriental* reagiert hatte.

»Kauf dir eines dieser kleinen Dinger, die man in die Handys tut.«

»Eine SIM-Karte?«

»Ja, genau, so was! Kanya kauft diese Dinger immer auf seinen Geschäftsreisen.«

»Wie geht es ihm?«

»Wechsel jetzt nicht das Thema, Ellen Mansfield!«

Nervös sprang ich auf. Ich brauchte ein Glas Wein, um meine Nerven zu beruhigen. »Wir haben doch schon beschlossen, dass ich weiterhin in einer Lüge leben werde und mich strafbar mache«, antwortete ich atemlos vor Aufregung, als ich beim Kühlschrank angekommen war, »also erzähl mir jetzt, wie es deinem wunderbaren Ehemann geht. Vielleicht brauche ich demnächst seinen Rechtsbeistand.«

Denn so wahr mir Gott helfe, ich würde Jacob tatsächlich begleiten. Auf einen fremden Kontinent. Als Fake-Reporterin.

4

Alles wird gut.
Für wen, steht noch nicht fest.

Das Telefonat mit Roy vor etwa einer Woche war wie erwartet kurz ausgefallen.

»Ich mache es«, hatte ich ihm mitgeteilt, woraufhin Roy charmant mit »Ist auch besser so für Sie« geantwortet hatte. Kurz darauf hatte Roys Assistentin Isabell mich angerufen, um mir alle Details der Reise mitzuteilen. Seit meiner Zusage befand ich mich in einer Art Schockzustand, gepaart mit unangebrachter freudiger Erwartung. Chad hingegen war weniger erfreut gewesen, als ich ihm die Neuigkeiten offenbart hatte. Ob ich also noch einen Job hatte, wenn ich zurückkam, würde sich zeigen. Den Gedanken verdrängte ich jedoch fürs Erste. Es war ja nicht so, dass ich meinen Job sonderlich mochte …

Erst einmal musste ich meinen Eltern beichten, dass ich die nächsten sechs Wochen auf einem fremden Kontinent verbringen würde. Mit einem Mann, den ich kaum kannte. Als es am anderen Ende der Leitung zum fünften Mal klingelte, wollte ich bereits auflegen …

»Hallo?«

Die Stimme meiner Mom klang atemlos. Wahrscheinlich war sie im Garten gewesen und durch das ganze Haus gerannt, um an ihr

Handy zu kommen. Warum sie es nicht einfach mit nach draußen nahm, war mir – wie immer – ein Rätsel.

»Hi, Mom.«

»Ellie!«, rief Mom erfreut. »Wie schön, von dir zu hören, Süße. Ich war im Garten und habe …«

»… dein Handy drin liegen lassen?«, beendete ich ihren Satz lächelnd. Auf die liebevollen Eigenarten meiner Eltern war Verlass.

»Man geht in den Garten, um zu gärtnern, Ellen Mansfield. Nicht um auf diesem grässlichen Ding rumzudaddeln. Dafür ist dein Vater zuständig.« Das klang leicht vorwurfsvoll, aber die innige Liebe zu meinem Dad war hör- und spürbar. Die beiden waren seit ihrer Jugend ein Paar und noch so verliebt wie am Anfang.

»Wie geht es ihm? Wie geht es euch?«

»Uns geht's gut.« Mom zögerte kurz. »Dein Vater hat noch immer ein wenig mit seiner Frührente zu kämpfen, aber er ist gerade dabei, sich ein neues Hobby zu suchen, also müsste mein Leben auch bald wieder entspannter werden.«

»Was für ein Hobby?«

Vor sechs Monaten hatte man Dad in den Frühruhestand überwiesen, weil sein Rücken die Arbeit als Tischlermeister für eine renommierte englische Möbelmanufaktur nicht mehr mitgemacht hatte. Er hatte einen gigantischen Blumenstrauß und eine nette Abfindung bekommen. Dennoch hatten sie ihn beinahe mit Gewalt von den Werkstätten fernhalten müssen. Nun war er zu Hause und suchte nach einer neuen Aufgabe.

»Er baut einen Pool«, erwiderte Mom trocken.

»Einen *was?*«

»Wir werden ihn in dieser Sache unterstützen, Ellie, hast du verstanden?« Mom räusperte sich, und ich hörte das Lachen in ihrer Stimme.

»Natürlich werden wir das«, antwortete ich artig, »aber ein Pool in York … *Mom!*«

»Wir werden deinen Vater unterstützen«, wiederholte sie, und ich hatte allmählich das Gefühl, dass sie statt mich eher sich selbst zu überzeugen versuchte.

»Ist das dein neues Mantra?«

»Besser ein Mantra, als deinem Vater eins mit der Schaufel überzubraten, weil er sich an meinen Rosen vergangen hat«, murmelte sie. »Also, Süße: Warum rufst du an?«

Natürlich hatte Mom bemerkt, dass unser nächstes Telefonat noch nicht fällig war. Nach Marks Tod hatte ich Chads Jobangebot angenommen, meine Koffer gepackt und war nach London geflüchtet. Seitdem sah ich meine Eltern nur drei- bis viermal im Jahr, aber wir telefonierten einmal die Woche miteinander. Jeden Sonntag. Dennoch vermisste ich sie.

Du bist die, die gegangen ist.

Innerlich seufzend stählte ich mich für das, was jetzt kommen würde.

»Ich muss euch etwas erzählen«, begann ich vorsichtig. »Ich … ich habe mir Urlaub genommen.«

»Urlaub?« Mom klang genauso schockiert, wie ich befürchtet hatte. »Kind, du hattest in den letzten drei Jahren keinen Urlaub mehr.«

»Ja, und das, äh, hole ich jetzt nach, sozusagen …«

»Wohin fährst du denn?«

»Nach Vietnam.«

Moms Stimme wurde lauter. »*Vietnam?* Und mit wem?«

Jetzt wurde es ernst. Ich holte tief Luft. »Mit einem kleinen Kamerateam und einem Sportler, den wir begleiten werden. Für sechs Wochen. Ich schreibe einen Artikel über ihn.«

»Oh, Ellie.« Mom seufzte leise. »Du schreibst wieder? Das wusste ich ja gar nicht.«

Ich auch nicht, Mom, ich auch nicht.

»Erst seit Kurzem …«

»Und wer ist dieser Sportler? Wie kam es dazu?«

»Jacob Harrison«, antwortete ich kleinlaut. »Wir haben uns durch Zufall kennengelernt, und ich, also er … wir verstehen uns«, endete ich lahm. Am anderen Ende der Leitung herrschte absolute Stille. Wieso nur brachte Jacobs Name jede Unterhaltung, die ich in den letzten Tagen geführt hatte, zum Stillstand? Er war bekannt, okay – und ich hatte ihn genug gestalkt, um zu wissen, dass er zwar als sehr bekannt, aber nicht weltberühmt galt –, dennoch war er auch nur ein Mann. Sportler, verbesserte ich mich. Besser, ich fing bereits jetzt an, Jacob Harrison lediglich als Arbeitsauftrag zu sehen.

»Mom?«

»Ihr versteht euch?«

Ich konnte ihr den skeptischen Ton nicht übel nehmen. Sogar in meinen eigenen Ohren klangen meine Worte wie eine Ausrede und nicht wie eine Erklärung. Seit drei Jahren ermutigte sie mich dazu, mein Leben in die Hand zu nehmen. Ich hatte stets einen Weg gefunden, um das Thema zu wechseln, und nun das … sechs Wochen Vietnam. Als Teil einer Kameracrew.

»Ja, er mag meinen Stil, also meinen Schreibstil«, plapperte ich die Worte nach, die Roy mir voller Sarkasmus an den Kopf geworfen hatte.

Jetzt log ich auch noch meine Mutter an. Nach diesem ganzen Abenteuer war mir ein Platz in der Hölle sicher. Ich hörte, wie meine Mom einen Stuhl zu sich heranzog und sich an unseren antiken Küchentisch setzte. Sofort strömten Erinnerungen auf mich ein. Unsere sonntäglichen Familienfrühstücke. Skatabende am Donnerstag. Mom, Dad, Mark und ich beim Abendessen. Die Küche war das Herzstück des Hauses, und ich hatte es geliebt, dort mit der ganzen Familie zu sitzen, zu essen und stundenlang zu quatschen.

»Ellie, das ist«, Mom zögerte kurz, »das ist schön, meine Süße.«

»Du kannst ruhig ehrlich zu mir sein, Mom.«

»Nein, wirklich, Süße. Das klingt nach einem Abenteuer, und ich freue mich für dich. Versprich mir nur, dass du vorsichtig sein wirst, ja?«

»Natürlich.«

»Und dieser Jacob, ist er nett?«

Ob Jacob nett war? Charmant. Witzig. Anziehend. Leidenschaftlich. Das alles war er definitiv. Aber nett? Ich vermutete, die richtige Antwort lautete Ja.

»Er ist sehr nett, Mom.«

»Wann fliegst du?«

»Morgen?«

»Ellen Mansfield!«

Okay, ja, vielleicht hätte ich sie doch früher anrufen sollen. »Tut mir leid, Mom, wirklich, aber es war so viel los die letzten Tage, und das alles kam recht plötzlich …«

»Was ist mit Chad?« Ihre Tonlage veränderte sich von liebevoll zu hart und unnachgiebig. Man konnte guten Gewissens behaupten, dass Laura Mansfield meinen Boss nicht sonderlich mochte. In ihrer Welt war er daran schuld, dass ich so wenig nach Hause kam. Oder dass ich überhaupt erst nach London gezogen war.

»Ich weiß es nicht«, gestand ich kleinlaut. »Er ist nicht begeistert von meinem Plan, und ich weiß nicht, ob ich danach noch für ihn arbeiten werde.«

Erneute Stille.

»Darüber solltest du dir jetzt noch keine Gedanken machen, Süße«, sagte sie. »Es ist schade, dass wir uns vor deiner Abreise nicht mehr sehen können, aber Ellie, genieß dieses Abenteuer, ja? Und schick deinem Vater und mir viele Fotos.«

Ich versprach meiner Mom genau das, und nach weiteren zehn Minuten starrte ich ein wenig perplex auf das leuchtende Display meines Handys.

Sie hat's gut aufgenommen. Beinahe *zu* gut. Aber meine Mom würde wahrscheinlich alles unterstützen, was nicht mit London oder Chad zu tun hatte.

Das Handy in meiner Hand vibrierte und riss mich aus meinen Gedanken. Erschrocken starrte ich auf die mir unbekannte Nummer.

Unbekannt:

Ich habe dir gesagt, dass wir uns wiedersehen werden, Ellie Mansfield.

O mein Gott. War das wirklich Jacob Harrison, der mir eine WhatsApp-Nachricht schrieb?

Mein Handy vibrierte erneut.

Unbekannt:

Ich füge dich zu unserem Gruppenchat mit der Crew hinzu.

Ich schluckte krampfhaft. Jetzt wurde es wirklich ernst.

Während ich Jacob in meinen Kontakten schlicht unter »J« abspeicherte, vibrierte es wieder … und wieder … und wieder. Wie ein wütender Bienenschwarm summte das Handy in meiner Hand.

Vietnam_Crew: (J)

Hey Leute, ich habe Ellie hinzugefügt. Sie ist vom Traveller und wird uns begleiten. Ich habe euch von ihr erzählt.

Vietnam_Crew: (Sarah)

Whoop! Mehr Girlpower. Hey Ellie, ich bin Sarah! ☺

Vietnam_Crew: (Seb)

Willkommen an Bord, Ellie. Sebastian hier!

Vietnam_Crew: (Frank)

Hi.

Völlig überfordert starrte ich auf das Display meines Handys. Diese Lüge wurde nicht nur immer größer, sondern auch komplexer.

Vietnam_Crew: (Du)

Hi Leute ☺

Vietnam_Crew: (Sarah)

Morgen geht's los! Ich kann's kaum erwarten ...

Vietnam_Crew: (Seb)

Zeigen wir den Langweilern von der BBC mal, wie man eine richtige Doku macht!

Während Sarah und Sebastian sich in unserem Gruppenchat über die anstehende Reise austauschten, erhielt ich eine weitere private Nachricht von Jacob.

J:

Nervös wegen morgen?

Nervös war gar kein Ausdruck.

Ellie:

Ich fliege nicht gern.

Es hatte keinen Sinn, Jacob diese Tatsache zu verheimlichen, wenn er es morgen sowieso live miterleben würde. Meine zitternden Hände, das Zusammenzucken, wenn der Flieger startete, und die Tränen, welche mir unweigerlich in die Augen schossen, wenn das Ding zu wackeln anfing. Was es bei meinem Glück meistens auch tat.

J:

Flugangst?

Ellie:

Ja

J:

Wir haben einen Direktflug. Einmal hoch, einmal runter. Ich helfe dir dabei, die Aufregung zu vergessen.

Ich las die letzte Nachricht zweimal. Was genau meinte er damit, er würde mir *helfen,* die Aufregung zu vergessen? Ein paar wilde und absolut nicht jugendfreie Bilder schossen mir durch den Kopf. *Das* hatte er mit Sicherheit nicht gemeint. Oder doch? Als ich nicht antwortete, vibrierte das Handy in meiner Hand erneut.

J:

Ich sehe dich morgen, Mansfield. Schlaf gut.

Ellie:

Du auch.

Vietnam_Crew: (J)

Alles klar, Leute, ab ins Bett. Wir sehen uns morgen früh um neun am Flughafen.

Vietnam_Crew: (Sarah)

Aye, aye, Boss -.-

Vietnam_Crew: (Seb)

Bis morgen, Crew!

Vietnam_Crew: (Frank)

Bis morgen.

In Ermangelung besserer Worte schloss ich mich Frank mit einem schlichten *Bis morgen* an.

Dann stellte ich mein Handy auf lautlos und machte mich daran, die letzten Sachen zu packen. Isabell hatte mir, auf Roys Anweisungen hin, einen Backpacker-Rucksack besorgt. *»Koffer sind auf dieser Reise unpraktisch«,* hatte sie mir am Telefon erklärt. Mit einem etwas unguten Gefühl hatte ich das Geschenk vom Verlag entgegengenommen. Anscheinend musste ich mich daran gewöhnen, dass *National Geographic* – oder die *BBC* – für alles aufkam, was ich in den nächsten sechs Wochen tat. Das Mindeste, was ich also tun konnte, war, den Job ernst zu nehmen. Ich packte meinen Laptop und das nagelneue Notizbuch, welches ich mir erst gestern gekauft hatte, in meinen ebenfalls neuen, aber viel kleineren Rucksack und betrachtete den Haufen an Gepäck vor mir. Sechs Wochen. Mit Jacob Harrison. Zumindest klangen die anderen Mitglieder aus Jacobs Crew, das Kamerateam, erinnerte ich mich, wirklich nett. Frank, der Regisseur, war laut Isabell ein etwas ernster und mürrischer Mann. Sarah und Sebastian waren in meinem Alter und schon ein paar Jahre dabei. Sarah assistierte Frank, während Sebastian filmte. Danach kümmerten sich beide um den Zusammenschnitt und die erste Bearbeitung. Die *BBC* kam für die Kosten auf und würde nach der Reise am finalen Schnitt und der Vertonung mitwirken. Am Ende gäbe es einen knapp eineinhalbstündigen Film und eine mindestens zwölfseitige Reportage sowie einen kürzeren Kinotrailer. Kurz hatte ich mich darüber gewundert, dass nicht mehr Leute uns nach Vietnam begleiten würden, aber Jacob, so hatte Isabell mir erzählt, hatte darauf bestanden, mit seinem eigenen Team zu reisen.

»Kann er das einfach so?« Bei meiner Frage hatte ich Isabell angestrengt ausatmen hören.

»Er ist Jacob Harrison, Miss Mansfield. Er ist der Beste auf seinem Gebiet. Er kann.«

Nicht zum ersten Mal in den letzten fünf Tagen fühlte ich mich völlig überrollt. Natürlich hatte ich mir das alles selbst eingebrockt, aber … es war einfach alles ein wenig *viel*.

Da ich fertig gepackt hatte und meine Nerven blank lagen, beschloss ich, mich noch ein wenig von Netflix berieseln zu lassen, und dann ins Bett zu gehen. Morgen würde ein langer Tag werden, und ich wollte einigermaßen fit sein, wenn ich Jacob wiedersah.

5

Manchmal wollen wir
nichts lieber,
als die Chance, zu fallen.

Punkt neun betrat ich den Terminal 1 des Londoner Flughafen Heathrow. Zum ersten Mal seit einer gefühlten Ewigkeit war ich nicht hier, um fremde Menschen zu beobachten, sondern weil ich kurz davor war, selbst in eine dieser riesigen Blechkisten zu steigen. Ich verdrängte den Gedanken so schnell ich konnte und wich zwei voll beladenen Familien aus. Die Mütter schoben plaudernd die gut bestückten Gepäckwagen, die so aussahen, als hätte man Tetris auf ihnen gespielt, während die Väter, jeweils zwei Kinder an der Hand, vorangingen. Es war ein schönes Bild. Genau die Art von Familienidyll und Liebe, für die ich normalerweise hergekommen wäre. Nicht so heute. Ich gab es auf, mich selbst hinzuhalten, und holte meine Reiseunterlagen hervor. Auf dem Flugticket, das Isabel mir zusammen mit allerhand Infos zur Reise geschickt hatte, stand in großen, roten Buchstaben: *Emirates*. Ich schulterte meinen kleinen Rucksack und schob den Gepäckwagen mit meinem wesentlich größeren und prall gefüllten Backpacker-Rucksack vorsichtig durch die Menge. Für eine kurze Weile lief ich Slalom, bis ich jemanden meinen Namen rufen hörte.

»Ellie! Hier sind wir!«

Eine junge Frau mit schulterlangen blond-pinken Haaren winkte mich begeistert zu sich. Ihre ebenfalls pinke Jogginghose und das rosa Sweatshirt mit dem goldenen Glitzeraufdruck quer über ihrer Brust – *Bitch plz* – waren nicht zu übersehen. Das musste dann wohl Sarah sein. Ein Lächeln wollte sich auf meinem Gesicht ausbreiten, dann aber bemerkte ich die beiden Männer neben Sarah. Der jüngere der beiden hatte kurz geschorene, dunkle Haare und überragte Sarah um gut zwei Köpfe. Sebastian, rief ich mir seinen Namen ins Gedächtnis. Überrascht musterte ich seine ungewöhnliche Erscheinung. Jeder Zentimeter seiner erkennbaren Haut war tätowiert, und auf den ersten Blick sah er in seinen Joggingshorts und dem ebenfalls schwarzen Achselshirt ein wenig einschüchternd aus. Dicke schwarze Linien und Muster zogen sich über seine Arme, bis hinab auf die Hände. Sogar sein Hals inklusive Adamsapfel war mit den asymmetrischen Mustern schwarzer Tinte bedeckt. Was auch immer seine Tattoos darstellten, sie sahen nicht so aus wie irgendetwas, was ich schon einmal gesehen hatte. Eine Blume hier, ein Herz oder ein paar schnörkelige Linien dort … bei einer Kollegin oder auch bei Helen, deren Knöchel ein kleiner Anker zierte. Sebastians Tattoos waren so tiefschwarz, dass sie nahezu bedrohlich wirkten. Wäre ich ihm irgendwo anders begegnet, hätte ich es mir womöglich zweimal überlegt, ihn anzusprechen. Als ich zögerlich näher trat, begegnete ich seinem Blick und entdeckte nichts weiter als Freundlichkeit und eine milde Neugierde in seinem Blick. Der zweite Mann war schätzungsweise um die vierzig. In seiner hellen Anzughose und dem blauen Polohemd mit kleinem grünem Krokodil auf der Brusttasche hob er sich definitiv vom Rest der Gruppe ab. Eine silberne, schwer aussehende Uhr funkelte an seinem Handgelenk. Das musste dann wohl Frank sein, der Regisseur. Wobei er selbst so aussah, als gehöre er auf das Cover eines der zahlreichen

Nat Geo Magazine, mit einem so klangvollen Titel wie: Der Wilde Westen. Echte Cowboys und wo sie zu finden sind.

Der raue Clint-Eastwood-Charme, den er versprühte (ein jüngerer Clint Eastwood natürlich), machte sich in meinem Kopf extrem gut auf einem Cover. Ich wandte mich von den Männern ab und sah erneut zu Sarah. Sie strahlte mich noch immer an und wippte ungeduldig auf ihren Fersen auf und ab. Definitiv nervös, aber auch aufgeregt, erwiderte ich Sarahs breites Lächeln und kämpfte mich zu der kleinen Gruppe vor.

»Hi«, begrüßte ich sie und hob ein wenig ungelenk meine rechte Hand zum Gruß. »Ich bin Ellie.«

»Oh, das wissen wir.« Sarah strahlte mich an. »Wir haben bereits viel von dir gehört.«

»Wie bitte?«

»Sarah«, unterbrach Sebastian die junge Frau seufzend. »Hey Ellie, ich bin Sebastian, und das da«, er wies auf den Eastwood-Verschnitt neben sich, »ist Frank.«

Frank sah kurz auf, grummelte ein »Hallo« und wandte sich dann wieder seinem Handy zu, ohne mich weiter zu beachten.

»Mach dir nichts draus«, flüsterte Sarah übertrieben laut, »er ist immer so.«

»Cooler Jogger«, kommentierte ich ihre knallpinke Hose, und Sarahs Strahlen wurde noch ein wenig strahlender. »Siehst du«, wandte sie sich an Sebastian und schlug ihm leicht gegen den Arm, »die Frau hat Stil.«

Da war ich mir aktuell nicht so sicher. Meine schwarze, bequeme Stoffhose und der graue Pulli, den ich über einem weißen Shirt trug, waren, verglichen mit Sarahs Outfit, überaus schlicht. Und langweilig. Das Trio vor mir war dagegen definitiv ein Hingucker. Aber einer fehlte.

»Wo ist Jacob?«

Sarahs Augen leuchteten auf. »Er müsste jeden Moment hier sein.«

Gerade wollte ich zu einer Erwiderung ansetzen, ich dachte an etwas Lockeres und Unverfängliches, etwas, was nicht darauf hinwies, dass mir das Herz drohte aus der Brust zu springen oder meine Beine zitterten, als …

»Ellie.«

Mein Herz setzte für einen Moment aus, ehe es in Stakkato weiterschlug. Mit plötzlich steifen Schultern ignorierte ich die neugierigen Blicke der anderen und drehte mich langsam zu Jacob um. Der Blick aus seinen blauen Augen traf mich, wie auch beim ersten Mal, völlig unvorbereitet. Jacobs Mundwinkel zuckten verräterisch. Er musterte mich lässig und wirkte, als könne ihm nichts und niemand seine gute Laune streitig machen.

»Jacob«, begrüßte ich ihn. Ein wenig zu atemlos für meinen Geschmack.

O mein Gott, er hat sich die Haare geschnitten.

Sie waren nicht ganz so raspelkurz wie die von Sebastian, aber verflucht, es stand ihm. Vorne ein wenig länger als an den Seiten, lockte sich eine der etwas länger gebliebenen Strähnen widerspenstig. Sie war nicht so lang, dass sie ihm in die Augen fallen würde, dennoch lenkte sie meinen Blick erfolgreich genau dorthin: zu Jacobs strahlend blauen Augen.

Sein Blick glitt langsam über meinen gesamten Körper. Er betrachtete mich, als wolle er sich mein komplettes Outfit, mein Gepäck und die paar vereinzelten Sommersprossen auf meiner Nasenspitze ganz genau einprägen. Schlussendlich blieb sein Blick an meinen Lippen hängen. Jacob Harrison sah mich an, als würde er mich zum ersten Mal sehen. Oder aber, flüsterte die kleine Stimme tief in mir, als ob er dich vermisst hätte. Und er ließ sich Zeit dabei. Nervös verschränkte ich meine Hände ineinander, während mir die Hitze in die Wangen kroch. Dieser Mistkerl. Musste das Erste, woran er mich bei unserem Wiedersehen erinnerte, unser Kuss sein? Wie in Trance sah ich dabei zu, wie er die Hand hob und mir eine dunkle Haarsträhne hinter das Ohr steckte. Dabei strichen seine Fingerspitzen über meine erhitzte Wange. Nur flüchtig, eine kaum wahrnehmbare Berührung. Es reichte jedoch aus, um mir eine Gänsehaut zu verschaffen. Ich mochte mir gar nicht vorstellen, was für ein Bild wir in diesem Moment abgaben. Jacobs zärtliche Geste war völlig unangebracht für jegliche Art von zukünftiger Geschäftsbeziehung, dennoch hätte ich nichts lieber getan, als mich ihm noch weiter entgegenzulehnen. Also tat ich das einzig Vernünftige und trat zurück.

»Alles okay?«, fragte er mich. Offenbar kümmerte es ihn nicht die Bohne, was seine Crew von dieser Begrüßung hielt. Ich nickte stumm. Als ich nichts weiter erwiderte, ließ Jacob die Hand sinken und wandte sich an die anderen.

»Hey, Leute.«

»Morgen, Boss.« Sarah trat vor, um Jacob zu umarmen. Es folgten ein lässiger Fistbump mit Sebastian und ein Händeschütteln mit Frank.

Die vier arbeiteten nicht nur zusammen, sie waren Freunde, ein Team. Das konnte man deutlich an ihrer Körpersprache erkennen. Der leichte Herzschmerz, den ich empfand, als ich sie beobachtete – früher war ich auch Teil einer solchen Gruppe gewesen –, wurde lediglich durch Sarahs offenes, freundliches Lächeln gemildert. Während die Männer Reiseinformationen austauschten, war sie voll und ganz auf mich fixiert. Ich gebe zu, ich hatte Bedenken, wie Sarah eine weitere Frau als Crewmitglied aufnehmen würde, jetzt jedoch war meine Aufregung – zumindest was das anging – verpufft. Von ihr gingen eine Herzlichkeit und Lebensfreude aus, die ansteckend waren.

»Alle bereit?«, fragte Jacob in die Runde und lächelte.

»Das Sperrgepäck ist bereits aufgegeben, Boss. Wir haben nur noch die großen Rucksäcke.«

»Danke, Seb.«

Sarah hakte sich bei Jacob ein und zog ihn unaufhaltsam vorwärts. »Dann los, lasst uns einchecken. Ich will unbedingt noch in den Duty-free!«

Sebastian und ich folgten den beiden, während Frank das Schlusslicht bildete.

»Soll ich deinen Wagen schieben?«

Überrascht erwiderte ich Sebastians fragenden Blick.

»Sarah schiebt ihren auch alleine.«

»Wollte nur höflich sein.« Er zuckte mit den Schultern und lenkte meine Aufmerksamkeit damit auf die zahlreichen Tattoos an seinen Armen und dem Hals.

»Da du neu bei uns bist und so.«

»Danke«, hörte ich mich selbst murmeln, »das ist nett von dir, Sebastian.«

»Du kannst mich Seb nennen, wie die anderen auch.«

»Jetzt trödelt doch nicht so«, rief Sarah uns über die Schulter gut gelaunt zu.

»Ist sie immer so … überschwänglich?«, fragte ich und hörte Frank hinter uns schnauben. Seb grinste.

»Das ist noch gar nichts.« Sein Blick wanderte zu Sarah und blieb etwas länger als notwendig an ihr und ihrem in rosa Baumwolle gekleideten Hintern hängen. *Er mag sie*, schoss es mir durch den Kopf. Und offensichtlich gefiel ihm die vertraute Art, wie sie mit Jacob umging, ebenso wenig wie mir. Ich jedoch hatte kein Recht, so etwas zu denken. Sebastian vielleicht schon. Für die nächsten sechs Wochen würde ich eine aufmerksame Reporterin sein, meinen Job machen und versuchen, diese Reise zu genießen. Mehr nicht.

Sarah hatte ihre Drohung wahr gemacht und uns beziehungsweise mich die letzte Stunde durch einen Duty-free-Shop nach dem anderen gezerrt. Die Männer hatten es sich währenddessen vor unserem Gate mit einem Buch oder ihren Laptops bequem gemacht. Mein erster Eindruck von Sarah hatte sich in dieser Zeit gefestigt. Lediglich zwei Jahre jünger als ich, war sie eine quirlige, laute und absolut herzliche Person. Sie behandelte mich bereits jetzt, als wären wir Freundinnen. Kichernd hatten wir mehrere der teuren Gesichtscremes und Masken ausprobiert, bis man uns freundlich darauf hingewiesen hatte, dass wir entweder etwas kaufen oder gehen sollten. In Momenten wie diesen vermisste ich Helen besonders. Meine beste Freundin wäre begeistert von Sarah. Und Sarahs Enthusiasmus lenkte mich erfolgreich davon ab, dass ich demnächst in ein Flugzeug steigen und mich zehntausend Meter über dem Boden wiederfinden würde.

»Hast du sein Gesicht gesehen?«, fragte ich sie, als wir, beladen mit Süßigkeiten und Chips, zurück an unser Gate schlenderten.

Sie schnaubte. »Als hätten wir ihn ausrauben wollen. Wenn sie nicht wollen, dass man was ausprobiert, dann sollen sie auch keine Tester überall hinstellen.« Sie rollte mit den Augen. »Was für ein Idiot.«

Auffordernd hielt sie mir die Tüte Gummibärchen unter die Nase, und beherzt griff ich hinein. Ich hatte Flugangst, ja, aber der Appetit verging mir deswegen nicht. Im Gegenteil, das Naschen und die Filme waren das Beste am Fliegen! Ich hatte in meinem ganzen Leben lediglich drei Langstreckenflüge hinter mich gebracht, und alle hatten mich zu Helen nach Südafrika geführt. Die Männer sahen uns neugierig entgegen, und Seb verzog angewidert das Gesicht, als er die Tüte Gummibärchen in Sarahs Hand entdeckte.

»Wie kannst du so was auf leeren Magen essen?«

»Wir«, korrigierte Sarah ihn und grinste mich an, »ich habe jetzt eine Verbündete!«

Ich bestätigte Sarahs Aussage nickend, während ich in meinem Rucksack nach meinen für den Flug überlebenswichtigen Utensilien suchte. Besser, ich kramte E-Reader, Handy, Kaugummis und meinen Pass bereits jetzt hervor als nahezu panisch am Gate. Vor aller Augen. Ich richtete mich auf und sah mich suchend nach Jacob um, konnte ihn aber nirgends entdecken. Seb fing meinen Blick auf.

»Der Boss musste noch mal weg«, erklärte er mir. Dann hielt er uns seinen Kaffeebecher unter die Nase. Die Geste galt wohl eher Sarah, dennoch war ich dankbar, dass er mich mit einbezog. »Wollt ihr?«

Ich schüttelte dankend den Kopf. Sarah schnaubte abfällig.

»Ich muss erst mal was essen.«

»Ernsthaft jetzt, Sarah?«

Sebs Augen blitzten, als er Sarah dabei zusah, wie sie ein paar weitere Gummibärchen verspeiste. Ich beobachtete die beiden innerlich grinsend. Dem Funkeln in Sarahs Augen nach zu urteilen, schien sie Sebs Interesse durchaus zu erwidern. Ob die beiden vielleicht sogar ein Paar waren? Oder Liebhaber? Kaum war das Wort in meinen Gedanken aufgetaucht, erschien Jacob in meinem Blickfeld. Er musterte erst Sarah, dann mich und zuletzt die Gummibärchen in unseren Händen, ehe er zu lächeln begann.

»Wie ich sehe, hast du endlich eine Verbündete gefunden.«

Sarah stieß ein übertrieben lautes Seufzen aus. »Wenigstens einer, der mich versteht!«

»Aber«, fügte er hinzu und hielt uns einen kleinen Stapel Papiere entgegen, »ihr hättet euch gar nichts kaufen müssen.«

»Was meinst du damit?« Jetzt sah auch Frank von seinem Laptop auf.

»Wir wurden upgegradet.«

»Wir fliegen Business Class?« Sarahs Augen wurden kugelrund, und alle sahen wir zu Jacob.

Dieser zuckte lässig mit den breiten Schultern. »Jetzt tut doch nicht so …«

»*O mein Gott*«, wiederholte Sarah beinahe hysterisch. »Wir sind noch nie Business Class geflogen. Normalerweise willst du das doch nicht!«

»Zahlt das unser Auftraggeber?«, fragte Frank und sah skeptisch auf die neuen Flugtickets in Jacobs Händen.

»Würdet ihr jetzt bitte einfach die Tickets nehmen und still sein?«

Frank und Sebastian tauschten einen langen Blick. Sarah jedoch riss Jacob die Tickets förmlich aus der Hand und verteilte sie an uns.

»Frank, du sitzt alleine«, verkündete sie, »wie schön, genau so, wie du es magst. Seb«, sie reichte ihm sein Ticket, »vorletzte Reihe. Zusammen mit *moi*. Du Glücklicher. Und Ellie …«, Sarah grinste mich schief an, »letzte Reihe, zusammen mit dem Boss.«

Nicht sicher, was ich hiervon halten sollte, griff ich zögerlich nach dem Ticket.

»Danke, Sarah.«

»Oh, bedank dich nicht bei mir, Freundin.«

»Sarah.« Sebastian schüttelte leicht mit dem Kopf. Was war hier los? Wieso flogen wir Business Class? Mein Blick wanderte zu Jacob. Zum ersten Mal, seit ich ihn kannte, versuchte er meinem Blick auszuweichen, und plötzlich erstarrte ich mitten in der Bewegung. Meine Finger verkrampften sich um das Ticket, und prüfend musterte ich ihn. Flogen wir etwa Business Class wegen *mir?* Weil ich Flugangst hatte?

»Jacob …«

Ding. »Wir bitten nun alle Passagiere der Business und First Class des Fluges E3456 nach Hanoi sich am Gate A27 einzufinden. Das Boarding beginnt in Kürze …«

Im wahrsten Sinne des Wortes vom Gong gerettet, schnappte Jacob sich seine Dufflebag vom Boden und schielte in Richtung meines kleinen Rucksacks.

»Hast du deinen Reisepass?«, fragte er mich, genau in dem Moment, in dem Frank leise »Business Class, meine Fresse« murmelte. Die Reaktion der anderen verstärkte meinen eigenen Verdacht, und fassungslos starrte ich Jacob an. Das konnte nicht sein Ernst sein. Die Tickets mussten ein kleines Vermögen gekostet haben! Er beugte sich vor, um meinen Rucksack vom Boden aufzuheben.

»Ich kann meinen Rucksack alleine tragen«, protestierte ich schwach, noch immer leicht vor den Kopf gestoßen. Jacob ignorierte mich.

»Hast du deinen Reisepass, Mansfield?«

»Ja«, murrte ich. Ich hielt Reisepass, Flugticket, Kaugummis und den E-Reader mit beiden Händen fest umklammert. Ganz so, als würden diese Gegenstände mich erden und als könnte ich so verdrängen, was als Nächstes kam.

Jacob nickte in Richtung des jetzt offenen Gates. Schlagartig wurde mir flau im Magen, und ich vergaß meinen Rucksack. Sollte er ihn doch tragen, wenn er unbedingt wollte. Ich hatte aktuell ganz andere Probleme.

»Dann los.«

Etwas widerwillig folgte ich Jacob und den anderen durch den Check-in. Mit jedem Schritt in Richtung Flugzeug begann mein

Herz schneller zu schlagen. Eine überaus freundliche Airline-Angestellte überprüfte meinen Pass und das Ticket, und innerhalb weniger Sekunden folgte ich den dezenten Schildern mit der Aufschrift *First Class/Business Class* in einen separaten Tunnel.

Die Tatsache, dass wir Business Class flogen, lenkte mich tatsächlich ein wenig ab, aber die Angst blieb. Nach dem Check-in nicht mit Hunderten von Menschen in einem beengten Tunnel stecken zu bleiben und sich noch mindestens zwanzig Minuten die Beine in den Bauch zu stehen, war ungewohnt. In nur wenigen Minuten war unser Handgepäck verstaut, und wir saßen in unseren großzügigen Loungesesseln. Ehrlich fasziniert sah ich mich um und vergaß sogar für einen Moment, dass ich die nächsten elf Stunden in einer Blechbüchse verbringen würde. Einer äußerst luxuriösen Blechbüchse, so viel stand fest. Die Beinfreiheit war enorm, und ich hatte nicht nur einen eigenen – für Flugzeugverhältnisse – riesigen Fernseher, sondern auch eine Menge Ablagefläche, ein richtiges Kissen und eine Decke sowie genug Platz, um mich dreimal um mich selbst zu drehen. Im Liegen. Jacob saß, durch eine dezente Trennwand von mir abgeschottet, direkt neben mir. Einen Gang weiter erspähte ich Frank, der es sich direkt mit seinem Laptop im Schoß bequem gemacht hatte. Sarah und Seb saßen vor uns. Als hätte sie meine Gedanken gehört, drehte Sarah sich auf ihrem Sitz zu uns um. Sie strahlte über das ganze Gesicht.

»Das ist so cool, J.«

Eine Stewardess erschien neben uns. Ein Tablett mit Champagner in der Hand, bot sie jedem von uns ein Glas an. Sarahs Blick wanderte erst zu Frank und dann zu Jacob.

Jacobs Mundwinkel zuckten. »Noch arbeiten wir nicht.«

»Dann her damit, Lady.« Grinsend schnappte sie sich zwei Gläser und lehnte sich in ihrem Luxussessel zurück.

»Hier, bitte.« Jacob hielt mir ein randvolles Glas Champagner hin.

»Warum fliegen wir Business Class?«

Ein einfaches Danke hätte es auch getan, Ellie.

Aber wie auch vor einer Woche, hatte Jacob etwas an sich, was mich einfach … herausforderte. Anscheinend verlor ich nicht nur jegliche Selbstbeherrschung, wenn es um ihn ging, sondern auch alle Diplomatie, die mir sonst zu eigen war. Und den kühlen Kopf, auf den ich mich in den letzten drei Jahren stets hatte verlassen können.

»Nimm das Glas, Ellie.«

»Wenn du meine Frage beantwortest.«

Er gab einen angestrengten Laut von sich. Statt jedoch auszuweichen, antwortete er: »In der Business Class ist der Flieger ruhiger, und die Annehmlichkeiten lenken einen etwas ab.«

Also doch! Jacob hatte uns auf eigene Kosten umgebucht, weil ich Flugangst hatte. Ich wusste nicht, wie ich das finden sollte. Wie reich genau war er? In meiner Welt waren fünf Business Class Tickets jedenfalls eine Menge Geld. Dennoch war die Geste, wenn auch enorm übertrieben, ungemein aufmerksam. Und jetzt, da ich in meinem Sessel saß, ein Glas Champagner in der Hand, war es sowieso zu spät, mich zu beschweren.

»Ich hätte auch eine Tablette nehmen können«, murmelte ich und nahm ihm das Glas ab. Sofort zuckte ich zurück, als meine Finger Jacobs berührten. Okay, das wurde langsam wirklich lächerlich. Er sah auf mich herab, und ich fragte mich, wie viel von dem, was ich dachte, wie viel von dem, was ich *fühlte,* mir tatsächlich ins Gesicht geschrieben stand.

»Auf die nächsten sechs Wochen.« Jacob erhob sein Glas, und mir blieb gar nichts anderes übrig, als mit ihm anzustoßen. Immerhin hatte der Mann ein kleines Vermögen dafür ausgegeben, dass ich den Flug wenigstens ansatzweise genießen konnte.

»Außerdem«, sagte er, und seine Mundwinkel verzogen sich zu einem feixenden Grinsen, »sind sowohl die Drinks als auch das Essen in der Business Class besser.«

»Ist das so?« Ich trank einen Schluck Champagner und versuchte mich zu entspannen. Das Glas direkt vor dem Start zu exen, würde mir auch nichts bringen. Elf Stunden, erinnerte ich mich. Ich musste elf Stunden totschlagen.

»Es gibt sogar Mojitos«, flüsterte Jacob neben mir mit einem verschwörerischen Unterton in der Stimme. Prompt verschluckte ich mich an meinem Champagner. Jacob stieß ein bellendes Lachen aus. Meine Kehle brannte, und meine Nase kribbelte. Verdammte Kohlensäure. Das sollte mir eine Lehre sein, dachte ich. Während der nächsten sechs Wochen durfte meine Aufmerksamkeit gegenüber Jacob Harrison nicht eine Sekunde nachlassen. Dieser Mann war gefährlich. Mein Handy vibrierte in meinem Schoß, und noch immer hustend griff ich danach.

Helen:

Du schaffst das, Ellie. Ich glaube an dich. Melde dich, wenn du angekommen bist. xoxo Helen

»Wer hat dir geschrieben?«, fragte Jacob und lehnte sich ein wenig dichter zu mir.

»Meine beste Freundin Helen«, antwortete ich ihm, während ich Helen ein paar Kusssmileys zurückschickte. »Sie weiß, wie viel Überwindung es mich kostet, in ein Flugzeug zu steigen. Sie lebt mit ihrem Mann in Kapstadt«, fügte ich erklärend hinzu.

»Sie ist eine gute Freundin«, stellte Jacob fest. Im nächsten Moment versuchte er nach meinem Handy zu greifen.

»Hey!«

»Gib mir dein Handy. Ich mache ein Foto von dir, damit Helen weiß, dass es dir gut geht.«

»Ich weiß nicht …«

Ohne zu zögern, kramte Jacob sein eigenes Smartphone hervor, hielt es mir unter die Nase und drückte auf den Auslöser.

»Jacob!« Lachend hielt ich mir eine Hand vor die Augen. Anscheinend hatte er noch ein paar weitere Bilder geschossen, da Sekunden später mein Handy mehrmals hintereinander vibrierte.

»Du bist unmöglich«, sagte ich. Dann jedoch stellte ich mein Glas ab und scrollte mich durch die Bilder, die Jacob mir soeben geschickt hatte. Es waren fünf. Auf drei von den Bildern sah ich wenig begeistert aus. Auf einem hielt ich mir lachend eine Hand vors Gesicht, und das letzte Bild war ein Selfie von Jacob und mir. Er prostete grinsend in die Kamera, während ich mir lachend die Augen zuhielt, mein eigenes Glas Champagner dabei in der anderen Hand. Das Foto war … süß. Ohne wirklich darüber nachzudenken, schickte ich Helen genau dieses Bild. Ich wusste, dass meine Freundin sich darüber definitiv mehr freuen würde als über mein mürrisches Gesicht. Nicht mal zehn Sekunden später kam ihre Antwort.

Helen:

OMG, Ellie! Das ist Jacob? Er sieht ja noch besser aus als im Fernsehen!

Ihr seht süß aus.

Helen tippte noch immer …

Helen:

Versuch den Flug zu genießen und schreib mir, wenn du gelandet bist. xoxo

Ellie:

Hab dich lieb

Zu mehr war ich nicht mehr in der Lage, und Helen wusste das. Sie respektierte meine Angst, ebenso wie meine Eltern, denen ich bereits auf dem Weg zum Flughafen geschrieben hatte. Bei ihnen würde ich mich melden, wenn wir in Hanoi gelandet waren.

Helen:

Ich dich auch

PS: Mein Gott, ist der Mann heiß

Lachend versetzte ich mein Handy in den Flugmodus und ließ es in einem der zahlreichen Fächer neben mir verschwinden.

»Was hat sie gesagt?«

Feixend sah ich Jacob an. »Das wüsstest du jetzt gerne, hm?«

»Immerhin habe ich das Foto gemacht!«

Ich wollte etwas erwidern, aber die Worte blieben mir im Halse stecken, als eine der Stewardessen mit melodischer Stimme verkündete, dass das Boarding abgeschlossen war und wir in wenigen Minuten starten würden. Sofort verkrampfte ich mich und griff, ohne hinzusehen, nach dem Glas Champagner vor und der Sessellehne neben mir. Jacob beobachtete mich schweigend. Ich hörte Sarah und Seb, wie sie vor uns über irgendetwas diskutierten und lachten, und versuchte krampfhaft, mich auf etwas anderes zu konzentrieren als die lauten Motorengeräusche des Fliegers und das sanfte Schaukeln, als wir uns in Bewegung setzten. Kommentarlos lehnte Jacob sich vor, löste meine verkrampfte Hand behutsam von der Lehne und umschlang meine Finger mit seinen. Das ungute Gefühl in meinem Magen verstärkte sich. In meinem jetzigen Zustand konnte ich jedoch nicht mit Sicherheit sagen, ob es an dem nahenden Start oder dem Mann neben mir lag. Ich reichte mein noch immer halb volles Glas Champagner einer der zahlreichen Stewardessen und Stewards, die in der Business Class umherschwirrten, um uns jeden Wunsch zu erfüllen, und lehnte mich zurück. Träge rollte der A380 über den Flugplatz. Wie eine große, fette Raupe, die eigentlich viel zu schwerfällig sein müsste, um sich zu bewegen. Ein Sicherheitsvideo wurde auf unseren Monitoren eingeblendet. In Englisch mit arabischem Untertitel erklärte uns das Video, wie wir uns bei einem – äußerst seltenen und unwahrscheinlichen – Notfall zu verhalten hatten. Nervös sah ich zu Jacob. Er sah völlig unbeteiligt aus. Fast gelangweilt. Dennoch lag seine Hand noch immer in meiner, und er drückte meine Finger sanft. Einem Mann wie ihm musste meine Flugangst absolut irrational vorkommen, immerhin verbrachte er sein halbes Leben in einem Flugzeug. Intuitiv verschränkte ich meine Finger mit seinen. Sollte ihn diese Geste überraschen, so ließ er sich weiterhin nichts anmerken. Ich hatte mir fest vorgenommen, mich absolut professionell zu verhalten, und damit würde ich direkt morgen anfangen. Nach der Landung. Jetzt, in diesem Moment, taten der Körperkontakt und seine wortlose Anteilnahme mir einfach nur gut. Auch schien Jacob zu spüren, dass ich während des Starts nicht gern redete. Wie er mich nach so kurzer Zeit bereits so gut einschätzen konnte, war mir ein Rätsel. Und es beunruhigte mich. Der ganze Mann beunruhigte mich. Das Sicherheitsvideo endete, und langsam rollten wir auf die Startbahn. Vor uns ertönte lautes Gelächter, und ich bewunderte Sarah und Seb dafür, wie entspannt sie sich in einer Situation fühlten, die für mich nichts anderes als extrem war. Ebenso Jacob. Oder Frank, dachte ich. Dieser hatte kurz vor Beginn der Sicherheitsinstruktionen seinen Laptop zugeklappt, ein Nackenkissen aus seinem Rucksack gezogen und schlief bereits wie ein Baby. Die Geräusche um uns herum wurden lauter, und ich wusste, was jetzt kam. Endlich auf der Startbahn angekommen, gab der Pilot Gas, und der A380 erhob sich träge in die Luft. Ich hielt meine Augen während des gesamten Starts geschlossen. Doch bis auf ein paar kleine Wackler blieb es erstaunlich ruhig.

»Ellie«, hörte ich Jacob dicht neben mir flüstern. Sehr dicht. Ich öffnete die Augen und drehte meinen Kopf zu ihm. Er sah mich lächelnd an. »Ich brauche meine Hand noch.«

»Oh.« *Oh.* »Entschuldige«, murmelte ich und wollte meine Hand wegziehen. Jacob hielt sie fest.

»Ich habe nicht gesagt, dass du loslassen sollst. Aber versuch, mir nicht alle Finger zu brechen, okay?«

»Okay.« Dann jedoch flogen wir eine Kurve, und ich vergaß meine guten Vorsätze. Kurven hasste ich beinahe genauso sehr wie den Start. Oder Luftlöcher. Oder die Landung.

Jacobs Finger mussten erneut dran glauben, und ich hörte ihn neben mir geräuschvoll ausatmen.

»Das Erste, was ich mache, wenn wir oben sind, ist, uns eine Runde Mojitos zu bestellen.«

6

Wie beschreibe ich dieses Gefühl?

Drei Stunden und zwei Mojitos später fühlte ich mich schon wesentlich entspannter und sicherer als zuvor. Direkt nach dem Start hatte Sarah sich zu uns umgedreht und uns eröffnet, dass wir alle unbedingt das Gleiche schauen mussten, damit wir den Film danach gemeinsam bewerten konnten. Die Diskussion, die daraufhin zwischen ihr, Seb und Jacob ausgebrochen war, ließ darauf schließen, dass sie sich nicht das erste Mal in einer Situation wie dieser befanden. Nach einigem Hin und Her hatten wir uns schließlich auf einen brandneuen Actionfilm geeinigt, der aktuell sogar noch im *Vue Cinema* am Picadilly auf der großen Leinwand zu sehen war.

Ich hatte nichts gegen einen guten Actionfilm einzuwenden. Die Story und die ganzen effektvollen Explosionen lenkten mich zusätzlich zu dem Mojito in meiner Hand hervorragend davon ab, wo ich mich aktuell befand. In einer Blechbüchse. In der Luft. Jacob grinste bei jeder neuen Explosion, und nur mit Mühe konnte ich mir das Lächeln verkneifen, das hartnäckig an meinen Mundwinkeln zupfte. Wahrscheinlich dachte er darüber nach, dass er jeden einzelnen dieser Stunts ebenfalls absolvieren konnte. Vielleicht sogar besser. Währenddessen hatte er uns mit Mojitos versorgt, und was sollte ich sagen? Bis jetzt war der Flug ruhig und sehr … angenehm. Sarah und Seb hatten soeben verkündet, dass sie versuchen würden, ein wenig zu schlafen, und uns eine gute Nacht gewünscht. Zum Schlafen war ich allerdings viel zu aufgekratzt. Und auch zu angeheitert. Wann trank man auch Mojitos zum Frühstück? Der Toast und die zwei Spiegeleier, die uns vor rund zwei Stunden serviert worden waren, hatten den Champagner und den Rum in meinem Magen nicht wirklich aufsaugen können.

»Was willst du dir jetzt anschauen?«, fragte Jacob neben mir und warf sich ein paar Salzbrezeln in den Mund. *Salzbrezeln. Das Mandarin Oriental. Unser Kuss.* Würde mich eigentlich alles ständig nur daran erinnern? Sechs verfluchte Wochen lang?

»Ich glaube, den nächsten Film schauen wir getrennt«, antwortete ich, als ich die letzte Disney-Echtverfilmung auswählte und mich lächelnd zurücklehnte. Jacob schielte um die Trennwand herum auf meinen Bildschirm.

»*Die Schöne und das Biest*?« Wenn er da jetzt Parallelen sah, dann war das nicht meine Schuld. »Willst du mir was sagen, Mansfield?«

»Ich liebe Disney«, antwortete ich voller Inbrunst.

»Gegen die alten Filme kommt zwar nichts an, aber okay. Schauen wir mal, was dieser so kann.«

Ich lehnte mich weiter vor und lugte über die Trennwand. »Du willst mit mir Disney gucken?«

»Klar, warum nicht?« Er sah ehrlich überrascht aus. Wenn ich eins an einem Mann attraktiv fand, dann, dass er sich – und allen anderen – nicht ständig beweisen musste, wie männlich er war. Jacob Harrison musste das definitiv nicht. Er strahlte ein solch starkes Selbstbewusstsein aus, wie ich es selten zuvor gesehen hatte. Auch wenn er neben mir im Flugzeug saß, meine Hand hielt und mit mir Disney-Filme schaute. Irritiert sank ich zurück in meinen weichen Sessel und kuschelte mich unter meine Decke.

Fünf Stunden, Ellie. Du bist seit fünf Stunden mit diesem Mann zusammen. Und ich war schon jetzt in Schwierigkeiten. Etwas sagte mir, dass ich es noch bitter bereuen würde, diese Reise jemals angetreten zu haben.

Das Erste, was mir zu Vietnam in den Sinn kam? Es war laut. Unfassbar laut. Überall waren Menschen. Und Motorroller. Menschen auf Motorrollern. Vor genau zwei Stunden waren wir in Hanoi gelandet, und mir schwirrte bereits jetzt der Kopf. Der Rest unseres Fluges war zu meiner unendlichen Erleichterung ruhig verlaufen, und Jacob und ich hatten uns alle Mühe gegeben, die Vorteile der Business Class auszunutzen. Während alle um uns herum geschlafen hatten, inklusive unserer Crew, hatten wir Filme geguckt, unendlich viel gegessen und uns noch zwei weitere Mojitos gegönnt. Obwohl ich in den letzten fast vierzehn Stunden kein Auge zugemacht hatte, war ich putzmunter. Ich war *aufgeregt,* und zum ersten Mal ließ ich die Freude zu, die mich überkam, wenn ich daran dachte, was mich die nächsten Wochen erwarten würde. Ein Abenteuer hatte Helen es genannt, und genauso fühlte es sich gerade an.

»Haben wir jetzt alles beisammen?«, fragte Frank und begann unser Gepäck zu zählen. Unsere Rucksäcke waren relativ schnell über das Laufband gekommen, das Sperrgepäck aber hatte ein wenig mehr Zeit in Anspruch genommen. Besonders, da einer der jüngeren Flughafenangestellten Jacob erkannt hatte. In gebrochenem Englisch hatte der junge Mann Jacob versucht zu erklären, dass er ein großer Fan sei, und ihn gebeten, ein Foto mit ihm zu machen. Jacob hatte das ganze Gespräch über gelächelt und mindestens zehn Selfies mit dem jungen Vietnamesen gemacht. Ebenfalls lächelnd hatte ich die Szene beobachtet. Nun aber war unser Gepäck vollständig, und wir begaben uns in Richtung Hotel. Ein kleiner Minivan wartete am Ausgang des Flughafens auf uns. Eingekeilt zwischen Sarah und Seb, Frank hinter uns und Jacob auf dem Beifahrersitz, konnte ich es kaum erwarten, einen ersten Eindruck von Hanoi zu bekommen. Weit waren wir jedoch nicht gekommen, denn seit geschlagenen vierzig Minuten standen wir im Stau. Zentimeter für Zentimeter kämpften wir uns durch den dichten Verkehr. Fasziniert beobachtete ich die Menschen dabei, wie sie sich mit ihren Motorrollern durch die kleinsten Lücken zwischen den wartenden Autos quetschten. Dabei saßen sie alleine, aber manchmal auch zu dritt und sogar zu viert auf den schmalen Rollern. Einige transportierten riesige Kübel mit Obst, andere Kräuter und Pflanzen, und auf einem Roller hatte ich sogar zwei Hunde entdeckt. Noch nie in meinem Leben hatte ich so viele Motorroller gesehen. London war eine große, lebendige Stadt, aber selbst unsere Rushhour wirkte wie ein Sonntagsspaziergang im Park verglichen mit dem Chaos um uns herum. Es wurde gehupt, laut geschrien, an einigen Stellen sogar geschubst, dennoch ging es nur sehr, sehr schleppend voran.

»Ich hasse den Verkehr in Asien«, murmelte Sarah neben mir.

»Ist das immer so?«

»Hanoi ist besonders schlimm«, antwortete sie und lehnte ihren Kopf gegen die Fensterscheibe. »Aber generell hast du in Südostasien eins …«

»Motorroller«, beendeten Seb und Jacob ihren Satz lachend. Frank, der offensichtlich nicht nur Regisseur, sondern auch irgendeine Art Projektmanager – oder Reiseplaner – war, blendete uns weiterhin aus und hackte beinahe aggressiv auf die Tasten seines Laptops ein. Ich war froh, dass Isabell mich vorgewarnt hatte. So musste ich sein doch eher grobes und ungewöhnliches Verhalten nicht auf mich beziehen und konnte es, wie der Rest der Crew, einfach ignorieren. Im Hotel angekommen, versorgte Frank uns mit SIM-Karten für unsere Handys, unseren Schlüsselkarten und der Information, dass wir uns in einer Stunde in der Hotelbar treffen würden, um unser weiteres Vorgehen zu besprechen.

Gleich mehrere Hotelangestellte hatten sich nach unserer Ankunft bereits um unser Gepäck gekümmert und die Rucksäcke in die jeweiligen Zimmer getragen, und so stand ich wenig später vor Zimmer 304 des *The Light Hotel*.

Wir waren alle auf einer Etage verteilt. Nur Frank schlief ein Stockwerk unter uns. Sarah und Seb waren schon vor Minuten in ihren Zimmern verschwunden, da sie den ersten Fahrstuhl erwischt hatten. Ich hatte danach das Vergnügen gehabt, mich mit Jacob in die winzige, gefühlt ein mal ein Meter große Kabine des Fahrstuhls zu quetschen. Jacobs Zimmer lag am anderen Ende des Korridors. Ich dankte jeglichen Hotelgöttern und vor allem Frank dafür, dass sie für einen gewissen Abstand zwischen uns gesorgt hatten. Schließlich hatte ich mir vorgenommen, mich professionell zu verhalten, sobald wir gelandet waren. Ich hörte das leise *beep*, mit dem Jacob seine Zimmertür entsperrte.

»Ich sehe dich in einer Stunde, Mansfield«, rief er mir zu, ehe die Tür hinter ihm ins Schloss fiel. Wie lange es wohl dauern würde, fragte ich mich, ihm diese merkwürdige Obsession meines Nachnamens auszutreiben?

Ich zog die Schlüsselkarte ebenfalls durch das elektronische Schloss und betrat meine eigenen vier Wände. Das *The Light Hotel* war ein sehr gutes Mittelklasse-Hotel mit positiver Kundenbewertung. So viel hatte *booking.com* mir verraten, als ich das Hotel bei meiner Recherche gefunden hatte. Viel Zeit zum Spionieren, äh, *Recherchieren* hatte ich jedoch nicht gehabt, da Frank die Pläne unserer Reise gut unter Verschluss hielt. Ich wusste nur, dass wir die nächsten zwei Nächte in Hanoi bleiben, uns dann Richtung Halong

Bay und danach in die Berge begeben würden. Mehr hatte ich auch aus Isabell nicht herausbekommen. Ich betätigte den Lichtschalter rechts von mir und erstarrte, als ich sah, was genau mich hier erwartete. Der Raum war riesig. Viel zu groß für mich allein, war er ein Traum in Beige. Oder wohl eher ein Alptraum. Unbewusst zog ich die Nase kraus und sah mich um. Wow. Die Wände, verkleidet mit champagnerfarbenen Brokattapeten, die Bettwäsche auf dem riesigen Himmelbett, der Teppich und sogar die Bilder in den goldenen Rahmen – alles war irgendwie beige und sandfarben. Es sah gleichzeitig einladend und abschreckend aus. Warm und leblos. Wie in Trance schloss ich die Tür hinter mir und ließ meinen Blick durch den Raum wandern. Antik aussehende Holzmöbel schmückten das Zimmer, und neben einer kleinen Minibar standen zwei – natürlich! – gold gemusterte Sessel. Ganz offensichtlich gab es hier ein Motto. Aber Sarah hatte mich bereits vorgewarnt, dass sich der Einrichtungsstil in Asien von dem, was wir gewöhnt waren, stark unterschied. *Von richtig schick und traditionell bis geschmacklos und billig wird alles dabei sein,* hatte sie mir auf dem Weg hierher erklärt. Jetzt wusste ich, was sie meinte. Dennoch war das Zimmer hell, freundlich (irgendwie) und sauber. Das Bad war riesig, und ich hatte sogar einen winzigen Balkon, von dem aus ich in das Old Quarter der Stadt schauen konnte. Begeistert öffnete ich die Balkontür, nur um sie sofort wieder zu verschließen.

Meine Güte, ist das laut da unten. Vielleicht genoss ich die Aussicht lieber durch die geschlossenen Fenster und erfreute mich an meiner Klimaanlage. Ich hatte mich vorab darüber informiert, dass die Temperaturen in Hanoi um diese Jahreszeit kühler waren als im Süden von Vietnam. Nicht so kühl jedoch, wie es in den Bergen werden würde. Aufgrund dieser für mich ungewohnten Temperaturunterschiede befanden sich in meinem Rucksack Kleidungsstücke für so ziemlich jede Jahreszeit. Neu gekaufte Skinny Jeans, ein paar Shorts und Röcke (ebenfalls neu), diverse Shirts und Tops und zwei, drei Kleider (auch neu). Beim Packen hatte ich schnell festgestellt, dass ich neben meiner Arbeitskleidung, die sich auf schmal geschnittene Hosen, knielange Röcke und Blusen beschränkte, nicht wirklich urlaubstaugliche Sachen im Schrank hatte. Also war ich kurzerhand shoppen gegangen. *Wann ist aus dir eigentlich so eine Langweilerin geworden, Ellie?* Diese simple und gleichzeitig schmerzhafte Frage konnte ich ganz einfach beantworten: vor genau drei Jahren.

Dreißig Minuten noch. Dann erwartete uns Frank zu seinem groß angekündigten Briefing in der Hotelbar auf dem Dach. Ich beschloss, kurz unter die Dusche zu springen und mich umzuziehen. Immerhin trug ich diese Klamotten seit über 16 Stunden und hatte auch in ihnen geschlafen. In London war es jetzt nach Mitternacht, ebenso in Kapstadt. Dennoch schickte ich meinen Eltern und Helen eine kurze Nachricht, dass ich gut angekommen war, ehe ich ins Bad ging und mir eine heiße Dusche genehmigte. Erfrischt schlüpfte ich anschließend in blaue, kurze Shorts und ein helles Leinentop mit einem hübschen runden Halsausschnitt. Meine Klamotten waren vielleicht nicht so besonders oder flippig wie die von Sarah, aber es musste reichen. Ich sah hübsch aus, fand ich. Meine langen dunklen Haare hatten sich von der heißen Dusche leicht gewellt, und meine Wangen waren rosig. Ein aufgeregtes Glitzern lag in meinen sonst eher ernst dreinblickenden grünen Augen. Ich sah … lebendig aus. *Und so fühle ich mich auch,* dachte ich, als ich in meine silbernen Birkenstocksandalen schlüpfte und nach meinem Handy griff. Ein Blick auf das leuchtende Display verriet mir, dass Helen noch wach war.

Helen:

Ich habe mir schon Sorgen gemacht

Wie war der Flug?

Ellie:

Gut ☺ An die Business Class könnte ich mich definitiv gewöhnen

Helen:

Oh, das glaube ich dir! Und was macht ihr jetzt?

Ellie:

Briefing in der Hotelbar

Ich zögerte kurz, aber dann schrieb ich weiter.

Ellie:

Ich habe gelesen, dass das Hotel eine Rooftop-Bar hat

Ich hatte es nicht nur gelesen, Frank hatte es kurz zuvor bestätigt.

Helen:

Ob ich dich gerade ein wenig hasse?

Drei kleine Punkte neben Helens Namen verrieten mir, dass meine Freundin noch nicht fertig war. Und offensichtlich hatte sie auch nicht vor, in den nächsten fünf Minuten ins Bett zu gehen.

Helen:

Wie geht's Loverboy?

Ellie:

Bitte nenn ihn nicht so

Helen:

Und wenn es stimmt?

Ellie:

Da ist nichts zwischen Jacob und mir

Schon während des Schreibens fühlten sich diese Worte wie eine dicke, fette Lüge an. Offensichtlich wurden diese langsam zu meiner Spezialität. Oh, da war definitiv etwas zwischen Jacob und mir, aber das hieß noch lange nicht, dass es mir gefallen musste. Wenn ich ehrlich war, dann jagte mir diese Anziehungskraft zwischen uns und die Reaktionen, die dieser Mann in mir hervorrief, eine Heidenangst ein. Seit Marks Tod hatte ich niemanden mehr an mich herangelassen. Ich hatte weder gedatet noch war ich ausgegangen, egal, ob mit Männern oder Freunden, und ganz bestimmt war ich mit niemandem intim gewesen. Jacob Harrison war der erste Mann, den ich nach dem Tod meines Verlobten geküsst hatte. Er war der erste Mann, den ich seit insgesamt drei Jahren geküsst hatte. Und das beunruhigte mich. Ebenso wie die Tatsache, dass ich nichts lieber tun würde, als ihn noch einmal zu küssen. Das Handy vibrierte in meiner Hand.

Helen:

Versprich mir, dass du ihm eine Chance gibst

Falls er die denn haben wollte. Ich meine, ja, okay, er gab sich charmant mir gegenüber, aber wer wusste schon, was in seinem Kopf vor sich ging. Vielleicht wollte er mich wirklich nur als Reporterin dabeihaben? Vielleicht flirtete er einfach gerne? Oder aber er wollte da weitermachen, wo wir in London aufgehört hatten. Jeder einzelne dieser Punkte beunruhigte mich gleichermaßen. Ich durfte gar nicht zu sehr darüber nachdenken, denn sonst fragte ich mich womöglich noch, was zur Hölle ich hier eigentlich machte. Aber ich kannte Helen, und ich wusste, sie würde weder aufgeben noch beruhigt schlafen gehen, wenn ich irgendeinen dieser Gedanken mit ihr teilte. Also beließ ich es bei einer vagen Antwort.

Ellie:

Vielleicht

Helen:

Das ist alles, was ich hören wollte! ☺

good n8

Ellie:

Schlaf gut xoxo

Helen:

xoxo

Ein Klopfen an der Tür riss mich aus meinen Gedanken, ertappt ließ ich das Handy in meinen Rucksack fallen.

»Ellie?« Jacobs tiefe Stimme drang zu mir herein. »Bist du fertig?«

»Einen Moment!«, rief ich und checkte ein letztes Mal mein Spiegelbild. Für Make-up hatte ich jetzt keine Zeit mehr. Allerdings war ich im Urlaub und bei hohen Temperaturen sowieso eher der Typ für einfach nur Sonnencreme und – maximal – ein wenig Lippenstift. Ich atmete ein letztes Mal tief durch und öffnete die Tür. Das Flattern in meinem Magen, das offensichtlich einzig und allein für Jacob reserviert war, kehrte mit voller Wucht zurück. Meisterhaft unterdrückte ich es und schenkte ihm ein freundliches Lächeln. Gar nicht übel. Meine Reaktionen auf Jacob wurden besser. Mit etwas Zeit könnte ich die dummen Schmetterlinge eventuell auch davon überzeugen, abzudampfen und sich jemand anderen zu suchen, den sie nerven konnten. Ich schloss die Tür hinter mir und sah zu Jacob auf.

»Bin fertig«, informierte ich ihn überflüssigerweise. Jacobs Gesichtsausdruck gab nichts außer einem gewissen Amüsement preis. Ich suchte mir einen Punkt direkt unter seinem linken Ohrläppchen. Wenn ich all die sonnengebräunte Haut, die jetzt kürzeren, aber irgendwie immer noch zerzausten blonden Haare und die Muskeln unter seinem dünnen weißen T-Shirt ignorierte, dann würde ich es vielleicht schaffen, mich wie eine erwachsene Frau zu benehmen.

»Wie ist dein Zimmer?«, fragte er mich, als wir auf den Fahrstuhl warteten. Da ich es noch immer nicht wagte, Jacob direkt anzusehen, konnte ich nicht sagen, ob ihm gefiel, was er sah. Fand er mich attraktiv? Mochte er mein Outfit?

Wieso kümmert dich das überhaupt?

Es kümmerte mich nicht. Punkt.

»Es ist riesig«, antwortete ich, ein wenig zu laut. Gemeinsam quetschten wir uns in den kleinen Fahrstuhl, und Jacob drückte auf den obersten Knopf mit den wunderbaren Worten *Roof Top*.

»Ein Traum in Beige, mhm?«

»Wohl eher ein Alptraum.«

Aus den Augenwinkeln sah ich, wie Jacob sich zu mir umdrehte. Seine Hand schnellte vor und berührte die Spitzen meiner jetzt gewellten Haare. Ich sog scharf die Luft ein und sah auf. Ein großer Fehler. Jacob fixierte mich mit einer Intensität, die es mir unmöglich machte, meinen Blick von seinem zu lösen. Da ging sie hin, die Selbstbeherrschung, die ich in den letzten fünf Minuten so mühselig aufgebaut hatte.

»Sie sind lockig«, flüsterte er rau.

»Ich habe zu heiß geduscht.« Bei meinen Worten verdunkelten sich seine Augen bedeutungsvoll, und ich hätte mich selbst treten können. Hitze breitete sich in meinem Körper aus, und schlagartig wurde die ohnehin schon stickige Luft im Fahrstuhl noch dichter. »Ich meine, das tun sie immer, wenn sie feucht werden.«

O mein Gott, Ellie …

Ich schluckte und versuchte ein wenig Abstand zwischen uns zu bringen. Vergebens. Der winzige Fahrstuhl ließ es nicht zu, ich war gefangen.

»Wenn sie feucht werden«, wiederholte Jacob leise. War er gerade ein wenig näher gekommen?

»Ich, äh …«

Bing.

»*Roof Top*«, säuselte eine weibliche Computerstimme. Wir hatten unser Ziel erreicht. Die Fahrstuhltüren öffneten sich, aber keiner von uns rührte sich auch nur einen Zentimeter. Dicht standen wir uns gegenüber. So dicht, dass unsere Körper sich minimal berührten und ich die Hitze, die von Jacob ausging, durch meine luftigen Klamotten auf meiner eigenen Haut spüren konnte. Nur ein wenig näher, dachte ich. Nur ein einziger Schritt und wir würden uns berühren. Richtig. *Endlich.* Keiner von uns rührte sich auch nur einen Zentimeter. Stumm starrten wir uns an.

»Leute?«

Benommen drehte ich meinen Kopf zur Seite und blinzelte ein paarmal hektisch. Sarah beobachtete uns mit einer hochgezogenen Augenbraue und einem Blick, der zu sagen schien: Was zur Hölle?

»Sarah«, begrüßte ich sie und riss mich von Jacob los. »Was für ein schönes Kleid!«, kommentierte ich ihr Outfit in der Hoffnung, dass sie das, was sie soeben gesehen hatte, einfach ignorierte. Oder vergaß. Was auch immer *das* gewesen war.

»Mhm.« Sarah musterte mein eigenes Outfit skeptisch. Noch skeptischer musterte sie jedoch die Röte auf meinen Wangen und Jacob, welcher noch immer in gebührendem Abstand zu uns stand und mich ansah. Ich *fühlte,* dass er mich ansah. Wie verrückt war das bitte?

»Geht's euch gut?«

»Bestens«, erwiderte ich und hakte mich ein wenig zu enthusiastisch bei ihr ein. »Wo sind die anderen?«

Offensichtlich nicht überzeugt von meiner kleinen Show, sah Sarah zu Jacob. Dieser war bis jetzt auffällig still geblieben. »Boss?«

»Ich brauche einen Drink«, murmelte er, schob sich an uns vorbei und ging, ohne mich weiter zu beachten, direkt zur Bar.

»Ist irgendwas passiert?«, fragte Sarah mich. »Zwischen euch?«

Ich schüttelte den Kopf, während mein Blick Jacob folgte. Sarah sah mich breit grinsend an.

»Ich werde das hier ignorieren«, verkündete sie hoheitsvoll, »aber Freundin, dies hier ist deine Schonfrist. Du wirst mir schon noch erzählen, was das zwischen euch ist. Schließlich bin ich nicht blind.« Sie fixierte mich. »Verstanden?«

Ich konnte ihr nichts erklären, was ich selber nicht verstand. Dennoch war ich erleichtert, dass sie das Thema für den Moment fallen ließ. Ich nickte.

»Holen wir uns einen Drink«, erwiderte ich, um ein Lächeln bemüht. »Und dann will ich Franks Plan hören.«

Wir gesellten uns zu Jacob an den langen bambusverkleideten Tresen, und ich nutzte die Chance, mich umzusehen. Die Rooftop-Bar war atemberaubend. Die Zimmer mochten ja vielleicht etwas eigen im Stil sein, aber diese Bar? Wunderschön. So etwas hatte ich bisher nur in Filmen gesehen. In Kapstadt, bei Helen und Kanya, gab es auch ein paar ganz hervorragende Bars und Restaurants, und dank des milden Klimas konnte man fast das ganze Jahr über draußen verbringen, aber diese Bar, dieser Ort … er hatte etwas beinahe Magisches. Über uns befand sich nichts weiter als der klare Nachthimmel. Durch die indirekte Beleuchtung konnte man die zahlreichen Sterne am Himmelszelt erahnen. Einige von ihnen funkelten hell und klar und sahen direkt auf mich herab. Ein kleiner Seufzer entfuhr mir, als ich mich weiter umsah. Rings um die zahlreichen Tische und Stühle herum standen hohe Palmen, in denen Lichterketten und Lampions in allen Farben des Regenbogens erstrahlten.

»Es ist wunderschön hier«, flüsterte ich. Die Worte waren für Sarah bestimmt, doch es war Jacob, der sich zu mir umdrehte. Seine Augen funkelten noch immer ein wenig … gefährlich, aber zumindest war das Lächeln auf seine unverschämt sinnlichen Lippen zurückgekehrt.

»Ich wusste, dass es dir gefallen wird.« Dankend nahm er seinen Drink entgegen.

Ich blickte stirnrunzelnd auf die leicht bräunliche Flüssigkeit. »Mojito?«

Jacobs Mundwinkel zuckten verräterisch. »Dieser Drink löst die besten Erinnerungen bei mir aus.« Grinsend hob er das Glas an seine Lippen, nahm einen kräftigen Schluck und nickte Richtung Bar. »Da Frank mir nur einen Drink erlaubt, werde ich diesen hier … genießen.« Er zwinkerte mir zu. »Willst du auch einen?«

Dieser Mann war wirklich unmöglich.

»Ich trinke keine Mojitos mehr.«

»Ist das so?«

In diesem Moment drehte Sarah sich lachend zu uns um und drückte mir einen Cosmopolitan in die Hand. »Okay, das reicht, ihr zwei.« Strafend sah sie erst mich, dann Jacob an.

»Wenn ihr nicht wollt, dass der Rest der Crew von dem hier«, sie wedelte mit der Hand zwischen uns hin und her, »mitbekommt, was auch immer da Merkwürdiges zwischen euch läuft, dann reißt euch zusammen, okay?«

»Sarah …«

»Ich gebe euch eine Minute«, verkündete sie und zeigte auf einen Tisch in der hinteren Ecke, direkt vor einer kleinen Bühne. »Wir sind da hinten.«

Mit diesen Worten ließ sie uns an der Bar stehen. Unsicher, was ich jetzt tun sollte, starrte ich auf meinen pinken Cosmo hinab.

»Ellie, sieh mich an.« Ich sah überallhin, nur nicht zu Jacob. »Komm schon, Mansfield. Trau dich«, neckte er mich, und ich sah auf. In Jacobs Augen funkelte der Schalk, und ein breites Grinsen lag auf seinem Gesicht. Er schien die Situation zu genießen. Wohingegen ich am liebsten im Erdboden versunken wäre.

»Es ist dir unangenehm, oder?«, fragte er. »Dass Sarah uns … gesehen hat?«

War es. »Ist es nicht.«

»Komm schon, lüg mich nicht an.«

Welch vorzügliche Wortwahl. Mein Glas fest umklammert, bereitete ich mich darauf vor, die Frage zu stellen, die mich seit über einer Woche beschäftigte.

»Wieso hat Roy mich angerufen?«, fragte ich ihn. »Wieso hast du so lange gewartet, mich zu … kontaktieren?«

Jacob nahm sich einen Moment Zeit, um über meine Frage nachzudenken.

»Hättest du geantwortet? Oder warte …« Er hob eine Hand, als ich etwas erwidern wollte. »Lass mich das anders formulieren. Wärst du mitgekommen? Hierher?« Herausfordernd sah er auf mich herab. »Als Roy mir von dem Missverständnis erzählte und ich erfuhr, dass eine andere Reporterin uns begleiten sollte, da wusste ich, dass dies meine Chance wäre, dich wiederzusehen.«

»Du hättest mich auch fragen können, ob ich einen Kaffee mit dir trinken möchte. Findest du sechs Wochen Vietnam nicht ein wenig extrem?«

»Erstens«, er nahm einen Schluck von seinem Drink, »bin ich Extremsportler. Extreme Dinge sind mein Leben. Zweitens, ich habe dein Gesicht gesehen, als du an dem Abend vor mir geflohen bist …«

»Ich bin nicht geflohen«, protestierte ich schwach. Ich war so was von geflohen.

»Und drittens, findest du sechs Wochen Vietnam nicht wesentlich cooler, als hinter deinem Schreibtisch beim *Traveller* zu sitzen und nur über Abenteuer zu schreiben, anstatt sie zu erleben?«

»Dennoch war es nicht deine Entscheidung …« Wie hieß die eigentliche Reporterin noch mal? Irgendwas mit H – Holly! Roy hatte sie Holly genannt. »Holly wäre sicherlich gern mitgekommen.«

»Das ist schön für Holly.« Er zuckte unbekümmert mit den Schultern. Offensichtlich interessierte ihn diese Information nicht die Bohne. »Aber tatsächlich *ist* es meine Entscheidung. Dies ist mein Film. Meine Reportage. Ohne mich gäbe es nicht viel mehr zu filmen als Landschaft.«

Meine Augenbrauen wanderten ein Stück in die Höhe. Das Selbstbewusstsein, das er in diesem Moment ausstrahlte, war so absolut, dass ich mich nicht entscheiden konnte, ob ich ihn bewundern oder mit den Augen rollen sollte. »Das klingt ganz schön arrogant. Und anmaßend.«

»Es ist die Wahrheit. Was du daraus machst, überlasse ich dir.« Jacobs Lächeln verschwand. »Ich halte nicht sonderlich viel von Reportern, Ellie. Das habe ich dir bereits gesagt. Versetz dich kurz in meine Lage … Da treffe ich endlich eine Reporterin, bei der die Chemie stimmt und von der ich mir vorstellen kann, sie sechs Wochen um mich zu haben. Ich bin mir sicher, Holly ist eine tolle Frau, aber Hand aufs Herz: Was hättest du an meiner Stelle gemacht?«

»Ich hätte der Reporterin, bei der die Chemie ja angeblich so sehr stimmt, eine Nachricht geschrieben, anstatt sie vom Chef des Magazins ins Büro zitieren zu lassen.«

»Roy kann etwas grob sein, aber er ist ein guter Mann.« Jacobs Gesichtszüge veränderten sich. Sie wurden härter. So sah er also aus, wenn er seinen Charme ein wenig runterschraubte. »Du hättest auch Nein sagen können. Hast du aber nicht.«

Und damit hatte er mich. Ich hätte Nein sagen können. Mittlerweile wusste ich auch, dass Roys Drohungen, mich zu verklagen, totaler Schwachsinn gewesen waren. Dennoch hatte ich Ja gesagt. Genauso wie am Flughafen, bei unserer ersten, schicksalshaften Begegnung. Es war an der Zeit, Jacob Grenzen zu setzen. Innerlich bis zehn zählend trank ich einen Schluck meines Cosmos und stählte mich für meine nächsten Worte.

»Zwischen uns wird nichts laufen, Jacob.«

»Meinst du?«

»Hör zu«, begann ich. Neutral. Freundlich. Immerhin wollte ich die Luft zwischen uns bereinigen und mich nicht mit Jacob streiten. Sechs Wochen waren eine lange Zeit. Es wäre für alle Beteiligten von Vorteil, wenn Jacob und ich einfach so was wie Freunde würden. »Was damals in der Bar passiert ist, also danach ... der Kuss, es ...«

»War der beste Kuss deines Lebens?«

Ich stockte. »Wie bitte?«

»Unser Kuss.« Jacob lehnte sich unauffällig, und damit sehr auffällig, dichter zu mir.

»Es war der beste Kuss deines Lebens? Lebensverändernd?« Seine Stimme wurde tiefer. »Leidenschaftlich ...«

O mein Gott. Er musste damit aufhören. Sofort. »Jacob!«

»Ellie«, raunte er, und das Kopfkino hinter meiner Stirn begann auf Hochtouren zu laufen.

»Ich bin Single, du bist Single, wo ist das Problem, Mansfield?«

Single.

Dieses Wort.

Es hatte die gleiche Wirkung auf mich wie eine eiskalte Dusche an einem ebenso eiskalten Tag. Im Freien. Es war ernüchternd und auch ein wenig schmerzhaft. Wie Tausende kleine Nadelstiche auf der Haut. Gänsehaut breitete sich auf meinen Armen aus, und diesmal hatte sie absolut nichts mit Jacobs neckendem Tonfall zu tun. Beinahe ruckartig wandte ich mich ab und sah erneut in den klaren Sternenhimmel hinauf. *Single.*

Wie ich dieses Wort hasste. Seit der Schulzeit war ich nicht mehr Single gewesen. Es hatte immer nur Mark für mich gegeben. Bis zu jenem tragischen Abend vor drei Jahren. Tränen traten mir in die Augen, und ohne dass ich es verhindern konnte, atmete ich zittrig ein und aus. Verdammt. Genau das war der Grund, warum ich nicht auf Dates ging. Ein netter, attraktiver Mann flirtete mit mir, und *bums*, ein falsches Wort und ich verwandelte mich in einen absoluten Trauerkloß. Nicht besonders sexy.

»Ellie?« Jacobs Stimme hatte sich verändert. Verschwunden war die Leichtigkeit, und er sah verwirrt auf mich herab. »Habe ich etwas Falsches gesagt?«

»Wir«, ich räusperte mich leise, »wir sollten jetzt zu den anderen gehen.«

Jacob zögerte, er sah aus, als wolle er etwas erwidern … dann aber nickte er und fasste mich am Arm. Vorsichtig bugsierte er uns durch die Menge. Kurz bevor wir unseren Tisch erreichten, beugte er sich zu mir herab und flüsterte mir leise ins Ohr: »Was auch immer ich gesagt habe, um dich traurig zu stimmen, es tut mir leid. Aber eines Tages wirst du mir deine Geheimnisse erzählen, Ellie.«

Das machte die Situation nicht unbedingt besser. Den Kloß in meinem Hals herunterschluckend ließ ich mich neben Sarah auf einen der freien Stühle fallen. Meine Augen brannten. Mein Magen brannte. Und ich ärgerte mich über Jacob. Darüber, dass er mir diesen ersten, magischen Eindruck von Vietnam, den ich so sehr genossen hatte, kaputt machte. Dabei war es meine Schuld. Er konnte nichts dafür, doch es war viel leichter, jemand anderem die Schuld an meiner chaotischen Gefühlswelt zu geben, als mich mit ihr auseinanderzusetzen. Sarah musterte mich eingehend.

»Alles okay, Ellie?«

Ich schenkte ihr ein zittriges Lächeln und kippte den Rest meines Cosmos in einem Zug herunter. Glücklicherweise begann Frank genau in diesem Moment mit seinem Briefing, somit hatte ich etwas, worauf ich mich konzentrieren konnte. Etwas anderes als meine Erinnerungen an Mark oder meine neuen und vor allem verwirrenden Gefühle gegenüber Jacob. Professionalität, erinnerte ich mich. Ich wollte mich professionell geben und dem *Traveller* sowie Roy Clover einen Haufen brauchbarer Notizen aushändigen. Das war das Mindeste, was ich tun konnte, dafür, dass man mich sechs Wochen in diesem Land durchfüttern würde.

»... jeder kann also machen, was er will. Verstanden?«

Erschrocken zuckte ich zusammen. Ich hatte kein einziges Wort mitbekommen. Mist.

So viel zum Thema Professionalität.

»Ich, also ...«

»Passt prima«, unterbrach Jacob mich lässig. »Ellie wollte morgen mit mir auf den traditionellen Food Market gehen und ein paar Cafés auschecken.« Irritiert sah ich Jacob an. *Ach, wollte Ellie das?*

Bevor ich jedoch etwas erwidern konnte, sprach Frank bereits weiter. Leider saß Jacob zu weit von mir entfernt, daher blieb mir nur die Vorstellung, wie ich ihm mit aller Kraft gegen das Schienbein trat. Hatte er eben ernsthaft bestimmt, dass ich einen ganzen Tag mit ihm verbringen sollte?

»... nutzt also euren freien Tag. Übermorgen packen wir alles zusammen und brechen auf Richtung Halong Bay.«

Wir ließen den Abend bei einem gemeinsamen Essen ausklingen, und überrascht stellte ich fest, wie wohl ich mich in der Gesellschaft von Jacob und seiner Crew fühlte. Alle düsteren Gedanken verdrängend, gab ich mir die größte Mühe, mich an den Gesprächen um mich herum zu beteiligen. Es war erstaunlich einfach. Obwohl wir uns erst seit Kurzem kannten, waren sie alle herzlich und offen mir gegenüber und bezogen mich in alles mit ein. Frank, obwohl grummelig, schien ein gutes Herz zu haben, und Seb entpuppte sich als einer der witzigsten Menschen, denen ich je begegnet war. Bei Sarah und mir hatte es einfach *Klick* gemacht, daher freute ich mich darauf, sie in den kommenden Wochen besser kennenzulernen. Und dann war da natürlich noch Jacob. Selbst wenn ich es schaffte, jeglichen Schmerz in mir zu verdrängen, und mir eingestand, dass ich mich von Jacob angezogen fühlte, war da noch immer die Tatsache, dass ich ihn anlog. Ich log sie alle an. Irgendwann würde die Lüge auffliegen, und dann? Ich konnte mir nicht vorstellen, dass sie sonderlich herzlich oder gar erfreut reagieren würden, wenn sie erfuhren, dass ich sie wochenlang belogen hatte. Und Jacob, was sollte er denken, wenn er herausfand, dass ich ihn seit unserer ersten Begegnung anlog? Einfach nur, weil ich zu feige gewesen war, ein simples Missverständnis aufzuklären? Ich musste ihn unbedingt auf Abstand halten und durfte nicht zulassen, dass sich mehr zwischen uns entwickelte. Ihn als Freund zu verletzten, wäre bereits schlimm genug, an alles andere mochte ich aktuell lieber nicht denken.

7

Auch der beste Plan ist
zum Scheitern verurteilt,
wenn man unfähig ist, ihn umzusetzen.

J:

Bist du fertig?

Ellie:

Gib mir noch 5 min

J:

ok

Ellie:

Ist es kalt draußen?

J:

Nimm eine Jacke für abends mit

Abends? Wie lange wollte er denn durch Hanoi laufen? Und wo zum Teufel hatte ich meine Jacken hinge... ah, dort, unter den Kleidern. Eine kurze Antwort tippend stieg ich über ein paar meiner am Boden liegenden Klamotten.

Ellie:

oki

J:

oki ☺

Ellie:

lachst du mich aus?

J:

Würde mir im Traum nicht einfallen ...

Es klopfte an der Tür.

»Komm schon, Mansfield. Ich stehe mir hier draußen die Beine in den Bauch.«

»Es ist zehn Uhr morgens«, rief ich zurück, »wir haben noch nicht mal was gegessen.« Himmel noch eins, ich hatte noch nicht mal einen Kaffee getrunken. Jacob hatte mir gestern Abend vor dem Schlafengehen mitgeteilt, dass wir das Frühstück im Hotel ausfallen lassen würden. Als ich nachgefragt hatte, wieso, war ein ominöses Schulterzucken alles, was ich als Antwort bekommen hatte. Unentschlossen sah ich zwischen meiner Jackenauswahl hin und her. Rote Bomberjacke oder graue Strickjacke? Zu meinem schlichten schwarzen Blusenkleid passte beides. *Was würde Sarah tun?* Ich griff nach der roten Bomberjacke. Viel cooler. Dann schnappte ich mir meinen Rucksack und riss die Zimmertür schwungvoll auf. Jacob lehnte lässig am Türrahmen und musterte mich neugierig.

»Hübsches Kleid«, kommentierte er. »Wird dir schnell kalt?«

»Nein.«

»Dann ist es perfekt.«

Ich unterzog Jacob einer kurzen Musterung. Er selbst trug dunkle Shorts, einen dünnen grauen Pulli und weiße Chucks. Die Ärmel des Pullis hatte er bis zu den Ellenbogen aufgerollt, und beim Anblick seiner gebräunten, kräftigen Unterarme, begann es in meinem Magen leicht zu flattern. Es war offiziell: Ich hatte den Verstand verloren. »Wo gehen wir hin?«

»Geduld ist eine Tugend.«

»Ich hasse Überraschungen«, murrte ich im Fahrstuhl.

»Du liebst Überraschungen.« Jacob grinste mich verschmitzt an. »Du weißt es nur noch nicht.«

Und was sollte ich sagen? Er behielt recht. Ich liebte Überraschungen. Jedenfalls solche, die mich an einem noch kühlen Sommermorgen in ein wunderschönes, verstecktes Café führten, in dem ein mehr als opulentes Frühstück auf uns wartete. Vom Hotel aus waren wir nur wenige Blocks zu Fuß gegangen, bis Jacob plötzlich abgebogen war und uns weg vom Straßenlärm und hinein in eine schmale, kaum beleuchtete Gasse geführt hatte. Begeistert hatte ich die verzierten Stofflampions über unseren Köpfen betrachtet. Zu Hunderten hingen sie an Wäscheleinen, die von Fenster zu Fenster gespannt worden waren. Am Ende der Gasse hatte uns ein tropischer, üppig bepflanzter Hinterhof erwartet: Palmen, tiefgrüne Büsche mit weißen Blüten, die einen herrlichen Duft verströmten, noch mehr Lampions in diversen Rottönen und ein kleiner, plätschernder Teich mit Seerosen. Nicht zum ersten Mal, seitdem wir uns an einen der kleinen Tische gesetzt hatten, warf ich Jacob einen überraschten Blick zu.

»Was?

Ertappt zuckte ich zusammen. »Mhm?«

»Du starrst mich seit fünf Minuten an, Ellie.« Er runzelte die Stirn. »Was ist?«

»Ich dachte nur, dass wir etwas … einfacher essen würden. Etwas traditioneller.«

Sollte heißen: Ich hatte erwartet, dass er mich direkt ins kalte Wasser schmiss. Nach Jacobs Fürsorge im Flugzeug hätte ich es besser wissen müssen. Er grinste. Dabei funkelten seine blauen Augen vergnügt. Diese Situation, ebenso meine Reaktion, schien ihm Spaß zu machen. Etwas sagte mir, dass Jacob Harrison ein Mann war, der es gewohnt war, die Kontrolle zu haben. Er war es gewohnt – und er genoss es.

»Wir werden heute noch sehr viel Streetfood und Experimentelles zu uns nehmen, keine Sorge. Ich dachte, dass ein normales Frühstück an deinem ersten Tag in Vietnam nicht schaden kann.«

Wie gesagt, es hätte mich eigentlich nicht überraschen sollen.

»Das Essen in Vietnam ist phantastisch«, erklärte er mir, »eine der besten Küchen der Welt. Gesund, leicht und frisch. Dennoch haben viele Europäer zunächst Probleme mit den Gewürzen und dem Klima. Wir starten einfach und arbeiten uns dann vor. Okay?«

»Klingt gut.«

Als eine der Kellnerinnen, die uns seit einer Weile immer mal wieder verstohlene Blicke zugeworfen hatte, an unseren Tisch kam und uns freundlich mit einer Verbeugung begrüßte, lehnte ich mich entspannt zurück und überließ es Jacob, unser Frühstück zu bestellen. Er hatte sich so viel Mühe gemacht, mich an diesen Ort zu bringen, ich vermutete, dass er noch nicht fertig damit war, mich beeindrucken zu wollen. Ich für meinen Teil hatte damit absolut kein Problem. Ich saß in einer traumhaften Location inmitten von Vietnams zweitgrößter Stadt und konnte noch immer nicht recht glauben, dass ich wirklich und wahrhaftig hier war. Es konnte tatsächlich nicht schaden, sich zu akklimatisieren und es langsam anzugehen zu lassen. Seitdem wir heute Morgen aufgebrochen waren, schlug mein Herz vor Aufregung ein klein wenig schneller als sonst. Nicht viel. Nicht so wie an dem Abend, als Jacob mich geküsst hatte. Gerade so viel, dass mein Körper mir signalisierte, dass er dabei war, sich hier auf unbekanntes und vor allem spannendes Terrain zu begeben. Also würde ich es langsam angehen lassen. Insbesondere in Sachen Essen. Ich hatte absolut keine Lust, meinen ersten richtigen Tag in Hanoi auf dem Klo zu verbringen.

»Wie trinkst du deinen Kaffee?«

»Meist schwarz, wieso?«

Jacob lehnte sich zurück, einen Arm lässig über die verzierte Stuhllehne geschlungen. »Ich habe uns einen *Cà phê den nong* bestellt, den traditionellen vietnamesischen Kaffee. Stark, aber extrem aromatisch. Viele der Vietnamesen trinken ihn mit süßer Kondensmilch, aber das ist nicht so mein Fall.« Er grinste. »Wenn du also Milch willst, musst du sie dir selber bestellen.«

Angewidert zog ich meine Nase kraus. Kondensmilch? *Bäh.* »Ich verzichte, danke.«

Jacob gluckste leise. »Warte, bis du den *egg coffee* oder den *coconut coffee* probiert hast.«

»Egg wie in Ei?«

»Wie in Ei«, bestätigte er. »Das Ei wird roh aufgeschlagen und mit süßer Kondensmilch vermischt.«

Okay, offensichtlich war diese süße Kondensmilch hier der totale Hit.

»Wenn die gewünschte, cremige Konsistenz erreicht ist«, fuhr er fort, »gibt man den heißen Kaffee dazu und vermengt alles.«

Das konnte ich mir nicht vorstellen. »Ich glaube, das ist nichts für mich.«

»Verdamme es nicht, bevor du es nicht probiert hast.«

»Kann ich nicht lieber den zweiten probieren? Den mit Kokosnuss?«

Jacob musterte mich interessiert. »Du magst Kokosnuss?«

»Ich *liebe* Kokosnuss«, korrigierte ich ihn lächelnd, während die Kellnerin unseren Kaffee brachte und die hübschen steingrauen Tassen auf kleinen Holztabletts vor uns abstellte.

»Ist notiert«, antwortete er und sah dabei so aus, als würde ihn dieses neue Wissen über mich tatsächlich brennend interessieren. Ich verdrängte die Frage nach dem Warum und genehmigte mir einen Schluck meines ersten traditionell vietnamesischen Kaffees. Stark. Das war das erste Adjektiv, das mir in den Sinn kam. Jacob hatte nicht übertrieben. Der erste Schluck war … ungewohnt. Bei Wein hieß es, es käme immer auf den zweiten Schluck an, da der erste lediglich alle Bitterstoffe im Mund neutralisierte und somit hinfällig war. So zumindest hatte man es Mark und mir während unseres Italienurlaubs bei einem unserer zahlreichen Winetastings erklärt. Vielleicht, dachte ich, verhielt es sich mit richtig gutem Kaffee genauso. Unter Jacobs wachsamem Blick nippte ich erneut an meinem Becher und tatsächlich … diesmal brannte der Kaffee mir nicht nur meine Speiseröhre weg, er schmeckte auch. Nach Nelken und auch ein wenig nach Anis. Da war ein Hauch von Schokolade und eine große Prise Abenteuer.

Lächelnd sah ich auf. Jacobs Augen strahlten mit dem Himmel über uns um die Wette. Ich verfluchte ihn noch immer ein wenig dafür, dass die Macher der Magazine, die ich am Flughafen gekauft hatte und die noch immer in meinem Wohnzimmer auf dem Sofatisch lagen, nicht übertrieben hatten, was seine Augenfarbe betraf. Und ja, dafür gab ich ihm die Schuld. Husky-Augen. So hätte Helen Jacobs ungewöhnlich leuchtende Augen bezeichnet. Diese Augen machten etwas mit mir. Wenn ich nicht aufpasste, dann konnte ich mich in ihnen verlieren. Außerdem hatte ich das unbestimmte Gefühl, dass sie zu viel sahen. Oder sehen könnten, wenn ich es denn zuließe.

Wären sie doch bloß gephotoshoppt gewesen …

»Und?«

Jacob hatte seine Tasse bereits halb geleert.

»Schmeckt gut.«

Offensichtlich zufrieden nickte er.

»Du wirst in den nächsten Wochen noch sehr oft die Gelegenheit bekommen, diverse Kaffeesorten zu probieren. Für die Vietnamesen ist Kaffeetrinken so etwas wie ein Hobby.«

Das war ein Hobby, das ich absolut nachvollziehen konnte.

»Klingt gut.«

Das Frühstück verlief friedlich, und wir schafften es, eine normale Unterhaltung zu führen, ohne dass ich ihn anstarrte, er anzügliche Bemerkungen machte oder wir beide einen Drink in der Hand hielten. Ich klopfte mir in Gedanken selbst auf die Schulter. Offenbar war dies meine neue Form von Normalität. Und tatsächlich war ich erstaunt darüber, wie gut wir uns verstanden.

Erstaunt? Wirklich, Ellie?

Okay, damit belog ich jetzt nicht nur Jacob, Sarah und die anderen, sondern auch mich selbst. Die Chemie zwischen uns hatte von Anfang an gestimmt. War das nicht auch der Auslöser dafür gewesen, dass ich ihn überhaupt erst angelogen hatte? Oder warum ich Jacob just in diesem Moment vorspielte, jemand zu sein, der ich gar nicht war?

Nach dem Frühstück schlenderten wir durch das Old Quarter, und Jacob zeigte mir kleine, versteckte Läden und ein ausgefallenes Lokal nach dem anderen. Wir tranken zwei weitere Kaffees. Für einen setzten wir uns auf zwei pinke, winzig kleine Hocker am Straßenrand, für den anderen führte er mich auf den gusseisernen Balkon eines Cafés, von dem aus man den chaotischen Verkehr und die gefühlt Abermillionen Motorroller beobachten konnte. Ich empfand beides als gleichermaßen faszinierend. Zum Lunch kauften wir uns ein paar Früchte und setzten uns auf eine Parkbank in den Schatten.

»Und diese Straßen da hinten?«, fragte ich und verspeiste den Rest meiner Mango.

»Lederwaren«, antwortete Jacob kauend, »jedes Viertel oder eher jede Straße verkauft etwas anderes. Dort entlang sind es Lederwaren«, er zeigte auf die Straße vor uns, »aber gehst du hier herunter«, seine Hand schwenkte nach links, »findest du Töpfe und Pfannen und allerhand Haushaltswaren. Diese Straßen ziehen sich bis zur Train Street.«

»Train Street?«

»Der Zug brettert mitten durch Hanoi.« Jacob öffnete eine Tüte Chips und bot sie mir an. Was dieser Mann an einem Tag verspeiste, würde ich nicht mal in einer Woche schaffen. Ich schüttelte den Kopf.

»Der Zug kommt ein paarmal am Tag.«

»Können wir da heute noch hingehen?«

Er zuckte mit den Schultern. »Klar. Wenn du dir das gern ansehen möchtest.«

»Unbedingt.« Ich überlegte es mir anders und griff in die Chipstüte.

»Wie oft warst du schon hier?«

»In Vietnam? Dreimal«, antwortete er. »In Südostasien so oft, dass ich es nicht mehr zählen kann.«

Bevor ich mich zurückhalten konnte, stieß ich einen beeindruckten Laut aus. Eine Mischung aus Seufzen und nicht zu überhörbarem Neid.

»Ist dies deine erste Fernreise?« Er musterte mich. »Außer Besuche bei Helen, natürlich.«

»Mhm.«

»Wie lässt sich das mit deinem Job vereinbaren?«

»Oh, Chad ist …«

»Chad?«

Shit. *Shit. Shit. Shit.*

Jetzt war es passiert. Ich hatte mich verplappert. Fast hätte ich Jacob meinen richtigen Beruf genannt. *Schadensbegrenzung, Ellie. Und das möglichst schnell.*

»Mein Boss vor … Roy. Ich habe nicht immer Interviews für den *Traveller* gemacht.« O Gott, das Wort kam mir kaum über die plötzlich ausgetrockneten Lippen. »Ich, hm, ich habe sozusagen die Abteilung gewechselt.« Für einen Moment herrschte absolute Stille zwischen uns. Jacob fixierte einen Punkt hinter mir, und ich konnte die Rädchen in seinem Kopf regelrecht rattern hören. Glaubte er mir? Oder hatte ich es versaut und mich bereits am zweiten Tag verraten? Ein Muskel an Jacobs Kiefer zuckte. Dennoch war es unmöglich zu erkennen, was genau er dachte. Ich überlegte fieberhaft, wie ich die Situation entschärfen konnte, da lächelte er. Erleichtert atmete ich auf. Ich hatte nicht einmal bemerkt, dass ich die Luft angehalten hatte.

»Also die erste richtige Fernreise?«

Ich nickte. »Bis jetzt habe ich es nur zu Helen und in die Toskana geschafft.«

Er runzelte die Stirn. »Toskana? Das ist nicht unbedingt ein Ziel, das man alleine bereist. Oder mit Freunden.«

Nein. Nein, das war es nicht. Es war das absolute Traumziel für Paare. Ich hatte jedoch keine Lust, Jacob den Umstand meiner Reise näher zu erläutern. Nicht jetzt. *Niemals.* Zum Glück schien er meine innere Abneigung zu spüren, oder es schien ihn nicht weiter zu interessieren, denn er wechselte das Thema.

»Was hast du geschrieben, bevor du auf … Interviews gewechselt hast?«

Nicht noch eine Lüge, betete ich stumm. Aber vielleicht konnte ich diesmal so nah wie möglich an der Wahrheit bleiben.

»Unter uns?«

Er nickte.

»Ich habe Geschichten geschrieben. Romane, um genau zu sein.«

»Wirklich?«

»Wirklich«, bestätigte ich lächelnd. Es tat gut, jemandem davon zu erzählen. Das Schreiben war für eine lange, lange Zeit ein wichtiger Teil von mir gewesen. Ein Traum, für den ich hart gearbeitet hatte.

»Warum hast du aufgehört?«

»Wer hat gesagt, dass ich aufgehört habe?«

Die Knöchel lässig überkreuzt, lehnte Jacob sich zurück und legte dabei einen Arm auf die Bank hinter mir. Mit plötzlich steifen Schultern sah ich ihn an.

»Du«, erwiderte er ruhig. »Ich kann es in deinen Augen sehen, Ellie. Die Art und Weise, wie deine Stimme sich verändert hat, sobald wir auf das Thema gekommen sind, sagt mir den Rest.« Er musterte mich. »Genau den gleichen Blick hattest du auch gestern Abend in der Bar, als ich dir zu verstehen gegeben habe, dass ich mir für diese Reise durchaus mehr mit dir vorstellen könnte als eine simple Freundschaft.«

Tja, was sollte ich dazu sagen? Erstens: Wenn man so viel rumkam wie Jacob, dann lernte man wahrscheinlich mit der Zeit, die Leute um sich herum einzuschätzen. Und zweitens: Was genau sollte ich mit dem anderen Kommentar anfangen? Ich wusste, dass er mehr wollte, schließlich war ich nicht blöd … aber das, was er sich von mir wünschte, was er sich offensichtlich *mit* mir wünschte, konnte ich ihm nicht geben. Ich räusperte mich und griff nach der Wasserflasche zwischen uns.

»Es … es hat sich einfach nicht mehr richtig angefühlt«, stürzte ich mich auf seine Frage und ignorierte den anderen Part. Zu meiner eigenen Überraschung, entsprach dies der Wahrheit. Aber wenigstens hiermit konnte und wollte ich Jacob gegenüber ehrlich sein. »Ich fühle es nicht mehr, weißt du?«

Jacobs Gesichtszüge verhärteten sich. Verschwunden waren der Schalk in seinen Augen und das unbekümmerte Lächeln. In diesem Moment wirkte er irgendwie … traurig. Und einsam. Seltsamerweise machte ihn das in meinen Augen nahbarer, weniger perfekt.

»Ich glaube, ich verstehe, was du meinst«, murmelte er und

beobachtete eine Gruppe älterer Männer, die in einiger Entfernung eine Runde Boule spielten. Einer der Männer jubelte, während sein Kumpel ihm kameradschaftlich auf den Rücken klopfte. Es war ein schönes Bild. Ein friedliches. Ich schwieg. Jacob ebenso. *Was sieht er?*, fragte ich mich. Was genau hatte seinen plötzlichen Stimmungswechsel verursacht?

Ein leichtes Kribbeln in meinem Nacken ließ mich innehalten. Zaghaft strichen Jacobs Finger über meine Haut. So sanft, dass ich beinahe glaubte, mir die Berührung nur eingebildet zu haben. Aber nein, da war es wieder gewesen. Ein zartes Streicheln seiner Finger auf der nackten Haut meines Nackens. Gänsehaut breitete sich auf meinen Armen aus. Um die in mir aufkeimende Verlegenheit – und das Verlangen – zu überspielen, griff ich erneut nach meiner Wasserflasche. Ich sollte mich dazu zwingen, mich nach vorne zu lehnen. Ich wollte es, wirklich, aber ich war schwach und unbeaufsichtigt. Also blieb ich, wo ich war, und tat so, als würde ich seine Berührung weder bemerken noch genießen.

»Ist es vorbei?«, fragte er mich plötzlich. Irritiert sah ich auf. War was vorbei?

»Dein Wunsch zu schreiben. Deine Leidenschaft«, betonte er, »ist das vorbei?«

»Nein.« Meine Stimme war heiser, und selbst ich hörte die unterdrückten Emotionen in ihr deutlich heraus.

»Dann gib diesen Traum nicht auf, Ellie. Manchmal brauchen die Dinge ihre Zeit.«

»Ich …« Seltsam berührt von Jacobs Worten, zuckte ich mit den Schultern.

»Vielleicht hast du recht.«

Wann ist unser Gespräch eigentlich so ernst geworden?, fragte ich mich. Ich hatte unverfänglichen Small Talk mit Jacob machen wollen, und schon wieder hatte es damit geendet, dass ich ihm Dinge erzählte, die ich nicht einmal Helen anvertraute. Dinge, die ich gerade mal mir gegenüber ehrlich zugeben konnte. Und das vorzugsweise, wenn ich ein großes Glas Wein in den Händen hielt.

»Wo willst du als Nächstes hin?«, fragte ich. All meine Kräfte mobilisierend, löste ich mich von Jacobs federleichter Berührung und lehnte mich vor. Fast augenblicklich zog er den Arm zurück. Den plötzlichen Themenwechsel ließ er jedoch unkommentiert. Ich spürte genau, dass er mich noch beobachtete, zwang mich aber, seinen Blick nicht zu erwidern. Es wurde Zeit, unser Gespräch wieder in sichere Bahnen zu führen.

»Meinst du, du verträgst noch einen weiteren Kaffee?«

»Natürlich.«

Jacob grinste mich an. Nicht ganz so unbeschwert wie zuvor, aber er schaute auch nicht mehr so verloren aus wie gerade eben. »Dann bist du bereit für einen *coconut coffee.*«

8

Du lächelst,
und die Welt verändert sich.

O mein Gott.« Leise stöhnend trank ich einen weiteren Schluck meines Eiskaffees.

»Das«, sagte ich, »ist mit Abstand das Leckerste, was ich je getrunken habe.«

Starker schwarzer Kaffee, gemischt mit selbst gemachtem Kokosnusseis und angerösteten Kokosstückchen sorgten für eine regelrechte Geschmacksexplosion in meinem Mund.

Jacob beobachtete mich aufmerksam, während er seit einer gefühlten Ewigkeit in seinem *egg coffee* rührte. Das Blau seiner Augen hatte sich bei den Geräuschen, die ich die letzten fünf Minuten von mir gegeben hatte, von Sekunde zu Sekunde verdunkelt. Ich sollte vorsichtiger sein, rücksichtsvoller … aber verflucht. Das war tatsächlich der beste Kaffee, den ich je getrunken hatte. Irritiert sah ich auf seine Tasse. »Wie lange musst du das Ding denn umrühren?«

»Bis das Eigelb sich mit dem Kaffee und der Kondensmilch vermischt hat.«

»Das klingt so eklig«, kommentierte ich seine Aussage, und Jacob lachte.

»Probier es erst, bevor du es verurteilst. Hier.« Auffordernd hielt er mir seinen Kaffee hin, und ich betrachtete die hellbraune, zähe Flüssigkeit argwöhnisch.

»Komm schon, Mansfield. Du hast doch was zum Nachspülen.«

Ich rollte die Augen gen Himmel und nahm Jacob den Kaffee ab. »Okay, fein, gib her.«

Bevor ich es mir anders überlegen konnte, nippte ich an der lauwarmen Flüssigkeit. Es war nicht so widerlich, wie ich erwartet hatte oder wie das Wort Ei in Zusammenhang mit Kaffee vermuten ließ, ich würde jedoch definitiv kein Fan werden. Und es war absolut kein Vergleich zu dem köstlichen *coconut coffee,* den ich bereits halb geleert hatte.

»Ist okay«, beantwortete ich seinen fragenden Blick, »aber nichts für mich.«

»Also lieber Kokosnuss, ja?«

»O ja.«

Ein weiterer Motorroller bretterte direkt auf dem Gehweg an uns vorbei, und gefangen von dem bunten Treiben um uns herum, tranken wir schweigend unseren Kaffee. Die Stille störte weder mich noch Jacob. Zumindest entnahm ich das seiner entspannten Haltung und dem leichten Lächeln, das um seine Lippen spielte. Es war selten, dass man mit jemandem genauso gut reden wie schweigen konnte. Mit Jacob jedoch kam mir alles irgendwie leichter vor. Er war unkompliziert. Zu unkompliziert. Irgendeinen Haken musste es doch geben.

»Du starrst mich schon wieder an.«

Diesmal zuckte ich nicht zusammen. »Du tust das doch auch ständig. Wieso ist es bei dir okay und bei mir nicht?«

Er verschränkte die Arme vor der Brust und sah mich nachdenklich an.

»Willst du darauf eine ehrliche Antwort?«

Ich nickte, gespannt darauf, was jetzt kommen würde.

»Du siehst mich an, als wüsstest du nicht genau, was du mit mir anfangen sollst.« Jacob grinste und zeigte eine Reihe gerader weißer Zähne. »Ich hingegen sehe dich an, weil ich ganz genau weiß, was ich mit dir anstellen will.«

Warum hast du auch gefragt, Ellie?

Nun musste ich damit klarkommen, dass meine Hände klamm und meine Wangen heiß wurden. Dennoch musste ich ein wenig in mich hineingrinsen. War ich schon einmal jemandem begegnet, der so offen über das sprach, was er wollte? Eher nicht. Es war erfrischend, aber auch beängstigend. Um einen ernsten Gesichtsausdruck bemüht, zeigte Jacob mit dem Finger auf mich. »Lach nicht.«

»Würde mir im Traum nicht einfallen«, wiederholte ich seine Worte von heute Morgen.

Die Spannung zwischen uns hatte nachgelassen, und ich lehnte mich erleichtert auf meinem Stuhl zurück.

»Nächster Halt Train Street?«, fragte ich ihn. Diese Attraktion wollte ich mir auf keinen Fall entgehen lassen.

»Und danach der Nachtmarkt. Ich habe Hunger.«

Entgeistert sah ich ihn an. »Wie kannst du schon wieder Hunger haben?«

Jacob zuckte mit den Schultern und leerte sein Glas in einem Zug. »Wenn du jeden Morgen oder Abend laufen gehen würdest und sowohl Frank als auch Seb dich dazu zwingen, Liegestütze wie ein Irrer zu machen, dann hättest du das vermutlich auch.«

»Das tun sie?«

Er nickte. »Jeden Morgen, pünktlich um sieben.«

O Mann, das wäre nichts für mich, aber bei Jacobs Job war es unabdingbar, dass er in Topform war, ansonsten könnte es ihn das Leben kosten. Etwas, worüber ich aktuell lieber nicht nachdenken wollte. Weder über die Risiken, die er auf dieser Reise eingehen würde, noch über seine Muskeln unter diesem dünnen Pulli oder aber seine Muskeln ohne diesen dünnen Pulli. Ich trank den Rest meines Kaffees, als Jacob unsere Rechnung bezahlte. Anschließend führte er uns durch ein paar weitere kleine Gassen, fernab der chaotischen Hauptstraßen, in Richtung Train Street.

Das Bild, das sich mir wenig später bot, begeisterte mich restlos. Nun bekam ich einen ersten Eindruck davon, warum ein Besuch der Train Street laut Jacob ganz oben in so ziemlich jedem Reiseblog über Hanoi stand. Die Schienen, die sich vor uns erstreckten, waren ganz gewöhnliche Bahnschienen, wie ich sie aus London kannte. Der große Unterschied war jedoch, dass sie direkt durch ein Wohnviertel führten. Vorbei an den Wohnzimmern der Menschen, die in ihren Häusern und Wohnungen nur wenige Meter entfernt von den Schienen lebten. Von Hauswand zu Hauswand konnte es an den wirklich engen Stellen nicht breiter als zwei Meter sein. Wenn es sich nicht um einen äußerst schmalen Zug handelte, dann würde er nur wenige Zentimeter an den etwas überstehenden Fenstern vorbeibrettern. Ich wollte stehen bleiben und mich umsehen, als Jacob mich anwies, noch ein wenig weiterzugehen.

»Bleib niemals ganz am Anfang stehen. Hier hast du nur die ganzen Hipster, die alle scharf auf das beste Bild für Instagram sind.«

Ich folgte seinem Blick und registrierte ein paar kleine Cafés und eine Menge Menschen. Nickend folgte ich ihm. Wir ließen ein paar kleine Gruppen und diverse Paare in Fotoposen hinter uns und wanderten noch ein Stück weiter, bis Jacob schließlich direkt in einer der engen Kurven stehen blieb.

»Hier ist es gut«, verkündete er und ließ sich auf einen der zahlreichen Plastikstühle fallen, die ordentlich aufgereiht an einer der Hauswände standen.

An breiteren Stellen wie diesen hatten Einheimische mit Stühlen, umgedrehten Kisten und sogar großen Felsbrocken ihre eigene Interpretation eines Cafés aufgebaut. Kühltruhen und Gaskocher waren zu improvisierten Küchen zusammengestellt worden. Handgeschriebene Tafeln informierten die Touristen darüber, was Wasser, Cola oder Bier kosteten und wann der nächste Zug kommen würde.

»Zwanzig Minuten«, kommentierte Jacob und winkte mich zu sich. »Ich würde sagen, wir warten so lange.«

Kaum hatte ich mich neben ihn gesetzt, begrüßte uns eine alte Vietnamesin mit dem zum Teil eher rauen Charme der Einheimischen und bot uns etwas zu trinken an. Noch satt von meinem *coconut coffee,* wollte ich dankend ablehnen, aber Jacob schüttelte kaum merklich den Kopf. Lächelnd bestellte er uns zwei Saigon Bier.

»Es ist unhöflich abzulehnen«, informierte er mich leise, »die Leute hier leben von Touristen wie uns. Ein Bier kann nicht schaden. Immerhin sitzen wir direkt vor ihrem Haus.«

»Daran habe ich nicht gedacht«, gab ich leise zu. Als die Frau mit zwei eiskalten Dosen Bier zu uns zurückkam, strahlte ich sie an. Wahrscheinlich dachte sie, ich hätte nicht mehr alle Tassen im Schrank, aber das war mir egal. Es beschämte mich, dass meine erste Reaktion Ablehnung gewesen war, obwohl ich vor ihrem Haus auf einem ihrer Stühle saß.

»Cheers.« Jacob öffnete sein Bier und prostete mir zu. Normalerweise war ich kein großer Biertrinker. Das Saigon in meiner Hand jedoch war eiskalt, leicht und keine Spur bitter.

»Es ist faszinierend, wie nah die Leute an den Schienen leben …«, begann ich damit, Jacob auszuquetschen und mit Fragen zu bombardieren. Der Mann war ein wandelndes Lexikon, wenn es um diese Stadt oder Vietnam im Allgemeinen ging. Wahrscheinlich gab es kaum ein Land, welches er nicht wie seine Westentasche kannte. Geduldig beantwortete er all meine Fragen und nippte zwischendurch lächelnd an seinem Bier. Obwohl der Plastikstuhl alles andere als bequem war und schräg auf dem Schotteruntergrund stand, ahmte ich Jacobs lässige Haltung nach, schlug ein Bein über das andere und fühlte mich gut. Seltsam zufrieden. Ein paar Minuten später ertönte ein ohrenbetäubendes Tuten, und gemeinsam mit den anderen Touristen um uns herum sprangen wir auf und traten dichter an die Häuserwand heran. Es kam mir noch immer gefährlich vor, dass der Zug so dicht an uns vorbeifahren sollte, aber sowohl Einheimische als auch Touristen sahen gelassen auf die Schienen vor uns. Jacob zog mich ein wenig enger zu sich heran und raunte mir leise zu, dass ich dicht an der Wand – und damit dicht bei ihm – bleiben sollte. *Als ob ich vor den Zug laufen würde …* Ich verkniff mir jedoch jeglichen Kommentar. Die Geräusche um uns herum wurden lauter und lauter. Der Boden begann zu beben. Fensterläden klirrten, und die ausgestellten Dosen auf der Kühltruhe uns gegenüber vibrierten leicht. Eine erwartungsvolle Stille breitete sich aus. Auf einmal wurde ich doch ein wenig nervös. Wie groß war dieser Zug noch mal? Als ich die ersten Umrisse erkennen konnte, wurde mir – diesmal wirklich und wahrhaftig – bewusst, weswegen dieser Ort als Attraktion galt. Der Zug, der auf uns zubretterte, war enorm. Klobig, laut und überraschend schnell fuhr er direkt auf uns zu. Die beiden Lichter, hoch oben am Zug, wurden umrandet von pragmatisch zusammengeschweißtem Metall. Die Nähte sahen aus wie zwei buschige Augenbrauen und erweckten so den Eindruck, als ob der Zug genervt auf uns herabsehen würde.

Instinktiv presste ich mich noch ein wenig fester an Jacob und die Wand hinter mir. Jacob sah grinsend auf mich herab. Mein Blick jedoch lag wie gebannt auf dem immer näher kommenden Zug. Als er uns erreicht hatte, tutete er erneut. Die Geräusche waren mittlerweile so laut, dass ich das Bedürfnis verspürte, mir die Ohren zuzuhalten. Meine Haare peitschten um mein Gesicht, als der Zug an uns vorbeirauschte. Adrenalin pumpte durch meine Adern. Mit einer Hand hielt ich mir die Haare aus dem Gesicht, während ich mich mit der anderen instinktiv an Jacob festhielt. Das ganze Spektakel dauerte nicht einmal eine Minute, dennoch war es eine berauschende Erfahrung. Als der Zug unser Sichtfeld verließ und lautstark tutend um die nächste Kurve fuhr, legte Jacob mir einen Arm um die Schultern, als wäre es das Natürlichste der Welt. Eine simple Geste der Freundschaft. Ein Ausdruck von Freude darüber, dass wir soeben einen – für mich – besonderen Moment geteilt hatten.

»Und?«, fragte er mich. »Cool, oder?«

»Ziemlich cool!«

Er zog mich noch ein wenig dichter an sich.

»Die Behörden wollen die Straße abriegeln. Zu gefährlich«, fügte er hinzu. »Zumindest habe ich das gelesen.«

»Wäre das nicht ziemlich dramatisch für die Leute, die hier von den Touristen leben?« Wie die alte Dame, der Jacob unser Bier abgekauft hatte. Ob das hier zu gefährlich war, konnte und wollte ich nicht beurteilen. Ich empfand es als gefährlich, ja, insbesondere für die Touristen, die die Breite oder auch die Schnelligkeit des Zuges unterschätzten und alles für ein einmaliges Bild tun würden. Allerdings wäre es auch nicht fair, wenn alle anderen unter ein paar dummen Individuen zu leiden hätten.

»Ziemlich dramatisch«, stimmte Jacob zu. »Zwei, drei Bier mögen uns nicht viel erscheinen, aber der Zug kommt ein paarmal am

Tag, ebenso die Touristen. Da kommen ein paar Getränke zusammen. Für viele ältere Vietnamesen ist dies ihre einzige Einnahmequelle.« Mein Herz, das jetzt wieder ruhig und gleichmäßig schlug, zog sich bei dem Gedanken schmerzhaft zusammen. »Ich nehme stark an, dass es hier nicht so was wie Sozialhilfe oder Rentensysteme gibt?«

Jacob schüttelte den Kopf. »Nein.«

»Wann wird das entschieden?«

»Ich weiß es nicht. In ein paar Monaten vielleicht.«

Seine Hand strich über meinen nackten Oberarm. Eine nachdenkliche, beinahe flüchtige Geste. Ein Blick hinauf in Jacobs Gesicht bestätigte mir, dass er ganz genau wusste, was er mit dieser Berührung in mir auslöste. Mit einem wenig eleganten Ausfallschritt löste ich mich aus seiner Umarmung und zog fragend eine Augenbraue hoch.

»Ich dachte, du hast Hunger?«

Jacobs Augen verdunkelten sich schlagartig. »Oh, den habe ich.«

»Auf Essen«, erwiderte ich trocken. Anscheinend schafften wir es doch keinen Tag ohne anzügliche Bemerkungen, Alkohol oder heimliches Anschmachten meinerseits.

»Essen ist auch gut«, antwortete er vergnügt vor sich hin lächelnd. Dann griff er nach meiner Hand und zog mich weiter. »Der Markt ist nicht weit, wir können laufen.«

Auf dem traditionellen *Food Market* von Hanoi bündelten sich alle Eindrücke des heutigen Tages in ungefähr hundertfacher Form. Es war laut, voll und roch nach tausend verschiedenen Gewürzen. Einige von ihnen stachen und brannten in meiner Nase und meiner Lunge, andere hingegen rochen köstlich. Der Markt befand sich auf einer breiten, für diesen Zweck gesperrten Straße. Jacob hatte mir auf meine Frage hin erklärt, dass dieser Markt immer an der gleichen Stelle zu finden war, zweimal in der Woche und einmal am Wochenende. Andere, etwas kleinere Märkte wanderten mit ihren Ständen durch die Stadt. Man fand sie an verschiedenen Tagen in verschiedenen Vierteln. So musste niemand lange Wege auf sich nehmen, und sie konnten die Woche über ein breites Publikum bedienen. Dieser Markt aber war der größte in Hanoi. In der Mitte der Straße waren Dutzende Essensstände aufgebaut. Es wurde gegrillt, frittiert und gegart, was das Zeug hielt. Essen stapelte sich auf langen Tapeziertischen, während junge Vietnamesen dahinter mit Spießen hantierten, als wären sie Meisterjongleure. Links und rechts befanden sich kleine, zum Teil improvisierte Klamottenläden, und an jeder Ecke konnte man gefälschte Designertaschen, Uhren oder Schuhe kaufen. Es war die absolute Reizüberflutung, und ich liebte es! Seitdem wir den Markt betreten hatten, hatte Jacob meine Hand nicht mehr losgelassen. Eine wohlige Wärme breitete sich in meinem Körper aus. Seine Hand zu halten fühlte sich gut an. Aber es brachte auch Probleme mit sich. Diesmal jedoch ignorierte ich meine Vernunft, da ich in diesem Trubel auf keinen Fall verloren gehen wollte. Wir trennten uns lediglich voneinander, um gelegentliche Fotos zu machen oder uns etwas zu essen oder trinken zu kaufen. Jacob schoss ein paar Selfies von uns, die ich Helen später schicken würde. Für meine Eltern machte ich ein paar harmlose Aufnahmen der Essensstände und ein Selfie von mir alleine. Ich würde einen Teufel tun und ihnen ein Foto von Jacob und mir schicken. Ich konnte die bohrenden Fragen meiner Mutter schon hören, wenn ich nur daran dachte.

»Möchtest du mal beißen?«, fragte Jacob und hielt mir ein gegrilltes Etwas am Spieß entgegen.

Lachend schüttelte ich den Kopf. »Ich bin satt, danke.«

Die verschiedenen Gerichte und Spieße hatten mich ein wenig überfordert, und so war ich bei einem gegrillten Maiskolben und einem Mango-Smoothie geblieben. Immerhin lagen noch über fünf Wochen vor mir, in denen ich mich durch die vietnamesische Küche probieren konnte, ich musste es nicht direkt am ersten Tag übertreiben. Jacob hingegen hatte sich einmal durch den gesamten Markt gefuttert. Er aß mit einem Enthusiasmus, der bewundernswert war. Ebenso wie seine unkomplizierte, freundliche Art. Mochte sein Gegenüber noch so grummelig sein, er schaffte es stets, ihm ein Lächeln zu entlocken. Kurz vor Mitternacht betraten wir unser Hotel. Meine Füße schmerzten, und ich war hundemüde, aber dieser Tag mit Jacob war phantastisch gewesen.

Vor dem Fahrstuhl verabschiedeten wir uns voneinander, und ich zuckte überrascht zurück, als Jacob mich freundschaftlich in den Arm nahm. Ich rechnete mit ein paar zweideutigen Worten, irgendetwas, was die Umarmung zerstörte, aber es blieb aus. Jacobs Geste war … süß. Also entspannte ich mich und erwiderte die Umarmung. Am Anfang noch leicht zögerlich schlangen sich meine Arme wie von selbst um seine Taille. Für einen Moment standen wir einfach so da. Ineinander verschlungen. Jeder beschäftigt mit seinen eigenen Gedanken. Wobei ich mir im Geiste extra Punkte dafür gab, dass meine Hände an Ort und Stelle blieben und ich sie nicht über Jacobs muskulösen Rücken gleiten ließ.

»Du wirst besser«, kommentierte er lächelnd, küsste mich leicht auf die Wange und trat zurück. Meine Arme sanken kraftlos zurück an meinen Körper, als ich Jacob dabei beobachtete, wie er in Richtung seines Zimmers ging.

»Schlaf gut, Ellie.«

»Du auch«, murmelte ich. Jacob lächelte ein letztes Mal, dann verschwand er in seinem Zimmer. Die Tür fiel ins Schloss, und ich hörte das leise Klacken eines Türschlosses, das einrastete. Währenddessen stand ich einfach nur da. Es dauerte eine kleine Ewigkeit, bis ich realisierte, was genau ich hier tat. Wie die irre Stalkerin, die ich offensichtlich war, stand ich im Korridor vor meinem Zimmer und starrte Jacobs geschlossene Tür an.

Nicht cool, Ellie. Gar nicht cool. Ich gab mir einen mentalen Arschtritt und riss mich zusammen. Als ich meine eigene Keycard hervorkramte und mein Zimmer betrat, fühlte ich mich so unbeschwert und leicht wie seit Langem nicht mehr.

9

*Wenn nichts sicher ist,
ist alles möglich.*

Du fährst nicht mit ihnen.«

»Entschuldigung?« Verwundert wandte ich mich zu Jacob um. Ganz sicher konnte er nicht meinen, was ich dachte, was er meinte.

»Du fährst mit mir«, bestätigte er meine schlimmsten Befürchtungen. Seit Frank uns beim Frühstück verkündet hatte, dass sowohl unser Jeep als auch Jacobs Harley bereitstanden, hatte Jacob mich mit einem Ausdruck in den Augen angesehen, der mir Angst machte. Jetzt wusste ich, warum. Mein Blick wanderte zu seinem Motorrad. »Ganz sicher nicht.«

Die Crew hinter uns begann leise zu lachen. Insbesondere Sarah schien die Situation zu genießen. Diese kleine Opportunistin! Als sie mich beim Packen mit einem Kaffee in der Hand überrascht hatte, um ein wenig mit mir zu *plaudern* und mich über den gestrigen Tag auszuquetschen, hatte sie mir noch erzählt, wie froh sie war, dass der komfortable Jeep über eine Klimaanlage verfügte. Und jetzt lachte sie mich aus? Absolut nicht amüsiert funkelte ich sie böse an.

»Ich hatte keine Ahnung, dass er das vorhat, ich schwöre es dir!«

Ich wusste nicht, ob ich ihr das glauben sollte. Ihr Grinsen ging von einem Ohr zum anderen, und auch Seb verkniff sich ein Lachen.

Nur Frank schaute missmutig von seinem Handy auf, musterte erst mich, dann die Harley, ehe er auf die Uhr an seinem Handgelenk sah und sich wieder seinem Display widmete. Es schien ihm egal zu sein, wo genau ich mitfuhr, solange wir uns demnächst in Bewegung setzten.

»Du bist die Reporterin«, sagte Jacob, und seine Worte klangen verdächtig nach dem Anfang eines viel zu langen und viel zu überzeugenden Plädoyers. Lässig zuckte er mit den breiten Schultern, während er wie ein Bilderbuch-Bad-Boy an seiner Harley lehnte.

»Und du willst eine Story hierüber schreiben. Über Vietnam. Das Land, die Leute. Und über mich. Das kannst du nicht aus dem Jeep heraus, Ellie. Wenn du wirklich wissen willst, wie sich das hier anfühlt«, beinahe zärtlich strich er mit den Fingerspitzen über den Sitz der Harley, »dann musst du mit mir fahren.«

»O nein.« Ganz automatisch schüttelte ich den Kopf. »Das ist nichts für mich …«

Im Gegensatz zu gestern war es heute heiß, drückend sogar, und ich sollte während dieser Hitze stundenlang auf einem Motorrad sitzen, an Jacob Harrison gepresst? Nein. Einfach nein.

»Woher willst du wissen, dass es dir nicht gefällt«, fragte er, »wenn du es noch nie ausprobiert hast?« Ähnliche Worte hatte er mir auch gestern an den Kopf geworfen. Da war es jedoch um Kaffee gegangen, nicht ums Motoradfahren. Jacobs Stimme hatte einen tiefen, intimen Tonfall angenommen, und ich unterdrückte den Drang, mir Luft zuzufächern. Die Art und Weise, wie er sein Motorrad liebkoste, brachte mich auf ganz andere Gedanken. Zum Glück hatten Sarah und die anderen sich mittlerweile wieder dem Beladen des Jeeps zugewandt. So entgingen ihnen sowohl Jacobs zweideutige Bemerkung als auch meine leicht panische Reaktion darauf.

»Ich bin nicht besonders abenteuerlustig, Jacob, ich …«

»Witzig«, unterbrach er mich, »dass du dann einen Dokumentarfilm über einen Extremsportler begleitest.«

Shit. Jetzt hatte er mich. Ob ich ihm gestern nun gebeichtet hatte, dass ich eigentlich Schriftstellerin sein wollte oder nicht, ich *war* als Reporterin hier. Nicht besonders abenteuerlustig … das war die denkbar schlechteste Wortwahl, die ich hätte auffahren können, und auch kein guter Anfang, um mit einem Extremsportler zu diskutieren. Diese ganze Reise war ein einziges Abenteuer. Hatte ich mir nicht vorgenommen, alles, was in diesen sechs Wochen passieren würde, als Abenteuer zu sehen? Ich schielte zu Jacob. Na ja, *fast* alles. Motorradfahren war etwas ganz anderes, als mich mit Jacob Harrison einzulassen. Mich innerlich für einen Höllenritt stählend, musterte ich die Harley argwöhnisch.

»Eine Fahrt?«

Jacob grinste. »Eine Fahrt«, bestätigte er. »Danach wirst du sowieso nicht mehr in den Jeep steigen wollen.«

»Du bist dir deiner Sache ja sehr sicher.«

»Absolut nicht«, antwortete er und überraschte mich damit. »Aber ein Mann wird doch wohl noch träumen dürfen.«

Da mir spontan keine passende Erwiderung einfiel, schwieg ich und griff nach dem schwarzen, bereits leicht zerkratzten Helm, den Jacob mir entgegenhielt. Ich setzte ihn auf, und Seb erschien neben mir. Mit einem unterdrückten Grinsen nahm er mir meinen Rucksack samt Notizblock, Laptop und Handy ab.

»Ich verstaue das für dich.«

»Danke.«

Jacob schwang sich auf die Harley und klopfte auf den freien, den wirklich kleinen freien Platz hinter sich.

»Nächster Stopp Halong Bay.«

Zögerlich trat ich näher.

»Komm schon, Mansfield. Ich beiße nicht.«

Da war ich mir nicht so sicher. Jenen Teil von mir, der Jacob gern nackt ausziehen und über ihn herfallen würde, innerlich verfluchend, kletterte ich so anmutig wie möglich auf den Sitz hinter ihm. Ein gar nicht mal so einfaches Unterfangen …

»Gut festhalten«, raunte er. Wobei ich mir nicht sicher war, ob er die Worte wirklich raunte oder ob sie dank des Helms, der soeben dabei war, meine Haare platt zu drücken, einfach nur dumpf bei mir ankamen. Jacob setzte seinen eigenen Helm auf – weiß, mit vielen bunten Stickern – und ließ die Maschine aufheulen. Das Geräusch war ohrenbetäubend laut. *Ach du heilige Scheiße.*

Es war noch viel lauter, als ich erwartet hatte. Und die Vibrationen des starken Motors unter uns? Das war ein ganz neues Gefühl. Es fühlte sich stark und mächtig an. Berauschend. Vielleicht, dachte ich, würde mir das Ganze doch gefallen. Ich rückte so dicht an Jacob heran, wie ich konnte, ohne mich komplett der Länge nach an ihn zu pressen. Unsicher, was genau ich mit meinen Armen machen sollte, legte ich sie links und rechts von mir auf den von der Sonne aufgewärmten Sitz. Jacob stieß sich vom Boden ab und lenkte die Maschine aus dem Hinterhof des Hotels und hinein in den chaotischen Straßenverkehr von Hanoi. Wie sich jemand hier zurechtfinden sollte, war mir ein Rätsel. Etwa eine halbe Stunde wühlten wir uns durch den dichten Stau. Nach kurzer Zeit hatte ich es aufgegeben, meine verkrampften Hände vom Sitz gelöst und sie um Jacobs Bauch geschlungen. Etliche Motorroller und Autos kamen uns für meinen Geschmack viel zu nahe, und auf einmal war es mir egal, ob ich Brüste voran an Jacobs Rücken klebte. Ich wollte auf keinen Fall von dieser Harley fallen. Der Jeep folgte uns mit ein paar Autolängen Abstand, und als wir endlich den Highway erreichten, ließ Jacob die Maschine einmal wild aufheulen und gab Gas. In diesem

Moment war ich überaus froh darüber, dass ich es aufgegeben hatte, Abstand halten zu wollen, da ich spätestens jetzt vollends gegen ihn gesackt wäre. Der plötzliche Fahrtwind peitschte mir ins Gesicht. Felder und kleine Häuser am Straßenrand sausten an uns vorbei. Ein Auto hinter uns begann aggressiv zu hupen. Kurz wollte ich Panik bekommen, immerhin saß ich ohne nennenswerte Schutzkleidung auf einem Motorrad. Die Ellie, zu der ich in den letzten drei Jahren geworden war, ging im Kopf alle Statistiken durch, an die ich mich zum Thema Motorradunfälle erinnerte. Hatte ich eine ausreichende Auslandskrankenversicherung? Würde man mich nach Hause fliegen? In ein Krankenhaus in London? Die Ellie jedoch, die seit Jacobs und meinem ersten Treffen vor knapp zwei Wochen aus ihrem Schlummer erwacht war, schielte vorsichtig durch die geöffnete Tür meiner Emotionen. Unleugbar neugierig und ja, auch unleugbar … abenteuerlustig. Ich spürte, wie sich die Tür in meinem Kopf einen weiteren winzigen Spalt öffnete und meine verkrampften Muskeln sich trotz der ungewohnten Geschwindigkeit Stück für Stück lockerten. Jacob wusste, was er tat. Ganz offensichtlich fuhr er solch eine Maschine nicht zum ersten Mal, ich würde ihm einfach vertrauen müssen. Ich öffnete meine Finger, die sich in das dünne T-Shirt unter Jacobs Lederjacke gekrallt hatten, und legte sie behutsam auf seinen Bauch, wobei ich das Sixpack unter dem Shirt deutlich zu spüren bekam. Ebenso seine harten Rückenmuskeln, die sich schon eine ganze Weile gegen meine Brüste pressten. Ich blendete all das aus und genoss das Gefühl des Windes auf meinem Gesicht, in meinen Haaren, die unter dem Helm hervorlugten, und an meinen nackten Beinen. Der Fahrtwind war warm, die Vibration des Motors unter mir … anregend, und ich würde lügen, würde ich behaupten, dass ich es nicht genoss, Jacob so nahe zu sein. Hinter ihm auf dieser Harley zu sitzen fühlte sich unleugbar sexy an.

Nach einer weiteren Stunde Fahrt wusste ich eins mit Sicherheit: Jacob hatte absolut recht. Ich würde auf keinen Fall mehr in den Jeep steigen. Ab heute war ich ein Fan. Obwohl ich bereits ahnte, dass mein ganzer Körper heute Abend steif sein würde, und mich aller Wahrscheinlichkeit nach ein ausgewachsener Muskelkater erwartete. Trotzdem liebte ich jede Minute auf dem Motorrad. Jede einzelne. Wer hätte das gedacht?

Du meinst wohl, wer außer Jacob Harrison?

Die Fahrt zur Halong Bay dauerte insgesamt etwas über vier Stunden. Als wir unser Ziel erreicht hatten und Jacob an einem kleinen Anleger haltmachte, kletterte ich ungelenk von der Harley. Mein Po tat weh, und meine Beine zitterten leicht, aber ich war begeistert. Zufrieden grinsend nahm ich den Helm ab und schüttelte meine langen, dunklen Haare aus.

Als ich aufsah, bemerkte ich, dass Jacob mich beobachtete. Sein Blick war stechend und intensiv, und das Zittern meiner Beine hatte auf einmal nichts mehr mit der Fahrt, sondern einzig und allein mit dem Mann vor mir zu tun.

»Ellie …«

In diesem Moment rettete mich der Jeep, der soeben um die Ecke bog. Sarah war die Erste, die aus dem Auto sprang und auf mich zugelaufen kam. Ich riss meinen Blick von Jacobs los und sah ihr entgegen.

»Und?«, fragte sie mich lachend. »Wie war's?«

»Phantastisch«, antwortete ich ehrlich. »Ich liebe es!«

»Ich wusste es!« Sarah sah zwischen Jacob und mir hin und her. »Ich wusste es«, sagte sie noch einmal. Mir war durchaus bewusst, dass wir in diesem Augenblick nicht mehr übers Motorradfahren sprachen. Hier ging es um mehr. Und in diesem Moment sah ich dieses *mehr* in Sarahs Augen. Entschlossenheit stand in ihrem

Blick. Sie würde herausfinden, was genau zwischen Jacob und mir vor sich ging. Und ich würde es ihr erzählen. Natürlich nicht die ganze Wahrheit. Ich würde jenen pikanten Part auslassen, in dem es darum ging, dass ich sie alle anlog. Aber von unserem Kuss konnte ich ihr erzählen, ebenso von dem beunruhigenden Knistern – zwischen Jacob und mir. Obwohl wir uns erst seit Kurzem kannten, hatte ich das Gefühl, dass ich Sarah vertrauen konnte. Ich wollte die Chance nutzen, eine wirkliche Freundschaft mit ihr aufzubauen. Außerdem konnte es nicht schaden, dachte ich, die Meinung einer anderen Frau zu hören. Denn auch wenn ich fast täglich an Helen berichtete, kannte sie weder Jacob noch die Situation, in der wir uns befanden. Sarah hingegen war live dabei. Als spürte sie meine Gedanken, blitzte es in ihren Augen verschwörerisch auf.

»Drinks? Heute Abend.«

Ich nickte. »Gern.«

Hinter Sarah hörte ich Seb stöhnen. In einer hilflos anmutenden Geste warf er die Arme in die Höhe und wandte sich an Frank. »Warum habe ich das Gefühl, dass sich die beiden gerade gegen uns verschworen haben?«

»Weil es so ist«, antwortete Frank schlicht und stieg wieder in den Jeep. Seb sah zu Jacob. Dieser war die letzten Minuten auffällig still geblieben.

»Schau nicht mich an«, erwiderte er. »Ich kann auch nichts dafür.«

»Das glaubst auch nur du …«

»Also«, unterbrach ich die Männer etwas zu laut. Zeit, das Thema zu wechseln. »Wo genau sind wir hier?« Fragend sah ich mich um. Der Anleger vor uns war winzig. Lediglich ein paar Ruderboote und Kajaks sowie ein paar größere, dennoch nicht weniger klapprig aussehende Boote ankerten in dem ruhigen Gewässer vor uns. Das Herzstück der kleinen Bucht war ein etwa zehn Meter hoher Felsen, der dekorativ aus dem Wasser ragte. Viel mehr gab es nicht zu sehen. Ein paar Einheimische werkelten an ihren Booten herum oder hatten sich vor der Mittagssonne unter die schattenspendenden Dächer verkrochen, wo sie Karten spielen oder mit überkreuzten Armen zufrieden schlummerten. Ich hoffte inständig, dass dies nur ein Zwischenstopp war und niemand von mir erwartete, in eins dieser morschen Dinger zu steigen. Geschweige denn darauf zu übernachten. Zwei Nächte, hatte Frank uns heute früh informiert, dann ginge es weiter in die Berge. Aber zwei Nächte wo genau? Mein Blick wanderte weiter, und dort hinten, in der Ferne, konnte ich diverse Mini-Kreuzfahrtschiffe und luxuriös aussehende Yachten erkennen. Ebenso eine Vielzahl an Menschen. Touristengruppen, wenn mich nicht alles täuschte. Das deckte sich schon mehr mit dem, was ich über die Halong Bay gelesen hatte. Landschaftlich einmalig und wunderschön, hatte sie den Ruf, ebenso überlaufen und touristisch zu sein. Innerlich seufzend warf ich den Yachten einen letzten sehnsüchtigen Blick zu. Nie im Leben würde Jacob so eine betreten.

»Es ist wohl unsinnig, darauf zu hoffen, dass eines der Schiffe da hinten unseres ist?«

Jacob lachte laut auf.

Damit hast du deine Antwort.

»Die Kreuzer da drüben sind hübsch, aber nicht das, was wir für diese Reise wollen.« Eine äußerst diplomatische Antwort.

»Touristenbums«, kommentierte Sarah weniger feinfühlig, während sie in ihrer Tasche kramte. »Furchtbar, diese Dinger. Organisierte Touren, schlechtes Essen und Menschen, von denen man keine Ahnung hat, ob man sie mag, und denen man zwei Tage lang nicht entkommen kann.«

Oo-kay. Da war jemand definitiv Anti-Kreuzfahrtschiff. Auch wenn es sich hier um sehr, sehr kleine Kreuzer handelte.

»Ha!« Endlich hatte Sarah gefunden, wonach sie die letzte Minute so akribisch gesucht hatte. Einen Schokoriegel. Grinsend biss Sarah hinein und hielt mir den Riegel unter die Nase. »Willst du auch?«

Ich lehnte dankend ab. Unser Frühstück war zwar schon eine Weile her, aber ich wollte etwas Richtiges essen, keinen halb angebissenen Schokoriegel, so charmant ihr Angebot auch war.

»Glaub nicht alles, was Sarah dir erzählt«, warf Jacob ein. »Sie sind nicht alle so.« Überrascht wandte ich mich zu ihm um.

»Nicht?«

»Nein. Es gibt ein paar Flotten mit wirklich netten Schiffen. Gut geeignet für Honeymoon-Gäste.« Er zwinkerte mir zu. »Sehr romanisch.«

Ich beließ es bei einem neutralen »Mhm«, da ich weder über das Thema Hochzeit noch über Hochzeitsreisen oder das Wort romantisch in Zusammenhang mit Jacob nachdenken wollte.

»Wo sind Frank und Seb?« Und wo war der Jeep?

»Frank und Seb kümmern sich um unser Zeug«, klärte Sarah mich auf. »Frank parkt grade den Wagen um, bevor wir ausladen. Wir übernachten heute im Hostel, und morgen früh geht's dann für eine Nacht richtig in die Bucht rein.«

»Um was genau zu tun?«, erwiderte ich. Ich war stolz auf mich, dass ich bei dem Wort Hostel nicht zusammengezuckt war. Wir würden also in einer Art Herberge schlafen. Ganz die Backpacker, die wir nicht waren. Inklusive Luxusjeep und Equipment, dessen Wert im mindestens fünfstelligen Bereich lag. Ein Hostel … Ich hatte seit meinen Teenagertagen nicht mehr in etwas anderem als einem Hotel oder einer Ferienwohnung geschlafen. Blieb nur zu hoffen, dass es sich bei unseren Zimmern um Privatzimmer handelte. Ich war nicht sonderlich scharf darauf, die Nacht mit mindestens neun anderen Frauen in einem großen, stickigen Raum zu schlafen und mir ein Bad zu teilen. Mit achtzehn hatte das weder Helen noch mich gestört, Hauptsache raus, war die Devise gewesen. In Helens altem Toyota waren wir quer durch Schottland gefahren und hatten sogar die ein oder andere Nacht im Auto geschlafen. Mit knapp dreißig konnte ich mir durchaus Komfortableres vorstellen als Etagenbetten. Insbesondere bei einer Außentemperatur von knapp dreißig Grad und einer Luftfeuchtigkeit von achtzig bis neunzig Prozent.

»Das sagt Frank uns morgen.«

Sarahs Worte rissen mich aus meinen Gedanken. »Was sagt Frank uns morgen?«

»Was wir in der Bucht machen werden und vor allem«, Sarah wackelte mit ihren Augenbrauen, »wo wir schlafen werden.«

»Ladies«, warf Jacob ein, schnappte sich seinen und meinen Helm und hängte beide über den Lenker. Seine Lederjacke hatte er mittlerweile ausgezogen, und die kurzen blonden Haare glänzten im Schein der Sonne golden. »Ich bringe dieses Baby mal in den Schatten.« Mit einer einzigen kraftvollen Bewegung schwang er sich zurück auf die Harley. »Wir treffen uns am Hostel.« Damit ließ er den Motor aufheulen und verschwand. Ungläubig sah ich ihm nach.

»Wie haltet ihr das bloß aus?«, fragte ich Sarah, die gelassen ihren Schokoriegel verspeiste. »Warum kennt hier niemand außer Frank den genauen Plan?«

»Weil der Boss es so will.«

»*Jacob* will es so?«

Sarah nickte.

»Ich dachte, Frank hält alles unter Verschluss …«

»Nur weil J es so bevorzugt.« Sie zuckte mit den schmalen Schultern. »J kann ein ganz schöner Kontrollfreak sein, aber wenn es um seine Stunts geht, vertraut er Frank blind. Das war schon immer so, schon vor meiner Zeit.«

»Wie lange kennen die beiden sich?«

»Von Anfang an«, erwiderte Sarah. »Frank war dabei, als J anfing, groß rauszukommen. Obwohl es bei den Stunts um Kontrolle geht, mag er die Vorarbeit nicht und überlässt es Frank, sich um alles zu kümmern. J kann es nicht leiden, wenn die Stunts minutiös durchgeplant sind, weiß aber auch, dass es sein muss. Also hält Frank uns alle im Dunkeln, damit J sich überraschen lassen kann. Anscheinend gehört das für ihn zum Nervenkitzel dazu.«

»Woher weiß er dann, was ansteht?« Die Harley heute Morgen hatte ihn jedenfalls nicht überrascht. Gemeinsam ließen wir den Anleger – und die wenig einladenden Boote – hinter uns und schlenderten Richtung Hostel. Zumindest nahm ich an, dass es sich bei dem weißen Holzhaus in einiger Entfernung um unsere Unterkunft handelte, da sowohl Frank und Seb als auch Jacob den Hügel hinauf Richtung Haus verschwunden waren.

»Er bekommt jeden Morgen oder Abend ein Briefing von Frank. So spät wie möglich. Genauso wie wir. Wobei es auch Stunts gibt, bei denen wir früher Bescheid wissen, da wir mehr als nur eine Kamera und eine Drohne vorbereiten müssen.«

»Ist das nicht anstrengend?« Wir bogen um eine leichte Kurve, und ich entdeckte Jacob und Seb, die dabei waren, den Jeep zu entladen.

»Am Anfang schon, ja.« Sarah grinste und hielt mir eine Tüte Haribo unter die Nase. Wo hatte sie die denn jetzt auf einmal her?

»Nein, ich … ach, weißt du was? Wieso nicht?« Beherzt griff ich in die Tüte. Wer wusste schon, wann ich das nächste Mal etwas

Richtiges zu essen bekommen würde. Ein wenig Zucker wäre sicherlich gut für meinen Kreislauf.

»Ich arbeite seit über zwei Jahren mit den Jungs. Wahrscheinlich sind es schon drei. Ehrlich gesagt habe ich mich daran gewöhnt«, fuhr sie fort. »Mittlerweile finde ich es sogar spannend. Ich muss zugeben, dass unsere Filme dadurch noch authentischer werden. Noch echter.«

»Und das war Jacobs Idee?«

»Der Boss hat ein Händchen für Dramatik«, antwortete Sarah kauend und zwinkerte mir zu.

Da konnte ich schlecht widersprechen. Sie kannte Jacob wesentlich besser als ich, wenn ich jedoch an seinen kleinen Stunt mit Roy-Ich-verklage-Sie-auf-alles-was-Sie-haben-Clover dachte, war dramatisch vielleicht gar keine so üble Beschreibung. Es würde in den nächsten Wochen sicherlich genug Situationen geben, diese Theorie zu verifizieren. Dennoch, sich überraschen zu lassen, damit das Publikum ein noch intensiveres Zuschauerlebnis hatte, damit es noch näher am Geschehen war und mit Jacob mitfiebern konnte, war genial.

»Hey!«, rief Seb auf einmal. Seine Wangen waren gerötet, und ein großer Schweißfleck hatte sich auf dem Rücken seines hellgrauen T-Shirts gebildet. »Wollt ihr Ladys da nur rumstehen, oder packt ihr mal mit an?«

Jacob und er waren gerade dabei, eine lange schwarze Truhe aus dem Jeep zu zerren.

»Will ich wissen, was da drin ist?«

Sarah gluckste leise. »Wahrscheinlich nicht.«

Bei den Männern angekommen, musterte ich den Riesenhaufen an Equipment skeptisch. Vermutlich hatte es sehr viel Mühe bereitet, die zahlreichen schwarzen Boxen und Koffer in den großzügigen

Kofferraum des Jeeps zu bekommen. Beinahe sah es aus, als hätte jemand Tetris gespielt. Equipment-Tetris. Ich sah über die Schulter. Obwohl der Kofferraum noch gut beladen war, standen die wirklich schwer aussehenden Teile bereits vor dem Haus auf dem Gehweg.

»Ihr habt doch schon alles ausgeladen.«

»Haben wir«, bestätigte Frank, als er auf einmal um den Wagen herum kam. Ich hatte gar nicht bemerkt, dass er auch da war. Irgendwie hatte ich angenommen, dass er dabei war, uns einzuchecken. Aber hier stand er, ausnahmsweise ohne Handy in der Hand, und sah uns herausfordernd an. »Jetzt bringen wir es rauf.«

»Rauf?«, fragten Sarah und ich gleichzeitig. »Wo rauf?« Ich ahnte Böses.

10

Das gefährlichste Tier ist der Schmetterling im Bauch.

Das Begleiten eines Filmteams hatte ich mir definitiv glamouröser vorgestellt. Hätte mir vor einer Woche jemand erzählt, dass ich bei knapp dreißig Grad sauschweres Equipment irgendwo im Nirgendwo durch Vietnam schleppen würde, hätte ich ihn ausgelacht. Aber hier waren wir nun. Schweißgebadet und mit zitternden Armen trugen Sarah und ich die letzte der großen Truhen die Treppe zu unserer kleinen Hütte hinauf. Das Hostel, wie Frank es so großzügig nannte, bestand aus exakt zwei Hütten: einem Haupthaus mit Rezeption und Essbereich und einer weiteren Hütte mit insgesamt sechs Zimmern. Fünf davon waren für uns reserviert. Fünf aneinander gereihte Schuhkartons – das war es zugegebenermaßen, was ich erwartet hatte. Als ich eine Stunde später frisch geduscht in meinem kleinen Eckzimmer stand und aus dem Fenster blickte, begann meine anfängliche Skepsis sich in Luft aufzulösen. Die Zimmer waren klein, ja, aber sauber, und der Ausblick war eine Wucht. Aus meinem Fenster konnte ich direkt auf einen Teil der Bucht schauen. Durch die leicht erhöhte Lage des Hostels war sogar mehr als nur ein Felsen erkennbar. Das vorhin noch hellgrün schimmernde Wasser hatte mit zunehmender Stunde eine dunklere Färbung angenommen. Zuvor jadegrün, erinnerte es mich nun an das satte, saftige Moos in den Wäldern rund um York, in denen der Legende nach die Feen und andere magische Wesen hausten. Die Vegetation in England war so anders als die, die ich hier vor mir hatte. Beide waren sie auf ihre Art einzigartig und magisch. Die Arme vor der Brust verschränkt, lehnte ich mich gegen den Fensterrahmen. Ich konnte es kaum erwarten, morgen mehr von dieser einmaligen Natur zu sehen. Jetzt aber musste ich dringend etwas essen. Außerdem hatte Sarah mich bereits zweimal daran erinnert, dass wir heute Abend ein Date hatten. Das erste Mal hatte sie mir eine Nachricht geschrieben, das zweite Mal hatte sie so laut an meine Tür geklopft, dass Seb fluchend aus seinem Zimmer gekommen war.

»Was zur Hölle ist hier los?«, hatte er gewettert, woraufhin Sarah mit einem charmanten: »Schweig und geh!« geantwortet und drohend mit dem Finger auf ihn gezeigt hatte. Ich hatte es für klüger empfunden, den Mund zu halten und den beiden beim Streiten zuzusehen. Ein paar Minuten hatten sie verbales Beleidigungs-Pingpong gespielt, ehe Sarah ihn mit den Worten: »Nur für Frauen, verzieh dich, Miller«, endgültig verjagt hatte.

In diesem Moment hatte ich beschlossen, die weitere Abendplanung einfach Sarah zu überlassen. Sie wirkte wie eine Frau mit einer Mission, und ich würde ihr ganz sicher nicht in die Quere kommen. Mein Plan war es, den Abend einfach auf mich zukommen zu lassen. Sarah war cool, und wenn ich es schaffte, mich weit genug zu entspannen, dann konnte ich auch cool sein. Zumindest hatte man mir das früher mal nachgesagt. Während der Highschool und auf dem College hatte man Helen und mich sogar ab und an als Partygirls bezeichnet. Aber das war lange her … sehr lange. Mein Handy gab ein leises *Pling* von sich.

Sarah:

Bereit?

Eine zweite Nachricht kam direkt hinterher.

Sarah:

Denk gar nicht erst daran, dich rauszureden!

Kopfschüttelnd sah ich auf Sarahs Worte hinab. Ich konnte mir regelrecht vorstellen, wie sie beim Tippen ausgesehen hatte. Die Augen zusammengekniffen, die Zungenspitze zwischen die Zähne geklemmt und ein gefährliches Funkeln in den Augen, hatte Sarah sich mit Sicherheit darauf vorbereitet, mich – wenn nötig – mit Gewalt aus meinem Zimmer zu zerren. Da ich gar nicht vorhatte, mich rauszureden, schickte ich ihr einen Daumen-Hoch-Emoji zurück und wartete. Wenige Sekunden später klopfte es an meiner Zimmertür. Mit einem Lächeln im Gesicht stieß ich mich vom Fensterrahmen ab und schnappte mir meine kleine, schwarze Umhängetasche. Ich öffnete die Tür und …

»O nein, Ellie. Auf keinen Fall.« Sarah schüttelte den Kopf so heftig, dass die rosafarbenen Spitzen ihres blonden Bobs um ihr Gesicht flogen. Dann musterte sie mich erneut. »So nehme ich dich nicht mit.«

»Bitte?« Bestürzt sah ich an mir hinab. Was war falsch an meinem dunkelblauen Kleid? Es war schmal geschnitten und hatte einen hübschen Rückenausschnitt.

»Das ist ein sehr hübsches Kleid, es steht dir ausgezeichnet, aber wir gehen in eine Beach-Bar, Ellie. Nicht ins Restaurant«, antwortete sie und wies auf ihr eigenes, wesentlich luftigeres Outfit. Sarahs kurze Jeans-Hotpants und das weiße Häckeltop sahen in der Tat wesentlich sexyer und entspannter aus als mein schlichtes Kleid.

»Komm.« Kurzerhand packte sie mich beim Arm und zog mich quer über den Flur in ihr eigenes Zimmer. Ein paar Minuten wühlte sie in ihrem Rucksack, bis sie ein rotes Kleid hervorzauberte. »Das hier wird dir super stehen.«

Ich musterte das Kleidungsstück kritisch. Sarah war nicht nur kleiner als ich, sie war auch ein gutes Stück schmaler. Das Wort drahtig beschrieb sie wohl am besten. Außerdem mochte ich – im Gegensatz zu Sarah – meinen Klamottenstil. Muster waren nicht so mein Ding, und ich liebte gerade und elegante Schnitte. Bei zu viel Farbe fühlte ich mich stets ein wenig unwohl. Auch wenn das nicht immer so gewesen war. Früher hatte ich gern leuchtende Farben getragen. Ich hatte Kleider in allen Farben des Regenbogens besessen, und besonders bunte Pullis hatten es mir zu Collegezeiten angetan.

»Zieh es an«, forderte sie mich auf.

»Da passe ich niemals rein, Sarah.«

Sie rollte mit den Augen. »Das ist ein Wickelkleid, Ellie. Da passt jeder rein. Los jetzt.«

Seufzend griff ich nach dem roten Stoff. Es konnte nicht schaden, das Kleid wenigstens einmal anzuprobieren. Der Kleiderwechsel dauerte nur wenige Sekunden, und als ich mich danach im Spiegel begutachtete, musste ich meiner neuen Freundin recht geben. Das Kleid stand mir wirklich gut. Der leicht ausgestellte Rock ging bis zur Mitte meiner Oberschenkel, und das Dekolleté befand sich auch noch im Rahmen des Tragbaren. Dank meiner Körpergröße war das Kleid ein wenig kürzer, als es das bei Sarah gewesen wäre, aber wir waren ja quasi im Urlaub, und ich hatte in den letzten Tagen schon wesentlich gewagtere Outfits zu sehen bekommen.

»Und?«

»Ich sehe gut aus«, antwortete ich, und Sarah belohnte mich mit zwei Daumen hoch. »Und ich fühle mich auch gut.«

»Jackpot!« Sie drückte mir meine schwarze Tasche in die Hand. »Dann los.«

Ohne uns von den anderen zu verabschieden, verließen wir die Hütte und schlenderten den Pier entlang, bis wir zu einem kleinen Strandabschnitt kamen. Bereits von Weitem konnte ich die zahlreichen Fackeln im Sand erkennen. Sie verströmten ein warmes, goldenes Licht und würden den Strand, sobald die Sonne untergegangen war, in ein Meer aus Lichtern verwandeln. Je näher wir der Bar kamen, desto lauter wurde die Musik. Und auch die Gespräche und das Gelächter der Leute waren kaum noch zu überhören.

»Das ist *Manny's*«, informierte Sarah mich, als wir die Bar fast erreicht hatten. »Manny ist Australier und vor zehn Jahren hierher ausgewandert. Seine Bar ist ein beliebter Treff bei Touristen, die eine Nacht hierbleiben, bis sie auf Boote gehen oder weiterziehen.«

»Warst du schon öfter hier?«

»Vor ungefähr einem Jahr mit den Jungs.« Die Jungs, wie Sarah sie nannte, hatten sich, wenn ich Sebs aufgebrachte Worte im Flur vorhin richtig verstanden hatte, heute Abend auf ein Bier verabredet.

Ohne auf die freien Plätze am Strand zu achten, zog Sarah mich zielstrebig in die Hütte und steuerte direkt auf die längliche Bar zu. Durch die stickige Luft in dem kleinen Raum, die gefühlten fünfzig Grad und die laute Musik wurde mir kurz schwindelig. Sehnsüchtig sah ich nach draußen, auf die brennenden Fackeln und den Strand. Das ruhige Wasser dahinter … da draußen wehte sogar eine leichte Brise.

»Also, Mansfield, raus damit«, rief Sarah über das stete Wummern der Musik.

»Wir haben noch nicht mal was gegessen«, jammerte ich und angelte mir eine der Karten auf dem Tresen. Ich hatte wirklich Hunger.

»Essen kann warten. Das hier nicht.«

»Du wirst nicht eher Ruhe geben, bis ich es dir erzählt habe, oder?«

Sarah grinste mich an. »*Nope.*«

Also gut. Ich atmete tief ein. *Reiß das Pflaster einfach ab, Ellie … einfach abreißen.*

»Jacob und ich haben uns geküsst«, beichtete ich ihr. »In London, als ich ihn interviewt habe.«

»O mein Gott, ich *wusste* es!«

Sie drehte sich zum Barkeeper um und orderte lautstark zwei Tequila-Shots. »Er war danach so merkwürdig. Irgendwie aufgeregt und geheimnisvoll. Normalerweise hasst er es, wenn Presseleute mitkommen.«

»Wirklich?« Ich wollte nicht so hoffnungsvoll klingen, wirklich nicht.

»Jacob lebt normalerweise sehr zurückgezogen.«

Das war mir auch aufgefallen. Für jemanden, der so berühmt war und einen Großteil seines Lebens jobbedingt nach außen trug, wusste man wenig wirklich Privates über Jacob Harrison. Und ich musste es wissen, immerhin hatte ich ihn ganze drei Tage lang wie eine Irre gegoogelt.

»Du magst ihn, oder?«

Schnaubend griff ich nach dem Shot vor mir. Ob ich Jacob mochte? Ohne auf Sarah zu warten, kippte ich den Tequila in einem Zug runter.

»Verdammt, Freundin. Du magst ihn wirklich.«

Die klare Flüssigkeit lief quälend langsam meinen Rachen herunter, und es würde mich nicht wundern, wenn sie mir dabei einen Lungenflügel wegbrannte. Ich schüttelte mich angewidert. Tequila hatte ich noch nie leiden können. Ich war eher ein Whisky-Mädchen.

»Muss ich darauf antworten?«, keuchte ich und hustete leise.

»Hast du bereits«, antwortete Sarah und bedeutete dem Barkeeper, uns eine zweite Runde zu bringen. »Warum bist du so zurückhaltend ihm gegenüber?«, fragte sie. »Wegen des Jobs?«

»Nein, ich … ich hatte es in der Vergangenheit in Sachen Liebe nicht unbedingt leicht«, antwortete ich möglichst vage.

Nicht leicht … Übersetzt hieß das so viel wie: Man hatte mir mit einem stumpfen Messer das Herz herausgeschnitten und eine Wunde zurückgelassen, die sich nicht verschließen ließ und aus der noch immer Blut sickerte. Wo eine verheilte Narbe hätte sein sollen, war die Wunde immer noch tief. Mein tagtäglicher Begleiter der letzten drei Jahre. Wütend, verzweifelt und schmerzhaft pochend erinnerte sie mich daran, wer ich einst gewesen war und wen ich verloren hatte. Ich ignorierte sie so gut ich konnte. Doch tief in mir drin war ich gefangen in einem Teufelskreis aus Schmerz und Erinnerungen.

»Okay, das akzeptiere ich.« Sie musterte mich mit einer hochgezogenen Augenbraue. Offenbar war mir anzusehen, dass sich hinter meinen Worten wesentlich mehr verbarg als ein oder zwei gescheiterte Beziehungen. Noch waren wir uns jedoch zu fremd für die ganze, brutale Wahrheit. Sarah nickte. »Ich akzeptiere das«, wiederholte sie. »Für den Moment. Aber Jacob ist ein wirklich toller Typ, Ellie.«

»Ich weiß.«

Immerhin war ich weder blind noch taub. Und *alle* Gefühle hatte ich ja nun auch nicht abgestellt …

Nach einem weiteren Shot drehte ich den Spieß um. »Was läuft da zwischen dir und Seb?«

»So offensichtlich, mhm?«

Lachend lehnte ich mich gegen die Bar und legte den Kopf schräg. »Oh, bitte. Vorhin im Flur wusste ich nicht, ob ihr euch an die Gurgel gehen oder euch die Kleider vom Leib reißen würdet.« Ich grinste sie an, erleichtert, dass das Gespräch sich jetzt auf jemand anderen als mich konzentrierte. »So oder so wäre ich in Deckung gegangen.«

»Sehr witzig ...«

»Ach, komm schon, Sarah. Ich habe dir von Jacob erzählt!«

»Okay, okay.« Sie nickte in Richtung unserer Gläser. »Noch einer?«

»Warum nicht ...« *Berühmte letzte Worte, Ellie.*

»Seb und ich kennen uns schon ewig«, begann sie, »wir haben zusammen studiert.«

»Dann kanntet ihr euch bereits, bevor ihr beide für Jacob gearbeitet habt?«

Sie nickte, und ein ungewohnt ernster Ausdruck trat in ihre Augen. »Vom ersten Moment an war da etwas zwischen uns. Eine Art magische Anziehung, ein Knistern, nenn es, wie du willst ... er war dieser schweigsame, voll tätowierte Typ, der trotz seiner Wortkargheit eine Tiefgründigkeit ausgestrahlt hat, die irgendwie alle dazu gebracht hat, dass sie mit ihm befreundet sein wollten, obwohl es ihn eher irritiert und nicht gefreut hat. So ging es auch mir: Ich habe ihn gesehen und fand ihn interessant. Sehr. Und wir haben uns gut verstanden«, fügte sie hinzu. »Aber damals hatte er eine Freundin.« Sarah sah dem Barkeeper dabei zu, wie er unsere Gläser auffüllte. »Danach hatte ich dann einen Freund, und irgendwie hat es nie gepasst.«

»Und jetzt?«

»Ich bin seit über zwei Jahren Single.«

Fragend hob ich eine Augenbraue. »Seitdem du für Jacob arbeitest?«

»Ja, ich ... ach, verdammt.« Sie griff nach dem vollen Schnapsglas, und diesmal war sie es, die den Tequila exte, ohne auf mich zu warten.

»Ich habe meinen Freund in dem Moment verlassen, in dem Jacob mir ein Angebot gemacht hat.«

»Sarah …«

»Der Gedanke, mit Seb zusammenzuarbeiten, ihn jeden Tag zu sehen, Ellie – so fühlt man nicht, wenn man in seiner Beziehung glücklich ist. Ich habe immer davon geträumt, diese eine Person zu finden, die ich den Rest meines Lebens nerven kann.« Sie grinste wehmütig. »Seb ist dieser jemand für mich.«

»Ich verstehe.« Wenn ich etwas verstand, dann das. »Warum seid ihr dann nicht zusammen? Es ist offensichtlich, dass er dich auch mag.«

»Frag mich was Leichteres.« Sie seufzte. Ein Geräusch, das ich trotz der lauten Musik gut hören konnte. »Wir befinden uns in einer Art Beziehungsvakuum. Wir schlafen ab und an miteinander, und es ist wundervoll. *Er* ist wundervoll, aber bis jetzt hat er mir kein Zeichen gegeben, ob er mit mir zusammen sein will oder nicht.«

»Und du?«

»Ich bin auch wundervoll.« Ich versuchte erfolglos, mir das Lachen zu verkneifen.

»Sarah!«

»Was war noch mal die Frage?«

»Hast du ihm gesagt, was du willst?« Ich war wahrscheinlich die letzte Person, die Beziehungstipps geben sollte, dennoch wollte ich ihr gern irgendwie helfen. Verständnislos sah sie mich an.

»Damit meine ich nicht Sex, Sarah. Hast du ihm gesagt, dass du dir mehr von ihm wünschst?«

Sarah blinzelte. Einmal. Dann noch einmal. Nach ein paar Sekunden weiteten sich ihre Augen erstaunt. »Nein.« Sie schlug mit der flachen Hand auf den Tresen. »Scheiße, nein! Das habe ich nicht.«

»Vielleicht testest du das mal aus«, schlug ich vor. »Du sollst dich ihm ja nicht gleich an den Hals werfen und von *happily ever after* reden, aber …« Ich zuckte mit den Schultern und griff nach meinem eigenen Schnapsglas, »wirf ihm ein paar Brocken hin, teste die Lage. Und deine Gefühle.«

Sarah strahlte mich an, und erleichtert stellte ich fest, dass ihr fröhliches, unbeschwertes Ich zurück war. »Ich wusste gleich, warum ich dich mag.« Plötzlich kreischte sie auf. Vor Schreck wäre mir beinahe das Glas aus der Hand gefallen.

»*Was?* Was ist los?« Panisch sah ich mich um.

»Ich *liebe* diesen Song!«

Erleichtert hielt ich mich am Tresen fest. Heilige Mutter Gottes, ich hatte einen halben Herzinfarkt bekommen! In dem Bemühen, Sarahs Begeisterung nachzuvollziehen, hörte ich genauer hin, aber nein, ich kannte den Song nicht. Sie schaute mich aufrichtig schockiert an.

»Du kennst Billie Eilish nicht?«

Ihre Fassungslosigkeit war so ungekünstelt und echt, ich traute mich kaum zu antworten. »Nein?«

»Das werden wir ändern«, verkündete sie. Ich schaffte es gerade noch, meinen Tequila hinunterzukippen, dann fand ich mich auf der kleinen, bereits gut gefüllten Tanzfläche wieder. In diesem Moment gab ich es endgültig auf, heute noch etwas Essbares zu finden. Sarah hatte ganz offensichtlich andere Pläne. Die drei Tequila, die ich in den letzten zwanzig Minuten, die wir am Tresen verbracht hatten, getrunken hatte, sorgten für ein wohlig warmes Gefühl in meinem Magen und für eine gewisse Schwerelosigkeit in meinem Kopf. Ein wenig unsicher schaute ich mich auf der Tanzfläche um.

»Entspann dich, Ellie«, rief Sarah mir zu, ehe sie nach meinen Händen griff und mich dazu animierte, mich im Takt der Musik mit ihr zu bewegen. *Wann war ich das letzte Mal tanzen gewesen?* Eine Erinnerung drängte sich an die Oberfläche, vorbei an dem warmen Gefühl in meinem Magen und dem mir gut bekannten Schmerz. Eine Erinnerung an Helen und mich, wie wir in Marks und meiner Wohnung Wein und Bier getrunken hatten, ehe wir den Rest unserer Freunde im *Lucky Shot*, einer Bar auf dem Campus, getroffen hatten. Mark war nie gern ausgegangen und hatte seine Jurabücher und die Stille unserer gemütlichen Zweizimmerwohnung bevorzugt, daher waren Helen und ich meist allein losgezogen. In der Erinnerung, die sich wie ein Film in meinem Kopf abspielte, umarmte er mich und drückte mir einen sanften Kuss auf den rot geschminkten Mund. Er hatte uns zur Tür begleitet und mich mit den immer gleichen Worten verabschiedet. Worte, die er mir seit der neunten Klasse stets ins Ohr geflüstert hatte, wann immer wir den Tag, den Abend oder die Nacht nicht miteinander verbracht hatten. »*Stay wild, moon child.*« Daraufhin waren stets ein weiterer Kuss und ein »Pass gut auf dich auf, du Träumerin« gefolgt.

Stay wild, moon child. Diese Worte hatten auf einer Postkarte gestanden, die meine Mutter mir in einem kleinen Laden in Soho bei einem unserer Ausflüge nach London gekauft hatte. Voller Stolz hatte ich die Postkarte an meinen Spiegel gepinnt. Mark hatte einen Blick darauf geworfen und mit seinen sechzehn Jahren beschlossen, dass die atmosphärische Nachtszene, bestehend aus einem Sternenhimmel, dem Mond und dem silbrig glitzernden Schriftzug, ganz hervorragend zu mir passte. Von da an waren diese Worte zu einem unserer zahlreichen Insider geworden.

»Ellie!«, rief Sarah über den lauten Bass der Musik. »Ist alles okay bei dir?«

Erst da bemerke ich, dass ich ihre Hände ein wenig zu fest umklammert hielt. Verlegen ließ ich los. »Ja, ich … ja.«

»Bist du dir sicher?« Sie sah nicht überzeugt aus.

»Es geht mir gut!«

Ich würde nicht zulassen, dass diese Erinnerung und meine turbulente Gefühlswelt uns den Abend verdarben. Also atmete ich ein paarmal tief durch und schenkte Sarah das überzeugendste Lächeln, zu dem ich imstande war. Ich war immer gern tanzen gegangen. Ich liebte es, mich in der Musik zu verlieren und einfach alles herauszulassen. Es war an der Zeit, genau das zu tun. Mit nun geschlossenen Augen ließ ich mich vom Beat der Musik führen. Ich spürte die Hitze um uns herum, den Alkohol in meinem Magen und die Vibration des Basses unter meinen Füßen. Am Anfang noch etwas unbeholfen, hatte ich den Dreh jedoch schnell raus. Es fühlte sich an wie Fahrradfahren. Selbst wenn man es länger nicht gemacht hatte, verlernte man es nie. Nach kurzer Zeit wirbelten Sarah und ich über die Tanzfläche und schwangen unsere Hüften zu jedem neuen Song, als wäre er unser absolutes Lieblingslied.

Und es tat gut. So, so gut. Ich wusste nicht, wann ich mich das letzte Mal so herrlich unbeschwert und frei gefühlt hatte.

»O mein Gott«, rief ich über die Musik, »ich kenne diesen Song!«

Shawn Mendez und Camilla Cabello sangen herzerwärmend über die gute, alte Junge-trifft-Mädchen-Geschichte. Begeistert riss ich die Arme in die Höhe und tanzte Rücken an Rücken mit Sarah zu den heißen Rhythmen.

Zwei junge Männer, offensichtlich Touristen, die bereits seit einer geraumen Weile in unserer Nähe herumlungerten, begannen damit, uns anzutanzen. Freundlich, aber bestimmt schüttelte ich den Kopf. Ein universelles Signal für: Verzieh dich. Sollte man meinen. Leider kam die Botschaft nicht sonderlich klar bei meinem Gegenüber an.

»Wir wollen einfach nur unsere Ruhe haben und tanzen«, rief ich dem Größeren der beiden zu.

»Wir auch«, rief er zurück, während ich aus dem Augenwinkel beobachtete, wie sein Kumpel Sarah voller Enthusiasmus antanzte und ihr dabei ein wenig zu nahe kam. Meine Freundin versuchte, die wandernden Hände des Fremden freundlich, aber bestimmt abzuwehren. Ohne Erfolg.

»Hey!« Ich wollte mich gerade dazwischendrängen, als der Mann plötzlich mit einem Ruck nach hinten gerissen wurde. Sarahs Augen wurden groß, als sie sah, wer dort auf der Tanzfläche stand und die beiden Männer mit einem mörderischen Ausdruck auf dem Gesicht anfunkelte. Die Hände zu Fäusten geballt, stand Seb da. Ein Ritter in schwarzem Tanktop. Mit all den Tattoos und den definierten Muskeln musste er für jeden, der ihn nicht kannte, furchteinflößend aussehen. Sarah schaute in einer Mischung aus Überraschung und völliger Heldenverehrung zu ihm auf.

»Fass sie nicht an«, drohte Seb dem Mann, der Sarah angetanzt hatte. »Du fasst sie nicht an. Nie wieder.«

Der größere der beiden Männer sah auf mich herab.

»Und sie auch nicht, wenn du weißt, was gut für dich ist.«

»Ist schon gut, Seb«, versuchte ich ihn zu beruhigen. Es war lieb, dass er sich um uns sorgte, aber wir hatten die Situation im Griff. Mit zwei angetrunkenen, aber soweit harmlosen Typen wären wir schon noch fertig geworden. Immerhin befanden wir uns in einer gut gefüllten Bar … und waren alles andere als alleine.

»Ist es nicht«, pflaumte er mich an, »wir stehen seit einer Stunde an der Bar dort hinten und sehen dabei zu, wie diese Arschlöcher euch mit den Augen ausziehen.« Er wirbelte zu Sarah herum. »Was meinst du, wie ich das finde?«

»Wie denn?«, rief Sarah, nun ebenfalls aufgebracht, während ich nur eins gehört hatte. Wir? *Wir?* Die beiden Typen, die uns angemacht hatten, waren entweder gelangweilt von unserer kleinen Diskussion oder aber schlau genug, sich aus dem Staub zu machen. So oder so rauschten sie kopfschüttelnd ab. Ich ignorierte Sebs offensichtliche Musterung und warf einen unsicheren, aber – wenn ich ehrlich mit mir selbst war – auch suchenden Blick in die Menge. Und dann sah ich ihn. Jacob. Ein Bier in der Hand, lehnte er lässig an der Bar und beobachtete die Szene. Dabei war sein durchdringender Blick direkt auf mich gerichtet. Für jeden in der Bar musste er entspannt aussehen. Ein attraktiver Mann, der zwei Freundinnen beim Tanzen zugesehen hatte, während er ein kühles Bier genoss. Ich jedoch sah den Unterschied. Jacobs Blick war ein wenig zu starr. Zu intensiv. Und er umklammerte seine Bierflasche ein wenig zu fest. Dennoch war er, anders als Seb, nicht an unsere Seite geeilt, um uns zu *retten* und sich aufzuspielen. Interessant.

Mein Kinn wanderte automatisch ein paar Zentimeter nach oben. Wir waren emanzipierte Frauen, wir hätten die Situation auch alleine regeln können. Jacobs Mundwinkel zuckten belustigt. Er hob die Bierflasche an den Mund und nahm sich alle Zeit der Welt, mich eingehend zu mustern. Das Kleid, das ich mir von Sarah geliehen hatte, betonte sowohl meine Kurven als auch meine langen dunklen Haare vorteilhaft. Es gab absolut nichts, was mir in diesem Moment hätte unangenehm sein müssen. Dennoch errötete ich unter Jacobs Blick bis in die Haarspitzen. Mit brennenden Wangen beobachtete ich ihn dabei, wie er einen kräftigen Schluck aus seiner Bierflasche nahm. Sein Adamsapfel hüpfte dabei auf und ab, während sein ausgeprägter Bizeps sich anspannte und nach Aufmerksamkeit verlangte. Die Hitze um uns herum nahm schlagartig um gefühlt tausend Grad zu.

»Wir gehen«, verkündete Seb neben mir auf einmal laut. Er und

Sarah hatten ihre Diskussion bis jetzt aggressiv flüsternd weitergeführt.

Ich riss meinen Blick von Jacob los und sah zu meiner Freundin. Sarahs Wangen glühten, ihre Hand lag jedoch fest in Sebs, und ihr Gesichtsausdruck war eindeutig. Ich glaubte nicht, dass die beiden den Rest der Nacht streitend verbringen würden. Oder alleine. Wir tauschten einen langen Blick miteinander.

Alles okay?, fragte ich sie stumm. Sarah nickte.

»Okay, lasst uns …«

»Du kannst bleiben«, unterbrach sie mich und schielte unauffällig und dabei extrem auffällig in Richtung Bar. Ich folgte ihrem Blick. Jacob hatte seine Position an der Bar aufgegeben und sich in Bewegung gesetzt.

»Nein, ich …«

»Bleib noch!« Sarahs Ton wurde eindringlicher. Es war süß von ihr, dass sie Jacob und mich verkuppeln wollte, aber völlig überflüssig. Und unangebracht. Was sie nicht wissen konnte … Mist.

Mit langen Schritten kam Jacob auf uns zu. Ich schluckte den plötzlichen Kloß in meinem Hals herunter. »Ich weiß nicht, ob das so eine gute Idee ist.« Es war definitiv keine gute Idee. Wie gebannt folgte ich jeder von Jacobs Bewegungen.

Definitiv keine gute Idee, Ellie.

Bei uns angekommen, wanderte Jacobs Arm wie von selbst zu meiner Taille. Als wären wir die einzigen Menschen auf der überfüllten Tanzfläche, zog er mich langsam an sich. Dabei schien es ihn nicht im Geringsten zu interessieren, dass Sarah und Seb uns mit großen Augen ansahen. Jacobs Blick lag noch immer nur auf mir. Ob er mich mit seinem Verhalten vor der Menge schützen oder mich zur Weißglut treiben wollte, konnte ich beim besten Willen nicht sagen. Seb musterte uns noch immer kritisch. Ich konnte den Blick, den er mir zuwarf, nicht richtig deuten. War er dagegen, dass Jacob offensichtlich an mir interessiert war? Befürchtete er, es würde diese Reise gefährden? Vielleicht war er aber auch einfach wachsam. Jacob war sein Boss und sein Freund, und mich kannte er erst seit wenigen Tagen. Was auch immer es war, ich verspürte plötzlich das Bedürfnis, mich zu rechtfertigen.

Es ist nicht so, wie es aussieht.

Da ist nichts zwischen uns …

Ich kann alles erklären …

All diese Sätze schossen mir in rasanter Geschwindigkeit durch den Kopf, dennoch schwieg ich. Mein Blick wanderte zurück zu Jacob, so dass ich unsere Freunde nur am Rande wahrnahm. Sarah und Seb wollten gehen und ich … ich sollte mitgehen. Oder nicht?

»Wir hauen ab, Mann.« Die beiden Männer verabschiedeten sich mit einem *fist bump*, und Sarah schenkte mir ein fröhliches Winken zum Abschied. Perplex sah ich den beiden nach. Ich hatte doch mitgehen wollen. »Wir sollten auch gehen«, versuchte ich es mit Vernunft. »Morgen … Hey!« Mit einem kräftigen Ruck hatte Jacob mich an sich gezogen. Das Herz schlug schnell in meiner Brust. Und ganz offensichtlich hatte mein Körper sich dazu entschlossen, hypersensibel auf Jacob zu reagieren, denn dort, wo er mich berührte, begann meine Haut zu kribbeln. Ein kleines Lauffeuer aus Emotionen breitete sich aus. Verlangen. Unsicherheit. Verwirrung. Angst. Hektisch suchte ich nach einem Ausweg.

»Jacob …«

»Tanz mit mir, Ellie«, flüsterte er rau. »Nur ein Tanz.«

Seine Finger glitten über meine Kopfhaut und legten sich in meinen Nacken. Sanft begann er damit, meine verspannten Nackenmuskeln zu massieren. Und o mein Gott … es fühlte sich so gut an.

Viel zu gut, um mich von Jacob zu lösen. Kraftlos sackte ich gegen ihn. Die Euphorie des Abends und die Tequila-Shots die ich mit Sarah getrunken hatte, halfen mir nicht unbedingt dabei, einen klaren Kopf zu behalten.

»Seit über einer Stunde sehe ich dir dabei zu, wie du dich zu der Musik bewegst und deine Hüften schwingst«, flüsterte Jacob nah an meinem Ohr, »wie du lächelst, ohne auch nur zu ahnen, was du damit anrichtest.«

Hitze durchfuhr mich bei seinen Worten. »Jacob, bitte …«

»Bitte was, Ellie?« Er beugte sich herab. Seine Lippen strichen sanft über mein Ohr, dann wanderten sie hinab zu meinem Hals … eine kaum wahrnehmbare, zarte Berührung, die alle möglichen lüsternen Empfindungen in mir auslöste. Ich unterdrückte ein Stöhnen und grub meine Finger, die bisher locker auf Jacobs Schultern gelegen hatten, in den Stoff seines dünnen T-Shirts.

»Bitte berühr mich?«, beendete er meinen Satz fragend und hob den Kopf, um mich ansehen zu können. Ich schüttelte schwach den Kopf. Ich wollte wegsehen, mich abwenden und meine Augen vor dem verschließen, was dieser Mann in mir auslöste, aber die Hand, die bis eben meinen Nacken massiert hatte, wanderte nun zurück zu meinem Hinterkopf. Mit leichtem Druck seiner Finger sorgte Jacob dafür, dass ich ihn ansah. Seine Augen hatten sich verdunkelt und glühten vor Verlangen. Diesen Blick hatte ich schon einmal gesehen, damals, in London. Und auch da hatte er mich angesehen, als wäre ich … wichtig. Als würde er sich nichts sehnlicher wünschen, als mich zu halten. Mich zu berühren und … Der Arm um meinen unteren Rücken spannte sich an, und Jacob zog mich noch ein wenig dichter zu sich heran. Ein hilfloser Laut kam mir über die Lippen, als meine Brüste sich gegen seinen Oberkörper pressten. Das Kribbeln in meinem Körper wurde stärker. Ebenso das Verlangen,

Jacob nachzugeben. Sein Mund verzog sich zu einem Lächeln. Ein Lächeln voller sinnlicher Versprechen …

»Bitte küss mich?« Er beugte den Kopf, als hätte er genau das vor. In London hatte er mich mit seinem Kuss überrascht. Es war phantastisch gewesen, insbesondere, weil ich mich nicht hatte darauf vorbereiten können. Wenn er mich jetzt küsste, wäre es anders. Das nervöse Flattern in meinem Magen verwandelte sich in etwas Dunkles, Unerwünschtes, als ich an all die Gründe dachte, warum dies keine gute Idee war.

»Ich kann nicht …«

»Wieso?«, raunte er. Dabei spürte ich das tiefe Timbre seiner Stimme bis in meine Zehenspitzen. Vor allem deshalb, da ich noch immer der Länge nach an ihn gepresst auf der Tanzfläche stand. Was wir hier taten, konnte man definitiv nicht als tanzen bezeichnen, um uns herum schien das jedoch niemanden zu stören.

»Wieso, Ellie?«, wiederholte Jacob. Er begann erneut damit, meinen Hinterkopf sanft zu massieren … Verflucht, er musste damit aufhören, mich zu berühren, damit ich mich wieder an meinen eigenen Namen erinnern konnte.

»Sag es mir«, forderte er mich heraus, und ich erinnerte mich an Sarahs Worte. *J kann ein ganz schöner Kontrollfreak sein …* Es war offensichtlich, dass es ihn nervte, dass ich ihm nicht verriet, wieso ich mich nicht auf ihn einlassen wollte.

»Nein.«

»Seit London will ich nichts lieber, als dich wieder und wieder zu küssen, Ellie Mansfield.«

Und ich wollte es auch. Aber es erschien mir auch gleichzeitig extrem unklug.

»Aber«, hauchte er, und Gänsehaut breitete sich auf meinen Armen aus, »nicht *ich* werde dich küssen. Sondern *du* mich.«

Moment. *Was?*

Blinzelnd sah ich zu Jacob auf. Der eben noch angestrengte Gesichtsausdruck war einem Lächeln gewichen.

»Etwas hält dich zurück, Ellie. Man muss kein Genie sein, um das zu bemerken. Also kommst du zu mir. Wenn du bereit bist«, fügte er hinzu und küsste die empfindliche Stelle hinter meinem Ohr. Ich sog scharf die Luft ein, und Jacob lachte leise. Ich gab mir Mühe, seinem Stimmungswechsel zu folgen … gar nicht so einfach, hatte er doch die letzten Minuten versucht, mich nach allen Regeln der Kunst zu verführen. Um seine Worte zu unterstreichen, schob Jacob mich ein wenig von sich. Ich lag noch immer in seinen Armen, jetzt aber mit angemessenem Abstand. Dieser plötzliche Abstand half mir jedoch auch nicht dabei, einen klaren Kopf zu bekommen. Die Wärme seiner Haut, das tiefe Timbre seiner Stimme und sein Geruch … Wieso musste er zu allem Überfluss auch noch so gut riechen? Nach Mann und Meer und Abenteuer. Mit einem tiefen Atemzug zwang ich meinen Körper dazu, sich zu beruhigen. Ich spürte die stickige, heiße Luft der Bar, den Tequila in meinem Magen und die Erleichterung, die mich durchfuhr, da Jacob offenbar beschlossen hatte, seine Avancen für den Moment einzustellen. Ich war erleichtert, aber auch enttäuscht. Mit anderen Worten: Meine Gefühle widersprachen sich komplett. Ja, ich war enttäuscht darüber, dass er mich nicht geküsst hatte. Hätte er es getan, hätte er mir die Entscheidung abgenommen und ich hätte alles auf ihn schieben können. Ich wäre … unschuldig. Es wäre nicht meine Idee gewesen. So aber zwang er mich dazu, über das nachzudenken, was ich wollte, und mich mit den letzten, trostlosen Jahren meines Lebens auseinanderzusetzen, und dazu war ich definitiv nicht bereit.

»Jacob, ich …« Ich brach ab, denn ich hatte absolut keine Ahnung, was ich sagen sollte.

»Tanz mit mir, Ellie«, erwiderte Jacob lächelnd. »Morgen wird ein aufregender Tag.«

Aufregender als dieser? Ich konnte mich gerade noch zurückhalten, die Frage zu stellen. Jacob begann, sich sanft zu der Musik zu bewegen, und mein Körper folgte ihm instinktiv.

Ich brauchte ein paar weitere Minuten, um mich zu fangen, und das Gedankenchaos in meinem Kopf zum Schweigen zu bringen. Dann aber gelang es mir, mich so weit zu entspannen, dass ich noch zwei, drei weitere Tänze mit ihm genießen konnte. Jacob bewegte sich mit einem Körpergefühl, das es mir leicht machte, mich im selben Takt zu bewegen. Es war schön, von ihm gehalten zu werden. Ebenso schön war es, meinen Kopf auf die Stelle direkt über seinem gleichmäßig schlagenden Herzen zu legen. Dennoch hatte er keine Ahnung, was er da eben gesagt hatte. Ich sollte zu ihm kommen? Darauf konnte er lange warten.

11

Ein einziges Reiskorn kann die Waage kippen.

Klettern?«, wiederholte ich und fragte mich, ob ich Frank richtig verstanden hatte.

»Klettern.« Frank sah mich an, als wäre ich diejenige, die nicht mehr alle Tassen im Schrank hatte. Dabei war er es, der Jacob erst durch die halbe Halong Bay »kajaken« lassen würde, nur um ihn dann an einem dieser mörderisch hohen Felsen hochkraxeln zu lassen.

»An diesen Dingern da im Wasser?« Okay, vielleicht machte ich mich gerade ein wenig zum Affen, aber hallo? War ich hier die Einzige, die dieses Vorhaben nicht nur als riskant, sondern lebensmüde einstufte? Immerhin würde Jacob Freeclimbing machen, und das hieß, ohne Seile. Ohne Befestigung. Ergo – ohne jegliche Sicherheit.

»Ich habe das schon tausendmal gemacht, Ellie.« Jacob zwinkerte mir über den Rand seiner Tasse zu. Der aufsteigende Dampf des heißen Kaffees setzte seine blauen Augen dramatisch in Szene und verlieh seinem Blick etwas Verschlagenes.

Verschlagen? Dramatisch? Himmel, vielleicht hatte ich gestern Abend doch zu viel Tequila getrunken. Jacob grinste. Er schien die Situation zu genießen, und wie er so dasaß, die Ellenbogen lässig auf den Tisch gestützt, seinen Kaffee in der Hand, sah er absolut unbeeindruckt aus. Unbeeindruckt davon, einen Felsen inmitten einer Lagune hochzuklettern. Alleine. »Kein Grund zur Sorge«, fügte er – noch immer grinsend – hinzu.

Das hättest du wohl gerne, dachte ich und funkelte ihn an. Ich machte mir keine Sorgen um ihn – eine dicke, fette Lüge –, aber ich wollte auch auf keinen Fall mit ansehen, wie er abrutschte und mehrere Meter tief auf das bretthart Wasser der Halong Bay knallte. In meinem Magen begann es aufgeregt zu flattern.

»Jacob ist Extremsportler, Ellie.« Sarah reichte mir den Korb mit frischem Toast. »Er weiß, was er tut.«

»Und wenn er fällt, klatscht er ins Wasser«, fügte Seb mit einem süffisanten Grinsen hinzu. Damit bestätigte er jedoch nur meine Befürchtungen.

»Wenn du mich beruhigen wolltest, ist das gerade absolut nach hinten losgegangen.«

Seb stieß ein Lachen aus, und sogar Franks Mundwinkel verzogen sich zu einem Beinahe-Lächeln.

»Hast du noch nie einen Artikel übers Klettern geschrieben?«, fragte Sarah mich neugierig. Ihre Worte verstärkten das nervöse Flattern in meinem Magen um mindesten zwanzig Prozent. Vielleicht auch dreißig. Obwohl ihre Frage völlig unschuldig war und sie nicht wissen konnte, was sie mit ihren Worten anrichtete, hätte ich sie in diesem Moment gern getreten. Dafür, dass unser Abend gestern in einem Mini-Drama geendet hatte, sah meine Freundin viel zu fröhlich und *entspannt* aus.

»Ich habe erst vor Kurzem in diesen Bereich gewechselt«, antwortete ich möglichst beiläufig. Die Lügen kamen mir immer leichter über die Lippen, das sprach nicht unbedingt für meinen Charakter. Offensichtlich zufrieden mit meiner Antwort, biss Sarah nickend in ihren Toast und grinste mich mit vollen Backen an. Zum Glück äußerte sich sonst keiner der Anwesenden zu ihrer Frage. Oder stellte weitere Fragen, die ich nicht beantworten konnte. Zumindest nicht wahrheitsgemäß.

»Und wo schlafen wir?«, wollte ich wissen. Eine berechtigte Frage und gleichzeitig wechselte ich elegant das Thema.

Jacob grinste. »Auf der *Old Lady*.«

»Will ich wissen, wer oder was das ist?«

Nein, ich wollte es nicht. Und definitiv wünschte ich mir, dass ich mich an den Frühstückstisch zurückbeamen und einfach in dem Hostel bleiben könnte. Denn verglichen mit der *Old Lady* war unsere letzte Unterkunft ein Fünf-Sterne-Hotel.

Fassungslos starrte ich das klapprige Boot vor uns an, während die Männer mithilfe der zweiköpfigen Crew das Boot beluden.

»Wird sicher nicht so schlimm, wie es aussieht.« Sarah versuchte es mit Diplomatie.

»Du meinst, wir gehen nicht unter und ertrinken jämmerlich?«

Allein unser Equipment hatte das Boot eine Etage tiefer gelegt. Ich mochte gar nicht daran denken, wie das aussehen würde, wenn wir alle an Bord waren.

»Alle an Bord«, rief Frank und hopste unbefangen vom Steg an Deck. Himmel, selbst in meinen Gedanken hörte sich das Wort *Boot* viel zu großzügig an für das, was ich hier vor mir sah. Aber ich würde dem Ganzen wohl oder übel eine Chance geben müssen, wenn ich nicht am Steg zurückgelassen werden wollte.

Also kletterten Sarah und ich ebenfalls an Bord der *Old Lady*. Aufmerksam sah ich mich um. Alles sah genauso klapprig aus, wie es vom Festland aus den Anschein gemacht hatte. Dennoch ging ein unleugbarer, wenngleich rauer Charme von der *Old Lady* aus. Die

Besitzer hatten sich viel Mühe gegeben und das kleine Dach in leuchtend bunten Farben gestrichen. Rot, Gelb, Lila, Grün – es war eine regelrechte Farbexplosion. Lichterketten waren zwischen den Holzsäulen gespannt worden und sorgten für eine heimelige, gemütliche Atmosphäre. Ich warf einen Blick in die Kajüte unter uns. Sie war randvoll mit Equipment. Boxen und Taschen stapelten sich in dem kleinen Raum, und ich konnte alles erkennen, nur keine Betten. Wo zur Hölle sollten wir schlafen? Als hätte Jacob meine Gedanken gelesen, erschien er neben mir und drückte mir ein gehäkeltes Etwas in die Hand.

»Was ist das?« *Bitte sag nicht, dass es eine Hängematte ist. Bitte nicht.*

Jacob zögerte kurz.

»Es ist eine Hängematte, oder?«

»Jupp.«

»Natürlich«, murmelte ich und faltete das Ding auseinander. Der Motor des Bootes röhrte ein paarmal auf, und kurz hoffte ich, dass diese Fahrt vielleicht vorbei war, bevor sie begonnen hatte. Nach anfänglichen Startschwierigkeiten und ein paar hektisch geführten Diskussionen tuckerten wir jedoch keine zehn Minuten später aus dem kleinen improvisierten Hafen hinaus.

Einige der großen Dampfer, die ich gestern bewundert hatte, zogen an uns vorbei, während die *Old Lady* sich träge tiefer in die Bucht kämpfte. Das laute, rhythmische Tuckern begleitete uns dabei, während die größeren Schiffe und Yachten so gut wie keine Geräusche von sich gaben. Bereits nach kurzer Zeit war die Hängematte in meinen Händen vergessen. Die Natur um uns herum war wahrhaft gewaltig und wunderschön. Es hatte mit ein, zwei großen Felsen angefangen, allein das war ein beeindruckender Anblick, aber je tiefer wir in die Bucht vordrangen, desto größer und massiver wurden die Felsen um uns herum. Ganze Felsketten erstreckten sich links und rechts der *Old Lady*. Auf unserem Boot herrschte absolute Stille. Jeder von uns schien den Ausblick auf seine eigene Art zu genießen. Sogar Frank konzentrierte sich zur Abwechslung mal auf etwas anderes als sein Smartphone oder seinen Laptop. Je näher wir den Felsen kamen, desto lauter wurde das Tuckern unseres Bootes. Ich sah in den azurblauen Himmel über uns, lehnte mich vor, steckte meine Hand in das jadegrüne Wasser der Bucht und genoss das seidig weiche Gefühl an meinen Fingerspitzen. Das Wasser war kühl, es hatte genau die richtige Temperatur, um sich zu erfrischen. Ein leises Seufzen entfuhr mir. Außer zu Hause in England war ich erst zweimal am Meer gewesen: in Kapstadt bei Helen und Kanya und in Italien mit Mark, als wir mit unserem geliehenen Honda von der Toskana aus Richtung Küste gefahren waren. Das Meer war immer beeindruckend, es war immer schön, egal, ob still und sanft oder rau und ursprünglich. Die Szenerie vor mir aber … sie hatte definitiv etwas Magisches. Vielleicht waren es die Farben, überlegte ich. Sie waren gleichzeitig aufregend und seltsam beruhigend. Wie Balsam für die Seele. Als ich mich nach ein paar Minuten wieder umdrehte, hatten Sarah und Jacob damit begonnen, ein mir unbekanntes Kartenspiel zu spielen. Ich versuchte noch die Regeln des Spiels zu verstehen, als Seb sich zu mir gesellte und sich neben mir auf die kleine hölzerne Bank an der Reling des Bootes fallen ließ.

»Was spielen die beiden da?«, fragte ich und nahm die eiskalte Cola entgegen, die er mir reichte.

»Schwimmen«, antwortete er und erklärte mir die Regeln. Ganz so verwirrend, wie es zunächst den Anschein gemacht hatte, war es gar nicht. Tatsächlich war es sogar ziemlich simpel.

»Es geht also nur ums Bluffen.«

»Ganz genau.«

»Und Sarah gewinnt immer?«

Lächelnd lehnte er sich zurück, wobei sein Blick wie festgeklebt auf meiner Freundin haftete. »Fast immer«, erwiderte er und nahm einen Schluck aus seiner eigenen Dose. »J kann auch ganz schön fies werden.«

Oh, daran zweifelte ich keine Sekunde. Jacob Harrison war ein Mann, der sich nahm, was er wollte. Aufgrund seines Status bekam er es wahrscheinlich meistens auch noch auf dem Silbertablett serviert. Dass er aktuell mich wollte, machte unsere ganze Situation nicht unbedingt leichter. Dass ich ihn ebenfalls wollte, auch nicht. Und die Tatsache, dass er geschworen hatte, mich nicht anzurühren, bis ich zu ihm kam, war die Spitze des imaginären Katastrophen-Eisbergs. Verfluchte Kerle.

»Ich glaube, ich könnte das auch«, bemerkte ich und nickte in Richtung von Sarahs Karten.

Beim Kartenspiel bluffen? Kein Problem für mich. Immerhin lebte ich seit knapp zwei Wochen in einer Lüge, und das bisher relativ erfolgreich.

»Du wirst noch viele Gelegenheiten haben, dich unter Beweis zu stellen«, antwortete Seb mir. »Auf so einer langen Reise kann es ab und an langweilig werden. Insbesondere, wenn das Equipment vorbereitet wird oder wir, wie jetzt, irgendwo abhängen, wo es kein Netz gibt.«

Stimmt. Armer Frank …

»Wie hält Frank das aus?«

Sebs Grinsen wurde breiter. »Gar nicht. Wir sprechen ihn einfach nicht darauf an, und das solltest du besser auch nicht machen.« Er beugte sich dichter zu mir und flüsterte: »Frank ohne Internet ist wie eines dieser Viecher, die man nicht nach Mitternacht füttern darf, weil sie sonst zu fiesen, kleinen Monstern werden.«

»Die Gremlins?«

Er nickte und lehnte sich entspannt gegen einen der Holzpfosten hinter sich. »Es ist gruselig, glaub mir.«

»Verstanden.«

Seb räusperte sich. »War bei euch noch alles okay? Also, gestern Abend?«

Überrascht sah ich auf. Seb musterte mich wissend. Meine anfängliche Skepsis ihm gegenüber hatte ich schnell überwunden, sehr schnell. Seb war ein wirklich netter Kerl, und mittlerweile empfand ich seine Tattoos an Hals, Armen, Händen und Beinen eher als interessant denn furchteinflößend. Ich vermutete, dass auch sein Rücken und die Brust tätowiert waren, und hätte gern gewusst, ob eine Geschichte hinter all der Körperkunst steckte.

»Bei Jacob und mir?«

Er nickte.

»Klar, warum fragst du?« Ich wusste ganz genau, warum er fragte. Allerdings würde ich das nicht zugeben.

»Jacob ist ein guter Kumpel von mir. Und ich mag dich, Ellie.« Seb exte den Rest seiner Cola. »Du bist cool. Und wenn ihr euch versteht, dann ist das auch cool.«

»Danke.« Ich prostete ihm mit meiner eigenen Cola zu. »Du bist auch ganz okay«, erwiderte ich, wobei ich den Freifahrtschein, den er mir gerade überreicht hatte, elegant ignorierte.

»Das reicht«, verkündete Jacob plötzlich und sprang auf. Seine Karten verteilten sich auf dem Schiffsdeck. »Gegen dich habe ich eh keine Chance.« Sein Blick wanderte ungewohnt unkonzentriert zwischen Sarah und den Karten auf dem Boden hin und her. »Ich gehe Kaffee machen.«

Keinen der Anwesenden schien Jacobs Aufbruch weiter zu verwundern. Auch nicht Sarah, die ihre eigenen Karten auf dem Boden ablegte und leise seufzend die Arme über den Kopf reckte, um sich zu strecken.

»Es ist wieder so weit.«

»Was ist wieder so weit?«

Unser Boot wurde stetig langsamer, und verwundert stellte ich fest, dass wir all die größeren Schiffe bereits hinter uns gelassen hatten und nun fast alleine inmitten der Bucht – oder eher inmitten eines kleinen Teils der Bucht – schipperten.

»Vor jedem Stunt wird er unruhig«, erklärte Frank mir und nahm Jacobs Platz ein. Herausfordernd sah er Sarah an. »Ein Match?«

»Zeig, was du kannst, alter Mann.«

Ich lehnte mich neugierig vor. Darüber wollte ich unbedingt mehr hören.

»Unruhig wie in nervös?«

Frank schnaubte abfällig. »Nicht wirklich. Jacob hat vor wenig Angst.«

»Es ist eher eine Art aufgeregte Energie«, sagte Seb und stand auf, um Frank über die Schulter zu schauen. »Kurz bevor es losgeht, kann er es kaum erwarten. Er wird ungeduldig und geht uns allen tierisch auf den Sack.«

»Und die Eierstöcke«, fügte Sarah hinzu. Sie sah auf ihre neu gemischten Karten hinab. »Stell dir vor, du musst richtig dringend pinkeln«, murmelte sie und legte eine Karte nach der anderen auf den kleinen Stapel vor sich. »Du kannst es die ganze Zeit halten, aber dann, kurz bevor du zu Hause bist …«

»… musst du doller«, beendete ich ihren Satz.

»Exakt.«

Der Vergleich war etwas eigen und typisch für Sarah, aber ich verstand: Jacob hatte weder Angst noch machte es ihn nervös, ungesichert an einem Riesenfelsen hinaufzuklettern. Er *freute* sich darauf.

»Obwohl er Frank die Kontrolle überlässt, kann er es kaum abwarten, sie sich zurückzuholen.«

»Während des Stunts, meinst du?«

Sie nickte. »Wir können planen, filmen und auf alle Eventualitäten vorbereitet sein. Aber wir können ihm weder das Klettern noch den Sprung aus einem Hubschrauber oder einem Flugzeug abnehmen.« Ihr Blick wanderte zu den Felsformationen vor uns. »Er bestimmt den Ausgang eines jeden Stunts.«

»Wie wollt ihr ihn eigentlich filmen?«, fragte ich. »Ich meine, im Kajak, okay, das verstehe ich, aber am Felsen?«

»Drohne«, antwortete Frank einsilbig. Da er keine Anstalten machte, das näher auszuführen, sah ich zu Seb.

»Wir haben drei Drohnen dabei«, erklärte er mir. »Eine *Racing Drohne*, die ich fliegen werde, und eine *Dji Phantom*, die Sarah bedienen wird. Die *Racing Drohne* ist für die wirklich coolen, schnellen Aufnahmen. Mit dem Ding komme ich bis auf wenige Zentimeter an J und die Felsen ran. Die *Dji* eignet sich mehr für die Landschaftsaufnahmen. Außerdem haben wir noch eine *Mavic Pro* als Back-up dabei.«

Ich verstand kein einziges Wort von dem, was Seb mir da erzählte. Auf Instagram bei meiner … mhm, *Recherche* hatte ich einige Drohnenbilder gesehen, und es hatte zuletzt einige Fälle in den Nachrichten gegeben, die das Thema Drohne behandelt hatten, aber ich hatte solch ein Ding noch nie live gesehen.

Sarah rollte mit den Augen. »Bring ihn nicht ins Schwärmen, Ellie. Er liebt seinen Technikkram. Du wirst es gleich sehen«, fügte sie hinzu. »Ich zeige dir die Drohnen, bevor es losgeht, und erkläre dir, wie alles funktioniert, damit du Input für deinen Artikel hast.«

Dankbar nickte ich ihr zu. »Das wäre toll.«

12

Deine Augen sind der Grund,
warum meine Seele Feuer fängt.

Da so langsam alle in den Arbeitsmodus übergingen, entschloss ich mich dazu, es ihnen gleichzutun. Immerhin war ich die Reporterin an Bord. Es würde auffallen, wenn ich nicht einen anständigen Satz zu Papier bringen würde. Außerdem mochte ich mir gar nicht erst vorstellen, wie Roy reagieren würde, wenn ich ohne brauchbare Notizen von dieser Reise zurückkam. Ich war schließlich nicht nur hier, um Mojitos zu schlürfen oder mich mit der Crew anzufreunden.

Ich griff nach meinem Rucksack und zog meinen Laptop heraus. Frank warf mir einen sehnsüchtigen Blick zu. Wie, fragte ich mich, wurde man so abhängig von der modernen Technik? Etwas unschlüssig klappte ich den Laptop auf und öffnete das Schreibprogramm. Als das kleine Icon in der Menüleiste meines MacBooks auf und ab hüpfte, um mir zu signalisieren, dass das Programm startete, überkam mich eine beinahe freudige Erregung. Außer für Buchhaltung oder meine Arbeit – meist am Wochenende, wenn ich im Büro nicht fertig geworden war – hatte ich das Programm die letzten Jahre für nichts anderes mehr benutzt. Ich hatte Jacob erzählt, dass ich es nicht mehr fühlte, und das war nicht gelogen gewesen. Seit Marks Tod war alles anders … Da waren keine Worte mehr in mir. Zumindest nicht in den letzten drei Jahren. Vielleicht würde sich das ändern, wenn ich über etwas schrieb, was mich ehrlich begeisterte. Nicht, dass Jacob Harrison mich begeisterte, aber er faszinierte mich. Jacob war definitiv ein Charakter, über den ich früher gern geschrieben hätte. Gut aussehend, draufgängerisch, immer am Flirten … harte Schale, weicher Kern. Er gab sich meist fröhlich und unbekümmert, aber ich hatte auch schon ein paar kurze Einblicke hinter die Fassade erhalten. Eine Bemerkung, ein harter Blick, ein verlorener Ausdruck in den Augen … Jacob war ein facettenreicher Mann. Zumindest vermutete ich das. Was ich auch vermutete, waren ein paar – vielleicht sogar pikante – Geheimnisse. Jeder hatte Geheimnisse, oder nicht? Dafür war ich aktuell das beste Beispiel, aber Jacob, er … er wirkte manchmal so perfekt, dass etwas mit ihm nicht stimmen *konnte*. Er wäre definitiv ein Charakter gewesen, bei dem ich es genossen hätte, seine Vielschichtigkeit nach und nach zu offenbaren. Wie eine Zwiebel, die man schälte, um mit jeder Schicht etwas Neues zu offenbaren. Aber ich würde klein anfangen. Mit Notizen. Roy hatte mir während unseres kurzen Telefonats in London unmissverständlich zu verstehen gegeben, wie wichtig dieser Film war.

»Nichts«, hatte er gewettert, »aber auch gar nichts darf diese Produktion torpedieren. Sie haben keine Ahnung, wie wichtig dieser Film ist, Miss Mansfield.«

Entschlossen sah ich auf das leere Blatt Papier vor mir.

Roy will Notizen, und genau die wird er bekommen.

Ohne die anderen weiter zu beachten, begann ich in die Tasten zu hauen.

Tag 4, Halong Bay

Jacob geht kajaken und macht Freeclimbing

Wir befinden uns auf der Old Lady, *geschlafen wird in Hängematten an Bord*

Sarah und Seb bereiten das Equipment vor

Stirnrunzelnd sah ich auf meine soeben geschriebenen Worte. *Jacob geht kajaken und macht Freeclimbing. Mein Gott, Ellie.* Die Worte schienen mich regelrecht zu verhöhnen. Vielleicht schrieb ich noch, wie das Wetter war und das ich soeben eine Cola mit Seb getrunken hatte? Ich konnte mehr als das, dachte ich. Ich *wollte* mehr als das. Was also, wenn ich Roy keine Notizen, sondern einen fertigen Artikel liefern würde? Notizen würde ich so oder so machen müssen, und wenn ihm der Artikel nicht gefiel, dann konnte er noch immer eine seiner eigenen Reporterinnen darauf ansetzen und ihn neu schreiben lassen. Die Tür zur Küche schwang auf, und Jacob trat in unser Sichtfeld. Beladen mit einem kleinen Tablett, bot er jedem von uns einen schwarzen Kaffee an. Bei mir angekommen, hielt er inne.

»Du schreibst?«, fragte er und hielt mir einen der hellblauen Emaillebecher hin.

Ich griff danach und nickte. »Ich habe gerade angefangen.«

»Lässt du mich irgendwann etwas von dir lesen?«

Verwundert sah ich von dem Kaffee in meinen Händen auf. »Du willst den Artikel über dich lesen?«

»Den lese ich spätestens, wenn er erscheint.« Jacob stellte das leere Tablett auf dem Boden ab. »Ich meine, etwas von *dir.*« Er ließ sich neben mich auf die Bank fallen. »Du hast sie doch noch, oder? Deine Geschichten?«

Nicht sicher, wie ich darauf reagieren sollte, gab ich ein zögerliches Nicken von mir. Natürlich hatte ich sie noch. Tief vergraben in einem geheimen Ordner. Ob und wann ich Jacob jedoch einen Blick in meine Gedankenwelt erlauben würde, konnte ich nicht sagen.

»Und? Wirst du mich etwas lesen lassen?«, fragte er erneut. Mein Blick wanderte zu den anderen, aber entweder konnten sie uns über das leise Tuckern des Motors nicht hören oder aber sie schenkten uns ein wenig Privatsphäre, indem sie konsequent weghörten.

»Vielleicht«, flüsterte ich leise und trank einen Schluck meines Kaffees.

»Himmel, Jacob …« Mit Tränen in den Augen sah ich ihn an. *»Was ist das?«*

»Kaffee?«

»Das ist kein Kaffee«, erwiderte ich und stellte die Tasse angewidert auf dem Tablett ab. »Damit kann man Tote wieder zum Leben erwecken.«

»Das sage ich ihm seit Jahren.« Seb stellte seine leere Tasse ebenfalls auf das Tablett. Verflucht, wie hatte er dieses Zeug nur trinken können? Und in was für einer Geschwindigkeit?

»Ich bereite die Drohnen vor. Sarah«, wandte er sich an seine Kollegin, »du …«

»Ich fahre das System hoch und hole die Schulterkamera.«

Die beiden fachsimpelten noch eine Weile, und ich hörte ihnen ehrlich beeindruckt dabei zu, wie sie planten, den heutigen Tag und Jacobs Stunts videografisch einzufangen. Jacob sprang auf und brachte mit seiner plötzlichen Bewegung das Boot zum Wanken.

»Wie lange braucht ihr noch?«

»Entspann dich, Boss«, beruhigte Sarah ihn. »Lenk dich mit irgendwas ab.«

Jacobs Blick huschte zurück zu mir. O nein. Abwehrend hielt ich meinen Laptop in die Höhe. Wenn er sich ablenken wollte, dann musste er sich jemand anderen suchen, der ihm dabei half. Grinsend wandte er sich ab und drehte sich zu Frank um.

»Frank, hast du …«

Bevor Jacob ausgeredet hatte, beugte sich Frank wortlos zu seinem Rucksack, zog einen kleinen Gegenstand hervor, und warf ihn Jacob zu.

»Danke, Mann.«

»Was ist das?«

»Oh, das hier?« Jacob hielt einen kleinen Würfel in die Höhe. Ich sah es rot, grün, weiß und blau aufblitzen und erkannte, worum es sich handelte. Es war ein Zauberwürfel. »Sag nicht, dass du nicht weißt, was ein Rubikwürfel ist.«

»Natürlich weiß ich das. Aber was machst du damit?«

»Ihn lösen?«

Ich zog die Stirn kraus. Jacob seufzte.

»Das ist ein Tick von mir«, gestand er und sah dabei für einen Moment so aus, als wäre es ihm unangenehm, das zuzugeben. Wahrscheinlich eine Täuschung des Lichts. Oder eine Fata Morgana. »Ihn zu lösen beruhigt mich, und gleichzeitig hilft es mir, mich zu konzentrieren. Ich habe die Dinger auf jeder Reise dabei.«

»Du meinst, *wir* haben die Dinger auf jeder Reise dabei«, korrigierte Frank ihn, während Sarah leise gluckste.

»Wir alle haben einen dabei«, sagte sie. »Da du das unglaubliche Talent besitzt, sie ständig zu vergessen oder zu verlieren.«

»Und das wäre so schlimm?«, fragte ich.

Sarah antwortete mit einem Augenrollen. »Nimm es ihm weg, und finde es selbst heraus.«

»Ich würde davon abraten«, mischte sich jetzt auch Seb ein. »Erinnerst du dich an den Gremlin-Vergleich?«, fragte er mich und schielte unauffällig zu Frank. »Das ist noch schlimmer. Wie Sarah auf Zuckerentzug.«

»Hey!«, protestierte sie, während Jacob murmelte: »Auf den ihr mich auch gesetzt habt.« Seine Finger flogen nur so über den Würfel. Sie drehten hier, schraubten da … Und das alles in einer atemberaubenden Geschwindigkeit. Grün wurde zu Blau, dann zu Rot. Ich hatte die Faszination für diese Dinger noch nie verstanden. Was aber auch daran liegen mochte, dass ich meine Freizeit dann doch lieber mit einem Buch oder vor dem Fernseher verbrachte als mit einem Würfel.

Die letzten Tage hatte Jacob absolut keinen nervösen oder gar hektischen Eindruck auf mich gemacht. Ihn so zu sehen, war faszinierend und bestätigte meine Facetten-Theorie.

»Wieso der Zuckerentzug?«, fragte ich. »Letztens haben wir doch noch Mojitos getrunken, und in Hanoi hast du auch Süßes gegessen.« Ich erinnerte mich voller Ekel an den *egg coffee.*

»Es ist nicht direkt ein Zuckerentzug …«, begann Sarah, wurde jedoch von Jacob unterbrochen.

»Ich kann Zucker essen! Jetzt stellt mich doch nicht als Problemfall dar.«

»Aber?«, hakte ich nach, nun wirklich neugierig. Jacob vermied es, mich anzusehen und spielte weiter mit dem Würfel.

»Es wurde ein Verbot ausgesprochen«, erklärte Sarah.

»Für?«

»Energydrinks.«

Jacob knallte den Würfel auf die Reling neben sich. »Lässt du mir vielleicht wenigstens die Chance, meine Schwächen selbst zu erklären, Sarah?«

»Sorry, Boss.« Sie sah nicht im Geringsten schuldbewusst aus, während sie auf dem Boden saß und Equipment auf diverse neonfarbene und vermutlich wasserfeste Beutel und ein paar Boxen verteilte.

»Energydrinks?«, wiederholte ich perplex. Zugegeben, ich hatte irgendwie etwas anderes erwartet. So was wie: kein Zucker, damit er fit blieb. Kein Zucker, damit seine Nieren- und Leberwerte tipptopp waren. Aber Energydrinks? Man musste mir meine Verwunderung ansehen können, denn Sarah begann leise zu lachen.

»Glaub mir«, sagte sie, »J auf Energydrinks willst du nicht erleben.«

Seb schüttelte sich gespielt. »Es ist gruselig«, scherzte er.

»Haha, Leute, wirklich witzig.«

»Das Zeug ist Gift«, kommentierte Frank und warf Jacob einen strengen Blick zu. »In Südostasien bekommt man es an jeder Ecke, und das zu einem Spottpreis.«

Redeten wir hier noch über Energydrinks? Das klang ja fast so, als gäbe es einen illegalen Markt für Getränke.

»Jemand wie Jacob …«

»Charmant, Frank, danke.«

»Jemand wie Jacob«, fuhr Frank, Jacobs Einwurf ignorierend, fort, »der eh schon unter Strom steht und deswegen wie ein Irrer mit einem Zauberwürfel spielt, sollte sich nicht auch noch mit Koffein und Zucker zuschütten. Das macht dich hibbelig und unaufmerksam. Und das weißt du.«

»Eventuell habe ich es das eine Jahr in Thailand ein wenig übertrieben, ein einziges Mal. So schlimm war es jetzt auch nicht.«

Jacobs Crewmitglieder tauschten ein paar eindeutige Blicke miteinander.

»Doch«, antworteten Sarah und Seb gleichzeitig.

Frank zog es vor zu schweigen.

Dann hatte Jacob Harrison also eine Schwäche für artifizielle Getränke. Wer hätte das gedacht?

»Spiel mit deinem Würfel, und lass uns arbeiten«, wies Frank ihn schließlich an und kümmerte sich mit Seb und Sarah um das Equipment.

Eine erwartungsvolle, intensive Energie breitete sich auf dem Boot aus, und diesmal war es nicht nur Jacob, der von Minute zu Minute unruhiger wurde. Nach kurzer Zeit gab ich es auf, so zu tun, als würde ich schreiben, und beobachtete die anderen neugierig. Jacob hatte sich auf den Rand der niedrigen Reling hinter den Sitzbänken gesetzt. Seine Füße baumelten locker im Wasser, und seine Finger flogen über den Würfel, während er nicht einmal hinsah und stattdessen die massiven Felsen vor uns studierte. Die Aufregung, die ihn umgab, war beinahe mit Händen greifbar. Meine eigenen Hände begannen unangenehm zu schwitzen. Ich sorgte mich um Jacobs Sicherheit, das konnte ich nicht leugnen, aber ich freute mich auch darauf, ihn und die Crew in Aktion zu erleben. Außer im Fernsehen hatte ich weder ein Kamerateam noch einen Sportler wie Jacob jemals live erlebt. Um niemandem im Weg zu stehen, hielt ich mich während der Vorbereitungen im Hintergrund. Dann wurde es Zeit, die Kajaks zu besteigen. Wir würden mit Jacob bis an die Felsen heranfahren, und unser provisorisches Camp auf einer kleinen Plattform am Felsen aufschlagen. Seb hatte mir erklärt, dass wir uns dort ausbreiten und auf Jacob warten konnten, während er seine Klettertour startete. Jacob hatte sich derweil umgezogen. Anstelle seiner lässigen Shorts und des T-Shirts trug er eine lange, enge Stretchhose unter neonfarbenen Shorts, ein hautenges, langarmiges Shirt und merkwürdig aussehende, bunte Schuhe. Ich versuchte, nicht allzu offensichtlich auf seine definierten Arme unter dem schwarzen Shirt zu starren, und konzentrierte mich stattdessen auf die Werkzeuge an seinem Gürtel.

»Du hast ja doch ein Seil.«

Jacob zwinkerte mir verschwörerisch zu. »In der Mitte des Felsens gibt es ein paar Haken. Dort kann ich mich vorübergehend sichern.«

Er musste den halben Felsen erst einmal hoch, bis er halbwegs sicher war? Schockiert lugte ich um ihn herum und fixierte die beeindruckende Felsformation vor uns. Die *Old Lady* wirkte nicht nur klein, wir waren *winzig* im Vergleich zu der Natur um uns herum.

Jacob weiß, was er tut, Ellie. Tief durchatmen.

Frank reichte jedem von uns eine rote Rettungsweste. Jedem außer Jacob.

»Entspann dich, Ellie«, raunte Frank mir leise zu. »Jacob kann es sich nicht erlauben, abgelenkt zu sein.«

Shit. Frank hatte recht. Und er tat gut daran, mich zurechtzuweisen. Ich war eine Reporterin, verdammt nochmal. So wie ich mich benahm, würde ich diese Story nicht mal eine Woche aufrechterhalten können.

»Sorry«, murmelte ich. Sarah und Seb luden alles in eins der zwei extra Kajaks, die soeben von der Bordmannschaft, bestehend aus zwei jungen Vietnamesen, ins Wasser gelassen worden waren. Die beiden Männer, die bis jetzt freundlich, aber stumm alle Kommandos von Frank oder Jacob entgegengenommen hatten, würden mit Sarah und Seb fahren und gleichzeitig das Equipment ziehen. So konnten die beiden Jacob in Ruhe filmen. Frank hatte angeboten, sich ein Kajak mit mir zu teilen. Wahrscheinlich stand mir nicht nur die Panik, sondern auch meine absolute Unwissenheit ins Gesicht geschrieben. Ich konnte es Frank nicht verübeln, dass er versuchte, zu vermeiden, dass ich baden ging. Im wahrsten Sinne des Wortes. Wobei er sich wahrscheinlich weniger Sorgen um mich als um Jacobs Nerven und die sauteure Technik machte.

So saß ich wenig später zum ersten Mal in meinem Leben in einem Kajak und versuchte, mich nicht zu sehr darauf zu konzentrieren, wie wackelig es auf dem eigentlich ruhigen Wasser war. Allein von Bord der *Old Lady* in diese Nussschale aus Plastik zu steigen, hatte ein gewisses Maß an Gleichgewichtssinn erfordert, und es hatte mit Sicherheit alles andere als anmutig ausgesehen. Im Gegenteil, ich war wie ein nasser Sack in meinen Sitz geplumpst. Seitdem versuchte ich, mein Gleichgewicht zu finden – ohne Erfolg.

»Versuch, dich zu entspannen«, rief Jacob mir zu und griff nach seinem Paddel.

»Du hast leicht reden«, murmelte ich und umklammerte das harte Plastik links und rechts von mir. Das Schaukeln wurde heftiger, und vor mir meinte ich, Frank leise seufzen zu hören.

»Wenn du dich entspannst, findest du deinen Fixpunkt.« Jacob zeigte auf sein eigenes, völlig ausbalanciertes Kajak. Angeber. Eine spitze Erwiderung lag mir auf der Zunge, als Frank Jacobs und mein Geplänkel unterbrach.

»Weniger quatschen«, murrte er und zeigte mit seinem Paddel strafend auf Jacob, »mehr Action. Und ihr!« Er drehte sich zu Sarah und Seb um. »Filmt!«, befahl Frank streng, ehe er zu paddeln begann. Fröhlich glucksend brachte Jacob sein Paddel in Position, und auch sein Kajak setzte sich gleichmäßig und noch immer völlig wackelfrei in Bewegung, dicht gefolgt von Sarah und Seb. Sie brachten ein wenig Abstand zwischen sich und die *Old Lady* und schienen dann eine Art Formation einzunehmen. Frank und ich ließen uns derweil etwas zurückfallen.

»Alles sieht so unkoordiniert aus.« Die Worte waren raus, bevor ich mich stoppen konnte. Mit Frank über diesen Job, meinen Job oder *irgendeinen* Job zu reden, war keine gute Idee. So schweigsam er auch wirkte, ich bezweifelte keine Sekunde, dass er so gut wie alles um sich herum mitbekam. Auch wenn er die meiste Zeit des Tages damit verbrachte, auf irgendeine Art von Display zu starren. Es würde mich nicht überraschen, wenn ich bereits auf Franks Abschussliste stand.

»Wenn sie es zusammenschneiden, nicht mehr.«

Überrascht drehte ich den Kopf und sah auf Franks Hinterkopf – nur um dann im selben Moment erschrocken zu keuchen, als es heftig zu schaukeln begann.

»Die Wahrscheinlichkeit, dass ein Kajak kentert, ist gering, Ellie.« Frank zögerte. »Dennoch solltest du nicht so viel wackeln. Das nervt.«

Die nächsten zwanzig Minuten saß ich so still, dass ich mich fragte, wie ich jemals wieder aus diesem Kajak aussteigen sollte. Nicht nur meine Beine hatten sich verkrampft, auch mein Rücken schmerzte, und mein Hintern war schon seit geraumer Weile taub. Und so was machten Leute als Hobby? Als wir den kleinen Felsvorsprung erreichten und bereits alle ihre Kajaks verlassen hatten außer Frank und mir, beugte Seb sich herab, um mir nach oben zu helfen. Ich ergriff die ausgestreckte Hand. Mühelos zog er mich zu sich auf die Felsen.

»Danke.«

Er schenkte mir ein schnelles Grinsen, ehe er Frank dabei half, auch unser Kajak an den aus dem Wasser ragenden Holzpfeilern zu befestigen. Die Plattform lag etwa zwei Meter über uns, war jedoch durch die in den Stein gehauenen Stufen gut zu erreichen.

»Das erste Mal kann ganz schön anstrengend sein«, sagte Seb.

»Sind erste Male das nicht immer?« Sarah seufzte theatralisch und entlockte damit nicht nur Seb ein Augenrollen.

»Drohne, Sarah.« Hinter seinem Rücken streckte Sarah Seb die Zunge heraus. Danach half sie ihm dabei, das restliche Equipment zu entladen. Gespannt sah ich dabei zu, wie sie zwei kompakte Koffer öffneten und sowohl eine große weiße Drohne als auch eine kleine rote hervorzauberten.

»Wo ist Jacob?«

»Dreht noch zwei Runden um den Felsen, um warm zu werden«, beantwortete Sarah meine Frage. Um warm zu werden. Leise schnaubend ließ ich mich auf einen der Felsbrocken neben mir fallen und kramte meinen kleinen Block und den Kugelschreiber hervor. Andere Leute, *normale Leute*, kamen nach solch einer Fahrt bereits ins Schwitzen, und Jacob musste sich erst noch aufwärmen? Während Mister Supersportler also seine Runden drehte, versuchte ich, Seb und Sarah so viele Infos über ihr Equipment zu entlocken, wie ich nur konnte. Die Drohnen faszinierten mich dabei am meisten.

»Und du kannst damit nur 20 Minuten fliegen?«

»Mit der *Phantom*, ja.« Seb nickte. »An die 25 Minuten, wenn man es ganz ausreizen will. Die *Racing Drohne* ist eine andere Nummer. Damit hast du je nach Geschwindigkeit bis zu 30 Minuten. Kein so großer Unterschied, aber fünf Minuten mit einer Drohne sind eine Menge. Sie können entscheidend sein für die richtige Aufnahme, das richtige Bild oder dafür, dass das Ding heil zurückkommt, wenn man wie ich, die Home-Coming-Funktion außer Kraft gesetzt hat.«

»Was ist der Unterschied zwischen den Drohnen?«

Seb hielt das kleine rote Gerät in die Höhe. Irgendwie sah das Stück Technik wie eine kleine, traurige Krabbe aus. »Wie gesagt, die hier ist wesentlich schneller. Sie filmt in der Ich-Perspektive, wenn du so willst. Das kleine Mistding macht verdammt viel Spaß, ist aber nicht einfach zu handhaben.«

»Wieso?«

»Im Gegensatz zu der *Phantom*, die Sarah benutzen wird, um J zu umkreisen, damit wir ihn aus allen Winkeln einmal haben, ist dieses Baby hier extrem instabil. Man benutzt sie mit einer VR-Brille.« Er zuckte mit den Schultern. »Fühlt sich ein wenig wie ein Videospiel an. Die *Phantom* dagegen ist sehr stabil«, erklärte er. »Wind macht ihr nicht viel aus. Aber sie ist zu schwerfällig, um dicht an J ranzukommen.«

Fasziniert sah ich auf die kleine Krabbe, äh, Drohne. »Und sie kann das?«

»So nah, dass man die Sommersprossen auf seiner Nase zählen kann.«

»Du alter Romantiker«, sagte Sarah neben mir, während sie ihr Smartphone in eine komisch aussehende Vorrichtung klemmte. »Hier, Ellie, ich zeige dir, wie wir von oben aussehen.«

Block und Stift in meiner Hand waren vergessen, als ich ihr dabei zusah, wie sie lediglich mit ihrem Smartphone die *Phantom* startete und sie dann in nur wenigen Sekunden über hundert Meter in die Luft brachte.

»Es ist wunderschön«, flüsterte ich, als ich sowohl die Halong Bay als auch den Felsen, auf dem wir uns aktuell befanden, von oben sah. Wir waren winzig, kaum größer als ein Reiskorn, dennoch war die Natur um uns herum atemberaubend.

»Gibt einem eine neue Perspektive, nicht wahr?«

Ich nickte. »Definitiv.«

»Seitdem die Technik dieser Dinger sich entwickelt hat, sind sie aus der Filmbranche nicht mehr wegzudenken.«

»Früher brauchte man für vieles einen Helikopter«, fügte Sarah hinzu, »heute reicht so ein Ding aus.«

Zum Glück. Ich konnte mir nicht vorstellen, die majestätische Stille um uns herum durch das laute Rotieren von Propellern zu stören. Abgesehen davon, war es für Jacob sicherlich auch angenehmer, nur von einer Drohne in der Größe eines Tablets verfolgt zu werden.

»Der Boss kommt«, informierte Frank uns und versuchte dann weiter, mithilfe seines USB-WLAN-Sticks seinen Laptop und sein Smartphone zum Laufen zu kriegen.

Ich beobachtete Jacob dabei, wie er sein Kajak an unseren befestigte und scheinbar mühelos aus dem wackeligen Ding kletterte. Auf seiner Haut hatte sich ein leichter Schweißfilm gebildet, und seine Augen blitzten erwartungsvoll.

»Seid ihr so weit?«

»Fertig, wenn du es bist«, antwortete Seb. Sarah wechselte den Akku der *Phantom* und signalisierte uns, dass auch sie bereit war. Frank warf Jacob einen kleinen Beutel mit weißer Kreide zu. Während Jacob sich damit die Hände einrieb, versuchte ich, meine aufkommende Angst zu unterdrücken. Immer wieder huschte mein Blick die steile Felswand vor uns hinauf. Was, wenn er runterfiel? Oder sich anderweitig verletzte? Anstatt sich umzudrehen und direkt loszulegen, war Jacob mit zwei langen Schritten bei mir. Seine Augen, so blau wie der Himmel über uns, funkelten vor Vergnügen. Er war komplett in seinem Element.

»Was bekomme ich, wenn ich nicht abrutsche?«

Meine Augen weiteten sich überrascht. Ich musste mich verhört haben. Unsicher sah ich an Jacob vorbei, aber die anderen waren auffällig intensiv damit beschäftigt, auf ihre Displays zu starren.

»Ein längeres Leben?«

»Denk dir etwas Besseres aus, Ellie«, forderte er mich heraus.

»Was …«, ich räusperte mich leise, »was willst du denn?«

Er verschränkte die Arme vor der Brust. Weiße Kreide rieselte von seinen Händen auf den schwarzen Stoff seines Shirts. Als ob ich nicht genau wüsste, was Jacob Harrison von mir wollte. Daher überraschte mich seine Antwort: »Ein Abendessen.«

Fragend hob ich eine Augenbraue. »Essen?«

»Ein Date«, korrigierte er mich, »ich will ein Date. Auf dieser Reise, und ich darf mir aussuchen, wann und wo.«

»Jacob«, warnte Frank ihn leise, »hör auf, Spielchen zu spielen, und konzentriere dich.«

Ich gab Frank absolut recht. Jacob würde gleich diese unfassbar steile Felswand hinaufklettern. Ungesichert. Er konnte es sich nicht erlauben, abgelenkt zu sein, und ich wollte definitiv nicht diejenige sein, die ihn ablenkte und so für eine mittelschwere bis schwere Katastrophe sorgte. Bevor er sich abwenden konnte, nickte ich.

»Okay.«

»Wirklich?«

Er klang aufrichtig verblüfft. Mit dieser Antwort hatte er offensichtlich nicht gerechnet.

»Ein Date«, wiederholte ich leise, »wenn du dich jetzt konzentrierst und bitte nicht … fällst«, beendete ich meinen Satz lahm. *Stirbst*. Das war es, was ich hatte sagen wollen. Meine Reaktion mochte übertrieben sein, aber …

Wenn du dich jetzt konzentrierst und bitte nicht stirbst.

Die Worte wiederholten sich in meinem Kopf. Wieder und wieder. Ich wollte nicht, das Jacob starb. Natürlich musste es sich hierbei nicht direkt um eine Situation handeln, die über Leben und Tod entschied, aber … verflucht, diese Felswand war verdammt hoch, und ich hatte bereits einen Mann zu betrauern. Auch wenn ich das, was zwischen uns war, nicht definieren wollte, wusste ich eins mit Gewissheit: Noch einmal schaffte ich das nicht. Ironischerweise hatte ich es hier mit einem Extremsportler zu tun, dessen Job es war, sich in konstante Gefahr zu begeben. Was sagte das über mein verkorkstes Innenleben aus? Alle Gedanken an Mark oder die Gefahr, in die Jacob sich jetzt bringen würde, von mir schiebend, trat ich zurück.

»Sei einfach vorsichtig, okay?«

Jacobs Nicken war ernst. Aller Schalk war aus seinem Gesicht verschwunden, und ich erkannte, dass er sich sowohl der Aufgabe vor sich als auch aller damit einhergehenden Risiken bewusst war.

»Bin ich immer«, erwiderte er. Dann wandte er sich ab. Am liebsten hätte ich mich umgedreht und nicht hingeschaut. Ich wollte mir die Augen zuhalten oder einfach auf die grünlich schimmernde Bucht vor mir schauen und hoffen, dass es schnell vorbeiging. Meine

Angst, aber auch meine Neugierde, waren jedoch zu groß. Also sah ich hin. Und wie ich hinsah. So intensiv, dass meine Augen nach kurzer Zeit zu tränen begannen. Als Jacob die ersten Meter sicher hinter sich gebracht hatte, begann ich mich ein wenig zu entspannen. Was er da tat, musste furchtbar anstrengend sein, bei ihm sah es jedoch aus, als würde er auf einem Klettergerüst klettern. Die beiden Drohnen flogen um ihn herum, aber er schien sie gar nicht zu bemerken. Sebs Drohne war so schnell, dass ich Probleme hatte, ihr mit dem bloßen Auge zu folgen. Ich freute mich bereits jetzt darauf, mir das Material des heutigen Tages anzuschauen.

Nach einer Weile kam Jacob in der Mitte des Felsens an. Da er einen leichten Vorsprung erklimmen musste, konnte ich ihn von meiner aktuellen Position aus nicht mehr sehen. Also stellte ich mich kurzerhand neben Sarah, die gerade einen neuen Akku einlegte und die *Phantom* erneut startete. Auf dem Display ihres Smartphones beobachtete ich, wie Jacob sich an einem kleinen Haken sicherte. Er legte eine kurze Rast ein und sah sich um. Vielleicht war es ein Trick des Lichts, eine Reflexion und nicht mehr, aber ich meinte Jacobs Augen funkeln zu sehen, als er in die Kamera der *Phantom* sah, und ich hätte schwören können, dass er mir zuzwinkerte. Mein Herzschlag hatte sich so weit beruhigt, dass das verräterische Organ nicht mehr drohte, aus meiner Brust zu springen, dennoch schlug es schnell. Bei Jacobs Vielleicht-Zwinkern beschleunigte sich mein Puls erneut. Die hellen Haare vom Wind zerzaust, reckte er sein Gesicht in Richtung Sonne und schloss zufrieden lächelnd die Augen. Unwillkürlich stieß ich ein leises Seufzen aus. Sarahs Schultern neben mir bebten vor unterdrücktem Lachen.

»Du bist so was von in Schwierigkeiten, Freundin.«

»Erzähl mir etwas, was ich noch nicht weiß«, flüsterte ich zurück. Gemeinsam beobachteten wir, wie Jacob den Rest des Weges zurücklegte. Wie und wo genau er Halt fand, war mir ein Rätsel. Seine Rückenmuskeln spannten sich an, und sein Bizeps wölbte sich beeindruckend, als er sich Stück für Stück den Felsen nach oben zog. Ein Bein angewinkelt, das andere gestreckt, stieß er sich leicht vom Felsen ab und sprang leichtfüßig nach oben.

»Heilige Scheiße«, wisperte ich. Dass er nach all den Metern, die er bereits zurückgelegt hatte, die nötige Kraft für so einen kleinen Extrastunt aufbringen konnte, war unglaublich. Es sah so einfach aus. Beinahe mühelos. Helen und ich hatten während des Colleges mal einen Boulderkurs belegt – Jenny, eine Freundin von der Uni, hatte uns dazu ermutigt. Es war furchtbar gewesen. Ich hatte es nicht mal geschafft, drei Meter an der Wand nach oben zu kommen. Und mehr als einmal war ich schmerzhaft auf meinem Allerwertesten gelandet. Jacob legte hier gerade eine Strecke von mindesten fünfzig Metern zurück.

Bouldern war genauso wenig ein Sport für mich wie Kajak fahren. Ich konnte guten Gewissens behaupten, dass ich nicht sonderlich sportlich war. Während unsere Freunde nach dem Unterricht mit Lacrosse, Rugby oder Fußball beschäftigt gewesen waren, hatten Helen und ich unsere Abende lieber Bier trinkend in einem Pub oder gemütlich auf dem Sofa verbracht.

»Jetzt geht es wieder runter«, murmelte Sarah neben mir, und gespannt starrten wir auf das kleine Display.

»Runter ist einfacher, oder?« *Bitte sag, dass es einfacher ist.*

»Nicht unbedingt«, antwortete sie, »aber J ist ein Profi, Ellie. Keine Sorge.«

Ich hielt den Atem an und sah nach oben. Mir war durchaus bewusst, dass meine körperlichen Reaktionen auf diesen Mann nicht gesund waren. Nicht unter diesen Umständen … Nervös sah ich Jacob dabei zu, wie er langsam und vorsichtig die Felswand rückwärts wieder herabkletterte. In der Mitte legte er erneut eine Pause ein, ehe er den Rest der Strecke entspannt und unfallfrei absolvierte. Mit jeder kraftvollen Bewegung seiner Arme und Beine wurde mir ein wenig wärmer. Jetzt, da die größte Gefahr vorbei war, konnte ich mich auf das Muskelspiel von Jacobs Armen unter dem engen Shirt und auf seine kräftigen Oberschenkel konzentrieren. Ganz zu schweigen von dem breiten, wohldefinierten Rücken und seinen langen, starken Fingern, die … okay, ich turnte mich gerade selbst damit an, dass ich Jacobs Vorzüge bildlich in meinem Kopf durchging. Bevor Sarah mich erneut damit aufziehen konnte, dass ich Jacob anstarrte wie ein geiler Teenager, wandte ich mich von dem Display ab und setzte mich auf den Boden. Im Schneidersitz, Block und Stift schützend an mich gepresst, wartete ich, bis das Schauspiel vorbei war.

Wenige Minuten später sprang Jacob den letzten Felsvorsprung herab und landete sicher wieder auf dem Boden. Sarah stieß einen kleinen Jubelschrei aus, und erleichtert atmete ich auf. Er hatte es geschafft. Unsere Blicke trafen sich. Der Triumph stand ihm ins Gesicht geschrieben, und seine Mundwinkel zuckten. Dann gab er es auf und grinste mich an. *Ein Date*, formten seine Lippen lautlos. Ich wollte etwas erwidern, als er an den Saum seines Oberteils griff und sich das Kleidungsstück kurzerhand über den Kopf zog.

Ach du heilige Mutter Gottes. Jacob Harrison auf dem Cover der *GQ* oben ohne war definitiv etwas anderes als Jacob Harrison live und in Farbe. Ohne Shirt. Mit einer Menge gebräunter, nackter und vor Schweiß glänzender Haut. Der Kugelschreiber in meiner Hand knarzte gefährlich, und beschämt erkannte ich, dass ich ihn ein wenig zu fest umklammert hielt. Aber *wow*. Mein Hirn war wie leergefegt. Als Seb ihm eine Frage stellte, drehte Jacob sich um, und ich erhaschte einen Blick auf wohl definierte Rückenmuskeln und ein ungefähr tellergroßes Tattoo, das sich direkt zwischen seinen Schulterblättern befand. Ich legte den Kopf schrägt und sah genauer hin. War das ein Kompass?

»Gleich fängst du an zu sabbern«, raunte Sarah mir verschwörerisch zu. Sofort klappte ich meinen Mund zu und sah meiner Freundin dabei zu, wie sie das Equipment wieder verstaute. Dabei atmete ich ein paarmal tief ein und aus, aber es half nichts. Das Bild eines halb nackten und vor Schweiß glänzenden Jacobs hatte sich für immer in meine Netzhaut eingebrannt.

13

Atme den Himmel ein
und die Sterne wieder aus.

Zurück auf der *Old Lady,* war ich zwar froh, den Kajaks entkommen zu sein. Was mir jedoch ganz und gar nicht gefiel, war die Nähe zu Jacob. Dieser sah es offensichtlich als nicht notwendig an, sein Shirt wieder anzuziehen, und so wurde ich seit fast einer Stunde mit einer Menge nackter Haut konfrontiert. Wir wussten alle, dass er gut in Form war. Konnte er das verdammte Shirt jetzt vielleicht wieder anziehen? Irritiert wandte ich mich ab, um die Felsen, *Karstfelsen,* wie Sarah mir vorhin erklärt hatte, anzusehen. Wir hatten uns erneut in Bewegung gesetzt, und die *Old Lady* tuckerte friedlich durch die beeindruckende Landschaft. Frank hatte uns kurz zuvor mitgeteilt, dass wir unseren Ankerplatz für die Nacht bald erreichen würden.

»Sobald wir da sind, gehe ich schwimmen«, verkündete Jacob zu meinem Entsetzen. In meinem Kopf sah ich ihn bereits die enge Sporthose verlieren …

»Du wirst erst mal was essen«, versetzte Frank und nahm ihm damit den Wind aus den Segeln.

»Ich hatte drei Energieriegel«, protestierte Jacob.

»Vier.« Seb grinste. »Und Energieriegel reichen nicht aus, wenn du heute noch mal loswillst.«

»Wo willst du denn hin?« Die Frage war an Jacob gerichtet. Mit meinem Blick jedoch fixierte ich ein winzig kleines Boot irgendwo hinter seinem rechten Ohr.

»In der Nähe der Lan-Ha-Bucht gibt es eine Höhle …«, erklärte er, als Sarah ihn unterbrach.

»Und einen wunderschönen Strand.« Sie sah zu mir. »Das ist die einzige Form von Dusche, die wir bis morgen Abend kriegen werden«, informierte sie mich trocken. Ihr Blick sprach Bände. Entweder ich würde mit ihnen kommen und schwimmen gehen, oder aber ich würde bis morgen Abend aushalten müssen. An sich kein Problem, immerhin war es nicht so, dass ich nach einem einzigen Tag anfangen würde zu müffeln, aber der Tag war heiß und anstrengend gewesen. Körperlich wie emotional. Vielleicht war es keine schlechte Idee, sich noch einmal an den Strand zu legen und zu entspannen, bevor ich die Nacht in einer Hängematte verbringen würde.

Eine Stunde später, nachdem wir, oder eher Jacob, Unmengen an Reis und Huhn verspeist hatten, saß ich erneut in dem kleinen wackligen Kajak. Diesmal mit Sarah. Frank hatte keine Lust gehabt, uns zu begleiten, und blieb mit den beiden jungen Vietnamesen auf dem Boot. Als wir unsere Kajaks bestiegen, hatten die drei gerade angefangen, Poker zu spielen und sich in gebrochenem Englisch und Vietnamesisch über den heutigen Tag zu unterhalten. Ob es mich wunderte, dass Frank die Grundlagen der vietnamesischen Sprache beherrschte? Nein. Der Mann war ein absolutes Mysterium, und ich vermutete, dass noch viel mehr hinter seiner grimmigen Fassade steckte, als ein kurzer Blick – oder ein paar wenige Tage – vermuten ließen. Sarah navigierte uns sicher und erstaunlich stabil an den kleinen Strand der vor uns liegenden Bucht. Da die Männer sich die

Höhle in dem Felsen uns gegenüber anschauen wollten, genossen Sarah und ich einen Moment der Zweisamkeit. Und der Stille.

Sarah zog sich das lockere T-Shirt-Kleid über den Kopf und präsentierte mir ihren knallroten Triangel-Bikini. Ein wenig neidisch sah ich ihr dabei zu, wie sie ihr Handtuch auf dem warmen Sand ausbreitete und sich mit einem zufriedenen Seufzen darauf niederließ.

»Ich liebe meinen Job.« Fragend sah sie zu mir auf. »Wieso stehst du da nur rum?«

Sie klopfte auf den Sand neben sich. »Komm her.«

Tja, warum stand ich hier nur rum? Eine wirklich gute Frage. Vielleicht, weil ich mich in den vergangenen Jahren vor niemandem mehr ausgezogen hatte? Schon gar nicht vor Menschen, die ich noch nicht lange kannte. Helen und Kanya hatten einen Pool, aber das war etwas anderes. Meine beste Freundin und ihr Mann waren Familie. Aber jetzt ging es ja nicht nur um Sarah, sondern auch um Seb und Jacob. Meine Gedanken rasten, und ja, ich kam mir albern vor. Aber dieser Moment fühlte sich wie ein kleiner Meilenstein an, und allein das beschleunigte mein Herz und meine Atmung unangenehm. Früher war ich nie sonderlich schüchtern gewesen, aber das war … früher gewesen. Jetzt machte mich der Gedanke, mich vor Seb und Jacob – okay, vor Jacob – im Bikini zu zeigen, nervös. Drei Jahre, ermahnte ich mich. Es war drei Jahre her, dass jemand mehr von mir gesehen hatte als meine Waden oder meine Unterarme. Da ich jedoch schlecht in meinen Shorts und dem Top neben Sarah sitzen konnte, ohne wie eine komplette Vollidiotin auszusehen, schälte ich mich ebenfalls aus meinem luftigen Sommeroutfit und atmete tief durch. Es war ja nicht so, dass wir hier FKK betrieben. Ich breitete mein Handtuch neben Sarahs aus.

Im Gegensatz zu ihrem rot leuchtenden und unleugbar sexy Bikini war die Wahl meiner Bademode eher klassisch und zurückhaltend. Schwarz und schlicht. Das Oberteil gab sein Bestes, um meine vollen Brüste zu verstecken, und das Highwaist-Höschen hatte kleine goldfarbene Perlen am Bund und an den Seiten.

»Hübscher Bikini«, kommentierte Sarah schlicht, »du könntest aber auch einen Kartoffelsack anhaben und J würde über dich herfallen.«

»Niemand fällt hier über irgendwen her«, antwortete ich, obwohl mein Herz bei ihren Worten einen verräterischen Satz machte.

»Nicht ganz richtig«, korrigierte sie mich schief grinsend.

»Seb und du?«

»Dieser Mann ist eine Maschine.«

»Sarah!« Lachend sahen wir uns an, und ich spürte, wie die restliche Anspannung des Tages aus meinem Körper wich. Ich streckte meine verkrampften Muskeln und lehnte mich zurück.

»Daran könnte ich mich gewöhnen.«

»Es ist wunderschön«, sagte sie, »aber warte, bis wir in Sapa ankommen. Das wird dich umhauen! Die Landschaft dort ist einmalig.«

»Dir gefallen die Berge besser als der Strand?«

Sarah reichte mir einen Schokoriegel aus der kleinen Kühltruhe zwischen uns. Dankbar nahm ich die Süßigkeit entgegen. Wie sie so viel ungesundes Zeug essen konnte und dennoch nur die Hälfte von mir war, blieb mir ein Rätsel.

»Ich liebe das Meer«, beantwortete sie meine Frage kauend, »aber die Berge haben schon immer eine ganz eigene Faszination auf mich ausgeübt. Besonders die Alpen. J hatte letztes Jahr einen Stunt für diesen *Discovery Channel*-Film.« Sie sah mich an, als wüsste sie, dass ich Jacob gestalkt hatte. »Danach sind wir noch drei Tage auf der Alm geblieben. Es hat geschneit wie wild, und ein Hubschrauber musste uns abholen, aber es war phantastisch. Das Panorama und die Ruhe. Das gefällt mir.«

Ich wusste genau, wovon sie sprach. Nicht die Alpen, die hatte ich leider noch nicht live gesehen, aber es gab mehrere Fotos und kurze Clips auf Jacobs Instagram-Account, die genau das eingefangen hatten, was Sarah mir soeben beschrieben hatte. Dennoch hätte ich sie bisher eher in die Kategorie Strand eingeordnet.

»Ich bin gespannt«, erwiderte ich aufrichtig. Anschließend verspeiste ich den Rest meines Schokoriegels und schloss für einen himmlischen Moment die Augen.

»Mhm.«

»Sarah«, seufzte ich leise, »ich weiß, dass du mich ansiehst.«

»Mhm«, machte sie erneut, und diesmal öffnete ich die Augen, um zu schauen, warum genau sie plötzlich so wortkarg geworden war. Sarah sah jedoch nicht auf mich, sondern auf das Wasser vor uns. Genau genommen auf die Stelle, an der Jacob und Seb gerade dabei waren, ihr Kajak an den Strand zu ziehen. Als ich den beiden dabei zusah, wie sie diese Aufgabe mühelos bewältigten, wurde mir schmerzlich bewusst, wie wenig ich anhatte. Oder wie wenig die beiden anhatten. Nicht nur Jacob hielt es noch immer nicht für notwendig, sein Shirt anzuziehen, auch Seb präsentierte uns seinen nackten, über und über tätowierten Oberkörper. Neben mir hörte ich Sarah leise schnurren. Ich konnte es ihr nicht verübeln. Seb war ein interessanter Mann. Die dunklen Haare, die ebenfalls dunklen Augen und all die Tattoos ließen ihn mysteriös und ja, auch ein wenig gefährlich erscheinen. Was Jacob anging … fluchend wandte ich mich ab und schloss die Augen.

»Das wird dir auch nicht helfen«, murmelte Sarah neben mir.

Vermutlich nicht, nein. Schaden konnte es aber auch nicht.

»Hey, Ladys.« Sarah und ich erwiderten den Gruß, wobei ich

meine Augen noch immer geschlossen hielt. Wegen der Sonne natürlich. Im nächsten Moment zuckte ich erschrocken zusammen und riss die Augen auf, als etwas Großes, Nasses neben mir auf dem Handtuch landete. Jacob. Anstatt sein eigenes Handtuch zu verwenden, hatte er offensichtlich beschlossen, meins mitzubenutzen. Wie schön.

»Was soll das?«

»Stell dich nicht so an, Mansfield.« Er schüttelte den Kopf, bis die Wassertropfen in alle Richtungen flogen. »Das ist doch nur Wasser.«

Instinktiv hob ich einen Arm, um mich zu schützen. Vor den umherfliegenden Wassertropfen, der gleißend hellen Sonne über uns und Jacob. Jacob, der so dicht neben mir saß, dass die nackte, nasse Haut seines Oberkörpers sich an meine linke Seite presste, während ich die vereinzelten Wassertropfen auf seinen langen Wimpern zählen konnte. Es sollte verboten sein, dass Männer solch lange Wimpern besaßen. Die Evolution hatte versagt.

»Was tust du da?«, fragte ich ihn und versuchte unauffällig, ein wenig von ihm abzurücken. Leider war das Handtuch nicht besonders groß, und so waren meine Möglichkeiten begrenzt.

»Hab mein Handtuch vergessen«, murmelte er grinsend. In diesem Moment sah er exakt so aus wie auf dem Cover des Reisemagazins, das mich überhaupt erst in diesen Schlamassel gebracht hatte. Seb breitete sein Handtuch neben Sarah aus und zog ihr spielerisch an einer Haarsträhne.

»Er hat auch ein eigenes Handtuch«, murrte ich, und Jacob lachte.

»Er hat sein Ziel ja auch schon erreicht«, raunte er zurück, und ich verdrehte die Augen. Ich beobachtete, wie Sebs Blicke gierig über Sarahs Körper wanderten. Ich konnte mir nicht vorstellen, dass

Jacob mich mit dem gleichen Blick betrachtete. Oder doch? Seine unverblümten Worte machten mich jedenfalls nervös. Sofort dachte ich an das Date, das er sich heute Vormittag erschummelt hatte …

»Jacob …«

»Entspann dich, Mansfield.« Er hob den Arm und beugte sich über mich, um in die Kühltruhe greifen zu können. Ich gab einen überraschten Laut von mir, als sein Arm dabei über die nackte, von der Sonne erhitzte Haut meines Bauches strich. Statt sich jedoch einen Schokoriegel zu nehmen und den Körperkontakt zwischen uns so schnell wie möglich zu beenden, kramte er einige Sekunden in den Tiefen der kleinen Kühltruhe, bis er eine Dose Bier hervorzog. Grinsend lehnte er sich zurück, wobei sein Blick ein wenig zu lange an meinem Mund hängen blieb.

»Du kommst zu mir«, erinnerte er mich leise.

Seine Aussage klang noch genauso anmaßend wie beim ersten Mal. Gegen meinen Willen fasziniert, ein wenig verängstigt und definitiv angeturnt, beobachtete ich Jacob dabei, wie er die Bierdose öffnete und sie an die Lippen hob. Er trank einen kräftigen Schluck, wobei sein Adamsapfel auf und ab hüpfte, und ich ertappte mich dabei, wie meine Gedanken abschweiften. Wie würden sich diese Lippen auf meinem Körper anfühlen? Auf meinem Hals oder meinem Bauch? Wie würde es sich anfühlen, Jacobs Stärke zu spüren? Ein Bild sauste durch meinen Kopf wie ein Güterzug. Jacob über mir, seine starken Hände und die langen Finger, mit denen er sich scheinbar mühelos den Felsen hochgezogen hatte, stemmte er links und rechts von mir in die weiche Matratze, ehe er sich langsam zu mir herunterbeugte …

O Gott, Ellie, du machst es nicht gerade besser.

Ich musste an etwas anderes denken. Schnell. Als wüsste er genau, auf welche Wanderschaft meine Gedanken gegangen waren, zwinkerte Jacob mir zu. Währenddessen waren Sarah und Seb neben uns am Fachsimpeln, und ich verstand nur die Hälfte von dem, worüber sie sprachen.

»Sobald wir in Sapa sind, sichten wir das Material und erstellen schon mal eine Auswahl.«

»Und wir suchen WLAN«, verkündete Sarah kauend, »wir müssen dringend ein Back-up von dem Material auf unserem Server machen.«

Sarahs Worte holten mich zurück in die Realität. Interessiert setzte ich mich auf. »WLAN brauche ich auch!«

Helen war mit Sicherheit schon am Durchdrehen, weil ich mich so selten meldete, und auch meine Mom würde sich Sorgen machen, wenn ich sie nicht bald mal anrief. Mit ein paar weiteren Es-ist-schön-hier-Nachrichten würde ich sie nicht mehr lange hinhalten können.

»Wofür brauchst du WLAN?«

»Ich will mit Helen skypen«, informierte ich Jacob. »Und mit meiner Mom.«

»Wirst du mich ihnen Hallo sagen lassen?«

»Vielleicht.« Definitiv nicht. Diesmal kam mir die Lüge leicht über die Lippen. Er wollte meiner besten Freundin und meiner Mutter Hallo sagen? Das würde einem absoluten Fallout gleichkommen. Jacob wäre der erste Mann, den ich meinen Eltern seit meinem Verlust vorstellen würde. Für meine Mutter wäre das Grund genug, Pastor Mitchell anzurufen und schon mal die Hochzeitsglocken zu läuten. Ich wusste, dass sie sich große Sorgen um mich machte. Meine Eltern waren nach Marks Tod mehr als verständnisvoll gewesen. Sie hatten mich aufgenommen und versucht, mich Stück für Stück wieder zusammenzusetzen, nachdem ich an jenem Abend im Mai vor drei Jahren in tausend Teile zersplittert war. Es war nicht ihre Schuld, dass einige der Teile einfach nicht mehr passen wollten. Manchmal fühlte ich mich wie ein Puzzle, das man nicht beenden konnte, weil jemand die wichtigsten Teile weggeworfen hatte. Es war frustrierend. Und es machte einen wütend. Aber vor allem fühlte man sich hilflos, denn wo sollte man die fehlenden Teile herbekommen, wenn es sie einfach nicht mehr gab? Also nein, ich würde Jacob mit Sicherheit nicht meiner Mutter oder Helen vorstellen. Sie würden ihn als den neuen Mann in meinem Leben sehen, aber das war er nicht. Ich war noch nicht bereit, jemanden zu ersetzen, um den ich mir noch nicht einmal gestattet hatte, richtig zu trauern … ich war noch nicht bereit. Punkt. Mein Herz wurde schwer, als ich an Mark dachte, daher konzentrierte ich mich auf Sarah und Seb, die sich gerade darum stritten, wer von ihnen beiden besser schneiden konnte.

»Du bist gut.« Seb fuhr sich mit der Hand durch die nassen Haare. »Aber ich bin besser.«

Sarah seufzte übertrieben laut. »Und so bescheiden. Schweig still, mein Herz!« Sie schlug ihm auf den Arm. Hart. Direkt auf einen der zwei Drachenköpfe, die sich den Oberarm bis hin zum Hals schlängelten. »Wir haben beim gleichen Prof gelernt, du Neandertaler.«

»Semantik-Schmantik.«

»O mein Gott.« Sarah krümmte sich vor Lachen. »Das hast du nicht wirklich gesagt, oder?«

Ich stimmte in Sarahs Lachen mit ein. Die Anspannung in mir begann sich zu lösen, und der Rest des Tags verlief zu meiner großen Erleichterung entspannt und kam ohne weitere Zweideutigkeiten aus. Oh, natürlich bemerkte ich, wie Jacob mich ansah. Jedes Mal, wenn ich mich bewegte, spürte ich seinen Blick auf mir. Allerdings zog ich es vor, so zu tun, als merkte ich es nicht. Und Jacob schien das zu akzeptieren. Für den Moment. Also plauderte ich mit Sarah, Seb und Jacob über Gott und die Welt. Wir unterhielten uns, als wären wir alte Freunde und kannten uns bereits seit Jahren, nicht erst seit knapp einer Woche. Als die Dämmerung einsetzte, stiegen wir erneut in unsere Kajaks und paddelten zurück zur *Old Lady*. Am Strand hatte ich meine Haare provisorisch mit Sarahs nachhaltigem und umweltschonendem Shampoo gewaschen, aber wenn ich ehrlich war, hätte ich das auch gleich lassen können. Was ich brauchte, war eine richtige Dusche. In einem Hotel. Mit fließend Heißwasser. Dennoch war alles, was ich diese Nacht bekommen würde, eine Hängematte unter freiem Himmel.

Ich hoffte wirklich, dass unser Stopp in Sapa uns diese Annehmlichkeiten bescheren würde. Wie ich Jacob jedoch mittlerweile kannte, würden wir unter freiem Himmel mitten auf einer verfluchten Bergspitze schlafen. Gott, wie sehr ich mir ein richtiges Hotel wünschte …

Ich versuchte gerade zum wiederholten Male, meine Hängematte an den Pfahl vor mir zu knoten, und stieß einen kreativen Fluch nach dem anderen aus, als mir jemand das verknotete Ding aus den Händen nahm.

»Lass mich das machen«, raunte Jacob neben mir. Er griff um mich herum, um das eine Ende der Hängematte fachmännisch an einer der zahlreichen Säulen zu befestigen, die das Dach über uns stützten und uns somit genug Platz für unsere Schlafplätze boten. Frank lag bereits zugedeckt in seiner eigenen Hängematte und las auf seinem E-Reader, dabei sah er so glücklich aus, dass ich mich erneut fragte, wie man so abhängig von der modernen Technik werden konnte. Ich selbst bevorzugte ein richtiges Buch, auch wenn ich selbst einen E-Reader dabeihatte. So praktisch die Dinger auch waren, sie besaßen nicht den gleichen Charme wie richtige Bücher. Die Haptik, der Geruch von Papier und Tinte, die liebevoll gestalteten Umschläge. Das alles liebte ich.

»Hier.« Jacob hielt mir das andere Ende der Hängematte hin und zeigte mir, wie ich einen Knoten fabrizierte, der nicht sofort wieder aufging oder sich in der Nacht schleichend langsam löste, so dass ich auf den harten Bretterboden der *Old Lady* knallte.

»So sollte sie halten.«

»Sollte?« Skeptisch betrachtete ich die wackelige Konstruktion vor mir. Ich hatte noch nie in einer Hängematte gelegen, geschweige denn die ganze Nacht in einer verbracht.

»Ist nicht so unbequem, wie es aussieht«, sagte Sarah und schwang sich in ihre eigene, leuchtend grüne Hängematte. Zufrieden seufzend wackelte sie hin und her, bis sie die beste Liegeposition gefunden hatte. Es war nach acht und die Sonne bereits untergegangen. Das Deck wurde lediglich von Lichterketten und zwei Campinglampen erleuchtet. So fiel es sogar mir schwer, dem altmodischen, aber durchaus reizvollen Charme der *Old Lady* zu widerstehen. Mit genügend Lichterketten sah einfach alles gemütlich und einladend aus. Sogar ein klappriger alter Kahn inmitten der Halong Bay.

»Du wirst schon nicht rausfallen«, antwortete Jacob mir noch immer grinsend. Wie er nach diesem Tag überhaupt noch Energie haben konnte, war mir schleierhaft.

»Los, probiere es«, forderte er mich auf und nickte in Richtung der quietschgelben Hängematte, die wir soeben gemeinsam aufgehängt hatten.

Er hielt sie fest, während ich mich vorsichtig hineinschwang. Einmal drin wusste ich jedoch nicht, wie ich hier jemals wieder rauskommen sollte. Zugegeben, es war nicht so unbequem, wie ich erwartet hatte. Dennoch war es ungewohnt. Alles bewegte sich, und mir graute schon jetzt davor, dass ich in der Nacht mindestens einmal würde aufstehen müssen, um zu pinkeln. Ich brachte die

Worte *ins Bad gehen* nicht mal in Gedanken über die Lippen. Aber mal ehrlich, ein Ein-mal-ein-Meter-Raum mit einem Eimer und ein paar Kanistern Frischwasser konnte man nun wirklich nicht als Bad bezeichnen.

Abenteuer, Ellie, du siehst das alles hier als Abenteuer …

»Und?« Jacob sah mich abwartend an. Sein Blick verriet mir, dass ihm meine Antwort wichtig war.

»Es ist okay«, erwiderte ich daher leise und bedeutete ihm, mir meinen Laptop zu reichen.

»Du hasst es, oder?«

»Nein.« So weit würde ich nicht unbedingt gehen.

»Lügnerin!«, rief Sarah und sah von ihrem E-Reader auf. Das weiß-bläuliche Licht erhellte ihre Gesichtszüge und verlieh der Szenerie einen gruseligen Touch. Da wir jedoch seit sechs Uhr im Dunkeln saßen, war es definitiv sinnvoll, dass sie alle elektronischen und damit leuchtenden Geräte dabeihatten.

»Kümmer dich um deinen Kram …«, murmelte ich und schenkte Jacob ein, wie ich hoffte, neutrales Lächeln. »Ich werd's überleben.« Damit klappte ich meinen Laptop auf.

Jacob gab meiner Hängematte einen leichten Stups und schwang sich dann samt Zauberwürfel und E-Reader in seine eigene.

Für die nächsten zwei Stunden herrschte absolute Stille auf der *Old Lady*. Ich tippte möglichst leise auf meiner Tastatur herum, während die anderen lasen oder neben der Campinglampe Karten spielten. Es herrschte eine beruhigende und entspannte Atmosphäre an Bord. Sarah hatte mir während unseres Strandausflugs erklärt, dass die beiden jungen Vietnamesen auf der *Old Lady* zu Hause waren. Sie fuhren täglich mit ihrem Boot raus, um Touristen die Bucht zu zeigen. Beinahe ihre gesamten Einnahmen schickten sie ihrer Familie, die sich im Landesinneren auf einer kleinen Farm über Wasser hielten. Zunächst hatte es mich schockiert, das zu hören, immerhin gab es nicht einmal fließend Wasser oder andere Annehmlichkeiten an Bord. Jetzt aber, da ich die beiden beobachtete, wie sie mit Seb Karten spielten und Bier tranken, sah ich, dass sie trotz ihres unbestreitbar harten Lebens eine Zufriedenheit ausstrahlten, von der viele Europäer nur träumen konnten. Die Männer hatten wenig, aber sie definierten sich auch nicht über Konsum. Familie, Freundschaft und Gesundheit. Das war es, was sie zum Leben brauchten. Das und ein paar Touristen, um ihre Bäuche zu füllen und die *Old Lady* in Schach zu halten. Beflügelt durch den ereignisreichen Tag, der hinter mir lag, haute ich in die Tasten. *Es fühlt sich fast wie früher an.* Nur dass ich früher Romane geschrieben hatte, und keine Artikel über einen unverschämt gut aussehenden Extremsportler, der viel zu präsent in meinen Gedanken war. Ohne wirklich zu registrieren, was ich da tat, schloss ich den Artikel über Jacob und öffnete eine meiner alten Dateien. Es war eine Familiengeschichte. Marks Familie hatte der Londoner High Society in fünfter Generation angehört, und nach langem Betteln und Flehen hatte er sich dazu bereit erklärt, mir die Vorlage für meinen Roman zu liefern und mir alle Geheimnisse seiner Familie preisgegeben. Sehr zum Leidwesen seiner noch lebenden Familie. Ich hatte ihm stets versichert, dass niemand die Verbindung herstellen würde, immerhin war ich eine Literaturstudentin im dritten Semester gewesen. Seine Antwort hatte stets gelautet: *Bis du eines Tages die Bestsellerlisten erklimmst, moon child. Dann flippt meine Großmutter aus.*

Ich hatte es jedoch nicht auf die Bestsellerlisten geschafft, da ich das Manuskript nie beendet hatte. Innerlich seufzend überflog ich erst mein Exposé, dann den Anfang des Romans. Es ging um Intrigen, eine gefährliche und überaus verbotene Liebe und darum, sich selbst zu verwirklichen.

Das Herz wurde schwer in meiner Brust, als ich die ersten zwei Kapitel las. Dann las ich weiter, und mein Herzschlag beschleunigte sich … Natürlich wusste ich, was dort geschrieben stand, immerhin hatte ich es geschrieben, trotzdem war ich aufgeregt. Worte und Formulierungen flogen mir entgegen, und sie alle stammten aus meinem Kopf. Ich hatte sie niedergeschrieben. Als ich weiterlas, breitete sich ein wohlig warmes Gefühl in meiner Magengegend aus, und meine Fingerspitzen begannen zu kribbeln. Diesen Teil meines Lebens, meiner selbst, hatte ich seit Jahren unter Verschluss gehalten. Für mich bedeutete es viel, dass ich die Datei überhaupt geöffnet hatte. Die Tür in meinem Kopf, die sich vor ein paar Tagen erstmalig geöffnet hatte, jene mit der Aufschrift *Ellies Leben* – Vergangenheit, Gegenwart und Zukunft –, schwang knarzend ein wenig weiter auf.

Unbewusst schielte ich zu Jacob hinüber. Wie würde er reagieren, wenn er erfuhr, was für einen Ballast ich mit mir herumtrug? Und wie würde er reagieren, fragte ich mich, wenn er wüsste, dass er unwissentlich dazu beitrug, dass ich diesen Ballast nicht mehr so verbissen ignorierte, wie ich es in den letzten drei Jahren getan hatte?

Wahrscheinlich würde es ihn abschrecken. Ich schloss die Datei und klappte meinen Laptop wieder zu. Definitiv würde es ihn abschrecken. Ein Mann wie Jacob war nicht für eine langfristige Beziehung geschaffen. Alles, was er wollte, war Spaß. Oder etwa nicht? Das war es doch, was er forcierte … eine unverfängliche Liebelei? Eine Urlaubsaffäre?

Als würde er ahnen, welch innerer Konflikt in mir tobte, sah er auf. Obwohl es so gut wie stockdunkel auf der *Old Lady* war, fühlte ich, dass er mich ansah. Unsere Hängematten hingen hintereinander und dort, wo meine Füße endeten, konnte ich Jacobs blonden Haarschopf erkennen.

Er legte den Kopf leicht schräg und musterte mich, als wolle er sagen: Alles okay?

Am liebsten hätte ich ihm mit *Nein* geantwortet. Nein und wieder Nein. Nichts war okay. Aber dies war weder der richtige Zeitpunkt, um ihm von meiner Vergangenheit zu erzählen, noch ihm zu beichten, dass ich ihn tagtäglich anlog. Und erst recht würde ich ihm nicht beichten, welche Gefühle er in mir auslöste. Also schwieg ich und tat so, als wäre mir sein Blick nicht aufgefallen.

Ich verstaute den Laptop unter mir – dabei ignorierte ich das gefährliche Hin- und Herschwingen der Hängematte – und lehnte mich zurück. Die kleinen Knoten der gehäkelten Hängematte bohrten sich unangenehm in meinen Rücken. Ich versuchte mich auf etwas anderes zu konzentrieren, um mich abzulenken, also drehte ich den Kopf und sah hinauf in den klaren Nachthimmel. Trotz der Lichterketten um uns herum konnte ich die zahlreichen Sterne über uns gut erkennen. Einige von ihnen leuchteten schwach und waren kaum erkennbar, andere hingegen strahlten um die Wette. Am meisten beeindruckte mich jedoch der Mond. Er bildete eine perfekte Sichel, und sein Schein spiegelte sich auf dem glatten Wasser der Bucht.

Stay wild, moon child.

Unbewusst stieß ich einen leisen Seufzer aus. Der majestätische Anblick passte gut zu der Melancholie in meinem Herzen. Es war ein so schöner Moment. Ein Moment, der jedoch durch meine unbequeme Liegesituation ein wenig an Magie verlor. Dennoch war der Tag lang und anstrengend gewesen, und so bemerkte ich kurze Zeit später, dass mir langsam, aber sicher die Augen zufielen.

14

Alles, was wir sehen,
ist eine Perspektive.
Keine Wahrheit.

Wo ist unser Hotel?«

Jacobs Mundwinkel zuckten. Er hob die Hand und zeigte nach oben. Ich folgte seiner Bewegung, und meine Augen wurden groß. Dort, hoch oben, in den Bäumen und Palmen, waren Baumhäuser. Robinson-Crusoe-artige, schwindelerregend hohe Baumhäuser.

Unsicher, ob er das wirklich ernst meinte, sah ich mich um. Aber nein. Außer diesen Baumhäusern gab es keine weiteren Hotels, Hostels oder von mir aus auch Hängematten in der näheren Umgebung.

Ich hatte die letzten acht Stunden hinter Jacob auf seiner Harley verbracht, nachdem ich eine unerwartet friedliche, aber am nächsten Morgen mit Rückenschmerzen bezahlte Nacht an Bord der *Old Lady* überlebt hatte. Zu behaupten, mir tat alles weh, war die Untertreibung des Jahrhunderts. Mir taten Muskeln weh, von denen ich bis dato nicht einmal geahnt hatte, dass sie überhaupt existierten. Außerdem signalisierte mir das leichte Ziehen in meinem Unterleib, dass meine Periode sich ankündigte. Es würde also nicht mehr lange dauern, und ich wäre mehr als dankbar für ein richtiges Bad. Selbst wenn dies in einem Baumhaus gut zwanzig Meter über der Erde schwebte. Seufzend fügte ich mich in mein Schicksal.

»Wie kommen wir da hoch?«

Sarah schlang einen Arm um meine Taille, und ich hörte sie hinter mir kichern.

»*That's the spirit!*«

»Ihr habt Glück, dass ich keine Höhenangst habe.«

»Du hast Glück, dass du keine Höhenangst hast«, korrigierte Frank mich trocken.

»Und du wirst diese Aussage noch bereuen.« Sarah kniff mir lachend in die Seite. »Glaub mir.«

»Hey!«

»So etwas sollte man nie in der Nähe eines Extremsportlers sagen, Ellie.«

Ich ignorierte Sebs Kommentar und wandte mich an Jacob. »Wie kommen wir da jetzt hoch?« Ich stellte die Frage erneut, sicher, dass mir die Antwort nicht wirklich gefallen würde. Jacob gab sich die größte Mühe, sein Grinsen im Zaum zu halten, und wies auf eine gestrickte Leiter in einiger Entfernung, die an einer besonders großen und breiten Palme mindestens zwanzig Meter in die Höhe führte.

Warum hast du auch gefragt.

Den Jeep und unser Equipment für den Moment ignorierend, schulterte ich meinen kleinen Rucksack und folgte den anderen in Richtung der nahezu wohnhaushohen Palme. Frank griff als Erster nach der Leiter. Ohne auch nur eine Sekunde zu zögern, schwang er sich hinauf und kletterte los. Seb und Sarah folgten ihm.

»Ich bleibe hinter dir«, informierte Jacob mich mit ruhiger Stimme. Um sicherzugehen, dass ich nicht fiel, oder um mir auf den Hintern zu glotzen? Aus was für einem Grund auch immer – ich musste zugeben, dass es mich beruhigte. Das letzte Mal hatte ich im Schulsport mit so etwas Ähnlichem wie dem hier zu tun gehabt, und damals hatte ich mich nicht unbedingt mit Ruhm bekleckert. Innerlich seufzend griff ich nach dem Ende der Leiter und begann mit dem Aufstieg. Es hatte ja doch keinen Sinn, mich zu weigern. Ich wollte eine Dusche, und ich wollte etwas zu essen. Beides würde ich nur da oben bekommen. Die ersten zwei Meter waren wackelig und anstrengend, und mit taten bereits jetzt die Arme weh. Dann aber waren die anderen oben angekommen und die Strickleiter stabilisierte sich. Unter Jacobs gut gemeinten Ratschlägen – »Bauchspannung, Ellie, dann ist es einfacher.« (Welche Bauchspannung?), »Sieh nicht nach oben, nur auf die Leiter.« (Das war tatsächlich ein guter Rat gewesen, denn auch wenn ich keine Höhenangst hatte, war es dennoch ungewohnt, an einer riesigen Palme hochzuklettern) – kam auch ich in einem Stück oben an. Tatsächlich war es insgesamt einfacher gewesen als gedacht. Dennoch taten sich die Muskeln meiner Oberarme mit denen meiner Oberschenkel zusammen und begannen, unangenehm zu brennen. Oben angekommen, wurde ich jedoch für die Strapazen der letzten vierundzwanzig Stunden belohnt. Die Ankunftshalle unserer Unterkunft war definitiv luxuriöser, als ich erwartet hatte. Die Aufregung – und Sorge – in meinem Bauch ließ ein wenig nach. Eine junge Vietnamesin schien uns bereits erwartet zu haben und empfing uns mit kalten Erfrischungsgetränken. Dankbar nahm ich den kühlen, nach Ingwer und Zitronengras duftenden Eistee entgegen und leerte die Hälfte des Glases in einem Zug. Himmel, schmeckte das gut. Neben mir hörte ich Sarah leise seufzen. Ein Gefühl, das ich gut nachvollziehen konnte. Dieses Getränk brachte mich um zweihundert Prozent nach vorne und belebte meinen müden Geist. Gierig trank ich auch den Rest, während die Empfangsdame uns die Struktur des Hotels erklärte. Dazu wies sie auf eine an der Wand hängende Karte. Auf den ersten Blick sah es aus wie ein Labyrinth. Häuser, Brücken, Pfade in verschiedenen Farben … Neugierig traten wir näher. Es gab mehrere kleine bis mittelgroße Häuser, die alle durch Hängebrücken miteinander verbunden waren. Zusätzlich zu den voll ausgestatteten Häusern – Halleluja – gab es noch drei winzige, eher zeltartige Hütten, die noch weiter oben angesiedelt waren. Dort kam man lediglich durch ein Seil hin. Sofort hatte ich angenommen, dass Jacob in einem dieser … Dinger schlafen wollte, er überraschte mich jedoch, indem er den Kopf schüttelte. Was auch immer für Stunts in den nächsten Tagen anstanden, er brauchte offensichtlich auch seinen Schönheitsschlaf. Minimal erleichtert über die aktuelle Entwicklung unserer Schlafsituation, verließ auch die restliche Anspannung meinen Körper, und ich fühlte nichts weiter als freudige Erwartung. Der einzige Weg hoch oder runter, erklärte die nette Vietnamesin uns, war über die Leiter, die wir soeben benutzt hatten. Das gab den Hotelgästen gleichzeitig eine gewisse Privatsphäre und Sicherheit. Auch wenn ich mich fragte, wie bescheuert Einbrecher sein mussten, um hier hochzukommen … Für den Fall eines Notfalls gab es in jedem Zimmer und in jeder Hütte eine Leiter aus Tauen und die dazu passenden Befestigungshaken an den Hauswänden.

Sarah und ich würden uns diesmal ein Zimmer teilen, ebenso wie Seb und Jacob. Frank schlief, wie immer, alleine.

»Dreißig Minuten«, wies er uns an, ehe er seinen kleinen Rucksack schulterte und sich davonmachte. Wenigstes blieb uns diesmal das Schleppen von sauschwerem Equipment erspart. Der Jeep war sicher in einer der Garagen geparkt worden. Als auch Seb und Jacob sich in Bewegung setzten, folgte ich Sarah in Richtung unseres Zimmers. Über die kleinen Hängebrücken zu laufen, war irgendwie … witzig. Es schaukelte nicht so arg wie angenommen, aber für Menschen mit Höhenangst wäre dieses Hotel ein regelrechter Alptraum.

»Und hier sind wir.« Sarah öffnete die Zimmertür mit dem leicht rostig aussehenden Schlüssel, den uns die Empfangsdame in die Hand gedrückt hatte, und gemeinsam traten wir ein.

»Es ist …«

Sie stockte. Mühsam unterdrückte ich das Lachen, das in mir aufsteigen wollte. »Kuschelig?«, bot ich ihr ein passendes Adjektiv an, als sie keine Anstalten machte, weiterzusprechen. Der gesamte Raum bestand aus warmem, mahagonifarbenem Holz. In der Mitte des Zimmers befand sich ein kleines, ungefähr eins vierzig breites Bett. Jemand hatte sich viel Mühe gemacht, die schneeweißen Laken mit Rosenblättern zu dekorieren und aus unseren Handtüchern einen Elefanten zu formen. Direkt am Fenster stand eine antik aussehende Holzwanne, wie man sie sonst nur in Serien wie *Game of Thrones* zu sehen bekam. Es gab weder einen Tisch noch Stühle oder sonstige Dekoration. Dafür war der Ausblick aus dem einzigen Fenster über der Wanne spektakulär.

»Wo sind wir hier gelandet?«, fragte ich Sarah lachend. Ich war fasziniert. Obwohl das Zimmer extrem spartanisch eingerichtet war, wirkte es gemütlich.

»Keine Ahnung, aber wenn *Mylady* ein Bad wünscht, dann kann *Mylady* ein Bad nehmen.«

Schulterzuckend wies sie auf die Wanne. »Was zur Hölle ist das? Eine Pferdetränke?«

»Ich glaube, es soll tatsächlich eine Badewanne sein.«

Wir tauschten einen amüsierten Blick, ehe wir den Rest unserer Unterkunft in Augenschein nahmen. Zu unserer großen Erleichterung entdeckten wir einen über dem Bett hängenden elektrischen Ventilator und eine winzige, durch all das Holz gut getarnte Tür. Mit zwei Schritten hatte Sarah das Zimmer durchquert und die Tür geöffnet. Die Kammer dahinter war Toilette und Dusche in einem.

»Ich weiß nicht, wie es dir geht.« Sarah ließ sich erschöpft auf das Bett fallen. »Aber solange es ein normales Bett gibt, und eine Toilette, auf der ich mich richtig hinsetzen kann, ist mir alles recht.« Sie kam auf die Ellenbogen hoch und sah mich gespielt verführerisch an. »Ich kuschel auch mit dir.«

»Ah, Sarah! Womit habe ich die Ehre verdient?«, neckte ich sie.

»Oder«, begann sie, und das plötzliche Funkeln in ihren Augen gefiel mir gar nicht, »wir tauschen mit den Männern!«

»*Was?*«

»Ich schlafe mit Seb und du mit J!«

»Ich schlafe nicht mit Jacob«, antwortete ich steif und ließ meinen Rucksack auf den Holzboden fallen.

»Noch nicht«, korrigierte Sarah mich trocken.

»Egal, ob gar nicht oder noch nicht.« Wobei die Aussicht auf *noch nicht* mir einen erwartungsvollen Schauer über den Rücken jagte. »Du schläfst hier bei mir!«

»Okay, okay.« Abwehrend hob sie beide Hände. »War nur eine Idee.«

»Tolle Idee«, murmelte ich aufgebracht, während ich meinen Rucksack ausräumte und alle Gedanken an Jacob, mich und ein winziges, kuscheliges Bett aus meinen Gedanken vertrieb.

Sarah war die Erste, die sich eine heiße Dusche gönnte. Mit den Worten: »Ich setze mich jetzt aufs Klo und dreh das heiße Wasser auf, bis ich aussehe wie Mr. Krabs«, war sie vor fünf Minuten im Bad verschwunden. Was anderes blieb ihr bei dem spärlichen Platz auch nicht übrig. Sie hatte mir erklärt, dass es hierzulande nicht ungewöhnlich war, dass der Duschkopf sich direkt über der Toilettenschüssel befand. Ich nutzte die Gunst der Stunde und versuchte, meine Mom anzurufen.

»Mom?« Am anderen Ende der Leitung rauschte es verdächtig, und ich betete, dass das WLAN hielt, was es versprach. Für mein Skype-Vorhaben, aber auch für Franks allgemeinen Seelenfrieden. Das Gesicht meiner Mom erschien auf dem Bildschirm meines Laptops.

»Ellie?«

»Hi, Mom.«

»Süße!«, rief Mom begeistert. »Wie geht es dir?«

»Mir geht's sehr gut. Wir sind heute in den Bergen angekommen.«

Während ich meiner Mom davon erzählte, was ich die letzten Tage alles erlebt hatte, wurde mein Blick immer und immer wieder von unserem Fenster und dem Spektakel dahinter angezogen. Die Natur um uns herum war wunderschön. Es begann bereits zu dämmern, aber durch die dichten Palmenblätter hindurch konnte ich die Teeplantagen und die hohen Bergketten, von denen Sarah mir erzählt hatte, bereits erahnen.

»Wie sieht es bei dir aus?«

»Warte kurz.« Vorsichtig, um das Signal nicht zu stören, hob ich den Laptop an und drehte die Kamera Richtung Fenster. »Kannst du das sehen?«

»Es ist ein wenig verschwommen«, antwortete sie, »aber das, was ich sehe, sieht toll aus. Sehr … dschungelig.« Mom zögerte kurz. »Und wie ist es so, mit einem Kamerateam unterwegs zu sein?«

»Nicht ganz so glamourös, wie man es sich vielleicht vorstellt«, antwortete ich aufrichtig. Ein Lächeln breitete sich auf meinen Lippen aus. »Aber wir verstehen uns alle super.«

Mom nickte. »Das sieht man. Du siehst gut aus, Süße! Richtig erholt.«

»Ich habe die letzte Nacht in einer Hängematte verbracht, Mom.« Besonders erholt konnte ich nicht aussehen. Nicht nach dieser Nacht und auch nicht, nachdem ich die letzten Stunden hinter Jacob auf seiner Harley geklebt hatte. Dann kam die Frage, mit der ich bereits gerechnet und auf die ich mich innerlich vorbereitet hatte.

»Und dieser Jacob?« Moms Stimme klang unbeteiligt, so als würde sie die Antwort nicht wirklich interessieren. Sie lächelte unschuldig. Dieses kleine Schauspiel nahm ich ihr allerdings keine Sekunde ab. Wahrscheinlich platzte sie innerlich vor Neugierde.

»Was soll mit ihm sein?«

»Ist er nett zu dir?«

»Mhm …«

»Ellie!«

Lachend gab ich nach. »Ja, Mom, er ist sehr nett. Ich mag ihn … sehr.«

Am anderen Ende der Leitung hörte ich, wie meine Mutter sich leise räusperte. Natürlich merkte sie, dass Jacob nicht irgendjemand für mich war. Aber sie schwieg. Eine Bewegung hinter Mom erweckte meine Aufmerksamkeit.

»Daddy?«

»Dein Vater will dir eben Hallo sagen, Süße.«

Ich plauderte noch eine Weile mit meinen Eltern, bis Sarah aus dem Bad kam und mir ihr Smartphone unter die Nase hielt.

»Zehn Minuten«, flüsterte sie. Ah, verdammt. Franks Briefing – das hatte ich total vergessen.

Ich verabschiedete mich von meinen Eltern und schickte Helen eine lange Nachricht, dass ich mich später melden würde, dann eilte ich ins Bad, um zu duschen. Da Sarah sich für ein lässiges Shirt und eine lange Hose entschieden hatte, tat ich es ihr gleich. Dann schlüpfte ich in meine geliebten Birkis, band mir die Haare zu einem hohen Pferdeschwanz, und gemeinsam machten wir uns auf den Weg ins Restaurant. Tatsächlich machte es wahnsinnig viel Spaß, über die kleinen Hängebrücken zu laufen. Und genau das taten wir. Wir schlenderten nicht, wir liefen.

»So macht es viel mehr Spaß.« Sarahs Augen blitzten, als sie sich umdrehte und loslief.

»Ist das die richtige Richtung?«

»Ist doch egal!«, rief sie zurück und lachte.

Das Hotel glich durchaus einem kleinen Labyrinth. Mindestens dreimal bogen wir falsch ab. Noch immer kichernd kamen wir über zehn Minuten zu spät zu unserem Meeting. Die Männer saßen bereits an einem runden Tisch und warteten auf uns. Vor ihnen standen mehrere Flaschen Wasser und etwas, was aussah, wie die erste Runde Bier. Das Restaurant befand sich auf einer – nach allen Seiten hin – offenen Plattform. Ein gewaltiger Baum ging direkt durch die Mitte und stützte so das ganze Konstrukt. Die Baumkrone diente als Dach, und mehrere Lichterketten schmückten die Äste und ließen es so aussehen, als ob Abertausende kleiner Glühwürmchen durch die Nacht flogen. Mehrere Fackeln und Kerzen rundeten das Lichtermeer ab. Bei genauem Hinsehen erkannte ich, dass es sich um LED-Lichter handelte. Was überaus schlau war, hatte man ein Hotel, das zu neunundneunzig Prozent aus Holz bestand. Obwohl das Feuer nicht echt war, verlor es nicht an Wirkung. Ich sah nach oben. Über uns erstreckte sich der klare Nachthimmel und durch die massiven Äste der Baumkrone konnte ich den ein oder anderen Stern aufblitzen sehen. Offensichtlich musste ich mich auf dieser Reise an romantische und magische Orte wie diesen gewöhnen. Neben mir hörte ich Sarah leise seufzen.

»Wie romantisch.«

»Es ist wunderschön«, bestätigte ich und ignorierte den freien Platz neben Jacob. »Hi«, begrüßte ich Frank und ließ mich neben ihn fallen. Dann sah ich in die Runde.

»Sorry für die Verspätung, wir sind falsch abgebogen.«

»Ging mir auch so«, kommentierte Seb, »bin auch grad erst angekommen.«

»Dieser Ort ist wunderbar.« Ich mochte mich wiederholen, aber … wow. In London oder York waren die Tage, an denen wir bei einem Drink draußen sitzen konnten, begrenzt. Hier in Vietnam dagegen spielte sich das komplette Leben draußen ab. Häuser und Wohnungen dienten lediglich als Schlafplatz oder zum Schutz während der Regenzeit. Man nahm das Leben und transportierte es einfach nach draußen, vor die Tür und unter den Sternenhimmel. Dann schmückte man es mit Lichterketten und lehnte sich entspannt zurück. Das war eine völlig neue Erfahrung für mich.

Seb grinste Sarah und mich an. »Wartet, bis ihr die Aussicht bei Tag seht.«

»Apropos Tag …« Frank stützte beide Arme auf den Tisch und lehnte sich vor.

»Ah!« Jacob hob eine Hand und brachte ihn so zum Schweigen. »Erst mal bestellen wir etwas zu essen, dann kannst du uns briefen.«

Ich belohnte Jacobs Worte mit einem spontanen und überaus dankbaren Lächeln. Mein Magen hing mir mittlerweile in den Kniekehlen, und ich hatte einen Mordshunger. Das Frühstück, das wir an Bord der *Old Lady* zu uns genommen hatten, sowie das kleine Sandwich auf dem Weg hierher waren längst verpufft. Was auch immer Frank sich Halsbrecherisches für Jacob ausgedacht hatte, ich würde es mit vollem Magen besser ertragen. Noch nicht ganz so experimentell unterwegs wie der Rest der Crew, bestellte ich mir Bratreis und eine Cola. Bis jetzt ging es meinem Magen gut. Und das sollte auch so bleiben, vor allem in über zwanzig Meter Höhe. Bereits nach wenigen Minuten erschienen gleich mehrere Kellner mit unserer Bestellung, und wie ausgehungert machten wir uns über unser Essen her.

»Also«, brach Jacob nach einer Weile das Schweigen, das sich zwischen uns ausgebreitet hatte, »was steht morgen an?« Vorfreude zeigte sich auf seinem Gesicht, und es würde mich nicht wundern, wenn er es bereits ahnte. Sogar ich hatte so meine Vermutung … immerhin waren wir in den Bergen, und Sarahs Andeutung über Höhenangst kam mir erneut in den Sinn. Wahrscheinlich musste er irgendwo raufklettern oder noch besser: herunterspringen …

»Paragliding«, antwortete Frank, und Jacobs Grinsen wurde breiter.

Paragliding. Natürlich.

»Cool!« Ohne Frank aus den Augen zu lassen, hob Jacob seine Hand und gab Seb ein Highfive.

»Wir bleiben drei Tage hier«, informierte Frank uns, »das Paragliding ist bereits geplant und gebucht. Bei den anderen Aktivitäten kannst du frei entscheiden. Es gibt ein paar gute Downhill-Touren, die du mit dem Quad oder Funbike machen kannst, und Rafting wäre auch noch eine Option.«

Während die vier die nächsten Tage planten, lehnte ich mich auf meinem Stuhl zurück und genoss die Aussicht. Viel konnte ich nicht erkennen, das würde sich erst morgen früh ändern, aber es war ein unglaubliches Gefühl, so hoch oben in den Bergen zu sein. Und in den Bäumen. Obwohl wir auf der *Old Lady* und inmitten der gewaltigen Halong Bay tatsächlich allein gewesen waren und es hier noch andere Gäste als uns gab, ließ sich das absolute Robinson-Crusoe-Gefühl nicht abschalten. Die Hängematte und ich, wir würden keine Freunde werden, aber an das hier könnte ich mich gewöhnen. Jemand stupste unter dem Tisch gegen meinen Fuß, und ich sah überrascht auf. Blaue Augen blitzten über dem Rand eines halb vollen Glases auf, und Jacob sah mich lächelnd an.

Nach einer kurzen Diskussion über Energydrinks, die ich absolut nicht hatte ernst nehmen können, da Jacob Frank einfach nur aufgezogen hatte, hatte Frank ihm großmütig ein Bier erlaubt, danach war er ebenfalls auf Cola umgestiegen.

»Gefällt es dir?«, fragte er leise, und obwohl wir nicht alleine am Tisch saßen, fühlte ich mich für einen winzigen Moment so, als ob wir die einzigen Menschen auf der Plattform wären. Hoch oben in den Bäumen. Umgeben von der schützenden Anonymität der Nacht. Ich erwiderte Jacobs Blick und spürte den Sog, der mich jedes Mal ergriff, wenn ich ihn ansah.

»Sehr«, flüsterte ich zurück.

Offensichtlich zufrieden mit meiner Antwort, wandte Jacob sich erneut der Unterhaltung zu. Sarah grinste in ihr Essen, und Frank warf mir einen abschätzenden Blick zu. Er sah alles andere als amüsiert aus. Frank hatte dieses Hotel ausgesucht, erinnerte ich mich, es gab also keinen Grund anzunehmen, dass Jacob schon wieder etwas unternommen hatte, damit ich mich wohlfühlte oder er mich beeindrucken konnte. Ich war mir sicher, dass er es andernfalls erwähnt hätte, um mich erneut zu so etwas Hirnrissigem wie einem Date zu überreden. Ein Date, das er irgendwann auf dieser Reise einfordern würde. Immerhin hatte er vorab nicht wissen können, dass ich schwindelfrei war. Ich stutzte und kniff die Augen zusammen. Oder doch? Aber wen hätte er fragen sollen?

Himmel, Ellie. Der Mann ist nicht Superman!

Vielleicht tat ich gut daran, diese Worte abzuspeichern und ab und an zu wiederholen. Jacobs ganze Art, seine Unbeschwertheit, die Kraft und Lebendigkeit, die er ausstrahlte … das alles war so neu für mich, dass ich mich offenbar schwer damit tat, ihn in Gedanken nicht zu idealisieren. Niemand war perfekt. Auch nicht Jacob Harrison.

Und du kennst den Mann viel zu wenig, um solche Gedanken zu haben …

Mir selbst einen gedanklichen Arschtritt verpassend, griff ich nach meiner Cola und versuchte mich darauf zu konzentrieren, was Frank uns über die Gegend erzählte.

15

*Ich glaube, es zu wagen,
macht unglaublich viel Sinn.*

Sarahs und meine Nacht in unserem kleinen Baumhaus verlief herrlich ereignislos. Nachdem die Jagd auf zwei fiese, blutsaugende Mücken, die uns bereits mehrfach gestochen hatten, beendet gewesen war, hatten wir uns unter die Decke gekuschelt und waren fast augenblicklich eingeschlafen. Es überraschte mich überhaupt nicht, dass ich keinerlei Probleme damit hatte, neben Sarah zu schlafen. Sie war so unkompliziert, dass man sich neben ihr unwillkürlich entspannte. Und selbst wenn ich Zweifel oder Bedenken gehabt hätte, wären diese meiner allgemeinen Erschöpfung zum Opfer gefallen. Heute Morgen hatte ich mich frisch geduscht, bereits um kurz vor sieben aus dem Zimmer geschlichen und meinen ersten Kaffee in absoluter Ruhe und Einsamkeit auf der Plattform des Restaurants zu mir genommen. Seb hatte nicht übertrieben, dachte ich, als ich eine Stunde später noch immer auf die atemberaubende Landschaft vor mir blickte. Nur einen Pulli hätte ich mitnehmen sollen, denn früh morgens war es in den Bergen erstaunlich kühl. Die Gänsehaut auf meinen nackten Armen hatte mich jedoch nicht dazu bringen können, aufzustehen und mir einen Pulli zu holen. Ich wollte keine Sekunde des Naturschauspiels vor mir verpassen. Mittlerweile hatte die Sonne es über die Bergkuppen geschafft und tauchte das Tal vor mir in sanftes oranges Licht. Wie flüssiges Gold breitete es sich über den Gipfeln und den Plantagen vor mir aus und arbeitete sich minütlich weiter vor. Es sah beinahe unwirklich aus. Als hätte jemand den Schleier zwischen zwei Welten angehoben, um mir einen Blick auf etwas wahrhaft Einmaliges zu gewähren.

»Hier bist du.«

Bei den Worten zuckte ich zusammen. Bis eben war ich allein auf der Plattform gewesen, jetzt aber trat ein vom Schlaf noch leicht zerknautschter Jacob in mein Sichtfeld. Er zog sich einen Stuhl heran und ließ sich neben mich fallen.

»Hi.«

»Selber hi.« Unsere Schultern berührten sich leicht, und unwillkürlich breitete sich Gänsehaut auf meinen nackten Armen aus.

»Ist dir kalt?«

»Ein wenig«, gab ich zu.

Sofort sprang er auf und entledigte sich seines hellgrauen UCLA-Hoodies. Dabei rutschte sein T-Shirt ein wenig nach oben und gab den Blick auf straffe Bauchmuskeln und einen dünnen Streifen heller Haare frei. Innerlich seufzend griff ich nach meinem mittlerweile kalten Kaffee.

»Hier, bitte.« Galant hielt Jacob mir seinen Hoodie entgegen. Seinen noch warmen und nach ihm duftenden Hoodie.

»Danke.« Ich nahm den Pulli entgegen und schlüpfte hinein. Jacob verfolgte jede meiner Bewegungen, und ich unterdrückte sowohl den gequälten Seufzer als auch das Augenrollen, welches in mir aufsteigen wollte, als ich auf die Plantagen vor uns sah. Jetzt war mir zwar nicht mehr kalt, aber meine Hormone liefen zu Hochtouren auf. Toll.

»Ein schöner Anblick, nicht wahr?«

»Woher wusstest du, dass ich hier bin?«, entgegnete ich.

Jacob gluckste vergnügt und signalisierte einer der diskret im

Hintergrund wartenden Kellnerinnen, dass sie uns zwei neue Tassen Kaffee bringen sollte.

»Hast du Sarah schon mal aus dem Tiefschlaf gerissen?«, fragte er mich.

»Nein.«

»Dann tu es auch niemals.«

Die Kellnerin kam an unseren Tisch und schenkte uns mit einem freundlichen Lächeln auf den Lippen aus einem hübsch verzierten Tonkrug ein. Jacob beobachtete ihre Bewegungen, ehe er sie mit einem gemurmelten Dank wieder wegschickte. Man merkte, dass es für ihn normal war, in dieser Form bedient oder eher umsorgt zu werden. Seine Geste hätte schroff wirken können, hätte er nicht die gesamte Zeit über gelächelt. Bisher hatte ich ihn stets respektvoll gegenüber den Einheimischen erlebt. Er wusste, was er wollte, und er hatte kein Problem damit, seine Wünsche zu äußern, aber er blieb dabei immer höflich. Zufrieden lächelnd trank er einen Schluck Kaffee, ehe er weitersprach.

»Ich wollte dich fragen, ob du einen Kaffee mit mir trinken willst, aber offensichtlich warst du schon weg. Also habe ich das Monster aus seinem Schlaf geweckt.«

»Das Monster?«

»Sie hat gedroht, mich von der Leiter zu schubsen, wenn ich mich, Achtung O-Ton: nicht augenblicklich verpisse.«

Das klang ganz nach Sarah. Lachend griff ich nach meiner eigenen Tasse.

»Also Paragliding, mhm?«

Jacob zuckte mit den Schultern. »Kinderspiel.«

»Mhm.« Kinderspiel? Für mich klang Paragliding ebenso abenteuerlich wie Freeclimbing. Neugierig schielte ich Jacob von der Seite an. Er saß so dicht neben mir, dass ich sogar die verfluchten

Sommersprossen auf seiner Nase zählen konnte. Jene Sommersprossen, die mich seit unserer Taxifahrt in London fertigmachten. Während ich versuchte, ein wenig Abstand zwischen uns zu bringen, schien jeder einzelne dieser kleinen, hinreißenden Flecken mich zu verhöhnen. Resigniert blieb ich, wo ich war. Jacob hielt ganz offensichtlich nicht besonders viel von einem gesunden, höflichen Abstand zu anderen Menschen. Davon hatte ich mich in den letzten Tagen mehrfach überzeugen können. Ich hingegen war eher der Typ *Mein Tanzbereich, dein Tanzbereich*. Ich mochte es nicht, wenn Leute mir zu nahe kamen. Bei Jacob jedoch sah das ganz anders aus. Leider.

»Was passiert vor dem Paragliding heute Nachmittag? Was machen wir?«

»Seb und ich wollen eine der Pisten hinter dem Hotel mit dem Quad auskundschaften.« Er sah mich an. »Willst du mit?«

»Diesmal nicht«, antwortete ich vage. »Ich werde ein wenig arbeiten.«

»Du kannst deine Meinung jederzeit ändern.«

»Ich glaube nicht, aber danke.« Im hohen Bogen über den Lenker eines Quads zu fliegen stand nicht auf meiner Bucketlist, und ich hatte das dumpfe Gefühl, dass Jacob in den nächsten Tagen und Wochen versuchen würde, mich noch zu so einigen irrsinnigen Dingen zu überreden.

Ich hatte es geahnt. Ich hatte es so was von geahnt … noch heute Morgen hatte ich dieses unbestimmte Gefühl gehabt, dass Jacob etwas im Schilde führte, und jetzt, nur wenige Stunden später, wusste ich, was es war.

»Für wen ist der zweite Gurt?« Schon als ich die Frage aussprach, überkam mich ein mulmiges Gefühl. Jacob grinste. O nein. *Nein. Nein. Nein.* Die Hände abwehrend erhoben trat ich zurück.

»Mit dir Harley zu fahren oder in einer Hängematte zu schlafen, ist etwas ganz anderes, als mich von einem Berg zu stürzen!«

»Nicht wirklich. Adrenalin ist Adrenalin.«

»Das kannst du vergessen.«

»Komm schon, Mansfield«, neckte er mich, während Seb die Kamera auf uns hielt.

»Auf keinen Fall.«

»Nicht einmal, wenn du dafür das nächste Hotel aussuchen darfst?« Jacobs Stimme hatte einen verführerischen Unterton angenommen, und Sarah begann hinter mir laut zu lachen.

»Das ist nicht fair!«

»Tu es, Ellie«, forderte sie mich auf.

»Auf keinen Fall!«, wiederholte ich. Energischer diesmal. Aber Jacob gab sich nicht so schnell geschlagen.

»Ein Hotel«, flüsterte er, »mit Pool.« Das tiefe Timbre seiner Stimme machte etwas Merkwürdiges mit meinem Magen. Das Flattern war zurück.

»Scheiße, Jacob. Das habe ich nicht geplant«, grummelte Frank hinter uns. »Du musst aufhören, so was …«

»Ein Pool«, unterbrach Jacob Frank energisch, »mit Spa.«

Oh, er spielte nicht fair. Sarah gab ein aufgeregtes Quietschen von sich. »Ein Pool, Ellie. Ein richtiger Pool! Und eine Massage!« Sarah wandte sich an Jacob. »Sie macht es!«

Moment mal, was?

»Sarah!« Ich schüttelte den Kopf, bis meine Haare flogen. »Ich mache gar nichts!«

»Komm schon, Freundin, tu es fürs Team.« Sarah warf mir einen flehenden Blick zu. »Wo es einen Pool gibt, gibt es auch richtige, flauschige Betten.« Ihr Blick wanderte zu Seb. »Große Betten.«

Himmel nochmal …

»Sarah …«

»Komm schon, Ellie. Bitte!« Sie klimperte mit den Wimpern. »Ich bin mir nicht zu schade zu betteln.« Sie legte eine Hand auf ihr Herz. »Richtige Betten, Ellie!«

Der Pool und ein Spa waren ein Luxus, auf den ich verzichten konnte, ein richtiges Bett hingegen – ein Bett für mich *alleine* – das war ein Argument.

»Komm schon, Mansfield«, wiederholte Jacob und trat näher. »Ich passe schon auf, dass uns nichts passiert.«

Argwöhnisch musterte ich den Gurt. »Wie oft hast du das schon gemacht?«

»Paragliding? So oft, dass ich es nicht mehr zählen kann.«

»Aber …«

Meinen Protest ignorierend machte er einen Satz nach vorne und legte mir mit flinken Fingern den Gurt an, wobei er sorgfältig darauf achtete, keine unsittlichen Stellen meines Körpers zu berühren. Der Karabiner vor meinem Bauch schnappte geräuschvoll ein, und erschrocken quietschte ich auf.

»Ich habe nicht gesagt, dass ich es mache!«

»Denk doch nur daran, wie gut dein Artikel wird.«

»Wie sicher bist du dir, dass uns nichts passieren wird?«

Jacob runzelte die Stirn. »Neunundneunzig Prozent«, antwortete er selbstbewusst. Ich wollte bereits aufatmen, als … »Okay, neunzig.«

»*Neunzig?*« Wieso nicht hundert? Warum nur neunzig? Mich selbst und Jacob verfluchend, schloss ich für einen Moment die Augen und versuchte, meinen sich beschleunigenden Herzschlag unter Kontrolle zu bekommen. Jacob würde mich nicht mitnehmen, wenn es gefährlich wäre … Ich atmete tief ein und sah erst in Sarahs erwartungsvolles, dann in Jacobs vorfreudiges Gesicht. Verflucht. Würde ich das hier wirklich machen? Ein wenig erschrocken über meine eigenen Gedanken, wandte ich mich von den anderen ab und starrte auf den Abgrund vor uns. Etwa zehn Meter trennten uns von dem Tal, das sich vor uns erstreckte. Viel Zeit zum Nachdenken hatte ich jedoch nicht, denn bevor ich auch nur reagieren konnte, stand Jacob bereits hinter mir, griff um mich herum und befestigte meinen Gurt an seinem. Dann setzte er sich seinen Helm mit der kleinen Action-Kamera auf den Kopf und reichte mir einen zweiten. Ohne Kamera.

»Was …« Ich räusperte mich, »was muss ich machen?«

O Gott, Ellie, du tust das hier wirklich.

Sarah jubelte vor Freude. Ich selbst versuchte, meinen Gesichtsausdruck möglichst neutral zu halten. Sebs Kamera war nach wie vor auf uns gerichtet, und ich hoffte inständig, dass niemand sonst zu sehen bekam, wie Jacob sich zu meinem Ohr herabbeugte und flüsterte: »Genieß einfach das Gefühl zu fallen, Ellie. Und egal, was du machst, lass die Augen offen.«

»Warum?« Meine eigene Stimme war nicht mehr als ein heiseres Flüstern.

»Das Leben ist zu schön, um die Augen davor zu verschließen.«

Damit drehte er sich um und gab Frank ein Zeichen.

»Kann losgehen, Mann.«

»Wa-as machen wir jetzt?«

»Rennen und springen.«

Ach du …

»Los!«

Jacob begann sich zu bewegen, und ich hatte keine andere Wahl, als ebenfalls zu laufen. Der Abgrund kam rasant näher, und dann, plötzlich, war es so weit.

»Spring!«

Ich sprang. Lediglich mit einem Gurt an einem vor Freude johlenden Jacob befestigt, sprang ich in den Abgrund. Kurz fielen wir. Ein Kribbeln breitete sich in meinem Magen aus, bis die Thermik uns erfasste. Wir fielen, und dann … flogen wir.

»Augen auf, Ellie.«

Jacob hätte mich nicht erinnern müssen. Um keinen Preis der Welt würde ich auch nur eine Sekunde von dem verpassen wollen, was sich vor und unter uns erstreckte. Beeindruckende Tee- und Kaffeeplantagen, terrassenförmig angeordnet, und ein enges, kleines Tal mit einem grünlich schimmernden Fluss. Die Luft hier oben war angenehm kühl, und Jacob und ich glitten durch den Himmel wie die Adler, die ich in einiger Entfernung erkennen konnte. Es war friedlich, stellte ich erstaunt fest. So unglaublich friedlich. Irgendwie hatte ich angenommen, dass der Wind uns um die Ohren peitschen würde, aber es war beinahe unnatürlich still.

»Ist das immer so?«, fragte ich, während ich die Schönheit um uns herum wie ein Schwamm aufsog. Ich drehte meinen Kopf, um Jacob ansehen zu können, und erkannte, dass er uns absolut ruhig und kompetent durch die Luft navigierte, und das nur mithilfe zweier kleiner Leinen, die nicht besonders reißfest aussahen. Da er hiermit jedoch sein Geld verdiente, musste ich wohl oder übel darauf vertrauen, dass er wusste, was er tat.

»Die Ruhe?«

Ich nickte und drehte den Kopf wieder nach vorne, um nichts zu verpassen.

»Meistens, ja. Es ist anders als Fallschirmspringen«, erklärte er mir gelassen. »Die Thermik hält uns oben. Rein physikalisch ist es unmöglich, wie ein Stein hinabzufallen. Wir gleiten – daher die Stille.«

»Es ist wunderschön«, wisperte ich. Die Sonne würde bald untergehen, und der erste abendliche Nebel begann sich durch die Terrassen zu ziehen und verlieh der Szenerie etwas absolut Überirdisches. Ein paar Tage waren wir erst hier, aber ich konnte bereits jetzt guten Gewissens behaupten, dass ich mich in dieses Land verliebt hatte.

»Nicht so schlimm, wie du befürchtet hast, oder?«

»Ich hasse es, das zuzugeben, aber nein.«

Tatsächlich war es phantastisch. Da wir nicht fielen, sondern den Berg sanft hinabglitten, löste sich auch der letzte Rest meiner Angst in Luft auf. Hier oben, hoch in der Luft, das Tal zu unseren Füßen, bekam man eine völlig neue Perspektive auf die Dinge. Ich fragte mich unwillkürlich, was Mark wohl denken würde, könnte er mich jetzt so sehen. Würde er die Frau wiedererkennen, die durch eine einfache, unbedachte Lüge dabei war, ein unglaubliches Abenteuer zu erleben?

Wahrscheinlich nicht, dachte ich, denn ich erkannte mich selbst kaum wieder. Die alte Ellie hätte sich niemals von einem Berg gestürzt. Auf einem fremden Kontinent. Aber die alte Ellie hätte auch niemals gelogen, um einem Mann nahe zu sein. Einem Mann, den sie noch nicht einmal richtig kannte. Ich konnte meine Augen so fest verschließen, wie ich wollte, die Wahrheit ließ sich nicht aussperren. Nicht auf Dauer und nicht, während die Tür in meinem Inneren dabei war, sich weiter und weiter zu öffnen …

»Was geht in deinem Kopf vor, Ellie Mansfield?«

»Warum sprichst du mich immer mit meinem ganzen Namen oder meinem Nachnamen an?«

Ich spürte Jacobs Schulterzucken mehr, als dass ich es sah.

»Namen haben Macht«, antwortete er schlicht. »Und ich mag deinen Namen. Er passt zu dir.«

Da ich nicht wusste, was ich darauf erwidern sollte, schwieg ich und genoss die Aussicht. Rund zwanzig Minuten dauerte es, bis wir erneut festen Boden unter den Füßen hatten. Ohne mein Gewicht, das Jacob wie ein nasser Sack Kartoffeln am Bauch hing, wäre seine Landung wahrscheinlich wesentlich graziler ausgefallen. So aber landeten wir ein wenig unkoordiniert auf der mit einem großen X markierten Rasenfläche und verhedderten uns prompt in den vielen Schnüren und damit auch ineinander.

»O mein Gott!«, rief ich, noch immer schwer begeistert. »Das war phantastisch!«

Lachend versuchten wir uns aus den Bändern und Schnüren zu lösen. Hoch oben in der Luft war ich erstaunlich gelassen gewesen. Jetzt aber, auf dem Boden angekommen, wurde mir bewusst, was ich soeben erlebt hatte. Adrenalin pumpte durch meine Adern, und aufgeregt riss ich mir den Helm vom Kopf.

»Das würde ich glatt noch einmal machen!«

Jacob stimmte in mein Lachen mit ein und zog mich spontan an sich. Zu begeistert und auch zu dankbar für diese einmalige Erfahrung, ließ ich es zu. Tatsächlich hoben sich meine Arme wie von selbst und schlangen sich um Jacobs Hals. Seine Hände auf meiner Taille zuckten, und ich sah hinauf in zwei strahlend blaue Augen. So hatten wir schon einmal beieinandergestanden, damals in London. Es fühlte sich wie eine Ewigkeit an, und gleichzeitig war es nur ein Wimpernschlag.

»Wenn du willst, können wir das morgen wiederholen«, raunte er mit unüberhörbar kratziger Stimme.

Abgelenkt von Jacobs intensivem Blick, nickte ich. Was genau wollte er wiederholen? Unseren Kuss? Das Paragliding? Ich wusste es nicht … Der vernünftige Teil meines Gehirns, jener, der aktuell noch funktionierte, sagte mir, dass ich Jacob loslassen und zurücktreten sollte. Mich mit ihm einzulassen, war nicht klug. Es war nicht sicher. Doch mein Körper war anderer Meinung. Während Jacob mich noch ein wenig fester an sich zog, schlug mein verräterisches Herz immer schneller. Zu lange war es her, dass ich annähernd so etwas wie Leidenschaft oder Lust empfunden hatte. Drei verfluchte Jahre, um genau zu sein. Drei Jahre voller Trauer, schlechter Entscheidungen, Einsamkeit und Hilflosigkeit. Unser Abend in London war lediglich ein Vorgeschmack dessen gewesen, was mich in Jacobs Armen erwarten könnte. Es war ein Vorgeschmack dessen gewesen, wie es sich anfühlen würde, Lachen, Abenteuer und Romantik in mein Leben zu lassen. Und hatte ich mir ein wenig Spaß nach den letzten Jahren nicht auch verdient?

»Ellie?« Jacob runzelte die Stirn. »Ist alles okay?«

Das Nächste, was ich bewusst registrierte, waren meine Lippen, die sich fest auf Jacobs pressten. Ich, Ellen Mansfield, hatte mich kurzerhand auf den Mann vor mir gestürzt. Auf diesen liebenswerten, witzigen und überaus sexy Mann, der mich dazu gebracht hatte, mit ihm von einer Klippe zu springen. Jacob, so überrascht er auch sein mochte, zögerte keine Sekunde und erwiderte meinen Kuss voller Tatendrang. Als seine Zähne sich neckend in meine Unterlippe gruben, schoss ein Stromstoß durch meinen gesamten Körper. Vom Kopf bis in die Zehenspitzen und wieder hinauf. Ein leises Stöhnen entfuhr mir, als seine Zungenspitze zärtlich die meine berührte. Jacob Harrison zu küssen, glich einer religiösen Offenbarung. Ihn zu küssen war gleichzeitig hart und weich. Kompliziert und doch erschreckend einfach. Und vor allem: auf überwältigende Weise himmlisch und völlig … normal. Vertraut. Sein Geschmack auf meinen Lippen, die neckische Art, in der er mit mir spielte, mich reizte und mir suggerierte, dass alles, was wir hierüber hinaus miteinander anstellen würden, ebenso phantastisch werden würde. Wie auch beim ersten Mal spürte ich, dass ich bereits nach wenigen Minuten kurz davor war, die Kontrolle zu verlieren. Etwas, wozu ich noch nicht bereit war – auch wenn ich es gewesen war, die sich auf Jacob gestürzt hatte.

Sanft schob ich Jacob von mir und löste mich aus seiner Umarmung. Aus leicht glasigen Augen sah er zu mir herab. Wenigstens schien das, was zwischen uns war, nicht nur mich aus der Bahn zu werfen. Ich sah auf die Schnüre zu unseren Füßen. Verheddert und durcheinander lagen sie zwischen uns auf dem Boden. Meine Gefühlswelt war genauso verknotet und wirr.

»Das hätte ich nicht tun sollen. Tut mir …«

»Nicht«, unterbrach er mich.

»Bitte lass mich ausreden.« Ich holte tief Luft. »Das war, äh, der Moment. Ein schöner Moment«, beeilte ich mich hinzuzufügen, »aber ich bin nicht, also ich …« Ich geriet ins Stocken. Jacob nutzte diese Pause, um mir die Haare aus dem Gesicht zu streichen.

»Du musst mir nichts erklären. Ich gebe zu, ich brenne darauf, dass du es tust …«

Überrascht hob ich den Blick.

»Aber du musst es nicht. Nur sag nichts, was diesen Augenblick kaputt macht, Ellie.« Er zögerte kurz. »Bitte.« Jacob runzelte die Stirn. Das unbeschwerte Lächeln war verschwunden, und kurz meinte ich, etwas Hartes in seinem Gesicht sehen zu können. Dann schien er sich zu fangen, und der gewohnte Schalk war zurück. »Ich habe dir ja gesagt, dass du zu mir kommen wirst.«

Da war er wieder, dachte ich, Jacob Harrison, wie er leibt und lebt. In diesem Moment war ich jedoch dankbar für seinen lässigen Tonfall. Er bot mir einen Ausweg aus einer Situation, in die ich mich zwar selbst hineinmanövriert hatte, aber nicht allein befreien konnte. Das laute Hupen eines Jeeps unterbrach meine Gedankengänge, und beide sahen wir in Richtung des rasant näher kommenden Wagens. Jacob atmete hörbar aus.

»Wer zum Teufel hat Sarah erlaubt zu fahren?«

Ich stieß ein lautes Lachen aus. Dann zwang ich mich dazu, mich zu entspannen. Ich hatte Jacob geküsst. Na und? Keine große Sache. Nur wenn ich eine daraus machte, und das hatte ich nicht vor. Auch wenn dies unser zweiter Kuss gewesen war. Mein zweiter Kuss mit einem Mann, der nicht mein Verlobter war. Aber tatsächlich war dieser Moment viel zu schön, um ihn durch meine konfuse und düstere Gedankenwelt kaputt zu machen. Den Blick noch immer auf Jacob gerichtet, trat ich einen Schritt zurück, als der Jeep schlitternd vor uns zum Stehen kam. Sarah sprang aufgeregt aus dem Wagen.

»Ein Hotel mit Pool!«, rief sie begeistert, als sie auf mich zustürmte und mir die Arme um den Hals warf.

»Freundin, ich bin stolz auf dich.«

Lachend erwiderte ich ihre Umarmung und sah nun auch Seb und Frank aus dem Auto aussteigen. Neben mir kramte Jacob sein Smartphone hervor, und wir versammelten uns alle um ihn herum, um eine Reihe Erinnerungs-Selfies zu schießen.

Eine Erinnerung, die ich für immer in meinem Herzen tragen würde. Ich konnte nicht genau sagen, warum, aber dieser Moment fühlte sich monumental an. Ein weiterer kleiner Meilenstein …

»Ich würde sagen, das schreit nach Drinks«, verkündete Seb neben mir und legte mir freundschaftlich einen Arm um die Schultern.

»Dein erster Mini-Stunt, Ellie. Nicht übel.«

»Danke.« Ich erwiderte Sebs Lächeln stolz. Immerhin sprang man nicht alle Tage von einem Berg.

»Die Drinks gehen auf dich, J!«

Jacob, der nicht einmal versuchte zu protestieren, sammelte kopfschüttelnd seinen Schirm inklusive aller Schnüre zusammen und rollte ihn zu einem kleinen Klumpen. Danach half er mir aus dem Gurt, wobei er erneut darauf achtete, nichts weiter als meine

Schulter zu berühren, und wir verstauten alles im Kofferraum des Jeeps. Den Kuss erwähnte keiner von uns auch nur mit einem Wort. Da auch Sarah und die anderen schwiegen, ging ich davon aus, dass sie uns zum Glück nicht gesehen hatten. Sarah hätte mich andernfalls sicherlich mit Fragen bombardiert. Mit Fragen, auf die ich ihr aktuell keine Antwort geben konnte.

16

Sich zu verlieben ist ein kreativer Prozess.

Nach einer schnellen Dusche und herrlichen fünf Minuten, die ich mich auf unserem Bett hatte ausruhen können, während Sarah im Bad gewesen war, saßen wir alle kurze Zeit später an dem großen, runden Tisch auf der Terrasse des Hotels, der innerhalb der letzten 24 Stunden zu einer Art Stammtisch geworden war. Ausgelassen prosteten wir einander zu.

»Auf Ellie!«, rief Sarah, und eine leichte Röte breitete sich auf meinen Wangen aus.

Es war lange her, dass ich Teil einer solchen Gemeinschaft gewesen war.

»Auf Ellie!«, stimmten nun auch Seb und Jacob mit ein, und sogar Frank hob sein Glas und schenkte mir ein neutrales Nicken. Das war wohl die höchste Form der Anerkennung, die ich von Frank erwarten konnte.

Während ich an meinem Cocktail nippte, wanderte mein Blick unbewusst immer wieder zu Jacob. Er wirkte entspannt und sah dabei aus wie eine fette, selbstzufriedene Katze, die es geschafft hatte, ungesehen an den Behälter mit Leckerlis zu kommen und sich den Bauch vollzuschlagen. Er sah aus wie jemand, der sein Ziel erreicht hatte. Und das hatte er auch, oder nicht? Ich war tatsächlich zu ihm gekommen. Hatte ich seine Worte im *Manny's* noch für Prahlerei oder dummes Machogehabe gehalten, so hatte ich ihm heute direkt in die Karten gespielt. Ich hatte Jacob Harrison geküsst. Schon wieder.

Über den Rand seiner Bierflasche hinweg sah er mich an. Und da bemerkte ich es. Das mühsam unterdrückte Feuer, das in seinen Augen loderte. Oh, er war definitiv nicht so gelassen und cool, wie er tat. Diese Tatsache beruhigte mich mehr, als sie sollte. Denn der Ausdruck auf Jacobs Gesicht jetzt – und auch nachdem ich ihn geküsst hatte – ließ erahnen, dass es hierbei nicht nur um Sex ging. Unsere Anziehungskraft war nicht nur rein körperlich, und das verkomplizierte die ohnehin schon komplizierte Situation. Ich nippte erneut an meinem Drink. Dann löste ich mich aus der Gefangenschaft von Jacobs Blick und verputzte den letzten Rest meiner Bún – der Reisnudel-Bowl, die Sarah mir empfohlen hatte. Pappsatt lehnte ich mich zurück und blickte hinauf in die dichte Baumkrone über uns. Den pinken Strohhalm meines Ingwerlimonaden-Cocktails zwischen zwei Fingern, trank ich einen Schluck des bittersüßen Getränks und versuchte, durch das dichte Geäst ein paar der Sterne über uns zu erspähen. Auf dieser Reise entwickelte ich mich definitiv zum Sternengucker, aber wann hatte man in London schon mal die Gelegenheit, einen so beeindruckenden Himmel zu sehen? Richtig. Nie. Die leichte Schärfe des Ingwers brannte angenehm in meinem Mund.

»Das Hotel bietet morgen früh eine Tour durch die Plantagen an«, sagte Sarah neben mir und holte mich zurück auf den Boden der Tatsachen. »Hast du Lust, dir das mit mir anzugucken?«

»Sehr gerne.« Ich wollte die saftig grünen Felder unbedingt von Nahem sehen. Sarah wandte sich an die Jungs.

»Was macht ihr morgen?«

»Funbike«, erwiderte Seb kauend. »Und Frank hat noch etwas für mittags geplant.«

»Rafting«, grummelte dieser und tippte rasend schnell auf sein Smartphone.

»Nur für euch, oder dürfen wir auch mit?«

Frank sah auf und fixierte Sarah mit einem unergründlichen Blick. »Erst eine Tour für J. Danach könnt ihr von mir aus noch mal rauf.«

»Cool!« Grinsend wandte sie sich zu mir. »Rafting wird dir gefallen.«

Ich wollte etwas erwidern – protestieren, um genau zu sein –, aber ich hatte keine Chance. Sarah ließ mich nicht zu Wort kommen. Sie plapperte fröhlich weiter. Offensichtlich war der heutige Tag so etwas wie meine Feuerprobe gewesen. Und wie es aussah, erwartete man jetzt von mir, dass ich einige der halsbrecherischen Sachen, für die Jacob lebte, ebenfalls tat. Oder zumindest die gleiche Begeisterung aufbrachte wie der Rest der Crew. Dieser Gedanke beunruhigte mich jedoch nicht mehr so sehr, wie es heute Morgen noch der Fall gewesen wäre. Immerhin war ich heute von einem Berg gesprungen und hatte es überlebt. Besser noch, es hatte mir gefallen. Vielleicht wäre Rafting ja auch total mein Ding?

»Wieso laufen wir noch mal um sieben Uhr morgens durch die Natur?« Sarah schlug nach einer Mücke auf ihrem Arm. »Verfluchtes Mistvieh.«

»Weil du dir mit mir die Felder und Plantagen anschauen wolltest?«

»Mhm.«

Leise grummelnd wandte sie sich ab. Jacob hatte nicht übertrieben. Sarah zu wecken, glich einer Fütterung wilder Löwen, die seit Wochen nichts zu fressen bekommen hatten. Aber ich nahm ihr die morgendliche Übellaunigkeit nicht krumm. Dafür war die Natur um uns herum zu schön. Und im Gegensatz zu Sarah hatte ich bereits zwei Tassen Kaffee intus und fühlte mich gut ausgeruht.

Der Guide, ein junger Vietnamese, der ganz hervorragendes Englisch sprach, führte uns durch die Felder und erklärte uns die einzelnen terrassenförmig angeordneten Äcker. Tatsächlich handelte es sich bei den meisten von ihnen nicht, wie ich angenommen hatte, um Tee- oder Kaffee-, sondern um Reisfelder.

»Tee und Kaffee wachsen besser oben, im Hang«, erklärte er uns. »Reis hier unten und in den Terrassen.« Da unser Hotel außerhalb der, wie er uns vorab erklärt hatte, recht touristisch gewordenen Stadt Sapa lag, waren wir fast alleine. Lediglich unsere kleine Gruppe, einige wenige Arbeiter auf den Feldern und ein paar friedlich grasende Wasserbüffel. Ich hatte die massigen Tiere noch nie zuvor in natura gesehen (hatte ich sie überhaupt schon mal gesehen?) und war beeindruckt davon, wie kraftvoll und majestätisch sie aussahen. Unser Guide erklärte uns, wie der Reis angebaut und geerntet wurde. Die zwei Sorten hier wuchsen zu unterschiedlichen Jahreszeiten und versorgten die Einheimischen so mit einer relativ konstanten Ernte. Da die Terrassen und Hänge zu schmal waren, um die Aussaat maschinell zu betreiben, setzte man auf Handarbeit. Und die Wasserbüffel.

»Vor der Saat«, so der Guide, »wird der Mist der Kühe untergepflügt. Dafür wird im Dorf Kuhmist gesammelt, der dann mithilfe der Büffel und dem Einscharpflug, dem sogenannten *walk behind,* einem Einachser mit Motor und einer Art Schaufelrad, auf den Feldern verteilt und untergearbeitet wird.«

»Wie lange dauert so was?« Die Frage war von Sarah gekommen.

»Mit den Büffeln mehrere Tage. Ist das Feld so groß, dass man den Einscharpflug benutzen kann, kann man es in drei bis vier Tagen schaffen.«

Wow. Ich würde mich nie wieder im Supermarkt über Reispreise oder dergleichen beschweren.

»Das Pflügen ist nur ein Teil der Arbeit.« Der Guide wies auf das unter Wasser stehende Feld vor uns. »Ist das Feld ordentlich gepflügt«, neben mir kicherte Sarah leise, und ich unterdrückte ein Augenrollen, »wird die Saat in einem *Paddy*, einem bestimmten Abschnitt der Terrasse, per Hand gestreut. Nach zehn bis vierzehn Tagen ist der Reis aufgelaufen und etwa sieben Zentimeter groß. Dann wird es Zeit für das ordentliche Setzen.«

»Das was?« Diesmal kam die Frage von mir.

»Jede Reispflanze wird aus der Erde gezogen und auf der gesamten Anbaufläche einzeln in Reih und Glied gesetzt. Dies bereitet mit Abstand den größten Arbeitsaufwand und ist die körperlich anstrengendste Arbeit.«

O mein Gott. Das konnte ich mir vorstellen. Oder nein, ich konnte es mir nicht vorstellen: jede einzelne Reispflanze ordentlich in die Erde zu setzen, nachdem ich bereits Tage damit verbracht hatte, die Saat überhaupt erst in die Erde zu bekommen.

»Bis alles fertig ist und die Pflanzen wachsen, können bis zu zwei Monate vergehen. Danach beginnt die Pflege und vor allem das Unkrautjäten.«

Das ältere Pärchen und der junge Rucksacktourist, die ebenfalls Teil unserer Gruppe waren, schienen ebenso beeindruckt wie wir. Unser Guide, Wayun, führte uns geduldig weiter und beantwortete jede unserer Fragen.

Der krönende Abschluss unserer kleinen Tour war die Kostprobe einiger Kaffeesorten jener Plantage, die direkt an unser Hotel angrenzte. Eine dampfende Tasse in den Händen, bewunderte ich die Schönheit um uns herum, während Sarah laut seufzend den ersten Kaffee des Tages zu sich nahm.

»Himmel, ist der gut.«

Ich konnte ihr nur zustimmen. Die Vietnamesen machten wirklich ganz hervorragenden Kaffee. Von Reis und Tee hatte ich gewusst, aber Kaffee? Das war mir neu. Es überraschte und begeisterte mich gleichermaßen. Ich machte mir eine mentale Notiz, sowohl Helen als auch meinen Eltern ein Paket Kaffeebohnen mitzubringen. Ein paar Stunden musste ich noch warten, dann könnte ich meine beste Freundin noch erwischen, bevor sie zur Arbeit aufbrach.

Eine nun wesentlich wachere Sarah war auch gleichzeitig eine wesentlich aktivere Sarah, und so gingen wir nach unserer kleinen Tour noch etwas spazieren und besuchten zwei, drei kleine Souvenir- und Antikläden, die gemeinsam mit einigen wenigen Restaurants und Cafés am Fuße des Hügels lagen, auf welchem sich unser Baumhaus-Hotel befand. Bei Weitem nicht so groß und voll wie Sapa, das wir bei unserer Ankunft durchquert hatten, bot man uns hier kleine bis mittelgroße Gegenstände aus Holz mit detailreichen Schnitzereien, bunte Batik-Sarongs sowie Tee und Kaffee an. Beutel, Dosen und Geschenkpackungen, es war alles vertreten. Ich erinnerte mich an Jacobs Worte in Hanoi und kaufte der zahnlosen, runzeligen Dame zwei Packungen Kaffee und einen hellblauen Sarong ab.

»Den wirst du noch gut gebrauchen können«, kommentierte Sarah meinen Kauf. »In die meisten Tempel kommt man mit nackten Beinen nämlich nicht rein. Und so musst du dir keinen ausleihen. Hab auch noch einen aus Thailand von Anfang dieses Jahres.«

Sie nahm mir einen meiner Spontankäufe ab, und so schafften wir es beide die Leiter hinauf, ohne zu fallen oder meine Ausbeute zu verlieren. Ich wurde definitiv besser in diesem ganzen Actionkram.

Nach einem leichten Mittagsessen, bestehend aus einem Mangosalat, der sich als so scharf entpuppte, dass mir die ersten Bissen die Tränen in die Augen trieben, rauschte ich in unser Zimmer und griff, in der Hoffnung, Helen noch zu erwischen, nach meinem Laptop. Es klingelte zweimal, bis ich die Stimme meiner besten Freundin vernahm. Sie klang ein wenig eingeschnappt.

»Ich dachte schon, du hast mich vergessen.«

»Definitiv nicht.« Nur ein kleines bisschen. Und das auch nur wegen des Zeitunterschieds von fünf Stunden. Und wegen Sarah.

»Willst du gerade zur Arbeit?«

»Ein paar Minuten habe ich noch«, antwortete Helen. Sie musterte mich grinsend.

»Sieh an, wer da richtig erholt und strahlend aussieht.«

»Helen …« Ich rollte die Augen Richtung Zimmerdecke.

»Schon gut, schon gut.« Meine Freundin lachte, während sie sich mit flinken Fingern einen Zopf im Nacken band. »Wie geht es dir? Was hast du alles erlebt, seitdem wir das letzte Mal gesprochen haben?«

Aufgeregt sprudelten die Worte aus mir heraus, und ich erzählte Helen von den Abenteuern der letzten Tage. Ich erzählte ihr von Sarah und meinem Abend im *Manny's*, der *Old Lady* und meiner neuen Faszination für Jacobs Motorrad. Als ich bei meinem gestrigen Abenteuer angekommen war, weiteten sich ihre Augen überrascht.

»Du bist von einem Berg gesprungen? Ernsthaft?«

»Ernsthaft!«, bestätigte ich breit grinsend und hielt mein Handy mit dem Erinnerungs-Selfie vor die Kamera meines Laptops. Jacob hatte das Foto gestern Abend in unseren Gruppenchat geschickt. Zusammen mit ein paar Landschaftsaufnahmen von der Actionkamera. Zum Glück gab es keine Bilder davon, wie ich wie ein

Sack Kartoffeln vor seinem Bauch hing. Zumindest glaubte ich das. Besser gesagt hoffte ich es.

»Wow, Ellie!«

»Ich weiß!« Ich warf das Handy schwungvoll zurück aufs Bett, wobei es gerade eben so auf der Kante des schmalen Doppelbetts liegen blieb.

»Du bist gerade mal wie lange weg?«

»Knapp eine Woche«, beantwortete ich Helens Frage, selbst erstaunt darüber, was ich in den letzten Tagen alles erlebt hatte. Helen scannte mein Gesicht mit einer Intensität, die über den Laptopbildschirm und durch die leichte Verzögerung – danke, WLAN – ein wenig gruslig aussah.

»Und Jacob?«, fragte sie.

Ich begann ein paar imaginäre Flusen von meinem Shorts zu pflücken. »Was soll mit ihm sein?«

»Ellen Mansfield!« Drohend hob sie einen Finger und zeigte damit auf mich. Ihr Finger wirkte durch die leicht verzerrte Kameraoptik gigantisch. »Ich sehe deine roten Wangen sogar durch die Laptopkamera, also komm mir nicht so.«

Stöhnend schlug ich beide Hände vors Gesicht. Als ob ich mich so vor Helen verstecken konnte. Die Frau war wie das Auge Saurons. Sie sah alles. Und sie kannte mich viel zu gut.

»Ich wusste es!«

»Es ist nichts passiert, Helen, wir haben uns nur geküsst. Also eigentlich habe ich ihn geküsst.«

Helen erstarrte vor meinen Augen. Kurz dachte ich, die Verbindung wäre unterbrochen. Mein Bildschirm flackerte einmal. Dann noch einmal, ehe sie sich leicht vorbeugte. »*Du* hast *ihn* geküsst?«

»Ja?«

»Wie kam es dazu?«, fragte sie mich mit einem seltsamen Unterton in der Stimme. Also erzählte ich ihr von dem Gefühl, das mich nach dem Paragliding überkommen hatte, und ich erzählte ihr auch von Jacobs Aussage, dass er körperlich auf Abstand gegangen war, weil *ich* zu *ihm* kommen sollte.

»Dieser Mann gefällt mir immer besser.« Helen grinste. »An so einen kann man sich gewöhnen, Ellie.«

Das musste sie mir nicht sagen. »Findest du das nicht ein wenig … keine Ahnung.« Ich zuckte mit den Schultern. »… anmaßend?«

»Nein.« Sie stieß ein leises Schnauben aus. »Bei einem anderen Mann, in einer anderen Situation, vielleicht … bei euch beiden? Nein. Jacob mag nichts von deiner Vergangenheit wissen, aber alles, was du mir bisher über ihn erzählt hast, lässt darauf schließen, dass er einfühlsam und clever ist.« Ihr stechender Blick fixierte mich. »Außerdem scheint er zu wissen, was er will. Sicherlich spürt er, dass irgendetwas vor sich geht. Warum sonst solltest du ihm ausweichen, wenn ihr euch doch sonst gut versteht? Und na ja …« Das Grinsen war zurück auf ihrem Gesicht. »Immerhin bist du zu ihm gekommen, oder nicht?«

»Erinnere mich nicht dran …«, bat ich sie. Nur weil Jacob beim Essen gestern Abend geschwiegen hatte, hieß das nicht, dass er mich so leicht vom Haken lassen würde.

»Was gibt es bei dir Neues?«, fragte ich, um Helen, aber auch mich auf andere Gedanken zu bringen.

»Lenk nicht vom Thema ab. Wir müssen über so etwas reden, Ellie. Es ist *gut*, dass du über so etwas redest.« Sie zögerte kurz. »Und längst überfällig.«

Gedanken und Erinnerungen an Mark stürmten auf mich ein, und ich verdrängte sowohl sie als auch das schlechte Gewissen, welches mich bei dem Gedanken an Jacob, unseren Kuss und meine verwirrenden Gefühle zu überrollen drohte.

»Können wir das vielleicht auf einen anderen Tag verlegen? Bitte?«, fügte ich kleinlaut hinzu. »Wir sind nicht mal eine Woche unterwegs, und ich … ich spüre, dass sich hier etwas tut, Helen.« Ich legte eine Hand auf die Stelle direkt über meinem Herzen. »Das tue ich, wirklich. Aber ich … ich muss das alles langsam angehen, okay? Das ist alles etwas viel.«

Helen stieß einen angestrengten Seufzer aus.

»Na fein. Für den Moment lasse ich dir das durchgehen.« Ihr Gesichtsausdruck wurde weicher. »Für den Moment.« Dann erzählte sie mir von ihrem neuen Projekt bei der Arbeit. Helen war direkt nach ihrem Studium zu Kanya nach Kapstadt gezogen und arbeitete dort als freie Texterin für Zeitschriften, Modemagazine und Werbeagenturen. Nicht zum ersten Mal kam mir der Gedanke, dass meine Freundin für diesen Job hier wahrscheinlich tausendmal besser geeignet wäre als ich.

Du hast auch Literatur studiert, Ellie. Ich musste mich nicht unter Wert verkaufen, auch wenn ich aktuell in einer Lüge lebte. Dennoch lag mir das Schreiben im Blut. Ich musste sie nur noch wiederfinden, meine innere Stimme. Allein die Tatsache, dass ich sie wiederfinden *wollte*, bedeutete einen hundertprozentigen Erfolg für mich. Es war nichts anderes als Fortschritt. Wir quatschten noch eine Weile über dieses und jenes, bis Helen sich schließlich verabschiedete, um zur Arbeit zu gehen. Sarah wählte genau diesen Moment, um ihren Kopf zur Tür reinzustecken.

Sie beobachtete, wie ich meinen Laptop zuklappte, und wackelte mit ihrem Handy, noch immer halb in der Tür stehend. »Abfahrt, Freundin. Die Jungs warten schon auf uns. Gehen wir, bevor Frank einen Anfall bekommt.«

17

Mit Mut fangen die schönsten Geschichten an.

Kopfschüttelnd warf ich dem sogenannten Rafting-Kajak, das am Ufer des Flusses lag und darauf wartete, zum Einsatz zu kommen, einen zweifelnden Blick zu. Das hatte ich in den letzten Minuten des Öfteren getan. Das Kajak gemustert und gezweifelt. Ich wusste nicht genau, was ich erwartet hatte, das winzige Boot, in welchem Jacob den schmalen, reißenden Fluss und den flachen Wasserfall an dessen Ende herunterfahren sollte, jedoch nicht. Waren diese Raftingboote nicht viel größer? Im Fernsehen sahen die Dinger immer riesig aus. Das Kajak vor mir war sogar noch kleiner als die, mit denen wir durch die Halong Bay gepaddelt waren.

Wenigstens trägt er diesmal eine Schwimmweste.

Frank, Seb und Sarah hatten sich vor ein paar Minuten um Jacob versammelt, um die Positionen der Kameras und die Stellen, an denen er unbedingt vorsichtig sein musste, mit ihm durchzugehen. Ich hatte derweil meine übliche Pose mit Block und Stift eingenommen und mich auf einen der großen Felsen am Ufer gesetzt. Dabei war ich über zwei, drei große Steine geklettert, so dass ich ein wenig erhöht saß und einen guten Überblick über die Szenerie hatte. Nachdem ich mir weitere Notizen zu Jacobs Artikel gemacht hatte, blätterte ich ein paar Seiten nach hinten und starrte auf die Zeilen vor mir. Zeilen, die ich gestern Abend vor dem zu Bett gehen heimlich geschrieben hatte, als Sarah im Bad gewesen war. Sie waren mir plötzlich in den Kopf gekommen und hatten mich nicht losgelassen, bis ich sie niederschrieb. Den Roman über Marks Familie zu schreiben, fühlte sich nicht mehr richtig an. Aber vielleicht konnte ich eine neue Idee verfolgen. Es war eine andere Richtung, ein anderes Genre sogar, aber ich war auch eine andere Ellie …

»Es geht los«, rief Seb mir zu. Ich kletterte wieder hinunter und schlenderte zu den anderen. Mit einem breiten Grinsen erwartete Jacob mich.

»Bekomme ich noch einen Abschiedskuss?«

Erschrocken sah ich mich um, aber keiner der anderen schien von uns Notiz zu nehmen. Jacob gluckste vergnügt.

»Das ist dann wohl ein Nein?«

»Richtig erkannt.«

»Schade.«

Er trat einen Schritt auf mich zu. Block und Kugelschreiber fest umklammert, blieb ich, wo ich war. Jacob hob die Hand und umfasste sanft, aber mit festem Griff meine Wange.

»Es wird wieder passieren, Mansfield.«

O Gott, dass hoffte ich. Und genau das machte mir Angst. »Sei dir da mal nicht so sicher, Harrison.«

»Oh, ich bin mir sehr sicher.«

»Jacob!« Franks liebliche Stimme drang an mein Ohr. »Hör verdammt noch mal auf zu flirten und konzentrier dich.«

»Wenn du so weitermachst«, flüsterte ich, »dann kann Frank mich bald nicht mehr leiden.«

Ich trat einen Schritt zurück, und Jacob ließ die Hand sinken.

»Frank kann niemanden leiden.«

»Das habe ich gehört!«

Jacob wandte sich lachend ab und schnappte sich sein Paddel vom Boden. »Das solltest du auch hören, alter Mann.« Dann zwinkerte er mir zu. »Showtime.«

Da Rafting in meiner Welt nicht so gefährlich war wie Freeclimbing, verkniff ich mir jeglichen Kommentar darüber, dass er vorsichtig sein sollte, und gesellte mich zu Seb. Er würde Jacob mithilfe seiner *Racing Drohne* den gesamten Fluss hinunter verfolgen.

Zugegeben, von hier oben sah die Strömung fies aus. Ganz zu schweigen von den spitzen, aus dem Wasser ragenden Felsen, die dafür sorgten, dass der schmale Fluss relativ kurvig war. Es war aber immer noch nicht so schlimm, wie Jacob dabei zuzuschauen, wie er einen fünfzig Meter hohen Felsen ohne Sicherung hinaufkletterte.

»Ist das Ding denn wasserfest?«, fragte ich, als ich Seb dabei zusah, wie er die ersten Runden um Jacob drehte. Wie eine viel zu fette, aggressive Biene umkreiste die Drohne Jacob.

»Die Kamera steckt in einem Unterwassergehäuse«, klärte er mich auf. Durch die dicke VR-Brille konnte ich seine Augen nicht erkennen, Sebs Tonfall jedoch war entspannt. »Die Drohne an sich ist nicht wasserfest, nein.«

»Und was passiert, wenn sie nass wird?«

»Wird sie nicht«, antwortete er selbstbewusst. »Ich könnte das Ding mit verbundenen Augen fliegen.«

»Normalerweise würde ich sagen: Glaub ihm kein Wort.« Sarah seufzte. »Aber was dieses Ding angeht, ist er genial.«

»Nur was dieses Ding angeht?«

»Oh, du kannst auch noch ein paar andere geniale … *Dinge*.«

»Kinder«, unterbrach Frank die beiden, »wie oft muss ich euch allen eigentlich einbläuen, dass ihr euch konzentrieren sollt?« Frank grunzte angestrengt. »Seb, hör auf zu quatschen und flieg deine

Drohne. Sarah, an die Schulterkamera mit dir, und du«, Franks intensiver Blick landete auf mir, »geh schreiben.«

»Aye, aye, Sir.« Schleunigst verzog ich mich zurück auf meinen Felsen. Von hier aus hatte ich einen guten Blick auf den Fluss und konnte Jacob zumindest bis kurz vor den Wasserfall sehen. Während Jacob das Kajak ins Wasser ließ, suchte ich nach einer bequemen Sitzposition und schlug meinen Block auf. Showtime, hatte Jacob gesagt.

Na, dann wollen wir mal sehen …

Kurze Zeit später stieß Frank einen ohrenbetäubenden Pfiff aus, und Jacob stieß sich kraftvoll mit dem Ende des Paddels vom Ufer ab. Dann raste er den schmalen Fluss hinab, und meine innere Gleichgültigkeit geriet gefährlich ins Wanken. Warum zur Hölle hatte ich angenommen, dass Rafting so viel sicherer war als Klettern? Jacob riss das Paddel in die Höhe und wich einem der aus dem Wasser ragenden Felsbrocken aus. Hier und da geriet er in eine gefährliche Schräglage, die er gekonnt und rasch wieder ausglich. Sebs Drohne raste um ihn herum. Vor und zurück und im Kreis. Jegliches Geräusch, das sie von sich gab, wurde durch das Tosen des Wassers übertönt. War das eben auch schon so laut gewesen? Ich schluckte angestrengt, als ich Jacob dabei zusah, wie er noch ein, zwei Kurven fuhr und dann mit einem gewaltigen Satz den kleinen Wasserfall hinunterraste. Dann war er verschwunden und das Spektakel vorbei. Da niemand erschrocken aufschrie (oder dergleichen), schien es ihm gut zu gehen. Vom Startpunkt bis zum Ende konnten bloß wenige Minuten vergangen sein. Maximal fünf. Eher drei. Oder zwei. Und das konnten sie für ihren Film gebrauchen? Ich meine, okay, das Wasser, Jacob, wie er auswich und sich seinen Weg den Fluss hinab gesucht hatte, das hatte toll ausgesehen (von hier oben), aber so superspektakulär war es jetzt auch wieder nicht gewesen. Irritiert sah ich zu Sarah.

Sie deutete meinen verwirrten Gesichtsausdruck richtig und winkte mich zu sich. »Schau es dir auf den Kameras an, Ellie. Mit bloßem Auge wirst du die Schnelligkeit nicht sehen können. Nicht von hier oben.«

Neugierig stand ich auf und kletterte die beiden Felsen hinunter, um Sarah über die Schulter zu sehen.

»Das sind die Aufnahmen der Drohne«, erklärte sie mir und drückte auf Play. »Die Kameras sind miteinander verbunden. Wir sehen jetzt das, was Seb gesehen hat.«

»Wie kannst du dann parallel filmen?«

»Die Drohne schickt ihre Aufnahmen in die Cloud, mit der wir beide verbunden sind. Ich kann mir Sebs Aufnahmen erst ansehen, wenn ich selber aufgehört habe zu filmen. Ab der Mitte des Flusses habe ich J sowieso nicht mehr vor die Linse bekommen. Also«, sagte sie und hielt mir eins der zahlreichen iPads unter die Nase, »das muss natürlich noch geschnitten werden und in die *Post,* die Bearbeitung«, erklärte sie mir, »aber sieh mal hier …« Sie zeigte mir eine Szene, in der es so aussah, als ob Jacob für kurze Zeit die Kontrolle über sein Kajak verlieren würde. Wasser spritzte um ihn herum, und sein Gesichtsausdruck war ernst und konzentriert. Ein Mann im Kampf mit der Natur. »… viel schneller.«

»O mein Gott.« Das war nicht nur viel schneller, es war rasant schnell. »Und das ist nicht beschleunigt?«

Sarah lachte. »Nein.«

Vielleicht musste ich die Theorie, was von beidem gefährlicher war, Freeclimbing oder Rafting, wirklich noch einmal überdenken. Sarah spielte die kurze Sequenz noch einmal ab, und ich konnte nicht anders als zu staunen. Das Wasser, die Natur drum herum, die schnellen, wechselnden Aufnahmen von Jacobs Gesicht … das alles war extrem cool. Seb wusste offenbar wirklich, was er tat. Ebenso wie Jacob.

Während Seb seine Drohne landete, um den Akku zu wechseln, lief Jacob, das Kajak auf den breiten Schultern, lässig auf uns zu. Wie konnte er den Hügel so schnell wieder heraufgekommen sein?

»Noch mal?«, rief er Seb fragend zu, und dieser nickte.

»Wir machen das Ganze noch mal mit Rotfilter. Die Sonne ist ganz schön krass.«

»Alles klar.« Dann sah Jacob zu mir. Die Freude war ihm deutlich anzusehen, und er vibrierte nahezu vor Adrenalin, während ihm die hellen, nassen Haare an der Stirn klebten.

»Was sagst du, Mansfield?« Er nickte in Richtung des Flusses und legte das Kajak neben sich auf den Boden. »Willst du auch mal?«

Gestern noch hätte ich laut gelacht und ihn für verrückt erklärt. Gestern. Nicht heute. Heute sah das Ganze schon etwas anders aus. Ich konnte nicht abstreiten, dass ich neugierig war. Etwas von dieser neu erwachten Abenteuerlust musste sich in meinem Gesicht widerspiegeln, denn Jacobs eigener Gesichtsausdruck wechselte von herausfordernd zu wachsam.

»Du willst es, oder?«

Ich wollte neuerdings so einiges. Allerdings redeten wir hier übers Rafting. Mehr nicht.

Jacobs Blick intensivierte sich. Wir redeten doch noch übers Rafting, oder nicht? Scheinbar instinktiv trat er einen Schritt näher. Dann noch einen. Ich stand noch immer wie angewurzelt neben Sarah. Sarah räusperte sich lautstark.

»Wenn wir hier fertig sind, machen wir alle mit«, antwortete sie an meiner Stelle. Dann nickte sie unauffällig zu Frank, welcher leise vor sich hin grummelnd mit dem Kopf schüttelte.

»Aber erst mal drehen wir die Szene fertig«, wies sie Jacob mit ungewohnter Strenge zurecht.

Ihr Wink mit dem Zaunpfahl war eindeutig. Wir waren zum Arbeiten hier, und wenn Jacob sich weiter von mir ablenken ließ, würde Frank wahrscheinlich ernsthaft darüber nachdenken, mich in den Fluss zu schubsen. Ohne Kajak. Oder Rettungsweste. Jacob wandte sich ruckartig ab, und auch ich machte es mir zur Aufgabe, die nächste Stunde überall anders hinzusehen als zu ihm.

Wie er nach den etlichen Malen, die Seb ihn den Fluss runtergejagt hatte, noch Lust darauf haben konnte, mit uns allen in dem größeren Rafting-Schlauchboot zu sitzen, war mir ein Rätsel. Aber so kam es, dass ich mich kurze Zeit später in einer Schwimmweste dicht gepresst an Jacob in ebenjenem Schlauchboot wiederfand. Mein eigenes Paddel in der Hand, versuchte ich mich fieberhaft an das zu erinnern, was Jacob uns soeben erklärt hatte. Mit uns im Boot saßen Sarah, Seb und die beiden Einheimischen, die bisher dafür gesorgt hatten, dass wir den Fluss für uns alleine hatten. Sie nannten sich selbst John und George. Ich bezweifelte, dass dies ihre wirklichen Namen waren, allerdings blamierte ich mich so nicht, was die Aussprache anging, und ich vermutete stark, dass dies Sinn und Zweck der Übung war. Frank hatte sich mit den Worten *Ich verzichte* aus der Affäre gezogen und wartete mit unseren Sachen und dem Jeep am Wasserfall auf uns.

Vielleicht hätte ich das auch tun sollen. Aber ich wollte das hier. Wie schwer konnte es schon sein, diesen Fluss hinunterzufahren? Das meiste würde ja sowieso die Strömung erledigen – und die fünf Menschen in diesem Boot, die das nicht zum ersten Mal machten. Außerdem war unser Boot wesentlich größer als das Kajak von zuvor und mit uns allen an Bord auch schwerer. Vielleicht würden wir den Fluss gar nicht mit derselben Geschwindigkeit runterrasen, die Jacob vorgemacht hatte.

»Wenn es zu sehr wackelt, halt dich an den Schlaufen fest. Hier.«

Jacob griff nach meiner Hand und legte sie auf die gummierten Griffe links und rechts von mir.

»Und das Paddel?«

»Uninteressant«, murmelte er und behielt meine Hand ein wenig länger als notwendig in seiner. »Solltest du dich irgendwie unsicher fühlen oder Angst bekommen, Mansfield, dann schmeiß das Paddel weg, und halte dich fest, okay?« Er nickte in Richtung unserer Begleiter. Vorhin noch hatte er mich herausgefordert, jetzt aber sah er besorgt und wenig amüsiert aus, dass ich tatsächlich mit ihm im Boot saß. »Hier sind genug Leute, die dieses Ding sicher steuern können«, fuhr er fort. »Überlasse einfach alles uns, halte dich fest, und versuche, dich zu stabilisieren.« Er legte eine Hand auf seinen Bauch. »Hier holst du deine Kraft her. Suche dir einen Fixpunkt im Boot oder an einem von uns, und konzentriere dich. Und egal, was du tust, lehne dich nicht zu weit nach hinten.«

Dankbar für seine Fürsorge, aber auch ein wenig beleidigt, dass er mir offensichtlich nicht besonders viel zutraute, nickte ich. Ich war gemeinsam mit ihm von einem Berg gesprungen, Herrgott nochmal. Ich fuhr auf einer Harley, *und* ich schlief gute zwanzig Meter über dem Boden. Und jetzt glaubte er, dass ich bei der ersten Gelegenheit Angst bekommen oder über Bord gehen würde? Der Reihe nach setzten wir unsere Helme auf.

»Und schwimme niemals gegen den Strom, wenn …«

»Himmel, J.« Sarah rollte mit den Augen. »Lass Ellie in Ruhe. Sie wird das schon hinbekommen.«

»Es kann nicht schaden, einem Anfänger die Grundlagen zu erklären«, mischte sich jetzt auch Seb in unser Gespräch mit ein. Jacob warf ihm einen dankbaren Blick zu. Dann blickte er mich an und hob eine Augenbraue, als wolle er sagen: Siehst du.

»Ich bin dir dankbar, Jacob, aber Sarah hat recht, ich bekomme das hin.«

Es war ihm deutlich anzusehen, dass er mir glauben wollte, aber die Zweifel blieben.

»Konzentrier du dich auf dein Paddel, und ich konzentriere mich auf meins, okay?« Es war als Scherz gemeint. Umso überraschter war ich, dass der Zug um seinen Mund sich verhärtete und Jacob sich brüsk abwandte.

»Okay«, erwiderte er und gab John und George ein Zeichen. Der jüngere der beiden Männer – John – nahm sein Paddel und stieß uns mit einem kräftigen Ruck vom Ufer ab. Die Strömung erfasste uns sofort, und unser Boot drehte sich ein paarmal um die eigene Achse. So schnell, dass mir schwindelig wurde. Nach der dritten Drehung schafften wir es schließlich, uns zu stabilisieren. Wasser spritzte mir ins Gesicht, und ich musste mit brennenden Augen und leise prustend feststellen, dass es doch nicht ganz so einfach war, wie ich gehofft hatte. Mir schwirrte schon jetzt der Kopf. Die ersten kräftigeren Wellen erfassten unser Boot, und es ging auf und ab. Meine Arme, die das Paddel krampfhaft umklammert hielten, begannen zu zittern. Verdammt, war das anstrengend. Bisher hatte ich den schmalen Fluss als eher harmlos angesehen, jetzt aber, als die Strömung uns erfasst hatte und ich die Kraft des Wassers selbst zu spüren bekam, wurde mir klar, mit was für einer Naturgewalt es Jacob da aufgenommen hatte. Fünfmal hintereinander und alleine. Als es den ersten kleinen Abhang hinunterging, hielt ich gespannt den Atem an, aber alles ging gut. Es fing sogar richtig an, Spaß zu machen. John rief uns kurze, knappe Befehle in gut verständlichem Englisch zu. Er gab uns Anweisungen, wie wir unser Paddel zu halten hatten oder in welche Richtung wir uns mit unserem Körpergewicht lehnen sollten, während er uns mit einem etwas längeren Paddel sicher an den

Felsen vorbei navigierte. Unsere Abfahrt war nicht so rasant wie die von Jacob, aber wir wurden ordentlich durchgeschüttelt. Für meinen Geschmack war dies definitiv genug Nervenkitzel. Dann aber kam der Wasserfall.

Von da oben hat der irgendwie kleiner ausgesehen.

Viel kleiner. Und flacher. Jetzt, da wir uns dem Wasserfall mit hoher Geschwindigkeit näherten, glich er plötzlich den Niagarafällen. Das Paddel in meiner Hand zitterte. Ich hatte es bereits kurz nach dem Start aufgegeben, meinen Teil beitragen zu wollen, denn gegen das Wasser kam ich nicht an. So hielt ich das Paddel flach am Boot und hoffte, niemanden damit zu verletztten. Allen voran mich selbst. Der Wasserfall kam näher. Gleich würden wir fallen … Adrenalin pumpte mittlerweile schonungslos durch meine Adern. Das hier war etwas ganz anderes, als von einem Berg zu springen.

John rief uns zwei weitere Befehle zu, und mental bereitete ich mich darauf vor zu fallen. So schlimm konnte es ja nicht werden … Immerhin befand sich unter uns nur Wasser. Viel Wasser. Überall war Wasser.

»Halt dich fest!«, rief Jacob mir zu, als der Abgrund immer näher kam. Sarah jubelte wie eine Irre, und auch auf Sebs Gesicht hatte sich ein dickes fettes Grinsen breitgemacht. Wahrscheinlich musste man ein wenig verrückt sein, wenn man für jemanden wie Jacob Harrison arbeitete.

»Wohooo!« Sarahs lauter Freudenschrei war das Letzte, was ich hörte. Er vermischte sich mit dem lauten Tosen des Wasserfalls, und dann … dann ging es bergab. Leider hatten weder John noch George oder Jacob den letzten Felsen im Wasser kommen sehen. Unser Boot machte einen Satz nach vorne, und auf einmal fiel ich wirklich und wahrhaftig. Aus dem Boot, den Wasserfall hinab und hinein in den Naturpool unter uns.

»Ellie!« Jacobs Schrei begleitete mich, als ich völlig unvorbereitet in das kalte, klare Wasser unter uns klatschte. Zunächst war es ein Schock, dann aber kam ich prustend an die Oberfläche und sah mich um. Das Wasser hier im See war ruhig. Es gab keine Strömung, und wenn ich mich auf die Zehenspitzen stellte, dann würde ich wahrscheinlich sogar den Boden berühren können. Zumindest ließen das ein paar Felsen und Pflanzen am Ufer erahnen.

Halb so wild, Mansfield.

»Ellie!«, schrie Jacob erneut, und ich hörte auch Sebs laute Stimme und seine Versuche, Jacob zu beruhigen.

»J, Kumpel, beruhige dich, okay?«

Ich sah in Richtung Boot, das sich wenige Meter von mir entfernt befand. Genau in diesem Moment warf Jacob sein Paddel beiseite und machte sich bereits daran, zu mir ins Wasser zu springen, als ich in schallendes Gelächter ausbrach. Ich konnte einfach nicht anders. Seb, der sich vorgelehnt hatte, um Jacob zurückzuhalten, hielt mitten in der Bewegung inne. Ebenso Jacob und die anderen. Fünf Augenpaare starrten mich verwundert an, als ich wassertretend, prustend und grunzend versuchte, während meines kleines Lachanfalls nicht unterzugehen.

»Freundin, geht's dir gut?« Sarah musterte mich aufmerksam. Dann schien sie zu bemerken, dass ich nicht kurz vorm Ertrinken war, sondern lachte, und sie entspannte sich sichtlich.

»Alles …« Ich atmete tief durch, als ein weiteres Kichern in mir aufstieg. »Alles bestens.«

»Verdammt, J.« Sarah grinste und sah von mir zu Jacob. »Ich glaube, du hast deine Traumfrau gefunden.«

Das ließ mich noch hysterischer kichern. Jacob starrte mich irritiert an. Die blonden, nassen Haare klebten ihm am Kopf, und seine eigene Schwimmweste hing ihm halb geöffnet über eine

Schulter. Die Hände um den Rand des Bootes geklammert, sah er noch immer so aus, als wollte er zu mir ins Wasser springen. Aber ich brauchte niemanden, der mich rettete. Natürlich hatte ich mich erschrocken, aber der Sturz war harmlos gewesen. Von hier unten sah der Wasserfall wieder genauso aus wie bei unserer Ankunft. Hübsch und harmlos. Und maximal drei Meter hoch. Aber trotz des uneleganten Endes hatten die letzten – wenn auch recht hektischen – zehn Minuten wirklich Spaß gemacht. Rafting war definitiv eine Erfahrung, so viel stand fest.

George und John lenkten das Boot in meine Richtung. »Alter, jetzt steh da nicht so dumm rum« – Seb gab Jacob einen leichten Schubs – »reiß dich zusammen und zieh sie zurück ins Boot!« Seb schüttelte den Kopf. Mithilfe von John und George, die beide nach meinen Armen griffen, schlang Jacob einen Arm um meine Taille und zog mich nach oben. Anstatt mich jedoch loszulassen, presste er mich für einen Moment fest an sich. Das Boot schaukelte ein wenig hin und her, dennoch meinte ich, das schnelle Schlagen seines Herzens spüren zu können.

»Du hast mich grad zehn Jahre meines Lebens gekostet, Mansfield.«

»Ich dachte, du hast vor nichts Angst.«

»Jeder hat vor irgendwas Angst. Keine Angst zu haben, ist töricht und tödlich«, murmelte er in meine nassen Haare. Es war süß, dass er sich um mich sorgte, aber übertrieben.

»Es geht mir gut, Jacob, wirklich.« Etwas ungeschickt tätschelte ich ihm den Rücken und löste mich aus seinem Klammergriff. »Du machst jeden Tag viel gefährlichere Sachen.«

»Da geht es ja auch um mich, nicht um dich.« Eingehend studierte er mein Gesicht.

»Tut dir irgendwas weh?«

Hinter Jacob hörte ich Sarah murmeln: »Mir tut das hier gerade weh …«

»Alter, es ist alles okay. Ellie geht's gut, und Frank kriegt wahrscheinlich schon einen Nervenzusammenbruch, weil er zurück ins Hotel und zu seinem WLAN will.«

»Mir geht es gut«, beruhigte ich Jacob erneut und ignorierte die sarkastischen Kommentare unserer sogenannten Freunde.

»Überleg nur, was du jetzt für hammergeiles Material für deinen Artikel hast!« Sarahs Worte glichen einer eiskalten Dusche. Sie waren um einiges kälter als das Wasser, in dem ich eben buchstäblich baden gegangen war. Eine Gänsehaut breitete sich auf meinen Armen aus. Jacob, der meine Reaktion unwissentlich falsch deutete – ich meine, wie konnte er auch nicht? –, zog mich erneut an sich und wies die anderen an, uns zurück ans Ufer zu paddeln. Ich brachte es nicht übers Herz, mich aus seinen Armen zu lösen, also setzte ich mich neben ihn und ließ zu, dass er mit sanften, beruhigenden Bewegungen über meine nackten Arme strich. Hinzu kam, dass ich weitere sarkastische oder gar zweideutige Kommentare von Sarah und Seb vermeiden wollte. Für den Moment hatten wir genug Aufregung gehabt.

Frank saß auf einer kleinen Bank und sah uns mit steinernem Gesichtsausdruck entgegen. Seinen Laptop auf dem Schoß, wirkte er wenig amüsiert. Offensichtlich hatte er das kleine Schauspiel aus der ersten Reihe beobachtet. Er musterte erst Jacob, dann mich.

»Alle am Leben?«

Schon wieder wollte ein hysterisches Kichern in mir aufsteigen, diesmal jedoch unterdrückte ich es.

»Ja«, erwiderte ich schlicht. Frank nickte. Er klappte seinen Laptop zu und verstaute ihn in seinem Rucksack, während wir einer nach dem anderen aus dem Boot ans Ufer krabbelten.

Sarah verschwand kurz in Richtung Jeep und kam wenig später mit einem Handtuch und einem trockenen T-Shirt zurück.

»Zieh dich um«, wies sie mich an. »Sonst erkältest du dich, und dann rastet er komplett aus.«

»Es sind mindestens siebenundzwanzig Grad.«

»Glaub mir einfach. Das hat nicht immer was mit der Außentemperatur zu tun. Nasse Klamotten sind nie gut.« Sie zwinkerte mir verschwörerisch zu. »Wenn du also nicht bettlägerig werden und dich von Jacob gesund pflegen lassen willst, solltest du dich umziehen.«

»Er hat sich nur erschreckt, Sarah.«

»Das haben wir alle«, antwortete sie und drückte mir die Sachen in die Hand. »Trotzdem war keiner von uns kurz davor, dir hinterherzuspringen und dich zu retten. Nicht in einen eins achtzig tiefen Naturpool.« Sie grinste. »Sogar Frank hat dich fallen sehen und seelenruhig weitergeschrieben.«

»Soll mich das gerade aufmuntern?«

»Nein, Dummerchen. Es soll dir zeigen, dass unser immer cooler, harter Extremsportler einen ziemlich weichen Kern hat, wenn es um dich geht. Und du hast ihn eben in eine Situation gebracht, die er nicht kontrollieren konnte«, Sarah verschränkte die Arme vor der Brust, »und so was hasst er.«

Stumm trocknete ich mich provisorisch mit dem Handtuch ab und wickelte es mir um die nassen Haare zu einer Art Turban.

»Er hat sich einfach nur erschreckt«, wiederholte ich, fest entschlossen, die Situation herunterzuspielen. »Jacob fühlt sich für mich verantwortlich.«

»Oh, das tut er definitiv«, murmelte sie und nickte unauffällig in Richtung der Männer, die unseren Guides dabei halfen, das Equipment einzusammeln und die Ausrüstung zusammenzupacken.

Dabei huschte Jacobs Blick immer und immer wieder in meine Richtung. Ganz so, als müsste er sich vergewissern, dass ich noch atmete.

Ein Frösteln überkam mich. Ein Frösteln, das schon wieder nichts mit der Außentemperatur oder meinen nassen Klamotten, sondern ausschließlich mit dem Mann zehn Meter entfernt von mir zu tun hatte. Kurz überlegte ich, mich hinter dem Jeep zu verstecken, aber das erschien mir kindisch. Immerhin hatten alle Anwesenden mich bereits in einem Bikini gesehen. Also drehte ich mich kurzerhand um und zog mir das nasse, an meiner Haut klebende T-Shirt über den Kopf. Sarah nahm mir das Kleidungsstück ab und wrang es aus. »Auch das Bikinioberteil, Ellie.«

Ich wollte protestieren, aber ich wusste, dass sie recht hatte. Es reichte schon, dass ich das nasse Höschen und meine Shorts noch eine Weile anbehalten musste. Ich legte die Hände an meine Brüste und tatsächlich war der Stoff des Oberteils eiskalt. Langsam und bedächtig griff ich nach den Bändern an meinem Rücken und öffnete die kleine Schleife. Dann schälte ich das Oberteil von mir und reichte es an Sarah weiter.

»Verdammt, Freundin.« Sie musterte mich ungeniert. »Du hast wirklich hübsche Brüste.«

Lachend griff ich nach dem frischen T-Shirt, das ich mir zwischen die Beine geklemmt hatte, und zog es so schnell ich konnte an.

»Ich wünschte, ich hätte auch solche Brüste …«

»Und ich wünschte, dass ich alle Süßigkeiten der Welt in mich hineinstopfen und dabei trotzdem so dünn wie du bleiben könnte«, erwiderte ich grinsend.

Sarah zuckte mit den schmalen Schultern. »Guter Stoffwechsel.«

Ich sah hinab auf meine Oberweite. »Gute Gene.«

Sarah seufzte dramatisch. »Und doch sind wir alle keine Raupen.«

»Bitte erleuchte mich«, flehte ich sie übertrieben seufzend an. »Was hat das mit Raupen zu tun?«

»Fressen und schlafen. Fressen und schlafen. Zack!« Sie klatschte in die Hände. »Hübsch.«

Prustend nahm ich ihr mein nasses Shirt ab. »Du bist die Königin der einmaligen Vergleiche.«

»Mag sein. Aber – ich bin eine Königin. Und als solche befehle ich dir: Leg diesen Mann flach, Ellen Mansfield. Der Himmel weiß, ihr könnt es beide gebrauchen.«

»Woher willst du das wissen?«

Sie zog eine Augenbraue hoch.

»Na gut, okay«, gab ich kleinlaut zu. »Vielleicht ist es etwas her.« 1019 Tage, um genau zu sein. Zwei Tage bevor er gestorben war, hatten Mark und ich das letzte Mal miteinander geschlafen. Es war ein Dienstag gewesen, und er hatte mich geweckt, nachdem er spät aus der Kanzlei gekommen war, in der er sein Praktikum absolviert hatte. Mit zunächst zaghaften, zärtlichen Berührungen hatte er mich aufgeweckt und mir allerhand sündhafte Dinge ins Ohr geflüstert …

Sarah musterte mich wissend.

»Können wir wieder über Brüste reden, bitte?«

Sie lachte. »Nein. Dann werde ich nur neidisch. Und dann muss ich dir wehtun.«

Und das kam von Sarah, einer Frau, die mehr mit sich im Reinen war als die meisten Frauen, die ich kannte.

Es war doch verrückt, dass man in der Regel immer das haben wollte, was man nicht hatte oder haben konnte. Egal, ob Mann oder Frau. Groß, klein, kurvig, schlank, rothaarig, blond, mit Locken oder ohne … Wir finden per se das schön, was andere ausmacht. Und das war fatal, denn es führte zu Selbstkritik und dazu, dass man den eigenen Körper nicht akzeptierte. Ihn vielleicht sogar nicht mochte. Ich für meinen Teil war dankbar für meinen Körper, für meinen jungen und gesunden Körper, fügte ich stumm hinzu. Das Leben war definitiv zu kurz, um sich auch noch mit schlechten Gedanken selbst fertigzumachen.

»Da drüben ist noch jemand, der deine guten Gene bewundert«, raunte Sarah mir leise zu.

Ruckartig drehte ich mich um, die Hände noch immer am Saum meines neuen Shirts, und begegnete Jacobs intensivem Blick. Reglos stand er da und beobachtete mich. Eingehend musterte er meine nackten Beine und die nassen Shorts, meine BH-freien Brüste, die jetzt in einem trockenen und zum Glück schwarzen T-Shirt steckten, und den Turban auf meinem Kopf. Sein Blick war so intensiv, dass mir für einen winzig kurzen Moment schwindelig wurde. Sosehr ich mir und ihm auch einzureden versuchte, dass zwischen uns nichts laufen würde, mein Körper verriet mich. Unter seinem Blick richteten sich meine Brustwarzen verräterisch auf. Ein Ziehen ging durch meinen Körper, und mir wurde schlagartig ein paar Grad wärmer.

»Himmel, ihr solltet es endlich hinter euch bringen.«

»*Was?*«

Mit jeglicher mir verbliebenen Kraft löste ich mich von Jacob und sah zu Sarah. Hitze stieg mir in die Wangen, als ich ihrem wissenden Blick begegnete.

»Bringt es hinter euch, und geht endlich miteinander ins Bett. Lass dich von ihm hart rannehmen, nimm du ihn hart ran … völlig egal. Aber tut es!« Sie schüttelte den Kopf. »Diese Spannung zwischen euch macht sogar mich wuschig, und ich bekomme regelmäßig, was ich will.«

»Ich will nicht … also ich, ich meine …«

»Schon klar«, unterbrach sie mich. »Red dir das ruhig weiter ein, Ellie. Vielleicht glaubst du es dann irgendwann selbst.« Sie rollte die

Augen gen Himmel. Ja, vielleicht glaubte ich es dann irgendwann selbst … so in etwa sah mein Plan aus, wenn ich ehrlich zu mir selbst war. Ich strahlte so viele widersprüchliche Signale aus, ich *empfand* so viele widersprüchliche *Gefühle*, dass ich selbst verwirrt von mir war. Wie sollte es Jacob da erst gehen?

Aus dem Augenwinkel sah ich, wie die Männer sich am Ufer niederließen. Seb hatte eine der größeren Schulterkameras auf Jacob gerichtet. Die beiden unterhielten sich angeregt, während Frank etwas abseits auf seinem Handy scrollte. Meine Neugierde erwachte, und ich gab es auf, sie heimlich zu beobachteten, und sah richtig hin. Auch Jacob hatte sich umgezogen. Anstelle der nassen Funktionskleidung trug er bunte Badeshorts und ein dunkles Shirt mit einem roten Logo auf der Brust. Er lachte über etwas, das Seb ihn fragte, und ich erkannte, dass er den kleinen Zauberwürfel aus der Tasche holte und ihn lächelnd in die Kamera hielt. Dann warf er ihn in die Luft und fing ihn wieder auf, bevor er weitersprach.

»Warum interviewt Seb Jacob?«, fragte ich Sarah.

Sollte nicht ich diejenige sein, die Jacob interviewte? Immerhin war ich hier die Reporterin.

»Ich dachte, das sollte eine Art Natur- und Sportfilm werden. Eine Dokumentation über Vietnam und was es so zu bieten hat.«

»Wird es«, bestätigte sie, ungewohnt einsilbig. Es lag eine Zurückhaltung in ihrer Stimme, die ich nicht richtig deuten konnte.

»Sarah …«

»Mir wäre es lieber«, unterbrach sie mich sanft, »wenn du das J fragen würdest. Er ist der Boss, und dieser Film ist eine sehr persönliche Sache für ihn. Er kann dir mehr darüber erzählen.« Wenn er es will. Diese Worte behielt sie für sich, doch sie klangen deutlich mit.

Dieser Film war persönlich für ihn? Inwiefern?

»Tut mir leid«, entschuldigte ich mich bei ihr. »Ich wollte dich nicht in eine blöde Lage bringen.« Nicht jetzt, da wir dabei waren, uns richtig anzufreunden.

»Schon okay.« Sie grinste, und ihr immer fröhliches Ich war zurück. »Frag ihn, Ellie. Er wird es dir sicherlich erzählen.«

Nun wirklich neugierig, machte ich mir eine mentale Notiz, genau das zu tun. *Bald.*

18

Einmal »Alles wird gut« zum Mitnehmen, bitte.

Das *Bald* ließ noch einige Zeit auf sich warten, denn weder an diesem Abend noch am nächsten Tag erwischte ich Jacob alleine. Fast hatte ich damit gerechnet, dass er am Morgen nach unserem Raftingerlebnis auftauchen und seinen ersten Kaffee mit mir gemeinsam trinken würde, aber er war nicht gekommen. Fast beschlich mich das Gefühl, dass er mich mit Absicht mied. Erst nutzte er jede Gelegenheit, um Zeit mit mir zu verbringen, und dann fiel ich aus einem Boot, jagte ihm einen Schrecken ein, und er überlegte es sich anders? Vielleicht bildete ich mir all das aber auch ein, und er hatte lediglich zu tun. Fakt war jedoch, dass ich ihn außer zu unseren gemeinsamen Mahlzeiten mit der Crew nicht zu Gesicht bekam. Es gab keine einzige Situation, in der Jacob und ich alleine waren (einmal war er mir sogar ganz bewusst ausgewichen und hatte etwas von E-Mails beantworten gemurmelt), bis zu dem Moment, als ich dicht an ihn gepresst erneut auf seiner Harley saß. Ich versuchte mir einzureden, dass ich es nicht vermisst hatte. Dass ich *ihn* nicht vermisst hatte. Ich hatte es ganz bestimmt nicht vermisst, Jacobs starken Rücken zu spüren, den raschen Blick über die Schulter, den er mir zuwarf, sobald die Harley unter uns zu röhren begann, oder die Körperwärme, die von ihm ausging und mich von innen heraus zu wärmen schien. Auch seinen einzigartigen Duft aus Mann, Meer und Abenteuer hatte ich nicht vermisst. Ich hätte ewig so weitermachen und mich selbst belügen können, also gab ich es auf. Es war sinnlos. Ein Teil von mir hatte sich anscheinend bereits daran gewöhnt, dass Jacob mir auflauerte, mit mir allein sein wollte oder mich in Situationen brachte, die meinen Herzschlag beschleunigten. Wieso also war er jetzt so zurückhaltend?

Die Fahrt von Sapa nach Nin Binh, unser nächstes Ziel, dauerte etwas über sechs Stunden. Diesmal beschwerte ich mich nicht. Ganz im Gegenteil. Ich sog die atemberaubende Landschaft aus Palmen, Bergen, Reisplantagen, Flüssen und Seen, die träge an uns vorbeiflog, begeistert in mich auf. Wir waren von so vielen verschiedenen Grüntönen umgeben, dass es unmöglich war, sie alle zu benennen. Die Berge und Hügel erstrahlten in einem dunklen, satten Moosgrün. Die Reisfelder um uns herum waren beinahe hellgrün, leicht gelblich sogar, und der Fluss, den wir ab und an kreuzten, war von einem kräftigen Olivgrün. Vereinzelte Boote transportierten Waren wie Reis, Bambus oder eine riesige, stachelig aussehende Frucht über die Wasserstraßen. Als Jacob anhielt, um zwei große – und vor allem schwer beladene – Transporter auf einem besonders engen Teil der Straße an uns vorbeizulassen, sprach ich ihn auf meine Beobachtung an.

»Was sind das für riesige grüne Früchte?«

»Jackfruits.« Beide Transporter hupten dankbar. Jacob winkte ihnen lässig zu. »Schmeckt ein wenig wie Kaugummi.« Ich umfasste seine Hüfte fester, als er den Motor der Harley erneut aufheulen ließ. »Können wir heute Abend probieren, wenn du Lust hast. In eurem Luxushotel gibt's das bestimmt.« Er lachte, und das Geräusch war so … männlich, zufrieden und voller Lebensfreude, dass ich zustimmend nickte. Auch wenn er mich nicht sehen konnte.

Obwohl die Harley nicht gerade leise war, wirkte die Szenerie um uns herum absolut friedlich und malerisch. Dicht an Jacob gepresst, genoss ich für eine Weile einfach das Gefühl absoluter Freiheit. Ein leicht süßlicher Geruch von Blumen und Gewürzen lag in der Luft. Der Fahrtwind peitschte um uns herum. Ich reckte den Kopf gen Himmel und schloss die Augen. In diesem einen, wunderbaren Augenblick fühlte ich mich absolut schwerelos. Sorgenfrei. Hungrig nach dem Leben. So viel hatte ich mir in den letzten Jahren selbst untersagt. Ich hatte nicht einmal darüber nachdenken können, wie es sich anfühlte, wieder zu lachen. Ausgelassen zu feiern. Lust zu empfinden. Glücklich zu sein.

Zu lieben.

Mit geschlossenen Augen sog ich den kühlen Fahrtwind tief in meine Lungen. Meine Augen öffneten sich ruckartig, als ich Jacobs Hand spürte, die sich fest auf meine vor seinem Bauch verschränkten Finger legte. Als spürte er den inneren Kampf, den ich austrug, bot er mir Halt. Er bot mir einen Teil seiner eigenen Stärke. Und diesmal wollte ich nicht widerstehen. Schon gar nicht, nachdem er sich seit dem Vorfall am Wasserfall so eigenartig benommen hatte. Ohne weiter darüber nachzudenken, drehte ich den Kopf und legte meine Wange an Jacobs kräftigem Rücken ab. Die bereits zerschlissene Lederjacke fühlte sich warm und weich unter meiner Haut an. Meine Augen brannten. Wie lange war es her, dass ich mir erlaubt hatte zu weinen? Am Anfang hatte ich nichts anderes getan. Wochenlang, nein, monatelang hatte ich in meinem Bett gelegen und den Verlust meiner Träume, meines ganzen verfluchten Lebens betrauert. Bis ich keine Tränen mehr gehabt hatte. Alles, was zurückgeblieben war, war eine alles umfassende Leere. Und ein völlig verkrüppeltes Organ in meiner Brust. Eine Wunde, die nicht heilen wollte … Nach Marks Tod war einfach alles so unfassbar anstrengend gewesen. Schlafen, essen, arbeiten … *leben*. Mein Griff um Jacobs Taille verstärkte sich, und leise seufzend sank ich mit meinem ganzen Körpergewicht gegen ihn, bis ich spürte, wie die Schwere in meiner Brust und in meinen Gedanken ein wenig nachließ. Es war ungewohnt, sich fallen zu lassen, in dem Wissen, dass jemand da war, der einen auffing. Die Tür … diese verfluchte Tür, sie öffnete sich weiter. Nun schon fast offen, erhaschte ich einen Blick auf die Ellie, die ich wirklich war. Und auch auf die Ellie, die ich sein konnte. Und sein wollte.

Die Aussicht war verlockend. Aber auch angsteinflößend. Denn bedeutete nach vorne zu sehen nicht automatisch, meiner Vergangenheit den Rücken zu kehren? Das durfte niemals passieren. Bereits jetzt fiel es mir schwer, mich an Dinge aus Marks und meinem gemeinsamen Alltag zu erinnern.

Ich hatte mal gelesen, dass das menschliche Gehirn Erinnerungen nicht immer als Bild, sondern als Gefühl abspeichert. Ereignisse, die mit starken Emotionen verbunden sind, bleiben einem am ehesten im Gedächtnis. Durch die starken Emotionen sind die Momentaufnahmen der für uns besonderen Augenblicke umfangreicher und aus dem großen Archiv unserer Erinnerungen einfacher abzurufen. Der erste Kuss. Der Abend, an dem wir Pizza gegessen und alle *Stirb Langsam*-Filme geguckt hatten, bis ich auf Mark eingeschlafen war. Sein Antrag in der Toskana. Die Nachricht seines Todes. Ich sah all diese Erinnerungen nicht nur in Bildern, ich konnte sie schmecken, riechen und fühlen.

Jacobs Hand bewegte sich. Mit sanftem Druck löste er meine ineinander verschränkten Hände und schob seine viel größere Hand dazwischen, um für einen kurzen Moment unsere Finger miteinander zu verschränken, ehe er seine Hand zurück auf den Lenker legte. Die Schwerelosigkeit in meinem Körper verstärkte sich. Jacob konnte unmöglich ahnen, was diese simple Geste mir bedeutete. Und was sie unweigerlich in mir auslöste.

Wir überquerten den Fluss auf einer kleinen Holzbrücke, die zwar aussah, als hätte sie ihre besten Tage bereits hinter sich, uns aber trug, und gelangten auf einen zweispurigen Highway. In diesem Moment schoss der schwarze Jeep an uns vorbei, und ich erhaschte einen Blick auf eine breit grinsende, winkende Sarah. Offenbar hatten sie die Nase voll davon, uns in gemächlichem Tempo zu folgen. Jacob ließ den Motor aufheulen und nahm die Verfolgung auf. Durch die plötzliche Geschwindigkeit peitschten mir nicht nur die Haare ins Gesicht, sie vertrieb auch Stück für Stück meine wirren Gedanken und sorgte dafür, dass ich nichts weiter tat, als die Fahrt zu genießen. Immerhin waren wir auf dem Weg in ein regelrechtes Traumhotel.

Dank meines kleinen Stunts erwartete uns für die nächsten Tage absoluter Luxus. Sarah und ich hatten das Hotel gestern Abend gemeinsam ausgesucht, nachdem Jacob uns kommentarlos seine schwarze *American Express* unter die Nase gehalten hatte. Sarah hatte sie ihm mit einem Jubelschrei und den Worten »Du wirst bluten, Harrison« aus der Hand gerissen. Ich hingegen war anfangs etwas zögerlicher gewesen. Jacob hatte auf dieser Reise bereits zu viel aus eigener Tasche bezahlt – für mich. Die Flugtickets waren bereits zu viel des Guten gewesen, aber ich hatte so meinen Verdacht, dass das nicht alles gewesen war. Nicht, wenn ich Franks mürrischen Blick richtig deutete. Diesmal aber hatte ich es mir verdient. Schließlich war ich mit ihm von diesem Berg gesprungen. Meine anfängliche Zurückhaltung hatte sich schnell in Luft aufgelöst, und ich war fast gar nicht zusammengezuckt, als ich den Zimmerpreis des Hotels gesehen hatte, das Sarah zielstrebig ausgewählt hatte. Fast. Aber verflucht, das war ein ziemlich teures Resort mit fünf großen goldenen

Sternen über der Haustür. Insbesondere, da sie uns direkt zwei der teuersten Wellnesspakete inklusive Massagen gebucht hatte. Das fehlende Preislimit ließ Sarah zu Hochtouren auflaufen, aber ich schätzte, mit den Konsequenzen musste Jacob jetzt einfach leben.

»Ellie, der Mann schwimmt in Geld«, hatte Sarah in dem Bemühen, meine Bedenken zu zerstreuen, gesagt. Mich aber machte die Tatsache, dass Jacob nicht nur irgendwie berühmt, sondern auch irgendwie stinkreich war, nervös.

Dennoch freute ich mich auf den Luxus, der uns im *Bai Dinh Garden Resort & Spa* erwartete. Ich konnte guten Gewissens behaupten, dass ich noch nie in solch einem Hotel übernachtet hatte. Und die Bilder des Hotels hatten nicht gelogen, erkannte ich, als ich mich kurze Zeit später von Jacob löste und von der Harley stieg.

»Ach du heilige …« Und ich hatte geglaubt, das *Mandarin Oriental* in London wäre schick. Aber das Hotel war nichts im Vergleich zu dem vor uns. Nichts!

Hinter uns wurden Autotüren geöffnet und zugeknallt, und wenig später spürte ich einen Arm, der sich fest um meine Taille legte. Sarah seufzte.

»Das nenne ich mal ein Hotel!«

Jacob beäugte uns kritisch. »Wie viele Stunts muss ich machen, um das wieder reinzuholen?«

Ich zuckte zusammen, doch Sarah grinste breit. »Lass dich von ihm nicht in die Irre führen, Ellie. Er kann es sich leisten. Das Upgrade am Flughafen war sicherlich teurer als dieser Schuppen hier.«

Schuppen? *Schuppen?* Das *Bai Dinh* war vieles, aber mit Sicherheit kein Schuppen.

»Es ist wunderschön«, flüsterte ich, als wir gemeinsam mit den anderen in Richtung der liebevoll dekorierten Rezeption gingen. Mehrere Bedienstete kamen uns freundlich lächelnd entgegen und informierten uns darüber, dass sie sich um unser Gepäck kümmern würden. Frank blieb grummelnd zurück. Wie ich bereits des Öfteren festgestellt hatte, mochte er es nicht, wenn andere Leute sich um unser Equipment kümmerten. Mir sollte es recht sein. So konnte er mich wenigstens nicht böse von der Seite anfunkeln, weil er wegen mir in einem – Gott bewahre – richtigen Bett schlafen musste. Außerdem war ich viel zu abgelenkt, um auch nur einen Gedanken an mein Gepäck zu verschwenden. Allein die Rezeption glich einer regelrechten Kunstaustellung. Es hingen mehrere geschnitzte Kunstwerke und gewebte Teppiche an den Wänden, und eine hübsche, junge Frau stand hinter einem antik aussehenden, massiven Schreibtisch und lächelte uns freundlich entgegen. Sie trug einen bunten Sarong und ein bauchfreies rotes Top. Einzelne Sonnenstrahlen, die durch das Oberlicht zu uns durchdrangen und die kleine Halle in warmes, goldenes Licht tauchten, brachten ihre langen, dunklen Haare effektvoll zum Glänzen.

»Willkommen im *Bai Dinh Garden Resort und Spa*«, begrüßte sie uns akzentfrei.

»Mein Name ist Lia, und ich freue mich sehr, Sie bei uns begrüßen zu dürfen.«

Natürlich tat sie das, dachte ich. Immerhin hatte Jacob ein Vermögen für die nächsten drei Tage ausgegeben. Sarah preschte vor und übernahm das Einchecken, während ich mich aufmerksam umsah. Hinter der Rezeption lagen ein hübscher, kleiner Essbereich und ein großzügiger, von Jasmin und Fragipani umgebener Pool, der verlockend glitzerte. Ich konnte ein paar Bambusmöbel mit dicken weißen Polstern erkennen, sowie Liegen, die im Pool standen, nicht etwa daneben, nein: direkt *im* Pool.

»Wieso hast du Sarah auch deine Kreditkarte gegeben, Alter? Du weißt doch, wie sie ist …«

Hinter mir hörte ich Jacob und Seb leise miteinander reden. Kurz überlegte ich, ob es angebracht war, ein schlechtes Gewissen zu bekommen, aber Jacobs Blick drückte nichts weiter als milde Belustigung aus. Es schien ihn tatsächlich nicht zu kümmern, dass wir sein Geld mit beiden Händen ausgegeben hatten.

Fragend sah er mich an. »Gefällt es dir?«

Ich nickte, und neben Jacob rollte Seb genervt mit den Augen. »Natürlich«, murmelte er. Sarah griff blind nach hinten und packte mich am Arm.

»Konzentrier dich, Freundin.«

Entschuldigend wandte ich mich der jungen Vietnamesin vor uns zu.

»Miss Mansfield? Sie haben eines der Maisonette Familienzimmer mit Gartenblick«, informierte sie mich lächelnd und reichte mir eine schlichte Keycard. »Dabei handelt es sich um eines unserer zwei exklusiven Häuser am Pool.«

Ein ganzes Haus? Für mich alleine?

»Miss Walsh«, wandte sie sich an Sarah, »Sie beziehen das Haus daneben.«

Zwei Häuser? Aber wir hätten doch teilen können! Sarah schenkte mir ein unmissverständliches Grinsen. Natürlich. Seb. Wie hatte sie es am Wasserfall so schön ausgedrückt? Wenigstens sie bekam regelmäßig, was sie wollte. Und jetzt wollte sie ein eigenes Haus, damit sie ungestört unartige Dinge mit Seb treiben konnte. Eine kurze, scharfe Welle des Neids durchfuhr mich bei diesem Gedanken. Ich wollte das auch.

»Mister Harrison.« Die junge Frau sah an uns vorbei zu Jacob und Seb, und ihr Blick wurde ein wenig wachsamer. Sie überreichte den beiden ihre eigenen und Franks Keycards und erklärte ihnen den Weg zu ihren Zimmern. Zimmer wohlgemerkt, keine Häuser.

»Ihr Gepäck befindet sich bereits in Ihren jeweiligen Unterkünften, ebenso eine Erfrischung und eine kleine Aufmerksamkeit des Hotels. Wir wünschen Ihnen einen angenehmen Aufenthalt.«

Sie warf Sarah und mir einen letzten flüchtigen Blick zu, ehe sie zu Jacob und Seb zurücksah. Das Interesse in ihrem Blick war nicht zu übersehen.

»Sollten Sie irgendetwas benötigen, zögern Sie nicht, zu mir zu kommen. Egal, was.«

Oh, bitte. Beinahe hätte ich mit den Augen gerollt. Vielleicht wollte sie die beiden direkt an Ort und Stelle anspringen? Ich schenkte der Frau hinter dem Tresen ein eindeutiges Denk-gar-nicht-erst-darüber-nach-Lächeln.

»Das wird nicht nötig sein, vielen Dank«, antwortete ich anstelle der Männer. Jacobs Kopf ruckte herum, und Sarah grunzte leise. »Go, Ellie.«

Die Rezeptionistin nickte freundlich. Ganz der Profi, ließ sie sich nicht anmerken, dass ich sie soeben in ihre Schranken gewiesen hatte.

»Selbstverständlich, wie Sie wünschen.«

Was ich mir wünschte, war, dass sie aufhörte, unsere männlichen Begleiter mit den Augen auszuziehen. Wir mochten in getrennten Zimmern schlafen, das hieß aber noch lange nicht, dass die beiden Freiwild waren. Schon gar nicht Seb. Immerhin war er irgendwie mit Sarah zusammen. Und Jacob …

Er ist irgendwie mit mir zusammen.

Ein gleichzeitig gruseliger und erregender Gedanke. Auch wenn das so nicht ganz stimmte, hatten wir uns doch geküsst. Zweimal. Und Jacob hatte mir unmissverständlich zu verstehen gegeben, dass er wollte, dass es wieder passierte. Das zählte doch irgendwie … oder?

Ich wandte mich ab und prallte gegen eine Wand aus Muskeln.

Wie zwei auf Hochglanz polierte Saphire funkelten Jacobs Augen auf mich herab. Natürlich hatte er den kleinen Austausch zwischen mir und der Rezeptionistin mitbekommen. Jacob Harrison entging nur wenig, insbesondere, wenn es um mich ging. Und ganz vielleicht war ich auch nicht sonderlich subtil gewesen. Aber die Fahrt hierher, Jacobs zärtliche Geste und meine eigenen Gedanken, all das hatte mich aufgewühlt.

»Gehen wir«, wies ich Sarah an und trat demonstrativ um Jacob herum.

»Eifersucht steht dir nicht«, flüsterte meine Freundin, als wir, nach links und rechts blickend, staunend durch die wunderschöne Hotelanlage wanderten.

»Hast du gesehen, wie sie die beiden angesehen hat?«

»Hast du gesehen«, konterte Sarah lässig, »dass J nur dich angesehen hat?«

Das hatte ich nicht. Nein. Instinktiv war ich davon ausgegangen, dass er sich von den Worten und Blicken der anderen Frau geschmeichelt fühlen würde. Jeglicher Gedanke an Jacob und andere Frauen verflüchtigte sich aus meinem Kopf, als ich das enorme Haus vor mir erblickte.

»Wow!« Ich traute meinen Augen nicht. »Verdammt … Sarah.«

Sarah seufzte begeistert. »Ich weiß.«

Die Bilder im Internet wurden diesem Hotel in keiner Weise gerecht. Die grüne, dschungelähnliche Anlage mit dem großen Pool und dem offenen Essbereich waren schon beeindruckend gewesen, aber das hier? Das Haus war einfach prachtvoll. Atemberaubend. Wunderschön. Spontan würden mir noch ein paar weitere Adjektive einfallen, aber … wow.

Das Haus, das ich offensichtlich ganz für mich alleine hatte, bestand aus zwei Stockwerken. Von unserer jetzigen Position aus konnte ich eine großzügige Terrasse im Erdgeschoss sowie einen kleineren Balkon im ersten Stock erkennen. Die Terrasse war umgeben von angenehm duftenden Jasminsträuchern, und sowohl die Fenster hier unten als auch die des Balkons waren bodentief. Die Männer verabschiedeten sich von uns. Wie in Trance hob ich meine Hand und winkte ihnen zu, noch immer völlig fasziniert von meiner neuen Bleibe. Sarah schob mich sanft nach vorne und bog dann auf ihren eigenen kleinen Weg ab.

»Genieß jede Sekunde hiervon«, wies sie mich an und verschwand in ihrem Haus.

Zwei Anläufe brauchte ich, bis ich die Keycard im richtigen Winkel vor das Lesegerät hielt und die kleinen Lämpchen auf Grün umschalteten. Mit vor Aufregung fahrigen Bewegungen öffnete ich die Eingangstür und fand mich direkt in dem luxuriösen Wohn- und Schlafzimmer wieder. Das Erste, was ich sah, war das gigantische Bett, das den gesamten Raum dominierte. Mindestens zwei Meter groß, stand es inmitten des Zimmers und sah sowohl furchteinflößend als auch majestätisch aus. Der Baldachin, der über dem Bett angebracht war, bildete einen sanften Kontrast zu dem massigen Holzkonstrukt des Bettgestells. Rosenblätter waren auf die schneeweißen Laken gestreut worden. Und diesmal erwarteten mich keine Elefantenskulpturen, sondern ein kunstvoll geflochtenes Herz aus mindestens vier Handtüchern. Ich konnte mir nicht vorstellen, dass man sich in einem Londoner Hotel ebenso viel Mühe machen würde, seine Gäste zu begrüßen und zu erfreuen. Auch nicht im *Mandarin Oriental*. Ich legte meinen kleinen Rucksack auf dem Bett ab und schlüpfte aus meinen Turnschuhen, dann sah ich mich weiter um. Ein Fernseher – den brauchte ich hier bestimmt nicht –, ein paar Vasen mit getrockneten Blumen sowie Regale und wertvoll aussehende Kunst zierten den ganz mit Holz verkleideten

Raum. Am Ende des Zimmers befanden sich ein großzügiges Bad und eine kunstvoll verzierte Wendeltreppe, die ins obere Stockwerk führte. Bevor ich jedoch die obere Etage erkundete, nahm ich mir einen Moment, um den Anblick des womöglich schönsten Badezimmers, das ich je gesehen hatte, in mich aufzusaugen. Bunt gemusterte Kacheln, eine riesige, frei stehende Badewanne und eine wie in einen Felsen geschlagene Duschkabine. Der absolute Kracher war jedoch die Schiebetür aus Glas, die in einen geschützten Außenbereich führte und mir einen Traum von Regenwalddusche präsentierte. Von außen nicht einzusehen, wäre es mir hier möglich, unter freiem Himmel zu duschen. Ich schloss die Glastür und widmete mich dem kleinen Bastkorb neben einem der zwei Waschbecken. Die stolze Auswahl an Shampoo, Duschgel, Seifen und Peelings sah so aus, als kostete sie mehr, als ich in einem ganzen Jahr für Toilettenartikel ausgab. Leise seufzend ließ ich den Deckel des Körbchens fallen.

Ich stieg die wenigen Stufen der Wendeltreppe hinauf und fand mich in einem Raum wieder, der mich diesmal tatsächlich sprachlos machte. Staunend sah ich mich um. Okay. Das war's! Ich musste träumen, und in den letzten Tagen hatte es einfach niemand geschafft, mich aufzuwecken. Eine andere Erklärung hierfür konnte es nicht geben. Direkt unter dem spitzen Dach des Hauses befand sich ein weiteres Schlafzimmer. Zwei weich aussehende Matratzen lagen dort auf einem niedrigen Podest und bildeten das Bett. Eine kleine Sitzecke aus flachen Bambusmöbeln stand direkt davor. Das Dach des Hauses bestand jedoch nicht wie der Rest aus Holz, o nein. Das Bett, das ganze gesamte Obergeschoss, war umgeben von perfekt geputzten Glasfronten. Aus jedem einzelnen Winkel dieses Zimmer konnte ich direkt in den dichten Dschungel sehen. Hier würde ich schlafen. Das Zimmer unten war toll, keine Frage, aber dieses hier?

Dieses Zimmer war besonders. Wie eine verglaste Höhle inmitten der Natur.

Ich ließ mich auf eine der weichen Matratzen fallen und zückte mein Handy. Solange noch alles schick und unangetastet aussah, wollte ich ein paar Bilder für Helen und meine Eltern machen. Danach konnte ich mich ausbreiten. Ich checkte die Uhrzeit auf meinem Display.

16 Uhr bei uns, das heißt, 11 Uhr bei Helen.

Grinsend öffnete ich unseren Chat und schickte meiner Freundin ein paar Bilder.

Ihre Antwort ließ nicht lange auf sich warten.

Helen:

OMG, Ellie. Wo zum Teufel bist du?

Ellie:

In einem absoluten Hoteltraum ...

Helen:

Es ist wunderschön

Ich dachte, ihr übernachtet eher rustikal?

Das war eine äußerst schmeichelhafte Umschreibung unserer bisherigen Schlafsituation.

Ellie:

Tun wir auch. Das hier ist meine Belohnung fürs Paragliding

Keine zehn Sekunden später klingelte mein Handy.

»Hallo?«

»Erkläre mir das mit der Belohnung.«

Lachend ließ ich mich auf mein Bett fallen und drehte den Kopf in Richtung Fenster.

»Musst du nicht arbeiten?«

»Ich mach Homeoffice.«

Das ließ mich aufhorchen. »Wieso? Bist du krank?«

»Nur eine leichte Magenverstimmung. Kanya hatte auch damit zu kämpfen, daher lassen wir es für ein, zwei Tage ruhig angehen. Alsoooo …«

»Jacob hat mich damit gelockt, dass ich das nächste Hotel auf unserer Route aussuchen darf, wenn ich mich traue, mit ihm zusammen von diesem Berg zu springen.«

»Und dann suchst du dir gleich so was aus?« Helens Stimme wurde schrill. Die Erschöpfung, die ich eben noch herausgehört hatte, wich regelrechter Empörung. »Von dem, was eine Nacht kostet, kann man wahrscheinlich einen ganzen Urlaub machen.«

Fast.

»Sag mir, wie es heißt, dann kann ich es *googeln*.«

»Lieber nicht …« Ich mochte mir Helens Gesichtsausdruck gar nicht vorstellen, wenn sie die fast vierstellige Summe sah. »Sarah hat es ausgesucht.«

»Aber du hast offensichtlich nicht widersprochen.«

Ich lachte. »Nein.«

»Wow. Wirklich, Ellie. Wow. Es ist wunderschön.«

»Ist es«, stimmte ich ihr zu.

»Und wie war die Fahrt? Dicht an unseren Supersportler gepresst?« Vor meinem geistigen Auge sah ich meine Freundin anzüglich mit den Augenbrauen wackeln.

»Gut.«

»Ach, komm schon … Gib einer guten Freundin doch wenigstens *irgendwas!*«

»Die Tour von Sapa hierher war gut«, sagte ich lachend. Ich erzählte ihr von der Natur, die ich heute beobachtet hatte. »Jacob ist ein wenig langsamer gefahren als sonst, aber das könnte auch daran liegen, dass ich ihm einen Schrecken eingejagt habe, als ich aus dem Raftingboot gefallen bin. Dabei war dieser verdammte Wasserfall nicht einmal besonders hoch, und er tut so, als wäre ich zwanzig Meter in die Tiefe gestürzt …«

»Moment mal«, unterbrach Helen mich, »du bist aus einem *was* gefallen?«

»Einem Raftingboot.«

»Wer sind Sie, und was haben Sie mit meiner besten Freundin gemacht?«

»Haha, Helen.« Ein Blick auf die Uhr verriet mir, dass ich spät dran war.

»Tut mir leid, aber ich muss aufhören. Sarah und ich haben gleich einen Massagetermin.«

»Ich weiß nicht, ob ich dieser Sarah dankbar oder auf sie eifersüchtig sein soll.«

»Es gibt nur eine Helen Mathodo in meinem Leben, das weißt du«, beruhigte ich sie, und nachdem ich ihr versprechen musste, mich so bald wie möglich wieder bei ihr zu melden, verabschiedeten wir uns voneinander.

Im richtigen Moment, denn wenig später vibrierte mein Handy. Sarah erwartete mich bereits. So schnell ich konnte, schlüpfte ich in ein luftiges, graues Kleid, kramte meine Sandalen hervor und lief den kleinen Weg zum Haupthaus zurück. Ein Blick zum Pool verriet mir, dass Jacob und Seb es sich bereits mit zwei Flaschen Bier auf den weich gepolsterten Liegestühlen gemütlich gemacht hatten. Ich erhaschte viel zu viel nackte gebräunte Haut. Also winkte ich ihnen rasch zu, den Blick stur geradeaus gerichtet, und eilte weiter.

»Ellie, na endlich.« Sarah hüpfte aufgeregt auf und ab. »Ich dachte schon, du hast mich vergessen.«

»Niemals«, beruhigte ich sie. »Ich habe mit Helen telefoniert.«

Sarah zog ihre kleine Stupsnase kraus. »Ich weiß nicht, ob ich eifersüchtig auf Helen sein soll, wenn sie der Grund dafür ist, dass du mich vergisst.«

»Ich habe dich nicht vergessen«, korrigierte ich sie. »Aber Helen hat gerade so ziemlich das Gleiche über dich gesagt.«

Ein schiefes Grinsen breitete sich auf Sarahs Gesicht aus. »Würde ich sie mögen?«

Mögen? Die beiden wären unaufhaltsam. Ein furchteinflößender Gedanke. »Zusammen könntet ihr wahrscheinlich die Weltherrschaft an euch reißen.«

»Eine Frau ganz nach meinem Geschmack also. Aber jetzt komm«, fügte sie hinzu und griff nach meiner Hand, »ich bin bereit für ein wenig Entspannung.«

Mit diesen Worten zog sie mich zu einem kleinen Häuschen hinter der Rezeption. Zwei junge Damen verbeugten sich vor uns und reichten jeder von uns einen hübschen Kimono und etwas, das verdächtig nach einem Einmal-Slip aussah.

»Miss Mansfield, ich bin Huyen«, stellte eine der Frauen sich vor. »Wenn Sie mir bitte folgen würden.«

Ich verabschiedete mich von Sarah und folgte der jungen Frau ins Innere des Häuschens. Ebenso wie Sarah war auch ich definitiv bereit für ein wenig Entspannung.

19

Träumen.
Sternschnuppen zählen.
Frische Luft atmen … Kraft tanken.

Wenig später fühlte ich mich wie auf Wolken. Wie ein knochenloser, glücklicher Wackelpudding. Huyen hatte ganze Arbeit geleistet. Erst hatte sie mich am ganzen Körper mit getrockneten Blättern aus grünem Tee eingerieben, danach waren die Blätter und meine Haut für ein paar Minuten mit Joghurt bedeckt worden, und als ich wieder sauber gewesen war, hatte sie mich eine Stunde lang durchgeknetet. Nun widmete sie sich meinem Gesicht und ein paar empfindlichen Stellen in meinem Nacken. Eingepackt in warme Wickel, genoss ich das Gefühl von Schmerz und Erleichterung, das Huyen in meinen angespannten Muskeln auslöste.

Seit wir in Vietnam waren, war ich aktiver als in den letzten neunundzwanzig Jahren meines bisherigen Lebens gewesen. All diese ungewohnten Aktivitäten forderten ihren Tribut. Ich zuckte zusammen, als Huyen eine besonders schmerzhafte Stelle hinter meinem Ohr bearbeitete. Es tat weh, ja, aber o mein Gott, es tat auch so gut.

Eine weitere Stunde später saß ich in einem flauschigen Bademantel neben Sarah auf der kleinen Terrasse des Spas und schlürfte meinen süßen Ingwertee. Die Aussicht war phantastisch. Außer uns befand sich niemand in der Nähe, und wir hatten sowohl die Terrasse als auch den Blick auf den dichten Dschungel ganz für uns allein. Ich fühlte mich herrlich. Alle Muskeln in meinem Körper waren weich und warm, und mein Kopf schien in einer anderen Sphäre zu schweben. Vielleicht war auch gerade das der Grund für meine nächsten Worte.

»Wie war Jacobs Ex so?«

Sarahs sah mich überrascht an.

»Wie war sie so? Marjolaine?«, fragte ich noch mal.

Sogar ihr Name klang aufregend, anders und wunderschön. *Marjolaine Winters*.

Sarah seufzte gequält und sah in ihren Tee. »J ist mein Boss und mein Freund.« Ihre Augenbrauen zogen sich nachdenklich zusammen.

»Und ich bin deine Freundin. Eine Freundin«, fügte ich hinzu, »die du jeden Tag dazu ermuntert, mit deinem sogenannten Boss etwas anzufangen.« Jetzt, da ich mich überwunden hatte, sie zu fragen, wollte ich auch eine Antwort.

Sie zögerte einen Moment. Der innere Konflikt war ihr deutlich anzusehen. Dann aber entspannte sie sich und lächelte. »Okay, das stimmt auch wieder.« Sarahs Stirnrunzeln verflüchtigte sich. »Ich mochte Marjolaine, wirklich. Sie ist eine ruhige und liebe Person. Sehr schüchtern.«

»Mhm.«

»Nicht das, was du gehofft hast zu hören, was?«

»Nicht ganz«, gab ich zu. Das war absolut nicht das, was ich erwartet hatte.

»Nicht alle Models sind Drachen«, antwortete Sarah lachend, »die, die ich kenne, sind tatsächlich sehr nett. Aber ich vermute, es gibt Ausnahmen.«

»Hat er sie geliebt?« Die Frage aller Fragen …

»Am Anfang ihrer Beziehung?« Sarah überlegte kurz. »Ich denke schon.«

»Warum haben sie sich getrennt?«

Aufrichtig schockiert blickte sie mich an. »Liest du keine Klatschmagazine?«

»Ich versuche es zu vermeiden.« Obwohl ich vor meiner Abreise alles gelesen hatte, was ich über Jacob Harrison hatte finden können. Und über Marjolaine Winters. Seine Victoria-Secret-Model-Ex-Freundin.

»Es hat einfach nicht mehr gefunkt.«

Gespannt lehnte ich mich vor. Das universelle Zeichen für: Erzähl mir mehr.

»Manchmal ist Marji mit uns gekommen, aber es hat ihr nie gefallen. Die Stunts, das Risiko … und sie hat ja auch selbst oft genug reisen müssen. Ein klassischer Fall von auseinandergelebt, würde ich sagen.«

Sie sah in den Dschungel vor uns, und ich schwieg, da ich spürte, dass sie noch nicht fertig war. »J ist einer der besten Menschen, die ich kenne, und er ist ein fairer Boss.«

»Aber?«

»Aber er ist auch nicht immer einfach. Er lebt für den Sport und den Nervenkitzel. Privat ist er bodenständig«, sie drehte den Kopf und sah mich an, »ich kenne niemanden, der seinen Status oder sein Geld so wenig auskostet. Du siehst ja, was passieren muss, damit wir mal ein wenig Luxus genießen können. Wenn es aber um den Sport geht, ist er komplett fokussiert. Ich glaube, Marjolaine hatte es nicht immer leicht, dagegen anzukommen.«

»Du glaubst, er hat den Sport seiner Beziehung vorgezogen?«

Sarah zuckte mit den Schultern. »Außer zu Beginn ihrer Beziehung haben die beiden sich nicht sonderlich viel gesehen. Und er wirkte nie sonderlich begeistert, wenn sie uns begleitet hat.« Sie warf mir einen eindeutigen Blick zu. »Ich glaube kaum, dass er so einen Aufriss gemacht hätte, wenn sie aus dem Raftingboot gefallen wäre.«

»Das ist aber nicht sehr nett.«

»Vermutlich nicht, nein.« Sarah runzelte die Stirn. »Wahrscheinlich hätte sie sich sowieso geweigert, es auszuprobieren. Aber eins kann ich dir mit Gewissheit sagen, Freundin. J mag es nicht, wenn uns Fremde begleiten. Die Tatsache, dass er dich unbedingt dabeihaben wollte, ist nicht nur für mich bezeichnend. Auch Seb und Frank waren überrascht.«

Ich sollte mich von ihren Worten vermutlich nicht einlullen lassen, aber ganz entziehen konnte ich mich ihnen auch nicht.

»Warum haben sie sich dann erst dieses Jahr getrennt?«, fragte ich.

Sarah seufzte, und ich sah ihr an, dass ich soeben gegen ihre Schmerzgrenze gedonnert war.

»Das solltest du J fragen, Ellie. Ich habe schon genug gesagt.«

Okay, damit konnte ich leben. Ich hatte meine Worte beim Rafting ernst gemeint, ich wollte Sarah nicht in eine blöde Situation bringen. Also schrieb ich Marjolaine Winters auf die Frageliste in meinem Kopf, direkt unter die Frage, warum Seb Jacob interviewt hatte. Als ich das erledigt hatte, wurde es Zeit für einen Themenwechsel.

»Sag mal …« Feixend sah ich sie an. »Hat es einen bestimmten Grund, warum du ein ganzes Haus für dich alleine hast?«

»Einen Grund, den du auch mal in Erwägung ziehen solltest.«

»Heißt das, dass du Seb ein Zeichen geben willst?«, fragte ich sie und überging ihren Kommentar.

»Meinst du, eine vierzig Quadratmeter Villa für mich alleine ist nicht offensichtlich genug?« Sie schnaubte. »Soll ich vielleicht noch ein Schild an die Tür hängen mit: Es ist offen?«

»Das habe ich nicht gemeint.« Obwohl die Vorstellung ziemlich lustig war. »Ich dachte eher an so etwas wie ein klärendes Gespräch, ein Date oder womöglich einen Brief.«

Neugierig schielte sie mich von der Seite an. »Einen Brief? So richtig handgeschrieben?«

»Ich bin Autorin«, antwortete ich ihr, und mein Herz klopfte einmal kräftig in meiner Brust.

»Ich liebe Wörter, Sprache … Früher, wenn ich nicht weiterwusste oder meine Gefühle sortieren musste, da habe ich Briefe geschrieben. An mich, an meine Eltern oder an …« Ich stockte. Beinahe hätte ich seinen Namen gesagt. Vor Sarah. »Na ja, du weißt, worauf ich hinauswill. Es hilft einem, sich zu sortieren. Zumindest ist das bei mir so.«

Sarah nickte. Sie schien ernsthaft über meinen Vorschlag nachzudenken. »So wie eine Pro- und Kontraliste?«

»Wenn du so willst, ja. Nur ein wenig schöner formuliert.«

Für einen Moment schwiegen wir beide. Lediglich das Zirpen der Grillen und das Rascheln der Palmen waren zu hören – und das tiefe Gelächter der Männer aus Richtung Pool.

»Vielleicht probiere ich das mal aus.« Ruckartig setzte sie sich auf, und ich zuckte erschrocken zusammen. »Weißt du, worauf ich heute Abend Lust habe?«

Ich schüttelte den Kopf. Ich hatte keine Ahnung, aber was immer es auch war, das gefährliche Grinsen in ihrem Gesicht machte mir Angst. Auf positive Art und Weise.

»Karaoke!«

»Karaoke?« Ich umfasste die kleine Steinguttasse in meiner Hand fester. *Bitte nicht.*

»Wenn du eins in Vietnam ganz hervorragend machen kannst«, sie zwinkerte mir verschwörerisch zu, »außer Massagen natürlich, dann ist es Karaoke singen. Hier gibt es so ziemlich an jeder Ecke und in jeder Provinz eine Karaokebar.«

Die leuchtend bunten Neonreklamen und Schilder waren mir bereits aufgefallen, aber ich hatte nicht damit gerechnet, selbst in einer Karaokebar zu landen. Nicht so schnell jedenfalls.

»Meinst du, dass das den Jungs gefallen würde?«, fragte ich doch eher skeptisch. Ich konnte mir Frank beim besten Willen nicht beim Karaoke singen vorstellen. Sarah schmunzelte.

»O ja. Glaub mir, auch wenn sie etwas anderes behaupten, es macht ihnen Spaß.« Sie trank den Rest ihres Tees und stellte die leere Tasse vor uns auf den Tisch.

»Mhm.« Ich zögerte den letzten Schluck Tee so lange heraus, wie ich konnte. Nach unserer Behandlung, vor allem der Massage, war dieses Getränk aktuell gefühlt alles, was mich zusammenhielt. Süß und gleichzeitig scharf lief der Ingwertee meine Kehle herab und belebte meinen gesamten Körper. Gleichzeitig machte er mir aber auch schmerzhaft bewusst, dass ich schon wieder seit einer gefühlten Ewigkeit nichts gegessen hatte. Während Jacob und die anderen sich am Pool Bier und Snacks bestellt hatten – ich zweifelte keine Sekunde daran, dass Jacob just in diesem Moment etwas zu essen vor sich stehen hatte –, waren Sarah und ich direkt zur Massage geeilt. Jetzt jedoch begann mein Magen lautstark zu knurren.

Sarah sah mich belustigt an. »Hunger?«

»Ich sterbe vor Hunger«, gab ich zu und stellte meine leere Tasse neben ihre.

Schwungvoll stand sie auf und zog mich mit sich auf die Beine. »Dann komm. Lass uns duschen und danach die anderen zusammentrommeln. Ich habe gelesen, dass das Restaurant hier eins der besten dieser Provinz sein soll.«

Auf dem Weg zurück in unsere Zimmer hatte Sarah den Jungs zugerufen, dass sie Frank finden und uns in dreißig Minuten im Restaurant treffen sollten. Ob das Restaurant nun eines der besten der Ninh-Bình-Provinz war, konnte ich nicht beurteilen, aber es war ohne Zweifel phantastisch. Sarah hatte sich vor dem Bestellen noch kurz versichert, dass auch wirklich alle Kosten innerhalb des Hotels auf Jacobs Konto gingen, und sich dann gleich zwei exklusive Gerichte bestellt. Die Karte bot eine angenehme Mischung aus lokalen und internationalen Speisen. Ein wenig verwundert hatte ich dabei zugesehen, wie Jacob sich einen Riesenburger mit Pommes bestellt hatte. Auf meinen fragenden Blick hin hatte er lediglich mit den Achseln gezuckt.

»Ich sterbe vor Hunger«, hatte er die Worte wiederholt, die ich vor Kurzem Sarah gegenüber geäußert hatte.

Ich selbst hatte mich für eine traditionelle Pho-Suppe mit Tofu entschieden. Seit der Massage plagten mich leichte Kopfschmerzen, und ich fühlte mich zwar erholt, aber auch ein wenig wie durch den Fleischwolf gedreht. Das leichte Ziehen in meinem Nacken und meinem Rücken verriet mir darüber hinaus, dass ich morgen wahrscheinlich mit einem Muskelkater zu kämpfen haben würde. Daher wollte ich es heute Abend etwas ruhiger angehen lassen.

»Was steht morgen an?«, fragte ich Frank, als wir in einvernehmlichem Schweigen unser Essen verspeisten.

»Nichts.«

Sarah und ich tauschten einen irritierten Blick.

»Wir machen morgen einen Tag Pause«, erklärte Seb uns, als Frank keine Anstalten machte, weiterzusprechen. »Sarah und ich müssen das Material sichten und schon mal grob bearbeiten. Außerdem kann J sich so einen Tag erholen.« Seb sah zu mir. »Und du kannst dich einen Tag mal komplett aufs Schreiben konzentrieren.«

Er schob sich eine Gabel Nudeln in den Mund. »Dafür hast du aktuell wahrscheinlich noch nicht viel Zeit gehabt, sorry.«

Ah ja. Schreiben. Mein Artikel. Dankbar lächelte ich Seb an und schielte zu Jacob. Er beobachtete mich aufmerksam, während er seine restlichen Pommes verspeiste.

»Ich wollte mir einen Roller mieten und ein paar Sehenswürdigkeiten in der näheren Umgebung abklappern. Wenn du Lust hast, dann passe ich mich deinem Zeitplan an. Also wenn du ... Lust hast?« Fast sah er dabei ein wenig verlegen aus. Dachte er, ich würde ablehnen? Das war so ziemlich das Letzte, was ich tun wollte. Er fragte mich, ob ich Lust hatte? Ja! In den letzten zwei Tagen hatte ich mich schon fast selbst davon überzeugt, dass Jacob auf Abstand zu mir ging. Aber offensichtlich war dies nicht der Fall.

»Gern.«

»Gern«, murmelte Sarah neben mir süffisant, und ich verpasste ihr unter dem Tisch einen Tritt gegens Schienbein.

»Aua!«

Grinsend drehte ich mich zu ihr um. »Hattest du nicht auch Pläne für heute Abend?«

»Ich?« Empört sah sie mich an. »Wir, Freundin, *wir* haben Pläne.«

»O nein, ich habe niemals gesagt, dass ich ...«

»Lass mich raten«, unterbrach Seb uns lachend, »Sarah will Karaoke singen.«

Frank stöhnte, und Jacob griff lächelnd nach seinem Bier, ehe er Frank kameradschaftlich auf die Schulter klopfte. »Es ist nur eine Frage der Zeit, das weißt du doch.«

»Das heißt nicht, dass es mir gefällt.«

»Das«, betonte Sarah und zeigte mit ihrer Gabel auf Frank, »werden wir ja noch sehen.«

Keine dreißig Minuten später hatten wir unser Ziel erreicht. Das Taxi, in das wir uns auf Sarahs Befehl hin gequetscht hatten, hielt vor einer von draußen recht unscheinbar wirkenden Bar mit pinker Neonreklame. Jacob bezahlte den Taxifahrer und nahm eine Karte mit dessen Handynummer entgegen.

Er klopfte dem Mann kameradschaftlich auf die Schulter. »Wir rufen dich an, wenn wir zurückwollen.«

Der Mann nickte, offensichtlich erfreut. Angeführt von Sarah betraten wir die Karaokebar. Bereits von draußen konnte man laute Musik und schrillen Gesang hören. Jacob und Seb wirkten entspannt, und sogar Frank hatte aufgehört zu grummeln.

»Mach dich auf was gefasst«, flüsterte Seb neben mir, als wir die Bar betraten und Sarah, die zielstrebig den Raum durchquerte, zu einem leeren Tisch im hinteren Drittel der Bar folgten.

»O mein Gott.« Lachend ließ ich mich auf einen Stuhl fallen. Ich wusste gar nicht, wo ich zuerst hinsehen sollte.

»Das ist … ich weiß nicht recht, was das ist.«

»Scheußlich?«, half Seb mir aus.

»Phantastisch«, korrigierte Sarah ihn.

Ich war mir bei beidem nicht so sicher. Einmalig traf es wahrscheinlich am besten. Lametta und Lichterketten hingen von der Decke. An den Wänden konnte ich diverse kitschige Portraits erkennen. Von David Hasselhoff über Siegfried und Roy bis hin zu Elvis und Celine Dion war alles dabei. In der Mitte unseres Tisches stand ein Gesteck aus hässlichen, vergilbten Plastikorchideen.

»Wow.«

Jacob stieß mit seiner Schulter sanft gegen meine.

»Unvergleichlich, mhm?«

»Absolut. Ich glaube nicht, dass ich so etwas schon jemals gesehen habe.« Die Bühne war etwa fünf Meter von uns entfernt. Zwei

Touristen verausgabten sich bei einem Duett von Sonny und Cher und gaben ihre Version von *I got you babe* zum Besten. Ein Kellner im knallig bunten Hawaiihemd erschien neben uns.

»Howdy«, begrüßte er uns. »Drinks?« Er schenkte uns ein schiefes und dafür, dass er noch so jung war, viel zu zahnloses Grinsen.

Völlig überfordert von diesem Ansturm auf meine Sinne, schloss ich mich Frank bei einem simplen Mineralwasser an. Für die nächsten drei Performances ließ ich die Bühne keine Sekunde aus den Augen. Ich hatte angenommen, dass ich es furchtbar finden würde. Kitschig, nervtötend und übertrieben, aber dieser Ort … er hatte was. Und die Leute auf der Bühne und an den Tischen schienen wirklich Spaß zu haben.

»Man muss sich nur darauf einlassen«, wisperte Jacob dicht an meinem Ohr. »Dann macht es Spaß.«

Und es machte mir Spaß. Bis zu dem Moment, als Sarah sich mit einem verdächtigen Gesichtsausdruck zu mir umdrehte. Ich hatte befürchtet, dass dieser Moment kommen würde. Innerlich bereitete ich mich bereits darauf vor, Sarah zu enttäuschen, als sie kurzerhand nach meinem Arm griff.

»Komm!« Erstaunlich kräftig zog sie mich hoch und mit sich in Richtung Bühne. »Ich weiß genau, was wir singen!«

O Gott, bitte nicht.

»Sarah, ich …«

»Wiederstand ist zwecklos!«, rief Seb mir lachend nach.

»Lass dich drauf ein«, rief nun auch Jacob, und am liebsten hätte ich ihm den Stinkefinger gezeigt. Er war es ja nicht, der hier zum Singen genötigt wurde. Sarah zerrte mich auf die kleine Bühne, und nervös sah ich mich in der mittlerweile rappelvollen Bar um. Sieben Tische, und sie alle waren voll besetzt. Weitere Besucher standen mit ihren Drinks an der Bar rechts von uns. Von hier oben wirkte die

Inneneinrichtung sogar noch skurriler, und ich musste aufpassen, dass sich das Lametta nicht in meinen Haaren verfing. Sarah drückte mir ein Mikro in die Hand.

»Sarah«, versuchte ich es erneut, »ich singe nicht gern vor Leuten. Wirklich nicht.«

»Warum?« Ihr Blick war so verständnislos, dass ich nicht anders konnte und einfach lachen musste.

»Wahrscheinlich nur, weil du es kannst«, neckte sie mich. Und damit hatte sie genau ins Schwarze getroffen. Ich mochte es tatsächlich nicht, vor Leuten zu singen, da ich eine recht passable Stimme hatte. Allerdings wurde ich deswegen auch härter kritisiert. Man erwartete, dass ich alle Lieder konnte. Die Leute, die einfach schief mitgrölten, hatten meist mehr Spaß bei so was als ich. Wieso genau hatte ich mich für Wasser anstelle von etwas Hochprozentigem entschieden? Mit Alkohol würde ich das hier definitiv besser überstehen.

»Das wird super, Ellie!«

Na, wenigstens einer von uns war voller Enthusiasmus. In Rekordzeit tippte sie etwas in das iPad, dann trat sie neben mich. Als die ersten Takte des Songs erklangen, begann ich unwillkürlich zu grinsen.

»*Stranger Things*?«

»Darauf kannst du deinen süßen Arsch verwetten, Schwester!«

Dann holte sie tief Luft und begann zu singen.

»*Turn around, look at what you see …* «

Als ich Sarah dabei zusah, wie sie die erste Strophe von *Never ending story* sang, beschloss ich mir ein Beispiel an ihr zu nehmen. Was soll's, dachte ich. Ich wollte auch so ungezwungen und frei sein. Wenigstens für einen Abend. Mit leicht schwitzigen Händen griff ich das Mikro fester und übernahm die zweite Strophe. Sarahs Augen weiteten sich überrascht. Sie reckte die Faust in die Luft und stieß einen freudigen Schrei aus.

»Heilige Scheiße, Ellie!«

Ich zwinkerte ihr kurz zu und richtete den Blick dann wieder auf den Monitor vor uns.

»*Ahh ahhh ahhh*«, sangen wir gemeinsam und stimmten den Refrain an, der spätestens seit der letzten *Stranger Things*-Staffel auf Netflix Millionen von Menschen begeistert hatte. So langsam begann das Ganze mir Spaß zu machen. Das Publikum klatschte im Rhythmus unseres Songs, und ich ignorierte den Drang, zu unserem Tisch zu schauen.

Sarah und ich legten alles, was wir hatten, in den Song. Wir sangen und lachten dabei, und am Ende hatten wir sogar so etwas wie eine kleine, wirre Choreografie zustande gebracht.

Die Leute in der Bar jubelten uns begeistert zu. Völlig außer Atem lagen wir uns kurze Zeit später kichernd in den Armen.

»Wow, Ellie!«

Ich winkte ab. »Das hat Spaß gemacht.«

Sarahs blaue Augen funkelten im Licht der kleinen Spots. »Noch eins?«

»Dürfen wir denn noch eins?« Gerade als ich die Frage ausgesprochen hatte, begannen die ersten Zugabe-Rufe aus dem Publikum, und ich erkannte die tiefe Stimme sofort.

»Wenn's nach J geht, ja.«

Mein Blick wanderte durch den Raum, bis ich fand, wonach oder eher nach wem ich gesucht hatte. Lässig saß Jacob auf seinem Stuhl. Die Arme hinter dem Kopf verschränkt, sah er mich breit grinsend an. Hitze stieg mir in die Wangen, und ich ließ meinen Blick weiterwandern. Seb hob beide Daumen nach oben, und sogar Franks Mundwinkel zuckten verräterisch.

»Hier.« Sarah drückte mir das iPad in die Hand. »Diesmal suchst du einen Song aus.«

Ich klickte mich durch die beeindruckend lange Songliste. Dann sprang mir ein Lied ins Auge. Fragend sah ich zu Sarah.

»Oh, *yes*«, antwortete diese und schmiss sich in Pose, als die ersten Takte eines alten Spice-Girls-Hits durch den kleinen Raum hallten.

Für zwei weitere Songs blieben wir auf der Bühne, bis ich eine völlig aufgedrehte Sarah endlich dazu überreden konnte, an unseren Tisch zurückzukehren. Lachend und unter stetigem Applaus drängten wir uns durch die spontanen Standing Ovations. Seb empfing uns laut klatschend, und wir verbeugten uns artig vor unseren treusten Fans.

»Ihr wart großartig«, sagte er und reichte Sarah ein frisches Bier.

Erschöpft, aber zufrieden ließ ich mich auf meinen Stuhl fallen.

»Hier, Superstar.« Jacob schob mir ein mit einer aufgeschnittenen Limette garniertes Glas mit einer hellen Flüssigkeit und einer Menge Eiswürfel hin, das ich skeptisch musterte.

»Ich schwöre dir, wenn das ein Mojito ist, dann …«

»Nur Sprite«, unterbrach er mich grinsend. »Da sind 'ne Menge Elektrolyte drin.« Er zwinkerte mir zu. »Habe ich gehört.«

Ich trank das halbe Glas so schnell aus, dass ich in der nächsten Sekunde mit Hirnfrost zu kämpfen hatte.

»Irgendwelche anderen versteckten Talente?«, fragte Frank mich mit seiner tiefen Baritonstimme. Beinahe hätte ich mich an dem Eiswürfel, auf dem ich gerade herumkaute, verschluckt. Frank sprach mit mir. Mit *mir!*

»Nein.«

»Als ob das nicht reichen würde!«, rief Sarah und schlug mit der flachen Hand auf den Tisch.

»Wir waren verdammt gut!«

»Ellie war verdammt gut«, korrigierte Seb sie, »du warst passabel.«

»Hey!« Gespielt wütend schlug sie ihm auf den tätowierten Arm.

Ich hob meine Sprite und prostete Sarah zu. »Wir waren super!«

»Und ob wir das waren, Freundin.«

»Wir mussten eure Fans davon abhalten, die Bühne zu stürmen«, scherzte Jacob. Seine Körperhaltung wirkte entspannt, seine Augen jedoch sprachen eine andere Sprache. Ein paar Nuancen dunkler geworden, loderte eine unverkennbare Lust in ihnen. Sein Arm landete hinter mir auf der Stuhllehne, und ich schluckte krampfhaft. Meine Kehle war plötzlich wie ausgetrocknet.

»Du hast mir gar nicht gesagt, dass du singen kannst«, wisperte er, schon wieder viel zu dicht an meinem Ohr.

Diesmal drehte ich den Spieß um. »Es gibt viel, was du nicht von mir weißt, Harrison.«

Sarah grölte vor Lachen. Aber auch Jacob schien amüsiert.

»Also bist du auch ein *Stranger Things*-Fan?«, fragte er mich.

»Wie kann man den *mind flayer* nicht lieben?«, antwortete Sarah an meiner Stelle.

Seb warf ihr einen ungläubigen Blick zu. »Wann findest du die Zeit für so was? Ernsthaft, Sarah, wann?«

»Nicht jeder von uns muss morgens und abends Sit-ups oder Liegestütze machen.«

»Woher weißt du, was Seb abends treibt?«

»Vorsichtig, Harrison.« Sarah drohte Jacob mit dem Strohhalm aus ihrem Drink. »Wir haben alle Dreck am Stecken.«

»Ich nicht«, antwortete Frank und tippte auf seinem Smartphone herum.

»Nur weil Mike zu Hause geblieben ist. Und jetzt leg das verdammte Handy weg, dein Mann wird auch mal eine Stunde ohne dich auskommen.«

Sein Mann? Frank war *verheiratet?*

»Mein Ehemann«, fügte Frank erklärend hinzu, und sein Gesichtsausdruck verwandelte sich für eine Millisekunde von grimmig zu liebevoll. Und nun wusste ich auch, warum Frank andauernd an seinem Handy hing.

»Wir sind seit sieben Jahren verheiratet.«

»Wie wundervoll!«, rief ich und prostete Frank mit meinem Glas zu. Er erwiderte meine Geste halbherzig. Dennoch sah ich das kleine Lächeln, das sich auf seine Lippen stahl, als er seine Aufmerksamkeit wieder seinem Smartphone und Mike widmete.

»Was guckst du noch, jetzt, da *Stranger Things* erst mal vorbei ist?«

Überrascht sah ich zu Jacob. Er wollte sich mit mir über Serien unterhalten?

»*Dark*«, antwortete Seb, und Frank schüttelte den Kopf. »*Fargo*«, sagte er.

»Ihr seid langweilig.« Sarah wackelte grinsend mit den Augenbrauen. »*Bonding!*«

Lachend sah ich sie an.

»Was für 'n Ding?«

Sie wollte etwas erwidern, aber in dem Moment schallte Alice Coopers *Poison* lautstark durch die kleine Bar. Anscheinend war die Karaoke-Zeit nun offiziell beendet.

»Und du?«, rief Seb über die Lautstärke der Musik.

»*Jane the Virgin*«, antwortete ich und trank den Rest meiner eiskalten Sprite aus. Ich liebte die überdramatische Serie im Telenovela-Stil, bei der es um so viel mehr als nur Liebesdramen ging. Es ging um starke Frauen, Schwesternschaft und die Familie.

»Bei welcher Staffel bist du?«, fragte Sarah mich interessiert.

»Am Ende der zweiten.«

Sie stützte die Arme auf den Tisch und lehnte sich vor. »Michael oder Rafael?«

»Rafael«, antwortete ich, ohne zu zögern.

»Warum?«

»Entschuldigung.« Herausfordernd hob ich eine Augenbraue. »Hast du dir den Mann mal angesehen?«

Sarah nickte. »Gute Wahl.«

Die Männer am Tisch tauschten irritierte Blicke.

»Ich glaube, ich weiß, was ich als Nächstes recherchieren muss«, kommentierte Seb kopfschüttelnd.

Jacob hingegen fixierte mich interessiert. »Wieso Rafael?«

Ich zuckte mit den Schultern. Hatte ich mir das nur eingebildet, oder war sein Arm irgendwie näher gekommen? »Er ist süß.«

»Süßer als ich?«

Diese Frage konnte ich unmöglich beantworten, ohne in ein Fettnäpfchen zu treten.

»Das hängt davon ab, was du dir gerade ansiehst.«

»*The good fight*«, antwortete er herausfordernd.

»Mhm.«

»Und?«

»Die Jury tagt noch.«

Tatsächlich liebte ich die Serie, aber ich würde einen Teufel tun und Jacob in die Karten spielen. Erneut. Er sah auch so schon viel zu selbstzufrieden aus. Sein Blick wanderte über mein Gesicht.

Ich blinzelte.

Er schluckte.

Dann fasste ich meine Haare im Nacken zusammen (es war wirklich verflucht heiß hier drinnen), und ein Muskel an Jacobs Kiefer zuckte.

»Und die Jury wird auch noch weiter tagen«, warf Frank ein. »Ab ins Bett mit euch, Leute. Ihr kriegt morgen nicht frei, um euren Rausch auszuschlafen, sondern zum Arbeiten.«

»Das ist ein Widerspruch in sich«, murmelte Sarah und exte ihren Drink. Jacob lehnte sich zu mir.

»Du bist mir noch immer eine Antwort schuldig, Mansfield. Glaub nicht, dass ich das vergesse.«

Zurück im Hotel, gönnte ich mir eine ausgiebige Dusche unter freiem Himmel. Eine absolut einmalige Erfahrung. Danach putzte ich mir die Zähne, kämmte meine Haare und stieg die Stufen hinauf in mein kleines Himmelszelt. So zumindest nannte ich das Bett in der oberen Etage in meinem Kopf. Das Handy in meiner Hand vibrierte exakt in dem Moment, als ich mich mit einem wohligen Seufzer auf die weiche Matratze sinken ließ.

Helen:

Wie war die Massage?

Ellie:

Traumhaft. Ein paar Stunden absolute Ekstase.

Helen:

Die könntest du auch noch woanders bekommen ...

Dieser Nachricht folgte ein kleiner Smiley mit Teufelshörnern. Ich ignorierte Helens anrüchigen Kommentar.

Ellie:

Wir waren Karaoke singen.

Helen:

Lass mich raten? Sarah?

Ellie:

Ja

Helen:

Ich habe dich seit Jahren nicht singen hören.

Was habt ihr gesungen?

Ich schrieb es ihr, und meine Freundin antwortete mit gleich mehreren lachenden Smileys und einem kleinen Alien-Emoji.

Ich schickte ihr einen Smiley mit großen, panischen Augen und ein paar Herzen. Dann legte ich mein Handy beiseite und kuschelte mich unter die Bettdecke. Dank der superleisen Klimaanlage war es angenehm kühl in meinem Luxushaus. Als absoluter Frühaufsteher brauchte ich mir auch keinen Wecker zu stellen. Spätestens um sieben würde ich sowieso hellwach im Bett sitzen. Bereit für den Tag und auf der Suche nach Koffein. So war es seit drei Jahren jeden Morgen. Dabei war es meiner inneren Uhr egal, ob es sich um einen Wochentag oder das Wochenende handelte.

Ungewohnt hingegen waren die lauten Dschungelgeräusche, von denen ich umgeben war. Das Zirpen der Grillen, das ich heute Nachmittag während der Massage als entspannend empfunden hatte, war in der Stille der Nacht unglaublich laut. Ich drehte mich auf den Rücken und öffnete die Augen. Sterne so weit das Auge reichte. Für eine Weile sah ich hinauf in den schwarzen Nachthimmel, bis ich mich an die Geräusche um mich herum zu gewöhnen begann.

So langsam beginnst du dich an einiges zu gewöhnen.

Lächelnd schloss ich die Augen. Morgen würde ich schreiben. Über Jacob. Aber auch für mich. Zu erschöpft, um mich noch auf etwas anderes zu konzentrieren als die Dschungelgeräusche, die mich langsam, aber sicher in den Schlaf lullten, gab ich der Müdigkeit nach.

20

Fortschritt. Keine Perfektion.

Jacob:

Bist du wach?

Ellie:

Ich trinke Kaffee im Restaurant

Jacob schickte mir zwei Daumen hoch. Das hieß dann wohl, dass er mir Gesellschaft leisten wollte. Mit einem Lächeln auf den Lippen drehte ich mich zu der freundlichen Kellnerin um und bestellte einen zweiten schwarzen Kaffee. Frühstück gab es erst ab acht, wie sie mich bei meiner Ankunft informiert hatte, aber Kaffee konnte man rund um die Uhr bestellen. Sogar nachts um drei, wenn es sein musste. Ein Hotel ganz nach meinem Geschmack.

Zum Glück hatte ich das Angebot diese Nacht nicht annehmen müssen. Normalerweise schlief ich unruhig und meist auch nur wenige Stunden. Seitdem wir jedoch unterwegs waren, war mein Schlaf erstaunlich erholsam.

Keine zehn Minuten später bog Jacob um die Ecke. Sein Anblick versetzte mir einen leichten Schlag in die Magengrube. Die Schmetterlinge kamen zurück und flatterten aufgeregt durch meinen Magen, als wir Jacob dabei beobachteten, wie er in Flip-Flops, dunkler Shorts und einem weißen Shirt mit dem Logo irgendeiner mir unbekannten Produktionsfirma lässig auf uns zugeschlendert kam. Seine Hände hatte er in die Hosentaschen seiner Shorts geschoben, und die hellen Haare standen ihm wirr vom Kopf ab. Ich sah genauer hin … War das etwa ein Kissenabdruck auf seinem Gesicht?

Jacobs Lippen verzogen sich zu einem Lächeln. Ich nahm jedoch an, dass der Ausdruck völliger Verzückung in seinem Gesicht durch die dampfende Tasse Kaffee auf dem Tisch vor mir ausgelöst wurde. Kommentarlos schob ich die Tasse zu ihm hinüber. Gähnend ließ er sich neben mich auf einen der freien Stühle fallen und rieb sich müde über die Augen.

»Danke.«

Dann überraschte er mich, indem er sich vorbeugte und mir einen raschen Kuss auf die Wange gab. Dort, wo seine Lippen meine Haut berührten, spürte ich ein leichtes Kribbeln, das sich prompt zu den Schmetterlingen in meinem Magen gesellte.

»Wofür war das denn?«

»Für den Kaffee.«

»Wieso glaube ich dir das nicht?«

Gierig trank er zwei große Schlucke.

»Vielleicht weil du klug bist und mich durchschaust, Ellie Mansfield.« Er zwinkerte mir zu. »Und weil du weißt, dass ich jede Situation ausnutzen würde, um dir nahe zu sein.« Er lehnte sich ein wenig vor und schnupperte an meinen frisch gewaschenen und noch feuchten Haaren, was eine leichte Gänsehaut auf meinen Armen hervorrief.

Die Schmetterlinge in meinem Magen verwandelten sich zu fiesen, kleinen Mutanten mit scharfen Klauen. Schmerzhaft machten sie mir bewusst, dass ich seine Worte genoss.

»Jetzt bist du ja … äh, hier, also trinke einfach deinen Kaffee, okay?«

Als hätte er nicht eben gerade zugegeben, dass er mir nahe sein wollte – und wir sprachen hier ganz sicher nicht über gemeinsames Kaffeetrinken bei schöner Aussicht –, lehnte Jacob sich auf seinem Stuhl zurück und legte einen Arm um meine Stuhllehne. Es schien seine Lieblingsgeste zu sein, und so langsam gewöhnte ich mich daran.

»Sie sind wieder lockig«, kommentierte er meinen Look und zog spielerisch an einer meiner dunklen Haarsträhnen. Innerlich bis drei zählend atmete ich tief durch.

»So sehen sie aus, wenn ich sie morgens nicht glatt föhne.« Ein Ding der Unmöglichkeit bei der Luftfeuchtigkeit in diesem Land. »Ich habe aufgegeben, sie bändigen zu wollen.«

»Es passt zu dir.«

Ich warf ihm einen vorsichtigen Blick zu. »Findest du?«

»Du nicht?« Er ließ meine Haarsträhne los und beobachtete fasziniert, wie sie zurück an ihren Platz schnellte. Tatsächlich waren meine Locken in den letzten Jahren immer stärker durchgekommen. Nicht mehr lange, und ich würde aussehen wie Mom. Früher hatte ich immer glatte Haare haben wollen, tatsächlich hatte ich besonders in den letzten Jahren penibel darauf geachtet, meine Haare für die Arbeit so glatt wie möglich zu föhnen. Unordnung auf meinem Kopf war gleichbedeutend mit der Unordnung in meinem Leben, und davon hatte ich bereits genug. Seit jener schicksalhaften Nacht vor drei Jahren versuchte ich jeden noch so kleinen Bereich meines Lebens zu kontrollieren, um nicht auseinanderzufallen. Nur so hatte ich funktionieren können. Ich konnte Jacobs gelegentlichen Kontrollzwang also gut nachvollziehen. Kontrolle gab einem Sicherheit, und dieses Bedürfnis verstand ich gut. Seit ich Jacob kennengelernt hatte, war mir diese Kontrolle jedoch Stück für Stück entglitten … und jetzt saß ich hier, auf einem fremden Kontinent,

6217 Meilen entfernt von meinem geordneten und sorgfältig strukturierten Leben.

»Ich weiß nicht«, gab ich zu meiner eigenen Überraschung ehrlich zu. »Es ist so … keine Ahnung«, ich zuckte mit den Schultern, »so unordentlich.«

»Das Leben ist unordentlich, Ellie. Da ist nichts Verkehrtes dran.«

Für ihn vielleicht nicht. Für mich schon. Wenn ich die Unordnung zuließ, dann würden alle Gefühle, die ich seit Marks Tod unterdrückt hatte, über mir zusammenbrechen. Wie in aller Welt sollte ich das aushalten? Dennoch saß ich hier neben ihm, mit wild gelockten Haaren, und gab ein weiteres Stück meiner Kontrolle auf. Freiwillig und in dem Wissen, dass mein sorgfältig errichtetes Kartenhaus jederzeit in sich zusammenbrechen konnte.

»Also«, sagte er, als ich keine Anstalten machte, ihm zu antworten, »wie ist unser Plan für heute?«

»Ich dachte, das sagst du mir.«

»Ich bin heute der Einzige hier, der wirklich frei hat.« Er grinste und zeigte mir zwei Reihen strahlend weißer Zähne. »Du musst schreiben. Also richte ich mich nach dir.«

»Ich würde den Vormittag gerne für den Artikel nutzen. Aber danach könnten wir los …«

Es war merkwürdig, meinen Tag mit jemand anderem zu planen. So etwas war ich nicht mehr gewohnt.

»Klingt gut.« Jacob drehte sich um und bestellte zwei weitere Kaffee. »Aber erst frühstücken wir noch zusammen.«

Ein rascher Blick auf mein Handy verriet mir, dass es zwanzig vor acht war. Wir mussten also noch ein wenig Zeit totschlagen, bis es etwas zu essen gab. Seitdem ich gestern die Speisekarte gelesen hatte, freute ich mich auf die auf Seite zwei angepriesenen

Kokosnuss-Pancakes mit Erdbeeren. »Woran schreibst du?«, fragte Jacob mich, und ich sah überrascht auf.

»Außer über meine wahnsinnig tolle Persönlichkeit, natürlich.«

Mein spontanes Lachen glich eher einem Grunzen.

»Deine wahnsinnig tolle Persönlichkeit und deinen Charme in allen Ehren, Harrison. Aber in meinem Kosmos existieren noch andere Dinge als ein Paar blauer Augen und Muskeln.«

Jacobs Gesichtsausdruck wechselte von entspannt zu erstaunt.

»Du findest mich charmant?«

»Manchmal?« Meine Antwort klang absolut beabsichtigt nach einer Frage.

Die Kellnerin brachte uns eine weitere Runde Kaffee und informierte uns darüber, dass wir ab jetzt Frühstück bestellen konnten. Ich orderte die heiß ersehnten Pancakes und ein wenig Obst, Jacob gab gefühlt die gesamte Karte in Auftrag. Toast, Rührei, Obst, Sommerrollen … Unsere Kellnerin nickte eifrig (und offensichtlich begeistert), ehe sie eiligen Schrittes in Richtung Haupthaus verschwand.

»Nicht übel«, kommentierte ich seine Auswahl. »Bist du zufällig am Verhungern?«

Jacob ignorierte meine Frage.

»Ich bin also manchmal charmant?«

Ich verkniff mir ein Lächeln. »Aus der Nummer komme ich nicht mehr raus, oder?«

Er gluckste vergnügt und fuhr sich mit der Hand durch die zerzausten Haare. Bei genauerer Betrachtung fand ich, dass er müde aussah. Erschöpft. Mit Sicherheit hätte er den heutigen Tag gebraucht, um sich mal richtig auszuschlafen. »Wieso bist du schon wach?«

»Ich wollte mit dir frühstücken, bevor du arbeitest.«

Eine typische Jacob-Antwort. Offen und ehrlich und ohne jegliche Spur von Verlegenheit oder Scham. Ich war wahrhaftig noch nie jemandem begegnet, der so offen kommunizierte, was er dachte, und so ungeniert damit umging, was er wollte.

»Das ist … ich meine, ich …« Verlegen räusperte ich mich. »Danke?«

Jacob rollte mit den Augen. Aber das Lächeln blieb.

»Trink deinen Kaffee, Mansfield.«

Mit einem kleinen Lächeln auf den Lippen griff ich nach meiner Tasse. Unser Frühstück kam kurze Zeit später, und wir unterhielten uns über die Ausflugsziele, die Jacob für heute in petto hatte. Ich hörte ihm zu, wie er von verlassenen Tempelanlagen und Reisplantagen schwärmte und dabei so wild gestikulierte, dass ihm die Vorfreude deutlich anzusehen war. Das Flattern in meinem Magen meldete sich erneut. Während des gesamten Frühstücks versuchte ich es zu ignorieren. Sicher würde es nachlassen, wenn ich erst einmal vor meinem Laptop saß. Allein. In meiner Luxusvilla.

Leider war das nicht der Fall. Ich war noch immer unruhig und aufgekratzt. Seufzend starrte ich auf den Laptop und die leere Seite vor mir. Jacobs Artikel ging mir erstaunlich leicht von der Hand. Ich hatte bisher nicht nur einen Haufen brauchbarer Notizen, sondern auch ein paar charmante und wirklich gute Zeilen zu Papier gebracht. Jacob und die anderen machten es mir leicht, aus dieser Reise eine spannende Reportage zu basteln. Sie bezogen mich in alles mit ein, erklärten mir nicht nur die Technik, sondern auch die Stunts. Die atemberaubende Kulisse, in der wir uns bewegten, tat ihr Übriges. Auf die Gefahr hin, dass Roy mich filetieren würde, hatte ich den Bericht etwas persönlicher aufgezogen, als eine andere, eine *echte* Reporterin dies vielleicht getan hätte. Dennoch, die frechen Zitate von Sarah und die kleinen Anekdoten über Jacob und seine Crew machten den Artikel nahbarer und, wie ich fand, spannender.

Roy konnte mich so oder so nicht ausstehen, also konnte ich wohl auch schreiben, was ich wollte.

Diesen Teil meiner To-do-Liste hatte ich bereits nach zwei Stunden abgehakt. Anstatt mich jedoch bei Jacob zu melden und ihm zu signalisieren, dass ich früher fertig geworden war, starrte ich auf das leere Word-Dokument vor mir. Wie in Trance hatte ich nach dem Schließen des Artikels auf den Reiter *Datei* und danach auf *Neues Dokument* geklickt. Und hier saß ich nun. Meine Finger verharrten über der Tastatur meines Laptops, aber sie schrieben nicht. Sie schwebten kurz darüber, meine Fingerspitzen berührten die Tasten ganz leicht, beinahe zärtlich, als wäre ich kurz davor, wie wild loszutippen. Aber ich war es nicht. Nicht mal im Ansatz. Worüber sollte ich schreiben? Während der letzten Tage hatte ich mir ein paar Notizen gemacht. Ideen, Dialoge, alles aus dem Zusammenhang gerissen. Nun aber hatte ich das unbestimmte Gefühl, dass ich erst einmal meine Stimme als Autorin wiederfinden musste, bevor ich überhaupt eine Geschichte zu Papier bringen konnte. Sie waren wieder da, die Ideen, sie kamen mehr und mehr zurück. Jetzt jedoch musste ich definieren, wer ich war. Und wer ich sein wollte. Es ging nicht nur darum, *was* ich erzählen wollte, sondern auch darum, *wie* ich es erzählen wollte.

Während meines Studiums hatte ich nicht eine Sekunde daran gezweifelt, was mein Genre war. Liebesromane. Je komplexer, desto besser. Mit einer spannenden Familienhistorie voller Intrigen und ganz viel romantischer, verbotener Liebe. Allein der Gedanke daran ließ mich erschauern. Das war definitiv nicht mehr mein Genre.

Ich vergaß Ort und Zeit, als ich mir ein episches Wett-Starren mit meinem Laptop lieferte. Der kleine, auf und ab hüpfende Cursor auf der weißen Fläche des neuen Dokuments, dort, wo meine Worte stehen sollten, schien mich zu verhöhnen. Mein Blick wanderte immer und immer wieder von den Notizen auf meinem Block und in meinem Handy zur leeren Seite auf meinem Laptop. Dennoch brachte ich es nicht fertig, einen einzigen Satz zu schreiben.

Wütend klappte ich den Laptop zu. Kurz darauf vibrierte mein Handy und zeigte mir zwei Nachrichten von Jacob an.

J:

Wie geht's voran?

Lunch im Hotel oder unterwegs?

Ellie:

Unterwegs

Ich brauchte einen Ortswechsel. Ganz dringend. Jacobs Antwort ließ nicht lange auf sich warten.

J:

In 15 min am Haupteingang?

Ellie:

Passt

Nach einem letzten bösen Blick auf meinen Laptop erhob ich mich, um meine steifen Glieder zu strecken. Dann schlüpfte ich in Shorts, ein frisches Shirt und packte aus einer Eingebung heraus nicht nur meine Jacke, sondern auch mein kleines Notizbuch in meinen Rucksack. Wenn ich schon vor dem Laptop nichts zustande brachte, vielleicht würde es unterwegs, in einer etwas ungezwungeneren Umgebung, besser funktionieren. Auf dem Weg nach draußen schickte ich Sarah ein kurzes Update.

Ellie:

Bin jetzt mit J unterwegs.

Sarah:

Lass es krachen, Freundin!

Ellie:

Wir machen Sightseeing, Sarah.

Sarah:

Dann sieh zu, dass du was Anständiges zu sehen bekommst!

Lachend verstaute ich das Handy in meinem Rucksack. Sarahs Kommentar sorgte dafür, dass die innere Anspannung, die ich in den letzten zwei Stunden erfolgreich aufgebaut hatte, ein wenig nachließ. Jacob wartete bereits auf mich, als ich aus dem Haupthaus trat. Mit verschränkten Armen stand er neben einem schnittig aussehenden roten Motorroller. Im Gegensatz zu heute Morgen sah er jetzt wach und fit aus und so, als wäre es das Natürlichste der Welt für ihn, mit einem roten Motorroller durch Vietnam zu cruisen. Er sah mir lächelnd entgegen.

»Zeit für einen Tapetenwechsel, mhm?«

Ich stockte kurz. »Wie meinst du das?«

»Ellie«, sagte Jacob mit einem übertriebenen Seufzen und hielt mir einen weißen Helm entgegen.

»Du hast mir durch das Handy beinahe den Kopf abgerissen.« Er zog eine Grimasse. »Ich wusste bis jetzt gar nicht, wie viel Argwohn in einem einzigen Wort stecken kann«, scherzte er.

»Argwohn?« Ich nahm ihm den Helm ab. »Ein großes Wort, Harrison.«

»Hab's vorher nachgeschlagen.«

Unwillkürlich breitete sich ein Lächeln auf meinem Gesicht aus, und die Verspannung in meinen Schultern ließ weiter nach.

»Ich komme nicht weiter«, gestand ich ihm, und selbst ich hörte die Frustration in meiner Stimme.

»Warum nicht?«

Er klopfte auf den freien Platz hinter sich. Ihn und mich innerlich verfluchend starrte ich auf die in etwa zehn Zentimeter große Fläche hinter Jacob. *Ernsthaft?* Auf dem Roller war noch weniger Platz als auf der verdammten Harley! Ich würde mich mit meinem kompletten Körper an ihn pressen müssen. Jacob zwinkerte mir fröhlich zu.

»Wieso nehmen wir nicht die Harley?«

»Zu laut und zu auffällig. Außerdem macht es mehr Spaß mit dem Motorroller. Ich liebe die Harley, aber sie ist hauptsächlich für die längeren Strecken und den Film.«

»Mhm.«

»Komm schon«, neckte er mich und setzte sich den Helm auf. »Spring auf.«

Bevor mein Kopfkino mit mir durchgehen konnte, schwang ich mich hinter Jacob auf den Roller. Mir wurde schnell klar, dass es keinen Sinn hatte, einen gewissen Abstand wahren zu wollen, denn den gab es schlichtweg nicht. Ich wurde der ganzen Länge nach, Brüste voran, an Jacobs muskulösen Rücken gepresst.

Stell dich nicht so an, ermahnte ich mich selbst.

Ich schlang die Arme um Jacobs Taille und spürte die mir mittlerweile vertrauten Muskeln an seinem Bauch. Muskeln, die unter meiner Berührung leicht zuckten.

»Gut festhalten«, raunte er mit tiefer, belegter Stimme. Dann ließ er den Motor des Rollers aufheulen. Statt eines lauten Röhrens, wie ich es von der Harley gewöhnt war, gab der Roller nur ein dezentes Brummen von sich. Für die nächsten knapp dreißig Minuten rauschte die wunderschöne Landschaft Vietnams an uns vorbei, und mein Kopf ruckte aufgeregt von links nach rechts, da ich nichts verpassen wollte. Tatsächlich machte das Rollerfahren auf den engen, hügeligen Straßen Spaß. Zwar kamen wir wesentlich langsamer voran als mit der Harley. Aber ich fühlte mich mittendrin im Geschehen. An einer ampellosen Kreuzung hielten wir an. Jacob sah sich aufmerksam nach allen Seiten um, ehe er links auf eine größere Straße abbog.

»Erster Stopp: Thai-Vi-Tempel«, rief er. Ich zuckte leicht zusammen, als zwei kleine Busse uns überholten und knapp vor dem uns entgegenkommenden Bus wieder einscherten. Wir durchquerten ein kleines Dorf und folgten der Hauptstraße, bis wir nach ein paar Minuten auf eine enge Schotterpiste abbogen. Durch das Palmendickicht vor uns konnte ich die ersten Umrisse des Tempels erkennen, als wir bergauf fuhren und auf unserem Roller ordentlich durchgeschüttelt wurden. Dann aber kamen wir vor dem Tempel zum Stehen, und ich staunte, als ich das Bauwerk als Ganzes und von Nahem sah. Während unserer früheren Fahrten über Land hatte ich hier und da bereits kleinere Tempel direkt an der Straße oder etwas versteckt im Hinterland erspäht. Dieser hier war jedoch mit Abstand der größte, den ich bis jetzt zu sehen bekommen hatte.

»Ganz nett, nicht wahr?«

»Beeindruckend«, antwortete ich, als wir den Roller parkten und die von massiven Felsen und Dschungel umgebende Tempelanlage betraten.

»Der Thai-Vi-Tempel liegt im Tam-Coc-Distrikt. Das Dorf, durch welches wir eben gefahren sind, ist Van Lam. Der Tempel wurde einst erbaut, um den ersten Königen der Tran-Dynastie und ihren Generälen zu huldigen«, erklärte Jacob mir leise, als wir uns den Gebäuden näherten. »Heute gehört er wie viele Tempel, Pagoden oder Kirchen zu einer Art Touristenkomplex. Man zahlt Eintritt und kann Kunst oder Ähnliches kaufen. Natürlich wollen die Einheimischen damit Geld verdienen, aber gleichzeitig erhalten sie dadurch auch die jeweiligen Bauwerke. Wenn du mich fragst, eine absolute Win-win-Situation.«

»Woher weißt du das alles?« Ich glaubte kaum, dass sein Wissen von einer kurzen Google-Recherche stammte. Bereits in Hanoi und in der Halong Bay war mir aufgefallen, dass Jacob Land und Leute nicht nur liebte, er verstand sie. Der Mann war wie ein verfluchtes Lexikon.

»Ich habe mich schon früh für Kultur und Geschichte interessiert«, antwortete Jacob vage.

»Vietnam ist in dieser Hinsicht faszinierend. Der Krieg ist schon lange vorbei, und dennoch kommt es einem an einigen Ecken so vor, als wäre es erst gestern gewesen.«

An einem kleinen, improvisierten Schalter bezahlte Jacob für unsere Tickets. Er reichte mir den kleinen, pinkfarbenen Schnipsel, und ich ließ ihn in meiner Hosentasche verschwinden.

»Können wir hier einfach so reingehen?«, fragte ich ihn flüsternd und erinnerte mich an Sarahs Worte und den Sarong, den ich gekauft und, klug wie ich war, im Hotel gelassen hatte. Ein Blick auf die anderen Touristen bestätigte mir jedoch, dass keiner von ihnen besonders gekleidet war oder Arme und Beine verhüllte.

»Der Tempel ist seit langer Zeit nicht mehr aktiv«, erklärte Jacob mir. »Er ist kleiner als viele der imposanten Bauwerke, zu denen die Touristen pilgern, wie die Pagoden von Hanoi, die wir leider nicht geschafft haben, der Tempel in Saigon oder die Thien-Mu-Pagode von Hue.«

Er zögerte kurz. Dann sprach er weiter: »Der Tempel hier mag kleiner sein und für viele Besucher nichts Besonderes, aber für mich strahlt er eine Ruhe und einen Frieden aus, den du in den größeren Tempelanlagen so nicht findest.«

Sein Blick glitt zu dem roten Tor und den beiden steinernen Figuren daneben. »Dieser Tempel ist eins mit der Natur geworden.«

Ein mir unbekannter und nicht zu deutender Ausdruck legte sich auf Jacobs Gesicht. So schnell er jedoch erschienen war, so schnell war er auch wieder verschwunden. Lächelnd sah er auf mich herab. »Komm, wir schauen uns ein wenig um.«

21

Denk doch nicht schon vorher alles kaputt.

Schweigend schlenderten wir durch die Tempelanlage, und ich fragte mich noch immer, was der irritierend ernste Ausdruck auf Jacobs Gesicht zu bedeuten haben mochte, als ich bemerkte, dass einige der Touristen sich vermehrt zu uns umdrehten. Besonders eine Gruppe junger Männer war stehen geblieben und starrte uns ungeniert an. Wahrscheinlich erkannten sie Jacob, dachte ich. Oder sie wunderten sich, wo sie ihn schon einmal gesehen hatten.

Oder aber sie fragen sich, wer zur Hölle du bist.

Auch das war eine Möglichkeit. Eine, über die ich lieber nicht nachdenken wollte.

Ich hörte Jacob weiter zu, als er mir von der Geschichte des Tempels erzählte. Seiner Stimme zu lauschen, beruhigte mich auf seltsame Art und Weise. Die ruhige Kompetenz, mit der er sprach, war Balsam für meine aufgewühlte Gedankenwelt. Das verfluchte Flattern in meinem Magen kehrte allerdings zurück. Wenn ich eines bei einem Mann sexy fand, dann war es Wissen. Und Jacob besaß ein nahezu grenzenloses Wissen über Vietnam und dessen Geschichte.

»Entschuldigung.« Ein junger Mann trat zu uns. »Sorry, aber bist du nicht Jacob Harrison?«

Neugierig musterte der Mann, seiner Aussprache nach zu urteilen war er Amerikaner, erst Jacob und dann mich. Jacobs Gesichtsausdruck verwandelte sich in Sekundenschnelle von entspannt zu aufgeschlossen-interessiert. Es war jener Ausdruck, der auch mich vor unserer allerersten Begegnung in den Bann gezogen hatte. Es war sein Titelblatt-Gesicht, erkannte ich. Seine Miene hellte sich auf, und die blauen Augen blitzten, dennoch wahrte er eine gewisse Distanz. Er schaltete von privat auf professionell um. Bis zu diesem Moment war mir gar nicht bewusst gewesen, dass Jacob mir auf dieser Reise bereits so viele unterschiedliche Facetten gezeigt hatte. Und keine davon war so unnahbar wie diese hier gewesen. Als ich ihn jetzt beobachtete, wie er sich vor meinen Augen veränderte, wurde mir klar, dass ich die letzten Tage nicht nur mit Jacob Harrison, dem berühmten Extremsportler, sondern vor allem mit Jacob Harrison, dem Mann, verbracht hatte.

Freundlich lächelnd bejahte er die Frage und schoss ein paar Selfies mit seinem Fan.

»Meine Kumpels sind da drüben«, erklärte er Jacob, und dieser nickte erfreut, als würde es ihn wahrhaftig interessieren. Dann wandte der Mann, *Brian*, sich an mich.

»Und du bist?«

»Meine Freundin«, antwortete Jacob, ehe ich die Frage auch nur verarbeiten konnte. »Das ist Ellie, meine Freundin.«

»Cool. Freut mich, Ellie.«

»Mich, äh …« *Seine Freundin?* »Mich auch.« Mein Puls beschleunigte sich unangenehm, und mir wurde schlagartig ein paar Grad wärmer. Hitze stieg mir in die Wangen, während dieses eine Wort in meinem Kopf wie wild um sich schlug. *Freundin. Seine Freundin*. Ein ganz normales, stinknormales Wort … Sarah war auch seine Freundin, so wie Seb mein Freund war. *Ein ganz normales Wort*. Dennoch begannen meine Handflächen zu schwitzen. Brian redete weiterhin auf Jacob ein. Dieser sah jedoch nicht zu ihm, sondern zu mir. Sein Blick scannte mein Gesicht, und eine Augenbraue wanderte fragend in die Höhe. Wahrscheinlich fragte er sich, warum zum Teufel ich so aussah, als würde ich hyperventilieren und jeden Moment umkippen. Gute Frage. Eine wirklich gute Frage.

Ich rang mir ein schwaches Lächeln ab und widmete mich den Tempelruinen um uns herum. *Tief einatmen. Langsam wieder ausatmen.* Die beiden Männer verabschiedeten sich voneinander, und Jacobs Hand schnellte vor. Schraubstockartig umfasste er mein Handgelenk und zog mich zu sich heran. Offensichtlich hatte ich mich in den letzten Minuten unauffällig zur Seite bewegt und damit weg von ihm. So unauffällig, dass es nicht mal mir selbst aufgefallen war.

»Du bleibst hier, Mansfield.« Jacobs Stimme hatte einen tiefen, bedrohlichen Tonfall angenommen, und er beugte sich dichter zu mir. »So leicht kommst du mir nicht mehr davon.«

Tief einatmen. Langsam wieder ausatmen.

»Also«, sagte er und ließ meinen Arm wieder los. »Warum kommst du mit deinem Roman nicht weiter?« Was für ein Themenwechsel!

Perplex sah ich auf. *Reiß dich zusammen, Ellie!*

Möglichst beiläufig wischte ich mir die feuchten Hände an meinen Shorts ab.

»Wieso gehst du davon aus, dass ich damit nicht weiterkomme? Vielleicht habe ich ja auch über deinen Artikel gesprochen.«

Er runzelte die Stirn, als wolle er sagen: Oh, bitte.

Na fein, wenn er es unbedingt wissen wollte …

»Die Geschichten, die ich vor drei Jahren geschrieben habe, waren anders als das, was sich jetzt in meinem Kopf befindet, ich …«

Kurz überlegte ich, ob ich mich ihm wirklich anvertrauen wollte, und entschied mich dafür.

»Ich bin mir nicht sicher, wie ich sie zu Papier bringen soll«, beendete ich den Satz.

»Du weißt nicht, wer du als Autorin sein willst.«

»Richtig! Genau das ist mein Problem!«

»Es ist kein Problem, sondern eine Herausforderung«, korrigierte er mich sanft. »Du wirst das schon noch herausfinden.« Dann blieb er stehen. »Warum drei Jahre?«

»Was?« Das Flattern in meinem Magen wurde schlagartig zu Eis.

»Du sagtest bereits in Hanoi, dass du länger nicht geschrieben hast. Und jetzt die drei Jahre … Das ist eine ziemlich genaue Zeitangabe.«

Ich verspürte nicht das leiseste Bedürfnis, Jacob zu erklären, warum das so war. Die Erinnerungen an Mark, die sich hartnäckig an die Oberfläche kämpfen wollten, verdrängend, wandte ich mich ab.

»Ellie …«

»Nein, Jacob. Nicht.« Ich atmete ein paarmal tief durch. »Bitte.« Ich senkte meinen Blick auf den Boden. Eine dünne Staubschicht bedeckte die Spitzen meiner hellen Sneakers. »Nicht.«

Ich konnte sie regelrecht spüren, die Frustration und Verwirrung, die von dem Mann mir gegenüber ausging. Aber wieder überraschte er mich, indem er das Thema fallen ließ. Für den Moment.

»Komm, ich will dir etwas zeigen.«

Auffordernd hielt er mir seine Hand hin. Ich atmete noch einmal tief durch und ergriff nach kurzem Zögern seine Hand. Jacobs Finger schlossen sich fest um meine, ganz so, als wolle er verhindern, dass ich mich erneut von ihm entfernen konnte. Das war kein Händchenhalten, beruhigte ich mich selbst, er wollte mir lediglich etwas zeigen.

Hand in Hand schlenderten wir an den wenigen Touristen vorbei, um den Tempel herum und direkt hinein in die prachtvollen grünen Reisfelder hinter der Tempelanlage.

»Der Tempel ist unter anderem sehr beliebt für seine Rund- und Wanderwege. Hier drüben ist ein kleiner Fahrradverleih«, informierte Jacob mich und ließ meine Hand los, um uns zwei klapprig aussehende Drahtesel zu mieten. Ich beschloss, gar nicht erst nachzufragen, schwang mich auf mein Fahrrad und folgte Jacob auf dem kleinen, geteerten Weg mitten durch die Felder. Wenn wir Fahrrad fuhren, konnten wir wenigstens nicht reden, und ich brauchte einen Moment, um mich zu sammeln.

Je weiter wir uns vom Tempel entfernten, desto ruhiger wurde die Natur um uns herum.

»Normalerweise ist dies ein beliebter Fahrradweg für Touristen, aber wir haben Glück.« Jacob grinste und betätigte seine Fahrradklingel. »Wir sind ganz alleine.«

Das stimmte so nicht ganz, aber die paar Touristen, die wir beim Spazierengehen überholten oder in weiter Ferne auf anderen Wegen sahen, zählten kaum. In der näheren Umgebung konnte ich eine Handvoll kleiner Häuser erkennen, und hier und da schien jemand auf den Feldern zu arbeiten, aber außer Jacob, mir und ein, zwei Wasserbüffeln befand sich nichts und niemand auf dem geraden Weg, der sich vor uns erstreckte. Nach ein paar Minuten, in denen ich schweigend die Natur bewundert hatten, ging der Asphalt in Schotter über. Es dauerte nicht lange, und wir mussten absteigen und schieben.

»Wo gehen wir hin?«

»Sind gleich da.«

Das war die einzige Antwort, die ich bekam.

»Hier stellen wir die Räder ab.«

Gespannt lehnte ich mein Rad gegen seins und sah dabei zu, wie er die Fahrräder aneinanderschloss. Ich bezweifelte zwar, dass uns hier in der Pampa jemand beklauen wollte, aber sicher war sicher. Immerhin waren die Räder nur geliehen.

»Komm, hier entlang«, forderte Jacob mich auf. Anstatt dem Weg weiter zu folgen, bog er in einen kleinen Trampelpfad inmitten der Reisfelder ein.

»Dürfen wir hier lang?«

»Dürfen wir«, beruhigte er mich. »Siehst du die Hütte dort hinten?«

Ich beschirmte meine Augen mit einer Hand vor der Sonne und folgte Jacobs Blickrichtung. Am Fuße einer beeindruckenden Felsformation konnte ich eine kleine Holzhütte und zwei, drei blau-weiß gestreifte Sonnenschirme erkennen.

»Wehe, da bekomme ich nichts Kaltes zu trinken«, warnte ich ihn, als ich einem glucksenden Jacob durch die Reisfelder folgte. Auf unserem Weg passierten wir einen Reisbauern, der uns freundlich grüßte. Jacob signalisierte ihm, wo wir hinwollten, und steckte dem alten Mann ein paar Geldscheine zu. Dieser erwiderte Jacobs Grinsen breit und zahnlos, hob seinen Hut zum Dank und winkte uns fröhlich weiter.

»Warum hast du das gemacht?«, fragte ich neugierig.

»Wir laufen durch sein Feld. Ich habe ihm Respekt erwiesen, indem ich ihn bezahlt habe.«

Und so wie ich Jacob bis jetzt kennengelernt hatte, war er dabei äußerst großzügig gewesen.

»Ist das normal?«

»Du meinst, ob das alle Touristen machen?« Er sah über die Schulter, und ich nickte zustimmend. »Nein. Aber wie würdest du dich fühlen, wenn jeden Tag jemand durch dein Wohnzimmer oder deinen liebevoll angelegten Garten läuft?« Jacob zuckte mit den Schultern und sah wieder nach vorne. »Sein Job ist hart. Die Leute hier haben gerade genug zum Überleben, und die Regierung macht es ihnen nicht einfacher. Wenn ich ihm mit dem Geld diese Woche etwas erleichtert habe, dann schadet es niemandem.«

»Du bist ein guter Mensch, Jacob Harrison.«

Ruckartig blieb er stehen, was dafür sorgte, dass ich volle Kanne gegen ihn prallte. Er trat einen Schritt vor und drehte sich zu mir um.

»Danke.«

Er stand so dicht vor mir, dass ich im ersten Moment nicht wusste, wohin mit meinen Händen. Also wischte ich eine imaginäre Fluse von Jacobs T-Shirt und versuchte mir dabei nicht vorzukommen wie die letzte Idiotin.

»Nichts zu danken.« Ich hatte die Worte ausgesprochen, ohne wirklich darüber nachzudenken. Aber jetzt, da ich sie laut ausgesprochen hatte, fühlte ich in meinem Herzen, dass es stimmte. Ich hatte jedes Wort ernst gemeint. Jacob war ein guter Mensch. Er war ein guter *Mann*. Er war nett, hilfsbereit, liebevoll und extrem aufmerksam seiner Umwelt gegenüber – und definitiv anders, als ich am Anfang vermutet hatte, als ich ihn in die Schublade des eher oberflächlichen, risikofreudigen Extremsportlers gesteckt hatte. Jacob hatte Respekt vor der Kultur und den Menschen dieses Landes, vor ihren Sitten und Gebräuchen. Natürlich hatte auch er seine Macken, aber hatte die nicht jeder?

»Komm, du hast schon ganz rote Wangen, Mansfield, du brauchst dringend eine Erfrischung.«

Meine roten Wangen hatten nichts mit der Hitze, sondern einzig und allein mit dem Mann vor mir zu tun, aber das musste er ja nicht wissen. So charmant und aufmerksam er auch sein konnte, sein Ego war definitiv groß genug. Da musste ich nicht noch Öl ins Feuer gießen.

»Klingt gut«, murmelte ich und folgte ihm die letzten paar Meter. Als wir die Hütte vor uns erreicht hatten, kam ich aus dem Staunen gar nicht mehr raus. Was von Weitem wenig einladend und eher unscheinbar ausgesehen hatte, war alles andere als das. Etwas, was ich in diesem Land definitiv lernte, war, die Dinge nicht vorschnell zu beurteilen. Oder zu *ver*urteilen. Das Äußere spiegelte nicht immer das wider, was sich im Inneren verbarg. Wahrscheinlich war dies eine Weisheit, die man auf viele Aspekte des Lebens beziehen konnte. Auf Situation ebenso wie Menschen. Hatte ich nicht vorhin erst darüber nachgedacht, dass auch hinter Jacobs draufgängerischer Fassade so viel mehr steckte, als ich auf den ersten Blick angenommen hatte?

Hinter der kleinen Hütte ging es ein paar Meter in die Tiefe, und man hatte einen sagenhaften Blick auf die Reisterrassen sowie einen kleinen, tiefer im Tal liegenden Fluss. Mehrere bunte Liegestühle standen direkt am Abgrund, und in den Sonnenschirmen und den zwei, drei Palmen hingen bunte Lampions und Lichterketten. Wie sehr ich sie schätzte, die Vorliebe der Vietnamesen für Lichterketten. Erleichtert ließ ich mich in einen der Liegestühle im Schatten fallen. Der Fußweg war kurz gewesen, und ich konnte nicht behaupten, dass ich mich beim Fahrradfahren überanstrengt hatte, dennoch war bei einer Luftfeuchtigkeit von mehr als achtzig Prozent alles ein wenig anstrengender als normal. Eine ältere Dame trat aus der Hütte und begrüßte uns herzlich. Jacob antwortete mit ein paar Worten auf Vietnamesisch. Dann zeigte er in Richtung eines Stapels aus grünen Kokosnüssen. Die Frau nickte. Fasziniert sah ich ihr dabei zu, wie sie ein Hackebeil holte und direkt vor unseren Augen zwei der frischen Kokosnüsse köpfte. Zwei präzise Schläge, mehr brauchte es nicht, und die Frucht war offen. Sie reichte Jacob die erste Kokosnuss mit Strohhalm, und dieser reichte sie an mich weiter.

»Mylady.«

»Danke.«

Die zweite Kokosnuss verlor ihren Kopf ebenfalls, und kurze Zeit später waren wir wieder allein.

Gierig sog ich an meinem Strohhalm und unterdrückte das freudige Stöhnen, welches in mir aufstieg. Oh. Mein. Gott. Das konnte ich für den Rest meines Lebens trinken.

»Woher kennst du solche Orte?«, wollte ich wissen. Placebo-Effekt oder nicht, aber ich meinte regelrecht zu spüren, wie sich die Elektrolyte in meinem Körper ausbreiteten und mir neue Energie lieferten.

»Ein Kumpel war bei seiner letzten Reise hier. Er ist Fotograf, manchmal tauschen wir uns aus, wenn wir coole Spots entdecken. Er meinte, die Aussicht sei phantastisch, also dachte ich, wir schauen uns das Ganze mal an.« Lächelnd stieß er mit seiner Kokosnuss gegen meine. »Cheers.«

Während er seine jedoch mühelos in einer Hand hielt, als wiege sie nicht mehr als eine Dose Cola, musste ich meine Kokosnuss mit beiden Händen umfassen. Andernfalls wäre mir das mindestens ein Kilo schwere Ding aus der Hand gefallen.

»Es ist wirklich traumhaft, Jacob. Danke, dass du mich hierhergebracht hast.«

Ich sprach von diesem Ort. Heute und hier. Dennoch schwang in meiner Stimme eine Emotion mit, die ich selbst kaum deuten konnte. Ich war dankbar, ja, aber nicht nur für heute, sondern für diese ganze, bis jetzt absolut phantastische Reise.

»Gern geschehen.«

»Weißt du, was Frank morgen mit dir vorhat?«

»Nein, aber ich habe eine leise Ahnung …«

»Wie kommt man bloß auf so was? Extremsport«, fügte ich hinzu, als er mich fragend ansah. »Bist du eines Tages aufgewacht und dachtest dir: Heute ist ein guter Tag, um mich aus einem Flugzeug zu stürzen?«

Jacob stellte seine Kokosnuss auf dem Boden ab, klemmte sie sich zwischen seine Füße und fuhr sich mit beiden Händen durch die kurzen blonden Haare. Für einen Moment schwieg er und sah auf die idyllische Szenerie vor uns. Dann schaute er zu mir, und ich entdeckte denselben schwer zu deutenden Ausdruck in seinem Gesicht, den er mir bereits beim Betreten der Tempelanlage gezeigt hatte. Sein Blick war ernst, und ein mulmiges Gefühl breitete sich in meiner Magengegend aus. Schon wieder.

»Die inoffizielle Version?«

Die Atmosphäre zwischen uns veränderte sich schlagartig. Ich traute meiner Stimme nicht, also nickte ich.

»Mein Bruder war derjenige, der aus Flugzeugen springen oder sich irgendwo herunterstürzen wollte. Nicht ich.«

»Dein Bruder?« Kurz durchforstete ich mein Gehirn nach allem, was ich über Jacob Harrison herausgefunden hatte. Ich wusste nichts von einem Bruder. Nach meinem Wissensstand war Jacob ebenso sehr Einzelkind wie ich.

»Er ist tot«, antwortete Jacob.

Er ist tot. Drei kleine Worte, die meine Welt für einen Moment zum Stillstand brachten.

O mein Gott, mir wurde schlecht. Mit zittrigen Händen stellte ich meine Kokosnuss ebenfalls auf dem Boden ab und lehnte sie gegen die Beine des Liegestuhls, während ich versuchte, möglichst flach zu atmen.

Er ist tot.

Eine Hand wanderte an meinen Hals, und ich spürte meinen eigenen, rasenden Puls unter meiner plötzlich viel zu warmen Handfläche. Ich hatte so ziemlich alles erwartet, aber nicht das.

»Wie …« Ich räusperte mich. »Ich meine …«

Jacob schien mir mein Gestammel nicht krummzunehmen. Wahrscheinlich war dies eine Reaktion, die er gewohnt war. Ich kannte das. Dies war einer der Abermillionen Gründe, warum ich nicht gerne über meinen Verlust sprach. Das Mitleid in den Augen der Menschen. Die peinlich berührten Blicke nach links und rechts. Ich hatte es ihnen nie übel genommen, dass sie nicht gewusst hatten, wie sie nach Marks Tod mit mir umgehen sollten. Ich hatte es ja selbst nicht gewusst.

Du weißt es auch jetzt noch nicht …

»Sein Name war Robert.« Jacobs Stimme zitterte kaum wahrnehmbar. »Er starb mit zweiundzwanzig an Leukämie. Ich selbst war gerade neunzehn geworden.« Sein raues Lachen erfüllte die Luft um uns herum, und ich spürte, wie meine Finger taub wurden. Mein Magen fühlte sich an, als hätte ich Säure anstelle von Kokosnusswasser getrunken.

»Sein Krankheitsverlauf war absolut beschissen.« Er schloss für einen Moment die Augen. »Über ein Jahr lang hatten wir Hoffnung, dann ging es plötzlich wieder bergab.« Meine Augen brannten, als ich Jacob dabei beobachtete, wie er nach den richtigen Worten suchte. Nein, nicht nach den richtigen Worten, dachte ich. Einfach nur nach Worten … richtige gab es in solch einer Situation nicht. Nichts am Tod, vor allem an einem verfrühten Tod eines geliebten Menschen war richtig.

»Während seiner letzten Tage im Krankenhaus hat Robbie mir das Versprechen abgenommen, dass ich mein Leben nicht vergeuden würde. Ich musste ihm versprechen, einen Job zu machen, den ich wirklich liebte, und nicht zu einem Sesselpupser mit weißem Gartenzaun, Vorzeigeehe, eineinhalb Kindern und einem Golden Retriever namens Charlie zu werden.«

Tränen traten mir in die Augen, aber ich war mir sicher, dass Mitleid nicht das war, was Jacob in diesem Moment von mir brauchte. Mehr noch, ich wusste, dass es absolut das Letzte war, was er brauchte.

»Ich weiß nicht, ob es möglich ist …«, flüsterte ich mit erstickter Stimme. »Also die eineinhalb Kinder. Rein biologisch betrachtet …«

Zu meiner großen Erleichterung brach Jacob in schallendes Gelächter aus. Ein echtes, fröhliches Lachen. Wie er das schaffte, nach allem, was er mir soeben erzählt hatte, war mir schleierhaft. Ich schaffte es ja nicht mal, Marks Namen laut auszusprechen, ohne durchzudrehen oder mich umzudrehen und in die andere Richtung zu sprinten, weit weg von allem, was mich seit drei Jahren aufzufressen drohte.

»Vielleicht«, gab Jacob zu und fuhr sich mit einer Hand über die Augen. Als er sich mir zuwandte, runzelte er die Stirn.

»Du weißt, was es heißt, jemanden zu verlieren, nicht wahr?«

Ich zuckte mit den Schultern. Ganz sicher würden wir jetzt nicht über mich oder meine Vergangenheit reden.

»Erzähl mir von Robbie«, bat ich ihn daher. »Wie war er so?«

Jacob lächelte, aber das Stirnrunzeln blieb.

»Furchtlos«, antwortete er leidenschaftlich. »Voller Energie. Loyal. Witzig. Der beste Bruder, den man sich wünschen kann.«

»Es tut mir leid, Jacob«, sagte ich, denn es gab nichts, absolut nichts, was ich sagen konnte, um es besser zu machen oder ihm den Schmerz zu nehmen, mit dem er seit Jahren lebte und für immer leben würde.

»Es ist lange her.« Jacob atmete geräuschvoll aus. »Fast achtzehn Jahre, um genau zu sein.« Ein Grinsen breitete sich auf seinem Gesicht aus. Nicht ganz so strahlend wie sonst.

»Achtzehn Jahre«, flüsterte er.

»Du vermisst ihn.« Eine Feststellung, keine Frage.

»Jeden verfluchten Tag.«

Endlich verstand ich, worauf er hinauswollte, aber ein Teil von mir stand immer noch unter Schock.

»Du machst das hier für ihn? Den ganzen Sport und den Nervenkitzel?«

Jacob zuckte mit den Schultern. »So hat es angefangen, ja.« Er runzelte die Stirn und sah hinab auf seine Hände. »Der Zauberwürfel, mit dem Sarah und die anderen mich aufgezogen haben, das war Robbies Ding.«

»Inwiefern?«

»Mit zwanzig kam Robbie das erste Mal ins Krankenhaus. Einer der Assistenzärzte hat ihm einen Zauberwürfel geschenkt, um ihm das Warten zwischen den Chemos zu erleichtern. Manchmal darf man während der Therapie nach Hause«, erklärte er, »da Robbies Krebs jedoch zu der sehr aggressiven Sorte gehörte, musste er die ganze Zeit im Krankenhaus bleiben. Ich habe ihn besucht, sooft ich konnte. Während ich in seinem Zimmer saß und auf ihn wartete oder er schlief, habe ich angefangen, mit dem Ding herumzuspielen. Nach seinem Tod ...« Jacob räusperte sich. »nach seinem Tod habe ich den Würfel mit nach Hause genommen. Als Erinnerung. Seitdem steht er sicher verwahrt in meinem alten Zimmer im Haus meiner Eltern.«

»Und Franks Zauberwürfel?«, fragte ich leise.

»Der ist nagelneu wie auf so ziemlich jeder Reise. Als ich mit dem Sport anfing, habe ich mir einen neuen gekauft. Einen ohne Erinnerungen und emotionale Bindung, bei dem es nicht weiter schlimm wäre, sollte ich ihn verlieren oder beschädigen. Den Würfel zu lösen, beruhigt mich, und es hilft mir, mich zu konzentrieren«, wiederholte er seine Worte aus der Halong Bay. »Aber es ist auch gleichzeitig eine Verbindung zu meinem Bruder. Dieses kleine Plastikspielzeug erinnert mich daran, wem ich all das hier zu verdanken habe. Wäre Robbie nicht gewesen, hätte ich niemals mit dem Sport angefangen.«

»Was wolltest du früher werden?«

Jacob drehte den Kopf und sah mich an. »Du lachst nicht?«

»Niemals.«

»Architekt«, erwiderte er. »Gebäude und ihre Architektur faszinieren mich. Egal, ob alt und verschnörkelt, oder modern und gradlinig. Texturen, Strukturen, Farben und Formen.« Er zuckte mit den Schultern. »All das mag ich.«

»Und wieso ist es dann doch der Sport geworden?«

»Der erste Fallschirmsprung nach Robbies Tod war für ihn. Eine Art Tribut, wenn du so willst. Aber dann hat es mich nicht mehr losgelassen. Robbies Traum wurde zu meiner Leidenschaft. Er konnte es nicht mehr machen, also tat ich es für ihn. Aber dann sprang ich und spürte, dass ich durch den Kontrollverlust meine Kontrolle zurückbekam.«

Jacob verschränkte die Arme vor der Brust und sank ein wenig tiefer in seinen Liegestuhl. »Das klingt blöd, oder?«

»Nein. Absolut nicht.« Mir erging es momentan ähnlich, mit dieser Reise. »Sprich weiter«, bat ich ihn.

»Nach dem Fallschirmsprung war meine Neugierde geweckt. Ich probierte auch ein paar andere Sachen aus und wurde dabei immer … extremer. Wenn du aus einem Flugzeug springst oder dich von einer Klippe stürzt, dann hat niemand dein Schicksal in der Hand, außer du selbst. Es ist wie ein Rausch.« Seine Stimme wurde tiefer, und ich hörte all die aufgestauten Emotionen in ihr. »Die Machtlosigkeit und die Hilflosigkeit … das alles ist vergessen, sobald du dich für dieses selbst gewählte Risiko entscheidest. Dann kommt es nur noch auf dich, die Natur und das Schicksal an.« Er lächelte, und ich konnte regelrecht dabei zusehen, wie sich seine Gesichtszüge entspannten. »Hauptsächlich auf dich.«

Bisher war ich erst von einem Berg gesprungen (wesentlich harmloser, als man es sonst in seinen Videos sah) und hatte eine Raftingtour hinter mir, aber ich verstand im Ansatz, worauf er hinauswollte. Während des Paraglidings und auch während des Raftings hatte ich mich lediglich auf das Geschehen um mich herum konzentriert. Ich war voll und ganz im Hier und Jetzt gewesen und hatte all meine Trauer und die Unsicherheiten für einen Moment hinter mir gelassen.

»Ich glaube, ich verstehe, was du meinst.« Unsere Blicke trafen sich, und ich sah sie deutlich, die Frage in Jacobs Augen. *Du weißt, was es heißt, jemanden zu verlieren.*

»Wie ging es dann weiter?«, fragte ich ihn und ignorierte die Enttäuschung, die kurz in seinem Gesicht aufblitzte.

»Ein Talentscout entdeckte ein paar meiner Youtubevideos, die ich zusammen mit Freunden gedreht hatte. Ab da kam Frank ins Spiel. Er hat sich schon früh in der Szene rumgetrieben und kannte meinen Bruder, als dieser noch Skateboardstunts gemacht hat. Er nahm mich unter seine Fittiche, und na ja«, Jacob zuckte mit den Achseln, »der Rest ist Geschichte, wie man so schön sagt …«

Eine Geschichte, die es in sich hatte und die ich erst einmal verdauen musste.

Ich drehte mich um und suchte nach der älteren Dame. Um ein Lächeln bemüht, winkte ich sie zu uns heran.

»Was hältst du von etwas Stärkerem?«

Nickend bestellte er uns ein Getränk namens Lua Moi.

»Was ist das?«

»Reisschnaps. Er wird in Vietnam gebraut und abgefüllt.«

Als die kleinen Schnapsgläser mit der klaren Flüssigkeit bedeutungsvoll zwischen uns standen, griff Jacob nach meinem Arm. Sofort zuckte ich zusammen. Nicht, weil er mich berührte, sondern weil mein ganzer verfluchter Körper unter Strom stand. Seine Geschichte hatte mich nicht nur aufgewühlt, sie ließ mich viel zu viel fühlen. In meinem Kopf und meinem Körper herrschte das reine Chaos. Sehnsüchtig blickte ich auf das kleine Schnapsglas. Jacob hob eine Hand an mein Kinn und zwang mich sanft, ihn anzusehen.

»Danke, dass du mir zugehört hast.« Sein Daumen strich über mein Kinn. »Und dafür, dass du nichts hiervon in deinem Artikel verwendest.«

»Natürlich nicht.« Meine Stimme klang belegt. Selbst wenn ich eine echte Reporterin wäre, niemals würde ich das, was Jacob mir soeben anvertraut hatte, in die Öffentlichkeit tragen.

Jacob und ich hatten mehr gemeinsam, als ich am Anfang auch nur hätte erahnen können, und in diesem einen Moment, eine seiner Hände an meinem Arm, die andere an meinem Kinn, konnte ich mir zum ersten Mal vorstellen, mit jemand anderem als Helen oder meinen Eltern über Mark zu sprechen. Mit jemandem, für den ich – Gott steh mir bei – langsam, aber sicher ernsthafte Gefühle zu entwickeln begann. Und das war etwas, was mich wirklich in Schwierigkeiten bringen würde.

22

Ich fühlte so viel,
dass ich anfing, nichts zu fühlen.

»Ellie!« Sarahs Stimme hallte durch die ruhige Hotelanlage, und meine Freundin klopfte energisch gegen meine deckenhohen Fenster.

»Bist du fertig? Wir wollen los!«

Ob ich fertig war? Fix und fertig. Ein letzter Blick in den Spiegel verriet mir, dass ich auch so aussah. Meine Haut war unnatürlich blass, und ich hatte dicke, violette Ränder unter den Augen, die kein Concealer der Welt verdecken konnte. Dafür, dass ich vor Kurzem eine meisterhafte Massage genossen hatte und in einem regelrechten Palast wohnte, sah ich beschissen aus. Und das war Jacobs Schuld. Jacob, der mich mit seinem Geständnis über Robbie völlig aus der Bahn geworfen hatte.

Du weißt, was es heißt, jemanden zu verlieren.

Seit Jacob und ich gestern zurück ins Hotel gefahren waren, geisterten seine Worte in meinem Kopf herum wie ein Schreckgespenst. Jedes Mal, wenn ich versuchte, sie zu verdrängen oder mich abzulenken, waren sie da. Es tat mir unendlich leid, was ihm und seiner Familie passiert war, was sie hatten durchleben müssen. Ein Kind zu verlieren, musste so ziemlich das Schlimmste sein, was einem widerfahren konnte. Dennoch hatten mich heute Nacht keine Alpträume über Jacob oder Robbie geplagt, sondern ich hatte den Tag von Marks Unfall erneut durchlebt. Den Moment, in dem zwei Polizistinnen mit ernsten, betroffenen Gesichtern vor unserer Tür gestanden hatten, wie eine der beiden meine Mutter alarmierte, weil ich direkt an der Haustür zusammengebrochen war. Schluchzend und verzweifelt. Ich hatte den Abend bei meinen Eltern verbracht, da Mark sich nach der Arbeit mit seinen Kollegen auf ein paar Bier getroffen hatte. Es war die letzte Praktikumswoche gewesen, und er hatte kurz vor seinem Abschluss gestanden. Ich erinnerte mich daran, wie Mom und ich in der Küche gesessen und über mögliche Hochzeitslocations philosophiert hatten. In meinem Herzchen-Pyjama war ich an die Tür gegangen und nach der Schreckensnachricht einfach in mich zusammengesackt. Der Mund der netten Polizistin hatte sich bewegt, aber ich hatte sie nicht mehr gehört. Das Klingeln in meinen Ohren war zu laut gewesen. Es hatte mich betäubt. Manchmal hatte ich das Gefühl, als läge ich noch immer genau dort. Im Hausflur meiner Eltern, meine alte Mickymaus-Tasse zerbrochen neben mir, während der Earl Grey langsam in den kostbaren Dielenboden sickerte.

»Verdammt, Ellie!«

»Ich komme!«, rief ich und schnappte mir meinen Rucksack. Gehetzt riss ich die Tür auf.

»Oh, wow.« Sarah musterte mich mitleidig, während ich die Tür hinter mir schloss und mich an ihr vorbeidrängte. Sie trug einen knallgelben, kurzen Jumpsuit. Die pinken Spitzen ihrer Haare wippten fröhlich auf und ab, und im Vergleich zu mir sah sie aus wie das blühende Leben.

»Was ist denn mit dir passiert?«

»Schlecht geschlafen.«

»Ist nicht zu übersehen.«

»Was steht heute an?«, fragte ich, um Sarah von meinem offensichtlich wenig schmeichelhaften Äußeren abzulenken. Diesmal hatte Frank uns wirklich im Dunkeln gelassen. Zumindest bis jetzt.

»Hast du eine Idee?«

»Eine Ahnung.« Sie zwinkerte mir verschwörerisch zu. Die hatte ich auch. Immerhin hatte ich den gestrigen Abend damit verbracht, die Gegend, in der wir uns befanden, zu googeln, um mich wenigstens etwas von all der Dunkelheit in meinem Kopf abzulenken. Und ein Highlight hatte sich bei den Google-Ergebnissen stets wiederholt. Canyoning. Gut gesichert ließ man sich an einem Seil den hiesigen Wasserfall oder die engen Bergschluchten des Wasserfalls herab, bis man in einem Naturpool landete. Mit Naturpools hatte ich ja bereits meine Erfahrungen gemacht. Wir trafen vor dem Hotel auf die Männer, und Jacob schob Sarah wenig elegant aus dem Weg, um neben mir auf dem Rücksitz des Jeeps Platz nehmen zu können. Eingepfercht zwischen ihm und der Tür, unterdrückte ich das Bedürfnis, aus dem Jeep zu springen und mich für den Rest des Tages in meinem Zimmer zu verkriechen. Jacobs Schulter stieß gegen meine.

»Alles okay?«

»Ja.«

Er musterte mich eingehend, und der Jeep setzte sich in Bewegung. Ich sah ihm an, dass er sich mehr als diese einsilbige Antwort erhofft hatte, aber ich konnte nicht … ich konnte es einfach nicht.

»Ist das meine Schuld?«, fragte er und deutete auf meine Augenringe. Seine Hand zuckte, als wolle er den Arm heben und mich berühren, aber offensichtlich spürte er, dass dies kein guter Zeitpunkt war. Vielleicht hätte ich doch meinen Concealer benutzen sollen. Dann hätte ich wenigstens keine unangenehmen Fragen beantworten müssen.

»Nein. Ich habe nur schlecht geschlafen.« Ich brabbelte irgendetwas von lauten Dschungelgeräuschen, und nicht nur Jacob sah mich skeptisch an. Seb schielte an ihm vorbei und musterte mich ungläubig.

»Wir sind seit fast zwei Wochen im Dschungel, und *jetzt* stören dich die Geräusche auf einmal?«

Ich gebe zu, es war keine besonders gute Ausrede, aber die einzige, die mir durch den dichten Nebel meiner Schlaflosigkeit eingefallen war.

»Heute Nacht ist es mir eben besonders aufgefallen.« *Und jetzt halt die Klappe.* Genau das schwang in meinem Tonfall mit. Offensichtlich kam die Botschaft an. Seb lehnte sich kopfschüttelnd zurück, während Jacob mich noch immer viel zu intensiv musterte.

»Ich verstehe euch Frauen nicht …«, murmelte Seb und verschränkte die Arme vor der Brust.

Sarah drehte sich auf ihrem Sitz zu uns um. »Und wir haben weder die Zeit noch die Buntstifte, um dir zu erklären, wie wir ticken. Also lass es gut sein.« Sie lächelte mich an. »Jeder schläft mal beschissen.«

»Du nicht«, konterte er. »Du pennst wie ein Stein.«

Sarah fletschte die Zähne und sah ihn an. »Ein äußerst befriedigter Stein.«

Ich lehnte meinen Kopf gegen die Fensterscheibe, während Seb und Sarah ihr Geplänkel noch eine Weile fortsetzten. Jacob schwieg. Er versuchte weder mich in ein Gespräch zu verwickeln noch mich zu berühren. Stumm saß er neben mir, diesen verfluchten Zauberwürfel auf dem Schoß. Erschöpft schloss ich die Augen. Als der Jeep an einer Kreuzung stoppte, zuckte ich zusammen. Ich musste weggedöst sein.

»Warum Kaffee?«, hörte ich Sarah sagen, die sich offensichtlich noch immer mit Seb kabbelte. »Weil Koks ungesund ist.«

»Himmel, Sarah.« Frank seufzte. Dann setzte er den Blinker und bog ab.

»Was denn?«, fragte Sarah. »Ist doch so!«

Jacob lehnte sich mit seiner Schulter sanft gegen meine. »Alles okay, Ellie?«

»Ich glaube, ich bin kurz weggenickt.«

»Nur zehn Minuten.« Er lächelte. »Kann schon mal passieren bei dem ganzen Geschaukel. Wenigstens wird dir nicht schlecht.«

Mühsam rappelte ich mich auf und versuchte einen klaren Kopf zu bekommen.

»Schon aufgeregt?«, wechselte Jacob das Thema, als ich stumm blieb und dafür lieber die vorbeiziehende, bergiger gewordene Landschaft beobachtete.

»Ich habe eine Ahnung, was auf dich zukommt«, gab ich zu und schenkte ihm ein aufrichtiges Lächeln. Dank Jacob würde ich heute Nacht erneut in einem absolut luxuriösen Bett schlafen und mir am Morgen, bevor wir abreisten, eine weitere Massage mit Sarah gönnen. Der Mann hatte ein wenig Dankbarkeit verdient. Auch wenn er der Grund dafür war, dass ich eine schlaflose Nacht hinter mir hatte und aussah wie der Tod höchstpersönlich. Aber eigentlich konnte ich ihn dafür nicht verantwortlich machen.

»Wir sind da«, verkündete Frank und parkte den Jeep auf einer Lichtung an einem kleinen See. Und da war er, der Wasserfall. Ich hatte mit meiner Vermutung also richtig gelegen.

»Canyoning«, murmelten Sarah und ich gleichzeitig.

Jacob wartete, bis ich ausgestiegen war, dann folgte er mir und schenkte mir ein furchtloses Grinsen. »Du hast deine Hausaufgaben gemacht.«

»Das ist schließlich mein Job.« O nein, mein Job war es, Häuser zu verkaufen. Bürogebäude. Wohnungen. Mein Job war es nicht, von Berggipfeln zu springen oder aus einem Boot zu fallen. *Eigentlich.*

»Bist du diesmal auch wieder dabei?«, fragte mich Seb, als er die Heckklappe öffnete und damit begann, den Jeep auszuladen.

»Heute nicht«, antwortete ich und half den anderen dabei, das Equipment aus dem Kofferraum zu ziehen. Die letzte Begegnung mit einem Wasserfall hatte mir gereicht, und angesichts meiner momentanen Verfassung hätte ich mich auch einfach direkt in die Tiefe stürzen können. Keine Chance.

»Ich bleibe hier bei dir«, informierte Sarah mich und breitete eine große karierte Decke auf dem Rasen vor dem Jeep aus. Von dort hatten wir einen perfekten Blick auf den gegenüberliegenden Wasserfall – den man durch einen kleinen Trampelpfad von unserer jetzigen Position aus erreichen konnte – und den kleinen See darunter. Argwöhnisch musterte ich Sarah und die Decke sowie den großen Picknickkorb, den sie just in diesem Moment zwischen uns abstellte.

»Warum?«

»Ernsthaft, Mansfield? Du willst eine Erklärung, warum ich hierbleibe?«

»Du schindest Zeit.«

»Vielleicht?«

»Sarah!«

Sie seufzte übertrieben und holte zwei kleine Flaschen Wasser aus dem Korb. Ein Korb, welcher höchstwahrscheinlich randvoll mit Süßigkeiten war.

»Ich kenne dich noch nicht lange, Ellie.« Sie musterte mich und ließ sich auf die Decke fallen. »Aber ich mag dich, und ich sehe, dass es dir beschissen geht«, ein Schulterzucken, »dafür muss man kein Genie sein. Die Jungs kommen heut auch ohne mich klar.«

Das war … süß. Und unnötig. Ich wollte der Crew kein Klotz am Bein sein, nur weil Jacob und ich gestern ein für mich intensives und aufwühlendes Gespräch geführt hatten.

»Komm.« Sarah klopfte auf den leeren Platz neben sich. Gemeinsam beobachteten wir, wie die Männer den kurzen Weg zum Ufer des Wasserfalls zurücklegten. Kurze Zeit später sah ich Jacob, wie er zusammen mit einem jungen Vietnamesen einen schmalen, steilen Pfad hinaufstieg. Der Mann konnte nicht älter als zwanzig sein. Hatte ich außer der älteren Dame gestern eigentlich schon wirklich alte Menschen gesehen?

Wikipedia und etliche andere Quellen, die ich über Vietnam ausgequetscht hatte, hatten mir verraten, dass der Altersdurchschnitt in dem Land bei knapp achtundzwanzig Jahren lag. Sehr jung also. Die Nachwehen des Krieges waren noch immer deutlich spürbar, und auch Jacob hatte mir während unserer ersten Tage hier erklärt, dass der Zuwachs in den urbanen Regionen des Landes stetig zunahm, was dazu führte, dass immer mehr junge Leute eine tatsächliche Karriere anstrebten und die Geburtenrate sank. Vietnam blickte auf Nachbarländer wie Thailand und vor allem auf das Geld, das die Touristen ins Land brachten. Das, was ich bis jetzt von Vietnam gesehen hatte, war zwar – außer Hanoi – recht ländlich gewesen. Dennoch spürte man eins deutlich: Das Land war im Aufbruch.

Wie erwartet hielt Sarah mir keine zehn Minuten später einen Schokoriegel unter die Nase.

»Nein, danke.«

»Ellie, iss den verdammten Riegel.« Sie musterte mich aus zusammengekniffenen Augen.

»Du siehst scheiße aus. Als würdest du gleich umkippen«, fügte sie schonungslos hinzu.

Um jede weitere Diskussion zu vermeiden, griff ich nach dem Schokoriegel. Der erste Bissen war ein Gedicht. Ich biss gleich noch einmal ab. Verdammt, das tat wirklich gut. Im Schneidersitz und an meinem Riegel kauend beobachtete ich, wie Jacob und der junge Mann mehrere Seile aus einer großen Tasche hervorzauberten.

»Beim Canyoning ist die richtige Seiltechnik entscheidend«, erklärte Sarah mir. Ich hörte ihr gespannt zu, während ich einen weiteren Riegel aus ihrem endlosen Vorrat verputzte. Ich hatte gar nicht bemerkt, dass ich hungrig gewesen war, aber überraschen sollte es mich nicht, immerhin hatte ich das Frühstück heute ausfallen lassen. Und auch mein Abendessen war nach unserem Tempelbesuch und den Kopfschmerzen, die ich anschließend vorgetäuscht hatte, sehr spärlich ausgefallen.

»Er hat auf dich gewartet«, sagte Sarah plötzlich, als hätte sie meine Gedanken gelesen.

Irritiert sah ich sie an. »Wer?«

»J, Dummerchen.« Sie zog die Nase kraus. »Beim Frühstück, er hat auf dich gewartet.«

»Mhm.«

Ein Teil von mir hatte damit gerechnet, sich sogar darauf gefreut, Jacob wiederzusehen. Seit wir in Vietnam waren, war er irgendwie immer … da. Ich hatte mich an seine Anwesenheit gewöhnt. Der Teil von mir jedoch, der gleichzeitig zu Tode verängstigt war, hatte sich im Bett auf die andere Seite gerollt und in das grüne Dickicht des Dschungels gestarrt.

»Willst du darüber reden?«

»Worüber?«

»Darüber«, sagte Sarah, »dass du aussiehst wie eine Figur aus dem Gruselkabinett und der Boss sein Frühstück runtergeschlungen hat, als würde er auf Nägeln kauen.«

Sarah lehnte sich auf der Decke dichter zu mir. »Rede mit mir, Ellie.«

»Jacob hat mir von Robbie erzählt.« Die Worte waren raus, bevor ich sie stoppen konnte.

»So was Ähnliches habe ich mir gedacht«, erwiderte sie. »Das ist erst mal nicht so leicht zu verdauen. Ging mir auch so. Ich selber habe solch einen Verlust zum Glück noch nicht erlitten, aber ich mag mir gar nicht vorstellen, wie schlimm das für J und seine Eltern gewesen sein muss.«

»Sehr schlimm«, flüsterte ich. Es war das Schlimmste.

Sarah musterte mich. »Hast du deswegen so mies geschlafen?«

»Es hat ein paar … Erinnerungen geweckt«, antwortete ich vage.

Für einen Moment schweigend sahen wir in Richtung Wasserfall und zu Jacob. Das stetige Rauschen des Wassers war mehr als eine hübsche Hintergrundkulisse. Das Geräusch drang durch den Schleier meiner Erschöpfung und beruhigte mich auf elementarster Ebene.

»Er redet so gut wie nie darüber«, sagte Sarah auf einmal und sah mich wenig unauffällig von der Seite an.

»Zumindest nicht mit Fremden.«

Ich bin keine Fremde. Fast hätte ich die Worte laut ausgesprochen, zügelte mich jedoch im letzten Moment. Ich war keine Fremde, das nicht, aber was war ich? Ein Teil seiner Crew? Eine Freundin? *Seine* Freundin? Ich hatte keine Ahnung. Aber ich ahnte, dass die genaue Definition in meinem Verantwortungsbereich lag.

»Diese Sache zwischen euch, das ist was Ernstes, oder?«

»Frag mich was Leichteres.«

Bis jetzt hatten wir nichts weiter getan, als uns zu küssen. Zweimal. Da war nicht wirklich etwas zwischen uns gelaufen, und dennoch … wir verbrachten sehr viel Zeit zusammen, wir lernten uns kennen, und offensichtlich lernten wir auch einander zu vertrauen. Und das war so viel intimer, als jeder Kuss es hätte sein können. Ich *vertraute* Jacob. So sehr, dass ich ernsthaft darüber nachdachte, ihm von Mark zu erzählen. Ich meine, warum sonst hätte ich die ganze Nacht wach gelegen und gegrübelt? Versunken in meinen düsteren Erinnerungen. Wenigstens mir selbst gegenüber konnte ich es zugeben. Ich wollte es ihm sagen, aber ich *konnte* nicht.

»Wovor hast du Angst, Ellie?«

Vor allem?

»Davor«, erwiderte ich ruhig, »dass Jacob diesen Wasserfall hinunterstürzt und dreißig Meter in die Tiefe fällt.«

Sarah gluckste leise. »Du bist 'ne harte Nuss, Freundin.« Sie griff erneut in die Tiefen ihres Picknickkorbes. »Hier.« Grinsend hielt sie mir eine Dose Prosecco entgegen. Wo sie die hier aufgetrieben hatte, in einer kleinen Provinz mitten in Vietnam, war ein Rätsel, aber keine wirkliche Überraschung.

»Mit Alkohol lässt sich das Ganze besser ertragen.«

Wie wahr. Dankbar, dass sie nicht weiter nachbohrte, nahm ich den Sekt entgegen und stieß mit meiner Dose gegen Sarahs.

Die nächsten zwei Stunden beobachteten wir, wie Jacob sich zweimal den glitschigen und felsigen Wasserfall hinabseilte. Dass er dabei so fröhlich und unangestrengt aussah, als würde er einen einfachen Spaziergang durch den Wald machen, beruhigte mich so weit, dass ich mir bereits nach kurzer Zeit Notizblock und Kugelschreiber geschnappt hatte. Die Seiten jedoch blieben leer. Immer wieder schweifte ich gedanklich ab. *Jacob. Robert. Mark.* Das war verdammt noch mal alles, woran ich denken konnte.

Was, wenn ich es ihm wirklich sagte?

Wovor hast du Angst?, hatte Sarah mich gefragt. In erster Linie davor, dass die Schleusen aufbrachen. Meine sorgfältig verschlossenen und dreifach gesicherten Schleusen. Die Tür zu meiner Vergangenheit stand bereits offen, wenn jetzt noch die restlichen Schutzmauern zusammenbrachen, dann würde ich ihnen folgen. Wenn ich Jacob die Wahrheit erzählte – über Mark, nicht darüber, wie ich auf dieser Reise gelandet war –, würde das bedeuten, dass ich unsere Beziehung auf ein anderes Level hob. Ein Level, von dem ich nicht wusste, ob ich schon bereit dafür war. Denn abgesehen davon, dass ich in Sachen Liebe verkorkst war, stand noch immer die nicht unwichtige Tatsache zwischen uns, dass ich Jacob anlog.

Mit einem leisen, kaum hörbaren Seufzen leerte ich meine zweite Dose Prosecco. Dann hörte ich einen markerschütternden Schrei.

»Jacob!«, riefen Frank und Seb auf einmal gleichzeitig.

Ich erstarrte. Dann warf ich die leere Dose zur Seite und sprang auf. Mit wild klopfendem Herzen scannte ich den Wasserfall. Und da hing er. Jacob. Eine Hand am Seil, baumelte er unkontrolliert hin und her und schlug dabei mehrfach gegen die raue, glitschige Felswand, während er krampfhaft versuchte Halt zu finden. Sogar aus dieser Entfernung konnte ich das Blut an seinem linken Oberarm erkennen. Offensichtlich war er abgerutscht und dabei etwas heftiger gegen die Wand geprallt. *O mein Gott.* Instinktiv wollte ich losrennen, aber Sarah hielt mich zurück.

»Bleib hier«, befahl sie mir schroff, »du lenkst ihn nur noch mehr ab.« Sie nickte in Richtung Wasserfall. »Frank hat alles unter Kontrolle, und J muss sich konzentrieren, um wieder Halt zu finden.«

Mein Herz klopfte noch immer im Stakkato, als ich dabei zusah, wie Frank in Windeseile den kleinen Pfad hinaufkletterte, bis er sich auf einer Höhe mit Jacob befand. Am liebsten hätte ich mich losgerissen und wäre zu ihnen gelaufen. Ich wusste jedoch, dass Sarah recht hatte. Jacob musste sich darauf konzentrieren, die Situation unter Kontrolle zu bekommen, nicht etwa darauf, mich zu beruhigen oder mir gut zuzureden. Was er definitiv tun würde, wenn er mein kreidebleiches Gesicht und die vor Schreck geweiteten Augen sah. *Er ist ein Profi,* erinnerte ich mich.

Er hat solche Situationen schon tausendmal erlebt. Er weiß, was zu tun ist.

Sie alle wussten das. Ich wäre in diesem ganzen Szenario bloß ein Störfaktor. Ein Zivilist voller Angst und Panik.

»Ganz ruhig, Jacob.« Mit ruhiger, tiefer Stimme, die kein bisschen aufgeregt klang, gab Frank Jacob eine Anweisung nach der anderen. Blind griff ich nach Sarahs Hand und hielt mich an ihr fest. Das Wasser strömte unaufhaltsam über Jacobs große, an dem Seil baumelnde Gestalt. So schön der Wasserfall auch war, in diesem Moment kam er mir unnachgiebig und tödlich vor. Die Gewalt der Natur um uns herum wurde mir schmerzhaft bewusst, als ich den Atem anhielt und auf Franks Befehle lauschte.

»Stabilisiere deinen Core-Bereich und deine Beine.

Greif mit der linken Hand schräg über dir nach dem Seil.

Weiter, noch weiter, sehr gut.

Beide Beine an die Wand, Rücken durchdrücken.«

So ging es weiter, bis Jacob endlich wieder festen Halt zu haben schien. Nervös gab ich Sarahs Hand aus meinem Klammergriff frei und wischte meine klammen Hände an meinen Shorts ab.

Es geht ihm gut.

Er hätte heute sterben können.

»Ellie.« Sarah packte mich sanft am Arm. »Ellie«, versuchte sie es erneut und mit mehr Nachdruck, da ich nicht reagierte. Mein Blick war noch immer nach oben gerichtet und verfolgte jede noch so kleine Bewegung, die Jacob machte. Ich starrte ihn und die Wassermassen um ihn herum so intensiv an, dass meine Augen zu tränen begannen.

»Es ist alles gut«, wiederholte Sarah mit sanfter Stimme.

»Gut?« Ich drehte mich ruckartig zu ihr um. Sie erwiderte meinen Blick mit einem Gesichtsausdruck, den man nur als bemüht neutral bezeichnen konnte. In ihren Augen musste ich unfassbar übertreiben. Aber hatte sie nicht gesehen, wie Jacob, lediglich an einem dünnen Seil befestigt, auf halber Höhe des Wasserfalls gebaumelt hatte? Blutend? »*Gut?*« Nichts war gut. Wenn sie das glaubte, dann war sie genauso irre wie alle anderen hier.

»Er blutet«, stellte ich unnötigerweise fest.

»Nur eine Schürfwunde.« Sie zuckte mit den Schultern. »Er hat schon Schlimmeres erlebt.« Sie zeigte auf die Stelle, an der Jacob sich soeben mit beiden Händen am Felsen festhielt. »Siehst du, er kann den Arm belasten, das ist ein gutes Zeichen. Es ist nichts gebrochen.«

Und das sollte mich beruhigen? Langsam und kontrolliert seilte Jacob sich den Rest des Weges ab. Dabei sah er nicht so aus, als hätte er sich kurz zuvor in einer gefährlichen Situation befunden. Seine Bewegungen waren wie zuvor flüssig und scheinbar mühelos. Dann löste er seinen Karabiner vom Seil, sprang in den See unter sich und durchquerte das kühle Nass mit drei, vier kräftigen Schwimmbewegungen. Keine Minute später zog er sich am Ufer in die Höhe und gab Seb und Frank, die bereits grinsend auf ihn warteten, ein Highfive.

»Habt ihr alles drauf?«, hörte ich ihn aufgeregt rufen.

Ich traute meinen Ohren nicht. Irre. Sie waren alle irre.

23

Der einzige Weg
aus der Dunkelheit führt
mitten hindurch.

Ellie:

Können wir reden?

Seit einer Weile tat ich nichts anderes, als das Handy in meiner Hand anzustarren. Nun hatte ich endlich den Mut gefunden, Helen zu schreiben. Keine zwei Minuten später klingelte mein Handy.

»Helen?«

»Ellie, was ist los?« Sie klang besorgt.

»Ich weiß es nicht«, flüsterte ich erstickt. »Seit Stunden sitze ich in meinem Zimmer, und ich ... Heute ist etwas passiert ...« Ich atmete zittrig aus und holte tief Luft. Dann erzählte ich ihr, was heute am Wasserfall geschehen war.

Helen fluchte leise.

»Geht es ihm gut? Ist er schwer verletzt?«, frage sie, als ich meine Erzählung beendet hatte.

»Nein. Es geht ihm gut. Frank hat ihn verarztet, und es war wohl nicht so schlimm, wie es von unten ausgesehen hat.« Zumindest sagten sie das.

»Offensichtlich haben sie viel Erfahrung mit so etwas, und Ellie,

Jacob ist Extremsportler. Das war mit Sicherheit nicht seine erste Verletzung. Ich denke, dass er seine Grenzen gut einschätzen kann, meinst du nicht?«

Ich erinnerte mich an seine offensichtliche Begeisterung am Wasserfall.

Habt ihr alles drauf?

Das war alles, was ihn interessiert hatte. Die Tatsache, ob Seb seinen Stunt und auch die Komplikation gefilmt hatte. Den gesamten Weg zurück ins Hotel hatten mir sowohl Jacob als auch Sarah und Seb versichert, dass alles in bester Ordnung sei. Ich hatte genickt und gelächelt, während ich innerlich am Ausflippen gewesen war. Lediglich Frank schien mir das Chaos meiner Gedanken anzusehen. Der Blick, den er mir im Rückspiegel zugeworfen hatte, hatte genau eine Botschaft enthalten: Reiß dich verdammt nochmal zusammen, Mädchen. Und das hatte ich getan. Bis zu dem Moment, als ich die Zimmertür hinter mir geschlossen und mich auf das Bett im Untergeschoss gesetzt hatte. Allein mit mir selbst, kam die Panik zurück, und die Wände meiner lächerlich großen Luxusvilla schienen immer näher zu kommen. Ein schmerzhafter Druck hatte sich in meiner Brust ausgebreitet, bis ich nachgegeben und Helen geschrieben hatte. Ich kannte dieses Gefühl. Und ich wusste, was es bedeutete. Ich stand kurz vor einer ausgewachsenen Panikattacke.

»Du sagst selbst, es geht ihm gut. Er ist mit euch zurückgefahren und war offensichtlich gut drauf.«

»Aber ihn so zu sehen, in unmittelbarer Gefahr, das war wie ein … ein …«

»Es war wie ein Trigger für dich?«

»Ja!«, rief ich aufgebracht, aber vor allem dankbar, dass sie mich verstand. Dann erzählte ich ihr, was Jacob mir gestern während unseres Ausfluges anvertraut hatte.

»Der Arme. Kein Wunder, dass er das nicht in der Presse haben will.« Sie zögerte kurz.

»Hast du ihm von Mark erzählt?«

»Nein.«

»Ellie, Schätzchen ...«

»Ich kann nicht, Helen!« Ein leises Schluchzen entfuhr mir. Die letzten zwei Tage waren einfach zu viel gewesen. Mein gesamtes Inneres, meine Gedanken- und Gefühlswelt ... alles befand sich im absoluten *Chaos*. Mein Nervensystem war überlastet, und die Angst, die ich heute um Jacob verspürt hatte, gab mir nun endgültig den Rest.

»Findest du das fair?«

Ich schniefte leise. »Wie bitte?«

»Ich frage dich, ob du das fair findest. Er erzählt dir von seinem Bruder, von dem sonst niemand außerhalb seines engsten Vertrautenkreises zu wissen scheint, und du sagst nichts?«

»Was hätte ich denn sagen sollen?« Es war eine dumme Frage. Und eine überflüssige. Ich wusste genau, dass dies der Moment gewesen wäre, Jacobs Vertrauen in mich zu erwidern.

»Die Wahrheit. Einfach nur die Wahrheit. Was meinst du«, fragte Helen mich, »wie er sich fühlt, wenn du ihm von Mark erzählst? *Falls* du ihm überhaupt von Mark erzählst. Vergiss diesen ganzen Reporter-Quatsch für einen Moment und konzentriere dich auf das Wesentliche. Wenn du dem, was sich zwischen euch entwickelt, wirklich eine Chance geben willst, dann musst du ihm erzählen, was du erlebt und durchgemacht hast.«

Ich fasste das Telefon in meiner Hand ein wenig fester. In der Theorie wusste ich, dass Helen recht hatte. In der Praxis jedoch wollte ich nichts weiter, als mich unter die Bettdecke meines Luxusbetts zu verkriechen und stundenlang zu weinen. »Ich *kann* einfach nicht.«

»Das ist so nicht ganz richtig. Du kannst schon, du hast dich nur entschieden, es nicht zu tun.« Helen seufzte. Sie klang enttäuscht, und das schlechte Gewissen, das ich Jacob gegenüber ohnehin schon empfand, verstärkte sich.

»Ich werde jetzt etwas sagen, mit dem ich mich nicht unbedingt beliebt bei dir mache, aber hast du mal darüber nachgedacht, dass Jacob vielleicht der Richtige für dich sein könnte?«

Ich sog scharf die Luft ein. Meine Lungen brannten. Das hatte sie jetzt nicht wirklich gesagt. »Mark war der Richtige!« Meine Stimme war lauter geworden, der Tonfall schärfer, aber verflucht … ich konnte nicht glauben, dass sie das wirklich gerade gesagt hatte. Am anderen Ende der Leitung herrschte Stille.

»Ja«, sagte Helen schließlich, und ihre Stimme klang rau, »vor über zehn Jahren.«

Sie räusperte sich. »Versteh mich nicht falsch. Mark war auch mein Freund, aber ihr habt euch in der Schule kennengelernt. Er war einfach toll, du weißt, dass ich ihn geliebt habe, aber Ellie, er ist tot. Und glaub mir, mein Herz bricht jeden Tag aufs Neue, wenn ich daran denke, was du verloren hast, aber du musst seinen Tod endlich akzeptieren und weiterleben.«

Ihre Stimme brach, und ich hörte deutlich, dass ihr dieses Gespräch ebenso schwerfiel wie mir. Aber das, was sie hier von mir verlangte, war unmöglich.

»Helen«, flüsterte ich mit erstickter Stimme. »Das meinst du nicht so.«

»Glaub ja nicht, dass es mir leichtfällt, aber ja, ich meine es so.« Ihre Stimme wurde eindringlicher. »Seit drei Jahren hast du niemanden mehr an dich herangelassen. Du hast weder Geburtstage gefeiert noch Weihnachten oder irgendeine andere Festlichkeit, du hast jeden ausgeschlossen, außer deine Eltern und mich …«

»Du weißt, wieso ich das nicht konnte!« Weihnachten oder gar meinen Geburtstag ohne Mark zu feiern, hätte bedeutet, seinen Tod zu akzeptieren. Ich hätte akzeptiert, dass die Liebe meines Lebens fort war und nie mehr wiederkam. Es hätte bedeutet, weiterzumachen und nach vorne zu schauen. Wie hätte ich ohne Mark nach vorne schauen können? Wie konnte sie das von mir verlangen? Sie hatte an jenem Abend einen Freund verloren, ich mein gesamtes Leben, meine Zukunft …

»Weiterzuleben heißt nicht, ihn zu vergessen.«

In meinem Kopf drehte sich alles. Eine Frage jagte die nächste, und ich spürte, wie mir leicht übel wurde. Woher wollte sie das wissen? Woher …

»Manchmal …«, unterbrach Helen meine Gedanken, dann aber stockte sie und zögerte.

»Manchmal was?« Das ungute Gefühl in meinem Bauch wurde stärker, und meine Augen brannten verräterisch.

Helen holte tief Luft, als bereite sie sich darauf vor, eine unschöne Nachricht zu überbringen. »Manchmal habe ich das Gefühl, dass nicht er vor drei Jahren in diesem verfluchten Auto ums Leben gekommen ist, sondern du. Und ich vermisse dich, Ellie. Ich vermisse meine beste Freundin. Ich weiß«, fuhr sie leidenschaftlich fort, »dass du noch immer leidest, aber Mark ist tot, Ellie. *Mark,* nicht du. Also hör auf, dich so zu verhalten, als wärst du es.«

Aufrichtig schockiert hielt ich das Handy von meinem Ohr weg und starrte es an. Das Display leuchtete und zeigte mir das Foto, das ich unter Helens Namen abgespeichert hatte. Es war ein Foto von uns beiden aus unseren Collegetagen. Breit grinsend sahen wir in die Kamera, zwei Bier vor uns auf dem Tisch. Wir sahen sorgenfrei und glücklich aus.

Helens Worte waren unerwartet und hart, und ich wusste nicht, was ich darauf erwidern sollte.

»Ich liebe dich, Ellie, du bist meine beste Freundin seit der Grundschule«, hörte ich sie sagen und hielt mir das Telefon wieder ans Ohr. »Aber du hast dein Leben die letzten Jahre auf Eis gelegt. Bis zu dem Moment, in dem du Jacob trafst.«

Helen schniefte leise. »Ich habe dich seit Jahren nicht mehr so lachen sehen. Du befindest dich auf einem Abenteuer. Du springst von Bergen und fällst aus Booten, und ich möchte dir einfach nur applaudieren. Ich sehe ein Leuchten in deinen Augen«, ein erneutes Schniefen, »und das sehe ich selbst durch die Kamera! Du musst dich endlich mit Marks Tod auseinandersetzen. Lass nicht zu, dass dein neues Glück von den Dämonen der Vergangenheit kaputt gemacht wird.«

»Mark ist doch kein Dämon, Helen.«

»Wenn du ihn dazu machst, dann schon.« Sie holte tief Luft. »*Er* ist fort, Ellie. *Du* nicht. Es wird Zeit, dieser Tatsache ins Auge zu sehen.«

Nachdem ich mich steif und unterkühlt von ihr verabschiedet und aufgelegt hatte, lag ich eine ganze Weile einfach auf meinem Bett und starrte an die Decke. Helens Worte hatten mich verletzt, aber sie hatten auch etwas tief in mir berührt. *Manchmal habe ich das Gefühl, dass nicht er vor drei Jahren in diesem verfluchten Auto ums Leben gekommen ist, sondern du.*

Ich kniff die Augen zusammen, verschloss sie vor der aufwendig verzierten Holzdecke meiner Villa, vor meiner Vergangenheit, dieser ganzen Situation und der Tatsache, dass Helen nicht unrecht hatte mit dem, was sie mir soeben an den Kopf geworfen hatte.

Mark ist tot, Ellie. Du nicht. Hör endlich auf, dich so zu verhalten, als wärst du es.

Scheiße, sie hatte recht. Ich rollte mich auf die Seite und zog die Beine an. Sie hatte so was von recht. Zwar war ich physisch nicht verletzt worden. Aber psychisch? Absolut. Mein Herz war an diesem Tag zusammen mit Mark gestorben, und es hatte nicht mehr geschlagen, bis zu jenem Moment am Flughafen, als ich in Jacobs blaue Augen geblickt und sein schiefes Grinsen mir zum ersten Mal Herzklopfen bereitet hatte. Seit drei Jahren fühlte ich mich, als ob jemand mein Herz, meine Lungen, meine ganzen verdammten Eingeweide zusammenpresste, so dass ich weder atmen noch etwas fühlen konnte. *Ich ersticke.* Das war der erste Gedanke, den ich gehabt hatte, als die Polizei vor unserem Haus aufgetaucht war. *Ich ersticke* – in meinen eigenen düsteren Gefühlen und Gedanken, und genau deswegen hatte ich alles und jeden von mir geschoben. Keiner von ihnen hatte mir helfen können, und ich hatte auch nicht dafür verantwortlich sein wollen, einen von ihnen mit mir ins Dunkel zu reißen. Und das war der zweite Punkt, mit dem Helen recht hatte. Ich hatte mich nie wirklich mit meinem Verlust auseinandergesetzt. Oh, ich hatte getrauert. Ich hatte die Beerdigung organisiert und die Beileidsbekundungen unserer Familien und Freunde angenommen. Sie alle hatten mich angesehen und sich gefragt, in welchem Stadium der Trauer ich mich wohl befand. In keinem, wäre die korrekte Antwort gewesen. Denn ich hatte sie nie zugelassen, die Trauer. Obwohl ich eine Zeit lang nichts weiter getan hatte als zu weinen, hatte ich meine Gefühle, die Beerdigung, mein altes Leben und auch Mark einfach verdrängt. Mein immerwährendes Stadium der Trauer hieß: Isolation. Ich hatte einfach zu viel gefühlt, ich fühlte noch immer viel zu viel, also hatte ich beschlossen, einfach nichts zu fühlen. Seit ich von York nach London gezogen war, hatte ich Mark wie einen kostbaren, unantastbaren Schatz in meinem Herzen getragen, die Trauer um ihn jedoch mit niemandem geteilt. Weder die Trauer noch die schönen Erinnerungen an unsere gemeinsamen Jahre und daran, was für ein wunderbarer Mann er gewesen war. Was für ein wunderbarer, ruhiger, manchmal auch schüchterner, fürsorglicher und kluger Mann er gewesen war. Ich schlang die Arme um mich und wiegte mich sanft hin und her. Er war so viel mehr gewesen als mein Verlobter. Er war mein bester Freund gewesen. Mein Fels in der Brandung. Ohne ihn knallten die Wellen des Ozeans unbarmherzig gegen mein Nervenkostüm ... Trauer, Wut, Verzweiflung, Hilflosigkeit. Ich war ihnen ausgeliefert. Anstatt mich ihnen jedoch zu stellen und mir die Möglichkeit zu geben zu heilen, hatte ich mich umgedreht und war gerannt. Weit weg von allem, was mich an meinen Verlust erinnerte. Ich hatte weder über Mark gesprochen noch war ich zur Therapie gegangen oder hatte mich neuen Chancen geöffnet. Die einzigen sozialen Kontakte, die ich pflegte, waren Helen und meine Eltern. Die meisten von Marks und meinen Freunden hatten es nach einem Jahr aufgegeben, den Kontakt zu mir halten zu wollen. Ich rief nie zurück, ich kam nie vorbei, ich war wie ein Geist. Ich hatte es ihnen nicht übel genommen. So hatte ich mir mein Leben einfach nicht vorgestellt. In meiner Vorstellung wäre ich jetzt verheiratet gewesen. Eine glückliche Autorin, während mein Mann als Anwalt praktizierte. Vielleicht hätten wir in ein paar Jahren ein Kind bekommen oder uns zuerst einen Hund geholt. Es war ein schöner Traum gewesen. Es war *mein* Traum gewesen. Warum fühlte er sich jetzt auf einmal so falsch an? Nicht nur absolut unerreichbar, sondern auch irgendwie ... langweilig? Das schlechte Gewissen drohte mich zu ersticken. Eine Nachricht ploppte auf dem Display meines Handys auf.

Helen:

Tut mir leid.

Mir auch. Das war mein erster Gedanke. Sie hatte recht, mit allem, und es tat mir so verdammt leid. Aber ich konnte mich Helen und ihren Worten noch nicht stellen, also ignorierte ich die Nachricht meiner besten Freundin und wählte Sarahs Nummer.

»Ellie, was geht ab?« Sarah klang fröhlich, und beinahe hätte ich laut aufgeschluchzt.

»Hast du …« Ich räusperte mich. »Hast du Zeit?«

Sarah zögerte keine Sekunde. »Bin sofort bei dir«, erwiderte sie, und ich hörte, wie sie ihren Fernseher ausstellte, die Zimmertür öffnete und danach direkt wieder schloss. Sie brach unser Gespräch ab, und wenige Sekunden später klopfte es an meiner Tür. Ich gab die Embryostellung, in der ich die letzten Minuten verbracht hatte, auf. Mit zittrigen Knien durchquerte ich den Raum und öffnete Sarah die Tür.

»Was ist denn mit dir passiert?«, rief sie und drängte sich an mir vorbei ins Zimmer. »Du siehst aus, als wärst du vom Bus überfahren worden.«

»Ehrlich gesagt fühle ich mich auch so.«

Ein Blick in den Barspiegel gegenüber dem Bett bestätigte Sarahs Worte. Ich sah wirklich scheiße aus. Schlimmer noch als heute Morgen. Unnatürlich blass und mit rot geränderten Augen, sah ich aus wie jemand oder eher etwas aus einem Horrorfilm. Sarah ließ sich auf das große Bett fallen und klopfte auf den freien Platz neben sich.

»Geht es immer noch um J? Ellie, er ist wirklich nicht schwer verletzt …«

»Nein. Es geht nicht um heute Nachmittag.«

Sie stockte, dann musterte sie mich eindringlich. »Komm her, und erzähl mir, was passiert ist.«

Ich hatte sie aus einem Reflex heraus angerufen, weil ich nicht allein sein wollte. Als ich Sarah jedoch jetzt hier sitzen sah, erkannte ich, dass wir wirklich Freundinnen geworden waren. Zwischen uns hatte sich eine Freundschaft entwickelt, die auch über diese Reise hinaus Bestand haben würde. Zumindest hoffte ich das sehr.

»Ich habe mich mit Helen gestritten«, begann ich und ließ mich neben Sarah auf dem Bett nieder.

»Das ist scheiße«, sagte sie und zog die Beine unter, um es sich bequem zu machen, »aber unter Freundinnen auch nicht unüblich.«

»Es geht nicht direkt um Helen. Ich … sie hat ein paar Dinge gesagt, die … die …« Ich schluckte.

»Ellie, Süße.« Sarah griff nach meiner Hand. »Fang von vorne an, und erzähl mir alles, okay?«

Der Ausdruck in ihrem Gesicht war eine Mischung aus ihrer ganz eigenen, typischen Freundlichkeit, Mitgefühl, obwohl sie noch nicht einmal wusste, was mich bedrückte, und milder Neugierde. Also gab ich mir einen Ruck und erzählte ihr, was mich so sehr aufgewühlt hatte. Ich erzählte Sarah von Mark, unseren Plänen, seinem plötzlichen Tod und schlussendlich auch von meinem Telefonat mit Helen. Sarah hörte geduldig zu, während ich mir alles von der Seele redete. Als ich geendet hatte, waren nicht nur meine Augen gerötet und feucht.

24

Gehen wir zu weit?
Oder nicht weit genug?

Sarahs Augen glänzten, und ihr Gesichtsausdruck hatte sich von freundlich-neugierig in schockiert-mitfühlend verwandelt.

»O Gott, Ellie, es tut mir so, so leid.« Sie drückte meine Hände. »Ich weiß gar nicht, was ich sagen soll.«

Eine Träne löste sich aus meinem Augenwinkel und hinterließ eine nasse Spur auf der erhitzten Haut meiner Wange.

»Danke.«

»Nein, ich …« Sarah hüstelte leise. »Die Sache an sich tut mir unfassbar leid. Dass du Mark so früh verloren hast, ist schrecklich. Aber mir tut auch leid, dass ich dich wegen Jacob so aufgezogen habe. Ich wusste nicht, also ich konnte ja nicht ahnen, dass …«

»Ist schon gut«, unterbrach ich sie, und zum ersten Mal an diesem Abend konnte ich mich zu einem ehrlichen Lächeln durchringen.

»Du konntest es nicht wissen.«

»Wie hast du … also, ich meine, wie bist du nach seinem Tod zurechtgekommen?«

Ich überlegte kurz, sie anzulügen und mir eine traurige, aber harmlose Geschichte zurechtzulegen, aber das war nicht Sinn der Übung, oder? Sarah war die erste Person, der ich von Mark erzählte, und es fühlte sich gut an. Natürlich tat es weh, aber ich erkannte auch, dass ich über das, was geschehen war, reden *wollte*. Ich wollte ihr von den letzten Jahren meines Lebens erzählen. Und das war eine echte Überraschung. Einmal angefangen, wollte ich gar nicht mehr aufhören.

»Die ehrliche Antworte ist wohl: gar nicht.« Ich entzog ihr meine Hände und lehnte mich erschöpft gegen das Kopfteil des Bettes.

»Den ersten Monat nach der Beerdigung lag ich in meinem Bett im Haus meiner Eltern und habe nichts weiter getan als zu weinen. Nach zwei Monaten beschloss ich, dass weinen mich weder weiterbrachte noch mir Mark auf wundersame Weise zurückbrachte.«

»Oh, Ellie …« Sarahs Augen schimmerten noch immer feucht.

»Ich habe meine Gefühle in einem winzig kleinen Winkel meiner Selbst zusammengerafft und verdrängt. Dann habe ich unsere Wohnung aufgelöst und bin nach London gezogen.«

»Weg von allem, was dich an ihn erinnert hat.«

Ich nickte. »Danach habe ich verschiedene Phasen durchlebt. Die schlimmste von allen war wahrscheinlich jene, in der ich mich fast jeden Abend in einer anderen Bar wiederfand und versuchte, mein Selbstmitleid und meine Trauer in Schnaps zu ertränken. Die Abende endeten immer gleich«, berichtete ich mit bebender Stimme, »ich brach auf dem Boden meines Badezimmers zusammen und heulte mir die Seele aus dem Leib, während ich mir Marks letzte Voicemails immer und immer wieder anhörte. Meistens bin ich entweder direkt dort eingeschlafen oder habe es noch ins Bett geschafft, aber eines Abends …« Tränen liefen mir die Wangen herunter, als ich mich an diesen einen, schicksalhaften Abend erinnerte. »Ich habe seine Nachrichten immer wieder abgespielt. *Ellie, ich komme etwas später, ein neuer Fall*«, zitierte ich eine der Nachrichten aus dem Gedächtnis. »*Moon child, mach den Kamin an, ich besorge uns eine Flasche Wein, bin gleich da …*«

Sarah gab ein ersticktes Geräusch von sich. Durch den Schleier meiner eigenen Tränen sah ich, wie sie, eine Hand auf den Mund gepresst, mir gegenübersaß und versuchte, nicht auseinanderzufallen. Tränen liefen ihr die Wangen herab, während sie mich mit jenem Ausdruck in den Augen ansah, vor dem ich drei Jahre lang davongelaufen war. Merkwürdigerweise empfand ich keine Wut. Auch keine Ablehnung. Ich war dankbar für ihre Anteilnahme. Dankbar dafür, dass sie mir zuhörte und den Mann, den ich so sehr geliebt hatte, gemeinsam mit mir betrauerte.

»Ich habe sie gelöscht«, flüsterte ich. Meine Unterlippe bebte, und wie immer, wenn ich an jenen Abend dachte, drohte das Gefühl von Scham und Hilflosigkeit mich zu überrollen. »Den einen Abend, da habe ich seine Nachrichten einfach gelöscht. Alle. Es hat zu sehr wehgetan. Ich war betrunken und traurig und … es tat einfach so weh, Sarah.«

Sie robbte dichter an mich heran und legte tröstend eine Hand auf mein Bein.

»Das und die Alpträume, das waren die schlimmsten Phasen. Beide habe ich bereits hinter mir gelassen, aber na ja … besser ist es dadurch nie geworden.«

Sarah drücke mein Bein erneut und wischte sich mit einer Hand über die nassen Augen. Ich hatte es aufgegeben, meine Tränen bändigen zu wollen.

»Weiß J es?«

Ich schüttelte den Kopf. »Ich hätte es ihm sagen sollen, das weiß ich, immerhin hat er mir von Robbie erzählt …«

»Bitte hasse mich nicht, wenn ich das sage, aber was, wenn Helen recht hat?«

Mein Kopf ruckte hoch. »*Was?*«

»Nicht die Sache mit den letzten Jahren«, beeilte sie sich hinzuzufügen, »ich war nicht dabei und kann mir darüber kein Urteil erlauben, und jeder trauert auf seine ganz eigene Weise, aber was, wenn Jacob wirklich der Richtige für dich ist? Und damit meine ich nicht *der* der Richtige«, stellte sie klar, als ich protestieren wollte.

So, wie ich Sarah mittlerweile kannte, erwartete mich hier eine ganz eigene, auf den ersten Blick verdrehte Logik. »Wie meinst du das?«

»Ich glaube an die Liebe«, antwortete sie, »aber ich glaube auch daran, dass wir mehr als einen Menschen in unserem Leben mit all unserem Sein lieben können.« Sarah lächelte. »Es gibt fast acht Milliarden Menschen. Glaubst du nicht, dass es da mehr als eine Person gibt, die uns wie magisch anzieht? Du hast Mark sehr jung kennengelernt, und ihr wart perfekt füreinander, aber jetzt bist du älter und hast dich verändert.« Sie lächelte. »Ich sehe, wie du Jacob ansiehst, und ich sehe auch, wie er dich ansieht. Seit ich ihn kenne, hat Jacob noch nie eine Frau so angesehen. Sogar Frank fällt das auf.«

Ich gab ein schnaubendes Lachen von mir. Das Geräusch war alles andere als elegant, aber Himmel, tat das gut. »Es ist nur …«

»Nur was?«, fragte Sarah, als ich nicht weitersprach.

»Ich habe so ein schlechtes Gewissen«, brach es auf einmal aus mir heraus. Da, jetzt hatte ich es gesagt.

»Wegen Mark?«

»Wenn ich Jacob von ihm erzähle, dann verändert das die Beziehung zwischen uns. Ist es nicht so?«

Sarah hielt meinem Blick stand. »Ist es denn das, was du möchtest?«

»Ich glaube, ja, aber ich … ich habe das Gefühl, als würde ich unseren Traum verraten, Sarah. Marks und meinen Traum von der Zukunft. Und wenn ich dann an genau diesen Traum denke, dann will ich ihn nicht mehr. Ich will Jacob, und das kommt mir so furchtbar falsch vor.«

»Dass du dabei bist, dich in Jacob zu verlieben, heißt aber nicht, dass du Mark nicht mehr wollen würdest oder ihn verrätst.«

Ich blinzelte. Eine weitere Träne löste sich von meinen Wimpern und kullerte meine Wange herab. Ich leugnete nicht, dass das, was ich Jacob gegenüber empfand, in der Tat tiefer ging als der Wunsch nach einer heißen Affäre und sexueller Befriedigung. Wieso auch? Ich saß hier heulend vor ihr und schüttete Sarah mein ganzes Herz aus. Ich denke, das machte es relativ offensichtlich …

»Glaubst du, dein Mark würde wollen, dass du dich in einen Einsiedlerkrebs verwandelt?«

Dein Mark. Sarah konnte nicht mal im Ansatz erahnen, wie gut es tat, diese Worte zu hören. Mein Mark. »Nein«, flüsterte ich heiser.

»Glaubst du, er würde wollen, dass du glücklich bist?«

»Ja.«

»Und glaubst du«, fragte sie mich, »dass er Jacob mögen würde?«

Ein trauriges Lächeln breitete sich auf meinem Gesicht aus.

»Ja, das würde er.« Mark war ein wundervoller Freund gewesen. Und er wäre auch ein großartiger Ehemann gewesen, wenn sein Studienkollege an jenem Abend nicht auf Droge gewesen wäre. Leider hatte Rafes Bluttest ein Sammelsurium an verbotenen Substanzen ergeben, und als er in Höchstgeschwindigkeit gegen einen Baum gerast war, hatte er nicht nur sein Leben beendet, sondern auch das meines Verlobten. Ich hatte Rafe anschreien wollen, ihn schlagen, ihn verfluchen … als seine Eltern uns jedoch kurze Zeit später erklärt hatten, dass er unter schweren Depressionen gelitten hatte, und ich in ihren Augen die gleiche Hölle erkannt hatte, durch die ich selbst ging, war meine Wut verpufft. Es hatte keinen Sinn gehabt, wütend auf eine Person zu sein, die nicht mehr da war. Ich hatte mich einfach nur noch leer gefühlt. Leer und allein. Helen war in Kapstadt glücklich mit Kanya, und ich hatte meinen Eltern kein Klotz am Bein sein wollen.

Scheiße. So fühlte man sich also, wenn einem der buchstäbliche Spiegel vors Gesicht gehalten wird.

»Helen hat recht«, flüsterte ich. Und dann: »Ich brauch was zu trinken.«

»So wie du aussiehst, bleiben wir lieber hier drinnen«, kommentierte Sarah und öffnete die Minibar neben meinem Bett. »Wahrscheinlich sehe ich mittlerweile auch nicht besser aus«, murmelte sie und zog eine Flasche Weißwein hervor.

»Mhm.« Sarah begutachtete ihre Ausbeute. »Ich glaube, das soll Weißwein darstellen. Aber ich warne dich vor – Wein in Vietnam ist meist keine gute Idee.«

»Is mir egal.« Nickend bedeutete ich ihr einzuschenken. Solange es Prozente hatte, war es mir tatsächlich egal. Sie reichte mir ein randvoll gefülltes Glas.

»Womit hat Helen recht, Ellie?«

Mit fahrigen Bewegungen nahm ich ihr das Glas ab und hob es an meine völlig ausgetrockneten Lippen. Dann trank ich einen großzügigen Schluck.

»Ich habe mich wirklich verhalten, als hätte ich mit ihm in diesem verdammten Auto gesessen. Ich habe mein Leben auf Eis gelegt, als hätte Rafe mich ebenfalls gegen diesen Scheißbaum gefahren.«

Sarah zuckte zusammen. »Es tut mir so leid«, flüsterte sie. »So wahnsinnig leid.«

Die Tränen kamen, ehe ich sie zurückhalten konnte, und diesmal waren es keine zaghaften Kullertränen, es war ein ganzer Sturzbach. Nicht nur die Tür zu all meinen Emotionen, zu meinem Innersten, stand sperrangelweit offen, die Dämme, die ich gepflegt, und die Mauer, die ich erbaut hatte, waren eingebrochen. Meine Gefühle, die dahinter völlig verkümmert waren, begannen sich zu regen und forderten meine Aufmerksamkeit. Also gab ich ihnen, wonach sie verlangten. Ich ließ alles raus. Für eine Weile saßen Sarah und ich stumm zusammen und weinten. Wann hatte ich mir das letzte Mal erlaubt, um Mark zu weinen? So richtig? Um das Leben, das ich mir gewünscht, aber verloren hatte? So schmerzhaft es auch war, es tat gut. Sarah von all dem zu erzählen, tat gut. Niemals im Leben hätte ich mich so sehr geöffnet, wenn Helen nicht so brutal ehrlich zu mir gewesen wäre.

Nach ein paar weiteren Minuten, in denen nichts weiter als ein paar schniefende, krächzende Töne meinen Mund verlassen hatten, atmete ich tief durch, um mich zu beruhigen. Unter Sarahs zustimmendem Blick griff ich nach meinem Handy und begann zu tippen.

Ellie:

Es tut mir leid.

Du hast recht.

Helens Antwort kam sofort.

Helen:

Willst du telefonieren?

Ellie:

Morgen, okay?

Helen:

Ich will nicht, dass du alleine bist ...

Ein aufrichtiges Lächeln breitete sich auf meinem Gesicht aus.

Ellie:

Sarah ist hier.

Helen:

Hast du es ihr erzählt?

Ellie:

Ja

Helen:

Ich bin stolz auf dich!

Sarah beobachtete meinen Austausch mit Helen schweigend.

»Helen sagt, sie ist stolz auf mich, weil ich es dir erzählt habe.«

»Das kann sie auch sein.«

Ellie:

Danke Helen. Für alles!

Helen:

Immer!

Erzähl ihr alles, Ellie. Sie wird es verstehen

Schnell vergewisserte ich mich, dass Sarah von ihrer jetzigen Position aus nicht auf mein Display schauen konnte.

Ellie:

Ich habe Angst

Helen:

Du hast ihr von Mark erzählt. Du schaffst das!
Hab ein wenig mehr Vertrauen in die Menschen um dich herum. Hab dich lieb.

Ellie:

Ich dich auch!

Lächelnd legte ich das Handy zur Seite. Ich war völlig fertig, aber auf seltsame Art und Weise fühlte ich mich auch befreit. Sarah musterte mich einen Moment nachdenklich, dann breitete sich das mir gut bekannte Grinsen auf ihrem Gesicht aus.

»Der Wein schmeckt scheußlich«, verkündete sie und brachte mich damit zum Lachen.

»Widerlich«, bestätigte ich und erwiderte ihr Grinsen zaghaft.

»Das Leben kann einem ganz schön in den Arsch treten, Ellie. Die Frage ist, ob du wieder aufsteht oder dich weiter treten lässt.«

Vielleicht war ich ja langsam damit durch, mich treten zu lassen, dachte ich, und es wurde endlich an der Zeit, wieder aufzustehen.

»Sarah«, begann ich vorsichtig. »Es gibt da noch etwas, was ich dir erzählen muss.«

Über den Rand ihres vollen Weinglases hinweg warf sie mir einen alarmierten Blick zu.

»Ich weiß nicht, wie viel ich heute noch verkraften kann.«

Mach es wie mit einem Pflaster, Ellie … einfach abreißen.

»Ich bin keine Reporterin.«

Stille. Sarah blinzelte. Ich sah von ihr zu meinem Weinglas und zurück. Sie blinzelte noch einmal.

»Sag das noch mal.«

»Ich bin keine Reporterin«, wiederholte ich leise seufzend. Ein Kopfschütteln begleitete meine Worte. Jetzt war die Wahrheit raus und schwebte zwischen uns im Raum. Eventuell hätte ich Angst haben sollen, Bedenken vielleicht, dass Sarah es Jacob oder den anderen erzählen würde, aber verdammt, es fühlte sich phantastisch an, wenigstens vor einer Person keine Geheimnisse mehr zu haben. Sarah runzelte ihre Stirn.

»Ich glaube, ich verstehe nicht ganz …«

Ich erklärte ihr, wie ich mich selbst in diese Situation gebracht hatte.

Zuerst sah ich eine gewisse Skepsis auf ihrem Gesicht, dann so etwas Ähnliches wie Schock, danach kam Belustigung, und als ich geendet hatte, funkelte sie mich wütend an.

»Und das sagst du mir erst jetzt?«

»Es tut mir leid, ich …«

»Nein.« Sarah hob abwehrend eine Hand. »Ich schwöre dir, Freundin, wenn du mir mit deiner Vergangenheit nicht eben erst das Herz gebrochen hättest, dann würde ich dich einmal quer durch den Raum prügeln.«

»Ich weiß.« Seufzend hob ich das Glas und trank von meinem scheußlichen Wein. »Und ich verstehe es. Es tut mir leid, dass ich dich belogen habe.«

»Ellie.« Sarah blickte mich fassungslos an. »Du belügst uns alle!« Sie stockte. »Was ist mit J? Er kann das unmöglich wissen, er würde ausflippen!«

»Er denkt, ich arbeite für den *Traveller*.«

»Scheiße.«

»Jap.«

»Du musst es ihm sagen.«

»Und damit diese ganze Reise in Gefahr bringen?« Ich schüttelte den Kopf. »Wir sind gerade mal zwei Wochen unterwegs, Sarah. Ich weiß nicht, was das zwischen Jacob und mir ist, aber wenn ich ihm jetzt beichte, dass ich ihn angelogen habe, mache ich damit alles kaputt.«

»Ellie …«

»Bitte!« Ich stellte das Glas auf dem Nachttisch ab und griff nach Sarahs Arm. »Du musst das verstehen. Ihm von Mark zu erzählen, wird schwer genug. Wenn er herausfindet, dass ich keine Reporterin bin, dann lässt er mich eiskalt hier sitzen.«

»Das würde er nie tun!«

»Kannst du das mit Sicherheit sagen?«

Sie stieß einen kreativen Fluch nach dem anderen aus. »Jacob würde dich nicht hierlassen, Frank hingegen …«

O Gott. Über Franks Zorn wollte ich lieber nicht nachdenken.

»Er würde nicht zögern, dich in das nächstbeste Flugzeug nach Hause zu setzen«, bestätigte sie meine eigenen Gedanken. »Im Frachtraum, wenn nötig.«

Ich atmete zittrig aus, ehe ich ihr und damit auch mir selbst eingestand, was ich schon lange gespürt hatte. »Ich brauche diese Reise, Sarah. Dieses ganze Abenteuer, dieses Land, Jacob, ihr alle … das macht etwas mit mir. Es verändert mich, und ehrlich gesagt, fange ich an, die Frau zu mögen, die mir morgens aus dem Spiegel entgegenblickt.« Es fühlte sich an wie eine Art Erwachen. Die Ellie, die mich morgens ansah, wirkte nicht mehr ganz so verloren. Nicht mehr ganz so hoffnungslos.

Sarahs Augen wurden kugelrund. »Wie soll ich denn gegen so was argumentieren, ohne wie ein kompletter Unmensch dazustehen?«

»Gar nicht?«

Ihr Glas umklammernd zeigte Sarah mit einem Finger auf mich. »Ich bin noch immer sauer, dass du es mir jetzt erst erzählst, auch«, sie wurde lauter, als ich den Mund öffnete, um sie zu unterbrechen, »wenn ich es verstehe. Ein wenig. Dennoch solltest du dir überlegen, wo die Reise hingeht, und damit meine ich nicht unseren Film. J ist ein bodenständiger und ehrlicher Mann, Ellie. Wenn du ihn wirklich magst, dann solltest du ihn nicht anlügen.«

»Ich weiß.«

»Aber.« Sie betonte das eine Wort verdächtig fröhlich, während sie nach der Weinflasche auf dem Boden griff. »Wenn diese kleine Lüge dafür sorgt, dass ihr beiden Turteltauben zusammenkommt und du mich so ansiehst, wie du es gerade tust …«

Was? Wie sah ich sie denn an? Verrotzt und verheult?

»… dann spiele ich mit.« Sie füllte unsere Gläser auf. »Für den Moment.«

»Danke, Sarah. Wirklich. Danke.«

Sie winkte ab. »Du hast ein wenig Glück definitiv verdient, Freundin, nur pass auf, dass du dabei nicht Jacobs Herz brichst.«

25

Urgh.

Was ist passiert?« Jacob musterte mein blasses Gesicht, die noch immer unnatürlich geröteten Augen und das strohige Vogelnest auf meinem Kopf, das sich Haare schimpfte. Ich hatte meinem Geist und meinem Körper gestern Abend einiges zugemutet. Leider sah man mir das heute deutlich an. Obwohl Sarah und ich heute Morgen eine weitere exquisite Massage genossen hatten, sah meine Freundin ebenso fertig aus wie ich. Der gestrige Abend hatte uns beiden emotional viel abverlangt. Der Abend, unsere Gefühle und die zwei Flaschen des ungenießbaren Weißweins, die wir danach in uns reingeschüttet hatten. Gegen Mitternacht hatte Sarah sich neben mich ins Bett gekuschelt, und wir waren eingeschlafen. Als ich heute Morgen, nach einem tatsächlich traumlosen Schlaf, aufgewacht war, war sie bereits verschwunden gewesen. Eine Notiz auf dem Kopfkissen neben mir hatte mich an unsere Massage erinnert.

»Es geht mir gut«, beruhigte ich ihn.

Jacob sah zu Sarah. »Was hast du getan?«

Sarah rollte mit den Augen und strich sich mit dem Mittelfinger eine helle Haarsträhne aus der Stirn. »Ich habe nichts getan, du Neandertaler.«

Jacob schnaubte ungläubig. Dann richtete er den Blick wieder auf mich. »Hast du geweint?«

Vermutlich war es sinnlos, es zu leugnen, wenn ich aussah wie der Tod höchstpersönlich. Also beschloss ich mutig zu bleiben und nickte.

Daraufhin musterte Jacob mich noch genauer. Unter seinem stechenden Blick begann ich mich leicht zu winden. Die Wunden, die Helen, Sarah und ich gestern aufgerissen hatten, waren noch dabei, wieder zusammenzuwachsen. Der Heilungsprozess hatte gerade erst begonnen. Drei Jahre zu spät, aber wie hieß es doch so schön? Besser spät als nie.

»Sagst du mir, was los ist?« Besorgt sah Jacob auf mich herab. Seine Nase kräuselte sich leicht, und ich fand, dass er süß aussah. Besorgt, aber süß. Ich schüttelte verneinend den Kopf. »Nicht heute, nein.«

»Aber bald?« Er klang hoffnungsvoll.

»Bald«, bestätigte ich leise.

Offensichtlich zufrieden mit meiner Antwort, nickte er. »Willst du heute im Jeep fahren?«

Das brachte mich für einen Moment aus dem Konzept. Überrascht sah ich auf. Jacob blinzelte, und sein Blick huschte zwischen dem Jeep und der Harley hin und her.

»Mit Sarah«, fügte er hinzu und fuhr sich in einer eindeutig nervösen Geste durch die Haare.

»Nein, ich fahre mit dir.«

»Okay, gut. Das ist gut, also ich …« Jacob räusperte sich. »Wir fahren in zehn Minuten los.«

Damit war er verschwunden. Wo immer er jetzt auch hinwollte. Vielleicht hatte er noch etwas im Hotel vergessen? Oder musste noch einmal ins Bad? Ich tauschte einen irritieren Blick mit Sarah.

»War das gerade das, was ich denke?«

»Ein nervöser Jacob Harrison?«, fragte sie.

Ich nickte und grinste. Sarah hingegen sah aus, als hätte sie einen Geist gesehen.

»Hätte nicht gedacht, dass ich das mal erleben werde.« Sie lachte leise. »Diese Reise ist noch interessanter, als ich zuerst gedacht habe.«

»Und dramatischer«, fügte ich hinzu. Dann aber wurde ich ernst. »Danke für gestern, Sarah. Für alles.«

»Ellie, wir sind Freundinnen, das ist doch selbstverständlich.«

Es freute mich, dass sie so dachte, auch wenn ich es als nicht ganz so selbstverständlich ansah. Dass sie mir in meiner Trauer um Mark beigestanden hatte, das ja, aber dass sie bereit war, Jacob und die anderen für mich anzulügen, war wirklich alles andere als selbstverständlich. Fragte sich nur, wie lange Sarah den Mund halten konnte. Immerhin war sie mit den Männern befreundet. Jacob war ihr Boss, und sie schlief mit Seb. In was für eine absolut beschissene Situation ich mich da gebracht hatte! Ich hoffte jedenfalls sehr, dass sie die Scharade, die wir fortan gemeinsam spielten, noch ein wenig länger aufrechterhalten konnte. Andernfalls wäre ich demnächst nicht nur arbeitslos, sondern auch wieder alleine, planlos und ohne Jacob.

Dass ich egoistisch handelte, war mir durchaus bewusst, aber … hatte ich mir diese Zeit nicht auch verdient? Ein kleines bisschen wenigstens?

»Ellie?«

»Mhm?«

»Du warst kurz weggetreten.«

»Oh. Tut mir leid.«

Sarah sah mich feixend an. »Freundin, du bist echt ’ne Nummer, das sag ich dir. Aber«, sie hakte sich fröhlich bei mir ein, »du hast Glück, dass ich dich mag.«

»Los geht's, Leute, wir haben heute ein größeres Stück vor uns.« Frank scheuchte Sarah und Seb in den Jeep. Die nächsten sechs Stunden würde ich auf dem Rücksitz von Jacobs Harley verbringen. Unser nächstes Ziel war Hue. Leider dauerte die Fahrt dorthin geschlagene zehn Stunden, weshalb Frank beschlossen hatte, dass wir nach etwas mehr als der Hälfte der Strecke eine Rast einlegen würden. Ob wir nur Pause machten oder gar irgendwo übernachten würden, wusste ich nicht. Ich war mir nicht einmal sicher, ob das irgendjemand außer Frank wusste, daher würde ich mich überraschen lassen. Nach den letzten zwei Tagen war ich sowieso viel zu kaputt, um irgendetwas anderes zu tun. Da kam es mir ganz gelegen, dass ich die nächsten Stunden dicht gepresst an Jacob verbringen würde und meine einzige Aufgabe darin bestand, mich an dem Mann festzuhalten. Es war aufmerksam, dass er mir angeboten hatte, mit Sarah zu fahren, aber ich wollte die Harley. Und ich wollte ihn. Nach gestern Abend würde es mir guttun, das Freiheitsgefühl auf dem Motorrad – und auch die Nähe zu Jacob. Wie der Profi, der ich mittlerweile war, schwang ich mich hinter Jacob auf den Sitz und vergrub meine Hände, ohne zu zögern, direkt unter seiner Lederjacke. Ich presste mich gegen seinen Rücken und genoss die Hitze und die wohldefinierten Muskeln unter meinen Händen. Mittlerweile war es mir nicht mehr unangenehm, ihn so zu berühren. Und ich wollte ihn noch auf ganz andere Weise berühren – so viel stand fest.

Immer mit der Ruhe, Ellie. Der Heilungsprozess war ein Marathon, kein Sprint, und ich hatte gerade mal die ersten Schritte über die Startlinie gemacht. Aber ich war losgelaufen, und das war alles, was zählte.

»Alles okay?«, fragte Jacob mich nicht zum ersten Mal. Die Unsicherheit war aus seiner Stimme verschwunden, aber der Blick, den er mir über die Schulter zuwarf, war fragend. Abwartend. Und wenn mich nicht alles täuschte, auch ein wenig herausfordernd.

»Fahr los, Harrison.«

Mit einem glucksenden Lachen startete Jacob die Harley, und dicht gefolgt von dem Jeep machten wir uns auf den Weg Richtung Highway.

Knapp drei Stunden später gab ich mir alle Mühe der Welt, meinen Blick von Jacob loszureißen, aber ich konnte es nicht. Bis jetzt war mir nicht klar gewesen, wie sexy es sein konnte, einem Mann beim Tanken zuzusehen. Nicht einmal der schneeweiße Verband um seinen linken Oberarm konnte mich dazu bringen, meine Gedanken in weniger gefährliche Bahnen zu lenken. Nicht, wenn Jacobs Bizeps sich unter dem engen, grauen Shirt in einer Tour anspannte. Ich wusste nicht, was mit mir los war. Vielleicht war es das stetige Vibrieren der Harley, Jacobs warme Haut unter dem dünnen Stoff des Shirts, das Gefühl absoluter Freiheit oder mein kleiner Ausbruch von gestern Abend, aber alles, woran ich denken konnte, war Sex. *So viel zum Thema Heilungsprozess, Ellie. Du wolltest nachdenken und dich nicht wie ein rolliger Teenager benehmen.*

Der kleine Eimer neben der Tanksäule geriet ins Wanken, und Jacob beugte sich vor, um ihn aufzuheben. Dabei präsentierte er mir seinen knackigen Po, der in den engen Jeans, die er zum Fahren trug, absolut köstlich aussah. Nun konnte ich mich gar nicht mehr konzentrieren. *Himmel.*

»Ich gehe eben bezahlen.«

Meine Antwort glich einem wenig intelligenten Knurren.

Jacob warf mir einen verwunderten Blick zu, schwieg jedoch. Was auch immer er heute Morgen in meinem Gesicht gesehen hatte, er verhielt sich … ruhig. Rücksichtsvoll. Ganz der Gentleman, nickte er mir rasch zu und verschwand dann in der kleinen Holzhütte vor uns, die hier euphemistisch als Tankstelle bezeichnet wurde.

Seufzend umklammerte ich seine Lederjacke und lehnte mich auf meinem Sitz zurück. Wunderbar. Während Jacob mich behandelte wie ein verwundetes Tier, mit dem man ganz, ganz vorsichtig umgehen musste, dachte ich über nichts anderes nach, als den Mann hier und jetzt auf seiner Harley zu vernaschen. Hatte ich Sarah gestern nicht noch gesagt, dass ich Angst davor hatte, dass Jacobs und meine Beziehung ein anderes Level erreichte? Jetzt forcierte ich dieses Level geradezu. Aber verdammt, es war drei Jahre her. Drei! Bis jetzt hatte mir meine Abstinenz nicht wirklich viel ausgemacht. Ich war gut damit klargekommen, gelegentlich selbst Hand anzulegen, aber jetzt, mit Jacob in unmittelbarer Nähe … Jacob, der mir mehr als deutlich gemacht hatte, was genau er von mir wollte. Offensichtlich hatte der gestrige Abend nicht nur meinen Heilungsprozess in Gang gesetzt, sondern auch meine Libido.

»Ellie?«

»Mhm?« Ich sah von der Lederjacke in meinen Händen auf.

»Meine Jacke.« Jacob wies auf das zerknüllte Etwas.

»Oh, natürlich.« Ich hielt sie ihm hin. »Hier.«

Er kniff die Augen zusammen und musterte mich. Zwischen uns breitete sich eine unnatürliche Stille aus, die eine Spannung mit sich brachte, die jederzeit zu explodieren drohte. Vielleicht war es aber auch ich, die jederzeit zu explodieren drohte, während Jacob sich fragte, warum zur Hölle ich mich so seltsam benahm.

»Ich habe Hunger«, platzte es etwas zu enthusiastisch aus mir heraus. Aber hey, alles war besser als dieser intensive Blickkontakt zwischen uns, der mich unruhig auf der Harley hin und her rutschen ließ. Eine von Jacobs Augenbrauen hob sich leicht. Er glaubte mir nicht. Aber das musste er auch nicht, solange ich einen Moment bekam, um mich zu sammeln. Ohne zu murren – und dem Himmel sei Dank auch ohne weiteren Kommentar –, schob er die Harley ein kleines Stück weiter und parkte sie vor der Holzhütte.

»Drinnen gibt es ein paar Sandwiches und Snacks.«

»Prima, ich gehe eben, äh, nachschauen.« Und verschwunden war ich.

Meine Güte, Mansfield, reiß dich verdammt nochmal zusammen.

Schnellen Schrittes betrat ich die kleine Hütte und schaute mich um. Tatsächlich war es innen größer und auch … netter, als es von außen den Anschein gemacht hatte. Blind griff ich nach einer Tüte Chips und einem eingeschweißten Sandwich mit Gemüse. Mein Blick wanderte dabei immer und immer wieder zu dem kleinen Fenster, durch das ich einen perfekten Blick auf Jacob hatte. Er lehnte lässig an seiner Harley, die Arme über der Brust verschränkt, und beobachtete die vorbeiziehenden Autos und Roller. Beinahe hätte ich laut aufgestöhnt. Meine innere Distanz schien von Minute zu Minute zu verschwinden, und das war gefährlich. *Er* war gefährlich. Mit all der sonnengebräunten Haut, den Sommersprossen, die man nur sah, wenn man ganz dicht vor ihm stand, dem schiefen, selbstbewussten Lächeln, welches stets auf seinen Lippen lag, den irgendwie immer zerzausten Haaren und seinen Augen. Diese unnatürlich blauen Augen, die viel zu viel sahen. Die mich herausforderten und, daran bestand kein Zweifel, mich begehrten. Mein Handy vibrierte in meiner Bomberjacke, und ich zuckte ertappt zusammen. Es war jedoch weder Jacob noch Sarah, die mir geschrieben hatten. Und auch nicht Helen.

Kanya:

Ellie girl, wie geht's dir?

Seufzend sah ich auf mein Handy. Insgeheim hatte ich mich schon gefragt, wann diese Nachricht kommen würde. Es wunderte mich, dass es so lange gedauert hatte. Mit Chips und Sandwich im Arm begann ich zu tippen.

Ellie:

Gut so weit.

Was ist los?

Kanya nannte mich nur *Ellie girl*, wenn er etwas von mir wollte, und ich konnte mir gut vorstellen, worum es ging.

Kanya:

Warum sitzt meine Frau mitten in der Nacht weinend im Wohnzimmer und sieht sich Kinderfotos von euch an?

Ellie:

Helen und ich hatten eine kleine Auseinandersetzung

Kanya:

Warum?

Ich atmete tief durch und tippte.

Ellie:

Es ging um Mark.

Zum ersten Mal seit Jahren konnte ich seinen Namen denken, ihn sogar schreiben, ohne das vertraute Gefühl absoluter Hilflosigkeit. Anscheinend stimmte es, was man sagte: Weinen konnte durchaus kathartisch wirken. Es reinigte Geist und Seele oder brachte den Reinigungsprozess zumindest in Gang.

Kanya:

Etwas, das ich wissen sollte?

Ellie:

Helen hat mir in den Hintern getreten und ich wollte es erst nicht hören ...

Kanya:

Und jetzt?

Ellie:

Jetzt denke ich darüber nach.

Und wie ich darüber nachdachte. Meine Gefühle fuhren Achterbahn und produzierten dabei recht einseitige Gedanken.

Kanya:

Gut für dich, Ellie girl

Ellie:

Gib Helen einen Kuss von mir, ja?

Kanya:

Darauf kannst du wetten ☺

Und Ellie?

Ellie:

Ja?

Kanya:

Ruf sie an!

Das musste er mir nicht zweimal schreiben. Ich hatte mir fest vorgenommen, Helen heute Abend anzurufen. Sobald wir unser Hotel, unsere Hütte oder wo auch immer wir diese Nacht schlafen würden, erreicht hatten. Unser Telefonat hatte meine beste Freundin offensichtlich ebenso aufgewühlt wie mich. Mark war auch ihr Freund gewesen, erinnerte ich mich. Ich hatte meinen Liebsten verloren, aber Helen einen guten Freund. Und hatte ich jemals darüber mit ihr gesprochen? Nicht wirklich, denn ich war zu sehr in meiner eigenen Trauer gefangen gewesen. In Bezug auf Mark und seinen Tod hatte es für mich in den letzten Jahren kein Wir, sondern nur ein Ich gegeben. Ich hatte ihn verloren, niemand sonst. Ich war wirklich eine miserable Freundin gewesen. Eine miese Tochter und auch eine miese Schwiegertochter in spe. Alle hatten sich nach Marks Tod nur auf mich konzentriert. Alle – inklusive mir.

Kanya:

Wir vermissen dich, Kleines.

Ellie:

Ich euch auch ♥

Kanya:

Gib dem Mann eine Chance, Ellie.

Was? Jetzt auch noch Kanya?

Gegen meinen Willen amüsiert, steckte ich das Handy weg und bezahlte meine Ausbeute. Ich hatte genug Zeit geschunden. An Jacobs Harley angekommen, verstaute ich mein Essen in einer der Satteltaschen und kletterte hinter ihm auf meinen Sitz. Prompt rutschte ich der Länge nach gegen seinen Rücken, und ein Schauer durchfuhr mich von Kopf bis Fuß.

»Willst du das nicht essen?«

»Später«, murmelte ich und presste mich noch ein wenig fester an ihn.

Jacob räusperte sich leise, ehe er sich seinen Helm aufsetzte und etwas vor sich hin murmelte, was ich über das erneute Dröhnen des Motors nicht mehr hören konnte.

Nach weiteren drei Stunden gab Frank uns das Signal, die nächste Ausfahrt zu nehmen, und Jacob folgte dem schwarzen Jeep eine kleine Auffahrt hinauf, bis wir vor einem hübschen weißen Gasthaus zum Stehen kamen.

Sarah sprang aus dem Jeep und streckte sich unter lautem Stöhnen in alle Richtungen.

»Ich hasse lange Fahrten.«

Ich griff nach Jacobs Hand und ließ mir von ihm von der Harley helfen.

»Bleiben wir hier?«, fragte ich und schaute mich neugierig um,

Jacobs Hand dabei noch immer in meiner. Warum ließ er mich nicht los? Wartete er darauf, dass ich ihn losließ?

Sieh nicht hin, Ellie. Nicht hinsehen.

Natürlich sah ich hin.

Meine kleinen blassen Finger umschlangen seine viel größere, sonnengebräunte Hand, und irgendwie war es das Natürlichste auf der Welt.

»Wir bleiben heute Nacht hier«, erklärte Frank, als er aus dem Jeep stieg und in Richtung Haus ging. »Ich will nicht, dass du im Dunkeln fährst, J. Nicht mit dem Arm.«

Instinktiv drückte ich Jacobs Hand. »Was ist mit deinem Arm? Du hast gesagt, es ist alles okay!«

»Ist es auch«, beruhigte er mich und zog mich noch ein wenig dichter zu sich heran.

»Aber wir haben noch ein paar Wochen vor uns, und es wäre unverantwortlich, weiterzufahren und mich zu verausgaben.«

Okay, das klang plausibel. Ich zwang mich dazu, mich zu beruhigen. Ganz offensichtlich war er tatsächlich nicht schwer verletzt, immerhin hatte er die Harley die letzten Stunden mühelos bedient. Und sowohl Frank als auch Jacob gingen mit dieser Verletzung verantwortungsbewusst um. Auch das beruhigte mich enorm.

»Es ist hübsch hier«, kommentierte Sarah unsere Umgebung, wobei sie nicht auf das Haus vor uns, dafür aber sehr auffällig auf unsere ineinander verschränkten Hände sah – sie und Seb. Möglichst beiläufig öffnete ich meine Hand und wollte sie Jacob entziehen, aber ich hatte keine Chance. Jacob umklammerte meine Finger, als wären sie eine Art Rettungsleine und er draußen auf offener See kurz vorm Ertrinken. Der ungewohnte Druck seiner Finger fühlte sich gut an.

»Jacob …«, murmelte ich und zog ein wenig fester an meiner Hand. Aber wieder: nichts.

»Wo genau sind wir eigentlich?«, fragte Sarah und sah sich um. Ihre Frage lenkte mich für einen Moment von meiner misslichen Lage ab.

»*Ihr* seid doch bei Frank mitgefahren.«

»Glaubst du, der sagt uns was?« Sie wackelte mit den Augenbrauen und brachte mich damit zum Lachen. Wenigstens Sarah sah mittlerweile etwas erholter aus. In einem klimatisierten Jeep mit Rückbank, war es ihr sicherlich gelungen, für ein paar Stunden die Augen zu schließen und etwas Schlaf nachzuholen. Dennoch hätte ich um kein Geld der Welt mit ihr tauschen wollen.

»Wir sind in der Ha-Tinh-Provinz«, antwortete Jacob und ließ endlich meine Hand los.

»Das Meer ist nur ein paar Minuten entfernt. Dort entlang.« Er wies mit seiner jetzt freien Hand in Richtung einer kleinen geteerten Straße links von uns.

Natürlich. Jacob Harrison, das wandelnde Lexikon.

Frank trat aus dem kleinen Haus und überreichte jedem von uns einen Schlüssel mit geschnitztem Holzanhänger.

»Wir bleiben nur eine Nacht. Macht es euch nicht zu bequem.« Er sah auf die Uhr. »In zwei Stunden treffen wir uns im Restaurant zum Abendessen, danach wird geschlafen. Seb«, wandte er sich an den jungen Mann, »park den Wagen hinter dem Haus in der Garage. Da ist unser Zeug sicher.« Frank warf mir einen Blick zu, den ich nicht ganz deuten konnte. »Ruht euch aus«, wies er uns an, ehe er sich umdrehte und in Richtung seines eigenen Zimmers verschwand.

Sarah stieg erneut in den Jeep, um mit Seb den Parkplatz anzusteuern. Damit ließen sie Jacob und mich vor dem Hotel zurück. Unschlüssig sah ich ihnen hinterher. Ich wollte Jacob nicht stehen lassen, aber ich musste wirklich ganz dringend mit Helen sprechen. Den kleinen Holzanhänger fest umklammert, sah ich zu ihm auf.

»Willst du noch etwas trinken? Vor dem Essen?«, fügte er hinzu und sah mich erwartungsvoll an.

»Ein anderes Mal, okay?« Jetzt musste ich erst einmal telefonieren. »Wir sehen uns beim Essen.«

Ich kramte meinen Rucksack aus der Satteltasche der Harley, schulterte ihn und ließ einen verwirrt dreinschauenden Jacob stehen. Er würde schon zurechtkommen, beruhigte ich mich. Immerhin war er Jacob Harrison. Außerdem konnte er Sarah, Seb oder Frank auf die Pelle rücken. Ich brauchte jetzt einen Moment für mich.

Mein Zimmer war klein, komplett in Weiß gehalten und gemütlich. Mehr nahm ich nicht wahr, denn sobald ich durch die Tür trat, loggte ich mich bereits ins WLAN ein und wählte Helens Nummer. Sie ging sofort ran.

»Ellie?«

»Hi.«

»Selber hi.«

Okay, das war merkwürdig.

»Das ist merkwürdig«, sagte Helen lachend. Dabei klang meine beste Freundin ungewohnt nervös.

»Haben wir uns überhaupt schon mal gestritten?«, fragte ich sie und war erleichtert, als sie laut auflachte.

»Nicht mehr seit der achten Klasse, als du mir meinen roten Lieblingspulli geklaut hast!«

»Das war Elodie, nicht ich!«, rief ich empört. »Wann glaubst du mir endlich, dass deine Schwester den Pulli im Schrank versteckt hat und nicht ich?«

»Nie?«

Nun musste auch ich lachen. Nach dem gestrigen Abend tat es gut, mit Helen scherzen zu können. Es erleichterte mich ungemein, dennoch mussten wir über das reden, was passiert war.

»Helen, es tut mir leid. Wirklich.«

»Ist schon gut, ich …«

»Bitte«, unterbrach ich sie, »lass mich ausreden, ja?«

»Okay.«

»Du hast in allem recht. Ausnahmslos. Ich habe mich die letzten Jahre wirklich verhalten, als wäre ich ebenfalls gestorben. Meine Welt hat an diesem einen Abend einfach aufgehört sich zu drehen … Ich habe zu viel empfunden. Diese ganze Situation war zu viel. Es tut mir leid, dass ich davongerannt bin. Meine Welt hat aufgehört sich zu drehen«, wiederholte ich und schluckte den Kloß in meinem Hals herunter, »es hat ein wenig gedauert, aber jetzt kommt sie so langsam wieder in Schwung.«

»Durch Jacob?«

»Er war der Auslöser, ja.« Ich lachte leise. »Er oder was auch immer mich an diesem Abend am Flughafen dazu getrieben hat, ihn anzulügen.«

Helen schwieg einen Moment. »Vielleicht so etwas wie Schicksal?«

»Vielleicht«, gab ich leise zu.

»Ich hätte nicht so grob mit dir umgehen dürfen, Ellie, das tut mir leid.«

»Muss es nicht.« Ein tiefer Atemzug. »Es war längst überfällig, das wissen wir beide. Ich bin dir dankbar. Hättest du diese Worte nicht zu mir gesagt, dann wäre ich nicht aufgewacht. Ich hätte Sarah nicht von Mark und dieser ganzen verrückten Situation erzählt, und ich würde mir nicht erlauben, darüber nachzudenken, ob …«

»Ob was?«, hakte sie nach, als ich verstummte.

»Ob das zwischen Jacob und mir wirklich etwas werden könnte.«

Ich erzählte ihr, was ich gestern Abend auch Sarah gegenüber zugegeben hatte.

»Ich will Jacob, aber ich habe das Gefühl, Mark und unseren Traum zu verraten.«

»Ellie …«

»Ich weiß, es ist dumm …«

»Nichts, was du empfindest, ist dumm«, erwiderte sie leidenschaftlich. »Du fühlst, was du nun mal fühlst, und da kann dir niemand reinreden. Außer mit gut gemeinten Ratschlägen natürlich«, fügte sie hinzu, und ich hörte das Lächeln in ihrer Stimme.

»O mein Gott, Helen, ich drehe langsam durch!«, platze es ohne Vorwarnung aus mir heraus. »Er ist so aufmerksam und ehrlich und so, so sexy.« Ich stieß ein frustriertes Schnauben aus. »Ich ertrage es nicht!«

Helen schien über meinen Ausbruch nicht im Mindesten überrascht. »Erzähl mir mehr über den Punkt sexy.«

»Ich habe heute sechs Stunden hinter diesem Mann auf einer Harley verbracht, und alles, woran ich denken konnte, war er. Über mir, unter mir, im Stehen, auf der Harley … ganz egal.«

»Ellen Mansfield!«, rief Helen lachend. »Ich bin stolz auf dich!«

»Was soll ich denn jetzt tun?«

»Ist es nun an der Zeit für einen weiteren gut gemeinten Ratschlag?«

Ich gluckste leise. »Ja.«

»Nimm dir, was du willst, und warte ab, wohin das Ganze führt. Gib dem Mann eine ehrliche Chance und erlaube dir endlich, Marks Tod zu verarbeiten.«

Eine ehrliche Chance.

Und ich hatte gedacht, das Schwierigste auf dieser Reise würde werden, eine Reporterin zu spielen.

»Ich denke darüber nach.«

»Tu das.« Ich hörte das Röhren von Helens Kaffeemaschine im

Hintergrund. »Ich muss nebenbei ein bisschen was vorbereiten«, sagte sie, »so lange kannst du mir mehr von Jacobs allgemeiner Sexiness erzählen.«

»Helen!«

»Okay, okay. Dann erzähl mir, wie Sarah die Wahrheit aufgenommen hat.«

26

Kannst du es fühlen, wenn ich an dich denke?

Stimmt doch, Ellie, oder?«

»Hä?« Verwirrt sah ich auf. Vier Augenpaare waren auf mich gerichtet.

»Was war das bitte?«

Seb schüttelte grinsend den Kopf. »Was ist bloß los mit euch, Mädels? Seit gestern benehmt ihr euch extrem merkwürdig.« Er sah zu Sarah. »Merkwürdiger noch als sonst.«

»Das würde ich auch gern wissen.« Jacob nickte bekräftigend.

»Nichts ist los!« Sarah stupste mich mit der Schulter an. »Ich habe gesagt, dass es mir so vorkommt, als wären wir schon viel länger unterwegs«, wiederholte sie ihre letzten Worte.

Amen, Schwester. Das konnte ich unterschreiben. Ich hatte wirklich versucht, mich auf das Gespräch am Tisch zu konzentrieren, gedanklich war ich jedoch noch immer in meinem Zimmer und telefonierte mit Helen. *Eine ehrliche Chance.*

Ich sah zu Jacob und erwiderte das kleine Lächeln, das auf seinen Lippen lag und just in diesem Moment breiter wurde. Er sah mich an, als würden wir ein Geheimnis miteinander teilen. Als wüsste er ganz genau, was in meinem Kopf vor sich ging. Das mir mittlerweile wohlbekannte Flattern breitete sich in meinem Magen aus. Anstatt es jedoch wie sonst zu unterdrücken oder zu ignorieren, versuchte ich etwas ganz Verrücktes und hieß es willkommen. Keine Ahnung, ob man mir meinen Entschluss in diesem Moment ansah, aber etwas, egal was, schien Jacob in meinem Gesicht lesen zu können. Seine Mundwinkel zuckten, und sein Blick senkte sich verführerisch langsam auf meine Lippen. Als er mir wieder in die Augen sah, waren die blauen Tiefen seiner Augen dunkel und voller Versprechen. Ich schluckte.

Verdammt.

Wir ließen den Rest des Abends entspannt bei einem Bier ausklingen, bis Frank uns um kurz nach neun mit den Worten *Ab ins Bett* aus dem kleinen Restaurant scheuchte.

Ich verabschiedete mich von den anderen – wobei ich die eindeutigen Blicke, die Sarah und Seb einander zuwarfen, geflissentlich ignorierte – und machte mich auf den Weg zu meinem Zimmer, als Jacob mich abfing. Beide Hände lässig in den Hosentaschen vergraben, sah er auf mich herab.

»Kann ich dich zu deinem Zimmer bringen?«

Ungläubig blicke ich den kleinen, Laternen gespickten Weg entlang in Richtung meines Zimmers. »Die zwanzig Meter ums Haus herum?«

Jacob nickte. Er wirke entschlossen, und nach unserem kleinen … Austausch am Tisch brachte ich es nicht übers Herz, ihn – schon wieder – einfach stehen zu lassen.

»Okay.«

Fast rechnete ich damit, dass er erneut nach meiner Hand greifen würde, so wie er es in der Tempelanlage oder heute nach der Fahrt getan hatte, aber nein. In gebührendem Abstand von mindestens einem halben Meter begleitete mich Jacob schweigend den kurzen

Weg zu meinem Zimmer. Rechts von uns befanden sich lediglich die schneeweiß gestrichenen Holzwände des Hotels. Holztreppen führten in den ersten und zweiten Stock des Hauses und zu weiteren Zimmern. Links von uns, neben Jacob, offenbarte sich uns eine ganz andere Welt. Hohe Palmen, an deren Stamm verschiedenfarbige Orchideen wuchsen, die im Dunkel der Nacht beinahe übernatürlich wirkten. Das Zirpen der Grillen, das an einer mit Bambus und Schilf bewachsenen Stelle besonders laut wurde, und das sanfte Rascheln der gigantischen Bananenbaum-Blätter. Das alles schaffte eine magische und zugleich intime Atmosphäre, der ich mich nur schwer entziehen konnte. Im Gegensatz zu seinem, Sarahs und Sebs Zimmern, lag mein Zimmer, ebenso wie Franks, im Erdgeschoss.

Wir blieben vor meiner Zimmertür stehen, und ich drehte mich zu Jacob um. »Also, ich …«

»Ellie …«

Wir hatten gleichzeitig gesprochen und brachen sofort wieder ab.

»Du zuerst«, beeilte ich mich zu sagen. Hitze kroch mir in die Wangen, und ich war dankbar für das schwache Licht der kleinen Laternen.

Jacob fuhr sich mit der Hand über den Kiefer und sah mich nachdenklich an. Ich verdiente eine Medaille dafür, dass mein Blick nicht auf Wanderschaft ging, denn ich wusste genau, wie es aussah, wenn Jacobs Bizeps sich anspannte oder sein Shirt einen Hauch nach oben rutschte und den Blick auf einen Streifen nackter Haut freigab.

»Ich weiß, dass sich etwas verändert hat. Nein«, beeilte er sich zu sagen, »ich *spüre,* dass es so ist. Ich wollte dich nur fragen, ob es etwas mit Robbie zu tun hat. Mit dem, was ich dir neulich in den Reisfeldern erzählt habe.«

»Nein!«, antwortete ich, wie aus der Pistole geschossen. Ehrlich erstaunt darüber, dass er das überhaupt in Erwägung zog. Dann fügte ich leiser hinzu: »Nein, Jacob, es hat nur mit mir zu tun. Wirklich.«

Er hob eine Augenbraue, aber ich sah das belustigte Funkeln in seinen Augen.

»Berühmte Worte, mhm? Es liegt nicht an dir, sondern an mir.«

Ich verdrehte die Augen und schlug ihm auf den Arm. »So war das nicht gemeint, und das weißt du auch.«

»Was immer du über mich wissen willst, Ellie, du brauchst mich nur zu fragen. Ich erzähle es dir.«

Gänsehaut breitete sich auf meinen Armen aus, und ich versuchte die schiere Gewaltigkeit dessen, was Jacob eben gesagt hatte – das Vertrauen in mich, das seine Worte mit sich brachten, und die Gefühle, die sie in mir auslösten –, zu überspielen.

»Vielleicht will ich ja gar nichts über dich wissen?«

Meine Worte waren ein lächerlicher Versuch, die spannungsgeladene Stimmung zwischen uns zu entschärfen. Die Wahrheit war, ich wollte alles über diesen Mann wissen. Einfach alles. Das war von der ersten Sekunde an mein Verderben gewesen.

»Du willst alles wissen«, flüsterte Jacob, als könne er meine Gedanken lesen. Mit langsamen, kontrollierten Bewegungen kam er näher. »So wie ich auch alles über dich wissen will. Und weißt du, warum das so ist, Ellie?«

Instinktiv wich ich zurück, bis ich mit dem Rücken gegen meine Tür stieß. »Mhm?« Jacob lehnte sich vor und presste die Hände neben meinem Kopf gegen die Tür, unsere Gesichter dabei nur noch wenige Zentimeter voneinander entfernt. Seine Augen hielten mich gefangen. Ich war eingekesselt, konnte mich nicht mehr bewegen, und bei allem, was mir heilig war – ich wollte mich auch gar nicht bewegen. Nichts und niemand hätte mich in diesem Moment dazu bringen können, mich von Jacob und seiner Anziehungskraft zu lösen. Er war mir so nahe, dass ich die Wärme spüren konnte, die von seinem Körper ausging. Seine köstliche, verlockende Wärme, die mich heute auf dem Motorrad fast um den Verstand gebracht hatte. Er musste sich nur ein kleines Stück vorlehnen, nur noch ein winzig kleines Stück, dann würden wir uns berühren. *Endlich.*

Mein ganzer Körper begann zu kribbeln, und ich verspürte ein leichtes Ziehen im Unterleib. Heilige Scheiße, wie lange war es her, dass ich mich so gefühlt hatte? Erregt und voller freudiger Erwartung?

»Gib es zu«, flüsterte er, »du empfindest etwas für mich.«

Ich schluckte. Meine Kehle fühlte sich auf einmal wie ausgetrocknet an. »Ich empfinde dich als nervtötend.«

»Nicht ganz das, was ich meinte, Mansfield.«

»Aber genau das, was ich empfinde, Harrison.« *Lügnerin.*

Oh, er wusste genau, dass ich ihn anlog.

»Mhm.«

»Was soll das denn jetzt heißen?«, fragte ich, ein wenig atemlos.

Mittlerweile war er mir so nah, dass ich die Sommersprossen auf seiner Nase zählen konnte.

»Mhm heißt mhm.«

»Mhm.«

»Siehst du«, wisperte er, und sein Blick senkte sich auf meinen Mund. Bevor ich reagieren konnte, neigte Jacob den Kopf und strich mit seinen Lippen ganz zart über meine. Mein Herz setzte einen Schlag aus. Dann noch einen, ehe es mit rasanter Geschwindigkeit zu pochen begann. Beinahe schmerzhaft schlug es gegen meinen Brustkorb. Jacobs Lippen auf meinen, seine Arme links und rechts neben meinem Kopf, das alles machte mich leicht schwindelig. Aber das, was wir miteinander teilten, war kein Kuss. Ich hatte

Jacob Harrison bereits zweimal geküsst, und ich wusste, wie sich das anfühlte. Das hier war kein Kuss, es war eine sinnliche Herausforderung. Jacobs Lippen berührten meine so sanft, dass ich fast glaubte, es mir nur einzubilden. Eine Phantasie. Oder ein Fiebertraum. Vielleicht hatte ich auf der Fahrt heute zu viel Sonne abbekommen? Mit noch immer geschlossenem Mund presste er seine Lippen auf meine, dann zog er sich plötzlich zurück. Das Versprechen nach mehr schwebte zwischen uns in der Luft. Es fühlte sich verheißungsvoll und absolut köstlich an. In einer ganz und gar entwaffnenden Geste lehnte Jacob seine Stirn gegen meine. Keiner von uns sprach ein Wort. Beide genossen wir das Gefühl des Augenblicks. Meine Lider schlossen sich wie von selbst, und mein Herz schlug noch immer viel zu schnell. All meine Sinne waren einzig und allein auf den Mann vor mir gerichtet. Seine Körperwärme, die Tatsache, dass er mich locker um einen Kopf überragte, die ausgeprägten Muskeln, sein Geruch – all das umgab mich, hüllte mich ein und gab mir das Gefühl, am absolut richtigen Ort zu sein. Dabei berührte er mich kaum. Wieso genau berührte er mich nicht?

Meine Augen öffneten sich, als Jacob sich von mir zurückzog. Während er einen Schritt Abstand zwischen uns brachte, strich er mit der Hand sanft über meine erhitzte Wange.

»Schlaf gut, Ellie.«

»Mhm.«

Er stieß ein leises, absolut männliches und zufriedenes Lachen aus. Dann wandte er sich ab und joggte die kleine Holztreppe zu seinem eigenen Zimmer hoch. Blind tastete ich nach der Türklinke hinter mir, und stolperte in mein Zimmer.

Eine ehrliche Chance.

»Was zur Hölle *ist* das?«

»Gruselig, das ist es«, antwortete Sarah und schulterte ihre Kameratasche.

Seit gestern Nachmittag waren wir in Hue. Da Jacobs Arm noch immer nicht zu einhundert Prozent genesen war, waren wir nach einem frühen Abendessen alle auf unsere Zimmer gegangen und hatten gearbeitet. Das hieß, die anderen hatten gearbeitet (alle, außer Jacob), ich hingegen, ich hatte geschrieben. Nicht an Jacobs Artikel, sondern an meinem Buch. Okay, das Wort Buch war ein wenig hochtrabend, immerhin handelte es sich lediglich um Notizen, aber diese Notizen … ich konnte es kaum erwarten, sie weiter auszuführen und wirkliche Szenen aus ihnen zu formen. Es brannte mir unter den Nägeln, eine echte und nahbare Geschichte aus ihnen zu machen. Dafür brauchte ich jedoch Ruhe und Zeit. Jetzt musste ich erst einmal die fleißige Reporterin spielen und durch einen verlassenen und absolut gruseligen Wasserpark irgendwo im Nirgendwo laufen.

»Ho Thuy Thien«, erklärte Jacob neben mir. »Der Park wurde erst 2003 eröffnet und wenige Jahre danach wieder geschlossen. Die Infrastruktur passte nicht, und es war kein Geld vorhanden, um den Park fertig zu bauen oder ihn regelmäßig zu warten. 2013 wurde er wiedereröffnet.«

»Ohne Wasser.«

Er nickte. »Offensichtlich, ja.«

Skeptisch betrachtete ich die heruntergekommenen Rutschen und Attraktionen im Park. Alles war überwuchert. Es sah so aus, als ob der Dschungel in den letzten Jahren versucht hatte, sich sein Areal zurückzuerobern – mit Erfolg, überall wucherten Schlingpflanzen, Palmen, Sträucher, und hier und da entdeckte ich sogar ein paar exotisch aussehende Blüten. Das Beeindruckendste am Park aber war die große Kuppel, auf der ein riesiger, verzierter Steindrache mit offenem Maul thronte. Über eine massive Steinbrücke gelangte man in das ehemalige Aquarium, das verriet mir ein abgeblättertes Schild, auf dem gerade eben noch so das Wort *Aquarium* zu lesen war. Die Brücke wirkte noch immer stabil, auch wenn sie nur so vor Dreck starrte. Der See, der das Aquarium umgab, hatte eine ungesunde grünliche Färbung angenommen. Ich wollte gar nicht wissen, was sich darin mittlerweile alles gebildet hatte. Schilf wuchs an dessen Ufer, und auf dem Wasser trieben vereinzelte Palmblätter. Obwohl heruntergekommen, war der Drache noch immer hübsch anzusehen. Ein wenig Rot und Gold waren unter dem aufgeplatzten Stein und der dunklen Färbung der Witterung noch auszumachen. Das Glas der Kuppel darunter war gesprungen, die verschiedenen Blautöne, die noch immer eine Art Mosaik erkennen ließen, hatten wohl das Meer darstellen sollen. Es musste einst prachtvoll ausgesehen haben.

»Der Wasserpark sollte auch gleichzeitig eine Art Tierpark sein«, erklärte Jacob weiter. »Ein Ort für die ganze Familie.«

Frank drängte sich wortlos an uns vorbei und marschierte den kleinen Pfad in Richtung Brücke und Aquarium herunter. Je weiter wir gingen, desto faszinierender fand ich diesen Ort. Ein verlassener Wasserpark inmitten des dichten Dschungels von Vietnam. Das hatte was.

»Dort drüben«, wies Frank Jacob und Seb sowie die zwei jungen Männer, die uns am Eingang des Parks erwartet hatten und uns beim Tragen des Equipments halfen, an. Einem der beiden hatten wir es offenbar auch zu verdanken, dass der Park für die nächsten drei Stunden geschlossen blieb und wir unser Ding machen konnten. Ihm und dem Geld, welches Frank ihm unauffällig zugesteckt hatte. Ich wusste nur noch nicht, was *unser Ding* bedeutete. Die Männer luden das Equipment ab, und ich gesellte mich zu Sarah.

»Was machen wir hier?«

»Er hat es dir nicht gesagt?«

»Was hat er mir nicht gesagt?«

Sarah runzelte die Stirn. »Du wolltest ihn doch nach dem Interview fragen.«

Oh.

»Du hast es vergessen.«

»Komplett«, gab ich ungeniert zu. Meine Gedanken waren in den letzten zwei Tagen überall gewesen, aber mit Sicherheit nicht bei der Tatsache, dass Seb Jacob interviewt hatte, und warum.

»Dann frag ihn, Ellie.«

Als spürte er meinen Blick, sah Jacob auf. Eine Weile sahen wir uns schweigend an, bis Jacob fragend eine Augenbraue in die Höhe zog. Ich gab mir einen Ruck und schlenderte möglichst gelassen auf ihn zu. Erwartungsvoll sah er mir entgegen. Mit zwei Schritten kam er auf mich zu und entfernte sich so aus der Hörweite der anderen Männer. Unsicher, wie ich beginnen sollte, blieb ich direkt vor ihm stehen und verschränkte die Arme vor der Brust.

Jacob wischte sich seine Hände an dem Handtuch ab, das über seiner linken Schulter hing. »Meine Worte waren ernst gemeint, Ellie.« Er musterte mich. »Frag mich, ich werde ehrlich zu dir sein.«

Also gut. »Was genau machen wir hier?«

»Seb wird ein paar coole Aufnahmen mit den Drohnen machen.« Er nickte in Richtung der mir bereits bekannten Koffer. »Außerdem«, fügte er hinzu, und seine Tonlage änderte sich minimal, kaum wahrnehmbar, »ist das hier eine abgefahrene Kulisse für das Interview.« Meine Neugierde wuchs. »Warum hat Seb dich am Wasserfall interviewt, nach dem Rafting? Und wieso jetzt?«

Jacob wandte sich ab und sah in den Dschungel.

»Die Wahrheit«, erinnerte ich ihn. Fast erwartete ich, dass er etwas erwiderte wie: *Du hast Nerven!*, oder *Die Wahrheit, ernsthaft?*

Ich hätte es ihm nicht verübelt. Immerhin war ich diejenige, die Geheimnisse hatte, nicht er.

»Vietnam ist besonders«, antwortete er schließlich und riss sich vom Anblick des dichten Dschungels neben uns los.

»Inwiefern?«

»Es war Roberts Traum.«

Verdammt. Hätte ich mir nicht so was in der Art denken können? Einfach mal eins und eins zusammenzählen können …? Dann hätten mich seine Worte nicht so eiskalt erwischt, wie sie es jetzt taten.

»Robbie hat immer davon geträumt, mit dem Motorrad durch Vietnam zu reisen. Es gab eine Zeit, da hat er über nichts anderes mehr gesprochen.«

»Du warst schon früher hier …«

»War ich«, bestätigte Jacob ruhig, »aber dieses wird mein letztes Mal sein.« Sein Blick fand meinen und hielt ihn fest. »Zumindest in dieser Art und Weise.«

Hatte ich mich da gerade verhört?

»Du hörst auf?« Völlig perplex starrte ich ihn an. War er krank? Hatte er sich verletzt oder …

»Ellie«, unterbrach er mich leise lachend, »ich kann förmlich sehen, wie deine Gedanken rasen.«

Jacob griff nach meiner Hand und zog mich in Richtung einer kleinen, halb zerfallenen Mauer. Wir setzten uns neben die Berge von aufgetürmtem Equipment. In all den schwarzen Boxen konnte ich einen kleinen roten, grünen und blauen Gegenstand erkennen. Jacobs Zauberwürfel. *Robbies* Zauberwürfel.

»Robbies Traumziel war schon immer Vietnam«, nahm er den Faden wieder auf. »Ich habe beschlossen, mich aus dem aktiven

Sport zurückzuziehen. Ich werde siebenunddreißig«, beantwortete er die Frage, bevor ich sie stellen konnte. »Ich werde zu alt hierfür. Versteh mich nicht falsch, ich werde es immer lieben, aus einem Flugzeug zu springen, und der Sport ist ein Teil von mir, aber nach jedem Stunt tut mir mehr weh.« Er grinste mich an, und zu meiner großen Erleichterung sah er dabei nicht niedergeschlagen, sondern glücklich aus.

»Hast du dir vorab ein paar meiner Videos angesehen?«

Ein paar? Ich kannte sie alle. Chronologisch und alphabetisch. »Ein paar, ja.«

Er grinste. »Mhm.«

»Jacob!«

»Das Video, bei dem ich mit einem Moped auf den Abgrund des Canyons zufahre, dann abspringe und im letzten Moment den Fallschirm öffne, kennst du das?«

Ich nickte. »Das war für ein Musikvideo, oder?«

Er nickte. »Wir hatten bereits alles im Kasten, aber ich war nicht zufrieden. Ich wollte den Stunt ein weiteres Mal machen.« Jacob sah hinauf in den blauen Himmel, und ich ahnte bereits jetzt, dass seine nächsten Worte mir nicht gefallen würden.

»Als ich das Moped abstieß und vom Berg sprang, sah ich direkt in die Sonne vor mir. Für einen kurzen Moment wurde mir schwindelig. Nur ein winziger Moment. Aber im freien Fall fühlen sich Sekunden wie Minuten an.« Er drehte den Kopf und sah mich an. »Ich fiel und verlor die Kontrolle. Als mir bewusst wurde, dass der Stunt versaut war und ich es verbockt hatte, zog ich die Reißleine des Fallschirms. Früher als geplant, aber das ist unter normalen Umständen kein Problem.«

»Und da war es ein Problem?« Ich hielt den Atem an.

»Ja. Ich verlor gänzlich die Kontrolle. Eine Böe erwischte mich und, na ja … ich knallte mit vollem Schwung gegen die Felswand des Canyons.«

Ich schlug mir die freie Hand vor den Mund. Er war im freien Fall gegen eine Felswand geprallt? Kein Wunder, dass sie alle der Meinung waren, ich hätte am Wasserfall übertrieben reagiert.

»Ich kam mit einer Schulterfraktur, einer Platzwunde am Kopf und allerhand Beulen und Schrammen davon«, erzählte er weiter, während er mit seinem Daumen beruhigend über meine Hand strich. Ich registrierte es kaum.

»Frank bestellte einen Hubschrauber, und man brachte mich direkt ins Krankenhaus.«

Mit vor Schreck geweiteten Augen erwiderte ich seinen ernsten Blick.

»Hast du schon mal ein MRT machen müssen? Oder ein CT?«

»Diese Untersuchung, wo sie einen in diese engen Röhren schieben?« Ich schüttelte den Kopf. »Nein.«

Jacob schenkte mir ein rasches Grinsen. »Das ist gut.« Dann wurde er wieder ernst. »Ich hatte bereits ein paar davon. Zu viele«, fügte er mit einem Seufzen hinzu. »An diesem Abend im Krankenhaus, als ich im CT lag und an die nur wenige Zentimeter entfernte Decke der Röhre starrte, wurde mir zum ersten Mal bewusst, dass ich hätte draufgehen können. Du musst wissen, in den vergangenen Jahren war ich relativ draufgängerisch und bin, mhm, sagen wir mal, ich bin vielleicht hier und da etwas nachlässig mit meinem eigenen Leben umgegangen. Nur, wenn es um den Sport ging«, fügte er hinzu.

»Du hast dich unverwundbar gefühlt«, sagte ich leise.

»Dieses Gefühl stellt sich automatisch ein, wenn du die Dinge tust, die ich mache, und jedes Mal mit nicht mehr als einer Schramme oder einem blauen Fleck davonkommst.« Er fluchte leise. »Ich habe dir erzählt, wie alles für mich angefangen hat. Ich bin mit allem durchgekommen, hatte immer die Kontrolle und ja, ich habe mich unverwundbar gefühlt.«

»Und an diesem Abend im Krankenhaus nicht?«

Er schüttelte den Kopf. »Nicht mehr. Ich war gerade vierunddreißig geworden, und die Ärzte überprüften, ob ich ein Schädelhirntrauma hatte und mich womöglich morgen früh nicht mehr an meinen eigenen Namen erinnern konnte.«

Ich ahnte, worauf er hinauswollte. »Du hast Angst bekommen.«

»Eine Scheißangst«, bestätigte er ohne Scham. »Die Ärzte mussten das CT unterbrechen, weil ich kurz vorm Hyperventilieren war. Du willst nicht wissen, was mir in diesem Moment für Gedanken durch den Kopf gingen. Dieser Abend vor drei Jahren war ein Schlüsselerlebnis für mich.« Er sah mich an. »Das nennt man doch so, oder? Schlüsselerlebnis.«

»Vermutlich, ja.« Ich wusste genau, was er meinte.

Drei Jahre. Für uns beide war das Ereignis, welches wir als Schlüsselerlebnis bezeichneten, drei Jahre her. Darüber wollte ich jetzt lieber nicht nachdenken, aber es erinnerte mich an etwas, was meine Mom stets zu sagen pflegte.

Das Schicksal findet immer seinen Weg.

»Aber wieso …« Ich schluckte, meine Kehle war wie ausgetrocknet.

»Warum ich die Stunts noch mache?«

»Ja.«

»Das, was wir auf der Reise hier machen, läuft alles kontrolliert ab und wurde im Vorfeld sorgfältig von Frank geplant. Ich mache nichts, was er oder ich selbst mir nicht zutraue. Ein paar coole Aufnahmen brauchen wir dennoch.« Er zwinkerte mir zu und sah dabei wieder ein wenig mehr wie der Jacob aus, den ich kannte.

»Die letzten Jahre habe ich kaum noch Stunts selbst durchgeführt. Der Hollywoodfilm war eine Ausnahme. Dafür arbeite ich immer mehr mit Filmteams, als Stunt-Koordinator, aber auch mit meiner Crew. Wir haben die Szenen geplant und zum Großteil auch durchgeführt. Die Nachfrage ist riesig, und ich habe vor, das weiter auszubauen«, erklärte er mir. »Als freiberuflicher Stunt-Koordinator mit meinem eigenen Team.« Sein Blick huschte zu Sarah, Seb und Frank. »Diesem Team.«

»Das ist phantastisch!«

Er drückte meine Finger kurz. »Danke.«

»Wirst du den Nervenkitzel nicht vermissen?« So wie ich ihn in der letzten Zeit, insbesondere vor den Stunts erlebt hatte, konnte ich mir nur schwer vorstellen, dass er damit glücklich wurde, nur hinter der Kamera zu stehen.

»Ein wenig«, gab er zu, »aber ich habe vor, ihn durch eine andere Art von Nervenkitzel zu ersetzen.« In Jacobs Augen meinte ich ein vergnügtes Funkeln zu erkennen. Ich für meinen Teil erstarrte unter seinem eindringlichen Blick. Er konnte nicht das meinen, was ich dachte, was er meinte, oder?

Bevor er etwas erwidern oder ich meine Frage doch noch laut aussprechen konnte, winkte Frank in unsere Richtung und stemmte dann die Hände in die Hüften. »Hört auf mit was auch immer ihr da drüben tut«, rief er uns zu. »Schwing deinen Arsch hier rüber, Jacob, wir haben Arbeit zu erledigen.«

Jacob lehnte sich in Richtung des Equipments und griff nach dem Zauberwürfel. Für einen Moment starrte er ihn lediglich an, ehe er die Hand ausstreckte und ihn mir auffordernd hinhielt.

»Hier.«

Noch immer ein wenig perplex, nahm ich ihm den kleinen Gegenstand ab. Ein paar der kleinen Kästchen waren noch grün anstelle von rot oder blau anstelle von weiß, aber es fehlte nicht mehr viel, und er hätte ihn gelöst.

»Aber das ist deiner, ich verstehe nicht …«, protestierte ich schwach.

»Ich brauche ihn nicht mehr. Nimm du ihn.« Er beugte sich vor und gab mir einen Kuss auf die Wange. »Die Würfel haben mir jahrelang gute Dienste erwiesen. Vielleicht helfen sie dir auch bei … was auch immer.« Damit zwinkerte er mir zu und stand auf. »Ich geh arbeiten. Sei fleißig«, fügte er noch hinzu und wies auf das Notizbuch neben mir. Dann drehte er sich um und schlenderte, die Hände in den Hosentaschen, zu Frank hinüber.

Den Würfel fest umklammert, erhob ich mich ebenfalls und suchte mir einen ruhigen Platz zum Arbeiten. Einen Platz, an dem ich meine Ruhe hatte und niemandem im Weg stand. Ich legte den Würfel neben mir ins Gras und öffnete mein Notizbuch. Meine Gedanken rasten, während meine Gefühle Achterbahn fuhren. Rauf und runter und in der Mitte mit zwei Loopings.

Kurz klopfte ich mit dem Ende meines Stifts auf die leere Seite, dann begann ich zu schreiben.

27

Zum Schweigen fehlen mir die richtigen Worte.

Ich setzte den Stift an und schrieb: *Jacob zieht sich aus dem aktiven Sport zurück und wird als Stunt-Koordinator arbeiten.*

Dann starrte ich auf die Worte, die ich soeben zu Papier gebracht hatte, und ein beinahe aufgeregtes, ganz kribbeliges Gefühl überkam mich. Ich fühlte mich … glücklich. Er würde nicht mehr jeden Tag aus Flugzeugen springen und seinen Hals riskieren, sich nicht mehr tagtäglich in Gefahr bringen. Diese neue Information beruhigte mich zutiefst. Jacob wusste, was er tat, ja, aber nach der Sache mit Mark würde mein angeschlagenes Nervenkostüm einen Jacob, der mehr Zeit auf dem Boden als in der Luft, auf einem Motorrad oder sonst wo verbrachte, definitiv besser verkraften. Das hieß natürlich, wenn das, was zwischen uns war, eine Zukunft haben könnte.

»Ellie! Fang!« Sarah warf mir einen Müsliriegel zu, und geübt, wie ich mittlerweile war, fing ich ihn, ohne aufzusehen, in der Luft auf. Ich winkte ihr zum Dank und konzentrierte mich wieder auf meine Notizen. Bald bräuchte ich ein neues Notizbuch, dachte ich und blätterte grinsend weiter. Zwei Drittel meiner Notizen drehten sich um Jacob, sie dienten dem Artikel auf meinem Laptop als Futter. Das andere Drittel jedoch, das gehörte ganz und gar mir.

Schmunzelnd las ich meine Notizen noch einmal. Und noch einmal. Ich konnte es kaum erwarten, ins Hotel zurückzukommen. Vielleicht würde ich es diesmal auch schaffen, Sätze, Dialoge und womöglich sogar ganze Szenen zu schreiben. Aber selbst, wenn nicht, selbst, wenn ich das weiße Blatt auf meinem Laptop nur wieder anstarren würde, war es trotzdem ein Fortschritt. Jeder Schritt, den ich nicht rückwärtsging, zurück in mein Schneckenhaus, war ein Schritt vorwärts – in die richtige Richtung.

Als das Geräusch einer überdimensionalen Hummel ertönte, sah ich von meinem Block auf. Seb stand wenige Meter von mir entfernt und startete just in diesem Moment seine *Racing Drohne*.

Lachend sah ich dabei zu, wie er Sarah immer und immer wieder umkreiste, bis diese anfing, nach dem Ding zu schlagen.

»Hör auf, Sarah, sonst tust du dir noch weh!«

»Du bist es, dem ich gleich wehtue!«, rief sie und brachte sich laut kreischend in Sicherheit, als Seb in den Sturzflug ging.

Jacob zog sich derweil sein weißes T-Shirt über den Kopf und brachte mich damit für einen Moment aus der Fassung. Sex. Dieser Mann war purer, wandelnder Sex. Ich machte mir eine mentale Notiz, Jacob nach dem Tattoo auf seinem Rücken zu fragen. Auch etwas, was ich in den letzten Tagen völlig vergessen hatte. Ich wollte wissen, was es bedeutete. Hatte es vielleicht sogar etwas mit Robbie zu tun? Viel zu schnell wurde mir die prachtvolle Aussicht wieder zunichtegemacht, als Jacob sich ein schwarzes, enges Shirt mit dem Aufdruck *Harrison Stunt Team* über den Kopf zog.

Das Shirt entlockte mir ein Grinsen. *Harrison Stunt Team*. Das klang gut. Jacob und Seb verbrachten die nächste Stunde damit, durch den Park zu laufen, immer gefolgt von Sebs Drohne. Als sie zurückkehrten, lief Jacob mühelos eine der verwahrlosten Rutschen hinauf und ließ sich darauf nieder.

»Hey, Mansfield!«, rief er, und ich sah von meinem Block auf. Obwohl ich mich in den schützenden Schatten der Bäume zurückgezogen hatte, wurde es langsam, aber sicher furchtbar heiß.

»Lust auf eine Rutschpartie?«

Lachend lehnte ich ab. Alles, was ich wollte, war ein kalter Pool oder das Meer. Zum ersten Mal, seitdem wir angekommen waren, fand ich es schade, dass sich in den Becken um uns herum kein Wasser mehr befand – oder zumindest eines, in das man freiwillig mehr als den kleinen Zeh tunken würde.

Sarah ließ sich fluchend neben mich in das hohe Gras fallen.

»Was ist das für eine verdammte Hitze!«, rief sie. »Ich zerfließe.«

»Erinnerst du dich noch an unseren Pool?«, sagte ich mit einem leisen Seufzen und schwelgte für einen Moment in Erinnerungen an unser Luxushotel in Ninh Binh.

»Wir haben jetzt auch einen Pool.«

»Was wir haben«, korrigierte ich sie kopfschüttelnd und zeigte mit der Spitze meines Stiftes auf sie, »ist ein Wasserloch.«

Sarah kicherte vergnügt. »Besser als nix.« Sie reichte mir eine Wasserflasche. »Für eine kurze Erfrischung und einen Cocktail reicht es.« Sie fächerte sich mit der freien Hand Luft zu. »Alles ist besser als diese Vorstufe der Hölle.«

»Stimmt auch wieder.« Ich leerte die Flasche in einem Zug.

»Er hat es dir erzählt, oder?«

»Ja.«

»Und?«, fragte sie. »Wie findest du es?«

»Einfach großartig.« Ich versuchte gar nicht erst, meine Begeisterung zu verstecken.

»Ich freue mich auf diesen neuen Abschnitt.« Sarah grinste. »Es mag nicht immer so aussehen, aber auch wir machen uns bei jedem Stunt in die Hose.« Überrascht sah ich sie an. »Wir sind alle erleichtert darüber, dass er sich nicht mehr permanent in Gefahr begibt. Dieser Stunt am Canyon hat bei uns allen Spuren hinterlassen.«

Das konnte ich mir gut vorstellen. Sie waren zwar jedes Mal dabei, als Teil der Crew. Wirklich helfen konnten sie Jacob jedoch nicht, und das musste ein Scheißgefühl sein. Besonders, wenn er in eine Notsituation geriet.

Eine halbe Stunde später gab Frank uns das Signal zum Aufbruch. Innerlich jubelnd sammelte ich meine Sachen zusammen. In Gedanken lag ich bereits an unserem Pool, erfrischt und mit einem kühlen Getränk in der Hand. Ich hatte es aufgegeben, mein T-Shirt von meinem Körper lösen zu wollen. Der Stoff war klitschnass und klebte wie eine zweite Haut an mir. Erschöpft von der Hitze, schleppte ich mich den kurzen Weg durch den Wasserpark zurück zum Parkplatz. Völlig durchnässt und müde kletterte ich auf den Rücksitz von Jacobs Harley.

»Tut mir leid, ich bin klitschnass«, flüsterte er mit rauer Stimme und drehte sich halb zu mir um.

»Macht nichts.« *Macht absolut nichts*. Innerlich stöhnend legte ich meine Arme um Jacob. Ein schweißnasser Jacob Harrison? Mein Puls beschleunigte sich. Aufgrund der Hitze hatte er auf seine übliche Lederjacke verzichtet, und mein Oberkörper klebte förmlich an Jacobs Rücken. Eigentlich hätte ich es eklig finden müssen, aber hier ging es um Jacob. Und offensichtlich turnte mich im Moment einfach alles an, wenn es um diesen Mann ging.

Die Fahrt zurück dauerte nur wenige Minuten, und nicht mal der minimal kühlere Fahrtwind schaffte es, die brütende Hitze zu vertreiben. Sarah wartete bereits auf mich. Mit geröteten Wangen hüpfte sie ungeduldig von einem Fuß auf den anderen.

»Pool!«, rief sie mir zu. »Zehn Minuten, Freundin!« Dann verschwand sie in Richtung ihres Zimmers.

»Da hat es offensichtlich jemand eilig«, kommentierte Jacob Sarahs Auftritt.

»Da ist sie nicht alleine«, ächzte ich und kletterte vom Motorrad. »Es ist sauheiß heute.«

Mit meinem Rucksack unter dem Arm – ich konnte ihn einfach nicht aufsetzen, es war zu heiß, zu eklig, zu *alles* – wandte ich mich ab. Dann aber überlegte ich es mir anders.

»Kommst du, ähm, kommst du auch?«

Ein überraschter Ausdruck legte sich über Jacobs Züge. Er sah nicht weniger erschöpft aus als wir alle. »An den Pool?«

»Mhm.«

»Mhm«, imitierte Jacob meine Antwort und grinste. »Ein so kleines Wort mit so vielen verschiedenen Bedeutungen.« Als ich schwieg, nickte er. »Eine Abkühlung vor dem Essen kann nicht schaden.«

Es war himmlisch. Eine absolute Wohltat. Auch wenn das Hotel in keinster Weise mit dem Luxusresort in Ninh Binh mithalten konnte und alles, inklusive des Pools, wesentlich kleiner war, war die Anlage sauber und liebevoll gestaltet: sechs Liegen mit weichen Matten, von denen wir vier belegten, das kühle Nass in der Mitte und daneben eine improvisierte Bar. Mehr brauchte man nicht. Zumindest Sarah, Seb, Jacob und ich nicht, denn wir waren die einzigen Gäste, die es an diesem frühen Nachmittag hierher verschlagen hatte. Bewaffnet mit Handtuch, Buch und Snacks, hatte ich es mir neben Sarah auf einer der Liegen bequem gemacht. Dankbar für den Sonnenschirm über mir und die Brise, die in der letzten halben Stunde aufgekommen war.

Während Sarah und ich zwischen unserer Liege und dem Pool wechselten, hatten sich Jacob und Seb direkt ins Wasser gestürzt. Eine eiskalte Cola in der Hand, lehnten sie am Rand des etwa eins sechzig tiefen Pools und unterhielten sich über irgendeine Projektanfrage, die sie heute erhalten hatten.

Jacob hatte den Verband um seinen Oberarm abgelegt, und zu meiner großen Erleichterung konnte ich nichts weiter als einen blauen Fleck und etwas gerötete Haut erkennen. Als Sarah und ich uns in unsere Lektüre vertieften, wurde es den Männern zu langweilig, und es dauerte nicht lange, bis sie anfingen, wie die Kleinkinder vom Beckenrand zu springen. Seb landete mit einer Arschbombe im Pool, und ich brachte meinen E-Reader in Sicherheit.

»Pass doch auf!«, rief Sarah aufgebracht.

»Is doch nur ein bisschen Wasser.« Seb schlug mit der Hand auf die Wasseroberfläche, bis Sarah kreischte. Ich hingegen versteckte meinen E-Reader noch immer unter meinem Handtuch und beobachtete Jacob dabei, wie er einen Handstand auf dem rutschigen Beckenrand des Pools fabrizierte. Mit großen Augen sah ich dabei zu, wie er aus dem Handstand einen eleganten Rückwärtssalto zustande brachte und dabei beinahe Seb unter sich begrub.

Sarah stieß ein genervtes Grunzen aus. »J, verdammt, was war das?«, schimpfte sie, als Jacob wieder auftauchte und sich das Wasser aus den Haaren schüttelte. »Kriegst du zu wenig Aufmerksamkeit? Was ist los mit dir?«

Jacobs Blick fand meinen. Wassertropfen glitzerten auf seiner Haut, und seine Augen strahlten mit dem Blau des Wassers und des Himmels über ihm um die Wette.

»Vielleicht brauche ich noch *mehr* Aufmerksamkeit.« Er strahlte eine Verwegenheit und einen jugendlichen Leichtsinn aus, die so gar nicht zu dem erwachsenen Mann passen wollten, der dabei war, sein eigenes Business aufzubauen. Aber genau das machte Jacob in meinen Augen aus. Seine Lebensfreude, seine Abenteuerlust und sein Mut. Ich zweifelte keine Sekunde daran, dass seine Firma durch die Decke gehen würde. Wahrscheinlich konnten sie sich schon jetzt vor Aufträgen kaum retten.

»Dann geh, und such dir eine Aufgabe«, erwiderte Sarah unbeeindruckt. »Und nimm den anderen Neandertaler gleich mit. Lasst eure Muskeln woanders spielen.«

Nur mit Mühe verkniff ich mir das Lachen, als Jacob und Seb mit einem irritierten Gesichtsausdruck zu Sarah hinübersahen.

»Wenn ihr bleiben wollt, dann benehmt euch!«, wies sie die beiden zurecht, entfernte das Schirmchen aus ihrem Cocktail und zwinkerte mir zu. »Ich glaube, da braucht jemand ein paar Streicheleinheiten«, flüsterte sie leise.

»O Gott, Sarah!« Schnell vergewisserte ich mich, dass Jacob uns nicht hören konnte, dann lehnte ich mich dichter zu ihr. »Lass den Mist!«

»Was denn?« Sie lachte auf. »Nachdem du ihn seit zwei Tagen mit den Augen ausziehst, habe ich angenommen, dass deine … Einstellung sich ein wenig verschoben hat.«

Das hatte sie. O Gott, das hatte sie so was von, aber Jacob musste es nicht gleich als Erster mitbekommen.

Sie kniff die Augen zusammen. »Hat sie?«

»Wer hat was?«, rief Seb. Sarah ignorierte ihn.

Leise seufzend lehnte ich mich zurück. »Sie hat.«

»Ich wusste es!« Nahezu triumphierend sog sie am Strohhalm ihrer Piña Colada. »Gut für dich.«

Das würde sich zeigen. Dennoch konnte ich mir das Lächeln nicht verkneifen.

Einen wunderschönen Sonnenuntergang und etliche Storys über

die letzten Jahre der Crew später war ich zurück in meinem Zimmer und frisch geduscht, als mein Handy klingelte. Es war Helen.

»Ellie?«

»Ja, Helen, hörst du mich?«

»Etwas abgehackt … aber ja.«

»Was gibt's? Ich kann nicht lange reden, wir haben …«

»Du bist berühmt.«

Ich stockte. Ich war …?

»*Was?*«

»Du bist berühmt«, wiederholte meine Freundin lachend.

»Ich verstehe nicht …«

»Jacobs Instagram«, erklärte sie mir. »Öffne seinen Feed, Ellie.«

Mit auf einmal zittrigen Händen stellte ich meine Freundin auf Lautsprecher und öffnete die App auf meinem Handy. Ich hatte Jacob in den letzten Wochen so oft gestalkt, dass sein Profil mir in dem kleinen Suchfeld direkt als Erstes vorgeschlagen wurde. Und das, obwohl ich die App, seitdem wir unterwegs waren, nicht einmal geöffnet hatte. Ich klickte auf seinen Namen und … ach du heilige Scheiße, da war es.

Shit.

»Ellie?«

Das letzte Bild auf Jacobs Instagram-Feed war ein Bild von uns. Eigentlich war es ein Bild der gesamten Crew, jenes Bild, das Jacob nach dem Paragliding vor ein paar Tagen gemacht hatte. Es war der Moment nach unserem Kuss gewesen, und ich hatte mich unbeschwert und frei gefühlt. Wir alle hatten das. Aber niemand würde von Sarah, Seb oder Frank Notiz nehmen, nicht, wenn Jacob und ich uns dick und fett angrinsten. Während die anderen um uns herumstanden, befanden wir uns direkt in der Mitte des Bildes und grinsten uns an.

O mein Gott …

Ohne es wirklich wahrzunehmen, klickte ich auf das Kommentarfeld unter dem Bild.

»Was machst du?«, verlangte Helen zu wissen, als ich stumm blieb.

»Kommentare«, murmelte ich schwach. Mein Herz pochte schmerzhaft in meiner Brust. Das verdammte Bild hatte über zwei Millionen Likes. *Zwei Millionen!*

Helen seufzte. »Nicht alle Kommentare sind nett, das solltest du vielleicht vorab wissen.«

»Das sehe ich.«

Die Kommentare von Jacobs Fans beinhalteten alles von: *Was für ein wunderschönes Paar*, über: *Wer ist sie?*, bis hin zu fiesen Hass-Kommentaren über mein Aussehen und meine Figur – Herrgott nochmal, sogar meine Haarfarbe blieb nicht verschont. Auch gegen das satte Braun meiner Haare wurde fleißig gewettert. Offensichtlich waren sich einige der Fans einig, dass eine Blondine besser zu Jacob passen würde, eine Blondine wie Marjolaine, Jacobs Model-Ex. Eine Ex, die hier nicht nur einmal erwähnt wurde.

»Die meisten sind positiv …«

»Helen.«

»Ellie, das ist kein Grund auszuflippen.«

»Ist es nicht?«

Für mich war es das definitiv. Fremde Menschen schrieben im Internet über mich, *dass ich sterben gehen sollte*, und das war kein Grund auszuflippen?

»Die meisten von denen sind doch pickelige Teenager, die in Jacob verknallt sind.«

»Warum hat er das getan?«

»Hast du dir das Foto mal genau angesehen?«

War das ihr Ernst? »Was tue ich denn gerade?«, erwiderte ich fassungslos.

»Nicht die Likes oder die Kommentare, Ellie. Sieh richtig hin. Schau dir das Foto an, und wie ihr beide euch anstrahlt. Mein Tipp? Jacob ist dabei, sich bis über beide Ohren in dich zu verlieben, Schätzchen, und das nicht erst seit gestern. Dieses Foto zeigt einen glücklichen schönen Moment, den er mit seinen Fans und seinen Freunden teilen wollte.«

»Hätte er das nicht über WhatsApp machen können?«, jammerte ich. »So wie jeder normale Mensch?«

Und weniger öffentlich …

»Der Mann ist berühmt. Ob es dir gefällt oder nicht.« Helen gluckste leise.

Ich fluchte erneut. *Shit.*

»Es wird nicht lange dauern, bis dieses Bild Wellen schlägt.«

»Was meinst du damit?«

»Jacob und Marjolaines Trennung wurde in der Öffentlichkeit ausgeschlachtet bis auf den letzten Tropfen Blut. Ich sage nur, dass du dich darauf vorbereiten solltest, dass dieses Bild eventuell in der Presse landet.«

»Aber wen sollte das interessieren?«, rief ich, noch immer ehrlich fassungslos.

Zwei Millionen Likes. Und in den letzten fünf Minuten, in denen ich das Bild angestarrt hatte, waren noch einige hinzugekommen.

»Die gleichen Leute, die es interessiert, was JLo zum Mittag isst oder welches Kleid Kate Middleton zu irgendeiner Veranstaltung trägt.«

Verdammt.

»Mir gefällt das nicht.«

»Ich weiß.« Helens Stimme wurde sanft. »Aber du musst da drüberstehen, okay? Und falls es dich tröstet, du siehst super auf dem Bild aus.«

»Helen, meine Haare stehen wild in alle Richtungen ab, und meine Wangen glühen.«

Meine Freundin seufzte. »Diese gestörte Selbstwahrnehmung, tz, tz. Glaub mir, Ellie, du siehst gut aus. Gut und glücklich.«

Es war mir nicht einmal wichtig, ob ich gut aussah. Normalerweise nicht. Ich war mehr als mein Aussehen oder meine Kleidergröße. Wenn jedoch plötzlich über zwei Millionen Menschen eine Meinung zu meinem Äußeren hatten, war das durchaus unheimlich und irgendwie … falsch.

»Meine Eltern werden das Bild sehen«, jammerte ich ins Telefon.

Laura Mansfield gehörte definitiv zu den Leuten, die wissen wollte, welches Kleid Kate Middleton trug oder wie das neuste Popsternchen es geschafft hatte, zehn Pfund abzunehmen. Meine Mom lebte für diesen Mist. Und dann kam mir ein Gedanke, der noch viel aufwühlender war.

Marks Eltern werden das Bild sehen.

»Ellie? Woran denkst du?«

»Marks Eltern.«

»Schätzchen, es ist drei Jahre her. Ich glaube nicht, dass die beiden von dir erwarten, für immer alleine zu bleiben und zu trauern.«

Moment mal. Worüber redeten wir hier eigentlich? Es war ja nicht so, als ob Jacob und ich zusammen wären. Ich hatte beschlossen, mich ihm zu öffnen, mich vielleicht sogar auf ihn einzulassen, ja, aber das hieß doch nicht gleich, dass wir zusammen waren.

»Es ist nur ein Foto.«

»Nur ein Foto«, wiederholte ich und versuchte, einen gewissen Nachdruck und wenigstens den Hauch von Überzeugung in meine Stimme zu legen. »Danke, dass du mich vorgewarnt hast, Helen.«

»Natürlich.«

»Ich muss jetzt los. Wir gehen essen, und Frank wird uns gleich briefen.«

»Ellie, lass dich davon nicht unterkriegen, bitte.« Helens Stimme wurde eindringlicher. »Du hast so große Fortschritte gemacht in den letzten Tagen. Es ist lediglich eine Erinnerung an einen wunderbaren Moment. Lass dir diesen Moment von niemandem kaputt machen, schon gar nicht von eifersüchtigen Fans. Okay?«

28

Taktisch unklug, aber emotional notwendig.

Kurz darauf stolperte ich regelrecht ins Restaurant. Die anderen waren bereits anwesend. Franks strafender Blick traf mich bis ins Mark.

»Du bist zu spät.«

»Tut mir leid, ich … tut mir leid.« Ich ließ mich auf den letzten freien Stuhl neben Sarah fallen. Den Blick auf den leeren Teller vor mir gerichtet, spürte ich die verwunderten Blicke der Crew. Wahrscheinlich fragten sie sich, was genau ich in der letzten Stunde getrieben hatte, was mich so aus der Fassung gebracht hatte. Tja, *ich* hatte nichts getrieben, Jacob hingegen … er hatte ja unbedingt mit seinen Social-Media-Kanälen rumspielen müssen. Ich spürte seinen Blick auf mir. Er wartete darauf, dass ich auf- und ihn ansah. Aber noch konnte ich nicht. Das Bild von uns hatte sich in meine Netzhaut eingebrannt. Ich musste nicht mal die Augen schließen, um es zu sehen. Es war einfach da. Das Bild, all die Kommentare …

Am liebsten hätte ich ihn angepflaumt, was ihm einfiele, es ohne meine Einwilligung zu posten. Aber das war lächerlich, denn Helen hatte recht. Der Mann war berühmt. Zumindest stand er in der Öffentlichkeit, und das Pflegen seiner Social-Media-Kanäle gehörte offenbar genauso dazu wie die Stunts.

Ich lehnte mich vor und griff nach meinem Wasserglas, als …

»Sie hat das Bild gesehen«, interpretierte Sarah mein Verhalten genau richtig.

Ich erstarrte mitten in der Bewegung.

»Welches Bild?«, fragte Seb, während Sarah sich an Jacob wandte. »Ich habe dir gesagt, dass du sie hättest fragen müssen.« Sie stieß ein übertrieben lautes Seufzen aus. »Nicht jeder findet sein Bild gern im Internet wieder.«

Damit fasste sie meine aktuelle Gefühlslage relativ gut zusammen. Ich gab nach und sah zu Jacob. Die Stirn gerunzelt, musterte er mich.

»Es stört dich?«

Er wirkte aufrichtig verwirrt.

»Ein wenig, ja.«

»Kann mir mal jemand sagen, worum es geht?« Seb sah von Jacob zu mir und zurück. Frank erbarmte sich seiner und hielt ihm sein Smartphone unter die Nase. »Unser Held hier hat ein Bild von uns gepostet.«

»Wohl eher von Ellie und sich«, murmelte Sarah.

Den Blick noch immer auf mich gerichtet, hob Jacob eine Hand und brachte alle Anwesenden damit zum Schweigen.

»Ich wollte dich damit nicht in Verlegenheit bringen.« Aller Augen richteten sich auf mich.

»Es ist ein schönes Bild von einem sehr schönen Moment, und ich …« Er stockte kurz. »Ich habe nicht nachgedacht.« Das Stirnrunzeln vertiefte sich. »Tut mir leid.«

Innerlich bis drei zählend, schnappte ich mir das Wasserglas und leerte es beinahe in einem Zug. Das verschaffte mir einen kleinen Moment, um über die Situation nachzudenken. Ich hatte zwei Möglichkeiten. Erstens, ich benahm mich weiterhin kindisch wegen eines simplen Fotos, oder aber ich riss mich zusammen und freute mich darüber, dass Jacob dieser Moment offensichtlich so wichtig gewesen war, dass er ihn mit anderen Menschen teilen wollte. Vor ein paar Wochen noch hätte ich mich für Option eins entschieden, aber das war eben vor ein paar Wochen gewesen …

»Du musst dich nicht bei mir entschuldigen«, sagte ich schließlich, und sah, wie nicht nur Jacob aufatmete. »Das Foto ist … süß. Es sind die Kommentare darunter, die mich für einen Moment aus der Fassung gebracht haben.« Und die Tatsache, dass meine und Marks Familie dieses Bild höchstwahrscheinlich zu sehen bekommen würden.

»Die können fies sein«, stimmte Sarah mir zu. »Die Anonymität des Internets macht es möglich. Ignoriere sie einfach.« Sie zuckte mit den Schultern. »Das machen wir auch.«

Ihre letzten Worte brachten mich dazu, den Blickkontakt mit Jacob zu unterbrechen und sie anzusehen.

»Über euch gibt es auch fiese Kommentare?«

Frank schnaubte, während Seb grinsend nach seinem Bier griff. »Haufenweise.«

»*Die ist viel zu dünn, die sollte mal was essen*«, zitierte Sarah.

»*Was sollen diese hässlichen Muster darstellen? Denkt er, er sieht damit cool aus?*« Sebs Mundwinkel zuckten. »Ich finde meine Tats schon ziemlich cool.«

»Die sind super«, stimmte Sarah ihm grinsend zu. »Absolut heiß.«

Perplex musterte ich die anderen, aber sie waren noch nicht fertig.

»Wir alle haben ab und an mit so einem Mist zu kämpfen«, sagte Jacob. »Man lernt, es zu ignorieren. Die meisten meiner Fans sind ziemlich cool, aber es gibt immer ein paar, die aus der Reihe tanzen und meinen, sie müssten mein Privatleben kommentieren. Das gehört leider zum Business dazu.«

»Für euch alle?«, fragte ich, und mein Blick glitt dabei unwillkürlich zu Frank. Sein Handy landete geräuschvoll vor ihm auf dem Tisch. Ich dachte schon, dass er mich ignorieren würde, aber da hatte ich falsch gedacht.

»*Was macht diese alte Schwuchtel da?*«, zitierte auch er einen der – offensichtlich extrem fiesen – Kommentare. »*Ich hoffe, diese Widerwärtigkeit färbt nicht auf Jacob ab …*«

Ach du Scheiße.

»Das ist …« Mir fehlten die Worte.

»Scheiße«, half Sarah mir aus. »Das ist Scheiße. Eine Zeit lang habe ich auf Kommentare noch geantwortet, aber dann wurden es irgendwann zu viele, und ich habe es aufgegeben. Im Grunde können diese Leute einem nur leidtun.«

Da war ich absolut ihrer Meinung. Dennoch war diese Situation ungewohnt, und sie zerrte an meinen Nerven.

»Ich nehme das Bild raus, wenn du das möchtest.« Jacobs Tonfall war ernst. Ich zweifelte keine Sekunde daran, dass er das Bild sofort löschen würde. Und genau das war es, was mich schließlich dazu brachte, mich zu entspannen.

»Nein.« Ich lehnte mich auf meinem Stuhl zurück. »Es *ist* ein schönes Foto. Ich werde die Kommentare einfach ignorieren, so wie ihr auch.« Für einen Augenblick musterte Jacob mich schweigend. Dann nickte er, offensichtlich zufrieden mit dem, was er in meinem Gesicht las.

»Also«, begann Frank, »dann können wir uns ja nun den wichtigen Dingen zuwenden.«

Sarah:

Bist du noch wach?

Ellie:

Es ist acht Uhr, Sarah. Natürlich bin ich wach.

Was dachte sie denn, wann ich schlafen ging? Wenige Minuten später klopfte es an meiner Tür. Ohne auf eine Antwort zu warten, ließ Sarah sich selbst herein. Aufreizend geschminkt und in Hotpants und Glitzertop, musterte sie meine Jogginghose und die Fernbedienung in meiner Hand skeptisch. Nach dem Abendessen waren wir alle auf unsere Zimmer gegangen. Ich war müde und hatte meine Ruhe haben wollen, zumindest bis zu dem Moment, in dem die Zimmertür hinter mir ins Schloss gefallen war. Seitdem war ich hellwach. Also hatte ich den Fernseher angeschaltet. Etwas, was ich seit über zwei Wochen nicht mehr getan hatte. Eine mir unbekannte Quizshow lief, und der Moderator stellte einer älteren Dame diverse Fragen, die diese in Rekordzeit zu beantworten versuchte. Sarah schüttelte den Kopf.

»Okay, Freundin, Titten hoch und los, wir gehen aus!«

»Sarah!« Lachend warf ich ein Kissen nach ihr. Das Wort Titten hatte ich noch nie leiden können, aber Ausgehen klang wiederum gar nicht so übel. Wenn ich mir Sarah so ansah, dann bekam ich ebenfalls Lust, mich aufzubrezeln und ein paar Drinks in der Gesellschaft meiner Freunde zu genießen. Ich schaltete den Fernseher aus und rollte mich vom Bett. Sarah wühlte sich derweil durch meinen Rucksack. »Hast du auch andere Farben da drin als diverse Blautöne? Oder weiße Shirts?«

»Nein?«

Sie stieß einen Laut aus, der irgendwo zwischen Gereiztheit und Unglauben lag.

»Was denn?« Ich schob sie aus dem Weg. »Ich habe nicht zum Partymachen gepackt, okay?« Und auch ganz bestimmt nicht, um einen gewissen Mann rumzukriegen. Je länger ich auf den Inhalt meines Rucksacks starrte, desto mehr wünschte ich mir jedoch, dass ich wenigstens ein sexy Teil eingepackt hätte. Sicherlich hing in meinem Kleiderschrank in London noch irgendwo etwas Aufregenderes als schwarze Hosen und diverse Blusen. Vielleicht ganz hinten, versteckt hinter meinen Blazern.

Du bist so eine Langweilerin geworden …

Ich seufzte. »Vielleicht kann ich dein rotes Kleid noch mal anziehen?«

Sarah schmunzelte. »Ich habe noch was Besseres für dich.«

Das *Bessere* entpuppte sich als ein schwarzer und kurzer – sehr kurzer – Einteiler mit tiefem Dekolleté. Jene Art von Klamotten, die in One Size kamen, und die man eigentlich eher am Strand trug. In London hätte ich so etwas nie angezogen. Aber wir waren hier im Urlaub, und es herrschten gefühlt eine Million Grad draußen, und das, obwohl die Sonne bereits seit zwei Stunden untergegangen war. Mit meinem schwarzen Bikinioberteil darunter sah es auch gar nicht mehr so freizügig aus.

»Hier.« Sarah reichte mir ein Paar goldene Creolen.

»Kommen die Jungs auch mit?«, fragte ich möglichst beiläufig, als ich die Ohrringe anlegte.

»Als ob ich sie davon abhalten könnte.« Sarah schnaubte. »Weißt du nicht mehr, was das letzte Mal passiert ist, als wir beide allein los waren?«

Und ob ich das noch wusste. Sie reichte mir einen knallroten Lippenstift. Ohne zu zögern, legte ich ihn auf und zeigte ihr meinen besten Kussmund.

»Perfekt. So nehme ich dich mit.«

In diesem Moment vibrierte mein Handy.

Vietnam_Crew: (Seb)

Ready?

Ich hatte die Nachricht kaum gelesen, da kam Sarahs Antwort.

Vietnam_Crew: (Sarah)

Worauf du deinen süßen Arsch verwetten kannst!

Ich griff nach meiner kleinen schwarzen Handtasche. Offensichtlich war Sarah heute in einer ganz besonderen Laune.

»Was ist in dich gefahren?«

»Wenn du's genau wissen willst, nichts.« Sie zuckte mit den Schultern. »Und das seit drei Nächten.«

Ich hatte ja fragen müssen. Warum genau hatte ich gefragt?

»Kein Seb?«

Sarah schmollte. »Nein.« Dann musterte sie mich mit einem Augenzwinkern. »Sogar du kriegst aktuell mehr *Action* als ich.«

»Wow, Sarah, sehr schmeichelhaft.«

»Ich mein ja nur«, sagte sie und folgte mir aus dem Zimmer, hinaus in die warme, nach Blumen und Gewürzen duftende Nachtluft. »Du bist wie eine Avocado, Ellie. Erst passiert ganz lange nichts und dann *Boom!*, bist du reif!«

Sprachlos blieb ich stehen und drehte mich zu Sarah um. »Ich weiß ernsthaft nicht, was ich dazu sagen soll.«

»Dann lass es, und geh weiter«, wies sie mich an, »ich habe Durst!«

Den hatten wir offensichtlich alle. Zu meiner großen Überraschung wartete sogar Frank neben Jacob und Seb auf uns. In seiner hellen Chinohose und dem rosafarbenen Poloshirt sah er so aus, als wäre er soeben einer Armani-Anzeige entstiegen. Auch die Hitze schien ihm nichts auszumachen. Unbeeindruckt wie immer hatte er uns ein Taxi gerufen und uns zur nächstgelegenen Bar chauffiert. Unter freiem Himmel lag das *Sparrow* an der kleinen Kreuzung einer mir unbekannten Ortschaft. Die Bar war spartanisch eingerichtet und bestand hauptsächlich aus Bambus, Palmenblättern und ein paar Tischen und Bänken. Old-School-Rockmusik dröhnte aus den großen Lautsprechern. Einheimische sowie dem Aussehen nach Touristen tummelten sich an der Bar und auf der Freilufttanzfläche.

Die erste Runde Bier war schnell leer, und Sarah meldete sich freiwillig dazu, uns eine Runde Gin Tonic zu besorgen.

»Ich schwöre euch«, sagte sie und stellte die Gläser der Reihe nach ab, »dass der Typ mit den roten Haaren da hinten gerade versucht hat, mir so was Ähnliches wie Gras zu verkaufen.« Sie runzelte die Stirn. »Oder was ganz anderes.«

»Lass lieber die Finger von dem Zeug«, kommentierte Seb. »Drogen sehen die Behörden hier gar nicht gern.«

Ehrlich empört sah sie ihn an. »Spinnst du? Ich nehme keine Drogen. Das ist nichts für mich, ich falle ja schon um, wenn ich zu viele Ibus nehme.«

»Herrgott, Sarah, hörst du dir manchmal auch selbst beim Reden zu?«

Sarah ließ ihre Zähne aufblitzen. »Aber sicher doch.« Mit mehr Wucht als notwendig spießte sie mit ihrem Strohhalm eine der Zitronen in ihrem Drink auf.

Dann schenkte sie Seb ein passiv-aggressives Lächeln. »Das ist meine Lieblingsbeschäftigung.«

»Kinder …« Frank seufzte. »Nicht ihr zwei auch noch.« Er hob eine Hand und machte eine unbestimmte Geste in Jacobs und meine Richtung. »Die beiden hier reichen mir schon.«

Ich fühlte mich absolut nicht angesprochen. Dennoch sahen Frank, Sarah und Seb zu Jacob und mir.

»Hey!«

Jacob lachte grollend, und ich rückte auf der Bank ein Stück von ihm ab und näher zu Sarah, die sich gegenüber von Seb und Frank neben mich setzte. Weit kam ich nicht, da Jacob kurzerhand einen

Arm um meine Taille legte und mich mühelos zurück neben sich zog. Damit saß ich sogar noch dichter neben ihm als zuvor – neben ihm und all der wunderbaren Wärme, die von seinem gestählten Körper ausging. Innerlich grinsend spielte ich mit dem Strohhalm in meinem Glas.

Gestählter Körper, mhm?

Vielleicht würde die nächste Szene, die nächste *richtige* Szene für mein Buch gar nicht lange auf sich warten lassen, wenn schon Adjektive wie gestählt durch meinen Kopf geisterten. Mein Notizbuch quoll über vor Ideen, und ich konnte es kaum erwarten, endlich Zeit zum Schreiben zu haben.

Seb überraschte mich, indem er sich räusperte. »Also, ich würde gern noch mal auf das Thema Team Michael oder Team Rafael zurückkommen.«

Sarah, die gerade dabei war zu trinken, prustete den Gin Tonic vor uns auf den Tisch. Sichtlich unbeeindruckt von ihrer Reaktion, hielt Seb ihr eine Serviette hin.

Ich hatte mich verhört, oder? Er wollte *was?*

»Wir haben uns das mal angesehen …«

»Moment«, unterbrach ich ihn und tat so, als würde ich die zarte Röte, die Seb in die Wangen kroch, nicht bemerken. »Wir wie in du, Jacob und *Frank?*«

Er nickte, und Frank rollte mit den Augen. »Warum auch immer du meinen Namen dabei besonders betonen musst.«

O mein Gott, was für eine absolut göttliche Vorstellung, wie diese drei Männer vor dem Laptop saßen und sich *Jane the Virgin* ansahen. Neben mir brach Sarah in lautstarkes Gelächter aus. Ich selbst konnte mich nur mit Mühe beherrschen. Seb warf uns einen vernichtenden Blick zu, während Jacob sich, das Kinn in die Handfläche gestützt, zu mir drehte und unseren Austausch grinsend beobachtete.

»Bitte, äh, entschuldige«, wandte ich mich an Seb. »Sprich weiter. Bitte.«

»O Gott, ja, bitte sprich weiter …«, rief Sarah noch immer lachend, und ich verpasste ihr einen Klaps auf den nackten Oberschenkel.

»Wieso findet ihr Ladys Rafael so toll? Ich meine, okay, er sieht gut aus und so, aber ist Michael nicht der viel Bodenständigere von beiden? Der, der sie besser kennt?«

Sarah hüstelte leicht. »Äh, wie viele Folgen habt ihr bitte gesehen, um das zu wissen?«

»Ich wurde gezwungen«, warf Frank ein und nippte an seinem Gin Tonic. »Ich finde beide nicht sonderlich heiß.«

Sarah lehnte sich leicht zu mir. »Findest du diese Situation ebenso surreal wie ich?«

Fand ich. Aber gleichzeitig war es auch faszinierend. Und wenn sie sich schon die Mühe gemacht hatten, ein paar Folgen zu sehen, dann konnten wir ebenso gut darüber reden. Auch wenn sie es mit Sicherheit nur getan hatten, weil wir an jenem Abend in der Karaokebar ihre männlichen Egos angeknackst hatten.

Da Sarah viel zu sehr damit beschäftigt war, Sebs Unwohlsein zu genießen, war ich es, die antwortete. »Michael ist bodenständig und kennt sie, ja, aber er will auch ein bestimmtes Bild von ihr sehen. Die Jane, die er von früher kennt. Daher hat er im Laufe der Zeit ein Problem mit der Frau, zu der sie sich entwickelt.«

Alle sahen sie zu mir.

»Und Rafael sagt, was er will. Von Anfang an«, fügte Sarah hinzu.

»Und das ist etwas Gutes?«

Mein Blick wanderte zu Jacob und dem unmissverständlichen Funkeln in seinen Augen.

»Ist es«, antwortete ich ihm mit fester Stimme.

Sebs Blick wanderte zwischen Jacob und mir hin und her. »Reden wir hier noch über die verdammte Serie?«

»Du musstest ja unbedingt mit dem Thema anfangen«, antwortete Frank düster. »Ich hab's dir gesagt …«

»Wie wäre es«, warf ich in dem Bemühen, die Situation zu entschärfen, ein, »wenn du uns erzählst, was für die nächsten Tage geplant ist?«

»Netter Versuch«, murmelte Frank und exte den Rest seines Gin Tonics.

»Wie wäre es«, hielt er dagegen, »wenn ihr Kinder euch überraschen lasst.«

»J ist gerade mal acht Jahre jünger als du, Frank!«

Im Kopf begann ich zu rechnen. Acht Jahre, das hieße, dass Frank fünfundvierzig war.

»Wie alt ist Mike?«, fragte ich, und genau wie damals wurde Franks Gesichtsausdruck sofort weicher. Und sehr viel nahbarer.

»Dieses Jahr vierzig geworden.«

»Und wie ist er so?«

Sarah schnalzte mit der Zunge. »Tausendmal netter als Frank.«

»Sarah!«

»Schon gut, Seb.« Frank musterte mich eingehend. »Mike ist ehrlich, rechtschaffen, freundlich, hilfsbereit, loyal und verdammt sexy.« Er zuckte mit den Schultern, und für einen kurzen Moment meinte ich, so etwas wie ein Lächeln an seinen Mundwinkeln zu sehen. »Er ist tatsächlich das genaue Gegenteil von mir.«

»Ich weiß nicht so recht«, antwortete ich und schielte zu Sarah, die mich fröhlich angrinste. »Ich finde dich ziemlich sexy.«

Die Männer gluckten leise vor sich hin, und die Stimmung änderte sich von angespannt, oder in Sarahs Fall aggressiv, zu entspannt und freundschaftlich.

»Ich hole uns noch eine Runde«, verkündete Frank und stand auf. Jedoch nicht, ohne uns alle noch einmal warnend anzusehen. »Eine Runde noch, danach geht's ins Bett.«

Während Frank uns neue Drinks besorgte, lehnte Seb sich über den Tisch zu Sarah, um ihr über die laute Musik hinweg etwas ins Ohr zu flüstern. Den hektischen, roten Flecken auf ihrer Haut nach zu urteilen, konnte ich erahnen, worum es ging. Jacob stupste mich von der Seite an.

»Hey.«

»Was ist?«

Er wackelte herausfordernd mit den Augenbrauen. »Findest du diesen Rafael süßer als mich?«

O mein Gott, das konnte doch nicht sein Ernst sein! Wie konnte es angehen, dass wir noch immer über eine Fernsehserie sprachen, nur weil Sarah und ich den Hauptdarsteller heiß fanden?

»Du weißt schon, dass das nur eine Serie ist, ja?«, fragte ich ihn, innerlich grinsend.

»Beantworte die Frage, Mansfield.«

Jacobs Gesicht kam meinem gefährlich nahe. Damit meinte ich seinen Mund – sein Mund kam meinem gefährlich nahe.

»Die Wahrheit«, flüsterte er. Die Wahrheit? Bestimmt nicht. Die Wahrheit würde mich in Teufelsküche bringen. Aber wenigstens in Bezug auf diese kleine Diskussion konnte ich ehrlich sein.

»Nein.«

Eine Augenbraue schoss in die Höhe und blieb dort. »Nein was?«

»Nein, ich finde ihn nicht süßer als dich.«

Mit sich selbst und seiner Umwelt so offensichtlich im Reinen, dass es an Arroganz grenzte, griff Jacob nach seinem noch immer vollen Glas und schenke mir ein zufriedenes Grinsen.

»Das«, sagte er, »war alles, was ich hören wollte.«

29

*Manchmal sind es
die glücklichsten Erinnerungen,
die am meisten wehtun.*

Am nächsten Tag hatten sie sich alle gegen mich verschworen. Sie alle. Nachdem Frank uns gestern Abend noch einen weiteren Drink gestattet hatte, waren wir gegen eins in unsere Zimmer gestolpert. Okay, gegangen, nicht gestolpert. Ich musste zugeben, dass ich in den letzten Wochen wesentlich trinkfester geworden war. Man konnte sich jetzt darüber streiten, ob das positiv war oder nicht, da wir uns jedoch im Urlaub befanden und der gestrige Abend wirklich Spaß gemacht hatte, war es mir egal. Was mir nicht egal war, war die Tatsache, dass ich seit meinem frühen Frühstück versuchte zu schreiben. Es klappte nicht. Doch diesmal lag es nicht an mir.

Frank war der Erste, der an meine Tür geklopft hatte.

»Ich will den Artikel lesen«, hatte er mich, charmant wie immer, informiert.

Also hatte ich ihm den ersten Entwurf per Mail zugeschickt und hoffte seitdem inständig, dass er sich nicht darüber wunderte, dass die Datei von meiner privaten Mailadresse kam und keinen offiziellen *Traveller*-Absender hatte.

Nachdem ich Frank losgeworden war, hatte Sarah mich unterbrochen.

»Freier Tag«, hatte sie mich begrüßt. »Kommst du mit an den Pool? Ich will was für meinen Teint tun.«

Ich hatte dankend abgelehnt und Sarah aus meinem Zimmer geschoben. Wirklich losgeworden war ich sie jedoch nur mit dem Versprechen, ihr später Gesellschaft zu leisten.

Als ich wieder an meinem Laptop saß, vibrierte mein Handy. Jacob. Es war zum Haare raufen! Konnten sie mich nicht wenigstens für einen Vormittag alleine lassen?

J:

Wieso versteckst du dich in deinem Zimmer?
Ich dachte, es wäre alles cool zwischen uns.

Ellie:

Ist es. Ich schreibe.

J:

Soll ich dich in Ruhe lassen?

Ellie:

Ja.

Jacob antwortete mit einem Lachsmiley, und ich pfefferte mein Handy aufs Bett. Endlich hatte ich meine Ruhe, endlich konnte ich … Mein Telefon vibrierte im Stakkato. Ein Anruf. Nein! *Nein. Nein. Nein.*

Missmutig stakste ich vom Tisch zum Bett und sah aufs Display.

»Mom!« Ich begrüßte sie überschwänglich und fuhr mir gleichzeitig mit der Hand übers Gesicht. Am liebsten hätte ich meinen Kopf gegen die Wand geschlagen. Ich wollte doch nur schreiben. War das zu viel verlangt? »Wie schön, dass du anrufst.« Nicht wirklich. Und schon gar nicht jetzt, aber Laura Mansfield war niemand, den man einfach abwürgen konnte. Nicht, wenn meine Mutter eine Mission hatte. Also schluckte ich meine Ungeduld runter und atmete tief durch.

»Was kann ich für dich tun?«

Mom zögerte kurz. »Annabelle Carter, du kennst doch noch die Carters von nebenan, oder, Süße? Du hast ab und an mit ihrer Tochter Katherine gespielt ... na ja, wie dem auch sei. Jedenfalls hat Katherines Freundin Liz ihr ein Foto gezeigt, und dann hat Katherine es Annabelle gezeigt, und ...«

»Mom«, unterbrach ich ihre wirre Herleitung. »Komm zur Sache, bitte.«

»Was läuft da zwischen dir und diesem Jacob?«

Ich unterdrückte ein Grinsen. Jetzt auf einmal war er *dieser* Jacob? Und seit wann sagte meine Mutter Dinge wie: Was läuft da zwischen euch?

»Da läuft nichts zwischen Jacob und mir, Mom.«

»Verkauf mich nicht für dumm, Ellen Mansfield!«

Würde mir im Traum nicht einfallen ... aber hatte ich nicht daran arbeiten wollen, mich den Dingen zu stellen? Mein Streit mit Helen war der Anfang gewesen, und Jacob hatte es auch gespürt... etwas hatte sich verändert. *Ich* hatte mich verändert. Es wurde an der Zeit, mir und allen anderen zu beweisen, dass dem wirklich so war. Ich würde nicht mehr weglaufen. *Ich bin stärker als diese Tragödie.* Das war mein neues Mantra.

»Ich mag ihn, Mom.« Unwillkürlich begann ich zu lächeln, als ich an Jacobs schiefes Grinsen und die strahlend blauen Augen dachte. Und daran, wie er sich gleichzeitig unsicher und vorsichtig, aber auch anmaßend und herausfordernd mir gegenüber verhalten konnte. Es war ein schmaler Grat und der Wechsel konnte innerhalb weniger Sekunden erfolgen, aber ich liebte es. »Ich mag ihn sehr.«

»Oh, Ellie ...« Mom schniefte leise. »Und mag er dich denn auch?«

»Ich, äh, ich denke schon …« Ich tat einen tiefen Atemzug. »Ich überlege, ihm von Mark zu erzählen.«

Am anderen Ende der Leitung herrschte absolute Stille. Man hätte eine Fliege husten hören können.

»Mom?«

»Ich weiß nicht, was ich sagen soll, Süße«, antwortete Mom leise. »Es ist das erste Mal, dass du ihn erwähnst, und dann Jacob, ich … ich habe lange auf diesen Moment gewartet, und jetzt habe ich Angst, etwas Falsches zu sagen und dich zu verschrecken.«

»Mom …«

»Nein, Ellie, lass mich ausreden«, schalt sie mich sanft. »Dein Vater und ich haben deine Gefühle respektiert. Das tun wir noch. Aber dieses Foto, das wir von euch gesehen haben, das auf dem Foto ist meine Ellie. Meine strahlende, glückliche Ellie.« Nun begann ich ebenfalls leise zu schniefen. Anscheinend waren meine Tränen seit Sarahs und meinem kleinen Ausbruch doch noch nicht versiegt. Die Schleusen waren geöffnet, und jetzt gab es kein Zurück mehr.

»Es tut mir leid«, schniefte ich leise und ließ mich auf den Stuhl vor meinem Laptop fallen. Ein, zwei, drei Tränen liefen mir dabei die Wangen herab und tropften auf meine nackten Beine. »Nach Marks …« Ich atmete tief durch. »Nach Marks Tod ist etwas in mir zerbrochen, ich … ich konnte das alles nicht mehr. York, unsere Freunde, ihr, alles hat mich nur noch daran erinnert, was ich verloren hatte.«

»Ich weiß, Süße.«

»Helen meint, ich habe mich verhalten, als wäre ich ebenfalls gestorben, und sie hat recht.«

»Aber jetzt nicht mehr«, flüsterte Mom leise.

»Nein, jetzt nicht mehr.« Ich atmete zittrig aus. »Ich gebe mein Bestes.« Oder hatte zumindest damit angefangen …

»Dein Vater und ich sind sehr stolz auf dich. Was du durchgemacht hast, ist schrecklich, und für einen Moment fürchtete ich, dass wir dich verloren hatten. Unsere lebensbejahende, fröhliche und kreative Ellie, aber …«

»Sie ist noch da«, rief ich rasch. Die Emotionen ließen meine Stimme rau und kratzig klingen. »Sie ist noch da, Mom. Ich meine, ich bin noch immer ich, nur … anders.«

»Du bist erwachsen geworden, Süße.«

Vielleicht war ich das, ja.

»Einen geliebten Menschen zu verlieren, ist furchtbar. Wir alle haben das bereits durchgemacht. Dein Vater und ich, wir haben unsere Großeltern, Eltern und sogar ein paar Freunde zu Grabe getragen. Trauer ist widerspenstig und wild und niemals einfach. Manchmal kann man nichts anderes tun, als sie sich austoben zu lassen. Dein Großvater hat immer gesagt: Der Sturm muss toben, damit die See wieder still werden kann.«

»Wie kommt man darüber hinweg?«, fragte ich sie. Wir hatten Grandpa Ed vor über zehn Jahren verloren. Er war ein stiller, aber sehr herzlicher Mann gewesen, und seine Asche hatten wir auf dem Meer verstreut, so wie er es sich als Seefahrer gewünscht hatte.

»Gar nicht«, antwortete Mom schonungslos ehrlich. »Aber du lernst, damit zu leben. Mit der Zeit überwiegen die guten Erinnerungen, und der Schmerz verblasst. Weiterzuleben und glücklich zu sein, heißt nicht, dass du Mark nicht geliebt oder ihn vergessen hast, Ellie.«

»Wirklich nicht?« Ich hätte mich selbst dafür treten können, wie hoffnungsvoll meine Stimme klang.

»Du solltest es ihm sagen. Je öfter du über Mark und das, was passiert ist, redest, desto schneller und besser kann dein Herz heilen.«

»Ich habe Angst«, gestand ich leise mit bebender Stimme.

»Die musst du nicht haben. Du bist eine starke, unabhängige Frau, Ellen. Steh zu dem, was du empfindest. Hörst du?«

Das entlockte mir ein Lächeln. »Ja, Mom.«

Wir plauderten noch eine Weile, und anhand von Moms fröhlichem Tonfall musste ich mich beherrschen, nicht die Augen zu verdrehen. Wahrscheinlich würde ich demnächst die ersten Bilder von Hochzeitskleidern und Blumenarrangements von ihr bekommen. Anstatt mich jedoch in Angst und Schrecken zu versetzen, so wie es noch vor Kurzem der Fall gewesen war, belustigte mich diese Vorstellung jetzt. Dass sie meine allgemeine Verfassung so einschätzte, dass ich mögliche Bilder von Kirchen oder Blumen überhaupt ertrug, war eine zweihundertprozentige Verbesserung.

Wieder alleine mit mir und meinen Gedanken, widmete ich mich endlich meinem aufgeklappten Laptop. Dann begann ich zu schreiben. Meine Finger flogen wie von selbst über die Tastatur. Rund vierzig Minuten später starrte ich mit großen Augen auf die Worte, die ich geschrieben hatte – die äußerst erotischen Worte.

Natürlich hatte es in meinen Geschichten früher auch Romantik gegeben. Die große Liebe. Aber das hier? Mit geröteten Wangen sah ich auf die Seite vor mir. Das war purer Sex. Jacob Harrison und die beinahe unheimliche Anziehung zwischen uns waren mir dabei eine große Inspiration gewesen.

Meine Schenkel ziehen sich noch fester zusammen, Hitze durchströmt mich. Überall. Köstliche, verbotene Hitze. Ich wimmere und stöhne und verliere die Kontrolle über meinen Anstand. »Endlich«, raunt er mir ins Ohr und vergräbt eine Hand in meinem Haar. Er drückt mich fest auf den Schreibtisch. Meine Brüste …

Heilige Scheiße. Ich turnte mich grad selbst an. Blind griff ich nach meinem Smartphone.

Ellie:

Ich habe geschrieben ...

Helen:

Gut für dich.

Und was?

Ich tippte nur drei kleine Buchstaben.

Ellie:

Sex

Keine fünf Sekunden später sah ich Helens Namen auf meinem Display aufleuchten.

»Helen? Musst du nicht arbeiten?«

»Ja«, bestätigte meine Freundin mit aufgeregter Stimme. Und dann: »Ellen Mansfield, so was kannst du mir doch nicht schreiben, ohne es näher zu erklären.«

Ich zuckte mit den Schultern. Dann aber erinnerte ich mich daran, dass Helen mich nicht sehen konnte.

»Da gibt es nichts zu erklären ...«

»Lies es mir vor.«

»Äh ... lieber nicht.«

»Das hast du früher immer gemacht!«

Ja, früher. Früher hatte ich auch nicht über multiple Orgasmen geschrieben. Aber dies war Helen, erinnerte ich mich. Meine beste Freundin.

»Wenn du lachst, lege ich auf«, informierte ich sie und atmete tief durch. Langsam und mit ungewohnter Heiserkeit in der Stimme, gegen die ich komplett machtlos war, las ich Helen die Seiten vor, die ich soeben in meinem Wahn getippt hatte. Die Worte waren nur so aus mir herausgesprudelt, und jetzt, da ich sie laut las, musste ich zugeben, dass sie gut waren. Wirklich gut. Ja, es war eine Sexszene, aber sie war sinnlich und hatte Tiefgang. Es war nicht so, als hätte ich Pornografie geschrieben. Jedenfalls keine plumpe Pornografie. Bei einer besonders pikanten Stelle hörte ich, wie meine Freundin scharf die Luft einsog. Innerlich in mich hineingrinsend las ich ihr das Ende vor. Für einen Moment blieb es still, dann hörte ich, wie Helen sich räusperte. Zweimal.

»Ellen Mansfield ...« Ihre Stimme klang erstaunt und ... irgendwie rauchig. »Das ist ... wow.«

»Wirklich?«

»Ich habe selten so etwas Erotisches gehört, und du weißt, dass ich diese historischen Liebesromane liebe. Das, was du geschrieben hast, gefällt mir wirklich gut.«

»Danke, Helen.«

»Weißt du schon, in welche Richtung du damit willst?«

»Du meinst, welches Genre? Nein, aber ich habe eine Idee. Die verrate ich dir aber noch nicht«, fügte ich hinzu, als ich hörte, wie Helen am anderen Ende der Leitung Luft holte. Noch würde ich ihr nicht verraten, dass meine Geschichte sich anhand meiner Notizen in die Richtung *sexy crime* bewegte. Ein mysteriöser Fall. Ein atmosphärisches Setting. Viele Geheimnisse, ein paar Rätsel und zwei rivalisierende Ermittler. Diese Erkenntnis war noch zu neu, und sie gehörte mir.

»Ich sage es dir, wenn ich mich damit wohlfühle, okay?«

»Abgemacht«, stimmte sie mir zu. »Und ich weiß genau, wo du deine Inspiration herhast.« Helen lachte. »Jacob wird mir immer sympathischer.«

Leise seufzend sah ich auf den Bildschirm vor mir. »Er ist tatsächlich meine Inspiration«, gab ich zu. »Jacob ist so sehr mit sich und seiner Umwelt im Reinen. Ich habe noch nie jemanden kennengelernt, der so offen über das spricht, was er will.«

»Das ist etwas Gutes, Ellie.«

»Ich weiß.«

Helen räusperte sich erneut. »Ich freue mich für dich und will wirklich mehr über dich und Jacob erfahren, aber wenn du mich jetzt bitte entschuldigen würdest, ich gehe eben meinen Mann flachlegen, bevor ich zur Arbeit muss.«

Das brachte mich zum Lachen. »Du bist unmöglich!«

»Ich?«, rief sie empört. Vor meinem inneren Auge sah ich sie in ihrer großen Landhausküche stehen. Die langen blonden Haare wirr, während sie sich nach Kanya umsah. »Wer hat denn hier über glühende Schenkel und harte …«

»Okay, okay«, unterbrach ich sie schnell. »Geh und hab Spaß.«

»Das solltest du auch tun.«

Vielleicht würde ich das auch, dachte ich. Aber jetzt noch nicht.

»Ich hab dich lieb, Helen.«

»Ich dich auch.« Sie machte ein schmatzendes Kussgeräusch und legte auf. Grinsend sah ich von meinem Handy zu meinem Laptop. Dann begann ich erneut zu schreiben. Es war ein wunderbares Gefühl. Die Worte kamen wie von selbst, und ich verlor jegliches Zeitgefühl. Mein Handy vibrierte noch ein paarmal, aber diesmal ignorierte ich es. In diesem Moment ging es nur um mich und meine Leidenschaft. Schreiben hatte plötzlich nichts Beklemmendes mehr. Es war kein schmerzender Teil meiner Vergangenheit, es war therapeutisch. Die Worte und das Chaos in meinem Kopf auf Papier zu bringen, war meine ganz eigene Form von Therapie. Warum genau hatte ich drei Jahre damit gewartet, wo es doch so viel gab, was ich aufzuarbeiten hatte? Grinsend sicherte ich das Dokument und erhob mich, um mich zu strecken. Nicht nur Helen hatten meine Worte … aufgebracht. Ich fühlte mich unruhig, rastlos, und mir war heiß. Viel zu heiß.

Ein Klopfen an meiner Zimmertür hielt mich davon ab, meine Gedanken weiterwandern zu lassen. Wahrscheinlich Sarah, die nach mir sehen wollte, weil ich sie und unser Pool-Date absichtlich ignoriert hatte. Ohne durch den Spion zu sehen, riss ich die Tür auf.

»Sarah, was …« Ich brach ab, als ich sah, wer dort vor meiner Tür stand. In all seiner Pracht und mit Augen, die jeden Tag ein wenig mehr zu meinem Verderben wurden.

»Jacob?«

»Hi«, begrüßte er mich und überreichte mir einen kleinen Strauß Wildblumen. Irritiert nahm ich ihm die Blumen ab. Jacob trug eine hellgraue Stoffhose und ein weißes, tadellos gebügeltes Hemd, welches seine blauen Augen unverschämt gut betonte. Er sah richtig schick aus.

»Ellen Mansfield«, fragte er mich mit leiser, tiefer Stimme, »würdest du heute Abend gerne mit mir essen gehen?«

Meine Augen wurden groß. Abwechselnd sah ich von den Blumen zu Jacob und zurück.

»Essen gehen?«

Er nickte. »Ich frage dich nach einem Date, Ellie.«

So weit war ich auch schon gekommen, aber warum?

»Du bist mir noch ein Date schuldig.« Er zwinkerte mir zu. »Dafür, dass ich mich in der Halong Bay nicht allzu doof angestellt habe.«

Oh. Und ich hatte angenommen, dass er es vergessen hatte.

Mit glühenden Wangen sah ich zwischen ihm und meinem noch immer geöffneten Laptop hin und her. Zum Glück konnte man aus dieser Entfernung nichts weiter erkennen als Buchstabensalat.

»Äh, ja, natürlich. Gibst du mir zehn Minuten?«

Neugierig spähte er an mir vorbei. »Hast du geschrieben?«

»Ja.«

»Und was hast du geschrieben?«

»Fünf Minuten. Okay? Gib mir fünf Minuten.« Kurzerhand schob ich ihn aus dem Türrahmen. »Warte an der Bar«, wies ich ihn an und schloss die Tür.

Einen Moment sah ich auf die Blumen in meinen Händen hinab. Was nun? Ich brauchte Hilfe.

»Sarah?«, rief ich, sobald meine Freundin ans Handy ging. »Ich brauche deine Hilfe.«

30

Mach Platz für die Möglichkeiten.

Keine fünf, aber fünfzehn Minuten später betrat ich die Hotelbar auf leicht zittrigen Beinen. Mit Sarahs Hilfe hatte ich es geschafft, mich in Rekordzeit fertig zu machen. Ich trug mein langes, blaues Kleid mit dem tiefen Rückenausschnitt, meine silbernen Sandalen und meinen schwarzen Spitzen-BH, der verführerisch aufblitzte. Meine Haare trug ich offen, und anstelle eines kompletten Make-ups hatte ich mich einfach für roten Lippenstift entschieden.

Sarah hatte mich mit einem Klaps auf den Po und einem gut gemeinten *Schnapp ihn dir, Tiger* aus ihrem Zimmer geschoben. Ich schmunzelte, als ich daran dachte, dass sie meinen Rat annehmen wollte und Seb wahrscheinlich just in diesem Moment einen Liebesbrief schrieb. Ob sie ihm den Brief nun zeigte oder nicht, ich hoffte, dass sie sich dadurch ihrer Gefühle klar wurde.

Jacob wartete an der Bar auf mich. Ein Glas Wasser vor sich, unterhielt er sich mit dem Barkeeper. Doch sobald er mich sah, warf er ein paar Scheine auf den Tresen und kam mir entgegen. Dem verlangenden Blitzen in seinen Augen nach zu urteilen, mochte er mein Outfit. Sein Blick glitt über meine offenen Haare, die roten Lippen und den neckischen Ausschnitt des Kleides sowie die erkennbare Spitze darunter.

Mit dem Jeep statt der Harley fuhr Jacob uns in ein kleines, gemütliches Fischrestaurant direkt am Meer. Eine freundliche Empfangsdame führte uns durch das Restaurant auf einen schmalen Steg hinaus, den man kurzerhand in eine Art Terrasse umfunktioniert hatte. Sie wies auf einen der fünf freien Tische, jenen, der am dichtesten an der Balustrade des Stegs und am weitesten entfernt von den anderen Gästen stand. Das Meer war damit keine zwei Meter von uns entfernt. Wellen brachen sich in der kleinen Bucht und ließen die am Strand liegenden Fischerboote sanft hin und her schaukeln. Ein wirklich schöner Platz für ein Restaurant. Das edle Interieur und die wenigen Tische bestätigten meinen ersten Eindruck: Jacob würde an diesem Abend, zumindest was das Essen anging, nichts dem Zufall überlassen. Offensichtlich hatte er sich vorab Gedanken gemacht, und das Setting, welches er für unser erstes richtiges Date ausgewählt hatte, war wunderschön. Bis auf die Fackeln, die man an den Ecken des Stegs verteilt hatte, die Kerze, die auf dem Tisch zwischen uns flackerte, und das sanfte Licht, das aus dem Restaurant nach draußen drang, war es stockfinster. Elegant wich ich der Fackel hinter mir aus und ließ mich auf dem Stuhl nieder, den Jacob, ganz der Gentleman, für mich zurechtrückte. Kaum dass wir saßen und ein Kellner uns eine Flasche Wasser sowie die Speisekarten gebracht hatte, vibrierte mein Handy. Entschuldigend sah ich Jacob an und schaltete es auf stumm. Nicht aber, ohne die Nachricht von Sarah wenigstens kurz zu überfliegen.

Sarah:

Hey Freundin

Ich tippte ein schnelles Fragezeichen. Sarah hatte mir stets geholfen, da konnte ich sie jetzt doch nicht hängenlassen.

Sarah:

Heißt es eigentlich hart rannehmen oder hart ran nehmen?

Ich will den Liebesbrief nicht versauen.

Ich konnte nicht anders. Mitten im Restaurant brach ich in schallendes Gelächter aus. Eine Hand am Handy, schlug ich die andere vor den Mund. Die Tische um uns herum waren zum Glück noch leer, aber ein paar der anderen Gäste aus dem Inneren des Restaurants drehten ihre Köpfe neugierig und, ihren Gesichtsausdrücken nach zu urteilen, zum Teil genervt in unsere Richtung. Immer noch lachend wischte ich mir über die Augen, während Jacob mich breit grinsend beobachtete. Es schien ihn nicht im Mindesten zu interessieren, was die anderen Gäste über uns dachten.

»Helen oder Sarah?«, fragte er mich.

»Sarah«, brachte ich mühsam hervor. Dann las ich die letzten beiden Nachrichten noch einmal und prustete erneut los.

»Okay, das reicht.« Jacob lehnte sich vor und schnappte sich in einem kamikazeartigen Manöver mein Handy.

»Jacob!«

Seine Augen wurden groß, als er Sarahs Nachricht las, dann aber begann auch er laut zu lachen. Die beiden Kellner, die auf unsere Bestellung warteten, tauschten einen irritierten Blick.

»Diese Frau ist unmöglich«, sagte Jacob kopfschüttelnd.

»Auf die beste Art und Weise.«

Er nickte und gab mir das Handy zurück.

»Endlich unternimmt einer von ihnen was.«

»Du weißt davon?« Natürlich wusste er davon, immerhin machten die beiden kein Staatsgeheimnis aus ihrer Affäre. Was ich meinte, war jedoch, dass Jacob wusste, dass sowohl Sarah als auch Seb für den jeweils anderen tiefere Gefühle hegten.

Er zuckte mit den Schultern. »Seb ist seit Jahren ein guter Kumpel.« Jacob versuchte möglichst unschuldig dreinzuschauen und versagte kläglich. Mir kam ein Gedanke, und ich musterte ihn neugierig. Im Schein der Fackeln und der Kerze zwischen uns wirkte Jacob gleichzeitig irgendwie unwirklich und zugleich so nahbar und echt wie noch nie zuvor.

»Ein guter Kumpel, der dich eventuell dazu angestiftet hat, Sarah einzustellen?«

Jacobs Mundwinkel zuckten verräterisch. »Ich weiß nicht, was du meinst.«

»Aber sicher.« Das wurde ja langsam wirklich interessant.

»Hart rannehmen.«

»Entschuldigung?« Für einen kurzen Moment schockiert begegnete ich Jacobs amüsiertem Blick.

»Es heißt hart rannehmen«, antwortete er, »den letzten Teil schreibt man zusammen. Wir wollen doch nicht, dass Sarah ihren Liebesbrief versaut.«

Kopfschüttelnd tippte ich meine Antwort in unseren Chat und ließ das Handy in meiner Tasche verschwinden.

»Du hast Sarah also wegen Seb eingestellt?«

»Willst du wirklich über die beiden reden?«

»Nein.« Vielleicht? Es war jedenfalls sicherer, als über uns zu reden.

»Gut.« Er musterte mich lächelnd. »Du siehst sehr hübsch aus, Ellie.«

»Danke.« Unsicher, wie ich auf sein Kompliment reagieren sollte, kaute ich auf meiner Unterlippe herum. »Du auch.«

Jacob schien meine Worte nicht einmal zu hören. Sein Blick senkte sich auf meine Lippen, und mir wurde bewusst, was ich hier gerade tat. Sofort hörte ich auf, und meine Zungenspitze schnellte vor, um meine plötzlich trockenen Lippen zu befeuchten. Jacobs Augen verdunkelten sich, und eine Ader an seiner Schläfe begann zu pochen.

»Wenn du mich weiter so ansiehst, Ellie, dann fällt das Essen kurz aus.« Seine Worte waren nicht mehr als ein heiseres Knurren.

Ohne auf meine Antwort zu warten, rief Jacob einen der Kellner zu uns. Rasch überflog ich die Speisekarte und entschied mich für Sommerrollen mit Garnelen und einen Melonensalat mit gegrilltem Thunfisch. Jacob gab seine Bestellung auf, wobei er mich nicht mal für eine Sekunde aus den Augen ließ.

»Wein?«, fragte er mich. »Oder Champagner?«

Für beides war Vietnam nicht unbedingt bekannt, daher vermutete ich, dass es sich um europäische oder australische Marken handeln würde. Wir entschieden uns für Wein. Jacob nannte dem wartenden Kellner einen kompliziert klingenden französischen Namen, den er jedoch komplett akzentfrei aussprach.

»Der französische Einfluss ist hier nicht mehr so groß wie in Hanoi«, erklärte er. »Dort wäre die Weinauswahl größer. Ich habe uns einen leichten Weißwein bestellt.«

Ich nickte. Das vertraute Flattern machte sich in meinem Magen breit, und ich atmete tief durch, bis ich mich so weit unter Kontrolle hatte, dass ich meiner Stimme wieder traute.

»Warum hast du dich von Marjolaine getrennt?«

Jacobs Augenbrauen schossen in die Höhe. Verdammt, das hatte ich gar nicht sagen wollen. Die Frage brannte in mir, ja, aber es gab sicherlich charmantere Wege, ihn nach pikanten Details seiner vorherigen Beziehung zu fragen, als diesen. Und mit Sicherheit gab es passendere Momente.

»Das nenne ich mal einen Stimmungskiller …«

»Tut mir leid, ich …«

»Ist schon gut.« Er lehnte sich vor und fummelte an dem kleinen

Blumengesteck zwischen uns herum. Gespannt hielt ich die Luft an.

»Die Frage an sich stört mich nicht«, stellte er klar. »Ich war nur auf den plötzlichen Themenwechsel nicht vorbereitet.« Er zog eine Augenbraue in die Höhe. »In meinem Kopf war ich gerade ganz woanders.«

Oh, ich war ebenfalls dort gewesen. Aber wir hatten ein ganzes Essen vor uns, und ich wollte mehr über Jacob erfahren.

Und ihm im Gegenzug nichts von dir erzählen?

Als ich nicht antwortete, atmete Jacob geräuschvoll aus.

»Also schön.« Er ließ von den Blumen ab und lehnte sich auf seinem Stuhl zurück, einen Arm lässig über die Lehne gelegt. »Es hat einfach nicht mehr gepasst«, begann er. »Wir waren beide nur am Reisen, und ihr hat von Anfang an nicht gefallen, womit ich mein Geld verdiene.«

»Aber ihr wart fast zwei Jahre zusammen.«

Der Kellner trat an unseren Tisch und versorgte uns mit Wein und den Vorspeisen. Nachdem ich das kleine Kunstwerk auf meinem Teller gewürdigt hatte und wir wieder alleine waren, sah ich auf. Jacob schien amüsiert.

»Was denn?« Abwehrend griff ich nach meinem Glas Wein. Meine Hände brauchten dringend etwas, womit sie sich beschäftigen konnten. »Glaubst du wirklich, ich hätte dich nicht *gegoogelt*?«

»Natürlich hast du das«, erwiderte er gelassen. »Immerhin ist es dein Job, solche Dinge über mich zu wissen.«

Der Weißwein war eiskalt, leicht und verfügte über eine angenehme Säure, dennoch kam er mir in diesem Moment schal und bitter vor. Schuld daran war das schlechte Gewissen, das bei Jacobs Worten in mir aufwallte. Ich verdrängte es und konzentrierte mich auf Jacob und die Fragen, die mir seit meinem Gespräch mit Sarah im Kopf herumschwirrten.

»Hast du sie geliebt?« Und da war sie auch schon, die Frage, die mich am meisten beschäftigte. Offensichtlich war mein Mund heute Abend schneller als mein Hirn. Zum Glück ließ Jacob sich von meiner Fragerei nicht aus der Ruhe bringen. Er griff nach seinem Besteck, und ich erinnerte mich daran, dass auch ich eine köstlich aussehende Vorspeise vor mir stehen hatte. Während ich nach der ersten Sommerrolle auf meinem Teller griff (da man mir kein Besteck gegeben hatte, vermutete ich, dass es durchaus okay war, mit den Händen zu essen), beantwortete Jacob meine Frage.

»Ich dachte es, ja. Am Anfang. Aber wenn ich ehrlich bin, habe ich sie dafür wahrscheinlich nicht gut genug gekannt. Wir haben uns viel zu selten gesehen, um eine wirkliche Verbindung zueinander aufzubauen. Es war die Vorstellung von uns, die mir gefallen hat.« Er zögerte kurz. »Marjolaine hatte es nicht immer leicht mit mir.«

»Wie meinst du das?« Sarah hatte es bereits angedeutet, aber ich wollte es aus seinem Mund hören.

»Du weißt, was mir der Sport bedeutet.« Das Besteck fest in den Händen, sah er auf. »Marjolaine wollte, dass ich ihr die gleiche Aufmerksamkeit schenke. Zu Recht«, fügte er hinzu, »das ist mir bewusst. Aber ich konnte es nicht. Der Sport war mir wichtiger als sie, und das war der Moment, in dem ich erkannt habe, dass ich sie sehr mag, aber nicht liebe.«

Mein Herz machte einen kleinen Satz.

»Sie hat versucht, mit deinem Job zu konkurrieren«, schlussfolgerte ich. Jacob nickte.

»Ich wollte nie, dass es so weit kommt. Marji ist eine tolle Frau, aber einfach nicht die richtige für mich. Und ich bin ganz sicher nicht der richtige Mann für sie. Sie verdient jemanden, für den sie an erster Stelle steht.«

»Ich denke, solche Dinge passieren einfach ab und an …«

»Dein Vertrauen in mich in allen Ehren, Ellie, aber du musst keine Ausreden für mich erfinden. Das hat Marji lange genug getan.« Er senkte den Blick. »Und ich habe es zugelassen. Ich habe in der Beziehung mit ihr viel falsch gemacht. Als mir klar wurde, dass sie emotional mehr involviert war als ich, hätte ich es beenden müssen.«

»Wieso wart ihr dann zwei Jahre zusammen?«

»Inoffiziell?«

Ich nickte kauend. Die Sommerrollen schmeckten genauso köstlich, wie sie aussahen. Die Schärfe der gebratenen Garnelen, die Süße der Mango und der ganz eigene Geschmack von Koriander bildeten eine kleine Geschmacksexplosion in meinem Mund. Und dabei hatte ich noch nicht einmal von den zwei Soßen auf meinem Teller probiert.

»Marji stand kurz vor ein paar wirklich großen Modenschauen«, erklärte Jacob. »Außerdem war sie gerade das Gesicht einer bekannten Kosmetiklinie geworden. Sie fürchtete um ihr Image und wollte all die positiven Schlagzeilen über sich nicht sofort durch negative ersetzen. Sie bat mich darum, ein wenig länger mitzuspielen.« Er zuckte mit den Schultern. »Da wir uns sowieso kaum gesehen haben und die Crew und ich zu der Zeit einen Monat in Südamerika verbracht haben, sah ich kein Problem darin, ihrer Bitte nachzukommen.

»Und du glaubst nicht, dass sie einfach noch nicht bereit war, dich loszulassen?«

Jacob verneinte. »Ich habe ihr deutlich zu verstehen gegeben, dass wir nicht gut füreinander sind und wir uns so oder so trennen. Auch, dass wir nicht mehr zusammenkommen.«

Ich unterdrückte ein Augenrollen. Männer. Nur weil er ihr sonst was gesagt hatte, hieß das noch lange nicht, dass Marjolaine ihre Gefühle einfach so abstellen konnte.

»Sie hat es verstanden«, beharrte er. »Wir haben uns die letzten Monate unserer Beziehung kaum gesehen, und ich habe der Presse gegenüber den Schein gewahrt. Danach sind wir im Freundschaftlichen auseinandergegangen.«

Kerzenlicht tanzte über Jacobs markante Züge. In diesem Moment konnte ich mir nur schwer vorstellen, dass irgendeine Frau einen Mann wie ihn kampflos ziehen lassen würde.

Ich spielte mit dem Stiel meines Weinglases. Dann sah ich auf. Jacob erwiderte meinen Blick ernst. Gott, was für eine Heuchlerin ich doch war. Ich wollte alles über ihn wissen, verlangte es geradezu, und im Gegenzug wusste er so gut wie nichts über mich. Das, was ich hier tat, war absolut nicht fair.

»Ich wollte die Trennung«, wiederholte er, »und Marji war einverstanden.«

Dennoch hatte sie ihn gebeten, noch ein wenig länger den verliebten Freund zu mimen. Für die *Presse* … mhm. Verflucht, Sarah hatte recht. Eifersucht stand mir nicht, nicht im Geringsten. Aber es war so lange her, dass ich im Ansatz so etwas wie Eifersucht in Bezug auf einen Mann gespürt hatte, dass mich das Gefühl kurz überforderte.

»Wie lange hast du mitgespielt?«

Jacob legte sein Besteck beiseite. Er wirkte ernster als bei unserer Ankunft, dafür hatten meine Fragen gesorgt, doch ich rechnete es ihm hoch an, dass er sie, ohne zu murren, aufrichtig beantwortete. »Ein paar Monate. Fünf oder sechs vielleicht.«

Fast sechs Monate. Rasch überschlug ich alles, was ich über Jacob, Marjolaine und ihre Trennung gelesen hatte. Fast sechs Monate … Das bedeutete, dass er nicht erst seit einem Monat Single war, sondern bereits über ein halbes Jahr. *Er hat sie nicht geliebt. Nicht richtig jedenfalls.* Dieses Wissen bereitete mir mehr Freude, als es sollte. Ein Teil dieser Freude musste sich auf meinem Gesichts widerspiegeln.

»Habe ich die Fragen zu deiner Zufriedenheit beantwortet?«, fragte er mich nun wieder grinsend.

»Hast du.« Ich schnappte mir die zweite Sommerrolle von meinem Teller und biss herzhaft hinein. »Danke«, murmelte ich kauend. Für einen Moment sah Jacob mir schweigend beim Essen zu, dann veränderte sich sein Gesichtsausdruck, und er verschränkte die Arme vor der Brust. Ich ahnte, was jetzt kam, und stählte mich innerlich.

»Was ist mir dir?« Den Kopf leicht schräg gelegt, musterte er mich eindringlich.

Obwohl ich die Frage vorausgesehen hatte, versetzte sie mir einen schmerzhaften Stich ins Herz. So würde es wahrscheinlich immer sein, dachte ich. Der Schmerz würde nie aufhören, aber ich konnte aktiv daran arbeiten, dass es besser wurde.

»Ich ... ich bin schon ein wenig länger ...« Tja, was war ich? Solo? Frei? Machtlos? Gelähmt? Ich hätte ewig so weitermachen und im Kopf jedes Synonym für das kleine, bedeutungsschwere Wort »alleine« durchspielen können, aber unterm Strich war ich genau das. »Ich bin schon etwas länger alleine«, versuchte ich es daher noch einmal, diesmal mit festerer Stimme. Das Wort Single kam mir einfach nicht über die Lippen. Nicht, wenn es um Mark und unsere Vergangenheit ging. Ich war kein Single, ich war Witwe, und diese Tatsache begann ich gerade erst zu verarbeiten.

»Wie lange?« Jacobs Stimme war sanft, ganz so, als spürte er, dass mir dieses Gespräch viel abverlangte.

»Drei Jahre.« Meine Worte waren kaum zu hören. Ich rechnete mit einem erstaunten Aufschrei, einem Kommentar, *irgendetwas*, aber Jacob blieb stumm. Über den Tisch hinweg begegneten sich unsere Blicke. Für ein paar Sekunden hielt ich seinem Blick stand, dann wandte ich mich ab und sah an ihm vorbei zu den leeren Tischen auf der Terrasse. Wir waren noch immer alleine. Der leicht salzige Geruch von Meer und Strand stieg mir in die Nase. Gleichzeitig fremd und vertraut. Definitiv exotischer als zu Hause, an den Stränden von Scarborough oder Reighton, kam er hier in Vietnam niemals alleine. Es lag immer ein Hauch von etwas anderem, Exotischerem mit in der Luft. Gewürze und Kräuter, der süßliche Duft der Frangipani oder der leicht rauchige Duft der Fackeln und Kerzen, die einem im Freien stets zu umgeben schienen … In diesem Land war so viel los, es steckte so voller Lebendigkeit, dass der Geruch des Meeres niemals für sich alleine stand.

Ich lauschte dem Rauschen der Wellen, während sich eine nicht zu deutende Stille zwischen uns ausbreitete. Jacob wartete darauf, dass ich ihm mehr gab als ein simples »Drei Jahre«, und ich konnte es ihm nicht verübeln. Allerdings wollte ich uns den Abend auch nicht verderben, indem ich jetzt meine ganze traurige Vergangenheit vor ihm ausbreitete. Wenn ich das tat, würden die Tränen fließen und unser Abend wäre ruiniert, also …

Jacob wartete, bis der Kellner unsere Teller abgeräumt und unsere Weingläser aufgefüllt hatte, dann lehnte er sich vor und griff nach meiner Hand, mit der ich bis zu diesem Zeitpunkt nervös am Stiel meines Weinglases gespielt hatte.

»Ellie, sieh mich an«, befahl er mir. Der plötzliche Körperkontakt war berauschend und beruhigend zugleich. Jacobs Berührung ließ einen Teil meiner Nervosität und Anspannung verschwinden. Ich sah von unseren ineinander verschränkten Fingern auf.

»Es ist okay«, sagte er und drückte meine Finger sanft. »Du musst nicht über Dinge sprechen, die dich aufwühlen. Ich kann warten.« Er ließ mich wieder los und lehnte sich auf seinem Stuhl zurück. »Immerhin ist dies das erste Date von vielen.«

Das wiederum brachte mich zum Lachen. »Das erste von vielen?«

Er fuhr sich mit den Fingerspitzen nachdenklich über die Lippen. »Mhm.«

Diese Geste hatte einzig und allein ein Ziel: meinen Blick auf seinen Mund zu lenken. Jacob versuchte die Stimmung zwischen uns aufzulockern, indem er mich reizte. Das war süß. Die Enttäuschung, die er offensichtlich empfand, weil ich noch nicht bereit war, mich ihm zu öffnen, konnte er dennoch nicht ganz aus seinem Blick verbannen. Wahrscheinlich sollte ich sie nicht sehen, aber ich tat es. Das schlechte Gewissen war da, und es war potent, allerdings war es nicht so stark wie der Wunsch, diesen Abend zu genießen. Und genau das würde ich tun: diesen Abend in vollen Zügen genießen. Ich schenkte Jacob ein dankbares Lächeln und wurde meinerseits mit einem nachsichtigen Augenzwinkern belohnt. Ich griff nach meinem Weinglas und vertrieb alle Gedanken an Marjolaine, meine Vergangenheit oder meine Zukunft aus meinem Kopf. Und diesmal schmeckte der Wein nicht bitter, sondern süß, herb und aufregend zugleich. Mein Blick fiel auf Jacobs noch immer volles Glas.

»Trinkst du nichts?«

»Ein wenig.« Er lächelte. »Nur so viel, dass ich uns beide später sicher nach Hause bringen kann.«

Nach Hause. Schlagartig wurde mir ein paar Grad wärmer. Nur Jacobs eindringlicher Blick und die Tatsache, dass ich einen weitestgehend klaren Kopf behalten wollte, hielten mich davon ab, das Glas in einem Zug zu leeren. Meine aufgedrehten Nerven hätte es vielleicht beruhigt, aber dies war mein erstes Date seit einer Ewigkeit, und ich wollte einen klaren Kopf behalten.

31

Ich glaube,
dass du und ich Schicksal sind.

»Erzähl mir von Helen«, bat Jacob plötzlich. »Wie lange kennt ihr euch?«

Dankbar für den Themenwechsel, tippte ich mir nachdenklich ans Kinn, um mir einen Moment Zeit zu verschaffen. Nur ein paar Sekunden, in denen ich mich wieder sammeln konnte.

»Helen und ich kennen uns seit der Grundschule.« Das Lächeln kehrte auf mein Gesicht zurück. »Sie hat Toby Hines gegen das Schienbein getreten, weil er mich im Sandkasten geschubst und mir die Schaufel geklaut hat. Danach waren wir beste Freundinnen.«

Mit gespielt ernstem Gesicht sah Jacob in den Nachthimmel hinauf und faltete seine Hände wie zum Gebet. »Bitte lieber Gott, mach, dass Helen und Sarah sich niemals begegnen.«

»Den Gedanken hatte ich auch schon«, gab ich lachend zu. »Ich schwanke zwischen Grusel und Faszination. Wer weiß, wozu die beiden fähig wären.«

»Ich glaube, das will ich lieber nicht rausfinden …«, murmelte er, während uns der Hauptgang serviert wurde. Auf meinem Teller lag erneut ein kleines Kunstwerk aus golfballgroßen Melonen, Papayastücken, Minze, anderen Kräutern, die ich nicht identifizieren konnte, Chilis, von denen ich mich lieber fernhielt, und einem herzförmigen gegrillten Stück Thunfisch. Die Herzform war nicht beabsichtigt, das war mir klar, aber mit ein wenig Phantasie sah es so aus. Und demjenigen, der eine einfache Karotte zu einer Rose geschnitzt hatte, musste man meiner Meinung nach einen Orden verleihen.

Schweigend nahmen wir die ersten Bissen. Als eine erneute Geschmacksexplosion in meinem Mund stattfand, schloss ich genüsslich die Augen. Himmel, war das gut … schmeckte eigentlich alles in diesem Land intensiver? Aromatischer?

»Warum Kapstadt?«, brach Jacob das einvernehmliche Schweigen zwischen uns. »Ziemlich weit weg, das stelle ich mir für eine Freundschaft nicht besonders einfach vor.«

»Stimmt. Aber tatsächlich haben Helen und ich damit keine Probleme. Wir telefonieren und schreiben fast täglich und besuchen uns. Wobei Helen öfter nach York kommt, da ihre Eltern noch immer dort wohnen.« Ich erzählte ihm von Helens und meiner Studienzeit, und wie sie Kanya kennengelernt hatte. Die lustigen Anekdoten aus unserer Collegezeit brachten mich nicht nur zum Lachen, sondern auch auf andere Gedanken. Nur ein Thema ließ ich außen vor: Mark. Jacob erzählte mir von seiner Kindheit in Kalifornien und seinen Eltern, die noch immer in den USA wohnten, jedoch schon länger darüber nachdachten, nach England zurückzukehren.

»Ich habe angeboten, ihnen eine Wohnung oder ein Haus in London oder Umgebung zu kaufen, aber bis jetzt weigern sie sich standhaft, dieses Angebot anzunehmen.«

Ich konnte nicht anders, ich musste fragen. »Wie reich genau *bist* du?«

Jacob lachte leise und fuhr sich mit der Hand über das Gesicht. Diesmal erlaubte ich mir, seine kräftigen Unterarme zu bewundern, die ich dank der hochgekrempelten Hemdsärmel gut sehen konnte. Seit wann waren Unterarme so sexy?

»Ich rede nicht gern über Geld …«

»Weil du es hast.« Mein Blick wanderte an ihm vorbei und glitt erneut zu den noch immer leeren Tischen. »Das sollte kein Vorwurf sein«, beeilte ich mich zu sagen. »Ich weiß ja, dass du hart für deinen Erfolg gearbeitet hast.« Ich kniff die Augen zusammen. »Wieso sind keine anderen Gäste hier draußen?« Am Anfang hatte es mich nicht überrascht, der Abend war noch jung gewesen, mittlerweile musste es aber auf acht Uhr zugehen, und es kam mir merkwürdig vor, dass das Restaurant zwar voll war, aber niemand auf dieser traumhaften Terrasse am Meer sitzen wollte.

»Weil ich die ganze Terrasse gemietet habe. Ich wollte mit dir alleine sein.«

Ich hätte es mir denken können. Kein bisschen peinlich berührt erwiderte Jacob meinen Blick.

»Okay.« Ich nickte, während es in meinem Kopf arbeitete. »Also, du hast die Flugtickets bezahlt, das Hotel in Ninh Binh, das alles hier …« Wobei es mich nicht wundern würde, wenn er noch mehr Geld meinetwegen ausgegeben hatte, ohne dass ich davon wusste. Zumindest würde das Franks mürrischen Blick erklären. »Und nicht jeder redet so leichtfertig darüber, Immobilien zu erwerben«, sagte ich und zeigte mit meinem frisch aufgespießten Melonenbällchen auf ihn. »Glaub mir, ich weiß, wovon ich rede.«

Bisher schien er völlig unbeeindruckt von meinem kleinen Monolog, nun aber runzelte er die Stirn. »Ach ja?«

Shit. *Shit, shit, shit.*

»Ich habe während des Colleges als Maklerin gearbeitet«, beeilte ich mich zu erklären.

O Gott, bitte lass ihn die Lüge schlucken …

Das hier war der denkbar schlechteste Zeitpunkt, reinen Tisch zu machen.

»Nicht unbedingt der normale Studentenjob.«

»Nicht wirklich.« Mein Lachen klang sogar in meinen eigenen Ohren falsch. »Ich bin da irgendwie reingerutscht. Der Nachbar meiner Eltern verkauft Immobilien und hat jemanden für den Empfang gesucht. Eines Tages wurde er krank und bat mich, ihn zu vertreten, und nun ja, danach hatte ich einen Job als Maklerin.«

»Wie alt warst du?«

»Einundzwanzig.«

Jacobs Gesichtsausdruck wechselte von skeptisch zu beeindruckt. »Nicht schlecht. Und nebenbei hast du geschrieben?«

»Ein Muss als Literaturstudentin.«

Neugierig lehnte er sich vor. »Worüber hast du geschrieben? Vorhin, als ich dich abgeholt habe?« Er musterte mich. »Du sahst aufgeregt aus und, wenn mich nicht alles täuscht, auch ein wenig … erhitzt.«

Über dich, mich und multiple Orgasmen.

»Eine normale, äh, Liebesgeschichte.« Meine Wangen röteten sich und straften mich Lügen.

»Ich glaube dir nicht, Ellie Mansfield.«

Offensichtlich war ich besser darin zu lügen, wenn es um meine Identität ging. Nicht aber dann, wenn es darum ging, ob Jacob Harrison mir unter die Haut ging.

Nervös rutschte ich auf meinem Stuhl herum. Hitze breitete sich in mir aus, wenn ich an die Worte dachte, die ich Helen vorgelesen hatte, und jene, die danach gefolgt waren. An all dem war Jacob schuld. Jacob und diese unnatürliche Anziehungskraft, die er auf mich ausübte. Und ganz vielleicht auch die Tatsache, dass ich seit drei Jahren keinen Mann mehr in meinem Bett gehabt hatte.

»Du wirst rot«, stellte er fest und sah mich beinahe verzückt an.

»Weil du mich so anstarrst!«

»Weil du ein wunderschöner Anblick bist.« Er zwinkerte mir zu.

»Und weil du mich anschwindelst.«

Hallo, schlechtes Gewissen. Ich spürte regelrecht, wie ich mich immer tiefer ins Verderben manövrierte. Es war, als steckte ich in Treibsand fest und jemand riefe mir zu, bloß stillzuhalten. Anstatt jedoch zu gehorchen, begann ich, wie wild zu strampeln und mit den Armen zu rudern, und sank immer und immer tiefer in den Sand hinein. Mit wehenden Fahnen unaufhaltsam in Richtung Katastrophe.

»Jacob, ich …« Ich brach ab. Was sollte ich auch erwidern? Ich hatte nichts zu sagen. Und gleichzeitig hatte ich sehr viel zu sagen.

»Möchtest du ein Dessert?«

Huch? Ob ich was wollte? Ich hatte den Blick auf mein Weinglas gerichtet, bei seinen überraschenden Worten sah ich jedoch auf. Jacob zeigte auf meinen fast leeren Teller. Er selbst hatte seine Meeresfrüchte-Pasta in Rekordzeit verspeist.

»Dafür werde ich zwar morgen büßen, aber ein wenig Schokolade hat noch nie geschadet, oder nicht?« So wie er das Wort Schokolade betonte, so sinnlich und dunkel, hätte er auch ganz andere Dinge sagen können … mein Körper reagierte augenblicklich auf ihn und das Feuer in seinen Augen.

»Ich liebe Schokolade und kann nur sehr selten … widerstehen.«

O Gott, redeten wir hier wirklich noch über Dessert? Die Arme noch immer lässig auf den Tisch gestützt, fuhr er mit einem Finger sinnlich über den Rand seines Weinglases. Gebannt beobachtete ich, wie er einen Tropfen Kondenswasser auffing. Ohne mich aus den Augen zu lassen, führte er die Hand an den Mund und leckte träge den Wassertropfen von seinem Finger. Synchron zu seiner Bewegung zog sich mein Unterleib zusammen. Lust durchfuhr mich hart und kompromisslos. Und ich hieß sie willkommen. Dieses Spiel konnten auch zwei spielen.

Die Beine überschlagend, konzentrierte ich mich auf das verlangende Pochen in meinem Körper und hob meinen Blick von Jacobs Lippen zu seinen Augen. Seine Pupillen waren so stark erweitert, dass seine blauen Iriden nun fast schwarz wirkten.

»Und wie«, hauchte ich leise – ich hatte gar nicht vorgehabt zu hauchen, allerdings schien meine Stimme mich verlassen zu haben, und so brachte ich nichts anderes zustande –, »wirst du morgen büßen müssen?«

»Wusstest du«, erwiderte er leise und hielt meinen Blick gefangen, »dass Leistungssportler nicht zwei- bis viermal die Woche trainieren müssen, sondern jeden Tag? Es geht darum, die Leistungsfähigkeit der Muskulatur zu steigern und individuelle koordinative und … technische Fähigkeiten zu verbessern.«

Was stimmte nicht mit mir, dass mich Jacobs Worte immer weiter anturnten?

»Man muss die einseitige Belastung vermeiden«, raunte er und lehnte sich weiter vor und damit näher zu mir. »Mein Trainingsplan ist bis ins kleinste Detail ausgeklügelt. Die Kunst ist es, das Gleichgewicht zwischen Belastung und Erholung zu wahren.« Jacobs Blick wanderte über mein Gesicht, bis er sich auf eine Stelle an meinem Hals legte. Direkt dort, wo mein Puls heftig zu schlagen begonnen hatte. »Dabei ist es wichtig, nach einem individuellen Puls zu trainieren …«

»Ist das so?«

»Mhm.«

Da war es wieder, dieses kleine Wort voller Bedeutung. Dabei war es noch nicht mal ein richtiges Wort, eher ein Geräusch. Und aktuell ein sehr sinnliches Geräusch. Ich kratzte all meinen Mut zusammen und sah Jacob direkt in die Augen.

»Was hättest du denn gern als Nachtisch?«

Meine Frage war unmissverständlich. Wollte er wirklich Schokolade oder … mich? Adrenalin jagte durch meinen Körper, als ich mir gedanklich selbst auf die Schulter klopfte für meine tollkühnen Worte. Jacob schluckte. In einer flüssigen Bewegung drehte er sich auf seinem Stuhl in Richtung Restaurant. Einer der Kellner wollte gerade loslaufen, die Dessertkarte in der Hand, da schüttelte Jacob den Kopf und signalisierte ihm, die Rechnung zu bringen.

Das Herz schlug schnell in meiner Brust, als ich Jacob dabei beobachtete, wie er seine schwarze American Express durch das kleine Lesegerät zog. Als die Karte erst beim zweiten Mal akzeptiert wurde, warf er mir einen ungeduldigen Blick zu, der mich zum Schmunzeln brachte. Er hatte nicht nur mich, sondern offensichtlich auch sich selbst mächtig angeturnt, und jetzt bekam er im wahrsten Sinne des Wortes die Quittung dafür. Fünf Minuten später hatten wir das Restaurant verlassen. Anstatt jedoch den Parkplatz anzusteuern, griff Jacob nach meiner Hand und zog mich auf einen kleinen, in der Dunkelheit kaum erkennbaren Trampelpfad in Richtung Strand.

»Lass uns ein wenig am Strand spazieren gehen.«

In der Ferne konnte ich ein paar Lichter erkennen, vermutlich gehörten sie zu einem Hotel oder einer Beach-Bar, andere Spaziergänger konnte ich jedoch nicht erkennen, wir waren hier komplett alleine.

Jacobs Griff um meine Hand wurde fester. Allmählich wurde das zu einer Gewohnheit. Aber warum sonst sollte man auch einen Nachtspaziergang am Strand machen, wenn nicht zum Händchenhalten. Oder Rumknutschen?

»Worüber hast du vorhin geschrieben?«

Mein Herz begann wie wild zu hämmern, und alles, woran ich denken konnte, waren meine Worte, der menschenleere Strand und daran, Jacob zu küssen und all das mit ihm anzustellen, worüber ich seit Tagen phantasierte.

Du bist eine erwachsene Frau, Ellie, du kannst über Sex schreiben! Und ganz sicher kannst du auch darüber reden.

»Ich habe eine Sexszene geschrieben, zufrieden?«

Jacob gab ein undefinierbares Geräusch von sich.

»Was soll das jetzt wieder heißen?«

»Ging es darin um uns?«

Ruckartig blieb ich stehen. Ich hatte zugegeben, dass es sich um eine Sexszene handelte, aber ich würde nicht zugeben, dass er meine Inspirationsquelle *Numero uno* gewesen war. Definitiv nicht. Bevor ich mir eine passende Antwort zurechtlegen konnte, zog Jacob an meiner Hand, bis ich sanft gegen seine Brust fiel. Ohne den Augenkontakt zwischen uns zu brechen, strich er mir über die Wange, und seine Finger hinterließen eine kribbelige Spur auf meiner Haut. Dann legte er eine Hand in meinen Nacken und zog mich noch dichter zu sich. »Ich wette, es ging um uns«, flüsterte er heiser. Dann küsste er mich.

Jeglicher Gedanke verließ meinen Kopf. Alles, was ich hatte erwidern wollen, ging in Jacobs leidenschaftlichem Kuss unter. Halt suchend umklammerte ich Jacobs Schultern und gab mich der Flut erregender Gefühle hin. Seine Lippen auf meinen, seine Zungenspitze, die meine neckte … Wie von selbst wanderten meine Arme höher, und ich schlang sie um Jacobs Hals, um ihm noch näher zu kommen.

Eine Hand in meinem Nacken, legte Jacob seine andere, jetzt freie Hand besitzergreifend auf meinen unteren Rücken. Sehr tief auf meinen unteren Rücken. Er umfasste meinen Nacken fester und neigte meinen Kopf, damit er mich noch leidenschaftlicher küssen konnte. All das erotische Geplänkel von vorhin, das Necken und

Reizen der letzten Tage entlud sich in diesem einen phänomenalen Kuss.

Ich presste meine Lippen auf Jacobs, ich nahm, und ich gab, während ich gleichzeitig versuchte, ihm all das zu sagen, was ich nicht in Worte fassen konnte.

Ich brauche dich.

Ich will dich.

Ich glaube, ich verliebe mich in dich.

Der letzte Gedanke machte mir Angst, aber es war die Wahrheit. Was für einen Sinn hatte es, meine Gefühle noch länger zu verleugnen? Sarah wusste es. Helen wusste es. Himmel eins, sogar meine Mutter wusste es. Und vermutlich auch Jacob. Er zog sich ein kleines Stück zurück und biss mir spielerisch in die Unterlippe.

»Bist du noch hier bei mir?«, flüsterte er heiser.

»Ja.« Meine Stimme war nichts weiter als ein raues Krächzen.

»Gott sei Dank«, murmelte er und presste seine Lippen erneut auf meine. Diesmal war der Kuss aggressiver, fordernder. Verflucht, wie sehr ich das vermisst hatte. Dieses Verlangen und dieses Gefühl, sich komplett in einem anderen Menschen zu verlieren, auf die bestmögliche Art und Weise. Lust pulsierte durch meine Adern, und instinktiv rückte ich immer näher. So nah, dass wir der Länge nach gegeneinandergepresst wurden und es einfach kein Weiter mehr gab. »Weiter« hätte bedeutet, uns gegenseitig die Kleider vom Leib zu reißen, und ich besaß noch so viel klaren Menschenverstand, dass ich mir darüber bewusst war, wo wir uns befanden: in der Öffentlichkeit. Meine Nägel gruben sich in Jacobs Nacken und seine Haare. Die Hand an meinem Rücken zuckte, ehe sie tiefer wanderte und sich auf meinen Po legte. Instinktiv winkelte ich ein Bein an und schlang es um Jacobs Hüfte. Ich keuchte auf, als seine Erektion nun vollends gegen meinen Bauch gepresst wurde. Wie gern ich in diesem Moment alle Vorsicht über Bord geworfen und jetzt und hier mit Jacob geschlafen hätte. Am Strand, unter den Sternen, das Rauschen der Wellen als Hintergrundmusik. Aber trotz all der überaus erotischen Gedanken, die mir in diesem Moment durch den Kopf gingen, war ich noch nicht so weit. Erst musste ich ihm von Mark erzählen und mit meinen eigenen Gefühlen klarkommen.

Jacob schien jedoch völlig zufrieden damit zu sein, mich besinnungslos zu küssen. Dabei ging er so gründlich und geschickt vor, dass meine Beine anfingen zu zittern. Warum genau befanden wir uns am Strand und nicht in meinem oder seinem Zimmer? Kurzerhand schob er einen Arm unter meinen Po und hob mich hoch. Ich keuchte erschrocken auf.

»Jacob!«

»Bank. Da drüben«, murmelte er. Nach Halt suchend schlang ich ihm beide Beine um die Hüfte und klammerte mich an seinen Schultern fest, während er mich den kurzen Weg über den Strand trug. Mit mir auf dem Schoß ließ er sich ein wenig umständlich auf der klapprig aussehenden Bank nieder und drückte mich fest an sich. Die seitliche Sitzposition war jedoch nichts für mich, also raffte ich mein Kleid nach oben und setzte mich rittlings auf Jacobs Schoß.

Stöhnend schloss er die Augen. »Verdammt, Ellie. Ich versuche wirklich, ein Gentleman zu sein.«

»Du kannst das«, keuchte ich und zog seinen Kopf und damit seinen Mund erneut zu mir. »Ich glaube an dich.« Diesmal war ich diejenige, die ihn küsste. Begehren und Leidenschaft fegten mit der Gewalt eines Wirbelsturms über mich hinweg und ließen mich Raum und Zeit komplett vergessen. Ich blendete alles aus, außer Jacob und das Gefühl, am absolut richtigen Ort zu sein. Jacob schlang seine starken Arme um mich und presste mich härter auf seinen Schoß. Ich unterdrückte das heisere Stöhnen, das mir über die Lippen kommen wollte, und langsam, wie in Trance begann ich mich auf seinem Schoß zu bewegen …

Ich hatte keine Ahnung, wie lange wir dort auf der Bank saßen, eng umschlungen und total ineinander versunken. Eine Stunde, vielleicht zwei, ich wusste es nicht, und es kümmerte mich auch nicht. Dies waren mit Abstand die schönsten Stunden, die ich seit Langem erlebt hatte. Wir taten nichts weiter, als uns zu küssen, zu liebkosen und zu necken. Dabei war ich nicht die Einzige, die mehr wollte, das konnte ich deutlich spüren, aber er hielt sich zurück.

Als wir uns nach einer Weile voneinander lösten, um Luft zu holen, wummerte mein Herz mit beinahe brutaler Intensität. Aus einem Impuls heraus gab ich Jacob einen Kuss auf die Wange. Sanft strich er mit seinen Fingern über die nackte Haut meines Rückens und hinterließ dabei eine leichte Gänsehaut.

»Wofür war das?«

»Ich mag die Frau, die ich bin, wenn ich mit dir zusammen bin.« Ich lächelte ihn im Dunklen an, sicher, dass er es auf die kurze Distanz und dank der schwachen Lichter des Restaurants zu unserer Linken sehen konnte. »Dafür.«

Ich meinte so etwas wie Überraschung auf seinem Gesicht erkennen zu können.

»Das ist mit Abstand das beste Kompliment, das ich jemals bekommen habe.«

»Gern geschehen.« Das Lächeln auf meinen Lippen intensivierte sich. »Und jetzt küss mich, Jacob Harrison.«

»Verdammt«, stöhnte er und stürzte sich erneut auf meinen Mund.

32

Ich liebe die Momente,
die man nicht in Worte fassen kann.

Die Fahrt zurück ins Hotel wurde von einer zufriedenen, erschöpften Stille begleitet. Natürlich war ich erschöpft. Wann hatte ich das letzte Mal stundenlang einfach nur rumgeknutscht? Die Uhr am Armaturenbrett des Jeeps verriet mir, dass es bereits kurz nach Mitternacht war.

Am Hotel angekommen, parkte Jacob den Jeep unter dem Carport vor dem Haupthaus und begleitete mich zu meinem Zimmer. An der Tür angekommen, drehte ich mich lächelnd zu ihm um.

»Danke für diesen inspirierenden Abend.«

Meine Äußerung entlockte ihm ein Lächeln.

»Ich stehe dir jederzeit zu Diensten. Für deine … *Recherche.*« Er beugte sich herab und küsste mich ein letztes Mal. Es war ein braver, fester Kuss auf den Mund. Dennoch begann mein Herz erneut schneller zu schlagen.

»Gute Nacht«, flüsterte ich und betrat mein Zimmer, bevor ich noch etwas Dummes tat. So etwas wie Jacob hereinbitten und alle Vorsicht über Bord werfen. Aber ich würde diesen für mich perfekten Abend nicht ruinieren. Und er wollte das offensichtlich auch nicht. Mit einem gemurmelten »Gute Nacht« verabschiedete er sich von mir und machte sich auf den Weg in die erste Etage zu seinem Zimmer. Mit einem überaus zufriedenen Lächeln auf den Lippen schloss ich die Tür, lehnte mich dagegen und hob eine Hand an meine geschwollenen Lippen.

O mein Gott.

Ein unkontrollierbares Kichern stieg in mir auf. Schief grinsend kramte ich mein Handy hervor. Sarah hatte mir etwa hundert Nachrichten geschrieben, aber ich ignorierte meine wahrscheinlich schon schlafende Freundin und wählte Helens Nummer. Beim zweiten Klingeln ging sie ran.

»Bei dir ist es nach Mitternacht«, begrüßte sie mich aufgeregt. »Ich nehme mal an, das heißt, dass euer Date gut lief?«

Laut ausatmend ließ ich mich rückwärts auf mein Bett fallen.

»Ich stecke so was von in Schwierigkeiten.«

»Erzähl mir alles!«

»Es war phantastisch«, begann ich meine Erzählung, und als ich geendet hatte, seufzte meine beste Freundin theatralisch.

»Das klingt ganz wunderbar, Ellie. Einfach magisch.«

Lachend legte ich eine Hand über meine Augen. »Ich habe dieses Gefühl so vermisst, Helen! Dieses Herzklopfen und das Kribbeln im ganzen Körper. So was hatte ich immer nur bei Mark.«

Ich stockte automatisch und wartete auf den vertrauten Schmerz, der mir meine Eingeweide herausreißen wollte, und er war da, aber er war schwächer. Anstatt alle Gedanken an Mark zu verdrängen, ließ ich die Erinnerung zu. Ein trauriges Lächeln breitete sich auf meinem Gesicht aus.

»Weißt du noch, als wir im dritten Semester auf Jerrys Party waren?«, fragte sie mich.

Ich schnaubte leise. »Du hast uns beide mit Rum-Cola abgefüllt. Mark ging es so schlecht, dass er unsere Wohnung drei Tage nicht verlassen hat.«

Helen lachte. »Aber ihr hattet euren Spaß! Ich dachte schon, ich müsste euch gewaltsam voneinander lösen. Ihr habt den jüngeren Semestern definitiv eine Show geboten an dem Abend.«

O ja, das hatten wir! Mein Lächeln wurde zu einem Grinsen. »Jerry war so angepisst, ich dachte schon, er würde seine eigene Party sprengen und die Polizei rufen, nur um uns loszuwerden …«

»Jerry war angepisst, weil Brian ihm eingeredet hat, er hätte eine Chance bei dir. Was für ein Schwachsinn«, rief sie lachend. »Jerry hätte es besser wissen müssen, immerhin warst du mit Mark zusammen. Das wusste jeder.«

»Es tut gut, so unglaublich gut, über ihn zu reden, Helen.« Ich atmete tief ein. »Es gibt so viel, was ich ihm noch sagen wollte.«

»Schreib es auf«, kam ihre Antwort wie aus der Pistole geschossen. »Du warst schon immer am besten mit Wörtern, wenn du sie aufschreiben konntest. Mark hat deine Geschichten geliebt. Schreib es auf. Schreib ihm einen Brief.«

Das war … gar keine so üble Idee. Ich sagte es ihr.

»Natürlich ist das eine gute Idee. Sie kommt ja auch von mir!«

Bevor ich etwas erwidern konnte, vibrierte das Handy an meinem Ohr. Zweimal. Irritiert sah ich auf das leuchtende Display.

J:

Ich würde dich gerne wieder küssen

Sehr gerne

O Mann.

»Ellie? Bist du noch dran?«

»Ja, ich … sorry, Helen. Jacob hat mir geschrieben.«

»Was hat er geschrieben?«, fragte sie neugierig. »Lies es vor!«

»Er schreibt, dass er mich wieder küssen möchte.«

Helen gab ein zufriedenes Geräusch von sich. »Guter Mann. Und willst du das auch?«

»Ja! Ich meine …« Puh. Natürlich wollte ich Jacob wieder küssen, ich würde am liebsten nichts anderes mehr tun, als ihn zu küssen. Aber ich wollte auch nichts überstürzen. Immerhin gab es noch das ein oder andere Geheimnis, welches ich zunächst mit Jacob teilen musste.

»Ich schicke ihm ein Emoji.«

Entschlossen, meinen Plan durchzuziehen, stellte ich Helen auf laut und scrollte mich durch die Emojis auf meinem Handy.

»Ellie, ich bin mir nicht sicher, ob ein Emoji die richtige Antwort ist, es sei denn, du bist sehr, sehr eindeutig in der Wahl deiner Emojis.«

Der Smiley mit den großen Augen? Zu ängstlich. Herzchen? Zu eindeutig. Also entschied ich mich für den Smiley mit dem breiten, aber leicht irren Lachen, das ganz viel Zähne zeigte.

»Abgeschickt«, informierte ich Helen.

Sie murmelte etwas, was wie *Um Himmels willen* klang. »Welchen?«

Ich schickte ihr denselben Smiley, und Helen brach in schallendes Gelächter aus.

»O mein Gott, das hast du nicht … Wie viel Wein hast du heute Abend getrunken, Ellen Mansfield?«

»Nur zwei Gläser«, antwortete ich abwesend. Dabei hatte ich das zweite Glas nicht mal vollständig ausgetrunken. »Was hätte ich denn sonst machen sollen?«

»Jede Antwort wäre besser gewesen als dieser *Emoji.*« Helen schnaubte abfällig. »Himmel, sogar keine Antwort wäre besser gewesen als diese Antwort.«

Mein Handy vibrierte.

»Er hat geantwortet!«

»*Was?*«

»Er hat auch ein Emoji geschickt.«

»Welches?«

»Einen … Pfirsich?« Perplex starrte ich auf mein Display. »Wieso schickt er mir einen Pfirsich?«

Mein Handy vibrierte erneut. »Und ein Telefon, ich verstehe nicht …«

Helen prustete am anderen Ende der Leitung vor Freude, während ich noch immer ratlos auf mein Display sah. Mein Kopf schwebte irgendwo über mir, hoch oben in den Wolken.

»Das ist kein Pfirsich, Ellie«, Helen lachte, »das ist ein Hintern. Ein *booty* …«

Pfirsich. Hintern. Telefon.

O nein, das hat er nicht getan!

»Er schickt mir die Emojis für einen *booty call?*«, rief ich aufgebracht, und Helen prustete abermals los.

»Ich fasse es nicht!«

»Was sollte der arme Mann denn sonst machen? Nach deinem irren Smiley?«

»Keine Ahnung«, antwortete ich aufrichtig, »aber Helen, ein *booty call?* So weit bin ich noch nicht. So weit sind *wir* noch nicht!«

»Jacob anscheinend schon.« Sie begann erneut zu lachen. »Immerhin hast du die letzten Stunden rittlings auf dem Schoß des Mannes verbracht.«

Hätte ich es ihr bloß nicht erzählt.

J:

Flippst du gerade aus?

Ellie:

Ich telefoniere mit Helen

J:

Sag ihr hi von mir

Andere Männer hätte es vielleicht verunsichert, dass ich nach unserem gemeinsamen Abend als Erstes meine beste Freundin angerufen hatte. Nicht so Jacob. Ich konnte ihn regelrecht vor mir sehen, wie er mit stolz geschwellter Brust und einem schiefen Grinsen auf seinem Bett saß und triumphierend auf sein Handy sah.

»Jacob sagt hi«, murmelte ich beinahe beleidigt.

»Sag ihm auch hi von mir.«

»Möchtet ihr vielleicht Nummern tauschen?«

»Dürfen wir?« Helen klang hoffnungsvoll, und ich unterdrückte das in mir aufsteigende Lachen.

»Du bist genauso unmöglich wie er!«

»Du auch«, konterte sie, »du hast es nur viel zu lange unterdrückt.«

Leise vor mich hin grummelnd, tippte ich Helens Nachricht an Jacob.

Ellie:

Sie sagt auch hi

J:

Weiß sie von uns?

Ich starrte mein Handy an und unterdrückte ein Augenrollen. Was glaubte er denn, warum ich sie mitten in der Nacht angerufen hatte? Auch wenn es in Kapstadt erst früh am Abend war.

Ellie:

Ja

J:

Gut

Ich gehe schlafen. Immerhin muss ich morgen aus einem Flugzeug springen

»Was?«

»Was ist los?«, drang Helens fragende Stimme an mein Ohr. Ich hatte sie für einen kurzen Moment völlig vergessen.

»Er schreibt, er geht schlafen, weil er morgen aus einem Flugzeug springen muss.«

»Bei jedem anderen«, sagte Helen, »würde das komisch klingen. Wieso nicht bei ihm?«

»Frag mich was Leichteres …«

33

Plot-Twist: Er mag dich auch.

Am nächsten Morgen wurde ich durch aggressives Klopfen an meiner Tür geweckt. Es gab nur eine Person in meinem aktuellen Umfeld, die so hartnäckig war.

»Geh weg, Sarah!«, rief ich nuschelnd und drehte mich auf die andere Seite. Blinzelnd öffnete ich ein Auge. Die Uhr neben meinem Bett verriet mir, dass es noch nicht mal sieben Uhr morgens war. Ich hatte gerade mal fünf Stunden geschlafen.

»Ich schwöre dir …« Sarahs laute Stimme drang durch die Tür. »… dass ich meinen Brief hier draußen laut vorlesen werden, wenn du nicht aufmachst!«

Mit einem lauten Stöhnen rollte ich mich aus dem Bett und tapste in Richtung Tür. Der Muskelkater in meinen Beinen und meinem Rücken erinnerte mich daran, was genau ich gestern Abend stundenlang mit Jacob Harrison auf einer Bank an einem dunklen Strand getrieben hatte. Kaum hatte ich den Riegel zurückgeschoben, platzte Sarah in mein Zimmer und schloss aufgeregt die Tür hinter sich.

»Da du keine meiner *zahlreichen* Nachrichten beantwortet hast, habe ich … *whoa!*« Sie griff nach den Vorhängen und zog sie ruckartig auf. Sonnenlicht strömte in mein Zimmer, und ich schloss klagend die Augen. Fünf Stunden waren nicht wenig, und ich hatte auch keinen Kater, immerhin hatte ich nur zwei Gläser Wein getrunken, aber der letzte Abend steckte mir dennoch in den Knochen. Ich hatte ewig gebraucht, um einzuschlafen.

»Wenn das mal kein äußerst zufriedenes Sex-Gesicht ist!«

»Das ist kein Sex-Gesicht«, korrigierte ich sie lachend und ging in das kleine, an mein Schlafzimmer angrenzende Bad, um mir kaltes Wasser ins Gesicht zu spritzen. Da Sarah offensichtlich etwas von mir wollte, musste eine Dusche wohl noch ein wenig auf sich warten lassen.

»Aber definitiv ein *etwas*-Gesicht, Freundin.«

»Was meinst du?«

Sarah lehnte lässig im Türrahmen. Ein handbeschriebenes Blatt Papier in der Hand, grinste sie mich süffisant an. »Guck in den Spiegel«, forderte sie mich auf.

Ich sah vom Waschbecken und dem Handtuch in meinen Händen auf und stockte.

»O mein Gott!« Jetzt wusste ich, was sie meinte. Meine Haare standen wild in alle Richtungen, meine Lippen waren geschwollen, und die Haut an meinen Wangen und dem Hals war unnatürlich gerötet. Ich sah aus, als hätte ich den Abend in den Armen eines Mannes verbracht. Anstatt mich jedoch zu schämen oder den Blick abzuwenden, grinste ich mich selbst im Spiegel an. Mir gefiel mein Spiegelbild.

»*Das* ist ein Blick, den ich gut finde. Erzähl mir alles!«

»Unser Date war wirklich schön, wir haben direkt am Wasser gegessen und uns lange unterhalten. Danach haben wir einen Spaziergang am Strand gemacht ...«

»Komm zum guten Teil, Mansfield«, forderte Sarah mich augenrollend auf. Sie beobachtete mich dabei, wie ich nach meiner Zahnbürste griff.

»Wir haben geknutscht«, gab ich zu und stopfte mir breit grinsend die Zahnbürste in den Mund.

»Und …?«

»Stundenlang«, murmelte ich, während ich meine Zähne putzte.

Sarah hüpfte begeistert auf und ab. »War es gut? Ich wette, es war gut!« Sie zwinkerte mir im Spiegel zu. »J ist der Typ für richtig gut.«

»Mhm«, machte ich und schenkte ihr ein, aufgrund der Zahnpasta, schäumendes Grinsen.

»So gut, ja?«

Noch immer grinsend spülte ich meinen Mund aus und band mir einen hohen Pferdeschwanz. Wahrscheinlich würde ich jetzt den ganzen Tag mit diesem dümmlichen Grinsen im Gesicht herumlaufen.

»Lass mich das einmal zusammenfassen.« Sarah folgte mir aus dem Bad. »Während ich die halbe Nacht einen auf Lara Jean Covey gemacht und wie eine verknallte Sechzehnjährige einen Liebesbrief geschrieben habe, hast du nach einem absoluten Traumdate stundenlang mit Jacob am Strand geknutscht?«

»Du guckst zu viel Netflix«, kommentierte ich ihre Anspielung auf *To all the boys I've loved before* und kramte nach frischer Unterwäsche und dem hellblauen Strandkleid in meinem Rucksack.

»Es gibt kein *zu viel* Netflix«, antwortete sie und malte bei »zu viel« Gänsefüßchen in die Luft. Dann hielt sie mir ihren Brief unter die Nase.

»Lies das!«

Ich riss ihr den Brief aus der Hand. »Fein.« Dann warf ich ihr einen strengen Blick zu. »Bekomme ich danach Kaffee?«

Sarah nickte, und ich widmete mich voll und ganz ihrem Brief. Schon nach den ersten drei Sätzen begannen meine Wangen zu glühen. Und ich hatte geglaubt, meine Sexszene wäre erotisch und vielleicht sogar ein wenig derb gewesen. Sie war nichts im Vergleich zu Sarahs Worten.

»Das ist, also …«, ich räusperte mich, »das ist ein guter Ansatz, Sarah, wirklich, aber vielleicht schreibst du auch noch ein wenig mehr über deine, tja, Gefühle?«

»Hab ich doch!«

»Nicht solche Gefühle«, antwortete ich augenrollend. »Wirkliche Gefühle. Was empfindest du für Seb? Bist du verliebt in ihn?«

Mürrisch, und wenn mich nicht alles täuschte, auch ein wenig schmollend, nickte sie.

»Dann sag es ihm, Sarah. Sag ihm, warum du deinen Freund verlassen hast, als du angefangen hast, für J zu arbeiten. Und sag ihm auch, was du seit Anbeginn des Studiums fühlst.«

»Ich habe befürchtet, dass du das sagst.« Dann zwinkerte sie mir zu. »Ich soll ihm also sagen, dass ich in ihn verliebt bin. So wie du in J?«

»Geh jetzt«, befahl ich und schob sie aus der Tür. Auf solch eine Diskussion würde ich mich nicht einlassen. Egal, ob mit Kaffee oder ohne. »Ich zieh mich um, und dann suchen wir Kaffee.«

Eine ungestörte Stunde hatten wir, ehe uns die Jungs Gesellschaft leisteten. Der Erste, der sich zu uns setzte, war Frank, gefolgt von Seb. Jacob kam als Letzter. Plötzlich nervös, beobachtete ich, wie er, in Shorts und einem dunklen Achselshirt, das Restaurant betrat. Sein Blick fand meinen, und ein strahlendes Lächeln breitete sich auf seinem Gesicht aus. Im Gegensatz zu mir sah er erholt und ausgeruht aus. Dann überraschte er mich, als er den Tisch umrundete, sich zu mir herabbeugte und mir einen federleichten Kuss auf den Mund drückte.

»Guten Morgen.« Jacob setzte sich auf den freien Platz neben mir.

»Morgen«, murmelte ich und erwiderte sein Lächeln zaghaft. Bevor ich mir Gedanken darüber machen konnte, wie unsere Crew, außer Sarah natürlich, Jacobs Verhalten aufnehmen würde, nahm Frank mir jeglichen Wind aus den Segeln.

»Jetzt, da das auch endlich geklärt ist und wir uns hoffentlich wieder alle konzentrieren können«, er sah zu Jacob, und dieser zuckte lässig mit den Schultern, »lasst uns darüber sprechen, dass der Flieger heute um dreizehn Uhr startet.«

Nicht ganz das, was ich erwartet hatte. Frank musterte mich, und seine Mundwinkel zuckten verräterisch. Ich glaube, er war der einzige Mensch, den ich kannte, dessen Mundwinkel in beide Richtungen zucken konnten: nach oben und nach unten. Aktuell zuckten sie eher neutral, als wüsste er noch nicht ganz, wie er mit der neuen Entwicklung umgehen sollte. »Kommst du mit in die Luft?«, fragte er mich.

»Ellie hat Flugangst«, erinnerte Jacob ihn, als ich in hektisches Kopfschütteln ausbrach.

»Also drei in der Luft und zwei am Boden.« Er nickte. »Gut.«

»Wer springt mit dir?«, fragte ich und sah von Jacob zu Seb. Zu meiner Überraschung schien er ebenso wenig begeistert wie ich.

»O nein. Niemals.«

»Ich springe«, sagte Sarah und biss grinsend in ihren Toast. »Und Frank kommt mit ins Flugzeug, um da zu filmen.«

Jacob hielt fragend die Kaffeekanne in die Höhe, und ich nickte.

»Seb und du, ihr wartet am Strand auf uns.«

»Während du aus einem Flugzeug springst.«

Jacob grinste. »Sarah und ich.«

Zwei Stunden später musterte ich das kleine Wasserflugzeug

skeptisch. In diesem Ding wollten Jacob, Sarah und Frank in die Luft? Für jemanden wie mich mit Flugangst war diese Vorstellung absolut grauenvoll. Eingesperrt in dieser klapprig aussehenden Blechbüchse …

»Du siehst ein wenig blass um die Nase aus.« Jacob schulterte seinen Fallschirm, während Seb eine *action cam* an der x-förmigen Vorrichtung an Jacobs Brust anbrachte. »Du wirst sicher am Strand auf mich warten, Kaffee trinken und schreiben.« Er packte mich an den Schultern und drehte mich in Richtung Strand. »Da drüben«, sagte er und wies auf die kleine Strandhütte und die Liegestühle vor dem Steg. »Du machst es dir mit Seb da drüben gemütlich, und ich bin in nicht mal einer Stunde zurück.«

Unsicher, was ich als Nächstes tun sollte, sah ich über meine Schulter. Waren wir zusammen? Konnte ich ihn küssen? *Sollte* ich ihn küssen? Ich hatte keine Ahnung, wie ich mich verhalten sollte, und ganz offensichtlich spiegelte sich jede dieser Fragen auf meinem Gesicht wider.

»Lasst ihr uns kurz allein?«, bat Jacob die anderen. Sarah schenkte mir ein fröhliches Winken, als sie nach Frank das Flugzeug bestieg. Seb verabschiedete sich mit einem *Ich warte da drüben auf dich* von uns.

Alleine mit Jacob, wusste ich plötzlich nicht mehr, wohin mit meinen Händen.

»Hey.« Sanft umfasste er mein Kinn, und zwang mich so, ihn anzusehen. »War das okay heute Morgen? Der Kuss?«

Ich nickte. Es war mehr als okay gewesen.

»Wenn dir irgendwas hiervon zu schnell geht, dann brauchst du es nur zu sagen.« Er zog mich an sich, und ich erwiderte die Umarmung instinktiv, schlang beide Arme um Jacobs Hüften und schmiegte mein Gesicht an seine Brust, kurz unter seinem Schlüsselbein.

»Gestern Abend war phantastisch, Ellie, das meine ich ernst.« Er strich zärtlich über meinen Rücken, und ich entspannte mich. »Geh heute Abend wieder mit mir aus«, bat er mich.

»Meinst du nicht, dass die anderen sich von uns vernachlässigt fühlen?«, wandte ich schwach ein.

Jacob schnaubte. »Frank hat WLAN, und Sarah und Seb haben einander.«

Wo er recht hatte …

»Okay.«

»Bekomme ich diesmal einen Kuss?«

Lächelnd stellte ich mich auf die Zehenspitzen und kam seiner Bitte nach. Am Anfang noch etwas zögerlich presste ich meine Lippen auf seine. Es war etwas völlig anderes, ihn hier zu küssen, am helllichten Tag, vor unseren Freunden, als an einem dunklen Strand mitten in der Nacht. Jacob erwiderte den Kuss enthusiastisch. Als ich spürte, dass er dabei war, unseren Kuss zu vertiefen, löste ich mich von ihm und trat zurück. Franks Worte über Konzentration kamen mir in den Sinn.

»Sei vorsichtig«, bat ich ihn leise.

»Bin ich immer.« Jacob salutierte zum Abschied, und mit einem mulmigen Gefühl im Bauch sah ich dabei zu, wie er in das kleine Flugzeug stieg. Kurze Zeit später begannen die Propeller der kleinen Maschine sich zu drehen, und ich machte kehrt, um Seb zu suchen. Es war nur ein Fallschirmsprung, beruhigte ich mich selbst. Ein Sprung aus viertausend Meter Höhe. Über dem offenen Meer. Eine Hand auf meinem Magen, ließ ich mich neben Seb in den freien Liegestuhl am Strand fallen.

»Er hat das schon tausendmal gemacht.« Seb schob seine Sonnenbrille nach oben und reichte mir eine kleine Flasche Wasser. »Fallschirmspringen ist super sicher.«

»Wieso bist du dann nicht da oben?«

Er grunzte. »Große Flieger machen mir nichts aus, aber das Ding da? Das hat Propeller!«

Er klang regelrecht entsetzt. Und ich konnte es ihm nicht verübeln. Kein Geld der Welt hätte mich in dieses Ding gebracht. Während meiner anfänglichen heimlichen Recherche über Jacob hatte ich etliche Videos gefunden, in denen er aus Flugzeugen, Helikoptern oder gar Heißluftballons sprang. Wenigstens hatte er den Fallschirm diesmal bereits um.

Seb verschränkte die Finger hinter seinem Kopf. Seine Tattoos zogen sich sogar bis in die Achselhöhlen, und ich fragte mich unwillkürlich, wie schmerzhaft diese Stelle gewesen sein musste.

»Sarah hat mir erzählt, dass du von Js neuen Plänen weißt?«

Ich nickte bestätigend.

»Ein letztes großes Abenteuer«, murmelte Seb, und gemeinsam sahen wir dabei zu, wie das Wasserflugzeug startete und zu einem immer kleiner werdenden Fleck in der blauen Unendlichkeit des Himmels wurde.

»Empfindest du den neuen Plan nicht als Abenteuer?«

»O doch.« Er nickte. »Das war schon immer unser Plan, das Endziel. Dennoch werde ich es vermissen, alleine unterwegs zu sein. So wie jetzt.«

»Ihr habt so viel gesehen und erlebt in den letzten Jahren.« In meiner Stimme schwang unverhohlener Neid mit.

Seb lachte. »Du hast ja keine Ahnung. Ich habe noch nie jemanden kennengelernt, der so sehr an einfach allem interessiert ist wie Jacob.«

Ich konnte Seb nur zustimmen.

»Jacob hat eine Affinität für die komplexen Orte«, sprach er weiter, und ich drehte mich neugierig in meinem Liegestuhl zu ihm um.

»Die Orte mit Geschichte, die sich anders entwickeln, als wir es aus Europa kennen. Orte, die ganz anders sind. Chaotischer, lauter, lebendiger. Er liebt all das hier. Das Essen, die Menschen, die Kultur … Bevor ich Jacob traf, dachte ich immer, das Beste am Reisen wäre das Essen, aber das stimmt nicht ganz.«

»Was ist es dann?«

»Es sind die Begegnungen«, antwortete er. »Die Menschen, die man trifft. Die Gespräche, die man führt. Neue Dinge, die man lernt und ausprobiert. Jacob hat mir ein Leben ermöglicht, von dem ich nie zu träumen gewagt hatte.«

Stirnrunzelnd sah ich ihn an. »Wie meinst du das?«

»Ihr alle, du, Jacob, Sarah und auch Frank, ihr kommt aus normalen, stabilen Familienverhältnissen. Ich hatte nicht so viel Glück.«

»Das tut mir leid …«

»Ist schon gut. Wirklich«, erwiderte er achselzuckend. »Ich habe studiert, die ganze Welt bereist, und nun stehe ich kurz davor, Teil von etwas Großem zu werden, und das mit Ende zwanzig. Ich kann mich nicht beklagen.«

Dennoch schwang eine gewisse Traurigkeit in seiner Stimme mit. Was er wohl erlebt hatte als Kind? Ich wollte ihn fragen, traute mich aber nicht. Waren wir bereits so weit? Bei Sarah oder Jacob hätte ich einfach nachgebohrt, aber obwohl ich Seb und Frank mochte, war meine Beziehung zu den beiden Männern wesentlich distanzierter und professioneller.

»Frag ruhig, Ellie.«

Okay, offensichtlich war mein Pokerface nicht besonders gut.

»Inwiefern war deine Kindheit anders?«

»Meine Mutter war drogenabhängig und starb kurz nach meiner Geburt. Heroin«, sagte er nüchtern, als spreche er über etwas ganz anderes, etwas weniger Furchtbares. »Mein Vater war da bereits über alle Berge.« Er zuckte lässig mit den Schultern. Die universell verständliche Geste für: keine große Sache. Aber das war es, es war eine große Sache. Und es tat mir unendlich leid, dass er weder mit einer liebenden Mutter noch mit einem Vater, der sich um ihn kümmern konnte, aufgewachsen war. Ein Blick in Sebs ernstes Gesicht, und ich verkniff mir jeglichen Kommentar. Ich wusste, was es bedeutete, nicht über die Vergangenheit reden zu wollen.

»Ich wurde von einer Pflegefamilie zur nächsten gereicht. Als Teenager begann ich zu rebellieren. Das waren keine guten Jahre, so viel kannst du mir glauben.«

Mein Blick glitt über Sebs Arme, den Brustkorb und seine Beine. Sein Gesicht und seine Hände waren die einzig sichtbaren Körperstellen, die keine Tattoos zierten. Ob er bereits als Teenager so ausgesehen hatte? Bei unserer Gesellschaft hatte er es damit sicher nicht leicht gehabt.

»Wie bist du zum Filmen gekommen?«

Das Lächeln kehrte auf sein Gesicht zurück. Ich konnte gut nachvollziehen, warum Sarah sich so sehr zu ihm hingezogen fühlte. Unabhängig von seinem interessanten Aussehen, umgab ihn eine ruhige Freundlichkeit, die durch das offene Lächeln und die warmen, braunen Augen noch verstärkt wurde. »Rick, einer meiner Pflegeväter, hatte eine alte Kamera. So eine richtige Analogkamera mit Film. Er schenkte sie mir, um mich davon abzuhalten, noch mehr Ärger zu machen.«

»Offensichtlich hat es geklappt.«

»Hat es«, bestätigte er grinsend. »Ich fing mit Fotografie an, und irgendwann, als Rick bemerkte, dass sein Plan aufging und ich nicht mehr entweder besoffen oder mit Polizeieskorte nach Hause kam, schenkte er mir eine kleine Videokamera. Ein Kumpel von mir ging immer auf diese abgefahrenen Sportevents, bei denen Leute mit Crossrädern durch Hallen fliegen und durch brennende Reifen springen. Jacob entdeckte mich in der Menschenmenge. Wir verstanden uns auf Anhieb, und er bat mich, ihn aufzunehmen …«

Das Grinsen auf Sebs Gesicht wurde breiter. Es war offensichtlich, wie sehr er Jacob und ihre Freundschaft schätzte.

»Er hatte sich bereits einen Namen in der Szene gemacht, und warum auch immer, er wollte, dass ich ihn filme. Danach haben wir uns unterhalten, er lud mich zu weiteren Events ein, stellte mich ein paar Leuten vor. Wir wurden Freunde. Ihm und Frank habe ich den Studienplatz an der Uni zu verdanken. Ich erhielt ein Stipendium und lernte, mein Hobby zum Beruf zu machen.«

»Er hat etwas in dir gesehen.«

»Was auch immer es war. Ich werde ihm und auch Frank immer dankbar sein.«

Oh, ich konnte mir gut vorstellen, was es war. Seb war besonders, das sah man auf den ersten Blick. Und zwar nicht nur wegen seiner äußeren Erscheinung. Die Art und Weise, wie er die Leute betrachtete, wie er mit den Kameras und der Drohne umging. Er hatte das Gespür für den richtigen Moment.

»Ich nehme an, es war dein Talent, das ihn überzeugt hat.«

Eine Augenbraue wanderte in die Höhe, und er sah mich überrascht an.

»Du hast viel erlebt und durchgemacht. Das sorgt dafür, dass du eine andere Sicht auf die Dinge hast. Deine Vergangenheit gibt dir eine besondere und ganz eigene Perspektive und Herangehensweise. Deine Kunst ist Ausdruck deiner Persönlichkeit. Und deiner Vergangenheit.« Sprachlos starrte er mich an. Ich hatte das alles gesagt, ohne wirklich darüber nachzudenken, aber ich stand dazu. Ich war überzeugt davon, dass Sebs Vergangenheit seine Sicht auf das Leben geprägt hatte. Im Privaten, aber auch beruflich. Als er weiter schwieg, wandte ich mich ab und sah aufs Meer. Vielleicht war ich mit meiner Aussage zu weit gegangen, immerhin kannten wir uns noch nicht lange, aber Sebs Geschichte hatte etwas in mir berührt. Zum Teil, weil ich wusste, wie es war, wenn die Vergangenheit einen stark beeinflusste.

»Ist es bei dir so? Mit dem Schreiben?«, fragte er auf einmal leise. »Du scheinst zu wissen, wovon du redest.«

Die Flasche Wasser in meinen Händen zitterte leicht, dennoch zwang ich mich, Sebs durchdringendem Blick zu begegnen. »Ist es. Schreiben ist wie eine Art Therapie für mich. Die Worte helfen mir dabei, das zu … verarbeiten, was ich erlebt habe.«

Er nickte. »So geht es mir mit dem Fotografieren oder Filmen.«

Wir tauschten einen verständnisvollen Blick, und ich war dankbar, dass er nicht weiter nachfragte.

»Ich wäre dir dankbar, wenn du nichts hiervon für deinen Artikel verwenden würdest.«

»Deine persönliche Geschichte geht niemanden etwas an.«

Er atmete geräuschvoll aus. »Danke.«

»Hast du ihn gelesen?«, fragte ich, um das Thema zu wechseln, bevor die Situation wirklich unangenehm wurde.

»Den Artikel? Ja, habe ich.«

»Und?« Ich lehnte mich ein wenig vor. Seitdem ich Frank die E-Mail mit dem Artikel über Jacob geschickt hatte, wartete ich auf eine Reaktion. Leider hielt Frank sich extrem bedeckt.

»Er ist gut. Wirklich gut.« Seb runzelte die Stirn. »Aber sonst wärst du vermutlich auch nicht hier.« Balsam. Für. Meine. Seele. Er mochte meinen Artikel. Mein inneres Jubeln wurde lediglich davon überschattet, dass sie alle glaubten, ich wäre tatsächlich Reporterin.

Weil du es ihnen weismachst. Tag für Tag.

Seb begann in seinem Rucksack zu kramen. »Sag mal«, murmelte er und hielt ein gefaltetes Blatt Papier in der Hand. »Weißt du etwas hierüber?«

O mein Gott. Sarahs Brief.

»Nein?«

»Du bist eine miese Lügnerin, Ellie.« Er hatte ja keine Ahnung. Ich war die Königin unter den Lügnerinnen.

»Hast du ihn gelesen?«, hakte ich vorsichtig nach.

Bitte lies ihn nicht, während ich neben dir sitze, bitte nicht. Für einen Tag hatten wir genug Privates miteinander geteilt. Ich wollte nicht dabei sein, wenn er gewisse Passagen aus Sarahs Gedanken- und Gefühlswelt las.

»Sarah bat mich, damit zu warten, bis ich alleine bin.« Er musterte mich. »Du weißt, was drinsteht, oder?«

»Mir wäre es lieber«, antwortete ich so diplomatisch wie möglich, »wenn du das mit Sarah besprichst.«

Schulterzuckend steckte er den Brief wieder ein. »Das ist fair.« Dann sah er nach oben in den azurblauen Himmel und setzte seine Sonnenbrille wieder auf. »Sie kommen.«

Ich folgte seinem Blick und tatsächlich, da waren sie. Zwei kleine dunkle Punkte am Himmel, die man mit bloßem Auge kaum erkennen konnte. Sarah und Jacob.

»Müssen sie nicht ihren Fallschirm öffnen?«

»Eigentlich bei knapp 1000 Metern, aber so wie ich Jacob kenne, will er das Gefühl noch ein wenig länger auskosten.«

»Ist das nicht gefährlich?« Immerhin raste er mit über hundertfünfzig Stundenkilometer auf die Erde zu. Nicht, dass ich das gegoogelt hätte oder so.

»Für so erfahrene Springer wie J oder Sarah nicht.«

Als hätten sie uns gehört, öffneten beide gleichzeitig ihren Fallschirm. Einer rot und einer gelb, segelten sie gemächlich über dem offenen Meer. Ein paar vereinzelte Touristen blieben stehen, um ihnen dabei zuzuschauen.

»Siehst du.« Seb gluckste vergnügt. »Alles halb so wild. Komm«, forderte er mich auf und hielt mir eine Hand hin, um mir aus dem Liegestuhl zu helfen. »Gehen wir ihnen entgegen.«

Schweigend liefen wir über den weichen Sand und sahen den beiden dabei zu, wie sie professionell und entspannt ihre Fallschirme lenkten und nicht mal zehn Minuten später auf der weißen Markierung des Strandabschnitts landeten, der für Wassersport reserviert war. Dabei fielen sie nicht auf ihren Hintern, so wie es mir beim Paragliding ergangen war, o nein, Jacob und Sarah landeten stabil auf beiden Beinen, als kämen sie von einem gemütlichen Strandspaziergang.

Gleichzeitig streiften sie ihre Fallschirme und Helme ab und gaben sich ein Highfive.

»Guter Sprung, Boss!« Sarah drehte sich breit grinsend zu uns um. »Wer hat noch Hunger?«

34

Gänsehaut lügt nicht.

So kam es, dass ich kurze Zeit später meine Pommes vor Sarah in Sicherheit bringen musste.

»Hey!«

»Nur eine, Ellie, *bitte*.«

»Du wolltest Nudeln«, antwortete ich und schirmte meine Pommes vor ihr ab. »Jetzt musst du sie auch essen.«

»Du bist schlimmer als meine Mom!«, rief sie beleidigt und schielte auf Sebs Essen. Wortlos schob er ihr seinen Teller mit Pommes entgegen, und sie griff beherzt zu.

»Ich weiß es besser, als mich zwischen dich und dein Essen zu stellen.«

Falls es eine Beleidigung hatte sein sollen, so verfehlte es seine Wirkung komplett. Sarah schenkte Seb ein strahlendes Lächeln, und dieser musste sich sichtlich zusammenreißen, um nicht an Ort und Stelle über meine Freundin herzufallen. Ich fragte mich unwillkürlich, ob er den Brief in der kurzen Zeit, die er den Tisch für uns freigehalten hatte, gelesen hatte. So wie er Sarah just in diesem Moment ansah, würde es mich nicht wundern. Ob Jacob und ich auch so aussahen? Eine andere Hand schnellte vor und klaute mir zwei Pommes.

»Nicht du auch noch!«, rief ich und warf Jacob einen strafenden Blick zu.

»Ich bin grad aus einem Flugzeug gesprungen«, antwortete er kauend. »So was verbrennt ’ne Menge Kalorien.«

Als wäre dies ihr Stichwort gewesen, lehnte Sarah sich vor. »Wisst ihr, was noch Kalorien verbrennt?«

»Ähm, Sarah …«

Sie rollte mit den Augen. »Das habe ich nicht gemeint, Seb. Tanzen. *Tanzen* verbrennt eine Menge Kalorien.«

Irritiert sah ich sie an. »Du willst tanzen gehen?«

»Nein, *du* willst tanzen gehen.«

»Ich?«

Neben mir stieß Jacob geräuschvoll die Luft aus. Dann sah er zu Seb. »Sag mir noch einmal, warum ich sie nicht längst gefeuert habe?«

»Sie ist wie Kaugummi unterm Schuh, die werden wir nicht mehr los.«

»Ah, solch schöne Worte. Du alter Romantiker …«

Während die beiden sich weiter kabelten, sah ich zu Jacob auf. »Warum glaubt Sarah, dass ich tanzen gehen will?«

»Eventuell habe ich ihr erzählt, dass ich dich um ein weiteres Date gebeten habe. Heute Abend.«

»Und du willst tanzen gehen?« Ich verstand nicht, wo das Tanzen auf einmal herkam.

Jacob seufzte. »Mir ist völlig egal, was wir machen.« Er lehnte sich ein wenig dichter zu mir. »Also nicht völlig egal«, raunte er, nur für meine Ohren bestimmt, »aber Sarah hat diese Bar vorgeschlagen, in der es heute Abend eine Strandparty gibt, und jetzt hat sie sich darin verbissen.«

»Aber es ist unser Date!« Dass ich das mal sagen würde …

»Glaub mir, Mansfield, wenn's nach mir ginge, müssten wir das Hotel gar nicht erst verlassen.«

Oh. *Oh.*

»Vielleicht ist Tanzen keine schlechte Idee …«

Lachend lehnte Jacob sich zurück, nicht aber ohne mir noch zwei weitere Pommes zu klauen. »Also gehen wir tanzen.«

Da Sarah es also geschafft hatte, uns die Beachparty schmackhaft zu machen, waren Jacob und ich vorher essen gegangen. Ich war dankbar für die zwei Stunden, in denen wir einfach nur unseren Bratreis aßen und die Zweisamkeit auskosteten. Anstelle eines schicken Restaurants hatte er an einem kleinen Imbiss haltgemacht. Obwohl wesentlich einfacher als das Restaurant vom Vorabend, verfügte der Imbiss über eine Menge Charme. Wir saßen auf bunten Plastikstühlen an einem kleinen Tisch, hielten fast das gesamte Essen über den Körperkontakt aufrecht – ganz zufällig berührten sich unsere Hände und Knie beinahe ununterbrochen – und plauderten über Gott und die Welt. Ich genoss es in vollen Zügen. Als es Zeit wurde, aufzubrechen und den anderen am Strand Gesellschaft zu leisten, konnte ich nicht leugnen, dass ich extrem gespannt darauf war, was mich erwarten würde. Sarahs Meinung nach sollte jeder in seinem Leben mindestens eine Fullmoon-Party erlebt haben.

Ich schwang mich in Sarahs rotem Wickelkleid hinter Jacob auf die Harley.

Die Fahrt zum Strand dauerte nur wenige Minuten. Schon von Weitem konnten wir bunte Lichter und Fackeln erkennen. Jacob parkte die Harley, und ich sah mich fasziniert um. Laute Musik dröhnte aus den in den Palmen hängenden Lautsprechern, und jemand hatte sich große Mühe gegeben, den kleinen Strandabschnitt vor uns in eine lichtüberflutete Tanzfläche zu verwandeln. Menschen strömten vom Parkplatz in Richtung Strand. Große Leuchtbuchstaben steckten auf Holzstöcken im Sand und bildeten die Wörter: *Fullmoon Party*. Automatisch sah ich nach oben. Ein paar Wolken zogen an dem hell leuchtenden, perfekten Kreis vorbei.

Ich reichte meinen Helm an Jacob weiter und schüttelte mir die Haare aus.

»Sind solche Partys normal?«, fragte ich ihn, als er meine Hand ergriff und mich Richtung Strand zog.

»Hier kommen sie gerade erst in Mode. In Thailand und Indonesien sind sie schon lange beliebt und legendär.«

»Ellie! J!«

Sarah und ihr Glitzertop entdeckte ich als Erstes. Gefolgt von Seb, der lediglich tiefsitzende Jeansshorts trug und barfuß war, und Frank, der in seiner hellen Chino und dem weißen Polohemd wie immer tadellos aussah, kam sie aufgeregt auf uns zu.

»Ich dachte schon, ihr schafft es nicht!«

Ich erwiderte ihre stürmische Umarmung. »Du hast uns mindestens zehnmal geschrieben!«

Sie ließ von mir ab. »Nur um sicherzugehen, dass du dieses einmalige Event nicht verpasst. Deine erste Fullmoon-Party!« Sie reckte eine Faust in die Höhe. »Wie aufregend!«

Seb hob hinter Sarah abwehrend beide Hände. »Sie hatte erst ein Bier, ich schwöre es.«

»Und genau das werden wir jetzt ändern!«

Sarah packte mich am Arm und zog mich vorbei an Seb und Frank Richtung Strand. »Wer als Letztes an der Bar ist, muss zahlen!«

Ich gab es auf, mich gegen Sarah zu wehren, denn mit einem hatte sie recht: Dieses Event war einmalig. Hunderte von Menschen tummelten sich auf dem schmalen Strandabschnitt. Am Anfang und am Ende der Tanzfläche befanden sich zwei lange Bartresen, und auf einem selbst gebauten Podest, bestehend aus umgedrehten Bierkisten inmitten der Tanzfläche, war das DJ-Pult. Der Mann mit den bunten Dreadlocks war ebenso wie Seb und viele andere der Männer oben ohne. Eine Hand an den Kopfhörern, flog seine andere Hand in rasanter Geschwindigkeit über die Elektronik vor ihm. Dabei schien die Auswahl der Musik keinem System zu folgen. Es wurde alles gespielt, was die Musikszene der letzten fünfzig Jahre zu bieten hatte. Die Stimmung war ausgelassen und fröhlich. Viele der Partygänger hatten sich mit Neonfarben und Glitzer regelrechte Kunstwerke auf die Haut gemalt. Sarah zog mich vorbei an einer Gruppe junger Frauen, die uns überschwänglich mit Glitzer und Blütenblättern bewarfen. Aus kleinen Knicklichtern hatten sie sich Armbänder, Ketten und Kronen gebastelt. Kurz kam mir der Gedanke, dass ich auch so was haben wollte. An der Bar angekommen, lehnte Sarah sich vor und bestellte eine Runde Bier. Es dauerte nicht lange, und die Jungs hatten uns eingeholt. Breit grinsend begegnete ich Jacobs Blick, während Sarah jedem eine Flasche eiskaltes Saigon-Bier in die Hand drücke. Als sie fertig war, sah sie zu Jacob.

»Du zahlst.«

Lachend drängte er sich an ihr vorbei und lehnte sich an die Bar. Er kramte ein paar Scheine hervor und reichte sie dem wartenden Barkeeper.

Ich lehnte mich dichter zu ihm. »Ist das immer so, oder ist meine Anwesenheit schuld?«

Jacob hob fragend eine Augenbraue, dann sah er auf das Wechselgeld in seinen Händen. »Das hier?«, fragte er. »Sarah war schon immer dreist, aber durch deine Anwesenheit fährt sie zu Höchstleistungen auf.«

Ich zog eine Grimasse. »Sorry?«

Lachend drückte mir Jacob einen Kuss auf den Mundwinkel. Für einen Moment verharrte er dicht vor mir. »Von mir aus kann sie alles ausgeben. Es kümmert mich nicht, solange ich dich lächeln sehe, Ellie Mansfield.«

Ach du …

Ich unterdrückte den Drang, mir Luft zuzufächeln. Jacob lehnte sich zwinkernd zurück.

»Cheers, Freunde!«, rief Sarah über das Wummern der Musik. Unsere Bierflaschen stießen geräuschvoll gegeneinander. Für eine Weile beobachteten wir das bunte Treiben um uns herum. Es gab so viel zu gucken, so viel zu entdecken … Ich konnte nicht anders, als darüber zu staunen, was ich auf dieser Reise bereits alles gesehen und erlebt hatte. Jacob hatte recht, schoss es mir durch den Kopf, es ging um die Begegnungen, die Leute, die Gespräche und all die Gefühle, die sie in einem auslösten. Momente wie diese waren unbezahlbar.

Diese wunderbaren, wilden und freien Momente im Leben, die sich für immer ins Gedächtnis brennen. So wurden Erinnerungen geboren. Die besten, stärksten und schönsten von allen. Die Musik wechselte von Pop zu House, und Sarah jubelte begeistert.

»Tanzen!«, grölte sie. »Jetzt!«

Begleitet von Aviciis *Wake Me Up*, folgte ich Sarah und den anderen auf die improvisierte Tanzfläche. Kurz bevor wir uns ins Getümmel stürzten, kickte ich mir achtlos die Birkis von den Füßen und genoss das körnige Gefühl des von der Sonne noch warmen Sandes unter meinen Zehen.

Der Beat, der Text des Songs, die ausgelassene Stimmung um mich herum, Sarah, die sich lachend zu mir umdrehte, Jacob, der mich, eine Hand an meinem Rücken, sanft vorwärts schob, während er schief und krumm mitsang …

Emotionen stürmten auf mich ein, und meine Augen wurden feucht. So lebendig wie in diesem einen Augenblick hatte ich mich noch nie gefühlt. An diesem Strand, Jacob und meine Freunde neben und der klare Nachthimmel über mir. Ich hieß dieses Gefühl willkommen, begrüßte es, umarmte es und wollte es nie wieder loslassen.

Als Sarah die Arme in die Luft riss und mit Seb und Frank zu tanzen begann, drehte ich mich zu Jacob um. Es kümmerte mich nicht, ob er meine Tränen sah, denn er wusste, was sie bedeuteten: Freude. Grinsend legte er beide Hände an meine Taille, hob mich hoch und wirbelte mich inmitten der Menge einmal im Kreis herum. Ausgelassen lachend warf ich den Kopf in den Nacken und hielt mich, die Bierflasche in der einen Hand, an seinen breiten Schultern fest.

Ich war nie ein Fan von übertriebenen Vergleichen gewesen. Aber jetzt, hier, mit dem sternenklaren Himmel über mir, stürmten die Worte, auf die ich so lange gewartet hatte, gnadenlos auf mich ein. Sie fluteten meinen Kopf, meinen Körper, und ich fühlte mich, als würde ich zum ersten Mal in den letzten drei Jahren Farben sehen. Kein Schwarz und Weiß mehr. Es hatte mit dem Blau von Jacobs Augen angefangen, und hier stand ich nun, umgeben von Farben. Das kräftige Rot der Lampions. Die lebendigen Gelb- und Orangetöne der Fackeln im Sand. Das satte Grün der Palmen und Bananenbäume … Und immer wieder Blau. Der Himmel. Das Meer. Jacobs Augen.

Sanft setzte er mich auf dem Boden ab. Mit meiner freien Hand wischte ich mir über die feuchte Haut meiner Wange und strahlte Jacob an. Der Ausdruck auf seinem Gesicht jagte mir einen wohligen Schauer den Rücken hinab. Gänsehaut breitete sich auf meinen Armen aus.

»Was?« Ich nickte ihm auffordernd zu. »Was denkst du?«

Eine Hand um meine Taille, zog er mich dicht an sich, und wir begannen miteinander zu tanzen. Einfach so, wie wir uns fühlten und wie die Musik es uns vorgab …

»Ich sage es nur ungern«, erwiderte er. »Aber ich bin froh, dass Sarah uns dazu genötigt hat, hierherzukommen.«

»Du bist nicht enttäuscht, dass wir unser zweites Date mit unseren Freunden am Strand verbringen?«

»Nein«, antwortete er, während in den Tiefen seiner Augen ganz andere Gedanken tanzten.

»Lügner«, neckte ich ihn.

Er beugte sich herab und stoppte kurz vor meinem Mund. Sein warmer Atem strich über meine erhitzte Haut, als er flüsterte: »Halt den Mund, Ellie, und tanz mit mir.«

35

Ist man wirklich jemals bereit?

Heute würde ich ihm von Mark erzählen. Mit diesem Gedanken war ich heute Morgen aufgewacht. Es wurde Zeit. Der gestrige Abend war ebenso schön gewesen wie der davor und hatte in etwa gleich geendet. Mit Jacob und mir knutschend am Strand. Nachdem wir uns mit den anderen die Seele aus dem Leib getanzt hatten, hatten wir uns nach Mitternacht abgesetzt, um etwas Zeit für uns zu haben. Sollte heißen: Jacob hatte mich an eine der Palmen auf dem dunklen Parkplatz gepresst und mich besinnungslos geküsst. Danach hatte ich erneut die halbe Nacht wach gelegen und mir selbst ins Gewissen geredet. Heute würde ich ihm von Mark erzählen. Mein Entschluss stand fest. Seitdem war an essen nicht mal zu denken. Alles, was ich bisher runterbekommen hatte, war ein Stück Toast und zwei Tassen Kaffee. Die Tatsache, dass Jacob bereits zum dritten Mal stirnrunzelnd auf sein Handy sah, sorgte nicht unbedingt dafür, dass meine Nervosität weniger wurde. Normalerweise hatte er das Ding kaum in der Hand. Was war denn heute mit ihm los?

Frank tippte bereits seit fünfzehn Minuten wie wild auf seinem Handy rum, aber das überraschte niemanden. Jacob hingegen …

»Ist alles okay?«

Mit einem leicht gehetzten Ausdruck im Gesicht sah er mich an. Dann ließ er sein Handy in der Hosentasche verschwinden.

»Alles bestens.«

Sieht nicht so aus. Das war es, was ich sagen wollte, da mir jedoch mehr als ein Kloß im Hals steckte, war alles, was ich zustande brachte, ein schwaches Nicken.

Sarah fing meinen Blick über den Tisch auf und schenkte mir ein aufmunterndes Lächeln. Sie wusste, vor welcher Mammutaufgabe ich stand.

Kurz vor dem Frühstück hatte ich Sarah in meinen Plan eingeweiht. »Ich werde ihn bitten, mit mir spazieren zu gehen, und dann erzähle ich ihm von Mark. Jacob verdient zumindest diese Wahrheit, bevor wir … du weißt schon.«

»Das ist ein sehr mutiger Schritt, Ellie. Ich bin stolz auf dich, und ich bin mir sicher, dass Helen es auch sein wird.«

»Danke.«

Während Sarah mit noch immer verschlafenem Blick ihre Haare gebürstet hatte, hatte sie mich nachdenklich gemustert. »Willst du ihm nicht direkt alles erzählen?«

Über diese Antwort hatte ich nicht einmal nachdenken müssen. »Nein.«

»Aber …«

»Eins nach dem anderen, Sarah, okay? Ihm von Mark zu erzählen wird schwer genug, und alles andere muss ich … besser planen.« Sollte heißen, ich musste dafür sorgen, dass man mich nicht am Straßenrand irgendwo in Vietnam zurückließ. Jetzt, da ich wusste, was Jacob diese Reise bedeutete, wollte ich auf keinen Fall der Grund dafür sein, dass irgendetwas schiefging. Und genau das hatte ich als Argument angebracht, um meine Freundin zum Schweigen zu bringen.

»Ich will ihm diese Reise nicht verderben, Sarah.«

Damit war unsere Diskussion beendet gewesen. Das war vor rund dreißig Minuten gewesen. Seitdem wartete ich auf den richtigen Moment, um Jacob um einen Spaziergang zu bitten. Leider schien das Schicksal andere Pläne zu haben, da Jacob sich nach einem weiteren Blick auf sein Handy erhob und sich mit den Worten »Ich muss mal eben weg« von uns verabschiedete.

Irritiert sah ich ihm hinterher.

»Was ist denn los?«

Die anderen blickten genauso ratlos drein. »Keine Ahnung«, murmelte Seb. Frank sah nicht einmal von seinem Handy auf, dabei vermutete ich stark, dass er wusste, was vor sich ging. Wenn es einer wusste, dann er. Sarah war es, die mir antwortete: »Ich weiß es auch nicht, aber vielleicht siehst du mal nach ihm?« Sie ignorierte Franks plötzlich genervten Blick. Ebenso wie ich. »Wir haben noch ein wenig Zeit«, betonte sie das letzte Wort und sah in Franks Richtung. »Immerhin ist heute nur ein wenig Wasserski geplant.« Frank grunzte, und Sarah rollte mit den Augen. »Wasserski ist nichts, was man früh am Morgen machen muss …«

Während die beiden eine hitzige Diskussion begannen, stand ich langsam auf.

»Ich werd dann mal, also ich …«

»Geh einfach«, unterbrach Seb mich kauend. »Die beiden hören so schnell nicht mehr auf.«

Also gut. Ich hatte es geschafft, Sarah von Mark zu erzählen, und ich hatte mit Helen und Mom gesprochen. Ich hatte es geschafft, mich zu öffnen, und ich würde jetzt keinen Rückzieher machen.

Ich bin stärker als diese Tragödie.

Auf dem Weg durchs Hotel wiederholte ich mein Mantra noch ein paarmal. Mit jedem Schritt atmete ich flacher und schneller. Wenn ich nicht aufpasste, dann würde ich entweder hyperventilieren, wenn ich Jacob erreicht hatte, oder aber direkt umkippen.

Es sollte mir nicht so schwerfallen, über meinen verstorbenen Verlobten zu sprechen. Die Tatsache, dass es mich in völlige Panik versetzte, war mehr als bezeichnend.

Aber du bist jetzt hier, und du sagst es ihm.

Vor Jacobs Zimmertür angekommen, klopfte ich energisch gegen das weiße Holz, bevor ich es mir anders überlegen konnte. Die Tür öffnete sich, und ich stand einem überraschten Jacob gegenüber.

Ich kam direkt zur Sache. »Können wir reden?«

Jacobs blonde Haare waren zerzaust, und er wirkte noch immer ein wenig durch den Wind. Das Handy in der Hand, sah er mich stirnrunzelnd an.

»Ich weiß nicht, warum sie ständig anruft.« Er fuhr sich mit der freien Hand über das angespannte Gesicht. »Wirklich nicht.«

»Wer?«

»Marjolaine«, erwiderte er. »Seit gestern versucht sie ständig mich zu erreichen, es tut mir leid, ich …« Er brach ab. »Ich habe keine Ahnung, was ich dazu sagen soll.«

Wieso redeten wir plötzlich über seine Ex? Ganz kurz vergaß ich, warum ich eigentlich hier war.

»Vielleicht hat sie das Foto gesehen, das ich gestern aus dem Flugzeug gepostet habe, oder …«

Ich ließ ihn weiterreden. Es war offensichtlich, dass er davon ausging, dass mich die Anrufe seiner Ex irgendwie stressen würden. Ganz so, als erwartete er, dass ich sauer werden würde. Aber das war ich nicht. Er hatte sich von ihr getrennt, das war alles, was für mich zählte, und wenn Marjolaine ihn aufgrund von ein paar Fotos terrorisierte, dann war sie eine noch verrücktere Stalkerin als ich.

»Ich weiß nicht, was sie will …«

Oh, ich konnte mir gut vorstellen, was sie wollte. Eine zweite Chance. Jacob. Mich in einem Flugzeug zurück nach Europa. Zumindest würde es mir so ergehen, wenn der Mann, den ich noch immer liebte, Fotos von einer anderen Frau postete. All das würde jedoch nicht passieren, denn Jacob gehörte jetzt zu mir.

Der Gedanke überraschte mich kurz selbst, aber was sollte ich sagen? Es entsprach der Wahrheit. Jacob gehörte zu mir. Wenigstens für den Moment, und ich würde nicht zulassen, dass eine eins neunzig große Blondine meine rosarote Wolke zerstörte. Zum Teufel mit Marjolaine Winters.

»Sie will dich zurück.«

Er schwieg einen Moment und sah stirnrunzelnd auf sein Handy hinab. »Da kann sie lange warten.« Er richtete seine Aufmerksamkeit voll und ganz auf mich. »Ich bin nicht mehr zu haben.«

Das war mein Stichwort. Mein Herz machte einen verräterischen Satz, und meine Kehle war plötzlich wie zugeschnürt. Am liebsten hätte ich mich umgedreht und wäre weggerannt. Aber ich blieb stehen. Mit beiden Beinen fest auf dem Boden.

»Können wir einen Spaziergang machen?«

»Du bist nicht böse?«

»Wieso sollte ich böse sein, Jacob? Sie ruft dich an, nicht du sie.« Ich wies die Treppe hinab. »Ich bin nicht hier, um über deine Ex zu reden. Lass uns … lass uns einfach ein Stück gehen, okay?«

Er schien mir anzusehen, dass ich etwas Wichtiges mit ihm besprechen wollte. Ohne mich aus den Augen zu lassen, warf er das Handy achtlos hinter sich auf das große Bett, trat aus der Tür und streckte mir eine Hand entgegen.

»Hinter dem Haus ist ein kleiner Pfad zu ein paar Feldern.«

Meine Hand fest in seiner, umrundeten wir das weiße Haupthaus schweigend. Er gab mir Zeit, erkannte ich, weil er wusste, dass ich jetzt endlich mit der Wahrheit rausrücken würde. Zumindest mit einer Wahrheit.

Als wir den kleinen Kiesweg erreicht hatten, schwieg ich noch immer. Meine Hände wurden feucht, und ich widerstand dem Drang, meine Finger aus Jacobs Umklammerung zu lösen. Gewaltsam, wenn nötig.

»Erzähl mir von ihm«, bat Jacob mich schließlich sanft.

Du musst es nur aussprechen, Ellie, dann geht es dir besser. Dann verschwindet die Übelkeit, und du kannst wieder atmen.

»Sein Name war Mark.« Meine Stimme war kaum hörbar. Aber hinter dem Hotel, auf dem kleinen Pfad inmitten der Reisfelder, befand sich niemand außer uns, und Jacob hatte mich gehört.

»Hat er dir wehgetan, dieser Mark? Hat er dich verlassen?«

»Nicht freiwillig.«

Es dauerte eine Weile, aber dann verstand er, worauf ich hinauswollte. Jacobs Augen weiteten sich schockiert, und er blieb ruckartig stehen.

»Verdammt, Ellie …«

»Er starb vor drei Jahren bei einem Autounfall«, beeilte ich mich zu sagen.

Kaum hatte ich die Worte laut ausgesprochen, ließ die Aufregung in meinem Bauch ein wenig nach. Ich atmete tief ein und versuchte, meine aufgekratzten Nerven zu beruhigen.

»Ich war gerade sechsundzwanzig geworden.«

Mitfühlend sah er auf mich herab. Der Weg vor uns oder die Felder um uns herum waren vergessen.

»Es tut mir so wahnsinnig leid, Ellie.« Jacob hob eine Hand an meine Wange. Seine Geste war federleicht. »Deinen Freund so früh zu verlieren, muss …«

»Verlobter«, wisperte ich, und Jacob stockte. Die Hand an meiner Wange zuckte.

»Scheiße.«

Ich lachte freudlos auf. Das traf es ganz gut.

»Ihr wart verlobt?«

»Mark hatte mir den Antrag ein Jahr zuvor in der Toskana gemacht. Wir waren gerade in ein Haus gezogen und wollten mit der Hochzeit warten, bis er sein Jurastudium beendet hat.«

»Wie lange wart ihr zusammen?«

»Seit der Schulzeit.« Jacob ließ seine Hand sinken. Seine Augen hatten sich verdunkelt. Diesmal nicht aus Lust, sondern aus Anteilnahme. Er wusste, was es bedeutete, jemanden zu verlieren.

»*Highschool sweethearts?*«

Ich nickte.

»Erzähl mir von ihm«, bat er leise. »Von euch.«

Jacobs Hand noch immer fest in meiner, wandte ich mich ab und sah über die Felder.

»Mark war wunderbar«, begann ich leise mit meiner Erzählung. Doch nach ein paar Minuten musste ich abbrechen. Der Schmerz durchfuhr mich in heißen Wellen, und die Sicht verschwamm vor meinen Augen. Ich hatte gar nicht bemerkt, dass ich angefangen hatte zu weinen, bis die ersten Tränen auf unsere ineinander verschränkten Hände fielen. Unaufhaltsam kullerten sie meine Wangen herunter, und ein unterdrücktes Schluchzen entfuhr mir. Mit einem Ruck zog Jacob mich an sich und umarmte mich fest. Er spendete mir Trost und Kraft, während ich die Tränen zuließ, die ich so lange unterdrückt hatte. Er war da, während ich ein weiteres Mal jene Gefühle zuließ, die ich so lange verdrängt hatte.

»Es tut mir leid, dass ich es dir nicht früher erzählt habe«, schluchzte ich an Jacobs Brust. Sein T-Shirt war schon ganz durchnässt von meinen Tränen. »Es tut mir leid«, wiederholte ich, und mein Schluchzen wurde lauter. Jacob wiegte mich sanft hin und her, während ich mich völlig fallen ließ.

»Es ist alles gut, lass alles raus.« Jacob streichelte mir behutsam über den Rücken. Beruhigend redete er auf mich ein, und irgendwann versiegten meine Tränen. Ich löste mich aus seiner Umarmung und atmete tief ein. Dann sah ich auf. Jacobs Augen schimmerten feucht.

»Jemanden, den man liebt, zu verlieren, ist die Art von Herzschmerz, die niemals komplett verschwindet.«

Er beugte sich zu mir herab und drückte mir einen hauchzarten Kuss auf meine noch immer leicht bebenden Lippen.

»Du musst diese Bürde aber nicht alleine tragen, Ellie.«

Langsam begann meine Atmung sich zu normalisieren. Ich blinzelte. »Wie schaffst du es, so offen über Robbie zu reden?«

Jacobs Stirn legte sich in Falten, während er noch immer sachte über meinen Rücken strich. »Zunächst einmal ist es viel länger her, und so abgedroschen es auch klingen mag, aber mit der Zeit wird es besser. Man lernt, damit zu leben und sich an die guten Dinge zu erinnern. Außerdem«, sagte er, »haben meine Eltern stets darauf geachtet, dass wir alle über Robbie reden. Untereinander, aber auch mit Experten.« Seine Umarmung wurde fester.

»Ist dies das erste Mal, dass du jemandem von Mark erzählst?«

Marks Namen aus Jacobs Mund zu hören war gleichzeitig verstörend und befreiend.

»Ich habe Sarah von ihm erzählt«, gab ich kleinlaut zu. »Helen und ich hatten uns gestritten, und ich brauchte jemanden zum Reden.«

Ich spürte an meinem Kopf, wie Jacob nickte. »Deswegen saht ihr beide so mitgenommen aus.« Er zögerte kurz, dann schob er mich ein Stück von sich, um mir in die Augen sehen zu können. »Erzählst du mir, warum ihr euch gestritten habt?«

Ich wischte mir über die feuchten Augen und erzählte ihm, was Helen mir an jenem Abend an den Kopf geworfen hatte, von meinem Gespräch mit Sarah und davon, was Helens Worte in mir ausgelöst hatten. Und ich erzählte ihm auch von Rafe, meiner Wut und der Hilflosigkeit, die ich seither empfunden hatte.

Danach fühlte ich mich seltsam frei. Als hätte jemand eine Last von meinen Schultern genommen, mit der ich tagtäglich gelebt hatte, ohne mir dessen bewusst zu sein.

»Hat es«, Jacob räusperte sich leise, »hat es jemanden gegeben? Nach Mark?«

»Nein.«

Falls er überrascht war, ließ er es sich nicht anmerken.

»Dann werde ich der Erste sein?«

Kein »falls« oder »vielleicht«. Dass Jacob und ich ein Liebespaar werden würden, war so unabdingbar wie der nächste Atemzug. »Du bist der erste Mann, den ich seit Mark geküsst habe.«

Kaum waren die Worte raus, wartete ich auf das schlechte Gewissen, das schmerzhafte Stechen in meiner Brust, aber es blieb aus. Jacob ließ meine Hand los und hob beide Hände an mein völlig verheultes und gerötetes Gesicht. Zärtlich umfasste er meine Wangen.

»Ich fühle mich geehrt, Ellie Mansfield.«

Ein Lächeln zuckte an meinen Mundwinkeln. Es war noch ein wenig zittrig und auch ein wenig unsicher, aber es war echt.

»Wieso hast du es mir nicht früher erzählt?«

»Ich hatte Angst«, gab ich leise zu, völlig gefangen von Jacobs Händen an meinem Gesicht und den Emotionen, die sich in seinen Augen zeigten. Ich hätte nicht wegsehen können, selbst ohne seinen festen Griff. Und was noch besser war, ich *wollte* nicht wegsehen.

»Ich hätte es dir erzählen sollen, an dem Tag, als wir über Robbie gesprochen haben. Ich wollte es dir erzählen, aber ich hatte zu viel Angst. Ich habe mir nie wirklich erlaubt zu trauern, und ich schätze, ich war einfach … überfordert.«

»Du hattest ein schlechtes Gewissen«, schlussfolgerte er absolut richtig. Statt jedoch weiter nachzubohren oder mich bezüglich meiner Gefühle für ihn auszuquetschen, trat Jacob zurück und griff erneut nach meiner Hand.

»Ich kenne das Gefühl«, gestand er nach einer Weile. »Dieses Leben, das ich lebe, der Sport, die Reisen, das viele Geld, das war Robbies Traum, nicht meiner. Manchmal habe ich das Gefühl, als hätte ich meinem Bruder sein Leben gestohlen.«

»Jacob!«, rief ich, ehrlich schockiert. »Das darfst du nicht einmal denken!«

»Hier drin«, er wies auf seinen Kopf, »weiß ich das, aber hier drin«, diesmal zeigte er auf seine Brust, »ist das manchmal nicht so einfach zu verstehen.«

Gefühle waren wundervoll, komplex und unergründlich, aber manchmal konnten sie auch richtige Arschlöcher sein.

»Danke für dein Verständnis.« Die Worte klangen so banal, aber sie kamen aus der Tiefe meines Herzens.

»Trauer lässt uns die merkwürdigsten Dinge machen. Schäme dich nicht dafür. Schäme dich niemals dafür, was du tust oder empfindest, okay?«

Wie gut es mir tat, diese Worte von ihm zu hören. Er hatte ja keine Ahnung!

»Ich mag dich, Jacob Harrison.« Schüchtern lächelte ich zu ihm auf. »Ich mag dich sehr.«

»Ich mag dich auch, Ellie Mansfield.« Er legte einen Arm um meine Schultern und zog mich an sich.

»Wir beide bestimmen das Tempo unserer Beziehung, niemand sonst. Verstanden?«

»Verstanden«, flüsterte ich leise und sank noch ein wenig tiefer in seine Umarmung.

Unserer Beziehung. Eine Wahrheit war endlich offenbart worden. Ich hatte es geschafft! Bedachte man aber, dass ich Jacob noch immer eine Lüge vorlebte, klang das Wort Beziehung in meinen Ohren und in meinem Herzen definitiv zu gut. Viel zu gut.

36

Manchmal ist es die Dunkelheit,
die dich ins Licht zurückführt.

Wir nahmen uns noch einen Moment Zeit und schlenderten durch die Felder. Jacob teilte ein paar lustige Anekdoten über Robbie mit mir, und seine Offenheit gab auch mir den nötigen Mut, ihm ein wenig mehr von Mark und unserer gemeinsamen Zeit zu erzählen. Als die Sonne bereits hoch am Himmel stand und wir auf dem Weg nicht mehr alleine waren, sondern immer mehr Touristen die schöne Aussicht bei einem Spaziergang genießen wollten, machten wir uns auf den Rückweg.

Sarah, Seb und Frank saßen noch immer – oder schon wieder – im Restaurant. Ihre Kaffeetassen waren durch Wasser und Cola ersetzt worden. Seb saß vor seinem Laptop, während Sarah und Frank mit ihren E-Readern beschäftigt waren. Als wir das Restaurant betraten, sahen sie gleichzeitig auf. Sarah schenkte mir ein breites Grinsen und ein Daumen hoch. Frank und Seb sahen weniger begeistert aus.

»Hi, Leute.«

Frank stieß geräuschvoll den Atem aus. »Das war's dann mit Wasserski«, murmelte er und musterte uns genervt. Ich sah jedoch noch etwas anderes in seinem Blick. Unter der allgemeinen und stets gegenwärtigen Gereiztheit lag ehrliche Sorge.

Dennoch wollte ich nicht dafür verantwortlich sein, dass Jacob einen der geplanten Stunts nicht machte und uns am Ende womöglich Filmmaterial fehlte.

»Ihr könnt ohne mich gehen«, setzte ich an, aber Frank kam mir zuvor.

Er legte den E-Reader beiseite und griff nach seinem Handy. »So wie du aussiehst«, sagte er an Jacob gewandt, »lasse ich dich nicht mit ein paar Skiern aufs Wasser. Schon gar nicht, wenn dich ein über zweihundert Stundenkilometer schnelles Boot zieht. Wir haben genug Aufnahmen, die Seb recyceln kann. Ich sage, wir fahren noch heute weiter nach Hoi An.«

Der Rest unserer Crew schwieg.

»Was ist mit dem Plan?«, fragte ich und drückte Jacobs Hand, bis er mich ansah. Er sollte meinetwegen nicht verzichten müssen. Genau das wollte ich ihm sagen, aber auch diesmal war Frank schneller.

»Scheiß auf den Plan. Pläne ändern sich«, erwiderte er grimmig und musterte Jacob kritisch. »Die Fahrt dauert knapp zweieinhalb Stunden. Packst du das?«

Jacob, der bisher auffällig still geblieben war, rollte mit den Augen. »Natürlich schaffe ich das. Ich bin doch nicht invalide.«

»Fehlende Konzentration kann ganz schnell dazu führen, dass du es wirst.«

»Ich stimme Frank zu«, meldete sich jetzt auch Seb zu Wort.

»Na schön, dass ihr euch alle so einig seid.« Jacob rollte die Schulterblätter vor und zurück. Dabei zog er auch meine Hand ein Stück weit mit nach oben. »Von mir aus, fahren wir also heute schon nach Hoi An«, sagte er schließlich. Wirklich traurig klang er dabei nicht, und das beruhigte mich. Wahrscheinlich hätte er auch den heutigen Stunt gemeistert, aber Frank tat gut daran, kein Risiko einzugehen.

»Ob ich das schaffe …«, murmelte Jacob auf einmal und schüttelte den Kopf. »Die Harley fährt sich doch fast von allein.«

Dass Frank überhaupt an Jacob zweifelte, war meine Schuld. Ich wusste, dass er der Meinung war, dass ich Jacob zu sehr ablenkte, und wahrscheinlich stimmte das sogar. Darüber mussten wir jedoch ein anderes Mal sprechen, denn aktuell wollte ich nichts weiter, als mich ins Bett legen und ein wenig schlafen. Es war noch nicht mal zwei Uhr mittags, und ich war total erledigt. Mein Heulkrampf und das Gespräch mit Jacob hatten mich bis in die Grundfesten erschöpft. Ich protestierte nicht einmal, als Jacob Sarah seine Kreditkarte unter die Nase hielt und meiner Freundin auftrug, uns ein *schönes Hotel* auszusuchen. Frank protestierte dafür umso lauter.

»Jacob, lass den Mist, wir haben ein Hotel …«

»Ein Hotel, das uns erst morgen erwartet«, antwortete dieser und reichte seine schwarze American Express, ohne mit der Wimper zu zucken, an Sarah weiter. Freudestrahlend ergriff sie das kleine Plastikding und zückte ihr Handy.

»Buch irgendwas«, wies er sie an. »Hauptsache, bequeme Betten und ein Pool.«

Nach einer kurzen und hitzigen Diskussion mit Jacob setzte ich mir den Helm auf und kletterte auf meinen üblichen Platz hinter ihm. Er hatte nicht gewollt, dass ich mit ihm fuhr, aus Sorge, dass unser Gespräch mich zu sehr ausgelaugt hatte. Das war aufmerksam, aber unnötig. Also hatte ich ihm seine eigenen Worte an den Kopf geworfen.

»Ich bin müde, Jacob, nicht invalide. Ich werde es schon schaffen, mich zweieinhalb Stunden an dir festzuhalten.«

In den Jeep zu wechseln, stand für mich nicht zur Debatte. Ich freute mich auf den Körperkontakt mit Jacob, das vertraute Röhren des Motors unter mir sowie den Fahrtwind auf meinem Gesicht. Das würde ich mir nicht nehmen lassen. Meine Gedanken kreisten dafür um den verlorenen Tag in Hue.

»Und du bist dir sicher, dass wir diesen Stunt ausfallen lassen können?«, fragte ich ihn zum mindestens dritten Mal. Ich erhielt dieselbe Antwort wie zuvor.

»Absolut.« Jacob startete die Maschine. Die sanften Schwingungen des V2-Zylindermotors vibrierten durch meinen ganzen Körper. »Es wäre sowieso mehr Spaß als ein wirklicher Stunt gewesen«, rief er mir über das Röhren der Maschine zu.

Ich beschloss ihm zu glauben, schlang meine Arme um Jacobs Hüfte und sank in eine bequeme Position gegen ihn, als wir die ehemalige Hauptstadt Vietnams verließen. In dieser Position verharrte ich für die nächsten knapp drei Stunden. Einen Zwischenstopp an einem besonders hübschen Tempel und etliche Kurven auf der asphaltierten, quer durch den Dschungel führenden Straße später, und wir hatten unser Ziel erreicht.

Der Jeep stand bereits in der luxuriösen Einfahrt des Hotels, als Jacobs Harley knatternd zum Stehen kam. Frank war der Erste, der sich auf uns stürzte. Wutentbrannt wies er auf das elegante und von Palmen umrahmte Schild des Hotels.

Allegro Hoi An – Luxury & Spa.

Ich grinste in mich hinein. Jacob verzog das Gesicht.

»Das ist kein Hotel, J, es ist ein Spa! *Ein Spa!* Ich hätte uns ein nettes Hotel buchen können«, wetterte er, »in dem du nicht einen Monatslohn für eine Übernachtung hinblätterst. Aber du musstest ja Sarah die Wahl überlassen. Seit wann stehst du auf Luxus? Ich dachte, du hasst solche Hotels?«

»Wir warten drinnen«, verkündete Seb und verzog sich mit Sarah ins Hotel. Wahrscheinlich hatten die beiden sich Franks Gezeter auf dem gesamten Weg hierher anhören müssen. Dafür, dass er immer top gekleidet war und immer und überall WLAN brauchte, hatte Frank eine ziemliche Abneigung gegen Luxus.

»Das stimmt nicht ganz«, antwortete Jacob und half mir vom Motorrad. »Normalerweise sehe ich keine Notwendigkeit für solche Annehmlichkeiten, aber diese Reise ist anders, Frank, und das weißt du. Also entspann dich, und genieße es.«

»Du weißt aber schon, dass weder der Verlag noch die *BBC* hierfür aufkommen wird?«

Okay, vielleicht hatte Frank auch keine Abneigung gegen Luxus, korrigierte ich mich gedanklich, sondern dagegen, dass jemand anders Jacobs Geld ausgab. Allen voran Sarah. Dem ersten Eindruck nach zu urteilen, hatte sie sich für eins der teuersten Hotels in ganz Hoi An entschieden.

»Überlass das mir, Frank, und hol dir einen Drink an der Bar.«

»Hier gibt es bestimmt super Internet«, fügte ich hinzu und zuckte zusammen, als mich die ganze Wucht von Franks Blick traf.

»Du …« Er trat einen Schritt vor und damit in meine Richtung. Was auch immer er hatte sagen wollen, er riss sich im letzten Moment zusammen. Ruckartig wandte er sich ab, kramte sein Handy hervor und umklammerte es schraubstockartig. Ganz so, als beruhige das vertraute Gewicht der Technik ihn. »… hast Glück, dass ich dich mag.« Und weg war er.

Wie erstarrt sah ich ihm nach. Innerlich jedoch war ich am Ausflippen.

»Hat er gerade gesagt, dass er mich mag?« Ich wirbelte zu Jacob herum. »Bitte sag, dass du das auch gehört hast und ich es mir nicht eingebildet habe!«

Jacobs tiefes, grollendes Lachen wärmte mich bis in die Zehenspitzen. Nicht, dass das bei den tropischen Temperaturen, die hier herrschten, nötig gewesen wäre, dennoch fühlte es sich phantastisch an. Ich sah ihm dabei zu, wie er die Harley auf einen der freien Parkplätze vor dem Hotel rollte. Dann kam er zu mir zurück und legte mir einen Arm um die Schultern.

»Schauen wir uns mal an, was Sarah uns hier eingebrockt hat.«

Zunächst hatte ich befürchtet, dass Sarah Jacob und mich eventuell in einem Zimmer untergebracht hatte, aber ich hatte meine Freundin unterschätzt. Wie bei all unseren Hotels hatten wir fünf einzelne Zimmer. Eine freundliche Empfangsdame informierte uns darüber, dass die anderen bereits auf ihren Zimmern waren, und schob uns zwei elegant aussehende Schlüsselkarten entgegen.

»Da Sie kurzfristig gebucht haben, haben wir Sie in unseren verbliebenen Suiten untergebracht. Miss Mansfield, Sie beziehen eine der Grand Suiten.« Unwillkürlich entfuhr mir ein Kichern. »Mister Harrison, für Sie haben wir eine der Junior Suiten.« Die junge Dame, Lin, lächelte uns freundlich an. »Willkommen in Hoi An. Wir stehen Ihnen bei allen Wünschen gern zur Verfügung.«

Jacob schob mich den kurzen Weg zum Fahrstuhl, und ich erhaschte einen Blick auf einen langen, von Palmen, Sonnenschirmen und Liegen gesäumten Pool. Der Fahrstuhl hielt im fünften Stock mit einem unaufdringlichen *Pling*. Jacob warf einen kurzen Blick auf meine Keycard und bog links ab. Ein junger Mann wartete bereits mit meinem Gepäck auf uns. Jacob drückte ihm ein paar Scheine in die Hand und schickte ihn dankend fort. Dann öffnete er die Tür meiner Suite. Dieser ganze Prozess hatte nicht länger als eine Minute gedauert. Mit herabhängenden Armen stand ich neben Jacob.

»Ich kann das alleine«, protestierte ich.

»Du musst lernen, Hilfe anzunehmen«, konterte er, als wir meine Suite betraten. Hätte ich nicht bereits den ein oder anderen Wow-

Moment auf dieser Reise gehabt, hätte diese Suite mich in die Knie gezwungen. Dunkle Holzpaneele, eine Art-déco-Tapete in Mint und Gelb, vor der ein gigantisches Bett mit Baldachin stand, ein offenes Bad mit freistehender Wanne … ich wusste gar nicht, wo ich zuerst hinsehen sollte. Abgerundet wurde die Suite durch einen Balkon, der sogar groß genug war, um darauf zu sitzen.

Jacob stellte meinen Rucksack neben dem Bett ab.

»Deine Suite hat Stadtblick«, sagte er und trat an die große Fensterfront. »Wir sind ungefähr vierhundert Meter von der japanischen Brücke entfernt. Hoi An entfaltet seinen ganzen Charme allerdings erst bei Nacht.«

»Jacob, dieses Hotel ist …«

»Völlig übertrieben, aber geil?« Er drehte sich zu mir um und grinste.

»Ich wollte phantastisch sagen, aber ja.« Mein Blick glitt über das große, absolut kuschelig aussehende Bett. Ob die Laken genauso weich waren, wie sie aussahen?

»Schlaf ein paar Stunden, Ellie, du bist völlig erledigt.«

»Vielleicht nur kurz ausruhen …«

»So lange wie notwendig«, erwiderte er. »Und wenn es dir heut Abend besser geht, dann können wir in die Stadt gehen und etwas essen. Das Zentrum von Hoi An wird dir gefallen.« Jacob grinste. »Es besteht quasi nur aus bunten Lichtern.«

Ein paar davon hatte ich bereits erspäht, als wir das Ortsschild passiert hatten. Dann aber hatten wir uns durch ein paar enge Gassen geschlängelt, und ich hatte nicht viel mehr erkennen können als Palmen, Hauseinfahrten und Hotels diverser Kategorien. Jacob durchquerte den Raum. Seine Hand lag schon auf dem Türgriff, als ich ihn zurückhielt.

»Jacob, warte, ich … Danke.«

Er überbrückte die Distanz zwischen uns und gab mir einen federleichten Kuss auf die Wange. »Schlaf jetzt«, flüsterte er an meinem Ohr. Damit ließ er mich in meinen luxuriösen vier Wänden zurück. Nachdem ich mich kurz frisch gemacht hatte, schlüpfte ich direkt unter die weiche Decke und kuschelte mich in die edlen Laken. Die Klimaanlage war auf angenehme zweiundzwanzig Grad eingestellt, und ich brauchte mir nicht einmal die Mühe zu machen, die Vorhänge zu schließen. Sobald mein Kopf das Kissen berührt hatte, fiel ich in einen traumlosen Schlaf.

Ein paar Stunden und eine heiße Dusche später fühlte ich mich wie neugeboren.

Ich habe Jacob von Mark erzählt.

Diese Erkenntnis war immer noch irgendwie neu und schockierend, aber gleichzeitig war ich auch mächtig stolz auf mich. Trotz der anhaltenden Müdigkeit in meinen Knochen fühlte ich mich gut. Ich hatte in der letzten Woche mehr über Mark gesprochen und mehr für meinen eigenen Heilungsprozess getan als in den letzten drei Jahren.

Ich setzte mich an den antiken Schminktisch meiner Suite und bürstete meine nassen Haare. Dabei wanderte mein Blick immer wieder zu meinem Handy. Sarah und Helen hatte ich bereits geschrieben, aber ein Gedanke ließ mich nicht los. Ich packte die Bürste beiseite und sah mir im Spiegel selbst in die Augen.

Du packst das, Ellie.

Mit angehaltenem Atem gab ich mir einen Ruck und wählte Mashas Nummer. Nach dem zweiten Klingeln ging sie ran.

»Caldwell, hallo.«

Es war eine kleine Ewigkeit her, dass ich Marks Mutter gesehen oder gesprochen hatte. Als ihre Stimme nun an mein Ohr drang, fühlte ich mich prompt wieder wie ein Teenager.

»Hallo?«

»Äh, hallo … Masha?«

»*Ellie?*« Mashas Stimme wurde lauter. »Ellie, Herzchen, bist du das?«

»Ja, ich … hi.«

»Ellie!« Marks Mutter klang aufrichtig erfreut über meinen Anruf.

»Wie geht es dir?«

Ich wusste nicht genau, was ich erwartet hatte, nicht aber die fröhliche Herzlichkeit, die ich in Mashas Stimme hören konnte.

»Ich, also, mir geht es gut«, erwiderte ich mit leiser, aber gefasster Stimme.

»Ich habe lange auf deinen Anruf gewartet, Herzchen.«

Nachdem ich auch dieses Pflaster abgerissen hatte, fühlte ich mich beinahe wie ein neuer Mensch. Masha hatte sich so aufrichtig über meinen Anruf gefreut, und es hatte so verdammt gutgetan, mit ihr über Mark zu sprechen, dass ich mich erneut fragte, warum ich so lange damit gewartet hatte. Masha war stets wie eine zweite Mutter für mich gewesen, und ich hatte sie vor den Kopf gestoßen. Verloren in meiner eignen Trauer, hatte ich sie ausgegrenzt, nachdem ihr einziger Sohn gestorben war. Dabei hätten wir uns all die Jahre gegenseitig Halt geben und uns gemeinsam an Mark erinnern können. Aber Trauer ließ einen irrational handeln, so viel hatte ich mittlerweile erkannt. Sie schien es mir nicht übel zu nehmen, dass ich mich so lange nicht gemeldet hatte. Wenn sie es schaffte, mir zu verzeihen, dann sollte ich diese Möglichkeit vielleicht auch in Betracht ziehen. Ich schlüpfte in ein lockeres, schwarzes T-Shirt-Kleid und gönnte meiner strapazierten Haut eine Extraportion Feuchtigkeitscreme. Man sah mir zwar noch immer an, dass ich geweint hatte, aber wenigstens spannte meine Haut nicht mehr so unangenehm, und die Röte ließ auch allmählich nach.

Wie bestellt klopfte es in diesem Moment an meiner Tür.

»Ellie?« Sarahs Stimme drang leise durch die dicke Holztür. »Bist du wach?«

»Komm rein!«, rief ich. Ich war gerade dabei, meinen kleinen Rucksack zu packen, als Sarah eintrat. Sie unterzog mich einer raschen Musterung.

»Du siehst besser aus«, stellte sie fest.

»Ich fühle mich auch so.«

Sie setzte sich im Schneidersitz neben mich auf das Bett. Diesmal hatte sie ihre Lieblingshotpants mit einem abgeschnittenen T-Shirt kombiniert. Es war verwaschen und zeigte irgendeine mir unbekannte Band mit hoch erhobenen Gitarren. Seufzend sah sie sich im Zimmer um. »Ein Traum, oder?«

»Du musst aufhören, Jacobs Geld auszugeben.«

Ihr aufrichtig schockierter Gesichtsausdruck brachte mich zum Lachen.

»Warum genau sollte ich das tun, wenn er mir doch die Erlaubnis gibt, sein Geld auszugeben?« Sie schüttelte den Kopf, als hätte ich etwas sehr, sehr Dummes gesagt.

»Apropos J. Wie hat es sich angefühlt, ihm von Mark zu erzählen?«, fragte sie mich. »Und wie geht es dir damit?«

»Es hat wehgetan«, antwortete ich. »Aber es hat sich auch gut angefühlt. Es tut gut, über ihn zu reden. Bevor du kamst, habe ich sogar seine Mutter angerufen.«

»Wow, Ellie! Du kannst wirklich stolz auf dich sein, Freundin.«

Sie tätschelte mir die Schulter. »Wie sieht's aus?«, fragte sie, als ich fertig gepackt hatte. »Wir wollen in die Stadt gehen und etwas essen. Hast du Lust?«

Und wie ich Lust hatte! Ich war am Verhungern. »Auf jeden Fall.«

»Gott sei Dank«, sagte Sarah übertrieben seufzend. »J scharrt schon seit Stunden mit den Hufen, und Frank ist alles andere als amüsiert.«

Um Frank machte ich mir keine Gedanken mehr. Frank *mochte* mich. Das hatte er mir selbst gesagt. Das könnte sich jedoch ganz schnell ändern, wenn ich herumlief und es jedem unter die Nase rieb. Also schwieg ich, schlüpfte in meine Birkis und folgte Sarah aus meiner Suite. Kurz hatte ich überlegt, ob es mir unangenehm sein sollte, Seb und Frank nach dem Trubel der letzten Stunden wiederzusehen, aber alles, was ich empfand, war Freude. Ich freute mich darauf, einen unbeschwerten Abend mit der Crew zu verbringen. Und mit Jacob natürlich.

Jacob hatte nicht übertrieben. Wohin man auch blickte, hingen Lampions über den Straßen, an Häusern oder an den kleinen Steinbrücken, die über den Fluss ins Zentrum der Stadt führten. Rot, grün, blau, sie erstrahlten in allen erdenklichen Farben. Lichterketten schmückten die Hauswände, Fackeln wiesen auf Cafés oder Restaurants hin, und kleine Papierschiffchen, gespickt mit Teelichtern, wurden zu Wasser gelassen und schipperten friedlich neben gondelähnlichen Booten. Auf den ersten Blick wirkten die länglichen, schmalen Holzboote eher, als gehörten sie nach Venedig und nicht hierher, in eine von Lichtern überflutete Kleinstadt in Vietnam. Am Anfang und am Ende eines jeden Bootes hing eine bunte Laterne. Vermutlich eine Art Wegweiser in der Dunkelheit. Wenn ich eins gelernt hatte in den letzten Wochen, dann, dass die Dunkelheit in Vietnam nicht langsam hereinbrach. In einem Moment dachte man noch, es würde dämmern, und dann, *boom*, war es stockfinster. Ich konnte es kaum erwarten. Bei Nacht musste die Stadt einem wahren Lichtermeer gleichen. Es war bereits jetzt wunderschön. Dass Hoi An aufgrund seiner Geschichte stark chinesisch geprägt war, war unübersehbar. An den Gebäuden, aber auch an der Flut chinesischer Touristen, die in riesigen Gruppen (und meist in auf ihre Reisegruppe abgestimmten individuellen Outfits) die Stadt erkundeten. Die Läden in der Altstadt waren klein und liebevoll gestaltet, und an so ziemlich jeder Ecke konnte man diverse Leckereien erwerben, Kaffee trinken oder gefälschte Designertaschen und andere Lederwaren kaufen. Kaum hatten wir uns in den Trubel gestürzt, übernahm Sarah die Führung. Auf ihre Anweisung hin überquerten wir die japanische Brücke (selbst hier hingen Lampions an der Decke der überdachten Brücke), machten ein paar Selfies und Gruppenfotos und hielten nach einem geeigneten Restaurant zum Abendessen Ausschau.

»Feudal oder einfach?«

»Einfach«, antworteten wir unisono. Ich wollte einfach nur etwas essen, die nette Gesellschaft genießen und ein kühles Bier trinken. Den Rest des Abends würde ich auf mich zukommen lassen. Meine Hand zuckte bei den Gedanken, die mir sofort durch den Kopf geisterten, verräterisch, und eine willkommene innere Hitze breitete sich in mir aus. Wenn dieser Abend so enden würde wie die letzten beiden, hätte ich absolut nichts dagegen einzuwenden …

Fragend sah Jacob mich an. Anstatt ihm zu antworten, schenkte ich ihm ein breites Grinsen.

»Woran denkst du?«, flüsterte er heiser und nur für meine Ohren bestimmt.

»Das kann ich dir nicht sagen.«

»Wieso nicht?« Er zog an meiner Hand und zwang mich, stehen zu bleiben.

»Weil ich halb verhungert bin und heute gerne noch was essen möchte«, antwortete ich, noch immer grinsend.

»Und du glaubst, dass du nichts zu essen bekommst, wenn du mir …« Er brach ab, und seine Augen verengten sich zu Schlitzen, während das intensive Blau schlagartig ein paar Nuancen dunkler wurde.

»Das Hotel hat einen phantastischen Zimmerservice …«, begann er, wurde jedoch von Sarah unterbrochen, die uns ungeduldig zu sich rief.

»Nun kommt schon, ihr Schnecken! Ich habe Hunger!«

»*Sie* hat Hunger?«, murmelte Jacob leise. Er schüttelte den Kopf und sah mich an. »Was auch immer da für Gedanken in deinem Kopf herumgeistern, Ellie. Merk sie dir für später.« Damit drückte er mir einen raschen Kuss auf den Mund und zog mich weiter.

Seit wir den Fluss überquert hatten, hatten die Menschenmassen sich gelichtet. Die Altstadt zog sich auch hier weiter, der Stadtkern jedoch befand sich auf der anderen Seite der Brücke. Zum Glück, denn mit der Zeit wurde es ein wenig mühsam, sich durch die ganzen Touristengruppen zu wühlen.

Sarah studierte eine Menükarte nach der anderen, wobei die Kellner abwechselnd in Englisch und Vietnamesisch auf uns einredeten und versuchten, uns in ihr Lokal zu locken. Sie pilgerte von einem Restaurant zum nächsten. Nie schien sie zufrieden zu sein, dabei hatten wir uns doch alle für ein einfaches Essen ohne viel Chichi ausgesprochen. Ich brauchte keinen Luxus, das übernahm unser Hotel zur Genüge. Aktuell hätte ich mich mit einer Schale Reis und einer Cola zufriedengegeben. »Wer hat diese Karte geschrieben? Dostojewski?«, fragte sie und drehte sich zu uns um. »Das ist ein halbes Buch …« Sie blätterte sich durch die Seiten. »Die machen so viel, dass sie unmöglich alles richtig machen können.«

Jacob seufzte. »Herrgott nochmal, Sarah …« Er war nicht der Einzige, dessen Geduldsfaden kurz vorm Reißen war.

Mein Blick blieb derweil an einem kleinen Hauseingang rechts von uns hängen. Unsere Gruppe wollte gerade weitergehen, als ich Jacob zurückhielt.

»Jacob, sieh mal.« Mit der freien Hand wies ich in Richtung der schmalen Gasse, die in eine Art Hinterhof zu führen schien.

»Sarah!«, rief er und brachte unsere Freunde zum Stillstand. »Ich glaube, Ellie hat da was gefunden.«

37

Ich mag Leute,
die lächeln, wenn es regnet.

Einer nach dem anderen quetschten wir uns zwischen der Hauswand, diversen Kräutertöpfen an den Wänden und zwei freistehenden Palmen durch die Gasse. Nach nur wenigen Schritten befanden wir uns in einem kleinen Innenhof.

Seb und Frank steuerten zielsicher auf einen der freien Tische zu, die inmitten des Innenhofs unter einem gewaltigen Baum standen. In der Baumkrone und in den Palmen ringsherum sorgten Lichterketten in der langsam einsetzenden Abenddämmerung für ein romantisches Ambiente. Eine kleine, offensichtlich selbst zusammengeschusterte Strohhütte bildete das Herzstück des Innenhofs. Auf einem handbemalten Schild in Form eines Surfbretts waren die Worte *Beach Bar* zu lesen.

Sarah klopfte mir im Vorbeigehen auf die Schulter. »Gut gemacht, Freundin.«

Ich wandte mich an Jacob. »Ist das denn ein richtiges Restaurant? Ich meine, wir sind einfach so durch diese Gasse gelaufen und draußen hing kein offizielles Schild …«

»Wir sind in Vietnam, Ellie. Wenn es Tische und Stühle und eine Bar hat, dann ist es ein Restaurant.«

Ich wollte mich gerade zu den anderen setzen, als etwas an Franks

Füßen meine Aufmerksamkeit erregte. Große brauen Augen blicken unter dem Tisch hervor, während eine kleine Schnauze erfolglos versuchte, an Franks Schnürsenkel zu kommen. Mit einem freudigen Aufschrei ließ ich Jacobs Hand los und kniete mich auf den Boden. Der weiß-braun gefleckte Welpe kam tapsend auf mich zu.

»O mein Gott, bist du süß! Komm her, Baby«, lockte ich den Kleinen zu mir.

Beinahe über seine eigenen Beine stolpernd, schmiss der Welpe sich vor mir auf den Boden und präsentierte mit Stolz seinen nackten Bauch. Die Zunge hing ihm schräg aus dem Maul, und es sah einfach zauberhaft aus. Ein wenig drollig, aber zauberhaft.

»Willst du gekrault werden? Ja?«

»Wow.« Vier Augenpaare sahen auf mich herab, und Sarah kniete sich neben mich.

»Du hast also auch eine Hundestimme.«

Hatte ich? Ich sah zu Jacob und den anderen, sie alle nickten. Dann hatte ich eben eine Hundestimme, na und? Wer konnte bei Hundebabys schon ungerührt bleiben? Bereits als Kind hatte ich einen Hund haben wollen. Erst war jedoch mein Dad dagegen gewesen, und dann Mark. Zu stressig während des Studiums, hatte er gesagt. Und damals hatte er recht gehabt. Jetzt aber war meine Situation eine völlig andere. Vielleicht konnte ich mir diesen Traum demnächst endlich erfüllen.

Die anderen waren bereits dabei zu bestellen, als ich noch immer hingebungsvoll den Bauch des Welpen vor mir kraulte und mir überlegte, ob meine Wohnung für einen Hund geeignet wäre.

»Ellie.« Jacob beugte sich zu mir herab. »Was willst du essen?«

»Bestellst du für mich?«

Er nickte und wandte sich an die wartende Kellnerin. Ich hörte nur mit einem Ohr hin, immer noch abgelenkt durch den kleinen Hund vor mir.

»Jetzt setz dich endlich zu uns«, grummelte Frank, als die Getränke kamen. Widerwillig ließ ich von dem Welpen ab und setzte mich neben Jacob auf die Bank. Dann fiel mein Blick auf die frische Kokosnuss, die er soeben über den Tisch in meine Richtung schob. Ich hatte gewusst, dass ich mich auf ihn verlassen konnte.

»Die Dinger haben viele Elektrolyte«, wisperte er. »Das wird dir guttun.«

Nach heute Morgen. Er musste es nicht laut aussprechen.

»Danke.«

Auch der Rest unserer Bestellung war ein Volltreffer. Wie ausgehungert stürzte ich mich auf meine aus Reisnudeln und Gemüse bestehende Bun und die knusprigen Frühlingsrollen. Ich liebte die vietnamesische Küche! Fast alles, was ich bis jetzt probiert hatte, war köstlich gewesen. Da wir die einzigen Gäste waren, wurden wir von vorne bis hinten verwöhnt. Irgendwann kam ein junger Mann aus dem Haus, schaltete die Lichter der sogenannten Beach-Bar an und grinste uns herausfordernd an. Als er dann noch Musik von den Beach Boys spielte, gaben wir lachend nach. Aus einer Runde Cocktails wurden zwei, dann drei, und ich genoss das Gefühl, absolut entspannt und glücklich zu sein. Jacobs Hand lag lässig und beinahe beiläufig auf meinem Oberschenkel. Die Anspannung seines Körpers und das Funkeln in seinen Augen verrieten mir jedoch, dass er nicht ganz so locker war, wie er tat. Immer wieder tauschten wir Blicke miteinander oder berührten uns beabsichtigt unbeabsichtigt. Mir war klar, dass das, was wir taten, einem Vorspiel gefährlich nahekam. Aber der Gedanke erschreckte mich nicht mehr, im Gegenteil, er erregte mich und versetzte mich in freudige Erwartung. Zum ersten Mal seit einer Ewigkeit fühlte ich mich wieder wie ich selbst, und dieses Gefühl wollte ich auskosten. Ich wollte es *feiern*.

Auf dem Rückweg zum Hotel gingen die Männer voraus, und ich schnappte mir Sarah, um in gebührendem Abstand hinter ihnen her zu schlendern. Nachdem ich mich vergewissert hatte, dass sie uns nicht hören konnten, insbesondere Seb nicht, lehnte ich mich dichter zu Sarah.

»Hat er den Brief gelesen?«

Sie nickte, den Blick starr geradeaus auf Seb gerichtet. »Hat er.«

»Und?«

»Wir versuchen es.«

»Das ist alles?« Ich packte sie am Arm, und wir blieben stehen. Dafür, dass sie sonst jeden Aspekt ihres Lebens mit mir teilte, war Sarah verdächtig wortkarg.

»Komm schon, Sarah. Was ist los?«

»Ich hab Schiss bekommen, okay?« Sie wandte sich von mir ab und beobachtete die in der Dunkelheit an uns vorbeiziehenden Lichter auf dem Wasser. Kurz nach Einbruch der Nacht hatte sich die Stadt in ein Meer aus bunten Lichtern verwandelt. Ein Schatten huschte über Sarahs Gesicht, und ich konzentrierte mich wieder voll und ganz auf meine Freundin.

»Das heißt«, hakte ich vorsichtig nach und ließ ihren Arm los.

»Das heißt, dass ich vielleicht nicht so offen ihm gegenüber war, wie ich es wahrscheinlich hätte sein sollen.«

»Und wie hat er reagiert?«

Sie stieß geräuschvoll den Atem aus. »Erst war er verwirrt. Dann hat er mich geküsst, wir sind im Bett gelandet, und das war's.«

»Hast du ihm denn gar nicht gesagt, wie sehr du ihn magst?«

Die pinken Spitzen ihrer blonden Haare flogen hin und her, als sie heftig den Kopf schüttelte. »Nein.«

»Wirst du es noch einmal versuchen?«

Sie nickte brüsk. »Ja, aber auf meine Art.«

»Sarah, Sex zählt nicht …«

Meine Worte entlockten ihr ein fröhliches Lachen und sie grinste mich verschwörerisch an. »Guter Gedanke, aber das meine ich nicht.« Um ihren Mund lag ein ernster Zug. »Der Brief war eine gute Idee, er hat mir tatsächlich geholfen, mir über einiges klar zu werden, aber ich denke, dass ich eher der Typ bin, der es direkt sagen muss.« Sie zuckte mit den Schultern. »Wie ein Pflaster abreißen, verstehst du?«

Oh, ich verstand sie sehr gut.

Schweigend sahen wir auf den hell erleuchteten Fluss vor uns. Jacob hatte mir bei unserem Spaziergang durch die Stadt erklärt, dass Touristen die kleinen Laternen mit den Teelichtern kauften und sie zu Wasser ließen, um sich etwas zu wünschen.

»Wie ein Wunschbrunnen«, hatte er gesagt. »Die Laternen werden gesegnet, du bezahlst, wünschst dir was und lässt das Teil ins Wasser.«

Der rationale Teil von mir hatte direkt über Umweltverschmutzung und Brandgefahr nachgedacht. Der andere jedoch, der abenteuerliche, romantische Teil von mir, war begeistert. Es war eine so schöne Geste, und wie vieles, was ich bisher in Vietnam gesehen und erlebt hatte, hatte auch diese Geste etwas Magisches an sich. Sich etwas zu wünschen, war in meinen Augen schon immer ein schöner Brauch gewesen. Ein Wunsch besaß die Macht, Hoffnung zu schenken. Ich dachte darüber nach, was ich mir wünschen würde, sollte ich dazu kommen, eine dieser kleinen Laternen zu Wasser zu lassen. Es gab zahlreiche Antworten: Glück, Erfolg, Gesundheit, einen neuen Job vielleicht? Dennoch waren es nur Bilder von Jacob, die in rasanter Geschwindigkeit vor meinem geistigen Auge aufblitzten.

Jacob, wie er mich aus diesen Wahnsinnsaugen herausfordernd anfunkelte, wie er mich küsste, mich umarmte und mich dazu ermutigte, ich selbst zu sein.

Als ich stumm blieb, wandte sich Sarah zum Gehen. Die Männer waren ebenfalls stehen geblieben und unterhielten sich in einiger Entfernung zu uns wild gestikulierend.

»Ich denke auch darüber nach …«, erwiderte ich auf einmal.

Wir blieben erneut stehen. »Du denkst darüber nach, ein Pflaster abzureißen?«

Lächelnd schüttelte ich den Kopf.

»Ah.« Jetzt verstand sie. »Du denkst darüber nach, mit J zu schlafen.«

»Macht mich das zu einem schlechten Menschen?«

Sarahs Augen weiteten sich. War sie … schockiert? Fassungslos? Wütend? All diese Emotionen sah ich in kürzester Zeit in ihren Augen aufblitzen.

»Wieso in Gottes Namen sollte dich das zu einem schlechten Menschen machen?« Ihre aufrichtige Empörung war Antwort genug. Die Hände in die Hüften gestemmt, funkelte sie mich an.

»Ich habe ihm gerade erst von Mark erzählt«, erwiderte ich, »ist das nicht, ich weiß nicht, irgendwie zu früh?« Das war er, der Gedanke, der mich beschäftigte, seit ich heute Nachmittag aufgewacht war.

»Ellie.« Sarah trat vor und legte mir einen Arm um die Taille. »Du kennst Jacob jetzt seit einem Monat. Es ist nicht so, als wärst du direkt mit ihm ins Bett gehüpft. Wir sind seit Wochen jeden Tag zusammen. Außerdem«, fügte sie leise hinzu, »ist er nicht irgendjemand für dich.«

Damit traf sie direkt ins Schwarze. Jacob war nicht irgendein Flirt, den ich in einer Bar aufgerissen hatte und den ich benutzen wollte, um ein weiteres imaginäres Pflaster abzureißen, er bedeutete mir etwas.

»Du hast ein wenig Spaß verdient.«

Kaum hatte sie die Worte ausgesprochen, zuckte ein gewaltiger Blitz durch den dunklen Nachthimmel, direkt über unseren Köpfen. Instinktiv zog ich den Kopf ein.

»Was zur Hölle …«

»Monsun«, rief Sarah lachend, nicht im Mindesten beunruhigt. »Und es geht los, in eins, zwei …« Sie kam nicht einmal bis drei. Binnen weniger Sekunden begann es zu regnen. Wobei Regen ein viel zu milder Ausdruck für das war, was hier gerade passierte. Es schüttete wie aus Eimern. Ohne Vorwarnung hatten sich die Schleusen des Himmels geöffnet, um dicke, harte Regentropfen auf uns herabprasseln zu lassen. Ein tiefer, grollender Donner erklang. Kreischend rannten Sarah und ich los.

»Ich dachte, wir hätten keine Regenzeit«, rief ich über das laute Prasseln des Regens hinweg.

»Haben wir auch nicht«, erwiderte sie und wischte sich beim Laufen die nassen Strähnen aus der Stirn. »Das Klima hier ist dennoch tropisch, regnen kann es also immer mal wieder …«

Das nannte sie *Regen*? Hallo? Ich war Engländerin! Ich wohnte in London, ich war in York geboren worden, ich wusste, was Regen war, aber das hier … das war eine regelrechte Apokalypse. Es blitzte erneut, und mit einer Mischung aus Lachen und Kreischen erreichten wir die Männer. Wasser lief mir in die Augen, und meine Sicht war verschwommen. Was ich aber ganz deutlich erkennen konnte, war Jacobs breit grinsendes Gesicht. Natürlich, dachte ich. Er genoss diese Situation. Wahrscheinlich liebte er den Monsun.

»Ich liebe diesen Regen!« Einen Arm um meine Schulter gelegt, schloss er die Augen und reckte sein Gesicht gen Himmel.

Es dauerte keine neunzig Sekunden, bis wir alle völlig durchnässt waren. Unsere Körper dampften im Schein der Laternen. Touristen drängelten sich hektisch in die zahlreichen Cafés und Läden, um Schutz zu suchen. Ein paar Laden- und Kioskbesitzer hatten sich am Straßenrand platziert und priesen lautstark Regenponchos in diversen Farben an. Ein paar mutige Touristen, darunter auch wir, liefen weiter. Unser Hotel war nicht mehr weit, und wir waren ohnehin schon nass bis auf die Knochen.

Keiner der Hotelangestellten sah sonderlich überrascht aus, als wir wenig später außer Atem und prustend vor Lachen in die Hotelhalle stolperten. Wir hatten es geschafft.

»Oh Mann.« Seb zupfte an seinem schwarzen Achselshirt. »Daran gewöhnt man sich irgendwie nie.«

»Zum Glück ist die Technik heutzutage wasserfest«, murmelte Frank und strich sich die Haare aus der Stirn.

»Ich hau ab, Leute.« Sarah zwinkerte mir zu. »In dieser Halle ist es eiskalt, und ich brauche eine heiße Dusche.«

Bei ihren Worten bemerkte ich, dass auch ich leicht am Frösteln war. Dennoch bewegte ich mich keinen Zentimeter. Sarah, Seb und Frank verabschiedeten sich nacheinander von uns, und ich stand einfach nur da und sah ihnen nach. Ich spürte, dass Jacob mich beobachtete. Er versuchte, aus mir schlau zu werden. Wollte ich gehen? Wollte ich bleiben? Würde ich ihn bitten, mich zu meinem Zimmer zu begleiten?

Obwohl der Regen mich abgekühlt hatte, stand ich innerlich in Flammen. Sarahs Zuspruch war die Kirsche auf der Torte gewesen, der letzte Schubs in die richtige Richtung, denn entschieden hatte ich mich schon längst: Ich wollte Jacob. Ich wollte ihn seit unserer ersten Begegnung. Endlich konnte ich es mir eingestehen, ohne dass es mich in Angst und Schrecken versetzte.

»Bringst du mich zu meinem Zimmer?«

Für einen Wimpernschlag starrte er mich lediglich an. Dann stieß er geräuschvoll die Luft aus, ganz so, als hätte er die letzten Minuten den Atem angehalten. Er hatte darauf gewartet, dass ich eine Entscheidung traf, und genau das hatte ich getan. Entschlossen trat ich vor und griff nach seiner Hand. Jacobs Finger schlossen sich fest um meine. Ohne Worte legten wir den kurzen Weg zu meiner Suite zurück. Je näher wir meinem derzeitigen Zuhause kamen, desto aufgeregter wurde ich. Eine nervöse Energie nahm von mir Besitz. Mein ganzer Körper begann zu kribbeln, als ich zu registrieren begann, wie dieser Abend enden würde.

Ich war aufgeregt, natürlich war ich das, immerhin hatte ich seit über drei Jahren keinen Sex gehabt. Über 1000 Tage Abstinenz, die heute und hier mit Jacob enden würden. Vor meiner Tür angekommen, suchte ich in meiner kleinen, schwarzen Umhängetasche nach der Keycard. Mit zittrigen Fingern hielt ich sie vor den Laser. Jacob beobachtete mich stumm. Seit gut fünf Minuten hatte keiner von uns mehr ein Wort gesprochen. Die Tür öffnete sich mit einem leisen Klicken. Ich schluckte. Mit einer fahrigen Handbewegung wischte ich mir die nassen Haare aus dem Gesicht und sah zu Jacob auf. Völlig reglos stand er da und wartete. Die Hände leicht zu Fäusten geballt, überließ er mir die Zügel. Sein T-Shirt klebte wie eine zweite Haut an ihm und überließ nichts der Phantasie. Seine starken Schultermuskeln, die definierten Arme und der straffe Bauch … all das zeichnete sich unter dem dünnen Stoff des nassen Kleidungsstücks ab. Aber nicht nur das. Ich ließ meinen Blick tiefer wandern und … heilige Mutter Gottes, jap – Jacob war erregt. Seine Erektion war durch den Stoff seiner nassen Shorts gut erkennbar. Ich riss mich gewaltsam von diesem Anblick los und sah hinauf in sein Gesicht und seine Augen. Augen, die mir eine Leidenschaft versprachen, nach der ich mich seit Wochen sehnte. Als ich mich noch immer nicht vom Fleck bewegte, lehnte Jacob sich vor. Mit einer Hand umklammerte er den Türrahmen, während sein heißer Blick von mir zu der halb geöffneten Tür glitt.

»Bitte mich rein«, raunte er. Die tiefe, heisere Tonlage, in der er sprach, jagte mir einen Schauer über den Rücken. Entschlossen, jede Sekunde unseres verbalen, sinnlichen Vorspiels zu genießen, schloss ich für einen Moment die Augen. Lust pulsierte durch meine Adern. Ich konnte es nicht erwarten, dieses Zimmer zu betreten, und gleichzeitig hätte ich es am liebsten für immer hinausgezögert.

»Ellie«, flüsterte Jacob rau. »Bitte. Mich. Rein.« Mittlerweile war er mir so nah, dass ich seinen warmen Atem auf meiner Haut spüren konnte. Hitze durchfuhr mich, so intensiv und heiß, dass mein ganzer Körper vor Erregung und Erwartung zu pochen begann. »Willst du … willst du noch mit reinkommen?«

Ich öffnete die Augen. Jacobs Grinsen war umwerfend. »Sehr gerne«, erwiderte er höflich, ehe er mir einen Arm um die Taille legte und mich durch die Zimmertür schob. Die kühle Luft der Klimaanlage begrüßte uns, und ich schüttelte mich leicht. Jacob ließ von mir ab, um die Tür hinter uns zu schließen, dann drehte er sich langsam zu mir um. Im Halbdunkeln meiner Suite standen wir uns gegenüber. Lediglich das prasselnde Geräusch des noch immer anhaltenden Regens war zu hören. Für die Dauer eines Herzschlags blickten wir uns reglos an, dann war Jacob bei mir. Er vergrub die Hände in meinen Haaren und zog mich schwungvoll an sich. Mit einem beinahe wilden Knurren eroberte Jacob meinen Mund. Wir hatten keine Zeit für Raffinesse und keine Geduld für langsam und zärtlich. Ich wollte Jacob spüren, ihn schmecken und liebkosen, und das sofort!

Meine Nervenenden sandten glühend heiße Wellen der Erregung

durch meinen Körper, als ich die Arme hob, sie um Jacobs Hals legte und seinen Kuss mit allem, was ich hatte, und aus tiefstem Herzen erwiderte. Sein Geschmack. Sein harter, muskulöser Körper. Das alles brachte mich um den Verstand.

Eine gefühlte Ewigkeit später hob er den Kopf und sah mich an. »Verdammt, ich liebe deinen Mund«, murmelte er heiser, während er sich mit der Zungenspitze über die Unterlippe fuhr. In meinem Körper pulsierte es. Es war ein Wunder, dass ich noch geradeaus schauen konnte.

»Jacob …«

»Jacob, was?« Er beugte den Kopf vor, um an der empfindlichen Haut meines Halses zu knabbern. Ich grub meine Finger in sein Shirt und begann an dem nassen Stoff zu zerren.

»Zieh das aus …«

»Du weißt gar nicht, wie sehr du mich um den Verstand bringst«, murmelte er und ignorierte meine Worte. »Wenn du wüsstest, was ich mir alles vorgestellt habe in den letzten Wochen, mit dir und diesem Mund …« Seine Lippen strichen federleicht über meine.

»Wa-as hast du dir denn vorge…« Ein kehliger Laut entfuhr mir, als Jacobs Hände sich aus meinen Haaren lösten und auf Wanderschaft gingen. »… vorgestellt«, beendete ich meinen Satz stöhnend. Ich wollte wissen, was für Phantasien er hatte. Unbedingt. Bevor ich ihn jedoch noch einmal fragen konnte, neigte er abermals den Kopf und küsste mich derart heiß, hart und fordernd, dass ich mich endgültig in ihm verlor. Himmel, konnte dieser Mann küssen!

Seine Hände auf meinen Brüsten, seine Lippen auf meinen, all das war die süßeste Form von Folter, die man sich vorstellen konnte. Ich zerrte erneut an seinem T-Shirt, und aus Jacobs Kehle drang ein zustimmender Laut. Leise keuchend lösten wir uns voneinander.

»Bett«, murmelte ich, genau in dem Moment, indem er mich herumwirbelte und mich rückwärts in Richtung des gigantischen Himmelbetts drängte.

Anstatt mich jedoch sanft darauf abzulegen, hakte er seinen Fuß um meinen Knöchel, so dass wir gemeinsam aufs Bett fielen. Jacobs Gewicht presste mich der Länge nach in die Matratze, und ich schnappte überrascht nach Luft.

»Sehr elegant«, sagte ich lachend. Jacobs dunkler Blick fixierte mich mit nahezu raubtierhafter Intensität, das Lächeln hingegen, das auf seinen Lippen lag, war sanft und verspielt.

»Nur für den Fall, dass du vorhattest, wegzurennen.«

»Mhm.«

Grinsend senkte er den Kopf und küsste mich erneut. Diesmal aber war der Kuss sanft und zärtlich. Während seine Hände über meinen Körper wanderten, bis sie den Saum des Kleides gefunden hatten, strich Jacobs Zunge in einem absolut eindeutigen Rhythmus immer und immer wieder zärtlich gegen meine. In einer flüssigen Bewegung stemmte er sich auf einem Unterarm nach oben und zog mir das Kleid über den Kopf.

Lediglich in BH und Höschen lag ich auf der weichen Matratze und wartete. Gebannt sah ich zu Jacob auf, als dieser sich aufrichtete und mit einem Finger über die erhitzte Haut meiner Wange strich. »Ich hätte mich rasieren sollen«, murmelte er, und als ich auf die blonden Stoppeln seines Dreitagebarts sah, wurde mir bewusst, dass ich morgen früh wahrscheinlich schon wieder so aussehen würde, als hätte ich mein Gesicht mit Stahlwolle geschrubbt. Nein, korrigierte ich mich selbst, nicht nur mein Gesicht würde so aussehen, sondern mein ganzer Körper. Bei dem Gedanken wurde mir noch ein bisschen wärmer.

»Ist mir egal«, erwiderte ich und hob die Arme, um ihm dabei zu helfen, sich seines T-Shirts zu entledigen. Achtlos warf er das Kleidungsstück beiseite. Mit beiden Händen strich ich ihm über die Brust, liebkoste die glatte, feste Haut und spürte Jacobs Herzschlag unter meinen Fingern. Sein Herz schlug ebenso schnell wie meins.

Jacob hielt still, während ich ihn erforschte und ihn nach Herzenslaune berührte, bis zu jenem Moment, in dem ich am Knopf seiner Jeansshorts zu spielen begann.

Blitzschnell schnappte er sich meine Hände und presste sie über meinem Kopf in die Kissen. Sein Griff um meine Handgelenke war spielerisch, aber dennoch so fest, dass ich mich nicht so einfach befreien konnte. Flüssige Lava breitete sich bei dieser Erkenntnis in meinem Körper aus, und meine Wangen begannen zu glühen. Jacobs Blick senkte sich auf meine Brüste. Wie in Trance hob er seine freie Hand und schob die Körbchen meines schwarzen Spitzen-BHs nach unten. Mit den Fingerspitzen fuhr er die Rundungen meiner vollen Brüste nach, bis meine Nippel hart wurden und sich unter seiner Berührung und seinem heißen Blick beinahe schmerzhaft zusammenzogen und sich aufrichteten. Erst dann ließ er meine Handgelenke los, um beide Hände frei zu haben. Völlig verzückt strich er mit den Daumen fest über meine Nippel und zupfte vorsichtig an ihnen. Ich stieß ein leises Wimmern aus.

»Verdammt.« Jacob sah von meinen Brüsten auf, in mein Gesicht und auf meine Hände, die noch immer brav über meinem Kopf lagen. »Das gefällt dir, mhm?« Seine Stimme war nicht mehr als ein heiseres Krächzen.

Ob es mir gefiel? Wenn er so weitermachte, dann brauchte ich nicht einmal den Akt an sich, um Erfüllung zu finden. Ich konnte mich nicht daran erinnern, jemals so erregt gewesen zu sein.

38

Schöner als jetzt
kann der Regen nicht fallen.

Während Jacob sich alle Zeit der Welt nahm, um meinen Körper zu erkunden, baute sich eine kaum auszuhaltende Spannung in mir auf. Die Art und Weise, wie er mich berührte und mir huldigte, ließ darauf schließen, dass er bereit war, langsam zu machen. Die Dringlichkeit, die wir beim Betreten des Zimmers verspürt hatten, war einer intensiven Sinnlichkeit gewichen, und normalerweise hätte ich absolut nichts dagegen gehabt, dass sich Jacobs gesamtes Sein auf mich und meinen Körper, auf meine Lust, konzentrierte, jetzt aber wollte ich mehr. Ich löste meine Arme aus der erhobenen Position, hob meinen Oberkörper leicht an und öffnete meinen BH. Sekunden später flog er in hohem Bogen durch die Suite und gesellte sich zu Jacobs Shirt auf dem Boden.

Sein ehrfürchtiges Ausatmen war Bestätigung genug. In einer flüssigen Bewegung entledigte ich mich auch meines Slips, bis ich vollkommen nackt unter Jacob Harrison lag. Ich hatte keine Zeit, nervös zu sein. Ich hatte keine *Lust,* nervös zu sein. Alles, was ich wollte, war Jacob.

Er fluchte leise. Sein Blick wanderte über meinen Körper, und er ließ sich Zeit, erkundete mit seinen Augen und seinen Fingerspitzen jede Rundung, jede Kurve, liebkoste das tränenförmige Geburtsmal an meiner Hüfte … Quälend langsam strichen seine Finger die Innenseiten meiner Oberschenkel entlang. Automatisch kam ich seiner Berührung entgegen. Meine Hüfte hob sich wie von selbst, nur um im nächsten Moment von einer großen Hand auf meinem Bauch zurück in die Matratze gepresst zu werden. Fest. Überrascht sah ich auf, sah an meinem eigenen nackten Körper hinab zu Jacob, der zwischen meinen geöffneten Schenkeln kniete und wie gebannt auf jene Stelle meines Körpers starrte, die vor Lust wie wild pochte.

»Jacob …« Meine Stimme war nicht mehr als ein heiseres Krächzen. »Bitte …«

»Bitte, was, Ellie?«

Ich spürte das leichte Kratzen seiner Bartstoppeln an der Innenseite meiner Oberschenkel.

»Sag mir, was du willst.«

Mit seiner Zunge leckte er über meine gereizte Haut. Stöhnend schloss ich die Augen, und ließ den Kopf zurück in die Kissen fallen.

»Wenn du es mir nicht sagen willst«, grollte er leise, und ich spürte seinen heißen Atem an meiner empfindlichsten Stelle, »muss ich raten.«

O mein Gott …

Dann küsste er mich, küsste mich dort, wo ich es am meisten brauchte. Jegliche noch vorhandenen Gedanken verabschiedeten sich endgültig aus meinem Kopf. Jacobs Zunge an meiner Klitoris, seine Finger in mir, das Gewicht seines Körpers, das meine Beine in die Matratze presste, all das war überwältigend. Es dauerte nicht lange, und ich spürte, wie die vertraute Spannung in mir zunahm. Jacob reagierte auf jedes heisere Stöhnen, jedes Zucken meiner Muskeln. Mal steigerte er sein Tempo, mal ließ er mich zappeln. Ich grub meine Hände in seine Haare, klammerte mich an seinen Schultern, bis das Kribbeln und Ziehen in mir so intensiv wurden, dass ich es nicht mehr aushielt.

»Jacob, ich …« Er saugte und leckte fester, während er seine Finger in einem sinnlichen Rhythmus in mir bewegte. »*Omeingott* …«

Der Orgasmus, der mich überrollte, nahm mir für einen Moment die Luft zum Atmen. Halt suchend klammerte ich mich an Jacob, als Wellen der Erleichterung durch meinen Körper jagten. Ich hatte vergessen, wie viel intensiver diese Empfindungen waren, wenn sie nicht durch einen selbst, sondern durch jemand anderen ausgelöst wurden. Jemand, der offensichtlich wusste, was er tat. Und, o mein Gott, Jacob Harrison wusste definitiv, was er tat. Ein seliges Lächeln breitete sich auf meinem Gesicht aus, und ich ließ mich erschöpft und glücklich zurück in die Kissen fallen. Meine Arme rutschten von Jacobs Schulter und fielen auf die Matratze. Ich fühlte mich phantastisch.

Blinzelnd öffnete ich die Augen und beobachtete Jacob dabei, wie er sich in einer Spur hauchzarter Küsse meinen Körper hoch arbeitete. Er leckte über meinen Bauch, saugte an meinen mittlerweile hypersensiblen Nippeln, bis er meinen Mund erreicht hatte. Mit einer Leidenschaft, die mich leicht schwindelig machte, küsste er mich. Es dauerte nicht lange, und sein Kuss vertrieb jegliche Lethargie, die von mir Besitz ergriffen hatte. Ich richtete mich unter ihm auf und verpasste ihm einen kräftigen Stoß gegen den Brustkorb. Erwartungsvoll sah er mich an.

»Es wird endlich Zeit«, murmelte ich, »dass du die hier«, ich griff nach dem Knopf seiner Shorts, »ausziehst.«

Jacob protestierte nicht. Die Wangen gerötet und die Haare zerzaust von meinen Händen, sah er mir gebannt dabei zu, wie ich ihn auszog. Als sich Shorts und Boxershorts um seine Knie stauten, schenkte ich ihm ein katzenhaftes Lächeln und leckte mir herausfordernd über die Lippen. Binnen weniger Sekunden waren auch die letzten Kleidungsstücke fort, und ich ließ meinen Blick ungeniert über ihn wandern. Jacobs Körper glich einem Meisterwerk. Gebräunte, straffe Haut, definierte Muskeln. Im dämmrigen Licht der Suite konnte ich die ein oder andere helle Narbe auf seinem Oberschenkel erkennen. Eine davon war fies gezackt, und ich lehnte mich vor, um sie mit den Fingerspitzen nachzuzeichnen. Er sog scharf die Luft ein. Dann lehnte er sich vor, um nach mir zu greifen, anstatt es ihm jedoch zu erlauben, schlug ich seine Hand spielerisch fort.

»Ah, ah«, wisperte ich leise und ließ meine Hand weiterwandern. In einer eindeutigen Geste umfasste ich seine Erektion. Jacobs gesamter Körper machte einen kleinen Satz nach vorne. Seine Haut unter meiner Hand war heiß, und ich spürte, dass er sich nur mit Mühe beherrschen konnte. Aber es war viel zu lange her, dass ich einen Mann gespürt hatte, und ich wollte wissen, was Jacob gefiel und was ihn rasend vor Lust machte.

»Jetzt bin ich dran«, murmelte ich, »und danach kannst du mir von all den Phantasien erzählen, die dich die letzten Wochen«, ich lehnte mich vor und küsste die Stelle, direkt über seinem Herzen, »so sehr … beschäftigt haben.«

Der nächste Morgen begann genauso, wie die Nacht geendet hatte: Jacob über mir, während ich mich laut keuchend an ihn klammerte. Unsere Beine ineinander verschlungen, brachte er mich mit seinem langsamen Rhythmus nahezu um den Verstand. Meine Haut war gerötet, ich war völlig übermüdet und wund an Stellen, die ich schon sehr lange nicht mehr so intensiv gespürt hatte, dennoch war alles, was ich empfand, pure Glückseligkeit.

Jacob griff nach meinem Schienbein und winkelte mein Knie an, was dafür sorgte, dass ich ihn noch tiefer in mir spürte. Unwillkürlich kratzte ich über seinen Rücken. Vermutlich waren dies nicht die einzigen Spuren, die ich auf seinem Körper hinterlassen hatte, während ich die Nacht unter und über ihm verbracht hatte. Keiner von uns hatte sich zurückgehalten, und spätestens als Jacob tatsächlich angefangen hatte, mir seine Phantasien im Detail zu erläutern, wäre dies auch nicht mehr möglich gewesen. Sex mit Jacob war genauso, wie ich es mir vorgestellt hatte. Er war fordernd und dominant und im nächsten Moment zärtlich und verspielt, dabei ging er unser Liebesspiel genauso an wie alles im Leben: voller Begeisterung und Enthusiasmus.

Jacobs Stöße wurden schneller, sein Keuchen lauter, und ich genoss das Gefühl voll und ganz, von ihm umgeben zu sein. Sein Gewicht presste mich in die Matratze. Bei jedem Stoß kam ich ihm entgegen, forderte mehr, schneller und härter, bis wir beide Erlösung fanden.

Nachdem wir kurz weggedöst waren, war Jacob aufgesprungen, um in sein eigenes Zimmer zurückzukehren und zu duschen. Keiner von uns zweifelte daran, dass Frank uns andernfalls gewaltsam aus diesem Zimmer gezerrt hätte. Dank mir hatten wir bereits einen Stunt ausgelassen, ich würde nicht zulassen, dass sich das wiederholte. In ein flauschiges Handtuch gewickelt, trat ich aus dem Badezimmer und machte mich daran, meine Klamotten von gestern Nacht aufzusammeln und die leeren Kondompackungen im Mülleimer zu entsorgen. Ich wollte ja nicht, dass das Hotelpersonal einen Schock bekam, nur weil ich seit langer, langer Zeit mal wieder Sex gehabt hatte. Phänomenalen Sex, wohlgemerkt. Ich setzte mich an den Schminktisch und griff nach meiner Bürste, um meine nassen Haare zu entwirren. Bereits jetzt machte sich jeder einzelne Muskel in meinem Körper bemerkbar, und ich grinste mich selbst im

Spiegel an. Ich sah glücklich aus, fand ich, befriedigt und vor allem unbeschwert und frei. Ein zufriedenes Lächeln lag um meinen Mund, meine Haltung war entspannt und die Wangen zart gerötet – mal abgesehen von den anderen, etwas aggressiveren Rötungen, die Jacobs Bart auf meinem Brustkorb, an meinem Hals und zwischen meinen Schenkeln hinterlassen hatte.

Ein Blick auf die Uhr verriet mir, dass mir noch knapp eine Stunde blieb, bis wir uns zum gemeinsamen Frühstück im Hotelrestaurant mit den anderen trafen.

Eine Stunde. Mein Blick wanderte wie von selbst zu dem zugeklappten Laptop auf dem Wohnzimmertisch.

Kopfschüttelnd stand ich auf und zog mich an. Da ich nicht wusste, was Frank für den heutigen Tag geplant hatte, entschied ich mich für meine übliche Kombi aus kurzen Shorts und einem weißen T-Shirt. Ich cremte mir das Gesicht ein, legte ein wenig Lippenstift auf und kramte in meinem Kulturbeutel sogar nach ein paar kleinen goldenen Ohrringen von meiner Mom. Aber auch danach konnte ich die nervöse Unruhe, die auf einmal von mir Besitz ergriffen hatte, nicht abschütteln.

Ich hatte mit Jacob geredet. Mit meiner Mom, Helen, Sarah und sogar mit Marks Mutter. Nur die wichtigste Person hatte ich weiterhin gemieden. Aber damit war jetzt Schluss.

Im Vorbeigehen schnappte ich mir den Laptop vom Tisch und ließ mich auf einem der bequemen Sessel in meiner Suite nieder. Das Zimmer war größer als meine ganze verdammte Wohnung in London. Ich setzte mich in den Schneidersitz, lockerte meine verkrampften Schultern und klappte den Laptop auf.

Nachdem ich ein neues Dokument geöffnet hatte, starrte ich den weißen Desktop vor mir für eine Weile reglos an. In Gedanken sah ich Marks Lächeln vor mir. Die Grübchen, die auf seinen Wangen erschienen waren, wenn er gelächelt hatte, und die zahlreichen Lachfältchen rund um seine Augen. *Stay wild, moon child,* hörte ich seine Stimme in meinem Kopf. Dann begann ich zu tippen.

Weißt du noch, als wir am Meer waren?

Fünfundvierzig Minuten und etliche Tränen später putzte ich mir die Nase und spritzte mir eiskaltes Wasser ins Gesicht. Vom Schreiben und Weinen war mir so heiß, dass es mich nicht gewundert hätte, wenn das kalte Wasser auf meiner Haut direkt verdampft wäre. Ich trocknete mir das Gesicht ab und atmete tief durch. Eine Weile stand ich lediglich vor dem Spiegel und starrte mich selbst an. Meine Augen waren gerötet, und ich war blass, mein bevorzugter Look in den letzten Tagen, aber die Lebendigkeit und das Feuer, die ich zuvor in meinem Gesicht erkannt hatte, waren noch da. Ich fühlte mich noch immer gut und bereute die letzte Nacht kein bisschen. Ganz im Gegenteil, ich konnte es kaum erwarten, wieder mit Jacob allein zu sein. Und ich freute mich darauf, mit meinen neuen Freunden zu frühstücken und zu erfahren, welches Abenteuer Frank heute für uns geplant hatte.

Auch wenn ich diejenige war, die durch alle Stadien der Heilung gehen musste, so waren es doch meine Freunde und meine Familie gewesen, die mich in die richtige Richtung geschubst hatten. Helen, Mom, Kanya, Sarah, Seb und sogar Frank. Und Jacob. Jacob, der so sehr mit sich selbst im Reinen war. Jacob, der eine ähnliche Tragödie überlebt hatte und das Leben dennoch in vollen Zügen genoss. Und Jacob, der mir mit seinen Worten und seinen Berührungen dabei geholfen hatte, mich endlich wieder wie ich selbst zu fühlen.

Sie alle hatten mir einen Spiegel vorgehalten, und ich hatte die Ellie, die zurückgestarrt hatte, nicht mehr erkannt. Nun aber begann ich die Frau zu mögen, zu der ich mich entwickelte. Diese neue Ellie war abenteuerlustig, lebensfroh und stark. Sie hatte ihren Ballast und eine Vergangenheit, anstatt sich jedoch davon runterziehen zu lassen, war es genau das, was ihr Ecken und Kanten verlieh. Dazu Komplexität, zu der die jüngere Ellie noch nicht fähig gewesen war. Es fühlte sich gut an, in den Spiegel zu sehen und mich selbst zu akzeptieren. Mich zu *sehen*. Mark wäre stolz auf mich. Erneute Tränen schossen mir in die Augen, aber ich schämte mich ihrer nicht mehr. Lächelnd sah ich dabei zu, wie sie eine nasse Spur auf meiner erhitzten Haut hinterließen. Ich verließ das Bad und griff nach dem Handy auf meinem Bett.

Ellie:

Ich habe mich in Jacob verliebt.

Helen würde meine Nachricht vermutlich erst in ein paar Stunden lesen, aber ich musste das jetzt einfach mit jemandem teilen.

Ellie:

Wir hatten Sex. Es war wunderbar, Helen,
Jacob ist wunderbar.

Ich zögerte kurz, holte tief Luft und schrieb dann lächelnd weiter.

Ellie:

Ich glaube, Mark würde ihn mögen.

Zu meiner großen Überraschung vibrierte das Handy kurze Zeit später in meiner Hand. Helen war noch wach? Wahrscheinlicher war, dass sie ihr Handy wegen mir auf Laut gestellt hatte, für den Fall, dass ich sie und ihren Rat brauchte. Ich machte mir eine mentale Notiz, ihr und Kanya Blumen oder Wein oder irgendetwas *Schönes* zu schicken. Sie waren wirklich die besten Freunde.

Helen:

Du hast den Brief geschrieben, nicht wahr?

Ellie:

Er hat mir das Herz zerrissen ...

Schnell tippte ich weiter.

Ellie:

... aber es wächst gerade wieder zusammen.

Helen:

Du bist stark, Ellie. Das warst du immer.

Wie gut es tat, diese Worte zu hören und sie tatsächlich auch zu fühlen.

Ellie:

Ich musste mich nur selbst daran erinnern.

Danke, Helen. Für alles.

Helen:

Ich bin so stolz auf dich, Schätzchen.

Es klopfte an meiner Tür.

»Bereit fürs Frühstück?«, drang Jacobs tiefe Stimme durch die Tür.

»Bin gleich da«, rief ich und beendete meine Nachricht an Helen mit einer Flut an Herz-Emojis. Dann strich ich mir die Haare aus dem Gesicht und öffnete die Tür.

Jacob lehnte lässig im Türrahmen. Die Arme vor der Brust verschränkt, sah er in Flip-Flops, einer tiefsitzenden, kurzen Trainingshose und dem engen, weißen Shirt zum Anbeißen aus. Und wesentlich erholter, als ich mich fühlte. Er musterte mich streng, und seine Augenbrauen schossen in die Höhe, als sein wacher Blick an meinen rot geränderten Augen hängen blieb.

»Du hast schon wieder geweint.«

»Die Schleusen sind offen«, antwortete ich, und noch bevor er etwas erwidern konnte, trat ich vor und legte ihm eine Hand an die frisch rasierte Wange. »Mir geht es gut«, beruhigte ich ihn. »Wirklich. So gut wie schon lange nicht mehr.«

»Ich mag es nicht, wenn du weinst.«

Schon gar nicht, wenn ich die letzte Nacht und den heutigen Morgen in seinen Armen verbracht hatte. Wieder etwas, was er dachte, aber nicht laut aussprach. Das musste er auch nicht, ich sah die Worte deutlich in seinem Gesicht.

»Es tut mir gut«, antwortete ich schlicht. »Ich habe viel zu lange nicht geweint.«

Widerwillig nickte er. »Das ist alles, was ich will. Dass es dir gut geht«, fügte er erklärend hinzu und zog mich an sich. Ich erwiderte die Umarmung und wurde mit einem festen Kuss auf den Mund belohnt.

»Und alles, was ich will«, murmelte ich an seinen Lippen, »ist Kaffee.«

»Gott bewahre, dass ich mich zwischen dich und deine Kaffeesucht stelle.«

Hand in Hand machten wir uns auf den Weg in das Hotelrestaurant. Ich fragte Jacob, ob er wusste, was Frank für den heutigen Tag geplant hatte, und er antwortete mit einem ominösen: »Nichts Gefährliches.«

Wir erspähten die anderen an einem runden Tisch mit Blick auf den Pool. Der Speisesaal bot ausreichend Platz für alle Gäste, ohne dabei zu groß oder unpersönlich zu wirken. Das Art-déco-Motto zog sich auch hier durch, und die komplette Fensterfront in Richtung Pool und Gärten war geöffnet worden. Der Geruch von Kaffee und warmem Brot wehte durch den Saal und ließ meinen Magen knurren.

»Dort drüben ist Sarah.« Jacob schob mich in Richtung des kunstvoll arrangierten Büfetts. »Geh ruhig zu ihr, ich bestelle dir Kaffee.«

Meine Freundin war gerade dabei, Pancakes auf ihrem viel zu kleinen Teller zu einem gefährlichen Turm zu stapeln.

»Okay.« Instinktiv stellte ich mich auf die Zehenspitzen und hob Jacob mein Gesicht entgegen. Als wäre es das Natürlichste der Welt, beugte er sich zu mir und gab mir einen Kuss, der sich in der Öffentlichkeit gerade eben noch im Rahmen des Sittlichen befand. Dann löste er sich von mir, gab mir einen Klaps auf den Po und wandte sich ab. Normalerweise hätte ich aufgrund dieses territorialen Verhaltens mit den Augen gerollt. Aber es fühlte sich einfach zu gut an, wie unbeschwert und selbstverständlich er mich berührte, und ich liebte es, diejenige zu sein, der Jacob Harrison seine komplette Aufmerksamkeit schenkte. Und auch er konnte sich glücklich schätzen, wie viel Aufmerksamkeit ich ihm schenkte, dachte ich grinsend, als meine Gedanken zur letzten Nacht abschweiften.

»Erde an Ellie«, hörte ich, als ich das Büfett erreicht hatte. Sarah schob sich an mir vorbei, während ihr Blick suchend über die Massen an Köstlichkeiten vor uns glitt. »Wieso haben die hier keinen Ahornsirup? Pancakes ohne Ahornsirup ist wie Fallschirmspringen ohne Fallschirm.«

»Guten Morgen, Sarah.«

Sie musterte mich rasch. »Morgen.« Dann wandte sie sich erneut dem Büfett zu. »Ich meine, Ahornsirup, hallo?«

Ich unterdrückte ein Augenrollen und starrte Sarah nieder. Leider schien sie ausgerechnet heute Morgen auf dem Schlauch zu stehen …

»Nicht mal Schokosoße haben sie …«

»Sarah«, unterbrach ich sie und wackelte anzüglich mit den Augenbrauen.

»Was denn?«

Ich klimperte übertrieben mit den Wimpern. Dann endlich verstand sie es.

»O mein Gott!«, wisperte sie, obwohl ich ihr ansehen konnte, dass sie am liebsten geschrien hätte.

»*Das* ist mein Sex-Gesicht«, verkündete ich nicht ohne Stolz.

»Ellie Mansfield!« Sarahs Teller landete scheppernd auf dem Tisch vor uns, und sie umarmte mich. »Ich bin stolz auf dich.«

Ich erwiderte ihre stürmische Umarmung, griff um sie herum und drückte ihr die Flasche Ahornsirup in die Hand, die sie offenbar übersehen hatte.

»Und wie war's?«, wollte sie wissen.

Ich sah ihr dabei zu, wie sie ihre Pancakes in Sirup ertränkte, und spürte, wie mir Hitze in die Wangen stieg. Die letzte Nacht – und der heutige Morgen – fühlten sich an wie ein Traum. Ein erotischer Fiebertraum.

Sarah stockte und sah auf. »So gut?«

»Besser«, erwiderte ich leise und schnappte mir einen Teller, um mir ebenfalls Pancakes zu gönnen. Ich war am Verhungern.

»Ich wusste es«, flüsterte sie leise und grinste.

»Was ist mit dir und Seb?«

»Die Erde hat gebebt, ich habe die Engel Halleluja singen hören, und ich bin keinen Schritt weiter als gestern. Lass uns nicht drüber reden, okay?«

»Sarah, ihr müsst miteinander reden ...«

Sie winkte ab. »Nicht heute. Meine Motivation ist heute nur noch durch Leichenstarre zu toppen. Aber für dich freue ich mich.« Sie drückte mir den Ahornsirup in die Hand.

»Nimm lieber ein paar mehr davon. Soweit ich mitbekommen habe, machen wir heute einen Kochkurs. Keiner von uns ist sonderlich begabt in der Küche.« Sie seufzte und sah auf ihren vollen Teller. »Wer weiß, wann wir wieder etwas zu essen bekommen.«

Ein Kochkurs? Nicht unbedingt das, was man von einem Adrenalinjunkie erwarten würde.

Als wir uns an den Tisch setzten, waren Frank und die anderen bereits dabei, unseren Tag zu besprechen.

»Das Boot kommt um zwölf«, sagte Frank. »Wir fahren durch einige Wasserkokosnuss-Plantagen zu einer kleinen Insel. Dort findet der Kurs statt.«

Bei dem Wort Wasserkokosnuss sah ich von meinen Pancakes auf. »Es gibt Wasserkokosnüsse?« Wie sollte ich mir das denn vorstellen?

Jacob lehnte sich vor, um nach dem Brotkorb zu greifen. Sein Arm strich dabei leicht gegen die nackte Haut meines Arms, und prompt wurde ich abgelenkt. Weil er meinen Arm berührte. Meinen *Arm*, Herrgott nochmal.

»Man nennt sie auch die Früchte der Nipapalme«, erklärte er.

»Kann man diese Wasserkokosnüsse essen?«

Sobald es um Kokosnüsse ging, verstand ich keinen Spaß. Wenn es etwas in der Richtung gab, was ich noch nicht probiert hatte, aber essen konnte, dann wollte ich es haben. Am besten gestern.

»Kann man, ja. Es schmeckt leicht süßlich und nicht wirklich nach Kokosnuss.« Jacob grinste mich unbeschwert an. »Meist wird daraus Sirup gewonnen, oder die Frucht wird zu Schnaps weiterverarbeitet.«

»Mhm.«

»Nicht ganz das, was du gehofft hattest?«

Nicht wirklich, nein. Ich wandte mich wieder meinen Pancakes zu. Mit jedem Bissen und jedem Schluck Kaffee spürte ich, wie meine Lebensgeister zurückkamen.

»Dürfen wir vor Ort fliegen?« Seb hob fragend eine Augenbraue, und Frank schüttelte bedauernd den Kopf. »Nicht überall, nein. Aber auf der Insel.«

Sebs Enttäuschung war offensichtlich. »Verdammte Genehmigungen.«

»Als ob dich das jemals vom Fliegen abgehalten hätte«, murmelte Sarah neben mir.

»Fünf Minuten, mehr brauche ich nicht, einmal hoch und wieder runter«, meckerte Seb weiter.

Sarah schlug sich die Hand vor den Mund, und ihre Augen wurden groß. Seb erkannte seinen Fehler zu spät. Drohend hob er einen Finger, während nicht nur Sarah sich das Lachen verkneifen musste.

»Nicht. Ein. Wort«, warnte er sie.

»Ist ein Kochkurs nicht ein wenig zu, keine Ahnung«, ich zuckte mit den Schultern, »unspannend für einen Film?«, fragte ich – aus Neugierde, aber auch, um die Situation am Tisch ein wenig zu entschärfen.

Jacob war es, der mir antwortete. »Nein. Wir haben bereits eine Menge Actionszenen, und je näher wir Richtung Süden kommen, desto mehr werden noch hinzukommen. Die vietnamesische Küche ist eine der besten der Welt. Ich möchte diesen Teil der Kultur mit drin haben.«

»Klingt gut. Was kochen wir?«

»Banh Xeo.«

»Bitte was?«

»Ein vietnamesisches Omelett.«

Omelett war gut. Damit konnte ich was anfangen, das klang nicht allzu kompliziert.

Nun, das Omelette gestaltete sich dann doch ein wenig komplizierter als angenommen. Ratlos starrte ich in meine Pfanne. Der Weg auf die Insel war schlichtweg atemberaubend gewesen. Ein kleines Boot hatte uns an einem der Anleger im Zentrum abgeholt und uns über schmale, kleine Flüsse auf eine etwa zehn mal zehn Meter große Insel gebracht. Unser Kochlehrer war ein freundlicher Vietnamese in den Vierzigern mit einem herzlichen Lachen. Er hatte sich uns als Bob vorgestellt. Auch unsere erste Krise hatten wir bereits überwunden. Freudestrahlend hatte Bob verkündet, dass wir uns voll und ganz auf diese Erfahrung ein- und unsere Handys auslassen sollten, insbesondere, da es auf der Insel sowieso kein WLAN gab. Wie eine Person hatten wir an dieser Stelle alle zu Frank gesehen, und ich könnte schwören, dass bei Bobs Worten etwas in Frank gestorben war.

»Kein WLAN«, hatte er gemurmelt und unglücklich den Kopf geschüttelt. Nach kurzem Small Talk und einem Rundgang über die winzige Insel, die eigentlich nur aus der offenen, überdachten Küche bestand, hatte Bob uns erklärt, dass Banh Xeo eine Art Omelette war, welches man zusammen mit Salat und diversen Kräutern aß. Irgendwo waren noch die Worte Chilisoße und dippen vorgekommen, mir war jedoch noch nicht ganz klar, wie das logistisch funktionieren sollte. So stand ich nun, eingepfercht zwischen Jacob und Sarah an meinem Wok und starrte die Zutaten vor mir an. Ich konnte kochen. Halbwegs zumindest. An mir war jedoch bestimmt keine Meisterköchin verloren gegangen. Mark hatte wesentlich lieber in der Küche gestanden als ich. Und in London hatte ich eine gut gepflegte Liste von Lieferdiensten in der näheren Umgebung. Möglichst unauffällig lehnte ich mich dichter zu Jacob.

»Was mach ich noch mal als Erstes?«

»Hat da etwa jemand nicht zugehört?«

»Dich hat keiner gefragt, Sarah.« Ich wies mit meinem Pfannenwender auf sie. »Schweig!«

Dann wandte ich mich erneut an Jacob. »Hilf mir«, raunte ich leise.

»Kochst du nicht gerne?«

»Ich esse lieber.«

Er gluckste leise. »Gut für dich, dass ich gerne koche. Komm her.« Ohne Umschweife zog er mich vor sich an seinen eigenen Arbeitsplatz und Wok und damit direkt in seine Arme. »Wir kochen zusammen.«

»Das geht nicht«, protestierte ich. »Seb filmt uns doch!«

»Wir sind alle drauf«, versicherte dieser mir ruhig und sah an seiner Kamera vorbei in unsere Richtung. »So oder so.«

Vielleicht. Aber ich würde direkt neben Jacob im Bild sein. Vor ihm. Während seine Arme mich umschlangen und er mir zeigte, was genau ich mit den Zutaten vor mir anstellen sollte. Zu allem Überfluss hatte ich einen leichten Sonnenbrand auf meiner Nase, einen unordentlichen Dutt auf dem Kopf und war mir sicher, dass gewisse Stellen meines Körpers noch immer leicht gerötet waren. Hinzu kam, dass meine schlichten Klamotten nicht unbedingt dazu geeignet waren, vor einer Kamera präsentiert zu werden. Neben einem Mann wie Jacob Harrison.

»Entspann dich, Mansfield, du siehst gut aus.« Er knuffte mich spielerisch in die Seite, und seufzend gab ich nach. Es wäre weniger schlimm, mich meinem Schicksal zu ergeben, als vor laufender Kamera mit Jacob zu diskutieren. Einen Arm um meine Taille trat er dicht hinter mich und presste seinen Körper gegen meinen steifen Rücken.

»Schnapp dir die Eier«, raunte er in mein Ohr.

Gepeinigt schloss ich für einen Moment die Augen. Ich hätte

diskutieren sollen … diese Situation machte ihm eindeutig zu viel Spaß. Neben uns schnaubte Sarah lautstark.

»Die Eier zum Essen«, fügte Jacob hinzu, und ich spürte, wie Hitze in mir aufstieg. »Nicht jeder ist so versaut wie du, Sarah.«

Mit glühenden Wangen griff ich nach dem verdammten Eierkarton. Hoffentlich konnte Seb das im Nachhinein rausschneiden.

»Und jetzt?«

»Aufschlagen«, raunte Frank neben Jacob und rührte beinahe aggressiv mit einer Gabel in der kleinen Metallschüssel mit den Eiern. Vielleicht hatte er das *Kein WLAN* doch noch nicht ganz verarbeitet. Ich zählte die kaputten Eierschalen neben Franks Schüssel und holte drei Eier aus dem Karton, die ich ebenfalls aufschlug und dann verquirlte. Jacob beobachtete meine Bewegungen aufmerksam.

»Sarah hat erwähnt, dass ihr alle nicht gerne kocht …«

»Das stimmt so nicht«, hörte ich ihn hinter mir sagen. »Ich koche gern, nur habe ich nicht immer die Zeit dazu, und ich würde auch nicht unbedingt behaupten, dass alles, was ich fabriziere, essbar oder gar genießbar ist.« Er lachte leise. »Aber ich mag die Herausforderung.«

Natürlich. Grinsend rührte ich in meiner Schüssel.

»Als Nächstes das Gemüse«, wies er mich an.

»Willst du kein Fleisch?«

»Du isst nicht gerne Fleisch.«

Keine Frage, sondern eine Tatsache. Es wunderte mich nicht, dass Jacob mein hauptsächlich vegetarisches Essverhalten bemerkt hatte.

»Deswegen musst du nicht auch verzichten.«

»Ellie«, murmelte Jacob hinter mir, und sein warmer Atem kitzelte die sensible Haut an meinem Nacken, »nimm das Gemüse, Liebes.«

»Okay.« Er wollte Gemüse? Er bekam Gemüse. Ich griff nach den Schüsseln mit den bereits klein geschnittenen Gemüsestreifen vor mir. »Aber jammere mich nachher nicht voll, weil die anderen Hähnchen in ihrem Omelett haben und du nicht.«

Ich spürte sein Schulterzucken mehr, als dass ich es sah. »Dann klaue ich Sarah was.«

»Nix tust du«, sagte diese und dekorierte ihr Omelett mit so viel Hühnchen und Garnelen, dass das Ei darunter kaum noch zu sehen war. »Ich teile bereits mit Seb.«

Jacob drehte sich zu Frank um. »Frank?«

»Deine Freundin. Dein fleischloses Omelett.«

Lachend warf ich das Gemüse in den Wok.

»Da hast du's.« *Freundin*. Verdammt. Das klang gut.

Jacob gab mir einen raschen Kuss auf die Wange und strich mir eine widerspenstige Strähne aus dem erhitzten Gesicht. Es war aber auch verdammt heiß hier am … Wok.

»Jetzt nimm die Essstäbchen und schiebe das Omelett vorsichtig auf eine Seite.«

Was wollte er? Abgelenkt von seiner Nähe und der herrlichen Wärme seines Körpers, sah ich über die Schulter und starrte ihn für einen Moment einfach nur an. War er noch attraktiver geworden, seitdem ich ihn nackt gesehen hatte? Oder war er etwa attraktiver, gerade *weil* ich ihn nackt gesehen hatte? Himmel, sein Körper, seine Hände und das, was er damit angestellt hatte …

»Ich weiß nicht, ob es dir noch bewusst ist«, wisperte er dicht an meinem Ohr, während sich Lachfältchen um seine Augen bildeten, »aber Seb filmt uns.«

Ich riss den Kopf herum und starrte direkt in die Linse einer auf uns gerichteten Kamera. Jacob lachte leise. Ich wollte fliehen und an meinen eigenen Wok zurück, aber er hielt mich an Ort und Stelle.

»Es wäre gut«, raunte er, »wenn du noch ein paar Minuten vor mir stehen bleibst. Sonst wird die Altersfreigabe des Films definitiv höher.« Er presste sich dichter an mich, und ich spürte seine Erektion an meinem Po. Himmel … Gepeinigt schloss ich für einen Moment die Augen. Ich hatte Seb und die verdammte Kamera total vergessen.

»Und jetzt«, rief Bob fröhlich, »rollen wir Sommerrollen.«

39

Konfetti im Herzen.

Die nächsten Tage fühlte ich mich noch immer wie in einem Traum. Ein sinnlicher, berauschender und glücklicher Traum. Von Hoi An aus war es für uns nach Ho-Chi-Minh-Stadt in die Hauptstadt Vietnams gegangen. Im Hotel angekommen, hatte Jacob sein Zimmer direkt aufgegeben und sich bei mir häuslich eingerichtet. Tagsüber erkundeten wir gemeinsam mit Sarah, Seb und Frank die Stadt. Wir drehten kurze Clips von diversen Streetfood-Ständen, besuchten ein paar Sehenswürdigkeiten, lachten, aßen und tranken, aber nachts … die Nacht gehörte nur Jacob und mir. Das Knistern zwischen uns war nichts anderes als explosiv. Jacob war leidenschaftlich und zärtlich zugleich, er war dominant und zurückhaltend, und er brachte mich auch im Schlafzimmer dazu, an meine Grenzen zu gehen und ihm zu sagen, was ich wollte, was ich *mochte*. Durch ihn lernte ich eine völlig neue Seite an mir kennen. Eine hemmungslose, fordernde Seite, die mir äußerst gut gefiel.

Und meine neue Lieblingstageszeit? Jene Zeit zwischen sechs und sieben Uhr morgens, wenn Jacob aufstand, um sein morgendliches Work-out zu absolvieren. Liegestütze, Sit-ups, Sprints oder irgendwelche kompliziert aussehenden Yogaübungen. Es war mir egal, denn es endete immer gleich: Mit einem verschwitzen (oder frisch geduschten) Jacob unter mir, über mir und vor allem in mir. Scheinbar holte ich jetzt alles, was ich in den letzten Jahren verpasst hatte, in kurzer Zeit nach. Insgesamt blieben wir gute vier Tage in Ho-Chi-Minh-Stadt, dann verfrachtete Frank uns samt Jeep und Harley auf ein Boot, und ich fand mich im absoluten Paradies wieder: auf der Insel Phu Quoc. Im Süden von Vietnam, nah an der Grenze zu Thailand gelegen, war Phu Quoc genauso paradiesisch, wie man sich eine südtropische Insel vorstellte. Lange, weiße Sandstrände, hohe Palmen und atemberaubende Sonnenuntergänge. Jacob hatte mir auf der dreistündigen Überfahrt erklärt, dass die Insel in den letzten Jahren bereits um einiges touristischer geworden war als bei seinen letzten Besuchen, wir diese Abschnitte jedoch meiden würden und es noch immer Stellen auf Phu Quoc gäbe, die einem unberührten Paradies glichen. Ich konnte es kaum erwarten, genau diese Teile der Insel mit den anderen zu erkunden. Sarah hatte ihrer Hoffnung, dass wir in einem richtigen Hotel schliefen und nicht am Strand, lautstark Ausdruck verliehen, woraufhin Frank sie zähnefletschend mit ein paar Reiscrackern beworfen hatte. Vor ein paar Tagen noch hätte ich ihre Sorge geteilt, mittlerweile würde ich sogar bereitwillig in einer Hängematte an Bord eines klapprigen Bootes schlafen, solange Jacob bei mir war.

Meine eigenen Gedanken brachten mich innerlich zum Grinsen. Alles fühlte sich so gut und richtig an, Jacob und ich schienen uns in die richtige Richtung zu bewegen, und zum ersten Mal seit drei Jahren zauberte die Erinnerung an Mark mir ein Lächeln auf das Gesicht, dennoch gab es einen entscheidenden Faktor, der meine Stimmung trübte. Ich lebte eine Lüge. Zweimal hatte Sarah während unseres Aufenthalts in der Hauptstadt versucht, mir ins Gewissen zu reden.

»Wenn du noch länger wartest, wird es am Ende umso schlimmer werden, Ellie.« Ich wusste, dass sie recht hatte. Mit jedem weiteren

Tag, den wir unterwegs waren, erschien mir die Aufgabe, die vor mir lag, unüberwindbarer zu werden. »Das hier ist kein Urlaubsflirt, Ellie, das sehen wir alle. Du musst es ihm sagen«, war eines ihrer Argumente gewesen. Und ich wollte es ihm sagen, das wollte ich wirklich. Gestern Abend, als wir aneinander gekuschelt dagelegen hatten, hatte Jacob mir von seinem Tattoo erzählt. Er hatte es sich für Robbie stechen lassen, als Erinnerung daran, die Welt zu erkunden, aber niemals den inneren Kompass zu verlieren. Seine Worte hatten mich zutiefst berührt und das schlechte Gewissen, das in mir brannte, nur noch verstärkt. Er hielt mich für eine Reporterin, sie alle – minus Sarah – taten das. Für sie war ich Ellie, die Reporterin, Crewmitglied und Freundin. Mit jedem Tag erdrückte mich diese Lüge mehr und mehr. Ich musste es ihnen sagen. Ich musste es *Jacob* sagen. Er verdiente die Wahrheit. Er war so gut zu mir, und ich log ihm mit jeder Frage zu einem Stunt und mit jeder Zeile, die ich über ihn schrieb, ins Gesicht. Das musste ein Ende haben. Und das, bevor Sarah der Geduldsfaden riss und sie entweder Seb ihr Herz ausschüttete oder es direkt Jacob erzählte. Ein paarmal hatte ich mich bereits bei dem Gedanken erwischt, ob das wirklich so schlimm wäre, aber das war feige – und ich war nicht mehr feige. Auch jede Nachricht von Helen begann seit Tagen mit derselben Frage: Hast du es ihm schon gesagt?

Immer, wenn ich die Worte meiner Freundin las oder sie mich am Telefon darauf ansprach, verspürte ich einen Kloß im Hals, und mir wurde speiübel. Etwas über drei Wochen waren wir nun unterwegs, und Jacob wusste so ziemlich alles von mir außer die Tatsache, dass ich ihm seit unserer Begegnung am Flughafen vorspielte, etwas zu sein, was ich nicht war. Und warum? Weil es zwischen Jacob und mir so verdammt gut lief, so unbeschwert und einfach *schön*, dass ich dieses Gefühl nicht verlieren wollte. Dennoch … Ich musste ihm die Wahrheit sagen und ihn dann um jeden Preis davon überzeugen, dass meine Gefühle für ihn echt waren. Ich hatte mich in Jacob Harrison verliebt, und ich wollte herausfinden, wo diese Gefühle mich hinführen würden. Ich war so voller Hoffnung, dass ich mir damit beinahe selbst auf die Nerven ging. Also hatte ich bei meinem jüngsten Telefonat mit Helen beschlossen, Jacob endlich reinen Wein einzuschenken. Nachdem ich ihm buchstäblich Wein eingeschenkt hatte. Und hier saßen wir nun, in einem romantischen Restaurant, direkt am Meer und unter klarem Sternenhimmel. Es war eine laue Sommernacht, perfekt für lange Spaziergänge am Strand und Sex im Mondschein. Auch unser Essen war phantastisch gewesen, zumindest hatte ich das Jacobs zufriedenem Gesichtsausdruck entnommen. Für mich hatten die Meeresfrüchte-Pasta, der Wein und das kleine Schokoladen-Soufflé absolut gleich geschmeckt – nach nichts. Meine Hände schwitzten unangenehm, und seitdem wir uns in dieser absoluten Traumkulisse niedergelassen hatten, kämpfte ich gegen eine allumfassende Übelkeit an. Zu sagen, ich war aufgeregt, war die Untertreibung des Jahrhunderts.

Roy wird mich umbringen.

Du musst es Jacob sagen, wenn du eine Zukunft mit ihm haben willst.

Jacob wird mich hassen.

Roy wird mich umbringen.

Jacob griff nach meiner Hand und musterte mich eingehend. Der Schein der kleinen Kerze zwischen uns tanzte über sein Gesicht und betonte seine markanten Gesichtszüge.

»Alles okay?«

Wie konnte er mich das überhaupt fragen? Die letzten Wochen, insbesondere die letzten Tage, zusammen mit ihm, waren wundervoll gewesen. Erst heute hatte ich Jacob dabei zugesehen, wie er ohne Sicherung und mit bloßen Händen eine Palme hinaufgeklettert war, nur um mir danach eine frische Kokosnuss aufzuschlagen, und morgen früh würde er mich mit zum Tauchen nehmen. Zum Tauchen! Ohne mich vorher zu fragen, hatte er mich für einen Anfängerkurs und einen anschließenden sogenannten *Fun Dive* – einen geführten und nicht ganz so tiefen Tauchgang – angemeldet. Ich hatte angefangen zu protestieren, bis mir jedoch klar geworden war, dass das genau das war, was ich wollte. Ich wollte lernen zu tauchen, und ich wollte Schildkröten, Rochen und Riffhaie sehen. Wie so oft in den letzten Wochen, hatte Jacob instinktiv gewusst, was ich brauchte. Oder aber sein männliches Ego war so groß, dass er gar nicht erst darüber nachgedacht hatte, dass es mir vielleicht nicht gefallen würde.

»Ich habe eine Überraschung für dich«, sagte er, als ich keine Anstalten machte, seine Frage zu beantworten. Ich sah von unseren ineinander verschränkten Fingern auf.

»Ich habe uns eine der Strandhütten gemietet.« Seine Stimme war noch dunkler als die Schokolade meines Desserts und umso vieles verführerischer. Dennoch verstand ich nicht ganz. »Aber wir haben doch ein Zimmer im Hotel.«

»Haben wir«, bestätigte er leise, »aber ich möchte eine Nacht, in der wir nicht von unseren Freunden umgeben sind. Nur du und ich.«

Mein Blick wanderte automatisch an ihm vorbei und den menschenleeren Strand hinunter. »Eine von den Hütten, die wir gestern Abend gesehen haben?«

Jacobs Mundwinkel zuckten. Er nickte. »Mit Jacuzzi.«

Unsere Blicke begegneten sich erneut, und die Intensität seiner blauen Augen raubte mir den Atem. Sie waren der Grund, warum ich damals Ja gesagt hatte. Ja zu ihm und dieser ganzen verfluchten Lüge … Wieso hatte ich Ja gesagt? Das war die Frage, die ich mir nie hatte beantworten können, mittlerweile war ich so weit, an

Schicksal zu glauben. Vielleicht hatte mein Körper – und dem Anschein nach sogar mein Herz – Jacob erkannt. Er fixierte mich herausfordernd mit seinem Blick, nicht ahnend, was für einen inneren Kampf ich gerade ausfocht. Lust durchfuhr mich, als Jacob sich vorlehnte und meine Hand an seinen Mund führte. Seine Lippen strichen über die Haut meiner Knöchel, ehe sie sich auf die Innenseite meines Handgelenks legten, direkt über meinen rasenden Puls. Ich begann ein wenig flacher zu atmen. Man sollte meinen, dass ich in den letzten Tagen genug von Jacob bekommen hatte, aber nein, mit jedem Mal, das wir miteinander schliefen, uns küssten und berührten, wollte ich ihn mehr.

»Ellie?«

»Zeig mir diese Strandhütte«, flüsterte ich rau. Vielleicht konnte ich es ihm dort sagen, oder aber morgen, ich könnte es ihm morgen sagen …

Ausreden, Ellie. Nichts als feige Ausreden.

Meine Hand noch immer in seiner, drehte Jacob sich um und rief nach unserem Kellner. Da dieses Dinner speziell für uns arrangiert worden war, konnten wir den Strand mit einem simplen »Schreiben Sie es bitte aufs Zimmer« verlassen. Arm in Arm schlenderten wir den palmenbewachsenen Weg am Strand entlang. Das Meer zu unserer Linken und der aufwendig gestaltete Garten, der zu unserem Eco-Resort gehörte, zu unserer Rechten. Keiner von uns sprach auch nur ein Wort. Wir passierten ein paar einsame Touristen, die uns entgegenkamen und entweder alleine oder so wie wir zu zweit die wunderschöne, lediglich von ein paar Laternen erhellte Sommernacht genießen wollten. Wir bogen um eine kleine Kurve, und im nächsten Moment hatte Jacob mich rücklings an eine der Palmen gepresst. Ich gab ein erschrockenes Keuchen von mir, das Kichern, das unwillkürlich in mir aufstieg, war jedoch nichts weiter als fröhlich.

»Du findest das also witzig, ja?« Sein Grinsen war diabolisch, als er meine Hand nahm und sie auf die Beule in seiner Hose legte. Seine Hand über meiner, drückte er sanft zu. »Seit zwei Stunden laufe ich mit diesem Ding rum. Seitdem ich dich in diesem …« Er warf einen raschen Blick auf Sarahs kurzen, schwarzen Einteiler und das Bikinioberteil darunter. »… in diesem Ding gesehen habe.« Er verharrte kurz vor mir. So nah, dass seine Lippen meine berührten. »Mal gucken, ob du es gleich auch noch lustig findest«, wisperte er und küsste mich.

40

Und manchmal haut die Realität der Hoffnung voll in die Fresse.

Hast du deinen Laptop mitgenommen?«, fragte ich und beobachtete fasziniert, wie das Handtuch auf Jacobs Hüften immer tiefer rutschte. Nur noch ein kleines Stück, nur noch …

»Ellie?«

»Mhm?«

Lachend nahm Jacob das Handtuch kurzerhand ab und warf es mir entgegen. Mein Mund wurde sofort trocken. Wir hatten unseren Jacuzzi eben erst verlassen, nackt und nass, lediglich mit ein paar Handtüchern bekleidet, und das war etwas, woran ich mich definitiv gewöhnen konnte.

»Habe ich. Für den Fall, dass wir etwas länger hierblieben als nur heute Nacht«, erwiderte er. »Du kannst deine Sachen morgen nach unserem Tauchgang holen.«

Nackt, so wie Gott und viele, viele Stunden harten Trainings ihn geschaffen hatten, zwinkerte er mir zu. Was wollte ich doch gleich? »Der Laptop ist in dem Rucksack da drüben, neben der Kommode. Das Passwort lautet Robbie, kleingeschrieben.« Als ich keine Anstalten machte, meinen Blick von seinem Körper zu lösen, drehte er sich lachend um. »Ich geh duschen.« Damit verschwand er im Bad. Kurze Zeit später hörte ich das gleichmäßige Prasseln der Regenwalddusche. Ich riss meine Gedanken von einem nackten, nassen Jacob los und kramte seinen Laptop hervor. Es war höchste Zeit, Helen anzurufen. Jetzt wäre sie noch wach, in Kapstadt war es früh am Abend. Da sich mein Handy jedoch sicher verwahrt in unserem Hotelzimmer befand, öffnete ich den Browser und tippte wenig später Helens Skype-Namen ein. Die mir bekannte Wartemusik ertönte, dann erschien das Gesicht meiner besten Freundin auf dem Laptop.

»Ellie.« Helen musterte mich grinsend. »Wie erholt du aussieht, meine allerliebste, beste Freundin.«

Ich strich mir durch die wirren Haare und sah kurz an mir hinab, um mich zu vergewissern, dass das Handtuch, das ich nach unserem … Bad umgelegt hatte, noch immer an Ort und Stelle war.

»Du kriegst keine Details von mir, Helen. Gib endlich auf.« Seit einer Woche versuchte sie mich wenig subtil über mein Sexleben auszuquetschen.

»Nicht fair«, kommentierte sie schmollend. »Du bist die einzige beste Freundin, die ich habe, die mit einer Berühmtheit ins Bett geht.« Verschwörerisch sah sie mich an. »Nicht mal ein paar klitzekleine Details?«

»Also klitzeklein sind seine Details schon mal nicht.«

»Ellen Mansfield!« Helen deutete ein Highfive auf dem Monitor an, und ich konnte nicht anders, ich stimmte in ihr fröhliches Lachen mit ein.

»Sobald du uns besuchen kommst, fülle ich dich ab und hole mir meine Details«, drohte sie mir. »Aber vielleicht kommst du dann ja gar nicht alleine her?«

»Darüber haben wir noch nicht gesprochen«, gab ich kleinlaut zu. Zwar nahm ich an, dass Jacob und ich uns auch nach dieser Reise wiedersehen würden. Aber sicher konnte ich mir nicht sein. Schon gar nicht, nachdem ich ihm die Wahrheit erzählt hätte. Etwas, was ich noch immer für heute geplant hatte, diesmal wirklich. Das Himmelbett hatte mich kurz abgelenkt, dann der Jacuzzi, aber es durfte keine Ausreden mehr geben. Helen musterte mich, und ihr Gesichtsausdruck wurde ernst.

»Du hast es ihm noch nicht gesagt, oder?«

»Ich sitze in einer Strandhütte mit Jacuzzi, die er extra für uns gemietet hat, Helen. Das Ding ist direkt am Meer, wir haben in den letzten Stunden viel getan, aber bestimmt nicht über meinen Job gesprochen …«

Helen seufzte. »Unter anderen Umständen würde sich das ganz phantastisch anhören, aber, Ellie, du musst es ihm sagen …«

»Ich hätte es ihm vor über einem Monat sagen sollen.«

»Das stimmt. Aber nun ja …« Sie zuckte mit den Schultern. »Extreme Situationen erfordern manchmal extreme Maßnahmen.«

»Vielleicht.« Vielleicht aber auch nicht. Eine Lüge blieb eine Lüge, egal, aus welchem Winkel man sie betrachtete.

»Er wird sauer sein.« Davor hatte ich am meisten Angst. Und davor, dass er einfach aufstand und ging.

»Wahrscheinlich, ja. Aber dann musst du ihn einfach davon überzeugen, dass deine Gefühle echt sind und du keine bösen Absichten hattest.«

Du kannst das, Ellie. Jacob ist vernünftig, du musst ihn nur dazu bringen, dir zuzuhören …

»Wie geht es dir?«, fragte ich, um das Thema zu wechseln. Ich konnte nicht riskieren, dass Jacob uns hörte, und ehrlich gesagt, wurde mir schon wieder schlecht. Ich wollte nicht weiter darüber nachdenken, dass dies mein letzter Tag mit Jacob sein könnte. Ebenso wenig wollte ich darüber nachdenken, dass sich mein Herz bei diesem Gedanken schmerzhaft zusammenzog. Während meine Gefühlswelt Achterbahn fuhr, breitete sich ein wunderschönes

Strahlen auf Helens Gesicht aus. Ihre Augen schienen regelrecht zu leuchten.

»O mein Gott«, flüsterte ich erstickt, als sie kurzerhand aufstand, um sich zur Seite zu drehen und mir so die minimale Wölbung ihres Bauches unter dem engen, dunklen T-Shirt zu präsentieren. »Es hat geklappt?«

Helen setzte sich wieder, und das Grinsen auf ihrem Gesicht wurde noch ein wenig breiter. Daher hatte sie mir zu allen möglichen Tages- und Nachtzeiten geantwortet und war mehr als einmal in den letzten Wochen im Homeoffice gewesen. Von wegen krank ...

»Du bist schwanger!«

»Ich bin schwanger!«, rief sie und stieß einen lauten Jubelschrei aus. Ich stimmte mit ein.

»Omeingottichfreumichsofüreuch.« Meine Worte kamen so schnell, dass ich mich förmlich beim Reden überschlug. Jacob, der meinen Schrei offensichtlich falsch interpretiert hatte, kam keuchend hinter mir zum Stehen. Lediglich mit einem Handtuch bekleidet und klitschnass, sah er von mir zu seinem Laptop und damit zu Helen.

»*Was ist los?*« Sein Blick huschte zwischen uns hin und her.

»Heilige Mutter Gottes«, flüsterte meine Freundin. Ihr Blick glitt über jeden Zentimeter von Jacobs nackter, gebräunter Haut. Lachend wischte ich mir die Freudentränen aus den Augen.

»Hallo, Jacob«, antwortete Helen, wobei ihre Stimme fast so klang, als würde sie schnurren. »Ich bin Helen. Ich freue mich *wahnsinnig*, deine Bekanntschaft zu machen. Und ich bin schwanger«, fügte sie, jetzt wieder grinsend, hinzu. Jacobs Augenbrauen hoben sich, und erleichtert fuhr er sich durch die nassen Haare, wobei sein Bizeps und seine Bauchmuskeln sich gut sichtbar anspannten. Dann zog er das Handtuch etwas fester und lächelte Helen gewinnend an.

»Hallo, Helen, es freut mich auch, deine Bekanntschaft zu machen.« Er zwinkerte ihr zu.

Meine Freundin gab ein unbestimmtes Geräusch von sich.

»Glückwunsch«, fügte Jacob hinzu. Dann beugte er sich herab und küsste mich auf die Wange. »Jag mir nicht noch mal so einen Schrecken ein, Mansfield.«

Ich nickte und sah Jacob nach, bis er wieder im Bad verschwunden war. Dann wischte ich die Wassertropfen fort, die sein Kuss auf meinem Gesicht hinterlassen hatte.

»Wie in aller Welt hast du es geschafft, dich wochenlang von diesem Mann fernzuhalten?«, fragte Helen sichtlich schockiert, so dass ich erneut lachen musste.

»Ich weiß es nicht«, antwortete ich. »Aber, o mein Gott, Helen. Ich freue mich so wahnsinnig für euch!«

Meine Freundin und Kanya hatten seit fast drei Jahren versucht, ein Baby zu bekommen, und offensichtlich hatte die letzte Hormontherapie endlich angeschlagen.

»Wie weit bist du?«

»Dreizehnte Woche.«

»Helen!«

»Tut mir leid, Schätzchen, aber nach der letzten … schlechten Nachricht wollten wir uns sicher sein, bevor wir es jemandem erzählen.«

»Okay, das verstehe ich.« Die schlechte Nachricht, wie Helen es so diplomatisch ausdrückte, war ihre Fehlgeburt vor über einem Jahr gewesen. Ich erinnerte mich noch lebhaft daran, wie wir stundenlang telefoniert hatten, bis in die Morgenstunden. Sie war am Boden zerstört gewesen, und es hatte mich wahnsinnig gemacht, ihr nicht helfen zu können.

Wir unterhielten uns noch eine Weile, bis Kanya seine vor Glück strahlende Frau vom Laptop weglockte. Noch immer grinsend wollte ich den Monitor bereits herunterklappen, als … *Bing.* Eine Nachricht erschien auf dem Display.

»Jacob, du hast …«

Ich wollte die Nachricht nicht lesen. Wirklich nicht. Aber zwei kleine Worte erregten meine Aufmerksamkeit und brannten sich in meine Netzhaut ein. *Fake-Reporterin.*

Mit wild klopfendem Herzen klappte ich den Monitor wieder ganz auf, bewegte den Cursor in Richtung Pop-up-Fenster und las die Nachricht.

Roy:

Wie geht's unserer Fake-Reporterin? Hast du sie schon flachgelegt?

Susie fragt, wann du mal wieder zum Essen kommst.

Mit der zweiten Nachricht konnte ich nichts anfangen, die betraf mich nicht. Aber die erste? Die Welt um mich herum begann sich zu drehen, und nur um ganz, ganz sicher zu sein, las ich Roys Nachricht erneut. Aber die Worte veränderten sich nicht, sie waren noch immer da. Egal, wie lange ich sie anstarrte.

Mein Magen zog sich krampfhaft zusammen, und mir wurde abwechselnd heiß und kalt.

Fake-Reporterin.

Jacob wusste es. Er wusste, dass ich ihm vorspielte, jemand zu sein, der ich nicht war.

Hast du sie schon flachgelegt?

O Gott, mir wurde schlecht. Hatte Jacob sich deswegen mit mir eingelassen? War unsere Beziehung so etwas wie eine kranke Retourkutsche für ihn? Ein Spiel, das er spielte, weil ich ihn angelogen hatte?

Ich registrierte kaum, wie ich vom Bett aufstand und meine Klamotten vom Boden aufhob. Dabei zitterten meine Knie so stark, dass ich zwei Versuche brauchte. Für einen Moment sah ich hinab auf das schwarze Bikinioberteil in meinen Händen und erinnerte mich daran, wie Jacob es mir vor ein paar Stunden ausgezogen hatte. Dabei hatte er mich so ernst und voller Gefühl angeschaut, dass … Meine Augen begannen zu brennen. Scheiße, verdammt nochmal … Aus einem Reflex heraus zog ich mich an. Ich konnte nicht länger nackt hier herumlaufen, ich konnte nicht länger unbeschwert auf dem Bett herumlungern und warten, dass er aus der Dusche kam und mich erneut liebte. Eine Träne löste sich aus meinem Augenwinkel. Wütend wischte ich sie fort. Hatten wir uns überhaupt geliebt? Oder hatten wir nur gevögelt?

Hast du sie schon flachgelegt?

»Was hältst du davon, wenn wir …« Jacob kam aus dem Bad, hielt jedoch abrupt inne, als er mich mitten im Raum stehen sah. Sein Blick huschte über meine Klamotten, als fragte er sich, warum genau ich angezogen war, und blieb dann an meinem Gesicht hängen. An dem plötzlich harten Zug um meinen Mund und den feuchten Augen. Sofort wurde er ernst.

»Was ist passiert?« Er machte einen Schritt auf mich zu. »Ist was mit Helen, oder …«

Er blieb wie angewurzelt stehen, als er den noch immer geöffneten Laptop auf dem Bett entdeckte, und ich sah ihn, den exakten Moment, in dem er Roys Nachricht bemerkte. Er runzelte die Stirn und las. Schlagartig wurde er blass, und ein Ausdruck von Panik huschte über sein Gesicht. Und da ging sie hin, meine letzte Hoffnung, dass diese Nachricht irgendwie ein Scherz gewesen war. Ein dummer Zufall. Ein Versehen. Ganz offensichtlich war das nicht der Fall.

»Scheiße.«

»Scheiße?« Ein hysterisches Lachen entfuhr mir. »Scheiße, Jacob? *Wirklich?*«

»Ellie, ich kann …«

»Bleib, wo du bist!«, fuhr ich ihn an. »Komm mir nicht zu nahe.«

Ich würde es nicht ertragen, wenn er mich jetzt berührte. Die Gedanken in meinem Kopf überschlugen sich, und ich kam kaum hinterher.

»Wie lange weißt du es?«, flüsterte ich kaum hörbar und schlang schützend die Arme um mich selbst. Jacob stand wie angewurzelt vor mir. Ein Handtuch um die Hüften, während vereinzelnde Wassertropfen sich aus seinem Haar lösten und auf den Boden fielen.

»Ellie, bitte …«

»Wie lange, Jacob?«

Seine Antwort zog mir endgültig den Boden unter den Füßen weg. Erst taumelte ich, aber dann schlug ich hart, sehr hart, auf dem Boden der Realität auf.

»Seit dem Moment am Flughafen.«

Mein Herzschlag setzte kurz aus, und das Gefühl, mich jeden Moment übergeben zu müssen, wurde stärker. Er hatte von der ersten Sekunde an gewusst, dass ich ihn angelogen hatte.

Er hatte es gewusst, als wir in London in das Flugzeug gestiegen waren. Er hatte es gewusst, als ich ihm von meinem Traum, Schriftstellerin zu werden, erzählt hatte. Und er hatte es gewusst, als ich meine Vergangenheit vor ihm ausgebreitet und wir in Hoi An das erste Mal miteinander geschlafen hatten. Mir war bewusst, dass ich an diesem ganzen Schlamassel nicht unschuldig war, aber wenn Jacob die ganze Zeit eingeweiht gewesen war, dann konnte meine Anwesenheit auf dieser Reise nur eins bedeuten.

»Du hast Roy dazu angestiftet mitzuspielen.« Es hatte als Frage rauskommen sollen, aber alles, was ich zustande brachte, war eine bitter klingende Feststellung.

Jacob nickte. Sein sonst so unbeschwerter Gesichtsausdruck war einer Maske aus Schuld und Unsicherheit gewichen.

»Warum?«

»Ellie …«

»*Warum?*«

»Ich wollte sehen, wie weit du gehst.«

»Wie weit ich gehe«, wiederholte ich fassungslos. In diesem Moment starb etwas in mir. Etwas, was ich gerade erst wiedergefunden hatte: Hoffnung.

»Bist du deswegen mit mir ins Bett gegangen?«, fragte ich ihn. Meine Stimme bebte vor unterdrückten Emotionen. Ich konnte nicht fassen, dass das hier wirklich passierte. »Hast du mich deswegen umgarnt? Mich geküsst?« Das Zittern, das von meinen Knien Besitz ergriffen hatte, breitete sich aus. »All die Dinge, die du mir erzählt hast, die ich dir erzählt habe …« Meine Stimme brach, und ich wandte mich ab.

Ich hatte Jacob alles anvertraut. Ich hatte sogar Mark einen Brief geschrieben wegen ihm. Jacob hatte mir geholfen, zu mir selbst zurückzufinden, und all das sollte nichts weiter als eine Lüge gewesen sein? Eine Retourkutsche, weil ich ihn am Flughafen und während des Interviews angelogen hatte?

»Nein!«, rief er auf meinen Vorwurf hin. Seine Stimme wurde lauter, und langsam kam er näher. Unbewusst wich ich vor ihm zurück, versuchte, mich und mein Herz zu schützen, obwohl ich ganz genau wusste, dass es dafür bereits zu spät war. Ein verletzter Ausdruck trat in seine blauen Augen. Augen, von denen ich angenommen hatte, dass sie so viel sahen. Dass sie *mich* sahen. Dabei hatte er mich angelogen. Er hatte zugesehen, wie ich meine Lüge immer weiterspann, bis ich mich in ihr verheddert hatte und sie mich zu Fall brachte. Und was für ein epischer Fall das war … Ich bereitete mich seit Tagen darauf vor, Jacob die Wahrheit zu sagen, ihm meine Lüge zu beichten, aber offensichtlich hatte ich in ihm meinen Meister gefunden. Er hatte es gewusst, und ich hatte es nicht einmal geahnt, so gut hatte er seine Rolle gespielt.

»Lass mich erklären, Ellie, bitte.«

»Was denn? Dass du mich wochenlang angelogen hast?«

Jacobs Hand umklammerte das Handtuch fester. »Und das hast du nicht?«

»Ich …«

»Sei nicht so scheinheilig.« Wut mischte sich unter die Hilflosigkeit in seiner Stimme. »Wir haben beide gelogen. Was wir tun sollten, ist, darüber zu reden. Lass uns einfach … darüber reden, okay?«

Wir haben beide gelogen.

Seine Worte liefen in Endlosschleife in meinem Kopf ab und machten mir ein für alle Mal bewusst, dass unsere komplette Beziehung auf einer Lüge basierte. Auf gleich mehreren Lügen, um genau zu sein. Und ich war so naiv gewesen zu glauben, dass wir eine wirkliche Zukunft haben konnten. Meine Sicht verschwamm, während mein Kopf unangenehm zu pochen begann.

»Ich habe dir von Mark erzählt«, wisperte ich erstickt. »Ich habe dir *alles* erzählt!«

Niemand, nicht einmal Helen, wusste so viel über mich wie Jacob Harrison.

»Aber du hast mir eben *nicht* alles erzählt.« Jacobs ganze Haltung war angespannt. Er atmete schnell, und sein Blick wurde eindringlicher, er zwang mich regelrecht dazu, ihn anzusehen.

»Warum hast du Ja gesagt, Ellie? Damals, am Flughafen? Warum?«

Das war die Frage aller Fragen …

»Hast du nicht auch gespürt, dass das mit uns etwas Besonderes werden könnte?«

»So besonders, dass wir uns beide anlügen?«

»Die Umstände waren eine Lüge, ja, aber das hier zwischen uns, das ist echt. Was wir füreinander empfinden, ist echt.«

Das war es. Dennoch basierte es auf einer Lüge. Wie konnte er behaupten, etwas Echtes und Reales für mich zu empfinden, wenn wir uns seit Wochen gegenseitig anlogen?

Hast du sie schon flachgelegt?

Ich wusste nicht, was ich denken sollte. Ich wusste nicht, was ich *fühlen* sollte. Zum ersten Mal, seit wir vietnamesischen Boden betreten hatten, war mir kalt, doch ich widerstand dem Drang, mir über die Arme zu reiben. Ich musste ohnehin schon wie ein Häufchen Elend aussehen. Dornröschen, erwacht aus ihrem jahrelangen Schlaf, nur um dann ordentlich eine gewischt zu bekommen.

»Wie lief das mit Roy ab?« Meine Stimme bebte vor Wut und Erniedrigung. »Habt ihr gewettet, wann du mich ins Bett kriegst?« Ich lachte freudlos. »Die Show, die Roy abgezogen hat«, erinnerte ich mich. »Und was ihr gelacht haben müsst ... die arme, dumme Ellie, die so verzweifelt ist, dass sie fremde Männer am Flughafen anspricht.«

Spätabends. An einem Dienstag.

»Ich habe dich angesprochen.«

»Obwohl du wusstest, dass ich auf keinen Fall vom *Traveller* sein konnte!«

Sein schuldbewusster Blick war Antwort genug.

»Wolltest du es mir sagen?«

Er fuhr sich mit der flachen Hand über die Augen. »Scheiße, Ellie, ich ...«

Ich wartete seine Antwort nicht ab. Das Blut rauschte in meinen

Ohren und verstärkte das wilde Pochen in meinem Schädel. Mein Atem ging schnell und flach. »Also nicht.«

»Ich hätte es dir schon noch gesagt.«

»Wann?«, rief ich aufgebracht. *Schon noch* war kein *ich wollte es dir sagen. Schon noch* war nicht gut genug.

Jacob atmete tief ein, lenkte seinen Blick für einen Augenblick auf alles Mögliche, nur nicht auf mich, dann stieß er geräuschvoll die angehaltene Luft aus und sah mich an.

Er wird lügen.

Das war der erste Gedanke, der mir durch den Kopf schoss, als ich die Schuld in seinem Blick bemerkte. Und auf einmal erinnerte ich mich an andere Dinge, an Situationen auf dieser Reise, in denen er merkwürdig, manchmal auch unterkühlt oder zurückhaltend reagiert hatte. Meist, wenn wir über meinen Job und den Film gesprochen hatten. Der Moment in Hanoi auf der Parkbank. Ein seltsamer Blick an Bord der *Old Lady*. Eine Bemerkung beim Rafting oder im Wasserpark …

Eines Tages wirst du mir all deine Geheimnisse erzählen, Ellie Mansfield.

»Du hättest es mir nie gesagt«, murmelte ich. »Bevor aus uns ein Liebespaar wurde vielleicht, aber jetzt?« Anklagend sah ich ihn an. »Du hattest nicht vor, mir die Wahrheit zu sagen, nicht wahr?«

»Nein!« Er blickte mich an wie ein in die Ecke getriebenes wildes Tier. »Das hätte ich. Demnächst, also ich meine, nicht auf der Reise, aber …«

»Nicht auf der *Reise?*« Mein Herz zog sich schmerzhaft zusammen. »Es liegen noch ein paar Tage vor uns, Jacob. Wochen, um genau zu sein. Und was dann? Hättest du mich in ein Flugzeug zurück nach London gesetzt? Tschüss, Ellie«, ahmte ich seine Stimme nach und erkannte mich selbst kaum wieder, »danke für die schöne Zeit und den Sex?«

Jacob fluchte. Zweimal. »Das habe ich nicht …«

»Ich wollte es dir heute sagen«, unterbrach ich ihn. »Du hast mich mit der Strandhütte für einen Moment aus dem Konzept gebracht, aber ich habe Helen eben davon erzählt, dass ich keine Lüge mehr leben möchte. Etwas, womit du anscheinend kein Problem hast.«

Verflucht, meine Augen brannten, als hätte ich sie mir mit Chilipulver ausgewaschen, aber ich würde nicht vor ihm weinen. Ich hatte bereits zur Genüge vor Jacob geweint, hatte mich ihm anvertraut und Halt bei ihm gesucht, aber damit war jetzt Schluss.

»Warte hier«, wies er mich an. »Ich zieh mir etwas an, und wir reden.«

Ganz bestimmt nicht. Alles, was ich wollte, war so schnell wie möglich aus diesem Zimmer und Jacobs Gegenwart zu verschwinden, bevor meine Gefühle mich endgültig einholten und ich direkt vor ihm zusammenbrach. Mein Fluchtinstinkt setzte ein, und ich sah zur Tür. Jacob löste sich aus seiner Starre.

»Geh nicht. Lass uns reden …«

Ich schloss für einen Moment die Augen, und gleich mehrere Tränen lösten sich aus meinen Augenwinkeln. Jetzt heulte ich doch vor ihm. Verdammt.

»Ellie …«

Er klang völlig ratlos und sah auch so aus.

»Ellie, geh nicht … bitte!«

Er flehte mich an zu bleiben, aber ich konnte nicht. In seiner Gegenwart konnte ich nicht nachdenken. Alles, was ich sah, waren er und Roy, wie sie sich königlich über mich amüsierten. Mit dem letzten Funken meines gesunden Menschenverstandes griff ich nach den beiden Keycards zu unserem Hotelzimmer, die auf dem Wohnzimmertisch lagen. Immer weiter wich ich vor ihm zurück und tastete blind nach dem Türgriff in meinem Rücken.

41

Wieso wird alles immer so furchtbar kompliziert, wenn man Menschen mag?

»Ellie, warte!«

Ich bekam die Türklinke zu fassen und stürmte nach draußen. Die Tränen flossen jetzt unablässig über meine Wangen, und alles, was ich wollte, war einen Moment der Ruhe. Ich brauchte Abstand, und ich musste über das nachdenken, was geschehen war. Ohne Jacobs Rufe weiter zu beachten, lief ich über den kurzen Strandabschnitt und durch die dunklen Gärten in Richtung unseres Hotels. Um diese Uhrzeit waren nur noch ein paar wenige Touristen unterwegs. Sicher würde er mir nicht folgen, nur mit einem Handtuch bekleidet und quasi mitten in der Nacht. Mittlerweile fast blind vor Tränen und leise schluchzend, trat ich über die Schwelle des Hotels, durchquerte die Lobby und stieß prompt mit jemandem zusammen.

»Entschuldigung, ich …«

»Ellie?« Eine vertraute Stimme riss mich aus meinen Gedanken, und blinzelnd sah ich auf. Sarah und Seb standen Arm in Arm vor mir und sahen mich fassungslos an. Offensichtlich waren sie gerade aus der Hotelbar gekommen und wollten auf ihre Zimmer gehen. Sarah löste sich von Seb und machte einen Schritt auf mich zu.

»Was ist passiert? Geht es dir gut?«

»Ellie, verdammt nochmal«, ertönte es hinter uns, und ihr Blick wanderte von mir zu einem halb nackten Jacob, der soeben barfuß und noch immer nur mit einem Handtuch bekleidet in die Lobby stürmte.

»Was in aller Welt geht hier vor?«, verlangte Sarah zu wissen. Ihre Stimme klang ungewohnt hart, und ich hörte Sorge heraus.

»Ich kann nicht, ich …« Tränen liefen mir über die Wangen. »Ich muss gehen.«

Damit eilte ich davon, zu den Fahrstühlen am Ende der Lobby.

»Haltet sie fest!«, rief Jacob. Wie ein Irrer sprintete er hinter mir her. »Ellie!«

»Jacob, Alter, was machst du hier?«

Hektisch drückte ich auf den Knopf des Fahrstuhls. Drückte und drückte …

»Komm schon, du Scheißding«, murmelte ich in dem Moment, als auch die ersten Hotelangestellten auf Jacob und seine freizügige Erscheinung aufmerksam wurden.

»Entschuldigung, Sir, Sie können nicht …«

»Lasst mich durch!«

»Alter, du bist fast nackt …«

Aber auch Seb wurde gnadenlos ignoriert. »Ich schwöre dir, Sebastian, wenn du mir nicht aus dem Weg gehst, wirst du es bereuen.«

»Sir! Ich muss Sie wirklich bitten, sich etwas anzuziehen!«

Endlich erschien der Fahrstuhl, und ich hastete hinein. Gerade als die Türen sich schlossen, hatte Jacob mich erreicht. Das Letzte, was ich sah, war sein wutverzerrtes Gesicht.

»Ellie! Verdammt!«

Der Fahrstuhl setzte sich in Bewegung, und ich schloss erleichtert die Augen. Jetzt musste ich nur noch vor Jacob unser Zimmer erreichen, und dann war ich … ja, was? Was war ich? Sicher? Alleine?

Noch immer zitternd und heulend, zog ich die Keycard durch den Öffner und stolperte blind vorwärts. Schnell schloss ich die Tür hinter mir, verriegelte sie und lehnte mich völlig außer Atem mit dem Rücken gegen das kühle Holz.

Was genau war da eben passiert, fragte ich mich. Was?

Jemand hämmerte energisch gegen die Tür, und ich zuckte zusammen.

»Öffne die Tür, Ellie.«

Stumm schlug ich mir beide Hände vor den Mund und schüttelte den Kopf. Ich wusste, dass er mich nicht sehen konnte, aber die Geste kam ganz automatisch.

»Mach die verdammte Tür auf, Ellen Mansfield!«, schrie Jacob, und seine Stimme war selbst durch die geschlossene Tür so laut, als würde ich direkt neben ihm sehen. »Du hast mich auch angelogen«, wetterte er weiter. »Wieso bin ich jetzt hier der Schuldige?«

Seine Frage ließ mich für einen Moment innehalten ... Ich war ebenso schuldig wie er, immerhin hatte ich das ganze Lügenkonstrukt mit einem einfachen, unüberlegten Ja ins Rollen gebracht, dennoch ... meine Motivation, ihn anzulügen, war eine ganz andere gewesen. Meine ganze Gesamtsituation war völlig ... anders!

Jacob schlug erneut gegen die Tür. Anstatt schnell und aufgeregt wie zuvor klangen seine Schläge schwer, dumpf und irgendwie ... besiegt.

»Das ist nicht fair, Ellie ...«

Den Rücken noch immer an der Tür, ließ ich mich langsam daran herabgleiten, bis ich auf dem kalten Fliesenboden unseres Zimmers saß. Die Arme um meine Knie geschlungen, kauerte ich mich zusammen, während Jacob noch immer zu der geschlossenen Zimmertür sprach.

»Was in aller Welt lässt dich annehmen, dass ich nicht voll und ganz bei der Sache war? Dass ich dich nur verarscht habe, um dich ins Bett zu kriegen?« Ein bitteres, hartes Lachen erklang. »Ich drehe diesen Film für Robbie. Ich bin in diesem Land, *für Robbie*! Nicht für dich, dennoch kreisen meine Gedanken den ganzen beschissenen Tag um dich!« Ein erneuter Schlag. Das Holz an meinem Rücken erzitterte leicht. Ich presste mein Gesicht gegen die Arme, die meine Knie umschlangen, und unterdrückte jedes noch so jämmerliche Geräusch.

»Ich habe versucht, diese Reise so angenehm wie möglich für dich zu machen und ... verdammt, Ellie, muss ich das wirklich alles einer geschlossenen Tür erzählen?«

Jacob verstummte. Wahrscheinlich wartete er darauf, dass ich auch endlich mal etwas sagte, aber ich wusste nicht, was.

Hast du die Fake-Reporterin schon flachgelegt?

Ich hätte es dir schon noch gesagt, nach der Reise ...

Eines Tages wirst du mir all deine Geheimnisse erzählen, Ellie Mansfield.

Tränen liefen mir über die Wangen und tropften auf meine nackten Knie. Ich hatte absolut keine Ahnung, was ich erwidern sollte. Ich war zu verwirrt, zu verletzt, zu enttäuscht ...

»Okay, gut ... wenn du es nicht anders willst.« Jacobs Stimme klang dumpf, ganz so, als hätte er sich ein paar Schritte von der Tür entfernt.

»Dann zieh dich wieder in dein Schneckenhaus zurück. Helen wäre so *stolz* auf dich, und Ma...«

Schlagartig riss ich den Kopf hoch und brüllte: »Wage es ja nicht, seinen Namen zu sagen!«

»Fein. Mach doch, was du willst!«, schrie er zurück. »Schmoll von mir aus bis in alle Ewigkeit.« Seine Stimme hörte sich noch ein wenig leiser und weiter entfernt an. »Ich habe morgen früh einen Tauchgang. Ich gehe jetzt.«

Schwere Schritte polterten den Gang entlang. Irgendwo wurde eine Tür geöffnet, und ich hielt den Atem an.

»Was schreien Sie denn hier so rum?!«

»Kümmern Sie sich um Ihren eigenen Kram!«

»Was fällt Ihnen ein?!«

Aber die Männerstimme, die sich soeben bei Jacob beschwert hatte, erhielt keine Antwort mehr. Er war gegangen. Und ich war wieder allein.

Ich erstickte im Chaos. Alles war durcheinander. Meine Gefühle, mein Zimmer, mein ganzes Leben. Ich wischte mir die Tränen aus den Augen und sah zu der geöffneten, aber unangetasteten Flasche Weißwein, die auf meinem Nachttisch stand. Kurz nachdem Jacob gegangen war, hatte mein Handy Sturm geklingelt – für die nächsten zwei Stunden. Helen, Sarah und sogar Seb und Frank. Sie alle hatten mir geschrieben und versucht mich anzurufen. Von Jacob hatte ich nichts mehr gehört. Kein Wunder nach seinem Abgang und meiner Weigerung, mit ihm zu reden. Er war wütend, und das zu Recht, aber ich war ebenfalls wütend. Und was noch schlimmer war, ich fühlte mich zutiefst erniedrigt. Ich konnte einfach nicht damit aufhören, jedes Gespräch, das ich in den letzten Wochen mit Jacob geführt hatte, immer wieder in meinem Kopf Revue passieren zu lassen.

Mein Handy vibrierte erneut. Ich hasste mich für einen kurzen Moment selbst dafür, wie sehr ich mir wünschte, dass es Jacob war, der mir schrieb. Aber es war Sarah. Schon wieder.

Sarah:

Was ist da los bei euch?

J sitzt in seiner Hütte und schmollt. Ellie, lass uns reden. Bitte.

Nicht nur einmal in den letzten zwei Stunden hatte sie versucht, in mein Zimmer zu kommen, sogar mit dem Sicherheitsdienst hatte sie mir gedroht, doch ich hatte sie ignoriert.

Nun gab ich mir einen Ruck und rief sie an.

»Ellie, Gott sei Dank! Was ist los?« Wahrscheinlich hatte sie die ganze Zeit neben ihrem Handy verbracht und abwechselnd mich und Jacob verflucht, anstatt zu schlafen.

Nachdem sie mit Frank und Helen gesprochen hatte. Dabei hatte ich Frank die Nummer meiner Eltern und auch Helens Nummer nur für Notfälle gegeben.

»Hi«, krächzte ich ins Telefon und räusperte mich.

»Wem muss ich eine Abreibung verpassen? Jacob? Nur ein Wort von dir, und ich …«

»Er wusste es, Sarah.«

Sie verstummte. »Was wusste er?«

»Jacob hat vom ersten Moment an gewusst, dass ich keine Reporterin bin. Er hat Roy dazu angestiftet, mir Angst zu machen und mich unter Druck zu setzen, damit ich mitfliege.« Allein die Worte auszusprechen, tat weh.

Sarah fluchte. »Ich komme rüber zu dir, ich …«

»Nein«, unterbrach ich sie rasch. »Bitte, ich … ich möchte ein wenig alleine sein, okay?«

»Ellie, es tut mir so leid, ich hatte keine Ahnung, wirklich.«

»Das weiß ich … und ich weiß deine Fürsorge zu schätzen, aber können wir da bitte morgen drüber reden?« Das noch immer anhaltende Pochen in meinem Kopf wurde immer stärker.

»Natürlich.« Ich hörte es im Hintergrund leise rascheln.

»Sarah?« Sebs tiefe, verschlafene Stimme drang durchs Handy.

»Geht schlafen«, sagte ich leise. Es war schlimm genug, dass Sarah bis jetzt wach geblieben war und sich Sorgen gemacht hatte.

»Ruf an, wenn du mich brauchst, Freundin. Ich bin nur ein Stockwerk entfernt.«

»Danke, Sarah.« Damit legte ich auf und starrte auf das Handy. Der Drang, Jacob anzurufen, war gewaltig.

Wie hatte die Situation so schnell außer Kontrolle geraten können? *Ich* hatte *ihn* angelogen. *Ich* hatte *ihm* die Wahrheit sagen wollen. Weil ich mich verdammt nochmal in Jacob verliebt hatte.

Hast du sie schon flachgelegt?

Sosehr ich mich auch bemühte, die ganze Situation rational zu betrachten, mit etwas Abstand und erwachsen, diese Worte gingen mir nicht mehr aus dem Kopf. Was für Nachrichten hatten Roy und Jacob sich noch geschrieben? Hatten sie sich über mich lustig gemacht? Der Gedanke war absurd, ich konnte mir nicht vorstellen, dass dem so war, Jacob war nicht der Typ dafür.

Aber kennst du ihn denn wirklich?

Fluchend griff ich nach der Weinflasche, trug sie ins Bad und kippte das Zeug direkt ins Waschbecken. Mich zu betrinken würde auch nichts ändern, außer dass ich mich morgen noch miserabler fühlen würde.

Morgen.

Verdammt.

Wie sollte ich auch nur einem von ihnen morgen unter die Augen treten? Bei dem Gedanken daran, Jacob wiederzusehen, zog sich mein Herz schmerzhaft zusammen.

Das hast du jetzt davon, dass du dich jemandem geöffnet hast.

Was ich brauchte, war Abstand. Ruhe. Ich musste denken. Das konnte ich jedoch nicht, wenn die Belagerung vor meinem Zimmer morgen früh weiterging und mein Handy vor Nachrichten und Anrufen nahezu explodierte. Ganz sicher erwartete niemand von mir, dass ich fröhlich pfeifend mit Jacob tauchen ging.

Zum ersten Mal auf dieser Reise fühlte ich mich eingesperrt. Vergessen war das Freiheitsgefühl und verpufft das Glücksgefühl, das ich die letzten Wochen und vor allem Tage verspürt hatte. Alles, was übrig blieb, war ein brummender Schädel, brennende Augen und ein Herzschmerz, wie ich ihn nach Mark nicht mehr für möglich gehalten hatte.

Auf einmal wurde mir all das hier zu viel. Die Lügen, diese Reise, das fremde Land, der morgige Tag … Wie sollte ich weiter mit Jacob und seiner Crew durch dieses Land reisen, nach dem, was eben zwischen uns passiert war?

Aus einem Impuls heraus schnappte ich mir mein Handy und öffnete den Internetbrowser.

Die schnellste Möglichkeit zurück nach London wäre ein Direktflug nach Bangkok in wenigen Stunden. Dort würde ich knapp vier Stunden Aufenthalt hinter mich bringen müssen, und dann ginge es weiter nach London. Ich atmete erleichtert auf. Perfekt.

Wie im Wahn sprang ich auf und begann meine Sachen zu packen. Meine Gedanken, ganz zu schweigen von meinen Gefühlen, überforderten mich, also richtete ich all meine Konzentration auf ein mir bekanntes Ziel: zu Hause. Nicht London, sondern York. Ich wollte, dass meine Mom mich in den Arm nahm und mir sagte, dass alles wieder gut werden würde. Ich wollte nach Hause. Zu meinen Eltern, in mein altes Zimmer und zu Mark.

Irgendwo über dem Pazifik waren meine Tränen versiegt. Zurückgeblieben war eine alles umfassende, absolute Leere und eine Frage, die seit Stunden an mir nagte: Hätte ich doch bleiben sollen? Meine Reaktion kam mir auf einmal kindisch und überstürzt vor. Aber jetzt war ich hier: zehntausend Kilometer über dem Meer. Ändern konnte ich es also nicht mehr. Dennoch empfand ich neben der

Verzweiflung und meiner Wut jetzt auch so etwas wie Scham. Wie würde Jacob reagieren, wenn er herausfand, dass ich verschwunden war? Wie würden sie alle reagieren? Ich hatte aus dem Bauch heraus gehandelt und mich zu einer Kurzschlussreaktion hinreißen lassen ... aber jetzt war es zu spät. Ich hatte eine Entscheidung getroffen. Mein Handy war aus, und ich hatte mich mitten in der Nacht wie ein Verbrecher aus dem Hotel geschlichen und das erste Flugzeug nach Ho-Chi-Minh-Stadt genommen. Dort war ich direkt in die Maschine nach Bangkok umgestiegen. Die ersten Flüge, die jeweils nur wenige Stunden gedauert hatten, hatte ich mit Bravour hinter mich gebracht. Alles war so schnell gegangen, dass für Angst oder Zweifel gar kein Platz gewesen war. Getrieben von dem Gedanken, Abstand zwischen Jacob und mich zu bringen, hatte ich komplett auf Autopilot geschaltet. Und so saß mein trauriger Hintern nun in einer Maschine zurück nach London. Das Chaos in meinem Kopf wollte jedoch nicht aufhören zu rotieren.

Jacob hat mich belogen.

Ich habe Jacob belogen.

Jacob hat nur mit mir geschlafen, um mir eins auszuwischen.

Hat er wirklich?

»Scheiße«, murmelte ich und schloss die Augen. Verschloss sie vor dem Riesenchaos, das ich angerichtet hatte.

Du hättest nicht gehen sollen ...

Charleen, die nette rothaarige Stewardess, die mich seit Stunden mit Rotwein versorgte, nachdem sie mich auf einen freien Platz in der hintersten Ecke des beinahe leeren Fliegers verfrachtet hatte, damit sich niemand von meinem armseligen Schluchzen gestört fühlte, trat erneut an meine Seite.

»Wie geht es Ihnen, Liebes?«

»Wie lange fliegen wir noch?« Meine Stimme klang rau.

»Sechs Stunden.«

Leise seufzend hielt ich ihr meinen leeren Becher entgegen. Dabei lehnte ich mich leicht vor, und der Gegenstand, der seit dem Start auf meinem Schoß lag, geriet ins Rutschen. Meine Hand schnellte vor, und mit einer Reaktionsgeschwindigkeit, die ich mir gar nicht mehr zugetraut hätte, fing ich den Zauberwürfel auf, bevor er auf den Boden fallen konnte. Dieser verfluchte Würfel. Ich konnte ihn nicht ansehen, ohne Jacobs Gesicht vor mir zu sehen. Seine Panik, aber auch die Wut und die Enttäuschung. Allerdings hatte das Spielzeug mir dabei geholfen, mich von meiner Flugangst abzulenken, und das, indem ich jeglichen Fortschritt, den Jacob errungen hatte, mit meinen amateurhaften Versuchen zunichtegemacht hatte. Ich packte den Würfel fester, während Charleen mir nachschenkte.

»Wer auch immer er ist, das wird schon wieder. Versprochen.« Sie lächelte mir aufmunternd zu und füllte den Becher randvoll. Ich konnte guten Gewissens behaupten, dass ich diesen Flug ohne Charleen als meinen Schutzengel und ihren unersättlichen Vorrat an Rotwein nicht überstanden hätte.

»Danke.« Ich war mir da jedoch nicht so sicher. Wäre ich geblieben, hätten Jacob und ich miteinander reden können. Auf Phu Quoc musste es jetzt bereits früh am Morgen sein. War er zurückgekommen? Hatte der Sicherheitsdienst ihn reingelassen? Oder war er womöglich sogar tauchen gegangen, um sich abzulenken, und wollte danach mit mir reden, in der Hoffnung, ich hätte mich bis dahin etwas abreagiert? Wäre Letzteres der Fall, dann hoffte ich sehr, dass unser Streit ihn nicht unaufmerksam oder gar leichtsinnig werden ließ.

Ich umfasste den kleine Plastikbecher fester und kippte den Wein in einem Zug herunter. Er verursachte eine unangenehme Wärme in meinem Körper und ein fieses Brennen in meinem Magen. Meine aktuelle Situation beschäftigte mich so sehr, dass sogar meine Flugangst in den Hintergrund rückte. Ich wollte nur noch nach Hause. Dass ich aktuell gleich alle Stadien der Trauer, die ich so lange unterdrückt hatte, auf einmal empfand, entbehrte nicht einer gewissen Ironie. Verleugnung, Wut, Verhandeln, Depression, Akzeptanz. Die Stadien auf dem Weg zur Heilung. Wer auch immer behauptet hatte, man würde einzeln durch diese Stadien gehen, war ein mieser Lügner. Nach Marks Tod hatte ich mich in einem Zustand permanenter Verleugnung und Depression aufgehalten. In der vergangenen Nacht mit Jacob hatte ich dann alle Stadien auf einmal durchlaufen. Nur eines hatte ich dabei dummerweise ausgelassen: das Verhandeln.

Charleen schob ihren Getränkewagen an mir vorbei und tätschelte mir sanft die Schulter. Dann stellte sie eine kleine Flasche Wasser vor mich auf den ausgeklappten Tisch und rollte weiter. Was für einen bemitleidenswerten Anblick ich doch abgeben musste.

Ich hatte meinen Eltern nicht gesagt, dass ich in einem Flieger auf dem Weg nach Hause saß.

Jetzt aber wünschte ich, dass ich sie informiert hätte. Sicher wären sie den ganzen Weg aus York gekommen, um mich abzuholen. Mom hätte mich in den Arm genommen, und Dad hätte gedroht, Jacob mit seinem Luftgewehr zu erschießen. Diese Vorstellung ließ ein zittriges Lächeln auf mein Gesicht treten. Allerdings verdiente nicht nur Jacob einen Arschtritt, sondern ich ebenso. Vielleicht musste mein Arschtritt sogar noch härter ausfallen. Ich war nicht nur abgehauen, ich war es auch gewesen, die die erste Lüge ausgesprochen hatte … aber, Moment, stimmte das überhaupt? Der Becher in meiner Hand knirschte gefährlich, als ich die Augen zusammenkniff und mich an unsere erste Begegnung zurückerinnerte. Jacob hatte gewusst, dass niemand vom *Traveller* oder der *BBC* auf ihn wartete. Warum zur Hölle hatte er mich dann angesprochen?

Ich wollte sehen, wie weit du gehst.

Und ich hatte ihn nicht nur geküsst und war ihm auf einen anderen Kontinent gefolgt, ich hatte mich ernsthaft in ihn verliebt. Nein, nicht nur verliebt, ich *liebte* Jacob Harrison. Das war ein Unterschied. Was ich empfand, war keine simple Schwärmerei, es war ein *für immer*. Zumindest war es das gewesen. Vor etwa vierundzwanzig Stunden.

Was er jetzt wohl gerade tat? Meine Augen begannen verdächtig zu brennen, und meine Kehle schnürte sich zu. Mit solchen Gedanken quälte ich mich nur selbst. Ich konnte das Flugzeug weder stoppen noch mitten in der Luft umdrehen. Falls ich es denn gewollt hätte … Entkräftet griff ich nach der kleinen Fernbedienung des Entertainmentsystems. Vielleicht würde ein Film mich auf andere Gedanken bringen.

42

Liebe und
lass dich lieben.

In England regnete es. Nein, es regnete nicht nur, es stürmte, als hätte das Wetter sich meiner aktuellen Gefühlslage angepasst. Unterdessen saß ich im Zug nach York und lauschte den Regentropfen, die gegen die Fensterscheibe des Zuges prasselten. Dabei versuchte ich, jeden Gedanken an Hoi An, den Monsun und Jacobs und meine erste gemeinsame Nacht zu verdrängen.

Zwei Stunden dauerte die Fahrt von Kings Cross nach York. Eine Stunde hatte ich bereits hinter mich gebracht. Zu meiner Erleichterung hatten sich alle anderen Fahrgäste nach einem Blick auf mich für ein anderes Abteil entschieden. So konnte ich in Ruhe grübeln, in Selbstmitleid versinken und der Formation der Regentropfen an meiner Fensterscheibe zuschauen.

Als ich endlich vor dem Haus meiner Eltern ankam, war ich durchnässt, müde und auf einmal mehr als nur ein wenig nervös.

Vielleicht hätte ich sie doch vorher anrufen sollen?

Mein Herz begann ein wenig schneller zu schlagen, als ich den Schlüssel im Schloss drehte, die Tür öffnete und in den Hausflur trat. »Mom? Dad?«

Der vertraute Geruch von Holz, Kaffee und Pfeifentabak trieb mir die Tränen in die Augen.

»Ellie?« Mom bog um die Ecke. Eine dampfende Tasse in der Hand, sah sie mich mit einer Mischung aus Schreck und Verwirrung an.

»Was machst du denn hier, Süße? Wieso bist du nicht in Vietnam mit deinem Jacob?«

Das war mit Abstand das absolut Schlimmste, was sie in diesem Moment hätte sagen können. Geräuschvoll ließ ich mein Gepäck auf den Boden plumpsen und brach in Tränen aus. Schon wieder. Mein Dad streckte den Kopf in den Flur, warf einen Blick auf meine jämmerliche Erscheinung und fluchte.

»Ich mach mal neuen Kaffee.«

»Oh, Süße.« Mom stellte ihre Tasse ab und kam mit ausgebreiteten Armen auf mich zu.

Und genau deswegen war ich hier, erkannte ich.

Mom wiegte mich sanft hin und her, und ich genoss den tröstenden Geruch ihres Chanel-Parfüms. Meine Mutter roch seit meiner Kindheit gleich. Aber nicht nur ihr Geruch war gleich. Ihre langen, dunklen Haare, die jugendliche Erscheinung in Jeans und Karohemd, all das, zusammen mit ihrer unerschütterlichen Liebe und ihrem Verständnis, waren mir seit Jahren ein Fels in der Brandung.

»Was ist denn los, meine Süße?«, fragte sie mich mit sanfter Stimme.

»Vor ein paar Tagen noch war alles gut. Masha hat mich angerufen und erzählt, dass ihr gesprochen habt.« Sie zögerte kurz. »Ich dachte, dass du und Jacob, dass das etwas Ernstes mit euch ist.«

»Ist es auch«, schluchzte ich und schniefte danach leise.

Mom ließ von mir ab und drückte mir ein Taschentuch in die Hand.

»Was hat er getan?«

Tja. Was hatte er getan. Gute Frage. Er hatte mich angelogen. Er und Roy. Aber wie auch immer ich es drehte und wendete, ich war nicht unschuldig an dieser Misere. Während meines einsamen und etwas alkoholisierten Rückflugs war ich bereits zu der Erkenntnis gelangt, dass ich überreagiert hatte. Ich hatte gezögert, Jacob die Wahrheit zu sagen, aus Angst, dass er aufstehen und gehen würde. Und jetzt hatte ich genau das getan. Ich war aufgestanden und gegangen. Vielleicht hatten ihn ähnliche Ängste geplagt, und wir hatten unsere Geheimnisse aus denselben Gründen für uns behalten.

Und du hast ihn in Vietnam sitzen lassen. Ohne klärendes Gespräch.

Scheiße, ich hatte genau das getan, was er mir vorgeworfen hatte: Ich war geflohen.

Anstatt meine Gefühle zu ordnen und schlau aus ihnen zu werden, hatte ich sie ignoriert und war Hals über Kopf abgehauen. Genau so, wie ich es bereits drei Jahre zuvor getan hatte. Damals von York nach London, diesmal von Vietnam nach York. Die erste Flucht war bereits ein riesiger Fehler gewesen, und ich hatte lange unter ihr gelitten und dafür bezahlt. Diesen Fehler durfte ich nicht noch einmal machen. Okay, ich hatte ihn bereits gemacht, das Kind war in den sprichwörtlichen Brunnen gefallen, jetzt galt es, Schadensbegrenzung zu betreiben.

»Ich bin die, die Mist gebaut hat«, gab ich schließlich zu und fühlte mich hundeelend.

Mom sah mich verwundert an, und ich dankte dem Universum nicht zum ersten Mal für eine Mutter wie Laura Mansfield.

»Komm erst mal richtig rein«, befahl sie mir und nahm mir meine Jacke ab. »Dann trinken wir einen Kaffee, und du erzählst deinem Vater und mir alles.«

Anstatt den Kaffee zu trinken, hielt ich mich an der heißen Tasse fest, während ich meinen Eltern jedes noch so kleine Detail der letzten Wochen erzählte. Von unserer ersten Begegnung am Flughafen über die Abenteuer, die wir zusammen erlebt hatten, bis hin zu unseren Dates. Ich erzählte ihnen auch, wie ich Jacob die Wahrheit über Mark offenbart hatte. Einige der Details ließen meinen Dad leicht blass um die Nase werden, und ja, vielleicht wollte er nicht hören, wie seine einzige Tochter sich auf dem Schoß eines mehr als willigen Mannes geräkelt hatte, aber die Worte mussten raus. Sie alle. Und damit musste er klarkommen. Ich hatte viel zu lange nicht mit meinen Eltern gesprochen. *Wirklich* mit ihnen gesprochen. Als ich geendet hatte, waren auch meine letzten Tränen endgültig versiegt. Dad warf mir einen fassungslosen Blick zu. Seine grünen Augen – Augen, die ich geerbt hatte –, blitzten dabei gefährlich. Ich hatte gewusst, dass er auf meiner Seite sein würde, egal, was ich …

»Und du bist einfach gegangen?«

Was? Ich drehte den Kopf und sah zu Mom.

»Dein Vater hat dir diese Frage gestellt, Ellie, nicht ich.«

Mhm, okay. Kleinlaut und, ja, auch schuldbewusst, beantwortete ich die Frage.

»Ja.«

»Ohne mit ihm zu reden? Oder mit Sarah und den anderen?«

Ich nickte. »Es war feige, ich weiß.«

»Sei nicht so hart zu dir, Süße.« Mom warf meinem Dad einen strafenden Blick zu. »Aber Ellie, Jacob scheint dich wirklich sehr zu mögen.«

Sie löste meine verkrampften Finger von der Tasse – es war die leicht geschwungene Tasse mit den vielen, bunten Blumen aus einem kleinen Antiquitätenladen in der Stadt, Moms Lieblingstasse, die ich von klein auf nur zu besonderen Anlässen haben durfte – und nahm meine Hände in ihre.

»Magst du ihn denn auch?«

»Ich mag ihn nicht«, korrigierte ich sie leise. »Ich liebe ihn.«

Verdammt, warum war ich in dieses Flugzeug gestiegen? Offensichtlich war ich nicht in der Lage, normale Entscheidungen zu treffen, sobald es um Jacob Harrison ging. Meine Eltern tauschten einen bedeutungsschweren Blick miteinander. Wahrscheinlich hatten sie gar nicht mehr damit gerechnet, dass ich diese Worte einmal sagen würde. Sie *noch einmal* sagen würde.

Das hast du auch nicht.

Dennoch war es die Wahrheit. Ich liebte Jacob, und bei unserem ersten richtigen Streit war ich geflüchtet. Das war nicht die Frau, zu der ich mich in den letzten Wochen entwickelt hatte. Das war die alte, traurige und hoffnungslose Ellie. Fluchend ließ ich meinen Kopf auf den Tisch fallen.

»Ich hab's verbockt«, jammerte ich. »Was mache ich denn jetzt?«

»Erst einmal solltest du einem deiner Freunde sagen, wo du bist, bevor sie vor Sorge um dich durchdrehen«, murmelte Dad. Ich musste nicht aufsehen, um die Enttäuschung auf seinem Gesicht zu sehen, ich hörte sie in seiner Stimme.

»Wo ist dein Handy?«, fragte er mich.

»Rucksack«, nuschelte ich meine Antwort in die Tischplatte. Wenige Sekunden später landete mein Handy vor mir auf dem Tisch. Geräuschvoll.

»Wir haben dich besser erzogen, Ellen Mansfield.« Das brachte mich nun doch dazu aufzusehen. Der Ausdruck in Dads Gesicht war alles andere als begeistert.

Ich griff nach dem Handy und schaltete es ein. Sofort begann die befürchtete Nachrichtenflut …

Helen:

Ruf mich an, Ellie. Sofort! Geht es dir gut?
Wo bist du?

Sarah:

Ich kann nicht glauben, dass du einfach gegangen bist!

Sarah:

Ruf mich an, wo immer du auch bist! Bist du noch in Vietnam?

Kanya:

Ellie girl, Helen macht sich Sorgen, was ist da los bei dir?

Frank:

Ich fasse nicht, dass ich das sage, aber ich mache mir Sorgen. Melde dich bei einem von uns. Bitte.

Die Nachrichten brachten meine Nase zum Kribbeln und meine Augen zum Brennen. Und dann kam die Nachricht, vor der ich mich am meisten fürchtete.

J:

Genau deswegen habe ich es dir nicht gesagt.

Ich las die Worte immer wieder. Mehr hatte er nicht geschrieben. Nur diesen einen Satz, der genau ins Schwarze traf.

Als ich endlich durch alle Nachrichten meiner Freunde durch war, war ich fix und fertig. Ich hatte nicht nur Jacob und mir Kummer bereitet, sondern ihnen allen. Sogar Frank.

»Sie hassen mich!« Für einen Moment versank ich in Selbstmitleid.

Mom griff nach meiner freien Hand und drückte sie sanft.

»Jetzt hör mir mal gut zu, Süße. Was du für Mark empfunden hast, das war Liebe, Ellie, das wissen wir alle.« Sie atmete geräuschvoll aus. »Und wenn er noch immer hier wäre, dann bin ich mir sicher, dass ihr ein ganz wunderbares Leben miteinander geführt hättet. Aber Mark ist von uns gegangen, und du hast dich verändert. Die letzten Wochen haben dich verändert. Du bist erwachsen geworden«, wiederholte sie die Worte, die sie mir bereits am Telefon gesagt hatte. »Mark ist fort, aber Jacob ist hier, und offensichtlich empfindet er viel für dich, denn sonst hätte er nicht all diese Umstände auf sich genommen, damit du ihn nach Vietnam begleitest. Wenn das, was du für ihn empfindest, also echt ist, dann überlegst du dir besser schnell, wie du die Situation wieder geradebiegen kannst.«

»Und wenn er mich nicht mehr will?« Zum ersten Mal sprach ich meine Befürchtung laut aus.

»Mach dich nicht lächerlich, Ellie. Ihr habt euch gestritten, Paare streiten nun mal.«

»Und wie sie das tun«, stimmte Dad ihr zu.

»Ellie«, Mom seufzte, »du bist eine erwachsene Frau. Die Liebe, die du für Jacob empfindest, ist kompromisslos, sie ist echt und stark. Weil *du* stark bist.«

Verwundert sah ich sie an.

»Als Mark gestorben ist, ist ein Teil von dir ebenfalls gestorben.«

»Mom …«

»Es ist okay. Wir haben dich alle verstanden. Dein Vater und ich wussten, warum du nach London gegangen bist und dich von uns allen abgekapselt hast. Marks Tod hat dich gebrochen. Für eine gewisse Zeit«, fügte sie hinzu, als ich protestieren wollte. »Aber obwohl deine Liebe für Jacob stark ist, wird sie dich nicht brechen. Du bist stark, Ellen Mansfield, stärker, als du denkst. Dein Vater und ich sind sehr stolz auf dich.«

Verdammt. Jetzt fing ich schon wieder an zu weinen.

»Danke, Mom.«

Ich umarmte sie kurz. Sie hatte recht. Ich konnte das. Vielleicht sollte ich mein neues Mantra noch einmal ändern. *Ich bin stark* klang so viel besser als *Ich bin stärker als diese Tragödie.*

»Dieser Mann hat dich auf eine phantastische Reise mitgenommen und dir in den vergangenen Wochen einfach alles geboten, obwohl er wusste, dass du ihn angelogen hast.« Sie schmunzelte. »Wenn das mal nicht Liebe ist.«

»Oder Lust.«

»Hast du dir deinen Mann in der letzten Zeit mal angesehen?«

Meinen Mann. Gott, das klang viel zu gut. Mom grinste. »Ich liebe dich, Süße, aber dieser Mann hat es nicht nötig, eine Frau auf einen anderen Kontinent mitzuschleifen, nur weil er Sex will.«

Da war etwas dran. »Er ist wirklich toll«, stimmte ich kleinlaut zu.

»Das reicht jetzt«, mischte Dad sich in unser Gespräch ein. »Für heute habe ich genug über das Liebesleben meiner Tochter gehört.« Er stand auf und klopfte mit den Fingerknöcheln auf den Tisch. So, wie er es immer tat, wenn er einen Raum verließ. »Ich gehe rüber zu Charles.« Dad warf mir einen strengen Blick zu. »Ruf deine Freunde an, Ellie.«

Nervös beobachtete ich die Zeiger der beiden Uhren, die mir auf einer Website, die ich über Google gefunden hatte, angezeigt wurden. Elf Uhr morgens bei uns hieß sechs Uhr abends in Vietnam. Fast zwei Tage waren nach meinem überstürzten Aufbruch vergangen.

Ich hatte Helen geantwortet, Kanya und sogar Frank. Nur vor Sarah und Jacob drückte ich mich noch. Jacob zu schreiben oder ihn anzurufen, kam jedoch nicht infrage. Nach dem, was ich ihm zugemutet hatte, musste meine Geste größer sein. Ein simpler Anruf wäre zu wenig, zu spät. Ich sah erneut auf die Uhren vor mir.

Dann schrieb ich Sarah eine Nachricht, dass es mir leidtat und ich sie später anrufen würde.

Ihre Antwort, ein schlichtes *Ok* (nur zwei Buchstaben, kein okay, nur ein Ok), versetzte mir einen Stich. Aber das hatte ich verdient. Ich würde auch das mit ihr wieder hinbiegen. Aber zunächst gab es noch eine Sache, die ich erledigen musste, bevor ich meinen Plan, Jacob zurückzuerobern, in die Tat umsetzen konnte.

Der Weg von unserem Haus zum Friedhof dauerte mit dem Auto nur knapp fünfzehn Minuten. Ich parkte vor der kleinen Kapelle, in der Marks Beerdigung stattgefunden hatte, und stieg aus dem Opel meiner Mom. Ich umrundete das Gebäude und trat in die von alten Eichen geschmückte Allee dahinter. Die Flut an Gräbern links und rechts von mir war enorm, aber obwohl ich seit fast zwei Jahren nicht hier gewesen war, hätte ich den Weg zu Mark mit verbundenen Augen gefunden.

Mit der Hand in meiner Jackentasche fummelte ich nervös an dem gefalteten Blatt Papier herum. Um mich herum herrschte Stille. Da es bei meiner Ankunft zu nieseln begonnen hatte, war ich so gut wie alleine. Nach ein paar Schritten hatte ich ihn erreicht, den Stein aus dunklem Marmor, der die letzte Ruhestätte meiner ersten großen Liebe kennzeichnete.

Mark Caldwell

1991–2018

Geliebt und unvergessen

Langsam sank ich vor dem frisch bepflanzten Grab auf die Knie.

»Hallo, Mark.«

Ich wartete auf den heißen Stich der Hilflosigkeit, auf die Verzweiflung, aber er blieb aus. Ich empfand Trauer, wie konnte ich auch nicht, aber obwohl sie ein Teil von mir war, beherrschte sie mich nicht. Für eine Weile betrachtete ich die hübschen, mehrfarbigen Begonien vor mir, dann holte ich den Zettel hervor und faltete ihn auseinander. Ich hatte den Drucker im Arbeitszimmer meiner Eltern benutzt, um den Brief, den ich an Mark geschrieben hatte, auszudrucken. Es war an der Zeit, diese letzte Hürde zu überwinden.

»Weißt Du noch, als wir am Meer waren?«, begann ich mit klarer, deutlicher Stimme. »Du hast dich vor mir in den Sand gekniet und um meine Hand angehalten. In diesem Moment war ich so glücklich. Wir waren jung und unbeschwert. Ich dachte, dass uns die ganze Welt gehört, dass wir alles schaffen können … gemeinsam.« Meine Atmung beschleunigte sich. Kurz verschwammen die Buchstaben vor meinen Augen, und ich atmete tief ein, blinzelte sie wieder scharf.

»Was schreibe ich hier bloß?«, las ich weiter. »Es tut mir unendlich leid, dass ich Dich ignoriert habe. Ich finde keine Worte dafür, dass ich Dich und die Erinnerungen an Dich – die Erinnerungen an uns – verdrängt habe. Dieses Leben war auf einmal so schwer ohne Dich. So leer. Du, unsere Träume, unsere Zukunft. Das alles war plötzlich weg, und ich fühlte mich vollkommen hilflos. Mir war nicht klar, wie sehr man jemanden vermissen kann, bis zu jenem Tag vor drei Jahren. Meine Verzweiflung hat mir den Weg zu Dir versperrt …« Der Brief in meiner Hand begann leicht zu zittern. »Vergessen habe ich Dich jedoch nie. Jede Nacht lag ich wach und habe an Dich gedacht. Es hat mich zerrissen, so dass ich einfach alles abgeschaltet habe.« Erneute Scham durchfuhr mich bei dem Gedanken. Ich ließ sie zu. Akzeptierte sie und atmete weiter. »Es war feige, das ist mir jetzt klar, aber ich vermisse Dich so sehr, Mark. Du hast keine Ahnung, wie sehr.« Dann gab ich mir einen Ruck.

»Jacob macht mich glücklich. Er hat mir dabei geholfen, dass ich mich selbst glücklich mache, und er hat mir gezeigt, was es heißt zu leben. Er hat mir einen Weg aus der Dunkelheit gezeigt, in der ich mich verloren hatte. Ich habe sogar wieder angefangen zu schreiben.« Ein trauriges Lächeln zuckte in meinen Mundwinkeln. »Du würdest ihn mögen.«

Die Gefühle, die mich beim Lesen dieses Briefes überkamen, waren schmerzhaft. Aber ich stieß sie nicht von mir, ich akzeptierte sie. Denn ebendiese Gefühle waren es, die Mark hinterlassen hatte. Sie waren alles, was von unserer Liebe übrig geblieben war. Das und die Erinnerungen. Erinnerungen, die ich fortan nie wieder unterdrücken, sondern wie einen Schatz hüten würde. Die Tränen kamen augenblicklich. Innerhalb von Sekunden wurde ich von lauten Schluchzern erschüttert. Der Brief glitt aus meinen Händen und segelte vor mir auf den Boden. Unbeholfen wischte ich die Tränen mit dem Ärmel meines Pullis fort. Ich hatte Mark geliebt, ich würde ihn immer lieben, aber jetzt war es an der Zeit, auch mich selbst wieder zu lieben. Es war in Ordnung, Spaß zu haben, Freunde zu finden, meine Träume zu verwirklichen und mich neu zu verlieben. Es war in Ordnung, wiederholte ich stumm. Auch wenn Mark all das nicht mehr tun konnte. Masha hatte mir nach der Beerdigung zugeflüstert, dass ich mein Leben weiterleben sollte. Damals war ich so wütend auf sie gewesen, dass ich kaum hatte atmen können, heute verstand ich sie. Aus einer Eingebung heraus nahm ich den Brief und legte ihn in die Mitte der liebevoll arrangierten Blumen, bevor ich ihn mit ein wenig Erde bedeckte. Dann rappelte ich mich auf, klopfte mir die Erde von der Hose und strich ein letztes Mal liebevoll über die goldenen Buchstaben von Marks Namen.

»Ich liebe dich«, flüsterte ich rau. »Und ich komme wieder.«

Auf dem Weg zum Auto griff ich nach meinem Handy und wählte Sarahs Nummer.

»Freundin«, antwortete sie mir fast augenblicklich, »du steckst so was von in Schwierigkeiten!«

»Sarah«, unterbrach ich sie aufgeregt. »Ich brauche deine Hilfe …«

43

Vielleicht geht es gar nicht nur um das Happy End, sondern um den Weg dorthin.

Der Grund Ihrer Reise?«

Seit einer Stunde bewegte sich die Schlange zur Passkontrolle am Tan-Son-Naht-Flughafen in Ho-Chi-Minh-Stadt nur langsam, sehr langsam vorwärts. Jetzt aber war ich endlich dran. Gleichzeitig müde und aufgekratzt, schob ich meinen Pass durch die kleine Luke der Glasscheibe.

Der Beamte sah von meinem Pass auf und zog eine Augenbraue hoch. »Der Grund Ihrer Reise?«, wiederholte er ungeduldig.

»Liebe.« O Gott, das war so kitschig … aber was sollte ich sagen? Verliebte Menschen taten dumme Dinge. Genau aus diesem Grund hatte ich eine einundzwanzigstündige Reise hinter mir, auf der ich so gut wie nicht geschlafen hatte. Meine Nerven lagen blank, und mein Körper wurde von einer fragwürdigen Mischung aus Kaffee, Haribos, Orangensaft und Chips angetrieben.

»Sie waren erst hier.«

»Das stimmt, daher brauche ich auch kein neues Visum.« Was der Beamte mit Sicherheit wusste, da er ja immerhin hier arbeitete. Ich schenkte dem uniformierten Mann hinter der Scheibe ein gewinnendes Lächeln. »Entschuldigung, ich habe sehr lange nicht geschlafen.« Genau genommen hatte ich, seit ich dieses Land verlassen hatte, kaum ein Auge zugetan.

Kommentarlos stempelte er meinen Pass und schob ihn durch die Lücke zurück zu mir.

»Gehen Sie.«

Das musste er mir nicht zweimal sagen. Noch fünf Minuten anstehen, zwei Minuten im Waschraum, achtundzwanzig Minuten am Gepäckband, und dann war ich draußen. Die Hitze und die Luftfeuchtigkeit, die mich empfingen, fühlten sich phantastisch an. Grinsend sog ich den Geruch aus zu viel Smog, Essen und Hitze in meine Lungen. Phantastisch. Auch das aggressive Hupen der Autos und Motorroller und die allgemein überwältigende Geräuschkulisse änderten nichts an meiner Erleichterung, wieder hier zu sein.

»Ellie!«

Sarah drängte sich durch die Menschenmassen zu mir. Lachend fielen wir uns in die Arme, und ich drückte sie fest an mich. Bis zu dem Moment, in dem sie mich in die Seite kniff, um mir danach einen kräftigen Schlag auf den Arm zu verpassen.

»Aua!«

»Das«, sagte sie und richtete drohend einen Finger auf mich, »ist das Mindeste! Glaub mir, in den letzten fünf Tagen habe ich mir sehr oft vorgestellt, wie ich dich im Schlaf erdrosseln kann.«

»So schlimm?«, fragte ich und schulterte meinen Backpacker-Rucksack. Sarah nahm mir meine Jacke und mein Handgepäck ab.

»Hätte ich Frank nicht eingeweiht, wären wir längst weitergezogen.«

Wir ließen die Massen hinter uns, und ich folgte Sarah zu einem kleinen Minivan. Die pinken Spitzen ihrer Haare wippten fröhlich auf und ab. In ihren kurzen Hotpants und einem weißen, über ihrem Nabel geknoteten Männershirt (wahrscheinlich von Seb) sah sie süß aus.

»Du hast mir gefehlt«, platzte es aus mir heraus.

»Du hast mir auch gefehlt.« Grinsend öffnete sie den Van. »J ist absolut unausstehlich ohne dich …«

»Wie geht es ihm?«

»Sagen wir mal so«, erwiderte sie und half mir, mein Gepäck auf die Rückbank zu heben. »Er benimmt sich wie ein trauriger Welpe, dem man sein Lieblingsspielzeug geklaut hat.«

»Es tut mir leid, Sarah.« Es war nicht das erste Mal, dass ich die Worte aussprach, und es würde mit Sicherheit nicht das letzte Mal sein.

»Steig ein«, wies sie mich an. Dann kletterte sie auf den Fahrersitz und sah mich kopfschüttelnd an. »Der Himmel bewahre mich vor frisch Verliebten oder Besoffenen«, murmelte sie.

Sie lenkte den Van aus der Parklücke heraus und hinein in den irren Stadtverkehr.

»Wie geht es Seb?«

»Wie geht es *Seb* oder wie geht es mir *mit* Seb?« Fragend zog sie eine Augenbraue hoch.

»Beides.«

»Es geht ihm gut. Es geht uns gut. Tatsächlich«, fügte sie hinzu und setzte den Blinker, »hat eure Situation dazu beigetragen, dass wir miteinander geredet haben.«

»Sarah! Das ist phantastisch!«

»Wir haben gemeinsam beschlossen, dass wir nicht so enden wollen wie ihr.«

»Wow«, brachte ich lachend hervor. »Herzlichen Dank.«

Sarah strahlte mich an und sah dabei so zufrieden aus, dass meine Anspannung ein wenig nachließ.

»Lehn dich zurück, Freundin. Wir brauchen noch eine Weile, bis wir den Anleger erreichen. Die Fähre geht um zwölf.«

Auf Phu Quoc angekommen, wies Sarah mich an, am Anleger auf sie zu warten, während sie einem jungen Mann, der bereits auf uns zu warten schien, die Schlüssel für den Van und ein paar Scheine in die Hand drückte.

»Wie kommen wir jetzt ins Hotel?«, fragte ich, als sie sich wieder zu mir gesellte. »Brauchen wir dafür nicht den Wagen?«

»Warte noch fünf Minuten ab, dann weißt du es.«

Ich hatte mit vielem gerechnet, nicht aber damit, dass Frank uns höchstpersönlich abholen würde.

»Ich habe von Anfang an gewusst, dass etwas mit dir nicht stimmt«, sagte er und ehrte mich mit einer unbeholfenen Umarmung. Das war mit Abstand die merkwürdigste Umarmung, die ich je bekommen hatte. Und auch die beste.

»Hallo, Frank«, murmelte ich in sein Poloshirt, während er mir ungelenk den Rücken tätschelte.

»Das reicht«, verkündete er wenig später und schob mich resolut von sich.

Sarah beobachtete seine unerwartete Geste stirnrunzelnd. »Über drei Jahre, Frank, und du hast es bisher nicht mal geschafft, meine Hand zu halten. Soll mir das vielleicht etwas sagen?«

Grummelnd nahm Frank uns mein Gepäck ab. Sarahs Frage ignorierte er.

»Fahren wir, bevor Jacob noch komplett den Verstand verliert.«

»Es tut mir leid.«

Sichtlich unbeeindruckt von meinen Worten, warf Frank mein Gepäck in den Kofferraum des Jeeps.

Das letzte Mal, als ich im Jeep mitgefahren war, waren Jacob und ich auf unserem ersten Date gewesen. Bei der Erinnerung musste ich lächeln, und mein Herzschlag beschleunigte sich vor Aufregung.

»Sag das nicht mir«, erwiderte Frank trocken, »sondern Jacob.«

»Wieso hast du mich nicht gleich mit dem Jeep abgeholt?«

Sarah bedeutete mir einzusteigen, ehe sie neben Frank auf dem Beifahrersitz Platz nahm. »Damit Jacob direkt weiß, was los ist?« Sie schüttelte den Kopf. »So war es sicherer.«

Je länger die Fahrt dauerte, desto nervöser wurde ich. Meine Handflächen begannen zu schwitzen, und ich war äußerst froh darüber, dass ich seit einer geraumen Weile keine Nahrung mehr zu mir genommen hatte. Mein Magen rebellierte bereits jetzt.

Beim Hotel angekommen, drehte Frank sich auf dem Fahrersitz zu mir um. »Er hat die Hütte seit fünf Tagen nur verlassen, um alleine und traurig am Strand spazieren zu gehen.«

»Geh zu ihm, Ellie«, spornte Sarah mich an. »Wir kümmern uns um deine Sachen und warten mit Seb im Hotel.«

Das war sehr aufmerksam von ihnen, aber ich wusste nicht, ob ich bereit war, ich ... nein! Die innere Stimme in mir flüsterte nicht, sie schrie. Keine Ausreden mehr! Ich war nicht seit über vierundzwanzig Stunden unterwegs, um jetzt einen Rückzieher zu machen. Schnell checkte ich mein Aussehen im Spiegel der Sonnenblende. Ich sah immer noch furchtbar aus. Meine Haut wirkte fahl, und meine Augen waren viel zu groß. Der leicht irre Glanz in ihnen wäre eventuell beunruhigend gewesen, wenn mein Lächeln nicht gewesen wäre.

Ich war bereit.

»Wünscht mir Glück«, sagte ich und sprang aus dem Wagen.

»Das wirst du nicht brauchen!«, rief Sarah mir lachend nach, als ich mich abwandte und durch die Gärten eilte. Die Anlage war noch genauso beeindruckend wie vor einer Woche, als wir hier angekommen waren. Ich näherte mich den Strandhütten, und das Rauschen des Meeres wurde lauter.

Bevor ich jedoch abbiegen konnte, erblickte ich eine vertraute Gestalt am Strand. Die Hände in den Hosentaschen vergraben, stand er da, das Gesicht gen Himmel gereckt. Mein Herz machte einen Satz. Mit schnellen Bewegungen entledigte ich mich meiner Turnschuhe und kickte sie achtlos zur Seite. Dann trat ich auf den Strand. Der warme Sand unter meinen Füßen fühlte sich wunderbar vertraut an. Langsam ging ich weiter, bis nur noch wenige Meter mich von Jacob trennten. Ich schickte ein Stoßgebet gen Himmel und holte tief Luft.

»Hi.«

Jacob erstarrte. Anstatt herumzuwirbeln, wie ich es erwartet hatte, drehte er sich quälend langsam zu mir um. Die dunklen Schatten unter seinen Augen waren das Erste, was ich sah.

Das ist meine Schuld.

Absoluter Unglauben stand ihm ins Gesicht geschrieben.

»Bevor du etwas sagst«, begann ich die kleine Rede, die ich auf meiner Reise geübt hatte, »musst du wissen, dass es mir leidtut.« Ich machte einen Schritt auf ihn zu. »Ich habe komplett überreagiert, das weiß ich jetzt. Das wusste ich schon, als ich im Flugzeug nach London saß. Roys Nachricht hat mich völlig aus dem Konzept gebracht, ich bin in alte Muster zurückgefallen und habe an dir und meinen eigenen Gefühlen gezweifelt, und …«

»Ich liebe dich.« Die Worte sprudelten regelrecht aus ihm heraus.

Überrumpelt riss ich die Augen auf. Bis jetzt hatte ich mich einigermaßen unter Kontrolle gehabt, nun aber vergaß ich, was ich hatte sagen wollen, und war nur noch in der Lage, Jacob verdutzt anzustarren.

Jacob Harrison liebt mich.

»Es tut mir so leid, Ellie, so unendlich leid.« Er nahm die Hände aus den Hosentaschen, öffnete sie und ballte sie wieder zu Fäusten. »Roy und ich, wir haben weder gewettet noch dich ausgelacht. Er hat einen dummen Witz gemacht. Einen sexistischen Witz, den ich ihm für den Rest meines Lebens übel nehmen werde. An dem Morgen nach unserem Streit war ich kurz davor, deine Zimmertür einzutreten, und als ich bemerkte, dass du weg warst, bin ich fast durchgedreht vor Sorge.« Jacobs Ton wurde leidenschaftlicher. »Ich hätte dir sagen sollen, dass ich es weiß. Von der ersten Sekunde an, aber ich hatte Angst, dass du … ich weiß nicht, dich umdrehen und weglaufen würdest?« Eine bunte Mischung aus Schuld, Hoffnung und Schalk erschien auf seinem Gesicht. »Und dann hätte ich niemals die Gelegenheit bekommen, dich kennenzulernen. Ich weiß, es klingt schnulzig, Mansfield, aber in dem Moment, in dem ich dich in dieser Flughafenhalle gesehen habe, diese dämlichen Magazine an die Brust gepresst, als wären sie deine ganz eigene Art von Rettungsleine … in diesem Moment habe ich etwas gespürt.« Ich schluckte, und meine Augen begannen verdächtig zu brennen.

»Du hast mich mit diesen großen grünen Augen ängstlich angesehen …« Er lächelte bei der Erinnerung, und mein Herz schmolz dahin. Es floss einfach aus mir heraus und bildete eine liebeskranke Pfütze vor Jacob Harrisons Füßen. »Ich weiß nicht, ob du dich daran erinnerst, aber du hast gelächelt. Du hast einfach dagestanden und mich angelächelt.«

Daran, dass ich gelächelt hatte, konnte ich mich tatsächlich nicht erinnern.

»In diesem Moment habe ich mich so sehr von dir angezogen gefühlt, dass ich irgendetwas tun musste, um dich kennenzulernen.« Er trat einen Schritt vor, behielt seine Hände jedoch bei sich. »Die Sache mit der Reporterin war ein Witz, der sich auf die Magazine bezog. Ein missglückter Anmachspruch, wenn du so willst. Ich habe erwartet, dass du mich entweder stehen lässt oder einen lockeren Spruch erwiderst. In meinem Kopf bin ich alle Eventualitäten durchgegangen, und dein Ja war keine davon. Deine Antwort hat mich neugierig gemacht, und als du dann mit mir kamst … Der Abend mit dir war das Beste, was ich seit langer Zeit erlebt hatte.« Er atmete hörbar aus. »Nach unserem Abschied wusste ich, dass ich dich irgendwie dazu bringen musste, mehr Zeit mit mir zu verbringen, aber ich stand kurz vor dieser Reise und …«

»Und da hast du Roy angestiftet mitzuspielen.«

Jacob nickte. »Wir sind seit Jahren befreundet. Obwohl ich das aktuell überdenke … Aber Ellie, Zeit mit dir war alles, was ich wollte. Ich hatte gehofft, dass sich etwas zwischen uns entwickeln würde, mit jedem neuen Tag bin ich dir mehr verfallen.«

Als ich noch immer stumm blieb, sprach er weiter. Es war ihm deutlich anzusehen, dass er wollte, dass ich ihn verstand. Und ich verstand ihn besser, als er vielleicht dachte, es war nur so, dass seine Worte mich auf die beste Art und Weise überrumpelten. *Ich* hatte es sein wollen, die ihm all diese Dinge erzählte. *Ich* hatte ihm mein Herz ausschütten wollen, und nun kam er mir schon wieder zuvor.

»Als du mich nach dem Paragliding geküsst hast – das war der Moment, in dem ich mich endgültig in dich verliebt habe. Dieses riesige Lächeln auf deinem Gesicht.« Er trat näher, und just in diesem Moment lösten sich die Tränen, die ich bisher zurückgehalten hatte, aus meinen Augenwinkeln. Jacob hob eine Hand und wischte mir zärtlich über die Wange. »Du hast mich angesehen, mit diesen Augen, diesem Gesicht, all deinen Geheimnissen, und ich wusste, dass das zwischen uns nicht nur ein Flirt oder eine belanglose Affäre sein konnte. Ich wusste«, wisperte er und trat näher, »dass ich verloren war. Du und ich, Ellie? Das ist für immer. Zum ersten Mal ist mir jemand wichtiger als der Sport. Wichtiger sogar als dieser Film.«

Er war verloren? Ich wollte platzen vor Glück. Ich wollte schreien vor Glück. Ihn umarmen und küssen. Aber ich tat nichts dergleichen. Stattdessen stand ich wie angewurzelt vor ihm, mitten im Paradies, der blaue Himmel über mir und das Meer hinter mir, und starrte ihn einfach nur an. Als ich mir endlich einen Ruck gab, war alles, was ich zustande brachte, ein ersticktes Flüstern.

»Du liebst mich?«

»Ich liebe dich. Meine Worte über Helen und Mark tun mir leid, Ellie, ich hätte das niemals sagen dürfen. Es ist okay«, fügte er entschlossen hinzu, »wenn du Zeit brauchst. In diesen letzten Wochen ist viel passiert, und das zwischen uns hat sich schnell entwickelt. Nimm dir so viel Zeit, wie du brauchst. Die Hauptsache ist, dass du wieder hier bist und …«

Ich hatte genug gehört. Was glaubte er denn, wieso ich schon wieder in ein Flugzeug gestiegen und zurückgekommen war? Meine Hand schnellte vor, und ich packte Jacob an seinem T-Shirt, um ihn zu mir herunterzuziehen. Unsere Münder krachten aufeinander, und ich stöhnte auf, als ich ihn endlich wieder spürte. Jacob, der sich blitzschnell auf die neue Situation einstellte, presste sich an mich und schlang beide Arme um meine Taille. Ich legte alles, was ich hatte, in diesen Kuss. All meine Gefühle. Angst, Schuld, Scham, Lust und Liebe. Vor allem die Liebe. Ich war fertig damit, meine Gefühle zu verdrängen oder zu verleugnen, ein für alle Mal.

Keuchend lösten wir uns voneinander.

»Heißt das, dass du mir verzeihst?«

»Es gibt nichts zu verzeihen. Immerhin bin ich diejenige, die all das ins Rollen gebracht hat. Irgendwie …«

»Und ich werde dir für immer dankbar sein.« Jacob runzelte die

Stirn, und zog mich noch ein wenig fester an sich. »Es tut mir leid, dass ich dich angelogen habe, Ellie.«

»Es tut mir auch leid«, flüsterte ich. Und dann: »Frank hat mich vom Anleger abgeholt.«

Jacob lachte leise. »Ich wusste, dass irgendwo in ihm ein verkappter Romantiker steckt, der darauf wartet, rausgelassen zu werden. Dabei war er es, der mich davon abgehalten hat, dir zu folgen.«

»Was? Wieso?«

»Weißt du, was er gesagt hat? An jenem Morgen, als ich herausfand, dass du verschwunden warst?«

Gespannt hielt ich die Luft an.

»Gib dem Mädchen Zeit, dich zu vermissen, du Vollidiot.« Jacobs Grinsen war ansteckend. »Danach hat er Roy angerufen und ihn zur Sau gemacht. ›Niemand legt sich mit einem Mitglied meiner Crew an‹«, zitierte er Frank mit tiefer Stimme.

»O mein Gott …«

»Er hat Roy gesagt, er wäre völlig hirnverbrannt, wenn er deinen Artikel nicht abdrucken würde, da er das Beste ist, was er seit Langem gelesen hätte.«

»Ich weiß nicht, was ich sagen soll …«

»Das hat Roy auch gesagt, als ich ihn anrief.« Jacobs Mundwinkel zuckten. »Er wird dich in Ruhe lassen, bis du so weit bist, dich bei ihm zu melden.«

Das war … großartig. Ich könnte den Artikel beenden und mich dann darauf konzentrieren, mein Buch zu schreiben. Für Chad würde ich jedenfalls nicht mehr arbeiten, so viel stand fest. Ich würde einfach alles auf mich zukommen lassen …

»So war es, ich schwöre es dir«, erwiderte er. »Und Sarah kann es bezeugen. Zwei Tage hat sie übrigens nicht mit mir gesprochen.«

»Es tut mi…«

»Was hältst du davon«, unterbrach Jacob mich, während er seine Hände von meiner Taille löste und in meinen Haaren vergrub, »wenn wir damit aufhören, uns zu entschuldigen?« Er drückte mir einen sanften Kuss auf die Lippen. »Ich schlage vor, wir hängen die verlorene Zeit einfach hinten dran. Was meinst du, Mansfield? Bist du bereit für ein paar weitere Abenteuer in Vietnam?«

Ich war so was von bereit.

»Und vielleicht«, flüsterte er verführerisch und küsste meine Schläfe, meine Wange, meinen Hals, »machen wir danach noch irgendwo Urlaub? Zu zweit. Nur du und ich. Was sagst du zu Mojitos in Brasilien?«

Ich war ein großer Fan. Von seiner Idee. Von ihm. Von allem. Solange er bitte weiter meinen Hals küsste.

»Es gäbe da nur noch eine Sache zu klären ...«, fügte er hinzu.

Für einen kurzen Moment irritiert, sah ich auf. Jacob erwiderte meinen Blick herausfordernd, bis ich verstand, was er wollte. Mich fest an ihn drückend, konzentrierte ich mich voll und ganz auf ihn und legte alles, was ich für ihn fühlte, in meine nächsten Worte.

»Ich liebe dich auch, Jacob Harrison.«

»Endlich«, raunte er und atmete erleichtert auf, »das war alles, was ich hören wollte.« Lachend warf er den Kopf zurück, ehe er sich zu mir beugte und sich erneut auf meinen Mund stürzte.

ENDE

#projektWH
#WDHDOB

Epilog

Vier Wochen später

Die Hüfte an die Bar gelehnt, hielt ich mir das Handy ans Ohr, während ich mit der anderen Hand versuchte, die Aufmerksamkeit des Barkeepers zu erregen.

»… und wie Sie es geschafft haben, Frank als Charakter zu stilisieren …«

»*Boa noite minha linda*«, wandte sich der Barkeeper an mich. Ich blendete Roys Stimme an meinem Ohr aus und lehnte mich vor.

»*Dois Mojitos por favor.*« Mein Portugiesisch wurde von Tag zu Tag besser. Zumindest Brot, Kaffee und Mojitos konnte ich mittlerweile beinahe akzentfrei bestellen.

Der glatzköpfige Mann mit dem Federohrring hinter dem Tresen schenkte mir ein breites Grinsen. »*Venha imediatamente.*«

Er wandte sich ab, um unsere Drinks zu mixen, und ich erinnerte mich an Roys Mailboxnachricht.

»… die Art und Weise, wie Sie Jacobs Stunts beschreiben, Miss Mansfield, das ist gut. Wirklich gut. Sie haben ein Talent für Dramatik.« Und ob ich das hatte. Wenn Roy jedoch glaubte, dass er mich mit dieser Nachricht um den Finger wickeln konnte, hatte er sich getäuscht. Das hatte bei den ersten fünf Nachrichten nicht funktioniert, und das würde es auch jetzt nicht.

»... da weder Sie noch Jacob auf meine Anrufe oder Nachrichten reagieren, nehme ich an, dass ich Ihre Zustimmung habe, den Artikel zu veröffentlichen. Bis dahin dauert es zwar noch ein paar Wochen, und es liegen noch ein, zwei Lektoratsdurchgänge vor uns, aber ich wäre wirklich daran interessiert, eine langfristige Zusammenarbeit mit Ihnen zu besprechen.« Ich hörte, wie Roy sich räusperte. »Wir werden uns von nun an wahrscheinlich öfter begegnen, Miss Mansfield – *Ellie*«, verbesserte er sich, und ich unterdrückte ein Augenrollen. Der Barkeeper garnierte soeben unsere Drinks mit einem lila Schirmchen, während ich in der Hosentasche meiner Shorts nach ein paar Reais kramte. Es hatte ein wenig gedauert, bis ich mich an die neue Währung gewöhnt hatte, aber so langsam hatte ich den Dreh raus.

Ich klemmte mir das Handy ans Ohr, bezahlte unsere Drinks und verabschiedete mich mit einem *»obrigada«* bei dem freundlichen Barkeeper. Danach bahnte ich mir einen Weg durch die volle Beach-Bar – vorbei an Salsa tanzenden Pärchen, Zigarre rauchenden Männern und ein paar anderen Touristen –, bis ich fand, wonach, oder eher nach wem ich gesucht hatte.

Jacob saß, die Arme hinter dem Kopf verschränkt, lässig auf seinem Stuhl und beobachtete die Tänzer. Als er mich sah, breitete sich ein zufriedenes Lächeln auf seinem Gesicht aus, und er erhob sich, um mir die Drinks abzunehmen.

»Davon werde ich nie genug kriegen«, murmelte er und drückte mir einen Kuss auf die Lippen.

»Von mir, davon, die Leute zu beobachten, oder von den hervorragenden Mojitos?«

»Alles?«

Ich nahm neben Jacob Platz und beobachtete innerlich grinsend, wie er mit seinem Stuhl näher an mich heranrückte. Seitdem wir uns in Vietnam ausgesprochen und versöhnt hatten, hatte Jacob mich nicht mehr aus den Augen gelassen. Er nutzte jede Chance, die er bekam, um mir nahe zu sein und mich zu berühren.

»Habe ich dir schon gesagt, wie sehr ich es genieße, dich ganz für mich alleine zu haben, Ellie Mansfield?« Er lehnte sich vor, um ein paar federleichte Küsse auf meinem Hals zu verteilen. Grinsend nippte ich an meinem Mojito. »Heute noch nicht.« Aber an jedem anderen der sieben wundervollen Tage, die wir bereits in Rio de Janeiro verbracht hatten. Nachdem der Film, und damit auch unsere Reise mit der Crew, beendet gewesen war, waren Jacob und ich einen Tag später in ein Flugzeug nach Rio gestiegen. Es hatte mich einiges an Überredungskunst gekostet, Sarah davon abzuhalten, uns zu begleiten. Ich freute mich darüber, dass sie sich noch nicht von mir hatte trennen wollen, aber hier und jetzt ging es nur um Jacob und mich. Da ich Chad bereits verkündet hatte, dass ich nicht mehr in die Firma zurückkommen würde, war ich arbeitslos, und Jacob hatte sich für die Zeit nach Vietnam sowieso ein paar Wochen freinehmen wollen. Also war alles, was wir taten, spontan und wild und wunderbar.

Roys Nachricht endete mit einem »Rufen Sie mich an, Ellie«. Ich legte das Handy achtlos vor mir auf den Tisch.

»Die wievielte Mailboxnachricht war das?«, wollte Jacob wissen.

»Die sechste.« Tatsächlich hatte Roy heute erst einmal versucht, mich anzurufen. Und nicht jedes Mal hinterließ er mir eine Nachricht. Manchmal schrieb er auch eine WhatsApp, und sogar ein paar SMS und zwei E-Mails hatten mich bisher erreicht.

»Soll ich ihm noch mal mit ein wenig mehr Nachdruck sagen, dass er dich in Ruhe lassen soll?«

Wenn man vom Teufel sprach … das Display meines Handys leuchtete auf und zeigte drei Buchstaben: Roy.

»Er ist hartnäckig, das muss man ihm lassen.«

Jacob lachte. »Anders wird man nicht Chefredakteur eines der besten Reisemagazine der Welt.« Er lehnte sich vor und nahm den Anruf an.

»Roy. Hi.«

Gespannt beobachtete ich jede Regung auf Jacobs Gesicht. Seine Mundwinkel zuckten vergnügt, während er seinem Kumpel am anderen Ende der Leitung zuhörte.

»Du hast ihr bereits ein Angebot gemacht?«

Jacob sah zu mir, und ich bestätigte mit einem Nicken. Und was für eins! Roy war mit seinem Angebot mehr als großzügig gewesen, er …

»Schlag noch mal dreißig Prozent drauf, und wir überlegen es uns.«

Was?

Meine Augen weiteten sich vor Überraschung. Dreißig Prozent? Das war viel zu viel …

»Und nur auf Projektbasis, keine Festanstellung«, verlangte Jacob ungeniert. »Ellie schreibt an ihrem Roman und außerdem«, er zwinkerte mir zu, »braucht sie noch genug Zeit, um mit mir und der Crew um die Welt zu reisen.«

Himmel … das klang phantastisch.

»Ja. Okay. Was?« Jacob runzelte die Stirn. »Das ist nicht mein Problem, kümmer dich drum. Wenn du willst, dass Ellie für dich arbeitet, dann mach ihr ein vernünftiges Angebot.«

Mittlerweile hielt ich meinen Mojito nahezu krampfhaft umklammert. Auf einmal viel zu nervös, um davon zu trinken. Wenn Roy sich auf Jacobs Forderungen einließ, dann würde ich mir mit ein paar Artikeln im Jahr meinen Lebensunterhalt finanzieren können. Das bedeutete, ich könnte vom Schreiben leben, während ich mir den Traum zu schreiben verwirklichte. Wie irre wäre das?

»Machen wir.« Jacob nickte. »Sobald wir wieder in London sind, versprochen. Grüß Susie von mir.« Damit legte er auf.

»Was hat er gesagt?«

»Er hat uns zum Essen eingeladen.«

»Jacob!«

Lachend legte er mein Handy auf dem Tisch ab. Diese Sache machte ihm eindeutig zu viel Spaß. »Er überlegt es sich. Er kam mir mit dem Vorstand und Budgetplanungen, aber ich kenne Roy und auch den *Traveller* schon lange genug. Glaub mir, du passt in sein Budget. Er muss nur ein wenig umplanen.« Ein Arm landete auf meiner Stuhllehne. Mühelos zog er mich noch ein wenig dichter. So dicht, dass unsere Stuhllehnen gegeneinanderstießen.

»Ich habe etwas für dich.« Jacob bückte sich in Richtung meines Rucksacks und zog ein kleines Paket hervor.

»Du hast ein Geschenk für mich in meinem eigenen Rucksack?«

»Wo hätte ich es denn sonst verstecken sollen?« Auffordernd hielt er mir das Paket hin. »Mach auf.«

Ich stellte den Mojito auf dem Tisch ab und griff danach. Jacob beobachtete, wie ich das Packpapier vorsichtig öffnete und auseinanderfaltete. Vielleicht bildete ich es mir nur ein, aber er sah nervös aus. Das Geschenk entpuppte sich als schlichtes, weißes T-Shirt. Als ich es jedoch umdrehte, erkannte ich, was es wirklich war.

»Harrison Stunt Team«, las ich und schluckte den Kloß, der sich in meinem Hals bildete, herunter. »Wo hast du das denn her?«

»Frank ist nicht der Einzige, der mit WLAN wahre Wunder vollbringen kann, und ich hatte ein wenig … Zeit. In Vietnam«, fügte er hinzu, »als du weg warst.«

Ich erhob mich von meinem Stuhl und zog das T-Shirt über mein schwarzes Trägertop. Es passte perfekt.

»Ich liebe es«, erwiderte ich aufrichtig und beugte mich hinab, um Jacob zu küssen. »Danke.«

»Ich möchte, dass du weißt«, begann er, »dass du mir wichtiger bist als der Job. Du und unsere Beziehung, unsere Zukunft, das ist meine Priorität, Ellie.«

Ergriffen sank ich zurück auf meinen Stuhl. »Das weiß ich, Jacob.«

»Ich meine es ernst.« Als wüsste er nicht genau, wohin mit seinen Händen, griff er nach seinem Drink. »Ich möchte dich bei den Stunts dabeihaben. Es fallen bestimmt öfter redaktionelle Jobs dabei ab. Wenn du sie nicht annehmen möchtest, ist das okay. Wenn du lieber im Hotel oder zu Hause bleiben möchtest, dann ist das auch okay. Ich hätte dich nur sehr gerne dabei. Die anderen auch. Darüber wurde bereits abgestimmt.«

Das war … wow. Ich wollte etwas erwidern, aber Jacob schien noch nicht fertig zu sein.

»Wir haben noch nicht darüber gesprochen, wie es mit uns weitergeht, aber«, er räusperte sich und stellte das Glas wieder ab, »ich möchte mit dir zusammenleben, Ellie. In York, London, Timbuktu, such dir was aus, mir ist es egal. Ich möchte deine Eltern kennenlernen, und ich möchte, dass du meine kennenlernst. Wir können in die USA fliegen, und ich kann dir Robbie vorstellen.« Sein dunkler Blick hielt mich gefangen. »Und du mir Mark.«

»Wir haben Zeit«, schob er hinterher, da ich nichts weiter tat, als ihn anzustarren. »Wir bestimmen das Tempo unserer Beziehung.«

Das hatte er schon einmal gesagt, und die Worte klangen noch genauso wundervoll wie beim ersten Mal.

Ich hatte auch schon darüber nachgedacht, wie es nach der Reise weitergehen sollte, mich dann aber dazu entschlossen, es nicht anzusprechen und alles auf mich zukommen zu lassen. Ich hätte mir denken können, dass Jacob bereits einen Plan hatte. Und dass er diesen auch mit mir teilen würde.

»Dein Plan gefällt mir.« Er gefiel mir sogar sehr. Jacob atmete erleichtert auf. Er vergrub die Hände in meinen Haaren und zog meinen Kopf zu sich, bis unsere Münder nur noch wenige Zentimeter voneinander entfernt waren.

»Das ist alles«, wisperte er an meinem Mund, »was ich hören will.« Damit küsste er mich, und ich hielt den Atem an, bewegte mich nicht, da ich diesen Augenblick nicht zerstören wollte. Ich wollte ihn genießen und für immer in meinem Gedächtnis und in meinem Herzen abspeichern. Die Musik um uns herum. Das T-Shirt an meinem Körper, das so viel mehr war als ein simples Kleidungsstück, und Jacob. Seine Stärke und seine Liebe, mit der er mir geholfen hatte, mich selbst wiederzufinden.

Zum ersten Mal seit Jahren freute ich mich auf die Zukunft und auf das, was sie für mich bereithielt. Was sie für *uns* bereithielt.

Wir lösten uns voneinander, und leise keuchend lehnte Jacob seine Stirn gegen meine.

»Ich liebe dich, Ellie Mansfield.«

»Das ist alles, was ich hören will«, neckte ich ihn mit seinen eigenen Worten. Lachend lehnte Jacob sich auf seinem Stuhl zurück und zog mich so dicht an sich, wie es die Lehnen zwischen uns zuließen. »Ich sehe schon, wir werden uns prima verstehen.«

Für eine Weile sahen wir den Tänzern vor uns schweigend zu, bis die Dämmerung zur Dunkelheit wurde. Meinen Kopf an Jacobs Schulter gelehnt, sagte ich leise: »Ich liebe dich auch, Jacob.«

Der Griff um meine Schultern wurde fester. Ich spürte, wie er mir einen Kuss auf die Haare drückte. Hier und jetzt, in diesem Augenblick, hatte ich nichts weiter zu tun, als das Leben und die Liebe zu genießen. Und genau das tat ich. In vollen Zügen.

Dank

Liebe LeserInnen,
ich hoffe sehr, ihr sitzt jetzt vor diesen letzten Seiten, mit einem lachenden und einem weinenden Auge. Wie Jane Gloriana Villanueva immer so schön sagt: »It's about love. It is always about love.« Es geht um die Liebe und vor allem um den Weg dorthin.

Jede Geschichte, die sich in meinem Kopf formt und die ich schreibe, ist für mich besonders. Magisch. Einzigartig. Ellies und Jacobs Geschichte ist aber noch viel mehr. Dieses Buch ist eine sehr persönliche Reise für mich. Die Idee kam mir, als ich – wie Ellie – in der Ankunftshalle eines Flughafens stand und auf meinen Mann wartete. Ich bin durch Buchläden geschlendert und habe die Menschen um mich herum beobachtet. Die ersten Zeilen entstanden noch genau dort, in der Ankunftshalle des Flughafens. »Jeder Mensch braucht ein Hobby.« Damit ging alles los. Und ab da ging es rasant weiter, und binnen kurzer Zeit war das Manuskript, das ich eigentlich gar nicht geplant, das mich aber gefunden hatte, geschrieben. All das passierte während einer für mich sehr emotionalen und aufwühlenden Zeit, in der sich viel im Um- und Aufbruch befand. Ellies Reise war im übertragenen Sinne auch für mich eine Art Heilungsprozess.

Da mich mit Südostasien eine große Liebe verbindet, war der Schauplatz für mich von Anfang an klar. Ende 2018 sind mein Mann und ich ein paar Wochen durch gleich mehrere Länder gereist. Ganz besonders beeindruckt hat mich Vietnam. Die Energie des Landes, die wunderschöne Natur, das Essen, die Menschen, die gleichzeitig so ruppig wirken und unglaublich herzlich sind. Was meine Erlebnisse in Vietnam angeht, sehe ich es wie Jacob: »Das Beste am Reisen sind die Begegnungen.« Vietnam war ein Abenteuer, das ich so schnell nicht vergessen werde. Ich habe mich unwiderruflich in dieses Land verliebt. Und ich hoffe, dass es euch ab jetzt auch so geht und ihr neugierig geworden seid ☺.

Natürlich möchte ich mich auch diesmal bei ein paar ganz besonderen Menschen bedanken, ohne die dieses Buch nicht möglich gewesen wäre.

Ich danke dem Aufbau Verlag für die Chance, Ellies und Jacobs Geschichte mit euch zu teilen. Danke, Esther. Für alles!

Auch möchte ich meiner wunderbaren Lektorin danken, die mir so viel beibringt, mich immer wieder pusht und mir dadurch hilft, das Beste aus meinen Texten und mir herauszuholen. Danke, Susann.

Ein besonderer Dank gilt auch meinen Freundinnen Sonja und Anna. Ihr wart die Ersten, die an Ellie und Jacob geglaubt haben. Dafür danke ich euch von Herzen. Ebenso für eure Ideen und das Plotten. ☺

Danke, Miguel, für deinen unerschütterlichen Glauben an mich und deine Unterstützung. Ohne dich wäre das alles hier nicht möglich. Ich liebe dich.

Ein besonderer Dank geht raus an meine Bloggerinnen und die ganze #bookstagram-Community. Ohne euch und euren kreativen Content, wäre Instagram für mich ein sehr trauriger Ort. Ich ziehe meinen imaginären Hut vor euch!

Und dann danke ich euch, meinen LeserInnen. Ich freue mich jeden Tag über euren Support und die Begeisterung, die ihr mir und meinen Geschichten entgegenbringt. Das erfüllt mich mit Stolz und Freude. Und ich kann es kaum erwarten, immer mehr Geschichten auf euch loszulassen ☺. Falls ihr mal einen Vietnam-Reisetipp braucht oder euch dafür interessiert, was ich sonst so treibe, schaut gern auf meinem Instagram-Kanal @melanielane_autorin vorbei.

Eure

Melli